La Lucciola

Angelo & Cara

Felicity La Forgia

Copyright © 2016 Felicity La Forgia

Alle Rechte vorbehalten.

ISBN: **1537354736**
ISBN-13: **978-1537354736**

INHALT

Teil 1   Seine Rache   1

Teil 2   Seine Gier   103

Teil 3   Seine Sünde   209

Teil 4   Seine Liebe   309

Glossar   426

Struktur der 'Ndrangheta   429

Italienisch lernen   431

Über die Autorinnen   433

Teil 1

Seine Rache

Liebe Barbara,

vielen Dank für deinen Besuch auf der Buch Berlin und für all das, was du für uns Spieler tust.

Felicity La Fargui
alias
Nicole   Corina

KAPITEL 1

Angelo

Die Kette rasselt.

Ich wurde in dem Bewusstsein erzogen, dass eine schnelle Kugel im richtigen Moment – auch wenn es sich für das Zielobjekt wie der falsche Moment anfühlt – eine Gnade ist. Es fühlt sich dann wie der falsche Moment an, wenn man dem Opfer Zeit für einen zweiten Gedanken lässt. Wer Vendetta im Hinterkopf hat, wenn er die Kugel abgibt, sorgt dafür, dass das Opfer einen letzten Gedanken hat. Vielleicht auch zwei oder drei. Wer Vendetta im Hinterkopf hat, wenn er feuert, will sich für die Ewigkeit in den Kopf einbrennen, ehe er die Hirnmasse auf dem Bürgersteig verteilt.

Wie oft hatte ich Vendetta im Kopf, als ich abdrückte? Das Klirren der Kette, das mich in diesem Raum voll gleißenden Lichts wach hält, macht es unmöglich, klare Gedanken zu fassen. Vendetta. Das Wort surrt durch meine Gedanken. Ich stelle mir vor, wie ich dem Schatten, der vor mir hin und her wabert, das Gehirn aus dem Kopf schießen werde, sodass es sich auf dem Gehweg verteilt.

Meine Schultern schmerzen. Die Arme über den Kopf gefesselt, schwebe ich über dem Boden. Als der Handlanger des Schattens, der Haare hat wie ein Flammenmeer, an der Winde dreht, um die Kette noch weiter über die Rolle zu ziehen, brülle ich auf. Ich habe mir geschworen, nicht zu brüllen, aber Scheiß drauf. Außer dem Schatten hören mich nur seine Folterknechte. Die werde ich noch vor dem Schatten über den Haufen schießen. Keiner wird es wissen. Keiner wird wissen, dass ich gebrüllt habe wie ein Baby.

Denn der Schatten, der Patrick O'Brien heißt und mir seit Jahren die Geschäfte vermiest, wird den Teufel tun und irgendjemandem sagen, was er mit mir hier unten gemacht hat. Einen gemachten Mann foltert man nicht, ohne dass es denjenigen zu Ohren kommt, die diesem Mann die Treue geschworen haben.

Ich weiß nicht mehr, wo hier unten ist. Ich weiß gar nichts mehr. Ich balle die Hände zu Fäusten, ignoriere die Art und Weise, wie die Handschellen nicht nur meine Zirkulation, sondern auch die Sehnen zusammenschnüren, dass es brennt wie die Hölle, wenn ich die Finger zu Fäusten balle. Ich stelle mir vor, wie sich der glatte Stahl einer Heckler & Koch an meinen Fingern anfühlen würde. Stelle mir den Ruck des Rückstoßes vor, wenn die Kugel aus dem Lauf fliegt. Das linke Auge. Ich werde auf das linke Auge zielen.

Ich brülle erneut.

„Nur der Name", sagt Patrick O'Brien, der so stolz auf seine Abstammung ist, dass er im breitesten irischen Akzent spricht, den man sich in Amerika vorstellen kann. Ich bezweifle, dass er jemals seinen Fuß in Dublin oder Galway auf den Asphalt gesetzt hat. Aber das ist jetzt auch egal.

„Der Name, Junge, dann lasse ich dich gehen."

Ich verschlucke mich an meinem Lachen. Das Husten, das folgt, erschüttert meine Schultern, die sich innerhalb der nächsten zwei Minuten in Wohlgefallen auflösen werden. Er kann mich nicht gehen lassen, Name oder nicht. Weil wir das beide wissen, wird er den Teufel von mir erfahren.

Der Schatten gibt ein Zeichen. Das Licht wird gedimmt. Ich blinzle und muss mir auf die Zunge beißen, um das erleichterte Stöhnen zu unterdrücken. Patrick, dessen Formen sich jetzt deutlicher herausschälen und Farbe bekommen, geht ein paar Schritte nach links, dann nach rechts, das Kinn in der Hand.

„Ich habe wirklich geglaubt, dass du es bist, Rossi. Ich war verdammt sicher. Meine Leute waren sicher. Du bist ein verfluchter Prinz. Wer, wenn nicht du? Wie hätte ich ahnen sollen, dass dir deine eigenen Leute so wenig trauen wie ich?"

Er hat keine Ahnung, wie die Hierarchie in unserer Organisation funktioniert, und ich habe andere Sorgen, als es ihm zu erklären. „Das Blut des Heiligen." Ich krächze, weil meine Stimmbänder vom tagelangen Brüllen wund sind. „Die Phiole hat keinen Wert für dich."

„Ja, richtig." Ein Lächeln klingt durch Patricks Stimme. „Die Phiole. Hätte ich die nicht an dir gefunden, hättest du dich vermutlich erschießen lassen, obwohl du gar nicht der bist, für den ich dich gehalten habe. Ich meine ..." Er spricht gedehnt, als säße er in einem Pub beim Guinness, nicht hier unten in der nassen Kälte eines Verlieses, das an die Medici im Mittelalter erinnert, nicht an Philadelphia anno 2015. „Verdient hast du es so oder so, dass ich dich verrecken lasse. Da sind wir uns einig. Oder muss ich dir erst den Namen jedes meiner Männer sagen, den du auf dem Gewissen hast?"

Ich spanne die Arme an. Sehnen, Muskeln, alles brennt. Ich spüre Stahl an meinen Fingern, keine Heckler & Koch, sondern die verdammte Kette. Meine Gedanken gehen Zickzack. Wenn er ein bisschen näher kommt, kann ich mich an der Kette hochhangeln, die Beine in Richtung Bauch ziehen, Schwung holen und ihm in die Eier treten, dass sein irischer Akzent zu einer Mädchenstimme gehören wird. Die Vorstellung weckt ein paar meiner Lebensgeister. Aber leider weiß er genau, was passieren wird, wenn er mir zu nahe kommt, und bleibt weg. Die Winde knarrt. Die Kette verkürzt sich noch weiter. Ich heule auf.

Raus. Ich muss hier raus. Ich werde hier, verdammt nochmal, rauskommen. Irgendwie. Immer wieder wiederhole ich still den Schwur. Rauskommen. Rache nehmen. Rache, Rache, Rache. Vendetta. Ich hab keine Ahnung wie, aber ich werde hier rauskommen. O'Brien hat seine Beziehungen spielen lassen und herausgefunden, mit welchem Flug ich aus Neapel zurückgekommen bin. Der irische Hund hat einen einzigen Moment der Unachtsamkeit ausgenutzt. Wie ein Amateur bin ich ihm in die Arme gelaufen. Nach zwei Tagen in diesem Rattenloch hatte ich beschlossen zu akzeptieren, dass meine Zeit hier unten die gerechte Strafe für meine eigene Dummheit ist. Hinterher, wenn ich einen Weg raus gefunden habe, werde ich ihm die Eier abschneiden und sie ihm zu Fressen geben.

Das ist vier Tage her. Mindestens. Es ist schwer zu sagen, unter der Erde, mit nichts als einer gleißenden Baustellenlampe als Gesellschaft.

„Nur der Name", lockt Paddy. Aus einer Wunde an meinem Handgelenk läuft Blut über meine Unterarme.

Er kann sich den verfluchten Namen dorthin stecken, wo die Sonne nicht scheint. Ich spucke ihm ins Gesicht, treffe sein linkes Auge. Ich mache mir nicht einmal Mühe, mir das Grinsen zu verkneifen. Zielübungen. Genau dort wird die Kugel einschlagen. Er wird noch Zeit für jede Menge letzter Gedanken haben. Vielleicht werde ich ihm das Herz mit der Phiole aus der Brust holen. Aufschneiden, mit dem schmalen, grazilen Hals des uralten gläsernen Flakons durch das Gewirr aus irischgrün leuchtenden Venen nach seinem Herzen graben, es herausschneiden. Geht das überhaupt? Es ist egal. Alles ist egal.

Alles, bis auf die verdammte Phiole.

Als der Handlanger die Winde loslässt, erfüllt unheiliges Geschepper und Gedröhn den unterirdischen Raum. Ich habe keine Zeit für einen letzten Gedanken. Mein Körper kracht auf den Betonboden, Schmerz nimmt mir die Sicht, brüllt durch jede einzelne Sehne meines Körpers. Im Kreischen des Schmerzes höre ich das Knacken in meinem Knie, als ich mit meinem ganzen Gewicht darauf stürze und es auseinanderspringt.

„Fick dich, Rossi", sagt O'Brien, als das Schmerzrauschen in meinen Ohren nachlässt, in einem Ton, als würde er Shepherds Pie mit extra Kartoffelbrei bestellen. „Ich werde dich zertreten, du wertloses Stück Scheiße. Ich finde raus, wer es ist, ich werde ihn schlachten und danach dich. Du darfst es noch erleben. Und dein heiliges Blut? Die scheiß Phiole? Vergiss sie. Das Ding ist viel wert. Hat mir ein hübsches Sümmchen gebracht. Freu dich für mich. Du brauchst sie nicht mehr."

Ich rolle mich um den Schmerz in meinem Knie zusammen und ignoriere das Brennen meiner Schultern.

Im Leben nicht hätte ich, ein Mann, der ohne mit der Wimper zu zucken jeden anderen Mann so lange verprügeln kann, bis der seinen letzten Atemzug tut, mir vorstellen können, dass Orte wie dieser unter Philadelphia existieren. Patrick O'Brien hat mehr Fantasie, als ich es mir ausmalen konnte.

Fast möchte ich ihn dafür bewundern. Ich glaube an die schnelle Kugel in den Kopf. Ich glaube an die Macht der letzten Gedanken, an die Ewigkeit in verspritzter Hirnmasse, die irgendwelche namenlosen Cops vom Kopfsteinpflaster kratzen, um sie auf Hinweise auf die Todesursache untersuchen zu lassen. Amateure. Glauben so sehr an das Gute. Das Gute ist schon lange tot.

Was bleibt, ist Patrick O'Briens Fantasie. Seine Bereitschaft, seine Gegner in einem unterirdischen Verlies mit einer Kette an einer Winde über einer Rolle und einem gesichtslosen Handlanger, der die Kurbel dreht, zu brechen.

Cara

Die Braut hasst die Hochzeit. Sie verrät sich durch die Art, wie sie ihre Finger knetet, wie sie immer wieder nach ihren Freundinnen Ausschau hält, wie ihr Lächeln verrutscht, sobald sie denkt, nicht beobachtet zu werden. Es ist ihr Glück, dass ohnehin kaum jemand sie beachtet. Sie ist klein und zierlich, die roten Haare zu romantischen Locken auf dem Kopf hochgesteckt. Bunte Wiesenblumen krönen das Kunstwerk. Spitze und weiße Seide umhüllen ihren schmalen Körper. Der Bräutigam kümmert sich so wenig um sie wie die Gäste. Er steht mit seinen Freunden an der Gartenbar und trinkt ein Guinness nach dem anderen. In den Brautmagazinen, die ich in den letzten fünf Monaten mit Deirdre gewälzt habe, steht geschrieben, dass die weißen Roben der Bräute früher Jungfräulichkeit symbolisieren sollten. Ich glaube eher, sie sollen sie aussehen lassen wie ein Opferlamm. Jung, rein. Hübsch hergerichtet. Bereit, geschlachtet zu werden. Auf dem Bett im opulentesten Zimmer der Beaver Valley Farm, dessen Einsegnung durch Pater Michael wir heute Vormittag alle beobachten durften, während Deirdre von einem ganzen Team Stylisten fertiggemacht wurde.

Ich nehme einen Schluck von meinem Chardonnay und trete auf die Terrasse des Anwesens. Ich habe Deirdre gebeten, mich nicht zu einer ihrer Brautjungfern zu machen, weil ich diese Ehe nicht gutheiße. Wenigstens laufe ich nicht wie eines dieser himmelblauen Baisertörtchen herum, sondern kann mein eigenes Kleid tragen. Schwarzer Seidentaft, hauteng geschnitten, mit aufgenähten Rosenranken aus blutroter Seide. Dad behauptet, es sei ein Kleid für eine Trauerfeier. Er hat seltsame Vorstellungen von Trauerfeiern.

Ich vermisse Shane. Das ist selten und verwirrt mich ein wenig, aber vielleicht liegt es am Wein, oder daran, dass Hochzeiten, ganz egal, was für eine Farce sie auch sein mögen, grundsätzlich eine schrecklich romantische Angelegenheit sind. Alle reden über Liebe und Treue und Zukunft. Ich wünsche mir eine Zukunft, eine normale Zukunft. Auch wenn sich der Begriff Liebe in Zusammenhang mit Shane Murphy immer noch falsch anfühlt, ist er meine beste Chance, diese zu bekommen. Aber natürlich gehört Superintendant Shane Murphy nicht auf diese Feier. Zu viele Fragen, die das aufwerfen würde. In der Beziehung war Daddy rigoros.

Ich blicke auf die unzähligen Lichter, gemalt von farbigen Lampions ins Blätterwerk der Eichen. Durch die weit geöffneten Flügeltüren des alten Farmhauses strömt fröhliche, irische Tanzmusik. Plötzlich halte ich es nicht mehr aus. Als Kinder waren wir oft hier. Deirdre und ich sind wie Schwestern aufgewachsen, obwohl wir nur Cousinen sind. Während die Männer im Inneren des Hauses

Geschäfte gemacht haben und die Frauen sich im Spa des Anwesens verwöhnen ließen, sind wir Kinder über das Gelände gestromert, sind in der Scheune von einem Deckenbalken ins Heu gesprungen, haben Verstecken gespielt und Räuber und Gendarm. Wir Mädchen mussten immer die Gendarmen spielen. So klein, wie wir waren, hatten wir schon verstanden, dass in unserer Welt die Polizisten die Bösen sind. Männer wie Shane Murphy, mit dem ich seit einigen Monaten verlobt bin. Für wen das schizophren klingt, dem kann ich nur zustimmen. Herzlich Willkommen in meiner Welt.

Je weiter ich mich von der Feier entferne, desto mehr Erinnerungen prasseln auf mich ein. Die Farm wird seit Jahrzehnten nicht mehr als solche bewirtschaftet. Seit mein Vater sie gekauft hat, als Versammlungsstätte, als Hotel für angesehene Gäste von außerhalb, Hochzeitslokation und andere Zwecke, von denen ich nichts weiß. Die Wahrheit ist, ich will es nicht zu genau wissen. Ich habe meinen Weg gewählt, abseits der Welt der O'Briens, und ich bin Daddy dankbar, dass er mir diese Entscheidung zugesteht. Hätte er das nicht getan, wäre längst ich diejenige gewesen, die in ein Opferlammkleid gehüllt inmitten von hundertachtzig Gästen auf ihre Schlachtung warten muss.

Meine Zehen drücken in den spitzen Riemchenpumps und ich ziehe sie aus. Die Kieselsteine auf dem Weg in die alte Scheune pieken in meine Fußsohlen, aber schlimmer als das Gestöckel ist das auch nicht. Die Nachtluft duftet nach nassem Laub und feuchter Erde. Ich lehne mich an einen der dicken Eichenstämme, atme tief ein. Wenn ich zu lange weg bleibe, wird Daddy einen Bodyguard schicken, um mich zu suchen. Der einzige Grund, warum er mir heute einen Schatten erspart, ist, dass wir hier sicher sind. Niemand, der nicht in unsere Welt gehört, würde auch nur einen großen Zeh auf das Gelände setzen.

Ein Geräusch lässt mich aufhorchen. Etwas, das anders klingt als das Rascheln der Blätter und das leise Wispern des Windes. Ein tiefes Keuchen, halb Bellen, halb Husten. Ein Liebespaar, das diesen Ort für ein heimliches Stelldichein nutzt? Ich habe bereits ein Glas Wein zu viel. Das ist die einzige Entschuldig dafür, dass ich nicht mache, was das einzig Vernünftige in dieser Situation wäre, und die Turteltauben ihrer Zweisamkeit überlasse.

Ich umrunde das das alte Backsteinhaus, suche nach einer offenen Tür. Als Kinder haben wir die Geschichten gehört, dass die

Scheune früher, zu Zeiten der Prohibition, ein Schmuggeldepot war. Durch die Geheimgänge unter der Scheune haben unsere Vorfahren Schnaps und Whiskey von hier in die Stadt verschoben. Zig Mal haben wir die Scheune durchforstet, bis wir den versteckten Eingang in die halb verfallenen Tunnel gefunden haben. Es ist so lange her, aber das Stöhnen des Liebespaars hat die Zeit verschlungen. Mit einem Mal ist meine Imagination wieder genauso lebendig wie die eines Kindes. Was, wenn es immer noch so ist? Was, wenn hier, nur ein paar Schritte von Deirdres Hochzeit entfernt, eine zweite Feier stattfindet? Zu schmuggeln gibt es immer etwas. Und wenn ein Schmuggel gelingt, gibt es was zu feiern.

Die Tür zur Scheune ist unverschlossen. Vorsichtig schiebe ich sie auf. Kein Knarzen, kein Quietschen. Dafür noch einmal das Geräusch, das mich hierhergelockt hat. Es kommt von weit entfernt in den Tiefen der Scheune.

„Hallo?", frage ich in die Dunkelheit. Halb kichernd, halb wispernd, weil ich mir auf einmal nicht mehr sicher bin, ob ich wirklich hier sein sollte.

Keine Antwort. Ich dringe tiefer in die Hütte. Nach einer Weile gewöhnen sich meine Augen an die Finsternis. Das Innere sieht noch genauso aus wie in meiner Erinnerung. Abgewetzte Couchen, Sessel mit angekohlten Armlehnen, ein kalter Kamin. Holzwurmzerfressene Dielen. Ich finde die Klappe im Boden, als ich über die Bretter taste. Die Scharniere, in denen die Klappe hängt, sind feucht. Ich reibe meine Finger aneinander. Frisch geölt. Warum? Als ich ziehe, öffnet sich die Falltür ohne ein Geräusch. Darunter herrscht Schwärze. Es ist der Zugang zum Keller. Auf halbem Weg die wurmstichige Leiter hinunter höre ich es wieder. Dieses Geräusch, und diesmal bin ich mir sicher, dass es ein Husten ist. Ein menschliches Husten, und es kommt aus dem Keller. In der Luft hängt ein Geruch wie von rostigem Eisen.

Mein Herz stockt, dann beginnt es zu rasen. Vollkommene Dunkelheit hüllt mich ein. Das ist kein heimliches Liebespaar. Das ist auch kein Tier, das sich in die Scheune verirrt hat, durch die Klappe in den Keller stürzte und jetzt qualvoll verendet. Tausend Gedanken schießen mir in den Kopf. Ich könnte Shane anrufen. Shane würde wissen, was zu tun ist. Er könnte helfen. Aber eine Sache hat sich nicht verändert, seit wir in dieser Scheune Räuber und Gendarm gespielt haben. Die Polizisten sind immer noch die Bösen.

So schnell es mir die Dunkelheit erlaubt, taste ich mich vorwärts. Unter meinen Fingern löst sich rauer Putz. Schritt für Schritt an die Wand gepresst, lausche ich, doch das Geräusch ist nicht mehr da. Ich muss es mir eingebildet haben. Das ist die einfachste Erklärung. Die gesündeste. Ich kann auf die Feier zurückgehen und weiter zusehen, wie Deirdre an einen Geschäftsfreund von Onkel Brian verhökert wird, den sie erst vier Mal in ihrem Leben gesehen hat, der fast zwanzig Jahre älter ist als sie und es vorzieht, sich zu betrinken, statt ihr wenigstens ein paar Stunden lang das Gefühl zu geben, wichtig zu sein.

Aber ich kann nicht. Alle Vernunft, jeder Instinkt sagt mir, dass ich umkehren sollte, aber ich kann einfach nicht. Und dann sehe ich das Licht. Nur ein winziger Streifen Licht, der durch einen Spalt in der Wand fällt. In meinem Kopf wirbeln die Gedanken, zu schnell, um noch einen einzigen zu fassen. Eine hölzerne Tür. Dort, hinter dem alten Ofen, beginnt hinter einer niedrigen Tür der Geheimgang.

Ich stürze auf das Licht zu, greife in die Aussparung hinter dem Ofen. Meine Hand findet den Hebel, als wäre es gestern gewesen, dass ich ihn das erste Mal gefunden habe, nicht vor fünfzehn Jahren. Die Geheimtür öffnet sich. Plötzlich stehe ich in gleißendem Licht. Für die Dauer mehrerer Herzschläge kann ich nichts erkennen, schwanke, dann gewöhnen sich meine Augen an die Helligkeit und ich kann weitergehen. Hinein in den geheimen Gang.

Nach drei Schritten erkenne ich das volle Ausmaß. Es ist ein Bild wie aus einem Horrorfilm. Hinter dem schmalen, leicht abschüssigen Durchgang öffnet sich der Blick in eine kleine Halle. Als ich das letzte Mal hier gewesen bin, als Kind, standen leere Whiskeyfässer und altersdunkel verfärbte Holzkisten entlang der Wände gestapelt, als seien die Schmuggler gerade erst verschwunden. Die Fässer und fast alle Kisten sind fort. Der Staub auf dem steinernen Boden ist von unzähligen Fußspuren verwischt und verwirbelt. Die Luft ist dick von dem metallischen Geruch, aber jetzt erkenne ich, dass er nicht von rostigem Eisen kommt. Es riecht nach Blut. Ein auf die Wand gerichteter Standstrahler ist die Quelle des Lichts. Die Wand ist so weiß, als wäre erst gestern ein Maler mit dem Pinsel darüber gegangen, was den Effekt des brutalen Lichtes noch verstärkt. Im Kegel des Lichts, die Arme in unmöglichem Winkel über dem Kopf an Ringe in der Decke gefesselt, liegt ein Mann auf dem Boden. Sein Kopf ist auf seine Brust gesunken, sein Oberkörper nackt und von zahlreichen Hämatomen und Schnitten übersät. Seine Schultern sind so verdreht, dass er keine Bewegung machen kann, ohne dass es wehtun muss. Als er sich ein wenig bewegt, stöhnt er, dann hustet er. Die Kette, die seine Arme hochhält, rasselt leise. Sein rechtes Knie liegt seltsam halb unter seinem Körper verdreht, schwarz geschwollen und mindestens dreimal so dick, wie es sein sollte.

Bevor mein Verstand wieder einsetzt, bin ich bei ihm.

„Hallo", sage ich, greife in seine Haare und hebe seinen Kopf an. Mehr Blutergüsse, mehr Schnitte. Meine Finger werden feucht, aber ich rede mir ein, dass es Schweiß ist, der aus seinen Haaren sickert, nicht Blut, das an meinen Händen kleben bleibt. „Sind Sie wach? Wachen Sie auf. Wie heißen Sie? Ich helfe Ihnen." Meine Stimme hallt von den nackten Wänden wider, klingt verzerrt und falsch. *Daddy, du Schwein.* Wie eine Sternschnuppe flammt der Gedanke in meinem Kopf auf und verlischt sofort wieder. Er weiß davon nichts. Er kann davon nichts wissen. Nach allem, was ich weiß, hat Patrick O'Brien diese Scheune nie betreten. Mit jeder Sekunde erkenne ich weitere Grausamkeiten. Die Augenlider des fremden Mannes sind mit groben Stichen an die Brauen genäht, sodass er nicht blinzeln kann. Seine Lippen sind geschwollen und aufgesprungen. In den Rissen hat sich Blut gesammelt und ist zu schwarzen Klumpen getrocknet. Dem Bart nach zu urteilen, der dicht und schwarz über Wangen und Kinn wuchert, ist er nicht erst seit gestern oder vorgestern hier unten.

Unter einem grauen Schleier suchen seine Augen nach etwas, sein Blick irrt ziellos durch den Raum. Seine Augen sind dunkel, fast schwarz.

„Das Licht …" Obwohl es nur ein Krächzen ist, höre ich einen Akzent in seinen Worten, den ich nicht gleich zuordnen kann. „Bitte … kein Licht."

Angelo

Lucciola lucciola, gialla gialla
metti la briglia alla cavalla
che la vuole il figlio del re
lucciola lucciola vieni con me.

Die Worte kommen und gehen. Sie sind in meinem Kopf, wo sonst gar nichts mehr ist. Glühwürmchen, Glühwürmchen. Was soll das Glühwürmchen tun? Ich rolle mich zusammen. Wenn ich an nichts denke, spüre ich das Knie nicht. La Lucciola tobt und schreit in meinem Knie.

Meine Lider flattern, als ich eine Berührung an der Schulter spüre. Ich will zurückweichen, aber mein Körper gehört mir nicht mehr. Paddy O'Brien hat meinen Körper zerbrochen. Das Licht. Überall ist Licht. Ich kann La Lucciola nicht mehr sehen. War sie jemals hier?

Eine Stimme. Eine Frauenstimme. Weit weg. Nah an meinem Ohr. Wie unter Wasser. Ich versuche zu fokussieren. Das Licht brennt mir die Augen aus dem Gesicht.

La Lucciola ist gekommen. Mein Glühwürmchen. Sie hat Haare wie in dem Lied. *Gialla gialla*, leuchtend gelb. Sie hat Augen wie das Meer vor San Pasquale, wo ich einmal sehr glücklich gewesen bin. Grün in Ufernähe, von den Algen. Strahlend blau, je weiter hinaus man blickt. Ihre Hände sind weich. Ihre Stimme klingt weit, weit weg. Wie eine Meerjungfrau, die unter Wasser redet. Mein Kopf sackt zurück.

Ihre Finger berühren meine Handgelenke, die in hartem, kaltem Stahl stecken. Sie greift danach, ruckt daran. Ich stöhne. Sie soll das nicht tun, es tut in meinen verdrehten Schultern weh.

„La luce." Meine Stimme ist zu leise. Sie kann mich nicht verstehen. Wir sind nicht in San Pasquale. Wir sind ... wo sind wir? Ihre Stimme spricht Englisch. „Das Licht", flüstere ich. „Kein Licht."

„Das Licht stört Sie?", fragt sie nach, und mein Blick wird klarer. Aber sie bleibt da. Leuchtend gelbe Haare, la Lucciola. Sie bleibt da. Sie geht weg. Ich will nach ihr greifen, aber meine Hände hängen in den eisernen Schellen. Ich will sie bitten, bei mir zu bleiben. Nicht einmal Patrick O'Brien wird mich anrühren, wenn la Lucciola bei mir Wache hält.

Schlagartig komme ich zu mir. Patrick O'Brien. Ich bin hier wegen Patrick O'Brien, und ich habe das Blut des Heiligen Lukas verloren. Patrick O'Brien hat es zu Geld gemacht. Ich habe Feinde auf allen Seiten. La Lucciola rumort hinter dem Scheinwerfer, der Lärm beißt mir in die Ohren. Dann verlischt das Licht.

Schwärze.

„Tut mir leid", sagt sie. „Moment." Dann flammt der Scheinwerfer wieder auf, aber nur ganz schwach, sodass ich sehen kann, wie sie zu mir zurückkommt. Sie geht wie eine Fee. Sie geht nicht, sie schwebt. Eine Fee. Ihre gelben Haare sind ein Heiligenschein. Glühwürmchen. Der Sohn des Königs ist bereit, davonzureiten. Sie sagt etwas, ich kann es nicht verstehen, in meinen Ohren rauscht das Meer von San Pasquale.

Sie wedelt eine Hand vor meinen Augen. Ihre Stimme kommt näher. Ich möchte die Augen schließen. Schlafen. Schlafen. „Hören Sie mich?"

Ich nicke. Wieder greift sie nach meinen Händen in den Schellen. Ihre Hand bleibt an meinem Arm kleben, der braunrot ist von halb trockenem Blut. Ich will sie bitten, nicht wegzugehen. Ich will sie bitten, mir die Augen zu schließen. Ich flüstere: „Lucciola lucciola, vieni con me." Glühwürmchen, komm mit mir.

„Ich kann Sie nicht verstehen", sagt sie. „Scheiße, wie bekomme ich jetzt diese blöden Handschellen auf?"

Der Traum zerplatzt wie eine Seifenblase. So habe ich mir die Sprache von la Lucciola als Kind nicht vorgestellt. Ich bin kein Kind mehr. Ich hocke in einem Raum irgendwo in der Unterwelt von Philadelphia, und ein Mädchen, das hier nicht sein dürfte, ruckelt an der Kette, die meine Arme über den Kopf zieht. Die Bewegung erschüttert meine zertrümmerten Schultern, aber ich unterdrücke das Stöhnen. Sie ist hier, um mir zu helfen.

Warum? Wer ist sie?

Ich glaube, sie schon einmal gesehen zu haben. Doch ich kann mich nicht erinnern. Meine Augen brennen immer noch. Das Licht, das vorhin zu grell war, ist jetzt zu schwach, um etwas anderes zu erkennen als ihre leuchtend hellen Haare. Und die Blumen auf ihrem Kleid, blutrote Rosenranken. Ihr Duft streift mich. Sauber, nach frisch geschnittenem Gras und Seife. Ich wünschte, ich könnte die Augen schließen.

„La Lucciola." Meine Stimme ist nicht mehr als ein Flüstern. Sie lässt von der Kette ab und hockt sich zu mir. So dicht, dass ich sie nur verschwommen sehe. Meine Augen tränen. Es brennt. „Die Augen", sage ich.

Ihre Fingerspitzen tasten über meine Lider. Ich kann es genau fühlen, es sind in jedem Lid drei Stiche, die es nach oben ziehen. Es ist die Hölle. Ich nicke sie an. Ich kann ihr Gesicht kaum erkennen, aber ich sehe den Horror, der ihre Augen verdunkelt.

„Das kann ich nicht." Ihre Stimme bricht.

„Du musst, Lucciola", erwidere ich krächzend. „Es macht mich verrückt."

„Lucciola", wiederholt sie, ihre Zunge scheint das Wort zu testen. „Was heißt das?"

Ich muss nachdenken. Es fällt mir nicht sofort ein. „Glühwürmchen", sage ich dann. Die Vorstellung, was das Mädchen gleich tun muss, um mir Linderung zu verschaffen, lässt mich schaudern. Aber noch schlimmer ist die Vorstellung, dass sie es nicht tut. Sie wird die Handschellen nicht aufbekommen. Ich kann es nicht allein tun.

Ist ihr Gesicht feucht? Ich möchte mir die Augen reiben, um sie besser sehen zu können. Ich kann gar nichts tun. Meine Verzweiflung wächst.

„Ich kann das nicht", wiederholt sie, hebt eine Hand, berührt mein linkes Augenlid, weit aufgesperrt über dem Augapfel, und sie zieht schluchzend die Hand zurück. „Wer hat das getan?"

„Tu es, Lucciola", sage ich. „Ich flehe dich an."

„Ich brauche eine Schere …"

Es gibt hier unten keine Schere. Das wissen wir beide. Sie steht auf. Umfasst mit einer Hand meinen Kopf, zieht mein Ohr an ihren weichen Bauch unter dem duftenden Seidenkleid. Ihre Finger tasten über meine Stirn, tasten nach dem Augenlid. Ihr Schluchzen verstärkt sich, ihre Hand zittert, ihr Bauch unter meiner Wange bebt. Ihre Finger finden, was sie suchen, einen der groben Stiche. Tasten. Greifen. Sie hat lange Fingernägel. Sie zieht. Der Schmerz ist die Hölle. Und doch ist es nichts gegen das, was sich in meinem Knie abspielt. Der Schmerz lenkt mich für einen Moment ab von dem Stechen im Kopf, das mich seit Tagen quält, weil sie mir nicht genug zu trinken bringen.

Ein Ziehen. Der erste Stich zerreißt die Haut. Es wird verheilen. Es ist nicht für immer. Ich presse meine Wange in den weichen Bauch, als sie auch die anderen beiden Stiche löst, mit langen Nägeln und zitternden Fingern. Endlich, endlich kann ich mein linkes Auge schließen. Die Tränen, die mir übers Gesicht rinnen, sind pure Erleichterung. La Lucciola kniet sich zu mir, betastet meine Wangen, sieht mir ins rechte Auge, denn ich werde das linke mindestens sechs Tage lang nicht mehr öffnen.

„Alles in Ordnung?"

„Mach weiter", bitte ich sie.

Sie ist mutig. Sie ist stark. Sie wiederholt, was sie getan hat, an meinem rechten Auge. Es geht schneller, tut nicht mehr so weh, sie hat nicht mehr solche Angst davor. Mein Kopf sackt zurück, als ich beide Augen schließen kann. Sofort lässt der Kopfschmerz nach.

„Grazie", flüstere ich. *Lucciola, lucciola, metti la briglia alla cavalla.* Wie ist die Übersetzung? Zäume das Pferdchen auf. Der Sohn des Königs ist bereit, davonzureiten. Flieg mit mir, Lucciola. Ich wünschte, ich könnte meine Arme um sie legen. Mit ihr davonfliegen.

Sie blickt nach oben, als ich die Augen aufblinzele.

„Gib mir Wasser", bitte ich sie.

Sie sieht sich um. In einer Ecke, da, wo ich sie sehen kann, stehen Wasserflaschen. In den Stunden und Stunden, die ich allein hier unten bin, starre ich diese Flaschen an, halb wahnsinnig vor Durst. Sie steht auf, geht hinüber, holt eine. Schraubt sie auf und setzt sie mir an die Lippen. Ich warte darauf, dass Blut von meinen Lidern in meine Augen rinnt, aber da blutet nichts. Ich möchte la Lucciola anfassen. Wieder blickt sie nach oben, dann auf mein zerstörtes Knie.

„Wenn ich die Handschellen aufbekomme, kannst du dann hier raus?", fragt sie mich nachdenklich.

„Aufmachen?" Gierig trinke ich mehr Wasser. Vielleicht werde ich mir vor ihren Augen die Beine bepissen, aber es ist mir egal. Ich kann nicht genug bekommen. Sie holt eine weitere Flasche. Warum kommt niemand? Wann waren sie zum letzten Mal hier? Ist es Stunden her? Tage? Meine Gedanken, die so lange so träge waren, gelähmt von Kopfschmerzen, Schlaflosigkeit und Qual, rennen davon, als das Wasser mein System flutet und die Lebensgeister zurückbringt. Kann la Lucciola vorangehen und mich mit sich ziehen? *Vieni con me.*

„Aufmachen", wiederholt sie. Sie hat etwas in der Hand. Ich kann es nicht erkennen, alles ist verschwommen im Halbdunkel. „Es sind alte Handschellen. Haben die die hier gefunden? Das war mal ein Schmugglerstützpunkt", erklärt sie mir und steht auf. „Vor hundert Jahren oder so. Vielleicht sind die Schellen genau so alt. Vielleicht kann ich sie knacken."

Wer bist du?, will ich sie fragen. Wer ist dieses Mädchen, das mir die Lider von der Stirn abreißt und behauptet, es könne die Handschellen knacken? Sie ist stark. So stark. *Vieni con me.*

Sie tastet an meinen Handgelenken herum. Schiebt etwas in die Handschelle, ich höre das leise Schaben und Knirschen von Metall auf Metall. Etwas knackt. Es sind nicht meine Knochen. La Lucciola würde mir nie noch mehr Qualen zufügen.

Meine rechte Hand fällt mir in den Schoß. Ich sacke halb nach vorn, so überrascht bin ich, aber mein Körper verdreht sich, weil die Linke noch festhängt.

La Lucciola packt meinen linken Arm. „Moment, halt still", sagt sie fest, es knirscht, dann knackt es. Meine linke Hand ist frei. Wie gelähmt hängen meine Arme an mir herab. Das Mädchen hockt sich vor mich, wischt etwas an ihrem Rock ab und schiebt es sich dann ins Haar.

„Haarnadel", sagt sie mit glucksendem Lachen, dann sind ihre Hände auf meinem Gesicht. Ich kann nicht umhin, zu begreifen, dass es eine Berührung zum Abschied ist.

„Wer bist du?", frage ich sie, aber eigentlich will ich es nicht wissen.

„Ich muss zurück", sagt sie. „Er wird mich schon suchen. Ich habe keine Lust, dass er einen Bodyguard schickt." Sie erhebt sich. „Oben ist ein Fest. Eine Hochzeit. Ich denke nicht, dass heute jemand hier runterkommt. Wenn es oben still wird, kannst du verschwinden." Ich spüre ihren Blick auf meinem zerschmetterten Knie. „Kannst du?"

Wenn sie mich hier finden, die Handschellen geknackt, die Wasserflaschen leer, ganz zu schweigen von dem Scheinwerfer, den ich gleich mit meinen eigenen Händen zertrümmern werde, bringen sie mich um. Also nicke ich. „Ich kann." Und dann: „Grazie, Lucciola."

„Ich heiße Cara."

Ich schließe die Augen. Cara. Cara O'Brien. Einzige Tochter von Patrick O'Brien. Das Schicksal ist eine verdammte Hure. Ich muss sie hassen. Ich werde ihren Vater töten. Sie sollte mich hassen. Sie sollte alles hassen, was italienisch spricht. Es wäre gesünder für sie. Vernünftiger.

„Grazie, Cara", sage ich. In meiner Sprache heißt es: „Danke, Liebes."

Sie geht ohne Abschiedswort.

KAPITEL 2

10 Wochen später

Angelo

„Angelo!" Lorenzos Stimme ist ein Flüstern. „Das ist Scheiße, was du vorhast!"

Die Nacht ist mondlos, aber Sterne strahlen durch das Blätterdach der Bäume, reflektieren auf dem Dach des zweistöckigen Wohnhauses vom Ende des neunzehnten Jahrhunderts. Ich lasse mich rückwärts vom Zaun abfallen, ignoriere den dumpfen Schmerz in meinem Knie beim Aufprall und schiebe meine Finger in den Draht, um die Festigkeit der Maschen zu prüfen. Das Knie ist kaum verheilt, aber ich habe lange genug auf der faulen Haut gelegen.

„Kannst du mir sagen, wie ein Polizeiintendant sich ein solches Anwesen leisten kann?" Ich stelle die Frage an niemanden im Besonderen, aber außer Lo ist keiner mit mir hier. „Und dann auch noch in Roxburgh?" Wichser. Arroganter Arsch. Shane Murphy lässt sich von Paddy O'Brien den Hintern polieren und ein Millionenanwesen in Roxburgh finanzieren. Kein Wunder, dass die Zahlen in der Kriminalstatistik für den Norden Philadelphias rückläufig sind. Schließlich wäscht eine Hand die andere.

Lorenzo sitzt auf einem Stein neben dem Eingang und tippt auf seinem Handy herum. Er versucht immer noch, den Code für die elektronische Torverriegelung zu knacken.

„Ich gehe rüber." Mein Entschluss ist gefasst. „Scheiß auf das Tor. Das brauchen wir nicht. Der Zaun ist nicht ans Alarmsystem angebunden. Kommst du?"

Lorenzo seufzt. „Der Wichser ist zuhause."

„Das möchte ich ihm auch geraten haben. Schließlich bin ich hier, um mich mit ihm zu unterhalten."

„Dann geh in sein verfluchtes Büro in der Race Street, aber nicht nachts halb drei in sein Haus."

Ich nehme kurz Anlauf, springe am Zaun hoch, bekomme das obere Ende eines der Pfosten zu greifen und balanciere im nächsten Herzschlag oben auf der dünnen Querstange. Drei Meter hoher Maschendraht ohne Alarm? Amateure. Ich grinse auf Lorenzo hinunter. Auch in meinen Schultern ist noch immer ein dumpfes Pochen zu spüren, wenn ich solche Aktionen starte, aber es wird mit jedem Tag besser. Ich habe überlegt, Krafttraining anzufangen, um die Nachwehen schneller wegzutrainieren, aber mein Job hält mich genug in Bewegung. „Also, gehe ich allein oder kommst du? Ich kann dich hochziehen."

„Fick dich." Lorenzo steckt das Smartphone ein und nimmt Anlauf. Ich springe auf den Rasen hinunter. Mit höllischem Gerassel erklimmt Lorenzo den Zaun und setzt darüber hinweg.

„Wenn er bis eben noch nicht wach war, ist er es jetzt." Ich ziehe meine HK aus dem Schulterholster und prüfe noch einmal die Ladung. Ich bin heute nicht hier, um zu schießen, aber Vorbereitung ist alles.

Wir haben uns vorher lange über den Lageplan des Hauses informiert. Shane Murphy lebt allein, nicht einmal Bodyguards hat er hier. Wahrscheinlich fühlt sich ein Superintendant, der mit Patrick O'Brien sein Süppchen kocht, absolut sicher. Die Iren lassen ihn in Ruhe, solange Murphy nach ihrer Pfeife tanzt. Hölle, er ist schließlich einer von ihnen. Und die anderen? Die Russen haben ein kleines Kartell, das stadtweit operiert. Im Westen gibt es eine Gruppe Farbiger, die für uns dort gelegentlich Jobs erledigt. Sie sind harmlos, aber wenn wir ihnen die Chance geben würden, Murphy zu attackieren, würden sie sich die Hände reiben. Murphy ist korrupt bis über beide Ohren. Unter denen, die die Stadt untereinander aufteilen, ist es nicht unbemerkt geblieben, dass er die Finger von O'Brien lässt, aber allen anderen gern mal ans Bein pinkelt.

Die ´ndrine hatten noch nie ein Problem mit Murphy. Zugegeben. Er ist aber auch noch nicht lange in seinem hohen Amt. Zumindest zeigt es, dass er die Hosen voll hat, wenn er uns nicht in die Geschäfte grätscht. Sehr gut. Heute werde ich ihm zeigen, dass wir ihn auf dem Schirm haben.

Murphy ist ein Vollidiot. Sich von O'Brien auf eine Weise einspannen zu lassen, dass er seine Anzahl an Gegnern gleich verdoppelt, ist dämlich. Paddy anzugreifen erfordert Vorbereitung. Ganz gleich, wie erpicht ich darauf bin, dem Iren das Herz aus der Brust zu schneiden und ihm heimzuzahlen, was er mir angetan hat, ich kann nicht einfach in dessen Festung spazieren und mit dem Messer fuchteln. Außerdem will ich, dass Paddy leidet. Wirklich leidet. Ich will das Meer, auf dem er herumsegelt, in Brand setzen. Ich will, dass er zusehen muss, wie alle seine Verbündeten in Flammen aufgehen und wie die Eisscholle, auf der er hockt, unter ihm zusammenschmilzt, bis er in die Hölle stürzt. Doch dazu brauche ich die Phiole. Ein winziges, uraltes Gefäß mit dem Blut des Heiligen. Wenn ich das zurückhabe und es seinen Zweck erfüllt hat, kann ich Philadelphia in ein Flammenmeer verwandeln, ohne dass jemand mich aufhält.

Die Waffe kommt zurück ins Holster, und ich laufe über den Rasen zum Haus. Murphys Schlafzimmer liegt auf der dem Park zugewandten Seite im oberen Stock. Wozu braucht ein einzelner Mann so einen Palast? Eine steinerne Treppe führt zum Haupteingang, aber natürlich ist die Tür verschlossen und alarmgesichert. Staub rieselt mir ins Gesicht. Ich muss den Impuls unterdrücken, mir die Augen zu reiben. Die zwölf kleinen Wunden, sechs in meinen Lidern und sechs in der Haut über den Brauen, sind noch immer nicht richtig verheilt. Sie sind entzündet und brennen, wenn ich daran reibe. Paolinas Wunderbehandlung mit dem Olivenöl werde ich wohl demnächst absetzen und mir was anderes besorgen.

Es muss einen zweiten Eingang geben, den der Hausherr benutzt. Der Staub sagt mir, dass diese Tür hier seit Monaten nicht geöffnet wurde.

Lorenzo findet die unscheinbare Tür auf der Rückseite des Hauses. Sie ist nur verschlossen, ein Job für den harmlosen Dietrich, den ich immer in der Tasche habe. Kein Anschluss ans Alarmsystem. Himmel nochmal, wann hat der Kerl seine Lektionen in Sicherheit genommen und bei wem? Will er sterben? Wir stehen in einem Wirtschaftsraum, der sich an die Küche anschließt. In einer Ecke hoch über der Tür, die von der Küche in den Korridor führt, hängt ein Bewegungsmelder. Die Diode leuchtet grün, als ich meine Pistole ziehe und kurz winke. Klar. Der Boss ist im Haus, die Melder sind deaktiviert.

Ich blicke auf Lorenzo, der grinsend die Augen verdreht. „Was für ein Schwanz", formen seine Lippen auf Italienisch.

Ab jetzt ist es eine Sache von Sekunden. Wir laufen nach oben, ohne uns um Geräusche zu kümmern. Lo tritt die Schlafzimmertür auf. Er hätte die Klinke benutzen können, aber Effekthascherei ist ein schönes Spiel. Als Shane Murphy, Superintendant des Philadelphia Police Department, sich in seinem Bett aufsetzt und für einen entsetzten Schrei Atem holt, halte ich ihm die Mündung meiner HK schon an die Schläfe, und Lo legt seine verdreckte Hand auf den Mund des Mannes. Murphys Hände schießen in die Höhe.

„Guten Morgen, Herr Superintendant", sage ich freundlich.

Seine Augen rollen zu mir, ohne dass er den Kopf bewegt. Einen Moment frage ich mich, ob er bereits eingepisst hat.

„Lo, nimm die Finger weg", weise ich meinen Soldaten an. „Wir sind hier, um zu reden, und Mr. Murphy ist mit zugehaltenem Mund schwer zu verstehen." Ich nehme meine Pistole nicht runter. Lo beginnt, im Zimmer herumzugehen, Fotos in kleinen Standrahmen aufzuheben und anzusehen, Schubladen aufzuziehen und zuzuschieben. Shane Murphy wagt nicht, sich zu rühren. Er ist vielleicht ein paar Jahre älter als ich, Mitte dreißig, würde ich sagen. Er schläft offenbar mit nacktem Oberkörper, aber die Decke ist weit genug heruntergerutscht, dass ich den Ansatz gestreifter Pyjamahosen erkennen kann. Konservativ, wie seine öffentlich geäußerten politischen Ansichten. Es ist zu dunkel im Raum, um seine Haarfarbe wirklich bestimmen zu können, aber ich nehme an, dass sie rot sind. Shane Murphy ist so irisch wie ein Pint Guinness.

„Sag mir, Shane." Ich falle sofort in die vertrauliche Anrede. „Weißt du, wer ich bin?"

Ein Schauder durchläuft ihn. „Ich habe keine Ahnung."

„Ich glaube dir nicht. Du musst doch mit mir gerechnet haben."

Wieder dreht er die Augen zu mir, ohne den Kopf zu bewegen. Ich nehme die Mündung meiner HK von seiner Schläfe und schnaube. „Ich will ja nicht, dass dir die Augen aus dem Kopf fallen. Du hast etwas von mir. Und das weißt du auch, nicht wahr? Mein Name ist Angelo Rossi, und dein Busenfreund Patrick O'Brien hat dir etwas anvertraut, was mir gehört. Ich will es wiederhaben."

„Ich weiß nicht, wovon du sprichst", krächzt er.

„Nimm die Hände runter, Murphy, du siehst lächerlich aus." Ich spiele mit meiner Waffe und gebe Lo mit den Augen ein Zeichen. Er prüft die Nachttischschubladen und holt aus jeder davon einen kleinen Taschenrevolver, die er mir reicht, zusammen mit einem Handy und einem Pager. „Munition?", frage ich abgelenkt, als ich die Magazine der Spielzeuge leere, Batterie und SIM-Karte aus dem Handy nehme, in meine Tasche stecke und Lo den Pager reiche.

„Niente", murmelt Lo und geht zum Fenster. Er schiebt die altmodische Konstruktion nach oben und schmeißt den Pager hinaus, der mit einem satten Klacken auf der steinernen Terrasse zerschellt.

„Du weißt sehr gut, wovon ich spreche, Murphy", sage ich in unverändertem Tonfall. „Und meine Geduld ist sehr begrenzt. Wir sind uns nie begegnet, aber ich weiß, dass du von mir gehört hast."

„Wer hat das nicht?"

Mutig, denke ich. Sowas zu sagen, halbnackt und unbewaffnet, in diesem leicht herablassenden Ton. Ich händige Lo die beiden Revolver aus, er steckt sie ein.

„Das Dumme ist, dass ich wiederhaben will, was Patrick mir genommen hat. Und ich wette, du weißt sehr genau, warum das so wichtig ist. Ich habe einen Auftrag. Ich habe mehr als zwei Monate verloren, diesen Auftrag zu erfüllen. Ja, mir ist ein Fehler unterlaufen, und ich bin erwachsen genug, das zuzugeben. Ich hab dafür bezahlt." Er sieht mir ins Gesicht. Ich weiß, dass er trotz des mageren Lichts die Verletzungen an meinen Augen sehen kann, denn eine Spur von Widerwillen flackert über sein Gesicht.

„Das Dumme für dich ist, dass ich selten zwei Fehler hintereinander mache. Ich kann dich natürlich heute hier nicht erschießen, denn dann würde ich nie rausfinden, wen du mit dem Verkauf der Phiole beauftragt hast. Ich nehme nicht an, dass du selbst es getan hast. Du bist ein rechtschaffender Mensch und hast eine große Karriere vor dir, du wirst ganz bestimmt nicht am schwarzen Markt mit Diebesgut hehlern. Aber nun haben wir beide ein Problem. Wenn du mir den Namen nicht sagst von dem, den du beauftragt hast, werde ich sehr ungemütlich. Und Patrick O'Brien hat mich vor zwei Monaten das eine oder andere darüber gelehrt, was man tun kann, um andere Menschen zum Reden zu bringen."

Lo lehnt mit vor der Brust verschränkten Armen am Fenster und sieht gelangweilt zu. Er hat mich die ersten Tage nach meiner Flucht aus dem Keller gefüttert wie ein Baby, hat mir feuchte Kompressen auf die lädierten Augen gelegt und mich zusammen mit Zia Paolina gehalten, wenn ich in Agonie gebrüllt ha-be. Dieser Mann hat keine Skrupel, dasselbe mit dem Herrn Superintendanten oder sonstwem zu tun, was Paddy mit mir getan hat. Ich habe die auch nicht. Wenn ich bis zu meiner Reise ins Mutterland noch Grenzen gehabt haben sollte – sie sind gefallen. Mit einem mörderischen Krachen in meinem Knie und gleißendem Licht.

„Warte." Murphys Stimme bebt. „Ich kann dir den Namen nicht sagen."

Ich ziehe die Brauen hoch, eine Regung, die mich wunderbar schmerzvoll an das erinnert, was im Keller passiert ist. „Nicht?"

„Das ist ein Kumpel, der hat nie einer Fliege was getan. Er ist doch nur ein Zwischenhändler, ich kann nicht zulassen, dass …"

„Dass was? Wenn er nur ein Zwischenhändler ist, braucht er mich doch nur in die richtige Richtung weisen, sollte er mein Eigentum bereits weiterverkauft haben. Wenn nicht, muss er es mir nur aushändigen. Was hat er zu befürchten?"

„Ich beschaff das Ding." Die Worte zittern aus seinem Mund. „Kein Problem, Mann, ich ziehe ein paar Fäden, ich beschaff das Ding."

Ich trete einen Schritt zurück und richte meine Pistole auf ihn. „Die Phiole, Shane Murphy, ist eines der ältesten Heiligtümer der 'Ndrangheta. Aus deinem irischen Mundwerk lasse ich sie nicht als Ding verunglimpfen." Meine Stimme klirrt, als ob Kinder beim Fußballspielen Eiszapfen von Dachrinnen schießen.

Er hebt die Hände und zieht den Kopf zwischen die Schultern. „Scheiße, Mann, okay, okay, nicht die Nerven verlieren, ja? Die Phiole, okay, ich beschaff dir die Phiole, gib mir zwei Wochen."

Ich senke die Waffe und betrachte ihn. Zwei Wochen. Weitere zwei Wochen verlieren. Mein Status steht auf dem Spiel, meine Rolle als gemachter Mann. Wenn es noch viel länger dauert, wird Carlo Nägel mit Köpfen machen wollen, weil ich nicht länger würdig bin, der zu sein, zu dem der Tod meines Onkels mich gemacht hat.

„Zehn Tage", sage ich kalt.

Noch immer sitzt Shane Murphy mit eingezogenem Kopf vor mir in seinem zerwühlten Bett. „Okay, okay, alles gut, zehn Tage. In zehn Tagen hast du sie."

Ich nicke. „Ein Pfand."

„Was?"

„Ich will ein Pfand dafür, dass ich warte. Etwas, das sicherstellt, dass du auch wirklich daran arbeitest."

Er wimmert.

„Hey Boss", sagt Lo, greift einen der Standrahmen von der Kommode neben dem Fenster und wirft ihn mir zu. Das Foto zeigt ein Mädchen mit weichen goldenen Haaren und großen Augen, das freundlich in die Kamera blickt.

Ich kenne sie.

„Wer ist das?" Ich werfe den Rahmen vor Murphy auf die Bettdecke.

„Cara O'Brien", flüstert er bibbernd.

„Die einzige Tochter meines Busenfreundes Paddy? Was für ein Zufall. Und du hast ein Bild von ihr in deinem Schlafzimmer? Wichst du dich, während ihr Bild dir zusieht? Was bist du für ein Schwein."

„Sie ist meine Verlobte."

Mein Blick schießt zu Lo. Der zuckt die Schultern. Ich muss mich anstrengen, den Schock, der mir in die Glieder gefahren ist, zu verbergen. La Lucciola. Verlobt mit Shane Murphy. Patrick O'Brien hat wirklich an alles gedacht.

Ich brauche nicht einmal den Vorschlag zu machen. Die Worte sprudeln aus Murphy raus. Jetzt bin ich sicher, dass er sich gerade bepisst. „Okay, Mann, nur die Ruhe, ich beschaffe dein Di… deine Phiole, du kannst so lange Cara haben. Als Geisel. Paddy wird mich vierteilen, wenn seinem Baby was passiert und er rausfindet, dass ich …" Seine Stimme versickert in haltlosem Zittern.

Ich setze mich auf den Bettrand und streiche sein Kinn mit der Mündung meiner Pistole. „Shane Murphy. Herr Superintendant. Weißt du, was mich gerade sehr, sehr nachdenklich macht?" Er starrt mir in die Augen. Der kalte Stahl hinterlässt Druckspuren auf seinem Kinn. „Dass du dir Sorgen darum machst, was Paddy mit dir tun wird, aber nicht darum, was ich mit deiner Verlobten tun werde, wenn du sie mir als Pfand überlässt. Sie ist Patricks Tochter. Schon mal daran gedacht, dass ich noch ein Hühnchen mit ihm zu rupfen habe?" Ich nehme die Pistole weg, schiebe sie in den Schulterholster und gebe Lorenzo mit einem Kopfnicken zu verstehen, dass wir gehen. In der Tür drehe ich mich noch einmal um. Der Superindendant des Philadelphia Police Department sitzt zitternd und wimmernd in seinem Bett, und ich bin sicher, dass ich seine Pisse durch die Matratze auf den Parkettboden tropfen höre. Was für ein Schwein. „Es wird mir eine Freude sein", sage ich, dann folge ich Lorenzo die Treppe hinunter.

Cara

Deirdre und ich sitzen an einem der quadratischen Holztische im Vedge und genießen unser Mittagessen. Obwohl ihre Hochzeit schon über zwei Monate zurückliegt, haben wir uns seither nicht mehr gesehen. Es gab eine Zeit, als wir unzertrennlich gewesen sind, doch das ist vorbei. Eine Postkarte aus Dublin mit Grüßen aus den Flitterwochen war alles, was ich von ihr in den letzten Wochen gehört habe. Lustlos schiebt sie die gebratenen Shiitake-Pilze auf ihrem Teller hin und her.

„Schmeckt es dir nicht?" Ich selbst greife ordentlich zu. Die mit Salz gerösteten Goldrüben sind die Spezialität des Hauses und schmecken wie immer köstlich.

Mit einem Seufzen legt sie das Besteck beiseite. „Doch, ich habe nur keinen Hunger. Daniel sagt, ich muss auf mein Gewicht achten."

Ich kann nicht glauben, was sie sagt. Deirdre O'Brien ist eine Elfe in Jeans und figurbetontem T-Shirt. „Daniel hat keine Ahnung. Der sollte froh sein, dass er eine Frau wie dich hat. Waren wenigstens die Flitterwochen schön?"

„Sommer in Irland." Lustlos hebt sie die Schultern. „Was denkst du? Es hat geregnet."

„Ich denke, dass es sein Job ist, sich um dich zu kümmern, Deirdre! Ihr seid noch kein Vierteljahr verheiratet und schon sperrt er dich ein. Wie soll das erst in einem Jahr werden? In zehn Jahren? Wie kannst du das mit dir machen lassen?" Kaum habe ich die Worte ausgesprochen, bereue ich sie. Wir beide wissen, dass sie keine Wahl hatte. Keine von uns hat eine Wahl. Bei der einen äußert sich das darin, dass sie einen Mann heiraten muss, den sie nicht will. Die andere sieht, wie ein Mann fast zu Tode gefoltert wurde, und hält den Mund, obwohl sie mit einem der höchsten Tiere des Philadelphia Police Department verlobt ist. Es ist wie es ist, Blut ist immer noch dicker als Wasser. „Tut mir leid", sage ich deshalb und lege meine Hand auf ihre. „Das hätte ich nicht sagen sollen."

Als ich Tränen in ihren Augen sehe, komme ich mir vor, als hätte ich ein Kätzchen getreten.

„Es hat nicht jeder so ein Glück wie du. Niemand versteht, warum Onkel Patrick zulässt, dass du Shane heiratest. Du bist seine einzige Tochter."

Manchmal denke ich, dass ich nur Ja gesagt habe, als Shane mich im vergangenen Winter fragte, ob ich seine Frau werden will, weil er kein von meinem Vater ausgewählter Kandidat ist. Er ist mein Freifahrtschein hinaus aus einem Leben, in das ich nicht gehören will, ganz egal wie verwurzelt ich darin bin. Es fühlte sich richtig an, selbst die Wahl zu treffen. Gut. Obwohl Shane selbst sich nicht richtig und gut anfühlt, und obwohl wir zu dem Zeitpunkt erst gut ein Vierteljahr zusammen waren. Ich mag ihn, das ist es nicht. Aber wenn Shane mich ansieht, spüre ich nichts von dem Kribbeln, von dem man in Romanen liest. Einen kurzen Augenblick sehe ich dunkel-goldene Augen vor mir, die von einem Fieberschleier verhangen sind und mich dennoch ansehen, als wäre ich ein Engel. Ich fühle Haut unter meinen Fingern, die heiß ist und aufgerissen und sich richtig anfühlt. Ich spüre harte Muskeln unter meinen Fingern, während ich ihn in meinen Armen halte und tröste, und augenblicklich erwärmt sich mein Körper. Ich habe keine Ahnung, was mit mir los ist, aber seit Deirdres Hochzeit spukt er durch meine Gedanken, lässt mich Dinge träumen, von denen ein braves Mädchen nicht einmal eine Ahnung haben dürfte. Ich stelle mir vor, wie es wäre, wenn es anders herum ist. Wenn er mich hält, wenn er mich mit seinem Körper bedeckt und in mich stößt. Mein Inneres zuckt bei dem Gedanken an den Traum der letzten Nacht. Es kostet mich einiges an Selbstbeherrschung, nicht die Hand in meine Jeans zu schieben und mit dem Finger zu füllen, was sich seit Wochen zu leer anfühlt. Himmel, ich bin wirklich gut darin geworden, es mir selbst zu machen. Ich muss mir nur sein Gesicht vorstellen, minus die Folterspuren und Schwellungen, und komme wie ein Güterzug. Wenn das Blut in meinen Ohren rauscht und meine Finger nass sind von meinem Saft, höre ich seine Stimme. La Lucciola. Ich habe das Wort im Internet nachgeschlagen, Tage nach Deirdres Hochzeit, weil es mir nicht aus dem Kopf gegangen ist. Es heißt Glühwürmchen. Licht in der Dunkelheit. Shane nennt mich Darling, wenn wir allein sind. Er meint es gut, also tu ich, als ob ich es mag. All das sage ich Deirdre nicht. Es wäre nicht fair. Stattdessen trinke ich die letzte Pfütze meines Weines.

„Was hast du jetzt vor?", versuche ich zurückzufinden in ein unverfänglicheres Gespräch. „Gehst du im Herbst zurück aufs College?"

„Wohl kaum. Momentan sind die Dinge verrückt bei den Männern. Ich wundere mich, dass ich mich überhaupt mit dir treffen durfte. In der vergangenen Woche sind drei Männer aus Daniels engstem Kreis verschwunden. Wenn ich ehrlich bin, bin ich sogar ziemlich froh um den Schutz, den er mir mitgibt." Sie nickt zu dem Tisch zwei Fenstersimse weiter. Zwei Männer sitzen dort und tun so, als würden sie essen. Dass ihnen das in einem vegetarischen Restaurant kein Mensch glaubt, tut nichts zur Sache. In ihren Cordhosen und den abgerissenen Leinenhemden passen sie hierher wie ein Pickel aufs Gesicht der Queen, aber Deirdre hat Recht. So, wie die Dinge momentan stehen, können wir froh sein, dass sie hier sind.

Das, was jahrelang ein Konflikt im Verborgenen gewesen ist, hat sich in den letzten Wochen zu einem Krieg ausgewachsen. Philadelphia ist eine große Stadt, aber nicht mehr groß genug für die Iren und die Italiener. Dass sie einander an die Kehle gehen, ist nicht neu, nur die Intensität, die der Konflikt zuletzt angenommen hat, ist beängstigend. Ich frage mich nicht zum ersten Mal, ob dieser Krieg etwas mit dem goldäugigen Mann im Schmugglerkeller zu tun hat, nicke verständnisvoll, und wir essen weiter. Sogar vor mir selbst fällt es mir schwer, zuzugeben, dass mich der Gedanke, dass wirklich er es ist, der blutige Rache für das nimmt, was man ihm angetan hat, noch heißer macht. Im Inneren sind wir alle nur Tiere. Der Stärkste gewinnt. Er bekommt das Revier, den Respekt und die Weibchen. Und wie eine rollige Löwin will ich ihm den Hintern hinstrecken und ihn anflehen, mich zu markieren, wenn ich mir vorstelle, dass er sich zurückholt, was ihm gehört. Er hat es verdient, hat es mit seinem Blut bezahlt. Jetzt soll er es bekommen.

Das Gespräch wendet sich anderen Dingen zu. Deirdre erzählt mir von den Geschenken, die sie zur Hochzeit bekommen haben, und von den Mühen, ihr neues Haus nach ihrem Geschmack einzurichten. Das scheint das einzige zu sein, bei dem Daniel ihr freie Hand lässt, und sie stürzt sich auf die Aufgabe wie eine Verdurstende auf eine Pfütze in der Wüste. Sie klingt wie die verwöhnte Ehefrau eines neureichen Geschäftsmanns, und es fällt mir schwer, Begeisterung zu heucheln. Ich würde sie gern nach den anderen Dingen fragen, den Dingen, über die man nicht spricht. Nach der Hochzeitsnacht, danach, ob sie Angst hat, wenn sie abends unter die Bettdecke schlüpft, und was sie von den drei verschwundenen Männern weiß. Ich wüsste gern, ob der Mann etwas damit zu tun hat, der mich Lucciola genannt hat, aber darüber, was ich getan habe, kann ich noch weniger sprechen als über Deirdres Hochzeitsnacht.

Bevor das Dessert serviert wird, entschuldige ich mich für einen Abstecher auf die Toilette. Auf dem Weg den kurzen Gang vom Gastraum zu den Toiletten dingt mein Handy. Eine Nachricht von Shane.

Freue mich auf gleich. Kann dich nicht abholen, nimm ein Taxi. Wir treffen uns in der Marina.

Ich bin keine rollige Löwin. Ich habe nicht vergessen, was mir in Wahrheit im Leben wichtig ist. Deshalb bin ich in einer dreiviertel Stunde mit Shane verabredet, dem braven, guten Shane, mit dem braven, guten Leben. Ursprünglich war geplant, dass er mich direkt vom Vedge abholt, damit wir gemeinsam an die Benjamin Franklin Bridge hinausfahren können, wo er ein Boot liegen hat, mit dem er an Wochenende gern auf den Delaware River fährt.

Okay. Freu mich auch. Bis gleich x

Obwohl Shane nicht weiß, wer mein Vater wirklich ist, steht er diesem an Beschützerinstinkt in nichts nach. Wir sind beide irischer Abstammung, das schweißt zusammen, aber er ist Polizist aus Leidenschaft, und mein Vater ist so kriminell wie wenige andere Männer in dieser Stadt. Manchmal finde ich es seltsam, dass die Männer, vor denen Shane denkt, mich schützen zu müssen, diejenigen sind, von denen ich am wenigsten zu befürchten habe. Aber dann verdränge ich den Gedanken. Nur noch ein halbes Jahr, dann bin ich nicht mehr Cara O'Brien, sondern Cara Murphy. Dann habe ich erreicht, was ich immer erreichen wollte. Dann bin ich eine ganz normale Frau, mit ganz normalem Namen. Die Schuld, die in meinen Adern fließt, nur noch eine vage Erinnerung.

Ich stecke das Handy zurück in meine Tasche und erledige das, was man auf der Toilette erledigt. Nur noch ein einzelnes Blatt hängt von der Rolle. Verdammt. Die Tür zu den Toilettenräumen geht auf, und mit der Luft aus dem Gastraum kommt der Geruch nach Zigarrenrauch. Sofort muss ich husten. Ich hasse das Zeug. Daddy hat früher im Auto geraucht, und ich kann mich daran erinnern, wie ich jedes Mal Angst hatte, mit ihm allein im Auto zu sitzen, weil meine Augen von dem Rauch brannten.

„Rauchen verboten!", sage ich zu der verschlossenen Kabinentür. Ich krame in meiner Handtasche nach den Feuchttüchern, die ich für Notfälle immer dabei habe.

Die Antwort ist ein tiefes Lachen. Zu tief, um zu einer Frau zu gehören. Das verdammte Toilettenpapier ist mir plötzlich egal. Leichenfinger streichen über meinen Nacken, mein Instinkt reagiert schneller als mein Verstand. Am Ende des Tages bin ich immer noch die Tochter meines Vaters.

„Das ist die Damentoilette. Sie müssen sich vertan haben." Ich bemühe mich, meine Stimme beiläufig klingen zu lassen, resolut. So, als ob ich keine Angst hätte. Früher habe ich keine Angst gehabt. Als ich noch Daddys kleines Mädchen war, das beim Anblick von Blut mit den Schultern zucken konnte. Das könnte ich auch heute noch, wenn es drauf ankommt, aber es passt nicht zu dem Image, das ich zu vermitteln suche. Ein gut erzogenes, normales Mädchen schreit beim Anblick von Blut und rennt weg.

Charlie und Matt sind im Gastraum, die beiden Bluthunde von Daddy und Daniel. Shane weiß, dass ich hier bin. Daddy weiß es. Kein Mensch, der auch nur einen Funken Verstand im Kopf hat, würde die Tochter von Patrick O'Brien an einem öffentlichen Ort angreifen. Ich gebe mir einen Ruck und richte meine Kleidung. Wer den Kopf hochhält und den Rücken gerade, ist kein Opfer. Eine Weisheit, die ich bereits mit der Muttermilch eingesogen habe. Wenn ich muss, werde ich wieder zu Patricks Cara. In zwei Minuten bin ich zurück bei Deirdre, und wir werden über meine Angst lachen können.

Ich öffne die Kabinentür. Noch bevor ich meinen Kopf hinausschiebe, presst sich kaltes Metall an meine Schläfe. Mein Atem stockt, mein Blut gefriert, aber ich lasse mir nichts anmerken. Eine Pistole hat mich nicht mehr erschreckt, seit ich fünf Jahre alt war. Ich bin Cara O'Brien. Niemand kann mir etwas anhaben. Erst im zweiten Augenblick registriere ich die Männer. Sie sind zu zweit. Einer, etwa einen halben Kopf größer als ich, mit einem feisten Bierbauch und schütterem weißen Haar, hat sich breitbeinig vor der geschlossenen Toilettentür postiert. Der andere, der, zu dem die Halbautomatik gehört, die an meiner Schläfe liegt, ist deutlich jünger. Er hat einen jungenhaften Schmollmund und schwarze, kinnlange Haare, doch in seinen Augen glitzert Eis.

„Gehen wir, kleine Prinzessin. Kein Laut. Wir werden das Restaurant durch die Hintertür verlassen wie gesittete Leute."

„Das ist Wahnsinn", sage ich, während ich seelenruhig meine Hände wasche. Ich wundere mich, wie emotionslos meine Stimme klingt. Der Mann mit der Waffe spricht mit einem starken Akzent. Einem Akzent, den ich schon einmal gehört habe. Von einem anderen Mann, der ebenfalls schwarze Haare hat. Eine Ahnung überfällt mich, ein Verdacht, der mir das Blut in den Adern gefrieren lässt. Nichts im Leben geschieht ohne Grund. Ist das der Dank des Mannes, dem ich die Lider von der Stirn gerissen habe? Bin ich Teil eines Rachespiels geworden, das mich nicht betrifft? Zumindest nicht betreffen sollte? Arschloch. Ich wollte zu ihm, hab davon geträumt, wie es wäre, mich von ihm nehmen zu lassen. Ich habe von seinen dunkelgoldenen Augen geträumt und davon, wie seine Haut sich anfühlt, wenn Schweiß darauf glänzt. Wenn er mich gnadenlos mit seinem Körper in Besitz nimmt. Aber das heißt nicht, dass ich Lust darauf habe, auf der falschen Seite eines Unterweltkrieges zu landen. Im Traum ist vieles einfacher als in der Realität. „Alle wissen, dass ich heute hier bin. In weniger als zwei Minuten wird mein Verschwinden auffallen. Und dann seid ihr tot."

„Rührend, dass du dir Gedanken um uns machst. Aber du solltest dir deinen hübschen Kopf nicht über Dinge zerbrechen, von denen du nichts verstehst."

Bierbauch zieht seine Waffe, tritt zu uns und legt einen Arm um meine Taille. Ich spüre einen zweiten Pistolenlauf, diesmal an meiner Seite, verdeckt vor den Augen anderer durch sein Jackett. „Ich hab sie, Lo." Sein Akzent ist so amerikanisch, wie es nur geht.

Lo entfernt die Halbautomatik von meiner Stirn und verstaut sie in seinem Rücken im Hosenbund, unter der Jacke. Ich rechne meine Fluchtchancen aus. Sie sind vernichtend gering. Zumindest so lange sich der Lauf einer Pistole in meine Nieren bohrt. Also lasse ich mich von den beiden aus der Toilette führen, rechts den Gang hinunter, nicht zum Gastraum, sondern in die entgegengesetzte Richtung, wo eine Hintertür zum Personalparkplatz führt. Direkt vor der Tür parkt ein schwarzer Sportwagen. Weg. Ich muss weg hier. Meine Muskeln zittern vor unterdrückter Panik, und ich weiß nur eines. Sobald ich in diesem Sportwagen sitze, bin ich verloren. Lo tritt um uns herum und öffnet die Beifahrertür, klappt den Sitz nach vorn. Bierbauch greift mir in den Nacken, drückt mich nach unten, um mich auf die schmale Rückbank des Wagens zu zwingen. Ich folge der Bewegung, hebe mein Bein an. Für den Bruchteil einer Sekunde lässt der Druck in meiner Seite nach.

Ich handle, bevor ich denke. Mein Knie gegen die Rückseite des umgeklappten Sitzes gestützt, trete ich nach hinten aus, lasse mich gleichzeitig zur Seite fallen. Sofort ist Lo über mir. Ich rolle mich weiter, trete, kämpfe. Die Bordsteinkante bohrt sich in meinen Rücken, der Schmerz nimmt mir den Atem, aber es ist egal. Hier geht es ums Überleben. Mein Überleben. Irgendwo, vergraben unter dem Rauschen des Blutes in meinen Ohren, formt sich die Frage, warum Lo nicht schießt. Aber dann bohrt sich etwas in meine Schulter und der Gedanke verklingt im Zucken meiner Muskeln. Höllischer Schmerz schießt durch meinen ganzen Körper. Ich zittere. Ein Zischen füllt die Luft um mich herum, explodiert in meinen krampfenden Muskeln. Es dauert. Dauert immer länger. Eins. Zwei. Ich zähle im Kopf. Die Formen meiner Umgebung verschwimmen im Schmerz. Drei. Vier. Ich kann nicht mehr atmen, und ich weiß mit kaltem Entsetzen, dass es Strom ist, der durch meine Adern schießt. Ich möchte schreien, doch kann nicht. Es tut so weh.

Fünf. Es ist vorbei.

KAPITEL 3

Angelo

Ich wollte Cara selbst holen. Wollte sie mit eigenen Augen sehen, wollte wissen, ob sie immer noch diese Magie auf mich ausübt wie in dem schimmligen Keller mit dem Standstrahler. Doch wenn Carlo Polucci einen Mann auf sein Anwesen bestellt, geht man keinen anderen Dingen nach, und seien sie noch so wichtig. Man setzt sich zähneknirschend ins Auto und fährt hinüber nach Bellmawr.

Der Zeitpunkt des Zugriffs ließ sich nicht mehr verschieben. Dass Murphy sich an die Abmachung gehalten und mir auf ein Einweghandy den Ort und die Zeit getextet hat, wundert mich und macht mir deutlich, dass ich gebührend Eindruck hinterlassen habe. Ein kleines bisschen zweifele ich immer noch, während Polucci auf mich einredet und ich mich kaum konzentrieren kann. Spielt Murphy mit gezinkten Karten? Wird sie dort sein? Als Paddy O'Briens Tochter steht sie mehr oder weniger ständig unter Beobachtung, doch Murphy hat mir versichert, dass sie an diesem Tag nur sehr leicht bewacht sein würde, weil sie mit ihrer Cousine unterwegs sei. Erstaunlich, dass dieses Mädchen es schafft, Zeit für sich selbst zu organisieren und mit Freunden shoppen zu gehen wie eine ganz normale College-Studentin.

Wegen Carlo Polucci bin ich überhaupt in dieser Lage. Die elf 'ndrine von Philadelphia, Clans, die die Macht über den Süden der Stadt unter sich aufteilen und eine Expansion nach Norden in die Gebiete von O'Brien anstreben, operieren seit dem Tod von Massimo Cerruti vor fast zwei Jahren ohne Oberhaupt. Cerruti, ein Kalabrier der alten Schule, wurde fast neunzig Jahre alt und hatte seine Ehre aus dem alten Land mit in die Neue Welt gebracht. Ins Amt gewählt und bestätigt von der Provincia in Reggio Calabria, hat niemand seine Macht je angezweifelt.

Sein Tod hat ein Macht-Vakuum hinterlassen. Es gab keine Grabenkämpfe, obgleich unsere Organisation aufgrund ihres Aufbaus, aber auch wegen der ungeheuren Gelder, die durch unser System fließen, für innere Kriege anfällig ist. Die haben wir vermieden, aber wir operieren wie eine Schlange ohne Kopf, und dadurch entgehen uns Möglichkeiten. Wir haben weniger verdient, als wir hätten verdienen können. Die Auslandsunternehmungen in Kanada, Australien und Deutschland überflügeln den amerikanischen Ableger inzwischen, und das liegt nicht zuletzt daran, dass wir uns in Philly keine Gedanken um einen Nachfolger gemacht haben.

Als einziger der Vangelisti in Philadelphia, der im Mutterland geboren ist, noch dazu in San Pasquale, einer unserer traditionellen Hochburgen, hätte in der natürlichen Ordnung mir das Amt zufallen müssen. Mein Vater war ein großer Mann in Kalabrien, meine Mutter ist eine Prinzessin. Doch ich habe das alte Land nicht freiwillig verlassen. Dass ich gehen musste, war eine Strafe. Ich hätte in Amerika als Soldat angefangen, wäre da nicht mein Onkel gewesen, der mich schnell zu seinem wichtigsten Camorrista machte und nach dessen Tod ich seine 'ndrina nahtlos übernahm.

Carlo Polucci ist in New York geboren. Neffe des Oberhauptes des New Yorker Ablegers der 'Ndrangheta. Er hat seine 'ndrina in Philly von Grund auf hochgezogen, innerhalb weniger Jahre sind sie zur stärksten Gruppierung geworden. Niemand von uns, der nicht seinen Kopf auf der Benjamin Franklin Bridge aufgespießt sehen wollte, stellte sich dem Vorschlag entgegen, den Quintino Polucci endgültig zu Cerrutis Nachfolger zu erklären. De facto hatte er das Amt schon länger, aber da es nicht offiziell war, konnten wir immer noch machen, was wir wollten.

Was fehlte, war das Blut des Heiligen Lukas. Polucci hätte nach Kalabrien reisen und sich dort im Amt bestätigen lassen müssen, aber er gehört zu denen, die darauf bestehen, dass uns Autonomie vom Mutterland zusteht. Dies ist eines der wenigen Dinge, in denen wir zu hundert Prozent einer Meinung sind. Er weigerte sich, die Reise zu unternehmen, und bestand darauf, in Amerika bestätigt zu werden. Ohne das Blut des Heiligen Lukas hätte kein Don der Welt ihn anerkannt. Doch selbstverständlich rückten die Kalabrier nicht mit der Reliquie heraus.

Also bin ich gereist. Habe die Phiole in meinen Besitz gebracht und sie an Bord eines Flugzeuges zurück in die Staaten geschmuggelt, noch bevor die Provincia überhaupt das Fehlen bemerkte.

Was dann geschehen ist, ist Geschichte. Patrick O'Brien hat mich bei meiner Rückkehr geschnappt, und wir haben das Blut wieder verloren. Carlo wird ungeduldig. Er lässt sich von mir Bericht erstatten, seine Miene ist undurchsichtig, eiskalt und steinhart.

Er lässt sich nichts anmerken. Wäre alles nach Plan gelaufen, wäre er längst der mächtigste Mann linksseits des Delaware Flusses. Ironisch, wenn man bedenkt, dass er rechtsseitig lebt, in New Jersey. Noch komplizierter wird die Sache durch die Kalabrier, die natürlich längst begriffen haben, was ihnen genommen wurde, und Himmel und Hölle in Bewegung setzen, um die Phiole zurückzubekommen.

Mein Handy vibriert in meiner Hosentasche. „Entschuldige, Capo."

Er nickt mir zu, kein Anzeichen, ob ihn die Unterbrechung irritiert. Ich habe ihn darüber informiert, dass sich die Tochter O'Briens in meiner Gewalt befinden und dort bleiben wird, bis ich die Phiole erhalte. Ich habe keine Ahnung, ob ihm das passt oder nicht, er gibt nichts preis.

Ich öffne die Nachricht. Von Lorenzo. Mein engster Vertrauter kümmert sich um die Angelegenheit, das verschafft mir ein wenig Ruhe, aber ich hätte es dennoch gern selbst gemacht. Und sei es nur, um zu verhindern, dass einer von meinen Leuten es ist, der sie zuerst zu Gesicht bekommt, und nicht ich.

Zugriff positiv. Kitty Hawk. Lo.

Also hat alles so geklappt, wie es sollte. In der Kitty Hawk Avenue steht ein leeres Fabrikgebäude, wo früher Militäruniformen genäht wurden. Dort sollten sie sie hinbringen. Ich erhebe mich und strecke die Hand aus.

„Ich muss gehen."

„Pass gut auf sie auf, Vangelista", sagt Carlo, ohne die Miene zu verziehen.

„Darauf kannst du dich verlassen."

Auf der Fahrt nach Kitty Hawk spüre ich eine seltsame Erwartungsfreude. Es ist anstrengend, dieses Gefühl zu unterdrücken, denn es gehört hier nicht her. Ja, Cara O'Brien hat mir aus einer beschissenen Situation herausgeholfen. Ohne sie wäre ich vermutlich in Paddys Rattenloch verreckt. Ich bin neugierig, ob Cara immer noch so aussieht wie während meines Fieberdeliriums in dem Schmugglerkeller. Auf dem Foto in Shane Murphys Schlafzimmer habe ich sie sofort erkannt, aber was sind Fotos? Ich werde aus der Beziehung von Cara und Murphy nicht schlau. Wäre es eine politisch arrangierte Ehe, und was das angeht, halte ich bei Paddy nichts für unmöglich, wüsste nicht nur jeder im Outfit davon, sondern auch die Italiener. Eine familiäre Verbindung zwischen Paddy und dem Superintendanten würde eine Machtverschiebung bedeuten, die wir nicht ignorieren dürften. Mehr noch, wir müssten sie verhindern. Aber wir wissen nichts davon.

Also Liebe? Der Gedanke schmeckt säuerlich. Murphy ist mit Mitte dreißig ein ansehnlicher Kerl, nicht hässlich, gut in Form. Cara ist ungefähr zehn Jahre jünger als er, aber Anziehung lässt sich nicht in Jahren bemessen. Was also?

Gegen Liebe spricht, mit welcher Leichtigkeit der Wichser uns das Mädchen in die Hände gespielt hat. Was soll das alles?

Wenn es keine Liebe ist, aber ihr Foto auf seinem Nachttisch steht, dann vermutlich, weil er sich beim Schlafengehen zum Anblick dieses engelsgleichen Gesichts einen runterholt. Und dieser Gedanke, noch mehr als die Möglichkeit, dass bei den beiden Liebe im Spiel sein könnte, lässt mich weißglühende Wut empfinden. Fuck.

Ich ziehe den Ferrari neben den Bordstein hundert Schritte vom Hintereingang der Uniformfabrik entfernt. Diese Gegend gehört mir, aber wenn etwas passiert, ist es klüger, den auffälligen Wagen nicht zu nah am Ort des Geschehens zu parken. Vorsicht ist in Amerika unbedingt notwendig. In Kalabrien? Nicht so sehr. Dort haben wir die Macht. Die Carabinieri lassen uns in Ruhe, Razzien werden angekündigt, wer ihnen ins Netz geht, ist selber schuld. Hier ist alles anders, aber eine meiner wichtigsten Fähigkeiten ist Anpassung. Ich steige aus, verschließe den Wagen sorgfältig, knöpfe mein Jackett zu und mache mich mit schnellen, aber nicht hektischen Schritten auf den Weg die Straße hinunter.

Einer von Lorenzos Picciotti, ein pickliger Junge namens Carmine, steht in der Nähe des Eingangs Schmiere und nickt mir zu, als ich die Tür aufschiebe.

Es ist dunkel. Im Inneren der Fabrik stinkt es sauer nach schimmliger Baumwolle und Rattenpisse. Großartig. Warum habe ich diesen Ort ausgesucht? Ich laufe die Treppe nach oben bis in den dritten Stock, der Geruch wird nicht besser. Putz bröckelt von den Wänden. Ich passiere einen weiteren von Lorenzos Männern, der zur Seite tritt, um mich durchzulassen.

Cara O'Brien sitzt auf einem wackligen Stuhl mitten in dem riesigen Saal, der einmal ein Heer von Näherinnen beheimatet hat. Geblieben davon sind zwei in die Ecke geschobene Tische und ein paar umgekippte Stühle. Und der, auf dem Cara sitzt. Die Hände auf den Rücken gefesselt, die Knöchel mit groben Stricken an die Stuhlbeine gebunden. Irgendwer hat ihr ein dreckiges Stück Stoff, vielleicht einen Schal oder ein Halstuch, ums Gesicht gewickelt, so fest, dass der Streifen in ihren halb geöffneten Mund schneidet. Nass von Speichel. Sie starrt mich an, als ich den Raum betrete, in ihren Augen steht Mordlust.

Das ist interessant. Genauso interessant ist, dass mir bei ihrem Anblick eine ebenso große Wut in die Adern schießt, wie sie mir aus ihren Augen entgegen fliegt. So sollte das nicht sein. Das ist nicht richtig. Cara O'Brien ist ein Pfand, und sie ist wichtig. Wenn ihr verdammter Vater mit seinen Gefangenen umgeht wie mit Dreck, heißt das noch lange nicht, dass wir es ihm gleichtun müssen.

Ich gehe mit fünf schnellen Schritten auf Lo zu, hole aus, meine Faust kracht mit solcher Wucht gegen seine Schläfe, dass er zur Seite taumelt, das Gleichgewicht verliert und auf die Knie stürzt. Fassungslos stiert er mich von unten herauf an.

„Was, Boss?"

„Habe ich dir gesagt, dass du sie knebeln sollst?"

„Aber sie …"

Ich schneide ihm mit einer Handbewegung das Wort ab. „Wo ist Bernardo?" Der alte Haudegen sollte an meiner Stelle mit Lorenzo fahren, um Cara zu holen. Er tritt hinter mich, kauend. „Ciao, Boss."

„Was soll der Scheiß hier?"

„Die ist ein Biest. Scheiße nochmal. Die hat nicht mal Angst oder so. Wir mussten sie tasern, um sie in den Wagen zu bekommen."

Ich verdrehe die Augen. „Ihr seid zu zweit und kriegt kein kleines Mädchen in eure Gewalt? Was soll das? Muss ich euch ersetzen?"

Bernardo hebt beide Hände in einer Geste der Entschuldigung, doch in seinen Augen steht kein bisschen Reue. „Wollte nur verhindern, dass sie uns durch die Finger gleitet. Die ist glitschig wie ein Fisch."

Lorenzo kommt auf die Füße, reibt sich die Wange und hält Abstand zu mir. „Echt, Boss, ich hab noch nie erlebt …"

Er verstummt, als ich ihn nicht beachte, sondern auf Cara O'Brien zutrete. Immer noch brennt Wut in ihren hellgrünen

Augen, aber jetzt, als ich näher komme, auch etwas anderes. Verachtung. Und Angst. Sie hat Angst vor mir. Ich habe vielen Menschen in die Augen gesehen, die Angst vor mir hatten, doch diesmal ist es anders. Ich weiß nicht, ob es mir gefällt oder nicht. Da ist etwas in meiner Brust, ein Gefühl, das ich nicht zuordnen kann. Es ist kein Mitleid, denn Mitleid habe ich mir längst abgewöhnt. Es ist auch keine Reue. Es ist etwas anderes, ich finde keinen Namen dafür. Statt mir weiter darüber Gedanken zu machen, hocke ich mich neben sie, die Ellenbogen auf den Knien, meine Hände baumeln locker zusammengelegt zwischen meinen Beinen.

Sie ist süß. In ihrer Widerspenstigkeit, ihrer Angst, und mit diesem durchgesabberten Stoffstück zwischen den Zähnen, ist sie süß wie ein Glühwürmchen. Gesunde, weiße Zähne. Klare, reine Haut, und ihr Haar ist eine blonde Mähne, die dazu verlockt, hineinzugreifen und zu ziehen. Jetzt, wo ich sie wiedersehe, ist eines sicher: Ich war im Fieberdelirium, denn ich hatte keine Ahnung, wie süß la Lucciola wirklich ist. Ich betrachte sie vom Scheitel bis zu den Füßen und wieder zurück, lasse mir alle Zeit der Welt. Ein Bild formt sich in meinem Kopf, von ihr, von mir, ineinander verschlungen auf dem breiten Bett in meinem Apartment. Wenn ich eine schöne Frau sehe, muss ich sie haben, und Cara O'Brien ist eine der schönsten und interessantesten Frauen, die ich je gesehen habe. Und sie befindet sich in meiner Gewalt. Ich kann mit ihr machen, was ich will. Mein Schwanz applaudiert dieser Tatsache, indem er steinhart wird. Die Angst in ihren Augen besiegt die Mordlust, und sie lehnt sich so weit zurück, wie es die Fesseln und die Rückenlehne des morsch knarzenden Stuhls erlauben.

Der Gestank hängt im Raum. Hier oben ist der Schimmelgeruch trockener, staubiger, dafür ist die Rattenpisse präsenter. Ich hätte mich vorher vergewissern sollen, dass der Ort, an den ich sie bringen lasse, passend ist. Sie soll nicht denken, wir seien Barbaren.

Als ich mich erhebe und in meinem Rücken das Messer aus dem Bund meiner Anzughose ziehe, wimmert sie ein bisschen. Die Scheide, aus der ich das Messer nehme, reiche ich weiter an Lo, dann zeige ich Cara die Klinge. Ihre Augen weiten sich, sie windet sich in ihren Fesseln. Das Wimmern, erstickt von dem dreckigen Knebel, wird lauter, als ich hinter sie trete. Mit den Fingerspitzen berühre ich ihre Haare, die sich anfühlen wie Seide. Ich betrachte sie erneut, lange, jetzt ihren elegant gebogenen Rücken. Wann habe ich zum letzten Mal eine Frau unter mir gehabt? Ich kann nicht umhin, mir vorzustellen, wie Cara O'Brien vor mir auf den Knien liegt, Hintern in die Höhe gestreckt, meine Hand in ihrer herrlichen Mähne, wie ich ihren Kopf in den Nacken ziehe und sie so hart und tief ficke, dass ihr Stöhnen wie ein Bellen klingt und sie minutenlang kommt. Oder vielleicht nehme ich sie doch nicht von hinten. Was für eine Verschwendung, ihr nicht in die Augen zu sehen, wenn sie kommt. Ich kann dafür sorgen, dass Frauen sich selbst vergessen. Dass sie vergessen, wer sie sind. Ich will den Augenblick erleben, in dem Cara vergisst, dass sie eine O'Brien ist. Ich will hören, wie sie meinen Namen schreit, so lange und so laut, das die Nachbarn denken, ich bringe sie um. Und es wird ein Tod sein, ein kleiner Tod, denn auf der anderen Seite des Ficks wird dort, wo sie zuvor noch ein eigener Mensch war, nur noch einer sein. Ich.

Ich setze das Messer an und durchtrenne das Halstuch, mit dem Lo sie geknebelt hat.

Sie atmet japsend auf.

„Jetzt sind wir quitt", sage ich ruhig, die Finger immer noch in ihren Haaren. Ich trete wieder um sie herum. Verachtung glänzt in den türkisfarbenen Pupillen. Ich kann sehen, wie sie mit sich kämpft, mir etwas entgegenzuschleudern. Ich mag Frauen, die sich an ihren Platz in meiner Welt fügen. Die sich auf den Rücken legen, wenn ich es von ihnen verlange, und die Beine spreizen, ohne zu argumentieren. Ich mag keine Frauen, die herumzanken, ich habe dafür keine Zeit.

Doch als Cara O'Briens Blick jetzt in meinen fällt, bin ich mir einer Sache vollkommen gewiss. Der einzige Grund, warum sie nicht loswettert, ist, dass sie sich ihrer Stimmbänder nach einer wer weiß wie langen Zeit mit Knebel im Mund nicht sicher ist. Sie will nicht, dass ihre Stimme schwach klingt. Sie ist in einer beschissenen Lage. Ich weiß, wie sich das anfühlt, denn ich habe es mehr als einmal selbst erlebt, aber sie ist nicht schwach. Das imponiert mir, auch gegen meinen Willen.

„Ich werde dir die Fußfesseln durchtrennen, Cara, dann bringe ich dich woanders hin", sage ich.

„Zu meinem Vater", krächzt sie. „Bring mich zu meinem Vater, du …"

„Shhhh." Ich lege einen Finger auf meine Lippen. Ich würde sie auf ihre legen, aber ich will nicht, dass sie mich beißt. „Sag nichts, was ich dich bereuen lassen müsste. Und nein, ich bringe dich nicht zu deinem Vater. Du sollst wissen, dass du ein Pfand bist. Ich finde es fair, dass du das weißt. Damit du sicher sein kannst, dass wir dir nichts tun. Solange du brav bist."

Bei dem Wort brav lodern ihre Augen auf, dass es mich amüsiert. Sie ist so süß. Ich könnte ein bisschen meine Hand über ihren Körper gleiten lassen, sie fühlen, sie nervös machen. Wenn ihr Körper nur halb so heiß ist wie ihr Haar, wäre sie ein echtes Geschenk.

Ich lasse es bleiben, gehe in die Knie und durchtrenne die Seile, die ihre Knöchel an die Stuhlbeine fesseln.

Als nach dem rechten auch ihr linker Fuß frei ist, holt sie aus. Ich bin zu nah. Ihr Fuß, der in einem ledernen Schuh mit fester Sohle steckt, trifft mich mit unerwarteter Härte an der Schläfe und wirft mich zurück. Weder Lo noch Bernardo eilen mir zu Hilfe. Bernardo steckt sich seelenruhig eine Zigarette an.

„Hab dich gewarnt, Boss", murmelt er. Ich möchte ihm die Meinung sagen, aber Cara wirft sich seitwärts vom Stuhl, schafft es irgendwie, auf die Füße zu kommen, trotz der auf den Rücken gefesselten Hände, und startet durch. Nach zwei Schritten packe ich sie, meine Hand in ihren Haaren, zerre sie zu mir herum. Ihre Brust kracht gegen meine Rippen. Angst und Hochmut in ihren wunderschönen Augen, die Lippen ein wenig geöffnet. Sie weicht meinem Blick nicht aus.

„Sowas machst du nicht zweimal mit mir, Schätzchen", grolle ich sie an. Halb rechne ich damit, dass sie mir ins Gesicht spuckt, aber sie besitzt genug Verstand, es nicht zu tun. Meine Erektion ist geradezu schmerzhaft, so sehr giere ich danach, sie klein zu ficken. Sie hat mir geholfen. Als sie mein nutzloses Leben gerettet hat, kam sie mir vor wie ein Engel. Jetzt ist sie eine unberechenbare Hexe. Die Mischung ist es, die mich kopflos macht. Ich will ihren Widerstand brechen, um ihr anschließend einen Altar zu bauen, vor dem ich ihr huldigen kann. Ich weiß nicht, was ich will. Sie raubt mir den Verstand. Das macht sie zu einer tödlichen Gefahr. An meinem Brustkorb kann ich spüren, wie ihr Herz rast.

„Ich sollte dich hier und jetzt ficken", knurre ich ihr ins Ohr. Sie zuckt zurück, aber weicht meinem Blick noch immer nicht aus. „Damit du weißt, wer hier die Hosen anhat." Ich reiße sie an ihren Haaren herum und stoße sie in Richtung des Ausgangs. „Gehen wir", sage ich zu Lorenzo. „Ich denke, jetzt hat sie's begriffen."

Cara

Tu es. Ich muss mir auf die Lippen beißen, um die Worte daran zu hindern, aus meinem Mund zu fließen. Fick mich. Fick mich hier und fick mich hart, damit es wenigstens einen Sinn ergibt, dass ich dein wertloses Leben gerettet habe, du italienischer Hurensohn. Ich erkenne ihn sofort, obwohl er nur noch vage Ähnlichkeit mit der erbärmlichen Kreatur hat, die verwundet und sterbend am Boden kauerte. Eine Hand in meinen Nacken gekrallt, hält mich der Mann, der mich la Lucciola genannt hat, das Glühwürmchen, den Hoffnungsschimmer in der Dunkelheit, an seinen Körper gepresst. Er ist ein bildschönes Biest. Groß und stark und schlank. Seine Haare so schwarz wie seine Seele, sein Gesicht, scharfe Kanten und harte Winkel, von einer Ebenmäßigkeit, wie sie nur zu einem Engel gehören kann. Ein dunkler Bartschatten liegt auf Wangen und Kinn, eine Erinnerung an das Gestrüpp, das nach mehreren Tagen in der Gewalt meines Vaters sein halbes Gesicht bedeckte. Mein Körper verrät mich, schmilzt in seinen, mein Blut schäumt. Die Hand in meinem Nacken ist pure Kraft und Wärme.

Seit ich neun Jahre alt war, habe ich darum gekämpft, gut zu sein. Geboren als die einzige Tochter des mächtigsten Mannes im Outfit, war mein Weg im Leben vorbestimmt. In meinen Adern fließen Schuld und Tod, doch ich habe beides verdrängt, um ein normales Leben führen zu können. Ich habe gedacht, dass der Dreck in meinen Genen eine Wahl sei. Wie sehr ich mich getäuscht habe! Ich habe es begriffen, schon vor ein paar Wochen in dem dreckigen Folterkeller meines Vaters, als ich eine Wahl getroffen habe, für die ich nun den Preis zahle. Jetzt ist es bittere Gewissheit. Das Böse lebt in mir, eingebrannt in jeden einzelnen Zellkern, verankert in meinen Mitochondrien, so fest, dass ich nie wirklich eine Wahl hatte, und der Mann, der mich la Lucciola nannte, hat es an die Oberfläche gebracht. Ich weiß nicht, ob ich ihm dafür danken oder ihn hassen soll. Aber hassen ist einfacher. Denn für den Hass bin ich geboren.

„Gehen wir." Er stößt mich einen halben Schritt von sich, doch sein Griff in meinem Nacken lässt keinen Zweifel. Ein zweites Mal wird es mir nicht gelingen, ihn zu überrumpeln. Wir gehen die Treppe hinunter. Ein Stockwerk. Zwei, drei. Auf dem Weg hinauf in den dritten Stock war ich immer noch halb betäubt von dem

Stromschlag, den die beiden Soldaten mir verpasst hatten. Jetzt nehme ich alles wahr, meine Sinne übersensibel. Die Staubschicht auf dem Boden, die Löcher in den braun verkrusteten Fenstern. Den Gestank nach Mäusedreck und Schimmel. Den Duft meines Folterknechts. Ich sollte ihn nicht riechen können. Nicht bei all dem Dreck, der in der alten Fabrik die Luft schwer macht. Aber ich rieche ihn. Inhaliere ihn. Eine Note geht von ihm aus wie nasser Waldboden und verbrannte Piniennadeln. Es ist ein einmaliger Duft, maskulin, reichhaltig, so fehl am Platz an diesem Ort, dass ich nicht anders kann und mich unbewusst in seinen Griff schmiege, als er mit mir über die Türschwelle nach draußen ins Sonnenlicht tritt.

Ein tiefes Lachen grollt durch seine Brust. Natürlich merkt er es. Ich habe den Eindruck, dass es kaum etwas gibt, das diesem Mann verborgen bleibt.

„Endlich verstehen wir uns." Seine Stimme hat Finger. Finger, die meinen Körper bereisen, wie es zuvor sein Blick getan hat. Sie streicheln meine Arme, meinen Nacken, meine Brüste. Liebkosen dort, wo Adrenalin und Wut mich feucht und weich gemacht haben. Ich zweifle nicht mehr. Ich hasse ihn. Hasse seinen Duft, hasse den Klang seiner Stimme, die so durchsetzt ist von seinem Akzent, dass er selbst in seinem Lachen klingt. Ich hasse ihn, weil ich vor Gier nach ihm und seinem verfluchten Duft kaum atmen kann. So sollte es nicht sein. Ich bin verlobt. Vor mir liegt ein perfektes Leben nach allen Regeln der Gesellschaft. Ich sollte nicht nass und weich sein und brennen vor Hunger nach einem Mann, dessen harte Augen verraten, dass er ein Mörder ist. Ich hasse ihn so sehr, dass ich kaum merke, wie er mich auf den Beifahrersitz des schwarzen Sportwagens bugsiert, der einen halben Block von der Fabrik entfernt steht. Immer noch sind meine Ellenbogen in meinem Rücken aneinander gebunden. Ein stechender Schmerz fährt mir in die Schultern, als er mich in den Sitz drückt und anschnallt. Es ist alles andere als bequem, so zu sitzen, doch ihm ist es egal. Er hat mich zwar vom Knebel befreit und meine Fußfesseln durchtrennt, aber angeschnallt und mit gefesselten Armen bin ich im Auto keine Gefahr für ihn. Eine Flucht ist unmöglich.

Er umrundet die Schnauze des Wagens, nimmt hinter dem Steuer Platz. Sein Sitz ist ganz nach hinten gerutscht, damit seine langen Beine unter dem Lenkrad Platz haben, seine Finger lang und geschmeidig, als er mit einem Knopfdruck am Armaturenbrett den

Motor startet. Ich mache eine Show daraus, aus dem Fenster zu starren, während das nachmittägliche Philadelphia an uns vorbeizieht. Menschen auf dem Weg von der Arbeit nach Hause, oder dabei, ein paar Besorgungen zu machen. Stau an den Ampeln, Mütter mit Kinderwagen warten auf Grün. An der Ecke Chestnut und South 32nd steht ein Hot Dog Wagen, trotz der sommerlichen Temperaturen trägt der dunkelhäutige Verkäufer eine Mütze und einen Schal. Irgendwann fährt mein Entführer auf den 76er Highway auf, dreht den Motor hoch, der Wagen schießt auf die äußerste Spur. Würde ich mit Shane im Auto sitzen, würde ich jauchzen. Geschwindigkeit ist ein Rausch. Mein Kidnapper verlässt den Highway schon nach wenigen Meilen wieder in Richtung Franklin Delano Roosevelt Park. Es ist eine einfache, mittelständische Gegend. Doppelhaushälften und Reihenhäuser mit gepflegten Vorgärten, Basketballkörbe über Garagentoren. Das Klischee der amerikanischen Vorstadtidylle. Vor einem der wenigen einzeln stehenden Häuser drosselt er das Tempo, zieht in die Einfahrt und bleibt vor dem Garagentor stehen. Drei Stufen führen zu einer Haustür mit einem Löwenkopf aus Messing. All das sauge ich in mich auf, während er aussteigt und erneut den Wagen umrundet, um mich zu holen.

„Keine Spielchen, Lucciola", flüstert er mir ins Ohr, als er sich herabbeugt und mir in den Nacken greift, um mich zum Aussteigen zu zwingen.

Ich schließe die Augen. Ich werde keine Spielchen spielen. Das hier ist kein Spiel, es ist bitterer Ernst. Ein Spiel wäre es, eine Flucht zu versuchen, während seine Hand mich im Klammergriff hält, genau wie seine Präsenz. Aber das wird nicht immer so sein. Irgendwann wird es Nacht werden. Dann werde ich bereit sein. Ich bin keine, die sich fügt. Ich bin eine O'Brien.

Statt zu klingeln, klopft er den Ring im Maul des Messinglöwen drei Mal gegen die Tür. Ein zweites Auto rollt heran und bremst am Bordstein. Hinter der Windschutzscheibe erkenne ich die beiden Männer, die mich entführt haben, doch auf ein knappes Kopfschütteln meines Bewachers hin bleiben sie im Auto sitzen. Die Haustür wird geöffnet, und zu meiner grenzenlosen Überraschung ist es eine Frau, die im Rahmen steht. Sie ist kleiner als ich. Ihre Haare ein Gewirr aus Pfeffer und Salz, das sie zu einem Knoten auf dem Kopf aufgetürmt hat. Sie trägt eine weiße Kittelschürze über einem geblümten Hemdkleid, und als sie uns sieht, leuchtet ihre Miene für die Dauer eines Herzschlags auf, bevor sie die Hände in die Hüften stemmt und meinen Entführer mit schräg gelegtem Kopf mustert.

„Angelo", sagt sie, aber es klingt mehr wie eine Frage. Vielleicht auch wie ein Vorwurf. Ich kann es nicht genau sagen, denn ihr Akzent ist zwar weniger ausgeprägt als der von dem Biest in meinem Rücken, aber immer noch deutlich. Angelo. Der Name klingt in meinem Kopf nach. Nur mit Mühe kann ich mir ein bitteres Auflachen verkneifen. Ich kann kein Italienisch, aber selbst ich weiß, was das heißt. Engel. Noch nie war das Schicksal ironischer.

„Ciao, Zia. Ich habe dir einen Gast gebracht." Angelo ändert seinen Griff in meinem Nacken, zwingt meinen Kopf in die Höhe, damit ich Zia direkt ansehe. „Sie ist ein bisschen widerspenstig, aber ich bin sicher, dass sie sich bald an ihre Manieren erinnern wird. Nicht wahr, Cara?"

Zias Schnauben erspart mir eine Antwort. „So behandelst du deine Gäste?" Sie nickt zu meinen Armen, die immer noch gefesselt sind. „Kein Wunder, dass sie dich einen Stronzo nennen. Kommt rein." Sie tritt zur Seite, um uns einzulassen. „Möchtet ihr etwas essen?"

„Nur ein Gästezimmer", wiegelt Angelo ab. So amerikanisch das Äußere des Hauses wirkt, so italienisch ist das Innere. Terrakottafliesen auf dem Boden, eine Halle mit geblümten Gardinen vor den Fenstern und einem großen Esstisch in der Mitte. Ein Trockenblumenstrauß steht auf einer rustikalen Anrichte. Vor der Terrassentür erkenne ich Kübel mit Geranien und Petunien.

„Du kennst dich aus. Fühl dich wie zu Hause." Unsere Schuhsohlen knirschen auf den rauen Fliesen. Über eine Treppe geht es hinauf ins Obergeschoss, dann einen langen Flur hinunter. In das zweite Zimmer auf der linken Seite führt er mich. Es ist ein helles, freundlich eingerichtetes Gästezimmer, mit Blick auf den Garten und dann weiter zum Park. Ein Ahorn steht unweit der Hausmauer und bietet Schatten, durch das angekippte Fenster strömt der Duft von Rosen. Angelo lässt mich los. Ich weiche mit einem Satz vor ihm zurück, drehe mich um. Es ist besser, seinem Feind ins Gesicht zu sehen, statt ihn im Rücken zu haben.

Sein Mundwinkel verzieht sich zur Karikatur eines Lächelns. Selbst dann noch sieht er atemberaubend aus. Wild, mit den kaum ver-heilten Narben über seinen Augen, den dunkelgoldenen Augen und dem Bartschatten. Gefährlich. Und schön.

„Wenn du mich nicht lässt, kann ich dir deine Fesseln nicht ab´nehmen."

„Mein Vater wird dich rösten. Das, was ich in dem Keller gesehen habe …" Eine Strähne meines Haares hat sich gelöst und kitzelt mich an der Wange. Ich kann sie nicht zurückstreichen, also versuche ich, sie mir aus dem Gesicht zu schütteln. Ich hoffe, es wirkt wie eine verächtliche Geste. „Das war nichts. Er wird dir die Eier abschneiden und sie dir in den Rachen stopfen. Er wird dir die Haut bei lebendigem Leib von den Gliedern reißen und sie über offenem Feuer rösten, bis es in ganz Philadelphia stinkt wie auf einem Schlachtfest. Diesmal wird er dir die Augen auskratzen, nicht nur an den Schädel nähen, und weißt du was? Ich werde ihm eigenhändig die Nadeln dazu in die Hand legen."

Das Lächeln auf seiner Miene vertieft sich. Weil er weiß, wie sehr es mich schmerzen würde, mitanzusehen, wenn Dad das mit ihm macht? Sehr langsam schlägt er den Aufschlag seines Jacketts zurück, zieht das Messer im Rücken aus seinem Hosenbund. Der Scheißkerl trägt einen Anzug, der so perfekt an ihm sitzt, als wäre der Stoff ihm auf den Leib geschneidert worden. Armani, was sonst.

„Du hast eine blumige Fantasie, das muss man dir lassen." Er macht einen Schritt auf mich zu. Ich weiche zurück. Zwischen uns fließt die Luft zäh wie Melasse. Ich kann den Blick nicht vom Messer nehmen. Glänzender Stahl, poliert zur Perfektion. Die Schnalle seines Gürtels spiegelt sich in der blitzenden Klinge. Er ist groß und schlank und bewegt sich wie eine Katze. Noch einen Schritt geht er auf mich zu. Wieder weiche ich zurück. Ein Tanz. Ein Reigen aus Angst und Wut. Er führt. Ich folge. Bis mein Rücken an das Fenstersims stößt. Es ist nur ein kleiner Stoß, trotzdem macht mein Herz einen Satz, entweicht mir ein leises Wimmern. Ich kann nicht weiter zurück.

„Dreh dich um, Lucciola." Er steht vor mir, so nah, dass ich seinen Atem auf meiner Wange spüre. Mein Blick fällt auf seinen Mund, diese Lippen, die ein Kosewort aussprechen können, als sei es eine Drohung, die weich aussehen und fest zur selben Zeit. Seine Forderung malt Bilder in meinen Kopf von all den Dingen, die er planen könnte, für die er von mir verlangen würde, mich umzudrehen. Mein Körper will jedes einzelne dieser Dinge und hunderte mehr, und er will sie mit ihm. Dann ruckt mein Blick zu dem Messer in seiner Hand. Mein Verstand erinnert mich daran, wie ich ihn gefunden habe, nachdem mein Vater seinen Spaß mit ihm hatte. Angelo hält das Messer nicht erhoben, bedroht mich nicht offen, aber die Warnung ist da, liegt fest in seiner Hand. Es gibt nichts, was ich tun kann. Langsam drehe ich mich um. Noch näher bringt er seinen Körper an meinen, streift mit dem Mund mein Ohr.

„Es ist sehr einfach, weißt du." Ich spüre den kalten Stahl des Messers an meinen Handgelenken. Mit einem leisen Ratschen gibt die erste Fessel nach. Kaum merklich fährt er mit der flachen Seite der Klinge an meinen Unterarmen entlang, während er weiterspricht. „Dein Vater hat mir etwas genommen, was sehr wichtig für mich ist." Er durchtrennt die Fessel um meine Ellenbogen und meine Arme fallen an meine Seiten, dann tritt er noch einen Schritt näher auf mich zu, bis ich an meinem Rücken etwas Hartes spüre. Bis ich seine Hitze durch meine Kleidung fühlen kann. Mein Atem stockt.

„Also nehme ich ihm etwas, was ihm wichtig ist. Bis ich meinen Schatz zurückhabe, gehört sein Schatz mir. Du hättest es leichter haben können. Du hättest mich in diesem Loch verrecken lassen können. Aber du hast es nicht getan. Damit hast du unser Schicksal besiegelt." Sein Atem, heiß und herb wie Rache, flüstert über meine Haut. Mir wird schwindelig. Meine Arme brennen und kribbeln, weil das Blut zurück in die Adern strömt, und ich trete von einem Bein aufs andere. Da ist zu viel Spannung in mir, zu viel Wut und zu viel Angst. Im selben Augenblick wird mir klar, dass seine gefährlichste Waffe nicht das Messer ist, von dem ich nicht einmal weiß, wo es sich jetzt befindet. Auch nicht die Pistole, von der ich mir sicher bin, dass er sie irgendwo an seinem Körper trägt. Seine gefährlichste Waffe ist das harte, heiße Stück Fleisch unter der trügerischen Sicherheit von Armani, das er an meinem Hintern reibt, während seine Worte mir den Atem nehmen. Er hat Recht. Unser Schicksal ist besiegelt.

„Destino", flüstert er mir ins Ohr, so leise, dass ich ihn kaum höre. Aber ich verstehe ihn. Mein Körper versteht ihn, alles, was weiblich und weich in mir ist, versteht ihn. Meine Brüste sind geschwollen und schwer, die Hitze zwischen meinen Schenkeln kaum erträglich. Aber das ist nicht der Grund, warum ich ihn verstehe. Der Ort des Begreifens sitzt tiefer, ganz tief in mir, wo ein dunkler, böser Kern ein Leben lang darauf gewartet hat, ausgegraben zu werden.

„Schicksal. Glaubst du an Schicksal, Cara mia?"

In mir schreit es. Ich will mich an ihn drücken, mich an ihm reiben und stoßen, bis das Lodern in meinem Inneren ein Ende findet. Aber ich tue es nicht. Wer als erster nachgibt, hat verloren. Mit schierer Willenskraft bringe ich meinen Atem dazu, gleichmäßig und ruhig zu gehen.

„Du hast mich gerettet. Jetzt können wir nicht mehr zurück. Wenn du wegläufst, werde ich dich töten. Wenn du dich widersetzt, werde ich dich ficken, bis du deinen Platz in dieser Welt verstehst. Wenn du brav bist und folgsam, wirst du in meiner Erinnerung auch dann noch Lucciola mia bleiben, wenn du längst zurück bei Daddy bist." Sein Zeigefinger findet meinen nackten Arm, streicht daran hinauf, über meine Schulter, in meinen Nacken, streift die Haare von meinem Hals, bis meine Kehle entblößt ist und sein Wispern zu einem Kuss wird, mit dem er meine Halsschlagader streift. Hinter meinen Augen brennt es. Ich wusste nicht, was Hass bedeutet, bis Angelo mir zeigt, was Begehren ist.

„Deine Wahl, Cara mia." Zu schnell, als dass mein Kopf es begreifen kann, lässt er von mir ab und tritt zurück. Es ist mein Körper, der die Distanz als Erstes versteht, das Fehlen seiner Nähe, die Kälte, die seine Hitze hinterlässt. Seine Schritte entfernen sich von mir.

Ich zwinge meine Arme dazu, reglos an meinen Seiten zu hängen, zwinge meine Beine, sich nicht zu rühren. Ich stehe da. Gerade, aufrecht, starre aus dem Fenster. Ganz die Tochter von Patrick O'Brien, die Prinzessin des Philadelphia Outfits. Die Zimmertür klappt. Die Kletterrosen, die die ganze diesseitige Mauer des Hauses zieren, erfüllen den Raum mit ihrem betörenden Duft. Ich habe die dichten Ranken von der Einfahrt aus gesehen. Wenn ich das Fenster öffne und hinausgreife, kann ich das Rosengitter berühren. Ich klammere mich an den Gedanken. Er ist das Einzige, was mich davon abhält, Angelo nachzusehen. Dort vor mir, liegt der Weg in die Freiheit.

KAPITEL 4

Angelo

Als ich ein Kind war, hat meine Mutter, Tochter des Capos eines der wichtigsten kalabrischen Clans und damit in meiner Welt so etwas wie eine Prinzessin, versucht, mich von den Männern meiner Welt fernzuhalten. Ich bin mit gewöhnlichen Kindern auf gewöhnliche Schulen gegangen. Ich habe Fußball gespielt und Autos oder Hubschrauber aus Legosteinen gebaut. Ich habe das Meer geliebt, das nur zehn Schritte vor der Terrasse unserer Villa in San Pasquale gegen die felsige Küste schäumte. Ich habe die Winterstürme geliebt und bin im Sommer mit meinen Freunden schwimmen gegangen. Manchmal habe ich mich darüber gewundert, dass sie mich um die Villa beneidet haben, in der ich aufwuchs.

Ich war zehn Jahre alt, als ich mich ernsthaft zu fragen begann, warum ich nie zu Geburtstagsfeiern meiner Freunde gehen durfte. Mit zwölf habe ich verstanden, dass es mit den auffällig unauffällig gekleideten Männern mit den schwarzen Sonnenbrillen zusammenhing, die in über dem Rücken ausgebeulten Anzugjacken beim Fußballtraining entlang des Spielfeldes standen. Ich durfte nicht zu meinen Freunden nach Hause, weil diese Männer dort nicht mit hingehen konnten.

Als ich dreizehn war, habe ich aufgehört, mir von meiner Mutter mein Leben diktieren zu lassen. Ich habe mich meinem Vater zugewandt. In meiner Welt ist das der normale Lauf der Dinge. Im Gegensatz zur Camorra oder Cosa Nostra, in denen viele Väter bemüht sind, dafür zu sorgen, dass ihre Söhne rechtschaffende Männer mit einem normalen Leben werden, wird in der 'Ndrangheta erwartet, dass die Söhne in die Fußstapfen ihrer Väter folgen.

Ich war ein Naturtalent. Mein Vater, ein Santista, einer der niedrigen Bosse innerhalb eines Clans, benutzte mich für Botengänge. Er verbot es mir, die Schule abzubrechen. Es gab ein paar unschöne Situationen, als ich mit gezogenem Messer plötzlich im Haus eines Freundes stand, dessen Vater meinem Vater Geld schuldete. Mein Vater bestand darauf, dass ich nicht nur die Schule beenden, sondern auch die Universität besuchen sollte. Ich habe ein paar Semester Jura studiert und dann in Mailand einen lupenreinen Abschluss in Wirtschaftswissenschaften hingelegt.

Mit neunzehn beging ich meinen ersten Auftragsmord. Es war kein Mann außerhalb der Gesellschaft, sondern ein Soldat von einem rivalisierenden Clan in San Luca, der eine Todsünde beging, als er sich an einem minderjährigen Mädchen vergriff. Ich habe ihn erschossen und hinterher in eine Agave gekotzt.

Ich bin härter geworden. Man nimmt hin, wozu man geboren wurde. Von Zeit zu Zeit denke ich mir, dass es schön wäre, ein normales Leben zu führen. Ich habe einen Wirtschaftsabschluss, ich könnte alles Mögliche tun. Ich hatte die Chance, es zu tun, als die Provincia in Reggio Calabria mich aus dem Mutterland auswies und ich nach Amerika kam. Doch ich hatte eine scheiß Angst, denn ich merkte schnell, dass ich mit dem Englisch, das ich an der Universität gelernt hatte, hier nicht weit kam, und dass niemand mich ernst nahm. Noch einer, der nur fürs Pizzataxi taugt. Noch einer, der vermutlich ein Mafioso ist. Ich habe die Famiglia vermisst, die Zusammengehörigkeit, den Schutz.

Vier Wochen habe ich durchgehalten, dann bin ich bei meinem Onkel und Zia Paolina untergekrochen. Das, was ich heute mit meinem Leben tue, kann ich am besten. Es ist das, wozu ich geboren wurde, das Leben, in welches ich erzogen wurde. Ich führe Männer an, die mir treu ergeben sind. Ich schütze die Gemeinschaft, und ich habe keine Angst. Dass mein Leben kurz sein und in einem Tod enden wird, der lange vor seiner Zeit kommt, habe ich akzeptiert, als ich das erste Mal sah, was eine neun Millimeter Kugel mit einem menschlichen Gehirn anrichten kann. Ich glaube an Gott und an Gerechtigkeit. Ich weiß, dass meine Seele verloren ist, und dass ich nichts tun kann, was dies jemals ändern wird.

Ich schlafe mit Frauen, die ich in Clubs kennenlerne. Manchmal mit Huren, die illegal an Straßenecken in der Nähe der Lombard Street anschaffen gehen. Ich lasse mich auf nichts ein. Ich habe dazu gar nicht das Recht, denn ich bin nicht frei. Mein Leben gehört nicht mir, es gehört der Famiglia. Ich suche mir eine Hure aus, ich ficke sie, ich lasse sie gehen. Unbefriedigt hat noch keine mein Bett verlassen. Manche von ihnen sind so gut, dass ich mich an ihnen mehrfach ergötze. Trotzdem verschwende ich nie mehr Gedanken als unbedingt notwendig an eine Frau, doch als ich an diesem späten Nachmittag von Zia Paolinas Haus nach New Jersey fahre, um

mich mit Ruggiero zu treffen, kreisen all meine Gedanken um Cara O'Brien.
La Lucciola.
Sie ist lebhaft und kratzbürstig. Sie ist witzig. Sie hat Feuer unter ihrem süßen Hintern. Sie mag klein beigegeben haben, weil sie eingesehen hat, dass ich am längeren Hebel sitze, aber das bedeutet nicht, dass ich aus unserem Kampf schon als Sieger hervorgegangen bin. Halb rechne ich damit, dass jeden Augenblick mein Handy klingelt und Zia mir berichtet, Cara sei geflohen. Ein Teil von mir wünscht es sich sogar und grinst dabei. Sie wieder einzufangen, wäre ein Heidenspaß.
Ich will, dass sie widerspenstig ist. Ich will, dass sie versucht zu fliehen. Dann habe ich einen Grund, sie zur Unterwürfigkeit zu ficken. Ich habe es ihr angedroht. Ich erschieße keinen Mann, ohne ihm vorher zu sagen, dass ich es tun werde, und ich würde keinen Finger an Cara O'Brien legen, ohne sie zu warnen. Ich habe sie gewarnt. Mein Weg ist frei, wenn sie zickt. Und verdammt, ich will es. Ich will herausfinden, ob sie nach Feuer und süßem Wein schmeckt. Sie hat so viel Kraft, ich will sie besiegen. Ich will mich in ihr vergraben und wissen, wie sie sich von innen anfühlt. Ich habe meinen harten Schwanz an ihrem Hintern gerieben und gehört, wie ihr der Atem stockte. Die Erinnerung macht mich wahnsinnig.
Ruggiero bewohnt ein blaues Haus in einem Industriegebiet auf der anderen Seite der Benjamin Franklin Bridge. Das Gelände ist eine Müllhalde. Das Haus? Groß und weitläufig, aber in den Siebzigern stehengeblieben, sowohl von außen als auch von innen. Er führt die 'ndrine der Monzas an, ist nur wenig älter als ich, aber ein harter Hund, wie es kaum schlimmere gibt. Meine Treue gehört ihm. Er weiß, was er an mir hat, denn in Wahrheit habe ich das Blut des Heiligen Lukas nicht für Carlo Polucci nach Amerika geholt, sondern für Ruggiero Monza. Carlo, mit seinem palastähnlichen Anwesen und seinen maßgeschneiderten Anzügen und perfekten Tischmanieren, Carlo, der Freunde im Rathaus und bei der Polizei hat und eine perfekte Bindung an das New Yorker Kartell, ist der, den wir ohne Gegenstimme gewählt haben. Der Schein muss gewahrt werden, doch wir sind genug, die gegen ihn sind. Er ist ein Snob, der uns bei der erstbesten Schwierigkeit an die New Yorker verraten wird, doch wir haben kein Interesse daran, uns unterbuttern zu lassen. Das Blut des Heiligen soll uns Autonomie bringen. Was nutzt uns die Unabhängigkeit vom alten Land, wenn

wir sie nur gegen die Abhängigkeit von den New Yorkern eintauschen? Mit Ruggiero werden wir frei sein, denn er hält nichts von den New Yorkern. Wir werden ihn beim Blut Lukas des Evangelisten einschwören, und Carlo wird nicht mal wissen, dass ihm die Stunde geschlagen hat. Insofern hat mir Patrick O'Brien sogar einen Gefallen getan, als er mir die Reliquie abgenommen hat, denn Carlo wird nie erfahren, wann sie zurück in meine Hände fällt, damit der neue Capo von Philadelphia sein Blut mit dem des Heiligen vermischen kann.

Ruggiero empfängt mich in der Tür seines Anwesens. Während ich heute Mittag bei Carlo Bericht erstatten musste, hat Ruggiero für mich Wege erledigt. Ich akzeptiere ihn als meinen Capo, aber bei genauem Hinsehen operieren wir auf einer Stufe. Ruggiero hat Verbindungen ins Kunsthandels-Milieu. Er hat die Spur der Phiole verfolgt.

„Dein Superintendant", sagt er, als er mir voraus in die Küche geht. Das Haus ist unaufgeräumt. Aus dem Obergeschoss dringt das zänkische Geschnatter von Kindern herunter, die sich, halb Englisch, halb Italienisch, um ein Computerspiel streiten. Ruggieros Frau liegt nach der Geburt ihres vierten Kindes, bei der es Komplikationen gegeben hat, noch immer in der Klinik. In solchen Momenten bin ich froh, dass ich Francesca nie geschwängert habe. Wenigstens sie habe ich nicht auf dem Gewissen.

„Was ist mit ihm? Hast du herausgefunden, wem er das Ding überlassen hat?"

„Einem Kunstmakler aus Wisconsin", erklärt Ruggiero bereitwillig. „Ich kann dir den Namen geben, aber es ändert nichts. Der Kerl ist sauber. Ein bisschen Hehlerei macht einen Kunsthändler noch nicht zum Kriminellen."

Selbstverständlich ist Ruggiero mehr als jeder andere daran interessiert, dass die Phiole wieder in unseren Besitz kommt. Aber er überlässt die physische Beschaffung mir. Er stochert ein wenig herum, aber ich darf den Spaß haben.

„Die Phiole war zwei Tage lang auf einem Internetportal zum Verkauf angeboten. Keine Gebote, dann verschwand sie von der Seite."

„Und der Makler?"

„Wisconsin, Angelo." Er grinst, dann brüllt er den Kindern zu, dass sie leiser sein sollen. Oben knallt eine Tür.

„Ich reise gern." Gelogen. Grundsätzlich reise ich gern, das stimmt schon, aber in diesem Moment ist mir alles lieber, als Philadelphia zu verlassen. Denn in Philadelphia steht Paolinas Haus, in Philadelphia bin ich in Cara O'Briens Nähe. Ich bin noch nicht bereit, die kleine Gewitterhexe ganz der Obhut von Lorenzo und Bernardo anzuvertrauen.

„Murphy ist mit O'Briens einziger Tochter verlobt", sage ich und akzeptiere den Espresso, den Ruggiero vor mich hinstellt. „Hast du das gewusst?"

Ruggiero nickt langsam. „Seit etwa einem halben Jahr. Ein Business Deal. Aber ich frage mich, ob das Mädchen sich dessen überhaupt bewusst ist."

„Bist du sicher?"

„Als Shane Murphy vor knapp acht Monaten in die Superintendantur aufstieg, kamen achtzig Prozent der Gelder, die er dafür aufwenden musste, aus Paddys Portokasse." Er schmunzelt in seine Tasse hinein. „Man könnte meinen, solche Jobs werden bei unseren Gesetzeshütern nach Leistung vergeben, aber Murphy hat nie Leistung erbracht. Er war ein paar Jahre auf Streife, aber die meiste Zeit hat er in einem Büro Täterprofile erstellt. Unsere Polizei ist nach innen genauso korrupt wie nach außen. Murphy hat das Komitee geschmiert, und die Schmiergelder hat er von Paddy bekommen. Paddy hat freie Hand, im Norden der Stadt zu machen, was er will. Murphy kneift die Augen zu, dafür hat Paddy bezahlt. Oh, und das Mädchen war Teil des Deals."

Das erklärt, warum Murphy sie ohne weiteres als Pfand in die Waagschale warf, als sein Bettlaken nass wurde. Cara bedeutet ihm nichts. Es ist ihm egal, wenn sie draufgeht. Oder vielleicht auch nicht, denn wenn Paddy rausfindet, dass Murphy Cara so einfach als Pfand in den Ring geworfen hat, hat Shane Murphy ein ziemliches Problem.

„Und Cara weiß davon nichts, sagst du?"

„Murphy hat sich auf ganz traditionelle Weise an sie rangemacht", erklärt Ruggiero mit breitem Grinsen. „Das Mädchen hält sich aus Daddys Welt raus. Sie will damit nichts zu tun haben. Sie ist im Outfit aufgewachsen, aber sobald sie volljährig wurde, hat sie auf ihre eigenen Entscheidungen bestanden. Störrisches kleines Ding. Paddy hat nur sie, sie ist sein ein und alles, er gesteht ihr alles zu. College, Studium, alles, was sie will. Im Leben nicht hätte die Kleine zugestimmt, dass sie als Teil eines Handels als Braut verkauft wird. Also haben Paddy und Shane beschlossen, dass Shane sie wie ein normaler, braver, gesetzestreuer Bub umgarnen soll." Er rührt seinen Espresso um. Das Handy in meiner Hosentasche vibriert. „Wundern tut mich nur, dass sie das nicht durchschaut hat. Vielleicht kann nicht mal sie sich vorstellen, dass der Herr Superintendant Kohle von Patrick O'Brien annimmt, also hat sie Shane Murphys Anmache für bare Münze genommen."

Ein Text von Paolina. Ich kann mir denken, worum es geht. Scheiße. Ich brauche mindestens eine halbe Stunde mit dem Wagen bis zu ihr. Gleichzeitig schießt mir die Vorfreude eine Überdosis Adrenalin in die Venen. Miss Widerborst fleht geradezu darum, dass sie unter mir liegen darf.

Fluchtversuch. Lo hat sie. Du solltest herkommen und ihr nochmal klarmachen, dass sie sich keinen Gefallen damit tut. Zia.

Ich schiebe das Handy zurück in die Tasche, trinke meinen Espresso aus und stehe auf. Ich werde ihr klarmachen, was Zia gesagt hat, und ich freue mich darauf.

„Danke fürs Update." Ich reiche Ruggiero die Hand. Kurz bevor die Haustür hinter mir ins Schloss fällt, höre ich ihn die Treppe hinaufpoltern, italienische Befehle brüllend, und dann jubelndes Gekreische aus mehreren Kinderkehlen.

Cara

Ich bin zurück in dem blumengemusterten Gästezimmer. Es sieht aus wie vor meinem Fluchtversuch, nur sind jetzt die Fensterläden geschlossen und mit schweren Vorhängeschlössern verriegelt. Verdammt. Noch mehr als über die missglückte Flucht ärgere ich mich über meine Blödheit. Was habe ich mir gedacht? Habe ich wirklich gemeint, dass mich Angelo nur von einer ältlichen Frau bewacht zurücklässt? Noch dazu in einem Zimmer, an dem direkt das Rosengitter vorbeiführt. Es war eine verdammte Einladung. Eine Herausforderung, und ich, aufgeheizt und kopflos wie ich war, bin kopfüber in die Falle gesprungen.

Diesmal mussten sie mich nicht tasern. Lorenzo, der Mann, den Angelo in der Fabrikhalle mit einem Fausthieb niedergestreckt hat, stand einfach am Fuß der Mauer hinter der Hausecke und hat auf mich gewartet. Sobald ich nicht mehr zurück konnte und der einzige Weg war, ganz hinunter zu klettern, kam er heraus und hat mich breit grinsend erwartet. Alles, was er tun musste, war, mich vom Rosengitter zu pflücken wie eine reife Frucht. Natürlich hab ich mich gewehrt. Hab geschrien und gestrampelt, gebissen und getreten. Geholfen hat es nichts. Wie ein störrisches Kind hat er mich über seine Schulter geworfen und zurück nach oben getragen. Hier sitze ich nun. Die Hände zerschrammt von Dornen und den rostigen Schrauben, die das Gitter in der Wand verankern, die Kehle rau vom Schreien, in meinem Bauch eine solche Wut, dass ich am liebsten die Zimmereinrichtung zertrümmern würde.

Die Tür geht auf. Ich erwarte Lorenzo oder, noch schlimmer, Angelo, doch es ist die kleine stämmige Frau, Zia, die eintritt. In der Hand trägt sie ein Tablett mit einer Schale, aus der Dampf aufsteigt, daneben liegen eine Packung Pflaster und eine Cremetube. Demonstrativ schaue ich aus dem Fenster. Es ist Nacht geworden, der Ahorn nur noch ein Schatten in der Dunkelheit.

Zia stellt das Tablett auf den Nachttisch. Ich spüre ihren Blick auf mir, aber weigere mich, ihn zu erwidern. Sie gehört zu den anderen.

„Weißt du", sagt sie und beginnt, etwas von der Salbe im Wasser aufzulösen. Augenblicklich flutet der Duft nach Arnika und Honig das Zimmer. „Ich weiß, wer du bist. Ich habe Angelo versorgt, nachdem er mit deiner Hilfe deinem Papá entwischt ist. Ich habe seine Wunden versorgt, ihm zu Essen und zu Trinken gegeben, habe seinen Kopf gehalten, als er alles wieder ausgespuckt hat, weil sein Bauch verletzt war von den Tritten von deinem Papá. Ich habe sein Knie bandagiert und ihn gestützt, als er die ersten vorsichtigen Schritte gemacht hat." Mit einem Holzstäbchen rührt sie in der Schale. Der Duft intensiviert sich. Ich weiß nicht, warum sie mir das erzählt, schließlich war ich dabei. Ich habe gesehen, was mein Vater Angelo angetan hat, und ich weiß, dass in einer Welt wie der, aus der ich komme, dieses Gästezimmer mehr ist, als ich erwarten darf. Trotzdem muss ich nicht dankbar sein. Ich habe Angelo nicht gefoltert. Meine Hände haben ihn gehalten, haben ihn befreit. Wenige Augenblicke lang hatte ich das Gefühl, etwas wirklich Richtiges zu tun.

Zia legt das Holzstäbchen weg, öffnet den Karton mit den Pflastern, legt mehrere auf das Tablett und nimmt einen Wattebausch, den sie in die dampfende Flüssigkeit taucht.

„Gib mir deine Hände." Immer noch sage ich nichts, aber ich wage einen ersten Blick. Seit ich zurück in diesem Zimmer bin, kämpfe ich mit den Tränen. Ich werde einen Teufel tun und das irgendwen sehen lassen, aber Zia scheint geradewegs durch mich hindurchzusehen. Sie hat diesen Blick, den nur Frauen haben, die zum Muttersein geboren sind. Streng, aber von einer so herzlichen Wärme, dass es unmöglich ist, sich ihnen zu verschließen. Ich strecke die Hände aus und halte ihr sie hin. Für das Zittern meiner Finger schäme ich mich fast so sehr, wie ich mich für Tränen schämen würde.

„Du hast ein paar tiefe Kratzer abbekommen." Die Flüssigkeit auf dem Wattebausch ist heiß und brennt auf meinen Wunden. Eine einzelne Träne löst sich aus meinem Augenwinkel, rinnt mir an der Nase entlang, bis sie meine Lippen benetzt. Ich lasse es zu. Aus Schmerz zu weinen ist akzeptabel. Schmerztränen schmecken salzig und warm. Tränen aus Scham und Angst sind bitter.

Unbeirrt macht Zia weiter, wäscht die Kratzer mit der Arnikalösung aus. „Ich habe Angelo eine Nachricht geschrieben." Ein Meer aus Möglichkeiten versteckt sich in diesen Worten, aber ihr Tonfall ist der einer Krankenschwester, die Smalltalk macht. Sie legt den Tupfer beiseite, appliziert das erste Pflaster. „Er wird sich um dich kümmern. Weißt du ..." Kein einziges Mal blickt sie von ihrer Arbeit auf, während sie weiterspricht. Ich bin froh darüber, einerseits. Andererseits würde ich mir wünschen, ihr Gesicht zu sehen und so eine Ahnung zu bekommen, wie groß die Angst ist, die ich haben muss.

„Er ist ein guter Mann. Gerecht. Ein guter Vangelista. Du hast ihm Gutes getan, und er hat es dir mit Gleichem vergolten."

„Er hat mich entführen lassen!"

Zia zuckt mit den Schultern. „Geschäfte. Das geht mich nichts an. Ich weiß, dass er es dir so bequem wie möglich zu machen versucht. Aber mit deiner Dummheit hast du es zu etwas Persönlichem gemacht. Er kann sich nicht von einer kleinen irischen Prinzessin auf der Nase herumtanzen lassen, ohne vor seinen Männern an Respekt zu verlieren. Er muss reagieren, wenn du versuchst, ihn auf diese Weise bloßzustellen. Deshalb will ich dir einen Rat geben. Sei lieb zu ihm. Zeig Reue." Das letzte Pflaster findet seinen Platz.

Sie drückt ein wenig fester als nötig. Ein stechendes Brennen schießt in mein Handgelenk.

„Wenn du Glück hast, ist er dann nicht so hart zu dir." Damit steht sie auf und verlässt das Zimmer.

Ihre letzten Worte klingen in meinen Ohren nach, werden ein Echo von dem, was Angelo gesagt hat, bevor er gegangen ist.

Wenn du wegläufst, werde ich dich töten. Wenn du dich widersetzt, werde ich dich ficken, bis du deinen Platz in dieser Welt verstehst. Wenn du brav bist und folgsam, wirst du in meiner Erinnerung Lucciola mia bleiben.

Ich bin weggelaufen. Ich hab mich widersetzt, und Zia Paulina sagt, ich kann nur beten, dass er nicht zu hart zu mir ist. Angst ist ein scheußliches Gefühl. Angst lähmt die Glieder, macht das Blut zäh und kalt. Angst hält uns davon ab, über uns hinaus zu wachsen und das zu sein, wozu wir wirklich fähig sind. Aber Angst ist auch etwas Gutes. Angst schützt das Leben, Angst verhindert, dass wir Dummheiten machen und für diese Dummheiten mit dem Leben bezahlen. Ich weiß nicht, ob das, was mich aus dem Fenster hat klettern lassen, Mut oder Angst gewesen ist. Mut, einer Situation zu entkommen, in die ich schuldlos geraten bin, oder Angst, dass ich, wenn ich zu lange in dieser Situation bleibe, nicht mehr erkennen werde, wer ich wirklich bin.

Was von meiner Flucht geblieben ist, ist Furcht. Ich glaube nicht, dass Angelo mich töten wird. Er hat es selbst gesagt. Ich bin ein Pfand. Er braucht mich lebendig, oder er wird niemals an den Schatz kommen, von dem er gesprochen hat. Aber ich weiß, dass er die Macht hat, mein Leben zu zerstören. Ich habe es gefühlt, als er seinen harten, heißen Schwanz an meinem Hintern gerieben hat und mein ganzer Körper in Brand geriet. Er hat die Macht, die Frau zu zerstören, die ich erschaffen habe, um den Rest der Welt zu blenden, und er wird es tun. Er hat die Macht, mein reines, rechtschaffenes Spiegelbild zu besiegen, und mich wieder in das Leben zurückzuholen, das ich nie wollte. Ein Leben aus Blut und Gewalt, ein Leben, das nach eigenen Regeln funktioniert, abseits der Gesellschaft in einer eigenen Welt. Alles, was übrig bleibt, ist zittern und warten und hoffen, dass er nicht ganz so hart zu mir ist.

Als sich die Tür erneut öffnet, weiß ich, dass er es ist. Eine Welle aus Wut strömt ihm voran ins Zimmer. Die Angst, die bis eben als kaltes Zittern durch meine Glieder waberte, ist plötzlich sengend heiß. Ich springe vom Bett auf, will fliehen, doch mir bleibt kein Fluchtweg. Die Fenster sind verschlossen. Im Türrahmen steht Angelo, nur ein Schatten gegen das grelle Licht im Flur. Rückwärts drücke ich mich in die Ecke zwischen Schrank und Fenster. Ich wage nicht, ihm den Rücken zuzudrehen, aber ihn anzusehen ist mehr, als ich ertragen kann. Also senke ich den Blick.

Langsam kommt er ins Zimmer. Er schließt die Tür hinter sich, die einzige Lichtquelle im Raum ist jetzt der goldene Schein der Gartenlampen, der durch die Lamellen der Fensterläden dringt und als schmale Streifen über den Dielenboden fällt. Trotzdem sehe ich das Feuer in seinen Augen, erkenne ich das Zucken in seinem Kiefer, so hart beißt er die Zähne aufeinander.

Ich balle die Hände zu Fäusten. Es tut weh, wegen der Risse von den Dornen, aber ich fühle es kaum über dem Rasen meines Herzens. *Sei lieb zu ihm. Zeig Reue.* Zias Worte ein Singsang in meinem Kopf.

„Es tut mir leid." Nur ein Flüstern, so leise, dass selbst ich es kaum hören kann.

„Ist das, wie du Reue zeigst?" Er nickt in die Ecke, in die ich mich verkrochen habe. Es wäre so viel leichter, wenn er toben würde, schreien. Aber das tut er nicht. Er steht da, aufrecht und übermächtig, wie ein Wesen aus einer anderen Welt. Ein grausamer Engel, gekommen, um Rache zu nehmen. Vorsichtig trete ich einen Schritt aus meiner Ecke. Dann noch einen. Mir ist schwindelig von der Anstrengung, meinen Atem dazu zu bringen, nichts von meiner Furcht zu verraten.

„Was hast du denn gedacht?" Plötzlich komme ich mir schrecklich klein vor, wie ich da stehe, mitten im Zimmer, mit diesem übergroßen Mann vor mir. Seine Schönheit ist einschüchternd, seine Präsenz. Seine Macht. Trotzdem zwinge ich mich, weiterzusprechen. „Hast du gedacht, ich bleib einfach still sitzen und warte, bis dir wieder einfällt, was mein Vater dir angetan hat und du dafür an mir Rache nimmst?" Meine Stimme betrügt mich, verrät die Tränen, die ich schon viel zu lange unterdrücke. Ich hole Luft, ich bin noch nicht fertig, aber ich komme nicht mehr dazu, noch etwas zu sagen. In zwei Schritten ist er bei mir, seine langen Beine fressen die Distanz. Ich hebe die Arme, um mich zu schützen, aber er fängt sie ab, zieht mich an seinen Körper.

„Basta, Principessa!" Seine Nähe überwältigt mich. „Die Frage ist nicht, was ich mir gedacht habe. Die Frage ist, was du dir gedacht hast. Hast du gedacht, ich bin so dumm wie dein Papá und lass dich ungeschützt und unbewacht zurück? Hast du gedacht, ich spreche leere Drohungen aus? Was hast du gedacht, wohin du gehst? Zu Daddy? Wie das kleine, verzogene Gör, das du bist?" Für seine ersten Anschuldigungen schäme ich mich. Er hat Recht, ich habe nicht nachgedacht. Aber für seine letzte will ich ihn schlagen. Ich bin nicht, wofür er mich hält. Ich bin nicht Daddys kleine Prinzessin, die von der Welt keine Ahnung hat. Ich weiß sehr gut, in was für einer Welt ich lebe, und es war verdammt noch mal meine Wahl, kein Teil von ihr zu sein. Seither schlagen zwei Herzen in meiner Brust, es zerreißt mich, macht mich halb, egal wo ich bin. Und das will er mir vorwerfen? Ausgerechnet das? Ich reiße an meinen Handgelenken, rucke, zerre, bekomme eine Hand frei, aber bevor ich zuschlagen kann, dreht er mich herum und wirft mich aufs Bett. Ich lande auf dem Rücken, drehe mich, noch im Fallen. Sofort ist er über mir, zerrt mich ganz auf den Bauch, hält mich mit seinem Gewicht nieder. Meine Angst ist vergessen, zurück bleibt Wut. Wut und das Gefühl seines Körpers auf meinem. Das Brüllen meines Zentrums, das danach verlangt, von diesem Mann gefüllt zu werden.

„Tu es!" Ich hab keine Chance, mich gegen seine Kraft zu wehren, also stürze ich mich auf das, was mir bleibt, und schleudere ihm meine Worte wie Kugeln entgegen. Ich drücke meinen Hintern gegen seine Leiste, spüre seine Härte. Er ächzt, und ein kopfloses Hochgefühl überkommt mich. Er kann mir nicht nehmen, was ich ihm entgegenschleudere, und er weiß es. Für diese eine Sekunde, als mein Arsch in einer unvorbereiteten Sekunde seinen Schwanz trifft, habe ich die Überhand. „Fick mich. Zeig mir, was für ein Mann du bist, dass du mich vergewaltigen musst, um zu spüren, was für ein toller Kerl du bist." Ich meine nicht, was ich sage, aber ich kann die Worte nicht zurückhalten. Ich will ihn. Und ich fürchte ihn. Ich will, dass er meine Welt zerbricht, weil nichts mehr einen Sinn ergibt. Er verlagert sein Gewicht, ich höre das Klirren seiner Gürtelschnalle, das Ratschen von Leder, als er den Gürtel aus den Ösen zieht. Gleich. Ich versuche, von ihm wegzukriechen. Zur selben Zeit drücke ich mich an ihn. Ich weiß nicht mehr, was gut ist und was schlecht.

„No." Noch einmal verlagert er sein Gewicht, alles geht so schnell, dass ich den Bewegungen nicht folgen kann. Ich erkämpfe mir ein Stück Bewegungsspielraum, im nächsten Moment hat er meine Handgelenke eingefangen, hält sie mit einer Hand in meinem Rücken zusammen und zieht mich über sich, als wäre ich leicht wie ein Kind. Er sitzt auf dem Bett, während ich bäuchlings über seinen Schenkeln hänge, niedergedrückt durch eines seiner Beine über meinen Oberschenkeln und seinen Arm in meinem Rücken.

Er gibt mir Zeit zu verschnaufen. Langsam beruhigt sich mein Herz. Hilflos und gefangen hänge ich auf seinem Schoß, als er mir mit der freien Hand die Haare aus dem Gesicht streicht. Mein Blut kocht noch immer vor Wut und Erniedrigung, aber er wirkt jetzt sanft, fast zärtlich.

„No, Cara mia. Ich habe gesagt, ich werde dich ficken, wenn du dich noch einmal widersetzt. Aber als ich das sagte, habe ich gedacht, dass du eine kluge Frau bist." Ich höre auf, mich zu wehren. Es hat keinen Sinn. Ich bin gefangen in einem Käfig aus Armen und Beinen, geblendet durch seinen Duft nach feuchter Erde und Piniennadeln. Er hat gewonnen.

„Aber du hast dich verhalten wie ein kleines Gör, das zu Daddy rennen will, sobald etwas nicht so geht, wie du es dir vorstellst. Daddy soll es richten. Es tut dir leid, hast du gesagt? Dann denk darüber nach, wenn ich dir die Strafe gebe, die du verdienst. Nicht die Strafe für eine Frau. Die Strafe für ein kleines, ungezogenes Mädchen." Er beugt sich zu mir herunter, zieht an den Haaren meinen Kopf zur Seite, küsst meinen Mundwinkel, mein Augenlid, meine Schläfe. „Sei tapfer, Cara mia, und bereue." Wie ein Versprechen flüstert sein Atem über mein Gesicht, dann, noch während sein Blick auf mich geheftet ist, sirrt bereits Leder durch die Luft, landet auf meinem Hinterteil. Hitze explodiert auf meiner Haut, zischend ziehe ich die Luft ein, doch da holt er schon wieder aus, schlägt noch einmal zu.

Es ist nicht das erste Mal, dass ich geschlagen werde. Mein Vater hat mich nie versohlt, das hat er Shannon überlassen, unserer Köchin, und die war legendär mit dem Kochlöffel. Ich kenne den Schmerz, kenne das Brennen, aber damals war ich noch ein Kind. Noch nie hab ich mich so gedemütigt gefühlt wie jetzt. Die Jeans, die ich trage, bremst den Schmerz, aber nichts kann die Erniedrigung aufhalten.

„Es tut mir leid." Zwischen seinen Hieben ertrinkt meine Stimme in Tränen. Ich kann sie nicht zurückhalten. In den Minuten, die folgen, lehrt Angelo mich den Unterschied zwischen Wut darüber, dass ein Plan nicht aufgegangen ist, und echter Reue.

Angelo

„Es tut mir leid." Es ist ein Flüstern, erstickt von ihren Tränen und dem nächsten Whack! meines Gürtels.

Ich gehöre nicht zu den Männern, denen davon einer abgeht, einer Frau Gewalt anzutun. Aber Cara hat das hier nicht anders verdient, auch wenn ich es nicht gern tue.

Ich halte kurz ein, betrachte ihre Kehrseite, über der sich wunderbar anschmiegsam der weiche Jeansstoff spannt. Selbstverständlich schlage ich nicht mit aller Kraft zu. Ich bin kein Untier. Für sie und ihren Hintern reicht es aber allemal. Und es ist ein süßer Hintern, der sich meine Schläge antun lassen muss. Rund und fest. Die Jeans schmiegt sich hauteng an die Kurven. Cara ist keine von den knochenarschigen Huren, die für Paddys Zuhälter in Torredale und Magee oben im Norden unterwegs sind. Meine Finger liebkosen die perfekten Rundungen. Der Laut, den Cara ausstößt, ist irgendwo zwischen einem Wimmern und einem ziemlich harten Protest angesiedelt und lässt mich grinsen. Vielleicht tue ich es doch gern.

Ich ziehe das Leder noch ein paar Mal über den abgewetzten Jeansstoff und greife das Mädchen schließlich im Nacken, um sie aufzurichten. Mein Schenkel protestiert, als das angenehm warme Gewicht weg ist, das ich auf ihn niedergedrückt habe. Mit hochgezogenen Augenbrauen sehe ich sie an. „Nun?"

Sie blinzelt mit glitzernden Augen. Gebrochen? Cara O'Brien? Träum weiter, Rossi.

„Ich habe gesagt, dass es mir leid tut", sagt sie. Wie ein Kind steht sie kurz davor, mit dem Fuß aufzustampfen. „Die letzten drei sind nicht nötig gewesen. Du bist ein brutaler Sadist."

„Ob es dir leid tut, ist mir egal." Ich stehe auf, um meinen Gürtel wieder durch die Schlaufen der Anzughose zu ziehen. Mit einem satten Klacken rastet die Gürtelschnalle ein. „Ich will wissen, ob du jetzt verstanden hast, dass es sich nicht lohnt, weglaufen zu wollen."

Sie zögert einen Moment. Gott, ihre Augen sind großartig. Der Spiegel ihrer Seele. Jeder einzelne Gedanke steht darin geschrieben. Momentan denkt sie daran, dass sie mir liebend gerne einen gepfefferten Tritt in die Eier verpassen würde. Scham hält sie zurück. Das, was ich ihr angetan habe, hat sie schlimmer getroffen, als sie jemals zugeben würde. Sie ist eine stolze Frau, eigensinnig und stark. Dass ich sie übers Knie gelegt habe wie ein unartiges Trotzkind, brennt schlimmer auf ihrer Seele als die Striemen auf dem Hintern. Schließlich tritt sie einen Schritt zurück, reibt sich die schmerzende Kehrseite, und ich schaffe es nicht, wegzusehen.

„Gefällt dir, was du siehst?", faucht sie, aber ich kann erkennen, wie sie gegen Tränen kämpft.

„Mir hat gefallen, was ich sehe, seit ich dich in der Fabrikhalle vom Stuhl losgebunden habe. Willst du dahin zurück? Komm her."

Unsicherheit flackert durch ihren Blick. Ich gebe ihr einen ungeduldigen Wink, und als sie sich nicht rührt, packe ich einen ihrer Ellenbogen und ziehe den Arm nach vorn. Mit der anderen Hand umklammere ich ihr Handgelenk. Ihre Gegenwehr erstirbt, ich ziehe sie nah an meinen Körper.

„Ich werde nicht mit dir schlafen", sage ich dicht an ihren Lippen. „Nicht heute. Mir gefällt, was ich sehe, aber wenn ich dich ficke, will ich, dass du es genauso willst wie ich."

Sie zieht die Nase hoch. In ihren Augenwinkeln sammelt sich Wasser. „Dann vergiss es lieber gleich."

„Lucciola." Ich nehme mit den Fingerspitzen die Träne aus ihrem Auge und verstreiche sie über ihren Lippen. „Was ich getan habe, war notwendig. Du musst lernen, Baby. Wofür schämst du dich so? Für das Schluchzen und Schreien?" Ich ziehe sie noch näher an mich heran. Meine Erektion ist unbequem. „Ich habe schlimmer geschrien, als ich meinen Weg hierher gemacht habe. Und noch mehr, als Lo mich festhalten musste, während Zia irgendwelches desinfizierendes Zeug auf meine Augen gestrichen hat. Ich verdanke dir viel, Piccola. Ich weiß das zu schätzen und zu würdigen."

„Indem du mich einkerkerst und dich an mir vergreifst?" Die Tränen laufen jetzt ungehindert, sickern in ihre Mundwinkel. Ich weiß von Männern, die mit weinenden Frauen nicht umgehen können. Lorenzo ist so einer. Persönlich finde ich die Tränen von Frauen wahnsinnig erregend. Sie zeigen mir, als Mann, dass die Frau ohne meinen Schutz nicht existieren kann. Sie geben dem Leben, für das ich mich entschieden habe, einen Sinn. Solange es Frauen wie Cara O'Brien gibt, die mir mit ihren Tränen zeigen, dass sie trotz ihrer Stärke vor dem Bösen auf der Welt beschützt werden müssen, ist all die Gewalt nicht umsonst. Was gibt es daran nicht zu mögen?

Meine Hand liegt locker auf ihrer Hüfte. Ich blicke sie an, das runde, süße Gesicht, die Brust, die sich unter heftigen Atemzügen hebt und senkt. Geduldig warte ich, bis ihre Tränen versiegen.

„Dass ich dich hier einkerkere, ist nicht deine Schuld", sage ich. „Das ist eine Sache zwischen Männern. Du bist eine Frau und deshalb wirst du für Männer wie mich immer nur ein Objekt sein. Glaub niemandem, der dir etwas anderes erzählen will. Ganz gleich, wie sehr du dir wünschst, diese Welt hinter dir zu lassen. Du bist Paddys Tochter, das macht dich so angreifbar wie wertvoll. Wären wir beide uns unter anderen Umständen begegnet, hätte ich dich längst verführt. Ich hätte dir zehn Dutzend rote Rosen geschenkt. Du würdest in diesem Augenblick auf dem Rücken liegen und deine Beine um mich schlingen. Ich würde dir süße Worte ins Ohr flüstern, und du würdest mir glauben."

Sie schnaubt verächtlich. „Vergiss es. Ich bin verlobt."

Ist dies der richtige Zeitpunkt, ihr zu sagen, was es für ein Kerl ist, mit dem sie sich verlobt hat? Ich entscheide mich dagegen, sage nur: „Das weiß ich. Zeig mir deine Hände."

Sie zögert, aber schließlich hält sie mir ihre Hände entgegen. Vorsichtig löse ich zwei der Pflaster ab, um mir den Schaden anzusehen.

Zia hat nicht übertrieben. Cara hat sich an den Rosenzweigen schlimm die Handflächen und die Finger zerrissen. Im Fensterbrett liegt die Tube mit Arnikasalbe, die Zia hier gelassen hat.

Ich manövriere Cara hinüber. Die Fenster in Zias Haus haben altmodische Läden mit breiten Lamellen, durch die der goldene Schimmer der Gartenlampen ins Zimmer fällt. Unter dem Fenster steht eine Bank. Ich setze mich und ziehe Cara neben mich, ohne ihr Handgelenk loszulassen. „Halt still."

Sie zuckt nicht, als ich Salbe auf ihren Fingern verteile. Nur einmal gibt sie kurz ein Schniefen von sich, aber ich bezweifle, dass es Schmerz ist. „Warum tust du das?"

„Weil du dir wehgetan hast."

„Nicht das. Das andere. Warum hast du mich entführt? Ich hatte Pläne. Ich hab ein Leben. Ich hab mit der Welt meines Vaters nichts zu tun. Das hier ist nicht fair."

„Das Leben ist selten fair. Du bist die einzige Tochter deines Vaters. Hätte er eine andere, die mehr zu seiner Welt gehört als du, hätte ich die genommen." Und mich dabei wahrscheinlich tödlich gelangweilt, aber das sage ich ihr nicht. Aus ihren Haaren steigt ein weicher Duft zu mir auf. Das erinnert mich an etwas. „Hat Zia dir das Bad gezeigt?" Cara hat hübsche Finger. Lang und schmal. Makellose Haut, sobald die Kratzer wieder verheilt sein werden. Hoffentlich bleiben keine Narben. Es wäre eine Schande. Schließlich bin ich fertig und muss ihre Finger loslassen.

„Ich bin in diesem Zimmer eingeschlossen", erinnert sie mich hochmütig.

„Wenn du dich gut führst, darfst du ein langes, entspannendes Vollbad nehmen. Ich habe es nicht untersagt. Lo und Bernardo entscheiden, ob das Risiko zu groß ist." Seufzend hebe ich die Schultern. „Wobei, nach deinem kleinen Ausflug heute Nachmittag sieht es aus, als hättest du dir die Chance vermasselt. Also kein Bad, nur ein Topf unterm Bett. Mmmmm. Angenehm."

„Nicht fair", grummelt sie.

„Selbst schuld", gebe ich zurück und drücke ihre Hände zu kleinen, weißen Fäusten zusammen. Sie runzelt die Stirn, aber darüber hinaus verzieht sie keine Miene. Tapferes Mädchen.

„Das ist wie im Kindergarten."

„Stimmt. Deswegen fand ich die Prügel auch angebrachter als den Sex." Ich hebe den Kopf. „Schade."

Sie läuft feuerrot an und schaut blitzschnell von mir weg. Ich lasse sie nicht kalt. Sehr schön. Vielleicht nehme ich sie mir. Wer will es mir verwehren? Sie will mich, sie würde einen Teufel tun und das zugeben, aber ich erkenne es am Pochen der Halsschlagader direkt unter ihrem Ohr und der herrlichen Röte auf ihren Wangen. „Ich nehme an, du hast deine Lektion für heute gelernt?" Ich nicke zu ihren Händen und zum Fenster.

Sie beißt die Zähne zusammen und nickt verkrampft.

„Ich schicke Zia mit etwas zu essen zu dir", sage ich, lege die Tube zurück ins Fensterbrett und stehe auf. Cara bleibt sitzen und blickt zu mir hoch. „Ich habe noch einen Termin in der Stadt, das wird zu lange dauern, ich komme heute Abend nicht wieder. Lorenzo hat in der Zwischenzeit das Kommando. Ich werde noch zwei weitere Männer herschicken, damit die sich auch mal abwechseln können."

„Ich werde nicht …"

Ich lege einen Finger auf ihre Lippen, die weich sind und voll. Ich möchte sie küssen, und sie will es auch, aber es ist zu früh. Solange sie nicht weiß, mit was für einem Arschloch sie den Rest ihres Lebens verbringen will, wird sie sich mir niemals von ganzem

Herzen hingeben. Es würde mich nur enttäuschen, wenn ich mich zu einer halben Sache mit ihr hinreißen lasse, und dann wäre auch sie frustriert. Halbe Sachen sind für die Schlampen in den Clubs reserviert. Cara O'Brien verdient mehr als das. „Ich weiß, dass du heute nichts mehr versuchen willst. Diese Männer sind zu deinem Schutz hier ebenso wie als Aufsicht. Ich will nicht, dass dir irgendwas passiert, solange du dich in meiner Gewalt befindest."

Sie runzelt die Stirn. „Dann hättest du den Gürtel stecken lassen sollen. Schon mal darüber nachgedacht?"

Ich lache sie an. Der Effekt ist wohlkalkuliert und hat noch bei jeder Frau gewirkt, auch Cara ist da keine Ausnahme. Das glitzernde Eis in ihren Augen schmilzt.

„Vielleicht. Aber das ist jetzt zu spät. Che sfiga, Lucciola. Ich werde Zia Bescheid sagen, dass du versprochen hast, heute keine Dummheiten mehr zu machen, und dass sie dir vor dem Schlafengehen ein Bad einlassen soll."

Sie steht ebenfalls auf. „Wo gehst du jetzt hin? Menschen töten?"

„Nicht, wenn ich es vermeiden kann."

„Aber du würdest es tun?"

„Ein Mann wie ich tut, was er tun muss." Es ist nicht die ganze Wahrheit. Ich habe den Agavenbusch, in den ich nach meiner ersten Leiche gekotzt habe, nicht vergessen. Ein Teil von mir ist dort geblieben, bei diesem Agavenbusch, die Füße im Straßenstaub, blutige Spritzer im Gesicht, während ich das traurige Gewächs mit dem, von dem ich damals gedacht habe, es müsste meine Seele sein, gedüngt habe. Aber es ist für uns beide besser, wenn Cara mich für den hält, der ihr ohne Wimpernzucken den Hals umdrehen würde, wenn es seinen Absichten dienlich ist. Es macht sie folgsamer. Wenn ich sie nicht in einen Käfig sperren soll, ist Folgsamkeit das, was ich von ihr brauche.

„Du bist Angelo Rossi, ja? Mein Vater hat von dir gesprochen. Du sollst eigenhändig sieben seiner Männer getötet haben, dabei bist du noch nicht mal fünf Jahre in der Stadt. Du bist im Krieg mit anderen Gruppen. Sie nennen dich die Klinge aus Eis."

Noch einmal trete ich nahe auf sie zu, so nah, dass ich den Duft ihrer Haare inhalieren kann. Ich weiß jetzt schon, dass mich ihr Duft den Rest der Nacht beschäftigen wird. „Dann weißt du wenigstens, mit wem du es zu tun hast, Lucciola", flüstere ich mit drohendem Unterton. Als ich mich abwende, werfe ich ihr noch ein „Genieße dein Bad", hin, um ihr klarzumachen, dass sich nichts geändert hat, nur weil sie weiß, wer ich bin.

„Angelo heißt Engel", sagt sie. An der Tür drehe ich mich noch einmal um. Sie steht, hoch aufgerichtet, das Kreuz durchgedrückt, die Arme vor der Brust verschränkt. Die Haltung einer Königin. Sie ist großartig. „Und Lucciola heißt Glühwürmchen, richtig? Ich habe nachgesehen. Warum nennst du mich so?" Sie spricht es akzentfrei aus.

„Es ist aus einem Kinderlied. Ich hab mich in der Dunkelheit daran erinnert. Es hat mich bei Verstand gehalten, als ich im Keller deines Vaters fast verreckt bin. Ich hatte das Lied im Kopf, als du zu mir gekommen bist." Ihre Augen weiten sich, und ich füge hinzu: „Hast du geglaubt, du wärest für mich weniger gewesen als der kleine Schimmer Hoffnung in absoluter Dunkelheit, Lucciola?"

„Dann lass mich gehen. Eine Hand wäscht die andere."

„Nein." Die Tür fällt hinter mir zu. Ich darf mich nicht in ihr Netz einspinnen lassen. Ich bin Angelo Rossi, und sie ist, nach allem, was ich weiß, bis über beide Ohren verknallt in den Vollpfosten, der mir das Leben schwer macht. In ihr Netz zu geraten, würde bedeuten, dass ich nicht mehr klar denken kann. Noch weniger, als ohnehin schon. Es ist besser, wenn ich schnell und schmerzlos gehe und sie in Zias Obhut lasse.

KAPITEL 5

Cara

Ich war vier Jahre alt, als meine Mutter gestorben ist. Zerfetzt von einer Autobombe, die für meinen Vater bestimmt war. Ich war zu klein, um mich an alles genau zu erinnern, aber ich weiß, dass Daddy sich drei Tage lang in seinem Arbeitszimmer eingesperrt hat. Als er wieder heraus kam, war er derselbe Mann, den ich immer gekannt hatte. Fast. Auch vorher schon hat er mich geliebt, aber ich war ein Mädchen, also war er der Meinung, dass meine Erziehung Frauensache sei. Einen Sohn hat meine Mutter ihm nie geschenkt. Er hat meine Mutter geliebt, so sehr, dass es an Anbetung grenzte, und als sie nicht mehr da war, hat er all diese Liebe auf mich projiziert. Ab dem Tag, an dem er das Arbeitszimmer wieder verließ, schwankend, mit krummem Rücken und in einer Wolke aus Zigarrenrauch, war ich nicht mehr seine Tochter, sondern seine Prinzessin. Was immer ich mir gewünscht habe, er hat mir den Wunsch von den Augen abgelesen. Ich war ein wildes Kind, das hat auch der Tod meiner Mutter nicht geändert. Eher im Gegenteil. Ich wuchs inmitten einer unüberschaubaren Horde an Tanten, Onkeln, Cousins und Cousinen auf. Ich liebte es, auf Bäume zu klettern, den Erwachsenen Streiche zu spielen und mich dreckig zu machen. Aber ich war auch ein Mädchen. Meine Puppen waren mir ebenso wichtig wie die Steinschleudern und die Angelrute. Manchmal hörte ich, wie Shannon, die Köchin, oder eine meiner Tanten meinen Vater warnte, dass das mit mir kein gutes Ende nehmen würde, weil kein anständiger irischer Katholik einen Kobold zur Frau haben will. Aber Daddy hat gelacht und gesagt: „Zumindest wird mit meiner Cara keinem Mann langweilig." Ich bewunderte meinen Daddy für seine Klugheit, für seine Liebe zu mir und für die Ehrfurcht in den Augen der Männer und Frauen, die bei uns ein und aus gingen.

Zu meinem neunten Geburtstag hatte ich mir neue Inlineskates gewünscht. Wenn ich ehrlich bin, habe ich keinen Augenblick daran gezweifelt, sie zu bekommen. Mehr noch. Ich würde die mit den Lichtern in den Rollen bekommen, die rosa oder blau aufleuchteten, je nachdem, wie schnell man unterwegs war. Als ich morgens nach dem Frühgebet ins Esszimmer kam, stand nur ein einziges Geschenk auf dem Tisch. Das Päckchen war viel zu klein, um die begehrten Inlineskates zu enthalten, und meine Enttäuschung war riesig. Mein Vater saß an seinem Platz am Kopfende des Tisches und beobachtete aufmerksam meine Reaktion.

„Cara?", fragte er.

„Die Skates", sagte ich. „Das sind nicht die Skates." Ich stemmte die Hände in die Hüften und gab mir keine Mühe, meine Enttäuschung zu verbergen.

„Nein." Sein Lächeln war warm, aber auch geheimnisvoll. „Es ist etwas, das du wirklich brauchst."

Meine Neugier war geweckt, also öffnete ich das Päckchen. Zum Vorschein kam ein kleiner, silbrig glänzender Revolver auf einem Bett aus schwarzem Samt. Er sah aus wie ein Schmuckstück, so glänzend und blinkend und wunderschön. Ich streckte die Hand nach der Waffe aus. Damit war es um mich geschehen. Es gab keinen Weg mehr zurück. Ich erwies mich als Naturtalent. Noch am selben Tag gingen wir hinters Haus, damit ich erste Zielübungen machen konnte.

Ich habe im Mai Geburtstag. Die Luft war erfüllt vom Duft nach Flieder und dem Gezwitscher der Amselmütter auf Futtersuche für ihren Nachwuchs. Schon mein zweiter Schuss traf ins Ziel. Auch mein dritter. Mein vierter und fünfter. Vielleicht wurde ich übermütig, vielleicht waren die ersten Treffer auch nur Anfängerglück, aber beim vielleicht zehnten Schuss traf ich nicht die Zielscheibe, sondern verriss den Pistolenlauf, die Kugel prallte von dem Metallzaun hinter unserem Garten ab, schlug quer und zischte dann in einen der Sträucher, die den Rasen wie eine Hecke säumten. Ich hörte das Knacken von Ästen und rannte zu dem Strauch, geschockt, was für ein Durcheinander eine Kugel aus meinem winzigen Revolver anrichten konnte. Die Kugel war nicht einfach in den Busch eingeschlagen, sie hatte mehrere Zweige zerschmettert, auf denen eine Amsel ihr Nest gebaut hatte. Das Nest war tief in den Strauch gestürzt. Ich zerkratzte mir die Arme dabei, als ich mich hineinzwängte, um das Nest aufzuheben. Zwei der kleinen Vogelbabys lebten noch und fiepten jämmerlich. Für die drei anderen kam jede Hilfe zu spät, von einem war nicht viel mehr übrig als eine blutige Masse mit einem winzigen gelben Schnabel, auf der eine einzelne, flaumige Feder schwamm. Ich setzte die traurigen Überreste des Nests mit den beiden piepsenden Babys wieder in den Strauch und weinte.

Mein Vater trat zu mir und legte mir eine Hand auf die Schulter. „Wenn du die sein willst, die du bist, Cara, musst du das aushalten. Du kannst die sein, die schießt, oder die, die für sich schießen lässt, aber am Ende bleibt immer Blut." Er griff nach den beiden Überlebenden des Massakers, warf sie zu Boden und zertrat sie. Die Mutter würde sie nicht mehr annehmen, erklärte er, dann würden sie jämmerlich verhungern. Dass er ihnen einen schnellen Tod schenkte, sei eine Gnade. Das nächste Mal, wenn ich schoss, müsste ich es sein, die über Leben und Tod entschied.

So jung ich war, ich verstand, was er meinte, und mein Herz brach. Es gab keinen Weg zurück. Ich verdrängte meine Schuld am Tod der winzigen, süßen Vögelchen und beschloss, nie wieder selbst zu schießen. Gewalt war ein Teil des Lebens, aber ich wollte nicht länger hinsehen. Lieber war ich die, die andere für sich schießen ließ, als die, die selbst Verantwortung trug. Doch ein Teil von mir blieb unglücklich mit meiner Entscheidung. Ein Teil von mir sehnte sich nach dem Glitzern der Waffe in ihrem Samtbett und dem Gefühl, mit offenen Augen den Finger am Abzug zu haben. Ein aktiver Teil meiner Welt zu sein, nicht nur ein Zuschauer, von dem andere entschieden, was er sah und was nicht.

Der Schmerz über den Tod der Amselbabys macht mir das Herz eng, als ich aus dem Schlaf schrecke. Ein Traum. Es war nur ein Traum. Ich habe schon lange nicht mehr von diesem Tag geträumt, und ich kann mir nicht erklären, warum ich es heute getan habe. Mein Hintern tut weh, als ich mich im Bett aufsetzen will. Bis mich der Albtraum meiner Kindheit geweckt hat, habe ich geschlafen wie ein Stein. Instinktiv taste ich auf dem Nachttisch nach meinem Handy, ein Reflex, aber natürlich ist es dort nicht. Meine Tasche, mit allem, was darin war, habe ich seit meinem Toilettenbesuch im Verge nicht mehr gesehen. Ist das wirklich erst einen Tag her? Es fühlt sich an, als wäre es eine andere Zeitrechnung. Die Schmerzen in meinem Hinterteil werden nicht besser, als ich mich bewege.

Ich habe tatsächlich gestern noch ein Bad genommen. Zia Paolina hat mir einen Bademantel gegeben und ein zeltartiges, geblümtes Nachthemd, um darin zu schlafen. Mein Gefängnis ist Luxus.

Ich habe so lange geschlafen wie schon seit Ewigkeiten nicht mehr, niemanden hat es gestört. Jetzt liegen meine eigenen Kleidungsstücke frisch gewaschen und gebügelt auf dem Stuhl in der Nähe des Bettes. Ein Gefängnis mit Service also. Sieht man von meinem wunden Hintern ab, könnte man denken, dass Angelo es ernst meinte, als er sagte, er möchte nicht, dass es mir an etwas fehlt. Ich ziehe mich an und komme ins Stocken. Mein Magen knurrt und ich habe nichts zu tun, also gebe ich mir einen Ruck und mache mich auf die Suche nach Zia Paolina. Zwar gehört sie in Angelos Kreise, aber sie war bisher nur freundlich zu mir. Wenn die Camorristi beweisen können, dass sie keine Barbaren sind, kann ich das auch.

Der Duft nach frischem Basilikum und gekochten Tomaten leitet mich in die Küche. Ich finde Zia Paolina unter einem Bündel knallroter Chilischoten, das von einem Deckenregal hängt. Die feiste Italienerin hat die Arme bis zu den Ellenbogen in einem weißen Teig vergraben. Der Tomatenduft entsteigt einem schweren Tontopf auf dem Herd. Zia sieht auf, als sie mich in der Türschwelle bemerkt, und ein Lächeln glättet ihre Züge.

„Cara! Ich habe mir Sorgen gemacht. Es ist schon nach Mittag. Ich dachte, du wachst gar nicht mehr auf." Wenn sie mir meinen Fluchtversuch gestern übel nimmt, ist sie eine gute Schauspielerin. Sie winkt mich mit einem Kopfnicken näher. „Komm rein. Du hast sicherlich Hunger. Im Kühlschrank sind Trauben und Käse. Bediene dich."

Zögerlich trete ich näher. Es kommt mir falsch vor, mich in diesem Haus zu bewegen, als sei ich ein Gast. Ich bin nicht freiwillig hier, das ändert auch ein freundliches Gesicht nicht. Ich habe Angelo versprochen, nicht noch eine Dummheit zu machen und zu versuchen, kopflos davon zu laufen. Ich habe vor, mein Versprechen zu halten. Das nächste Mal, wenn ich zu fliehen versuche, werde ich besser vorbereitet sein. Für einen kurzen Augenblick wirft mich das Bewusstsein, dass ich es wieder versuchen werde, aus der Bahn. Will ich mir das wirklich antun? Und ihm? Schlussendlich siegt mein knurrender Magen. Zumindest für den Moment.

Der Käse schmeckt würzig und scharf, aber cremig. Er harmoniert wunderbar mit der Süße der Trauben. Zia beginnt, den Teig, den sie zuvor geknetet hat, durch eine Walze zu ziehen.

„Was machst du?", frage ich, weil ich mir überflüssig und verwöhnt vorkomme, wie ich nur dasitze und ihr bei der Arbeit zusehe.

„Pasta. Aus Kichererbsenmehl. Das ist eine Spezialität aus Calabria. Angelo kommt heute Abend, und seit mein Massimo tot ist, freue ich mich auf jede Gelegenheit, wenn ich etwas Anständiges auf den Tisch bringen kann. Für mich allein lohnt sich das nicht. Es gibt Pasta mit Schwertfisch und Minze. Als secondi schmort dort schon der Ziegenbraten." Sie nickt zu dem schweren Tonguttopf auf dem Herd.

„Kann ich dir helfen?" Ich stehe auf, um meine guten Absichten zu beweisen. Augenblicklich protestiert mein Hintern. Zischend ziehe ich die Luft ein, reibe mit einer Hand über die wunde Fläche.

Zia lacht und zwinkert mir zu. „Ich hab dir gesagt, dass du lieb zu ihm sein sollst." Obwohl ihre Stimme freundlich ist, fühlt sich ihr Necken an wie ein Tritt in den Bauch. Alles Blut stürzt von meinem Kopf in meine Fußsohlen. Ich beiße mir auf die Unterlippe, wende den Kopf ab, damit sie nicht sieht, wie ich mich fühle. Zwei Sekunden, dann habe ich meine Fassung wiedergefunden, hebe das Kinn und sehe ihr ins Gesicht. Mein Lächeln fühlt sich so falsch an, wie es ist.

„Ich gehe nach oben. Ich will lieb sein und meinen Kerkermeister nicht über Gebühr verärgern."

Falls ich gedacht habe, damit an Boden zu gewinnen, habe ich mich getäuscht. Zias Lachen wird fröhlicher. Sie fasst mich mit ihrer mehligen Hand am Oberarm, hält mich zurück. „Du bist tatsächlich so eine kleine, verzogene Göre, wie Angelo gesagt hat. Ein wunder Hintern hat noch niemanden umgebracht. Jetzt sei nicht so und reiß dich zusammen. Du wolltest mir helfen. Also: Was kannst du?"

Den Lieferservice anrufen, Tee aufsetzen, Shannons Essen in der Mikrowelle warm machen und ein Glas Scotch exen. Doch ich fürchte, das sind nicht die Fähigkeiten, von denen Zia spricht. Plötzlich will ich etwas beweisen. Ich will beweisen, dass ich nicht die verzogene Prinzessin bin, für die mich hier alle halten. „Ich kann Nachtisch machen. Apfelkuchen." Zumindest habe ich Shannon oft genug dabei zugesehen. So schwer kann es nicht sein.

Zia strahlt von einem Ohr zum anderen und nickt in die Küche. „Dann los. Wenn du etwas brauchst, was ich nicht da habe, sag Bescheid. Lo kann fahren und die Sachen besorgen."

„Gehört Lo auch zur Familie?" Skeptisch beäuge ich die Äpfel in der Obstschale. Ich brauche Apfelmus für mein Rezept, aber die

Grundstoffe sollten ja dieselben sein. Ungelenk beginne ich, den ersten Apfel zu schälen.

„Im weitesten Sinne. Er ist einer von Angelos Camorristi. Ein etwas besserer Soldat. Brauchst du die ganzen Äpfel?" Sie hat den Pastateig ausgerollt und geschnitten. Wie Socken hängen einzelne Nudelstreifen über einer gespannten Schnur vor dem Fenster.

„Ich dachte, das seid ihr alle." Muss ich die Äpfel kochen, bevor ich sie zu Mus verarbeite, oder werden sie erst gerieben und dann gekocht? Ich kann mich nicht erinnern. Ich schneide kleine Würfel, gebe sie in einen Topf, den mir Zia gibt, und versuche, die Würfel mit einer Gabel zu zerdrücken. Es funktioniert nicht. Also doch erst kochen. Ich stehe wie eine dumme Kuh vor dem Herd. Gas. Ich kenne nur elektrisch. Zia schnalzt mit der Zunge, schiebt mich zur Seite und entzündet einen der drei vorderen Gasbrenner.

„Die Camorristi sind in der 'Ndrangheta die zweitniedrigste Stufe in der Hierarchie eines 'ndrine. Das ist ..." Sie verengt die Augen, als müsse sie nachdenken. Ich frage mich, ob sie mir das überhaupt alles sagen darf. Aber dann plappert sie ungerührt weiter. „Das ist wie ein Clan. Jeder fängt einmal als Soldat an, als Picciotto, und wer sich beweist, wird Camorrista. Die besten unter ihnen machen Karriere. Sie werden Santisti, dann Vangelisti und wenn die wirklich was drauf haben, vor allem Führungsqualitäten, dann werden sie Quintini. Das sind die fünf Oberhäupter, die direkt an den Capobastone berichten."

Schneller als ich gedacht habe, fängt es im Topf an zu blubbern. Es riecht angebrannt, nach geschmolzenen Zucker. Schnell gebe ich Wasser in die Masse. Zwar hört es auf zu blubbern, aber statt einem gleichmäßigen Apfelmus schwimmen jetzt angekokelte Apfelstückchen in einem schäumenden Sud.

„Vielleicht solltest du die Hitze runterdrehen", rät Zia.

Ich tue, was sie gesagt hat, aber schüttle den Kopf. „Nein, nein. Das wird schon. Und Angelo ist Capobastone?" Mein Kopf schwimmt von all den italienischen Wörtern. Macht ja nichts, dass sie mir das alles sagt, ich kann es mir sowieso nicht merken.

Zia lässt mich mit meinem Apfelmatschdesaster allein und wendet sich ihrem Schmorbraten zu. Wie kann es sein, dass dieser Topf schon viel länger auf dem Herd steht, aber es kein bisschen angebrannt riecht? Ich beschließe, dass es jetzt reichen muss, und nehme meinen Topf von der Flamme. Zumindest lassen sich die angekokelten Apfelstückchen jetzt besser zerdrücken. Mit ein bisschen

Fantasie kann die braunschwarze Suppe in meinem Topf tatsächlich als Apfelmus durchgehen.

„Nein. Ein Capobastone muss von der Provincia in Kalabrien bestätigt werden. Es gibt nur sehr wenige außerhalb des alten Landes. Das ist nicht so wie bei euch."

Sie sagt bei euch, doch ich weiß, sie meint das Outfit. Es ärgert mich ein bisschen, weil ich doch schon so lange nicht mehr dazugehöre. Tatsächlich ist es so, dass auch in der Organisation meines Vaters Regeln und Strukturen herrschen. Aber sie sind weniger in Stein gemeißelt als das, was Zia erzählt. Es gibt einen Boss, das ist mein Vater, und einen Stellvertreter. Danach kommt der Rest, die Männer, die für meinen Vater arbeiten. „Mein Vater ist Geschäftsmann."

„Aber natürlich. Wieviel Mehl soll ich dir abwiegen?"

„Genug für eine Form?" Ich hebe die Schultern, weil ich wirklich absolut keine Ahnung habe. Zia nimmt eine Tüte Mehl aus dem Regal und siebt es in eine Schüssel.

„Dreihundert Gramm."

Wovon redet sie? Ich kann noch nicht einmal die Mengeneinheit nachvollziehen. Shannon rechnet in Cups und Pounds. Nicht, dass es einen Unterschied machen würde. „Also kocht Angelo sein eigenes Süppchen." Bei dem Wort Süppchen fällt mein Blick auf den Apfelmatsch, auf dem sich beim Abkühlen eine schaumige Kruste gebildet hat. Aber über das Apfelmus kommt ja noch die Quarkcreme. Niemand wird es bemerken.

„Angelo ist ein sehr mächtiger Mann. Ein Vangelista. Eine Stufe unter dem Quintino, er hat keine absolute Handlungsfreiheit, aber viele Männer hören auf sein Wort. Und wenn erst einmal Carlo ..." Sie unterbricht sich. Das erste Mal sehe ich, wie Zia Paolina ins Stocken gerät. Plötzlich scheint es ihr sehr wichtig, sich mit meinem Teig zu beschäftigen. „Ein Apple Pie braucht einen Mürbeteig, si? Reichst du mir bitte die Eier aus dem Kühlschrank?"

Ich öffne den Kühlschrank, reiche Zia den Karton mit den Eiern und suche nach Sahne und Quark. Ich finde sie nicht. Ich ahne, dass ich aus Zia Paolina kein Wort zu Angelo mehr herausbringen werde, und mein Apfelmus ist eine angebrannte Suppe mit Zuckerkruste geworden. Wenn ich will, dass am Ende irgendwas Essbares dabei herauskommt, muss ich mich konzentrieren. Und Lo zum Einkaufen schicken. Als Rache für das Tasern geschieht ihm das recht.

Angelo

Zia Paolina kocht wie in Kalabrien. Deshalb bin ich so gern hier. Ich habe mein eigenes Haus in der Nähe des Flusses, wo ich mich wohl fühle, aber wenn Zia zum Abendessen einlädt, kann ich nie widerstehen. Das war schon so, als Massimo noch lebte und ich nur ein Geduldeter war, ein Picciotto, dem niemand traute. Ich war neu in der Stadt, mein Englisch war eine Katastrophe und ich kannte mich nicht aus. Es war Zia, die mir ein Gefühl von Heimat vermittelte.

An Zias Tisch vermisse ich Kalabrien, die Wellen vor San Pasquale, die Augen meiner Mutter. Manchmal sogar Francesca, aber das kommt selten vor. Ich vermisse diese Dinge und gleichzeitig wird mir hier mehr als sonst irgendwo in Amerika bewusst, dass ich all das im Herzen trage und niemand es mir nehmen kann.

Nicht nur Cara sitzt mit uns am Tisch. Weil Lo und Bernardo sich für ein paar Stunden von den beiden Picciotti haben ablösen lassen, von denen einer Los jüngerer Bruder ist, hat Zia sie kurzerhand mit an den Tisch beordert. Sie kocht sowieso immer zu viel. Ich beobachte Cara, während ich gründlich und effizient meinen Teller leere. Sie isst nicht genug. Am Ziegenschmorbraten kann es nicht liegen, soweit ich weiß, gibt es den auch in ihrem Kulturkreis. Sie kennt den Geschmack also, auch wenn ich bezweifle, dass in Irland das Ziegenfleisch mit Peperocchino und 'nduja zubereitet und mit in Essig getunktem Zwieback serviert wird. Sie stochert in ihrem Essen und beobachtet uns alle unter gesenkten Lidern. Sollte ich etwas sagen? Liegt es daran, dass sie hier gefangen ist? Hat sie deshalb keinen Appetit? Ich will vermeiden, dass Paddy mich der Vernachlässigung bezichtigt, wenn ich Cara zurückgebe und sie Gewicht verloren hat.

Schließlich hilft sie Zia beim Abräumen der leer gegessenen Teller, was in mir einen Anflug von Wärme auslöst. Sie haben sich miteinander angefreundet. Das war zwar nicht notwendig, wird für Cara die Zeit hier in Zias Haus aber einfacher machen.

Bernardo lehnt sich zurück, dass die Rückenlehne seines Stuhls knarrt, und streicht sich über den ansehnlichen Bauch. „Das war sehr gut, Paola", lobt er. „Damit halte ich die Nacht durch." Ich vermute seit geraumer Zeit, dass Bernardo, der seit einigen Jahren geschieden ist, ein Auge auf Paolina geworfen hat. Er treibt sich oft in ihrer Nähe herum, auch wenn es keinen Grund dafür gibt. Amüsiert zwinkert er Cara zu, als sie zum Tisch zurückkehrt, um auch den Schmortopf und die Beilagenschalen abzuräumen. Wütend erwidert sie seinen Blick.

„Aber wir sind ja noch nicht fertig", erklärt Zia großspurig. „Es gibt ein Dessert. Das verdanken wir Cara."

La Lucciola läuft feuerrot an. Sofort ist meine Neugier geweckt. Warum errötet sie? Falsche Bescheidenheit? Ich lehne mich vor. „Das erklärt die Dessertgabeln", sage ich. Normalerweise würden wir alle untereinander Italienisch reden, aber das wäre Cara gegenüber nicht fair. Lo ist der einzige, dem es etwas auszumachen scheint, er macht kein Hehl daraus, dass er einen Groll auf Cara hegt. Immer noch wegen dem Kinnhaken? Oder weil, wie Zia mir lachend erklärte, Lo gezwungen war, einkaufen zu fahren? Es hat mich gewundert, normalerweise macht Zia ihre Einkäufe selbst und vergisst nie etwas. Es muss mit Caras Dessert zu tun haben, das macht Lorenzo ungemütlich.

„Es ist nichts Besonderes", murmelt Cara, als sie die Glasplatte mit etwas auf den Tisch stellt, das entfernte Ähnlichkeit mit einem Pie aufweist. Etwas schief aufgegangen, und ein Teil der Decke ist über der Füllung eingebrochen. „Nur ein Apfelkuchen."

Zia verteilt Kuchenteller. Im Hintergrund zischt die Kaffeemaschine, der Duft nach Espresso überlagert, was auch immer an Geruch aus dem Pie herauskommen mag. Zia reicht Cara ein Messer, Bernardo setzt sich sofort auf und beobachtet das Mädchen lauernd. Ich werfe ihm einen Blick zu, den niemand außer uns beiden bemerkt. Ich hab das unter Kontrolle, lasse ich ihn wissen.

Cara schneidet den Kuchen an. Die Füllung läuft sofort unter den Boden und verteilt sich über die ganze Glasplatte. Grünlich braun, mit kaum erkennbaren Apfelstücken und Zuckerkristallen versetzt, eine sirupartige Flüssigkeit. Die Decke des Kuchens rutscht endgültig in sich zusammen.

„Für mich nicht, danke", sagt Lo und schiebt seinen Teller von sich. Als Zia ihm einen Espresso vor die Nase stellt, verabreicht sie ihm unauffällig eine Kopfnuss. Bernardo ist mutig und lässt sich ein Stück geben, ebenso wie Zia und ich. Cara selbst ist vorsichtig. Der schmale Streifen Kuchen, den sie auf ihren eigenen Teller setzt, hat kaum noch Füllung drin.

Die Katastrophe auf meinem Teller ist unglaublich süß und schmeckt nach verbranntem Karamell, saurer Milch und ganz entfernt nach Äpfeln. Bernardo kneift die Augen zusammen und beißt sich durch. Ich bemühe mich, mir nichts anmerken zu lassen. Zia stellt ihren Teller nach zwei Bissen weg und behauptet mit ernster Miene, dass sie viel zu satt für ein Dessert ist. Cara ist tapfer, aber auf ihrem Teller ist ja auch kaum etwas von der klebrig übersüßten Füllung gelandet.

„Der Teig ist gut gelungen", sage ich schließlich und spüle den letzten Bissen mit Kaffee hinunter.

Cara sitzt, die Hände im Schoß, das Feuer in ihren Augen erloschen. Erneut eine Niederlage, die ihr sichtlich an die Nieren geht. Ich mag es nicht, wenn sie sich in die Ecke drängen lässt, es passt nicht zu ihrem Feuer. „Ja, klar. Den hat Zia gemacht", sagt sie gepresst.

Lorenzo prustet los. Dieses Mal ist es Bernardo, der dem Jüngeren die flache Hand gegen den Hinterkopf schlägt, weit weniger unauffällig als vorhin Zia. „Reiß dich zusammen. Tischmanieren." Er wendet sich an Cara. „Lass dir nichts einreden, Ragazza. Mir hat es geschmeckt." Glatt gelogen, aber wer so alt ist wie Bernardo und seit so vielen Jahren erfolgreicher Camorrista, der weiß auch, wie man lügt.

Sie drückt die Schultern durch. „Es ist irischer Apfelkuchen, aber ich hab nicht alle Zutaten gehabt." Sie sagt die Worte so gezwungen, dass jeder Taube hören muss, dass sie eine Ausrede sind. Eine ziemlich unbeholfene Ausrede noch dazu. Sie sollte mir nicht leidtun. Himmel, sie ist meine Geisel, meine Gefangene. Sie könnte mir dafür leidtun, dass ich sie von der Straße habe ziehen lassen, nicht dafür, dass sie nicht kochen kann. Aber der Hochmut, mit dem sie versucht, ihre Niederlage zu überspielen, der durchgedrückte Rücken, die zusammengepressten Lippen und das in die Höhe gereckte Kinn sprechen auf eine Weise zu mir, die ich nicht begreife. Vielleicht, weil die Feuchtigkeit in ihren Augenwinkeln sie verrät und einen schmerzhaften Blick auf eine am Boden liegende Mädchenseele offenbart, von dem ich mir wünschte, ihn nicht ertragen zu müssen.

Gerade will ich etwas sagen, um die Situation zu entschärfen, als Cara mit einem lauten Scharren ihren Stuhl zurückschiebt und aufspringt. „Fuck it! Das ist kein irischer Apfelkuchen, das ist einfach nur Dreck!"

Ich kann sehen, wie sehr sie gegen sich kämpft, nicht die Tischdecke zu ergreifen und alles vom Tisch zu fegen. Sie besinnt sich, dreht sich auf dem Absatz um und rennt nach draußen. Sofort ist Lorenzo auf den Beinen, um ihr zu folgen, aber ich halte ihn zurück.

„Trink deinen Kaffee."

Ich finde sie im Garten. Lorenzos Bruder und der andere verstellen die Tür zur Straße hin. Der Garten ist eingezäunt, hier kann Cara nirgends raus, es sei denn sie klettert, aber sämtliche Zäune sind mit Rosen oder anderem Stachelzeug bewachsen. Davon ist sie vermutlich geheilt. Sie steht am Rand der Terrasse, die Arme vor der Brust verschränkt, reibt sich mit den Händen die Oberarme. Es ist kühl geworden.

„Jetzt zufrieden?", fragt sie angriffslustig, als sie mich kommen sieht. „Jetzt, wo wir den Beweis haben, dass ich zu nichts gut bin?"

Ich ziehe mein Jackett aus, trete nahe an sie heran. Ich bin froh, dass ich am Tisch die Jacke angelassen habe, um den Schulterholster vor Caras Augen zu verbergen. Denn ich hätte ganz sicher nicht daran gedacht, eine Jacke mit herauszunehmen. Jetzt ist es nicht mehr so wichtig, die Waffe verborgen zu halten. Wichtiger ist, dass Cara hier draußen nicht friert.

Einen Augenblick lang sieht es aus, als wolle sie den Stoff abschütteln, den ich ihr um die Schultern lege. Doch dann akzeptiert sie, schaudert kurz und entspannt sich.

Wir betrachten Zias Rosen. Ich habe nichts zu sagen. Ich könnte sie auffordern, wieder ins Haus zu gehen, aber ich tue es nicht.

„Als ich ein Kind war", beginnt sie irgendwann leise, „habe ich einmal das Nest einer Amsel zerschossen."

„Du hast was?"

„Lach mich nicht aus."

„Siehst du mich lachen? Ich bin nur verwirrt. Hast du Fußball gespielt und das Nest getroffen?"

Sie lacht schnaubend. „Nein. Schießübungen mit meinem Dad. Der Revolver war ein Geburtstagsgeschenk. Ein Querschläger traf das Amselnest. Ich war am Boden zerstört. Dad sagte, an Blut müsse ich mich gewöhnen. Aber ich habe einen Entschluss gefasst."

Ich warte. Sie atmet tief, hebt das Gesicht zum Himmel, an dem tiefblau die Nacht heraufzieht. Die zweite Nacht seit ihrer Gefangennahme durch meine Männer. Es kommt mir viel länger vor.

Das Sternenlicht reflektiert funkelnd in ihren hellen Augen. Verrückt. Sie sollte mir egal sein. Sie muss mir egal sein. Wenn ich mich in ihrem Zauber verfange, wird einer von uns den anderen umbringen.

„Ich habe beschlossen, dass ich keine Waffen mehr anfasse. Du hast Recht. Ich war immer die Prinzessin meines Vaters, aber auch für Prinzessinnen sind die Optionen limitiert. Ein normaler Bürojob?" Wieder schnaubt sie, aber jetzt klingt es nicht mehr trotzig, eher resigniert. „Undenkbar. Also beschloss ich, dass ich, wenn ich einmal nicht mehr die verwöhnte Tochter meines Vaters sein kann, die verwöhnte Frau eines reichen Mannes werden wollte. Eines Mannes, bei dem mir das Wegsehen leicht fallen wird. Daran habe ich gearbeitet. Ich habe sinnlose Dinge studiert, um mir die Zeit zu vertreiben, bis ein Mann mit einem großen Haus und viel Personal mich heiraten will. Ich habe niemals kochen gelernt. Ich kann kein Bett beziehen, und ich kann mich nicht erinnern, jemals in einem Supermarkt Lebensmittel eingekauft zu haben. Dafür habe ich einen Master in Kunstgeschichte. Ich kann dir sagen, ob ein Michelangelo echt ist." Sie blickt kurz auf mich, dann richtet sie den Blick wieder auf die Rosen. „Ich hatte gehofft, ein paar Semester in Rom oder Florenz studieren zu können, aber das war eines der wenigen Dinge, die mein Dad nicht erlaubte. Er fand es zu gefährlich für mich, er sagte, die Mafia-Kartelle unterwandern da drüben alles, auch die Universitäten. Er konnte den Gedanken nicht ertragen, dort nicht auf mich achtgeben zu können, also durfte ich nicht gehen. Stell dir vor, wir könnten sonst sogar in deiner Sprache miteinander streiten. Wäre das nicht ein Spaß?" Sie blickt zu Boden und schabt mit einem Schuh im Gras. „Ich kann dir sagen, was Tizian von Raffael unterscheidet, aber ich schaffe es nicht, einen Apfelkuchen zu backen."

Ich mag unterwürfige Frauen. Frauen, die ihren Platz in der Welt kennen und dafür leben, einem Mann wie mir ein Heim zu schaffen. Frauen außerhalb der Geschäfte, für die ich Tag für Tag mein Leben riskiere. Jeden Tag erlebe ich die Schattenseiten unserer Gesellschaft. Ich lebe in Dreck und Schmutz und Schuld. Wenn ein Mann wie ich nach Hause kommt, will er dort etwas Warmes, Weiches finden. Ein Stück Himmel für meine Tage auf dieser Welt, denn ich weiß, dass in der nächsten Welt die Hölle auf mich wartet. Francesca ist so eine Frau. Erzogen im alten Land, um die Frau eines Camorrista zu werden, weiß sie, wie man Ziegenschmorbraten macht und Apfelkuchen backt. Sie könnte mir all das geben, aber sie liebt einen anderen. Die zweite Geige zu spielen, ist mir so schnell auf die Nerven gegangen, dass kein Ziegenschmorbraten der Welt das aufwiegen könnte. Ich habe es Francesca niemals vorgeworfen und ich vermisse sie selten. Cara ist nichts von dem, was ich mir wünsche. Sie ist bockig und trotzig und verwöhnt. Aber innen drin ist sie verletzlich und stark und verflucht mit einem Temperament, das jeder italienischen Mamma Ehre machen würde.

Ich kann nicht anders. Ich wollte diese Frau berühren, seit sie als mein ganz persönlicher Hoffnungsschimmer in Paddys Folterkeller aufgetaucht ist und mir Wasser gegeben hat. Nicht berühren wie oben im Zimmer, als ich ihr den Hintern versohlt habe. Nicht mit Gewalt, sondern … anders. Sie steht so dicht neben mir, dass mich ihr Duft streift. Nach Äpfeln, nach den Linguine, die es als Vorspeise gab, und etwas anderem, das ich nicht festnageln kann. Ich hebe eine Hand und berühre mit den Fingerspitzen ihren Nacken unter den hochgesteckten blonden Haaren.

Sie zuckt nicht zurück. Sie lehnt sich auch nicht in die Berührung. Sie steht einfach ganz still. Nur daran, wie ihre Haut sich in kleinen Schaudern zusammenzieht, erkenne ich, dass sie sich der Berührung bewusst ist.

„Warum Shane?" Meine Stimme ist rau. „Er ist nicht der reiche Mann, den du dir versprochen hast."

Sie blinzelt, dreht den Kopf zu mir. „Er wird es sein, eines Tages."

„Ja. Und weißt du auch warum?"

„Weil er Polizeipräsident werden wird. Er arbeitet hart an seiner Karriere. Er ist ein guter Mann."

„Cara …" Ich will es ihr sagen, aber ich kann nicht, als ihre Augen mich so herausfordernd anblicken. Ich will wissen, ob sie diesen Kerl tatsächlich liebt oder einfach nur glaubt, dass er das ist, was ihrer Vorstellung vom perfekten Ehemann am nächsten kommt. Ich lasse meine Hand sinken, aber sie bleibt auf Caras Hüfte liegen. Leicht zuerst, dann greife ich fester zu. „Warum wehrst du dich nicht, wenn ich dich so berühre?" Ich weiß, dass die Frage auf eine Art und Weise provokant ist, die mir nicht zusteht, aber ich will es wissen. „Sollte das nicht Shane vorbehalten sein?"

Sehnsucht tritt in ihren Blick. Eine unerklärliche Melancholie. Oder auch nicht ganz so unerklärlich.

„Er hat dich nie angefasst?" Ungläubig starre ich sie an.

„Wir sind gläubige Katholiken", sagt sie, leiser als eine Maus. „Wir warten."

„Ich bin auch ein gläubiger Katholik", erinnere ich sie, kralle meine Finger in ihre Hüfte und ziehe sie an mich. „Und gewartet habe ich seit vielen Jahren nicht mehr." Ich habe auch nicht auf Francesca gewartet, und sie nicht auf mich.

„Aber du bist auch …"

„Was?", unterbreche ich sie, ich will nicht, dass sie etwas sagt, das mich vertreibt. „Was bin ich?"

Sie begreift, warum ich sie unterbrochen habe. Sie senkt den Blick. „Mein Entführer. Was würde es mir nutzen, wenn ich mich wehre?"

„Ich würde dich niemals anfassen, wenn ich wüsste, dass du es nicht auch willst." Ihr Bauch an meinem Bauch. An meinen Rippen spüre ich ihren heftigen Atem. Ihr Gesicht ganz nah an meinem. Ihre langen Wimpern, ihre kleine Nase, die vollen Lippen. „Und ich werde dich küssen, weil ich verdammt nochmal nicht begreifen kann, dass Shane Murphy das noch nie getan hat. Der Kerl ist ein Idiot. Was will er? Dir dabei zusehen, wie du vertrocknest, weil da zwar ein Wasserlauf ist, aber niemand dir einen Schluck zu trinken bringt?"

Ihre Lippen sind so weich, wie sie aussehen. Es ist nicht ihr erster Kuss, das merke ich sofort. Nun, sie hat Highschool und College besucht, da bleibt auch die gläubigste Katholikin nicht ungeküsst. Sie zögert kurz, dann öffnet sie den Mund und lässt mich ein.

Ich bereue den Kuss im selben Moment, weil ich erkenne, dass ich mich in einem Netz verfange, das sie aus klebrigen, sirupartigen Fäden webt. Diese Frau hat etwas, das mich vergessen lässt, wer ich bin und was ich tun muss. Ich kann mich ihr nicht entziehen. Ich kann diesen Kuss bereuen, aber ich kann ihn nicht unterbrechen.

KAPITEL 6

Cara

Angelos Kuss ist alles, was ich mir je gewünscht habe, und mehr. Mehr Kribbeln, mehr Vergessen. Mehr Versprechen und mehr Lust. Seine Zunge dringt in meinen Mund ein. Einen Moment lang schaffe ich es, seinem Drängen zu widerstehen. Sein Kuss schmeckt nach Espresso und bitter verbranntem Karamell, und das ist es, was mich schwach werden lässt. Ich öffne meine Lippen weiter, komme ihm mit meiner Zunge entgegen. Er hat von meinem Kuchen gegessen. Es ist ein so lächerlicher Gedanke. Was bedeutet schon ein Stück Apfelkuchen gegen die Tatsache, dass er mich entführt hat, um ein Pfand gegen die Machenschaften meines Vaters in der Hand zu haben? Es sollte bedeutungslos sein, aber das ist es nicht. Er nimmt mich ernst. Er erträgt das Böse in mir ebenso wie das Gute. Als ich ihn im Keller meines Vaters gefunden habe, hat er in meinen Armen geweint. Nachdem er mich in seine Gewalt gebracht hat, hat er mich geschlagen und bedroht. Er ist ein Bündel aus Widersprüchen. Wir sind gleich. In seinen Armen kann ich sein, was ich bin. Keine Spiele, kein Verstecken.

Ich schlinge meine Arme um seinen Nacken, spüre die Wärme seiner Haut, der schmale Streifen zwischen Haaransatz und Hemdkragen. Seine Haare kitzeln über meine Fingerknöchel, fest und weich zugleich, seine Brust vibriert unter dem tiefen Stöhnen, das aus seiner Kehle steigt. Ich spüre die Erschütterungen an meiner eigenen Brust, schmelze noch näher an seinen Körper, will mehr von ihm und dem, was er mit mir macht. Ich spüre die Kraft in seinem Nacken, seinen Armen. Es ist nur ein Kuss, und doch weint mein Inneres nach mehr von ihm. Ich spüre seine Erektion an meinem Bauch, spüre das Pochen zwischen meinen Beinen, mit dem mein Körper nach seinem verlangt. Ich spüre alles ganz genau. Alles, was Angelo Rossi tut, ist perfekt und durchdacht bis ins letzte Detail, und so ist auch sein Kuss eine Studie in Aufmerksamkeit. Er lässt sich von meinen Reaktionen auf ihn inspirieren, gleicht seinen Rhythmus und sein Tempo meinem an, liest in mir wie in einem Buch, nur indem er mich küsst.

Ich lasse meine Hände von seinem Nacken über die Schultern gleiten, reibe mich an ihm, vergesse, wer er ist. Erinnere mich, wer ich bin. Ich brauche mehr. Meine Finger ertasten etwas Glattes an seiner Schulter, folgen der Spur bis unter seinen Arm, finden etwas Kaltes, Hartes, in einem Bett aus Leder. Sein Schulterholster, in dem eine Waffe steckt. Ich habe es gesehen, vorhin, als er mir hier heraus folgte. Er hat nicht verborgen, dass er bewaffnet ist. Es hat mich nicht erschreckt, doch jetzt katapultiert es mich hinaus aus der Traumwelt, in die mich dieser Kuss gestürzt hat, hinein in eine ganz neue Realität. Eine Chance, wispert es in meinen Ohren. Die Flucht über das Rosengitter war dumm. Beim nächsten Mal wollte ich besser vorbereitet sein. Eine bessere Gelegenheit als diese bekomme ich nicht. Eine Waffe in meiner Hand würde alles ändern.

Tu es, sagt die Stimme. Meine Finger zittern, plötzlich fühlt sich die fremde Zunge in meinem Mund falsch an, das harte Stück Fleisch an meinem Bauch wie eine Bedrohung. Daddy würde nicht zögern. Er hat Schlimmeres mit Angelo getan, als ihm eine Kugel in den Brustkorb zu jagen. Würde Angelo zögern? Kaum. Meine Kehrseite brennt noch immer von seinem Gürtel, ich bin sicher, dass sich dort ein interessantes Farbenspiel findet. Ich wollte nie wieder eine Waffe in die Hand nehmen. Tu es. Nur Blut bezahlt für Blut. Daddy hat Angelo bluten lassen. Was wird Angelo mit mir tun, wenn er nicht bekommt, was er sucht? Dieser geheimnisvolle Schatz, von dem er gesprochen hat, was, wenn er ihn nicht bekommt? Tu es. Dies ist die Gelegenheit. Wenn ich zu lange zögere, wird sie vorbei sein.

Ich sperre die Gedanken aus, höre auf zu existieren, die sanfte Cara ist tot. Ich bin Cara O'Brien, Paddys Prinzessin. Als ich mich jetzt noch näher an Angelo dränge, ist es eine wohlkalkulierte Geste. Ich kann seine Selbstvergessenheit spüren. Er ist gefangen in einem Netz, von dem ich nicht wusste, dass ich es gesponnen habe. Ich reibe meinen Unterleib an ihm, stöhne in seinen Mund hinein. Und dann greife ich zu.

Meine Finger finden den Griff der Pistole, schließen sich um das kühle Metall. In einer einzigen Bewegung ziehe ich die Waffe, stolpere rückwärts aus Angelos Armen und ziele mit dem Lauf auf seinen Brustkorb. Ziel aufs Herz, höre ich Daddys Worte in meinem Kopf. Wenn du in Gefahr gerätst, ziel immer auf das Herz.

Die Brust ist leichter zu treffen als der Kopf. Meine Finger zittern nicht mehr.

Für die Dauer eines halben Wimpernschlags sehe ich Entsetzen über Angelos Miene flattern, Unglauben, dann verhärten sich seine Gesichtszüge und zurück bleibt nichts als Eiseskälte.

„Lass mich gehen", sage ich. Meine eigene Stimme klingt fremd in meinen Ohren. Tiefer als sonst, seltsam distanziert.

Die beiden jungen Soldaten, die Lo und Bernardo an diesem Abend im Hof ablösen, rufen etwas, Schritte nähern sich, aber verstummen, als Angelo einen Befehl auf Italienisch bellt. Die Männer bleiben stehen. Ich sehe sie nicht an, aber ich kann mir denken, wie verwirrt sie sein müssen. Ich bin es auch. Mein Blick klebt an Angelo, und seiner an mir. Warum lässt er sich nicht helfen? Allein hat er keine Chance.

Weil ich abdrücken würde, wenn die beiden zu nahe kämen. Weil das, was mich jetzt noch hemmt, weggespült würde von der Angst, von ihnen überwältigt zu werden, ehe ich mein Ziel erreiche. Angelo weiß es.

„Und dann?", fragt er gefasst. „Meinst du, Daddy hätte mir nicht längst ein Killerkommando auf den Hals geschickt, um dich hier raus zu holen, wenn er nicht einen verdammt guten Grund hätte, die Finger still zu halten?"

„Du lügst." Ich verstehe nicht, was Angelo mir sagen will, aber ich weiß, dass er lügt. Das, was er impliziert, muss eine Lüge sein, alles andere wäre zu grauenvoll.

„Habe ich dich jemals angelogen?" Dafür, dass ich eine Waffe auf seine Brust richte, klingt er verstörend gelassen. Statt vor mir zurückzuweichen, tritt er einen Schritt auf mich zu.

„Komm nicht näher!"

Er bleibt stehen, hebt die Hände in einer Geste der Kapitulation. Die Pistole in meinen Händen zittert. Irgendwo ganz weit weg meine ich eine Amselmutter nach ihren Küken rufen zu hören. Es ist Nacht. In der Nacht schlafen Amseln, aber das Fiepen ist da, ganz deutlich. Ich will weg. Weg aus diesem Gefängnis, weg von Wahrheiten, die ich nicht hören will, weg von Angelo, den ich hassen sollte, weil er alles ist, was ich verachte. Doch ich kann nur daran denken, wie es sich angefühlt hat, als sein Atem über meine Lippen perlte, kurz vor unserem Kuss.

„Leg die Waffe weg, Cara", sagt er und klingt dabei, als habe er keinen Zweifel daran, dass ich tun werde, was er verlangt. In seiner

Stimme liegen weder Güte noch Zärtlichkeit, da ist nur stählerne Kälte. Ich klammere die Finger fester um den Griff, ziehe mit dem Daumen den Hahn nach hinten, um die Pistole zu entsichern. Das Klicken ist viel zu laut. Erst im zweiten Augenblick begreife ich, dass es nicht das Klicken des Hahns ist, das sich wie ein Giftpfeil in meine Wahrnehmung bohrt, sondern das Geräusch, mit dem sich die Terrassentür öffnet. Mein Blick ruckt zum Haus. Auf der Terrasse, die eigenen Waffen im Anschlag, stehen Bernardo und Lo. Zwei gegen einen. Auch die beiden jungen Soldaten sind bewaffnet, zögern nur, weil Angelo in der Schusslinie steht. Selbst wenn ich schneller bin als sie alle, selbst wenn es mir gelingen sollte, einen Schuss abzugeben, ich weiß, dass ich meine Chance verschenkt habe. Ich würde keine zwei Atemzüge mehr schaffen. Angelo und ich würden gemeinsam sterben.

Ich will leben. Und ich will, dass er lebt.

„Zurück ins Haus." Er sagt es dieses Mal auf Englisch.

„Vangelista …" Trotz des unmissverständlichen Befehls in Angelos Stimme protestiert Lo. Selbst im Dunkel auf der Terrasse und nur aus den Augenwinkeln erkenne ich, dass seine Pupillen geweitet sind, auf seiner Miene ein Ausdruck schieren Unglaubens.

„Ich hab gesagt, zurück ins Haus. Hier gibt es nichts, was eure Aufmerksamkeit erfordert." Die Gedanken in meinem Kopf drehen sich, schnell, immer schneller, bis sie keinen Sinn mehr ergeben. Angelos Soldaten scheint es nicht anders zu ergehen, aber schließlich gehorchen sie. Hinter ihnen fällt die Terrassentür zurück ins Schloss. Angelo und ich sind wieder allein. Die anderen beiden stehen hilflos in Sichtweite und wagen nicht, sich gegen den Befehl ihres Bosses zu stellen und einzugreifen.

„Warum hast du das getan?" Meine Stimme ist nur ein Flüstern. Ich fühle die Finger um den Griff der Pistole nicht mehr, alles ist kalt, aber ich kenne die Antwort auf meine Frage. Angelo, ebenso wie ich, weiß, dass ich nicht schießen werde. Nicht mehr. Der Moment ist vorbei.

„Weil ich noch nicht fertig mit dir bin."

„Du mit mir?" Mein Flüstern wird zu einem misstönenden Kreischen. Das alles ist zu viel.

„Shane Murphy mag sich mit einem Bild von dir auf seinem Nachttisch zufrieden geben. Ich will mehr. Ich wollte mehr, seit du mir die verdammten Augenlider von der Stirn gerissen hast. Die Vorstellung, wie Murphy sich einen runterholt, während du ihm von dem Bild aus dabei zusiehst, ganz Sommersprossen und Unschuld in deinem blauen Kleidchen, das vom Wind gehoben wird, macht mich krank. Sag mir, wo ist das Bild aufgenommen worden? Auf einem Boot?"

„Woher weißt du von dem Bild?" Diese ganze Unterhaltung ist absurd. Sie dreht und wendet sich, windet sich um Bedeutungen, die sich mir entziehen, aber irgendwo, ganz tief drinnen, beginnt ein Begreifen, ein mächtiges Zittern. Wenn es an die Oberfläche kommt, wird es meine Welt in Schutt und Asche legen. Ich frage mich, wieviele Kugeln in der Trommel des Revolvers sind, und wieviele ich brauchen würde, um Angelo am Weitersprechen zu hindern.

Angelo hebt nonchalant die Schultern. „Ich war dort. In seinem Haus. Murphy ist ein Wicht, aber er weiß, wie man Geschäfte macht. Hast du dich je gefragt, warum Daddy nie Probleme mit der Polizei hat? Murphy und er sind gute Freunde."

„Das ist nicht wahr."

„Glaub es, oder nicht. Dein Vater hat mir etwas geraubt, was mir sehr wichtig ist. Aber weil nicht nur ich hinter dem Schatz her bin, konnte er ihn nicht selbst verkaufen. Er hätte sofort die ganze 'Ndrangheta von Philadelphia auf den Fersen gehabt, weil wir ihn beobachten. Also hat er seinen guten, alten Freund Shane Murphy darum gebeten, das für ihn zu erledigen. Es ist nicht das erste Geschäft, das die beiden miteinander einfädeln. Auch nicht das Erste, bei dem es um dich geht. Dass Shane ausgerechnet dich als Pfand in die Waagschale geworfen hat, als ich von ihm mein Eigentum zurück verlangt habe, hat mich erstaunt, aber ich kann nicht sagen, dass es mich gestört hat."

Puzzleteile fallen ineinander, das Krachen, mit dem meine Welt zusammenstürzt, wird lauter. Alles ergibt plötzlich einen Sinn. Dass Daddy nie versucht hat, mir die Beziehung mit Shane auszureden, dass Shane zwar auf eine Hochzeit gedrängt hat, aber nie auf Intimitäten, dass Lo und Bernardo mich einfach mitnehmen konnten, vor zwei Tagen im Verge, ohne dass Deirdres Bewacher ihnen in die Quere gekommen sind. Ich hatte geglaubt, geliebt zu werden. Von Daddy und von Shane. Tränen verschleiern meinen Blick, schmecken nach Lüge. Alles ist eine Lüge. Mein ganzes Leben. Meine Freiheit ist eine Lüge. Meine Wahl, dem Outfit den Rücken zu kehren und einen eigenen Weg zu finden, ist eine Lüge.

„Nein!" Meine Hände zittern so stark, dass ich die Pistole nicht mehr festhalten kann. Sie entgleitet mir, fällt auf den Boden. Ich schlage die Hände vors Gesicht. Verraten und verkauft. Von meinem Vater an Shane. Von Shane an Angelo. Von Angelo an eine Wahrheit, die ich niemals hören wollte.

Angelo bückt sich nach der Waffe, die ich fallengelassen habe. Durch einen Wall aus Schluchzern höre ich, wie er nach seinen Männern ruft. Sofort sind sie da, die beiden halben Kinder, auch Lo und Bernardo. Halb zerren, halb tragen sie mich in mein Zimmer. Ich wehre mich nicht mehr. Ich wünschte, Angelo würde kommen und sagen, dass alles nicht wahr ist. Dass er mich nur aus dem Gleichgewicht bringen wollte, damit ich die Waffe hergebe. Ich wünschte, ich hätte ihn einfach weiter geküsst. Hinter Bernardo und Lo fällt die Tür ins Schloss. Ich höre das Knarzen des Schlüssels, als sie mich einsperren.

Angelo

Es ist ein Gerücht, dass Männer wie ich mit Millionen um uns schmeißen können.

Es ist richtig, dass ich mich über die finanziellen Aspekte meines Lebens nicht beklagen kann. Ein Apartment am Rittenhouse Square gehört mir ebenso wie zwei Restaurants in South Side, die ehemalige Uniformfabrik mitsamt ihrem penetranten Gestank nach Rattendreck, die ich irgendwann zu Lofts ausbauen lassen werde, und ein Großhandel für italienische Spezialitäten in der Pattison Avenue. Letzteren habe ich im Schweiße meines Angesichts selbst hochgezogen und mir in mühseliger Kleinarbeit sowohl meine Stammkundschaft als auch namhafte Firmen im alten Land als Lieferanten für hochklassige Waren aufgebaut. Doch in der Tiefgarage unter dem Haus, in dem sich mein Apartment befindet, stehen nicht etwa zehn Sportwagen, unter denen ich auswählen kann. Dort stehen genau zwei. Mehr kann und will ich mir nicht leisten.

Heute brauche ich den Ferrari. Es genügt nicht, dass ich ihn fahren will. Ich muss. Ich liebe den Klang, die Geschwindigkeit. Ich liebe es, zu wissen, dass ich allen davonfahren könnte, wenn ich wollte. Aber am meisten liebe ich die Tatsache, dass der Ferrari ein wildes Tier ist, das jede einzelne meiner Gehirnzellen beansprucht, wenn ich damit fahre. Ein Moment Unaufmerksamkeit, und das Biest macht, was es will.

Ich will nicht an Cara denken.

Ich brauche Luft. Freiheit. Geschwindigkeit.

Cara.

Ich glaube nicht, dass sie auch nur einen Augenblick daran gedacht hat, mich tatsächlich zu erschießen. Aber sie hatte meine Waffe in der Hand. Und ich hab sie gelassen. Verdammt. Das ist es, was mich am meisten aufwühlt. Ich war so gefangen in ihr, dass ich vollkommen vergessen habe, dass sich eine geladene Pistole an meinem Körper befand.

Hätte sie geschossen?

Ich will nicht darüber nachdenken. Ich weiß, dass ich es muss. Ich weiß, dass ich hätte reagieren müssen. Mit mehr als nur damit, sie von Lo und Bernardo nach oben schleppen und einschließen zu lassen, ohne mit ihr zu reden. Aber ich war dermaßen von der Rolle, dass ich keinen klaren Gedanken fassen konnte. Ich treibe den Wagen an, der Motor röhrt auf diese einzigartige Weise, die mich alles vergessen lässt. Sonst. Nicht heute. Verflucht.

Ich will sie. Ich will diese Frau, die die Mündung meiner eigenen Pistole auf meine Brust gerichtet hat. Ich habe noch nie in meinem Leben eine Frau so sehr gewollt. Ich will sie riechen. Sie schmecken. Ich will sie in meinen Ferrari setzen und mit ihr irgendwohin fahren, wo das Leben nach uns schreit. Auf die Spitze eines Berges. Bungeejumping. Segelfliegen. Auf das Dach eines Hochhauses steigen und nach unten spucken. Irgendwas Verrücktes tun. Stattdessen habe ich ihr mit der Wahrheit über ihren Vater und Shane in einem einzigen Augenblick den Boden unter den Füßen weggerissen und sie dann eingesperrt.

Sie ist einzigartig. Noch nie hat eine gewagt, was Cara heute gewagt hat. Es macht mich härter, als ich je gewesen bin. Es sollte mich wütend machen, ich sollte sie allein für den Versuch töten. Sie ist gefährlich, eine tickende Zeitbombe. Wenn ich in ihrer Nähe bin, sehe ich rot. Ich will die Welt von ihr fernhalten und sie einsperren, bis sie nur noch mich sieht. Das ist der Grund, weshalb ich sie will. Mit ihr in meiner Nähe fühle ich mich lebendig, weil ich nie weiß, was als nächstes passiert. Weil sie mir die Stirn bietet, mich herausfordert. Ich will sie bezwingen, sie besiegen, weil ich weiß, dass sie mir einen Kampf bieten wird, der sich gewaschen hat. Ein Feuer aus purer Ekstase. Ich will sie. Ich will am Abgrund leben, mit ihr, jeden Tag so erleben, als wäre es der letzte, weil wir nie wissen würden, wann wir über die Klippe stürzen. Der Nervenkitzel ist berauschender als eine Droge.

Mein Handy dingt über die Freisprechanlage. Der Kalender. Ich habe einen Termin in meinem Großhandel. Eine Lieferung von exklusiven Weinen aus dem Mutterland. Meistens überlasse ich die Firma sich selbst, ich habe vertrauenswürdige Leute, die sich dort um alles kümmern, damit ich die Hände frei habe. Meine Sache ist es, Kunden zu gewinnen. Das ist, worin ich gut bin. Doch diese Lieferung ist wichtig. Der größte Teil der vierhundert Kisten geht gleich morgen weiter an das Hotel, in dem der älteste Sohn des Bürgermeisters in zwei Wochen seiner Verlobten das Ja-Wort gibt. Ich muss den Wareneingang selbst prüfen und die Weiterleitung überwachen, damit nichts schief geht.

Ich muss. Aber ich will nicht. Ich will fahren, nicht denken. Ich will an Cara denken. Und ich will Cara vergessen. Was will ich eigentlich? Zu Cara fahren, mich mit ihr zusammensetzen, über Murphy und den unseligen Handel reden. Was wird sie tun, wenn ich sie gehen lassen muss? Wird sie zu ihm zurückkehren? Glaubt sie mir überhaupt? Was, wenn nicht? Es geht mich einen Scheißdreck an, was sie glaubt und was nicht. Immer wieder vergesse ich das. Sie ist mein Feind.

Ich wende den Ferrari und fahre zurück in Richtung Stadt. Zurück nach South Side, dort, wo ich das Sagen habe. Über den Delaware Expressway. Hinter der hässlichen Brücke am Girard Point erstreckt sich der Golfplatz. Die Sonne ist untergegangen. Die Straßen rings um den Golfplatz sind von wie an einer Perlenschnur aufgereihten kugelförmigen Lampen hell erleuchtet. Dahinter beginnt das Wohngebiet mit sauberen, neuen Reihenhäusern, das sich entlang der Pattison Avenue zieht. An der Ecke 20th Street verdunkelt aufsteigender Rauch den Glanz der Straßenlampen.

Dort befindet sich die riesige Lagerhalle. Mein Plan, zu Cara zu fahren, löst sich in dem Rauch auf, der von meinem Großhandel aufsteigt und als helle Wolke am Nachthimmel klebt.

Ich trete aufs Gas. Aufjaulend schießt der Wagen in die Ausfahrt. Ich lasse das Fenster herunter. Je näher ich dem Lagerhaus komme, desto intensiver wird der Brandgeruch.

Sie wissen nicht, wohin ich Cara gebracht habe. Sie wissen es nicht. Sie haben mich an einer Stelle angegriffen, an der sie Cara nicht vermuten durften. Paddy ist auf Nummer Sicher gegangen.

Er hat mich an einer Flanke getroffen, wo es richtig weh tut. Eine Geschäftsbeziehung zwischen Rossi Italian Delicacies und dem Bürgermeister von Philadelphia ist etwas, das Patrick O'Brien nicht hinnehmen kann. Ganz gleich, ob ich Cara in meiner Gewalt habe oder nicht. Paddy musste diese Lieferung verhindern und dann zusehen, dass er selbst es ist, der in die Bresche springt. Womit? Guinness? Magensäure steigt bitter und sauer in mir hoch, ich will etwas zerschlagen. Seit Jahrzehnten liefern sich die verschiedenen Kartelle in den amerikanischen Großstädten diese Art von Machtkämpfen. Wettläufe um die Gunst der politischen Führungsriege, um sicherzustellen, dass diejenigen, die die Geschicke der Städte lenken, uns nicht ans Bein pinkeln.

Ich musste mit so etwas rechnen. Trotzdem darf es mich verdammt nochmal zur Weißglut treiben, dass Patrick es gewagt hat. Was da in Flammen aufgeht, ist keine Kleinigkeit mehr. Das ist größer. Heftiger. Und ja, schmerzhafter.

Man könnte argumentieren, dass es ein Glück ist, dass ich diesen Termin im Kalender hatte und jetzt hierher gefahren bin, um selbst zu sehen, was passiert ist. Dass niemand mich anrufen und mir etwas mitteilen musste, das ich niemals geglaubt hätte, würde ich es nicht mit eigenen Augen sehen. Aber was ist Glück daran? Der Truck, der die Kisten mit sizilianischem Spitzenwein liefern sollte, steht zerfetzt vor der Einfahrt. Das schmiedeeiserne Tor ist aus den Angeln geschmolzen und liegt auf dem brennenden Asphalt. Mit vier Einsatzwagen ist die Feuerwehr vor Ort. Ich bin hier so überflüssig wie ein zweiter Daumen an meiner linken Hand. Ausrichten kann ich nichts. Ich kann mir die Katastrophe ansehen und beten, dass niemand zu Schaden gekommen ist. Der Trucker hat mir nie etwas getan. Meine Angestellten hier sind sauber, einfache Menschen, die ihrer täglichen Arbeit nachgehen. Was soll ich hier, außer wütend die Zähne zusammenzubeißen?

Ich stelle den Ferrari zwei Blocks entfernt am Straßenrand ab, überprüfe die Ladung meiner Pistole und verschaffe mir einen Überblick. Die Einsatzkräfte haben zu tun und beachten mich nicht, aber wenn irgendwer mich bemerkt, würde er mich als Täter verdächtigen. Wenn sie herausfinden, dass ich der Eigentümer bin, werden sich die Fragen und die Tonalität, in der sie gestellt werden, ändern. Jeder kennt Angelo Rossi. Jeder vermutet, dass ich bin, was ich bin, aber beweisen kann es keiner. Doch wenn Rossi Italian Delicacies Opfer eines Brandanschlages wird, muss das einen Grund haben. Eine lächerlich zufällige Verhaftung könnte mir noch mehr Ärger bereiten als der verkokelte Truck.

Ich suche nach Spuren. Niemand würde die am Truck hinterlassen oder am Eingangstor. Das Pförtnerhaus ist explodiert. War jemand drin?

Als ich mein Handy fasse, um den Leiter der Nachtschicht im Lager anzurufen, klingelt es.

Ruggiero.

Mit gerunzelter Stirn nehme ich den Anruf an.

„Such nicht nach Spuren", sagt er ohne Umschweife. „Ich habe eine Nachricht von Carlo."

Ich lehne mich gegen einen Zaunpfosten. „Carlo?"

„Er hat mich informiert, was er plant. Er glaubt nicht, dass du die Phiole wirklich zurückholen willst. In deinem Team gibt es einen Maulwurf."

„Wen?"

„Er mag zwar eine Menge Vertrauen in mich haben, das er in dich nicht hat, aber er sagt mir nicht alles."

„Ruggiero, vor meinem Lagerhaus steht ein zerfetzter Truck, der Spediteur wird eine Erklärung wollen. Im Truck hat es Wein im Wert von einer halben Million Dollar zerlegt. Ich kann meinen Lieferauftrag nicht einhalten. Ich habe keine Ahnung, wieviele Menschen hier heute Nacht das Zeitliche gesegnet haben. Ich will wissen, wem ich das verdanke."

„Ich stehe auf deiner Seite. Wenn du auf meiner stehst. Carlo will das Blut. Er glaubt nicht daran, dass du es beschaffen wirst. Nicht für ihn, jedenfalls. Er ahnt etwas."

„Und darüber redet er ausgerechnet mit dir?"

„Er ahnt offenbar nicht das Richtige. Vielleicht vermutet er, dass du dich selbst krönen willst. Hat er damit Recht? Stehst du immer noch hinter mir?"

Ich überlege, während ich aus sicherer Entfernung zusehe, wie die Feuerwehr die letzten Brandherde löscht und bereits beginnt, den Truck für die kriminaltechnische Untersuchung in seine Einzelteile zu zerlegen. Ich war so sicher, dass dies ein Warnschuss von Paddy war. Dass Carlo mir ins Geschäft grätscht, ist neu.

„Warum, Ruggiero?", will ich wissen, ohne seine Frage zu beantworten. Misstrauen ist gesund. Ruggiero weiß viel. Zuviel? Er ist mir als Capobastone lieber als Carlo, aber das heißt nicht, dass ich so blauäugig bin, davon auszugehen, dass er mir nicht das Gehirn rausblasen würde, wenn es ihm in den Kram passt. „Warum jetzt?"

„Es geht um das Mädchen."

„Wie bitte?"

„Carlo ist überzeugt, dass du sie nicht hergeben willst. Dass du die Phiole opferst, um das Mädchen behalten zu können."

Mein Hinterkopf sackt schwer gegen das kalte Eisen des Pfostens. Irgendjemand ist näher an der Wahrheit dran als ich selbst. Ich will sie nicht hergeben, und es gibt jemanden in Zias Haus, der das erkannt hat.

„Falsch", sage ich zu Ruggiero. „Ich werde das Blut für nichts opfern." Nicht mal für Cara, dafür muss ich nicht flunkern. Egal, wie sehr sich mein Körper danach zerreißt, sich in sie graben zu können. Mein Kopf sitzt auf den Schultern eines Vangelista. Nichts geht über die Famiglia.

„Das ist gut zu wissen, mein Freund. Ich zähle auf dich. Aber wenn Carlo gewillt ist, dir die Geschäfte zu vermasseln, weil er glaubt, dass du ihn hängen lässt, ist noch etwas klar. Das weißt du, ja? Er hat längst jemanden angesetzt, das Ding zu beschaffen."

„Ich habe Murphy zehn Tage gegeben."

„Vergiss es. In zehn Tagen hat Carlo, was er braucht. Was ich haben will. Was willst du dagegen tun?"

Die Wiederbeschaffung der verfluchten Phiole mit dem Lukasblut hat sich soeben in einen Wettlauf verwandelt. „Gib mir den Namen in Wisconsin", sage ich.

„Nicht am Telefon."

„Ich kann hier nicht weg. Die werden mir Fragen stellen."

„Beantworte sie, und dann erwarte ich dich. Zwei Tage, Angelo. Keine Stunde mehr. Zwei Tage, bis ich das Blut habe. Mehr Zeit haben wir nicht."

Er beendet das Gespräch. Ich starre auf die Rauchsäulen. Es ist nur der Eingangsbereich. Nur der Truck. Die hoch versicherte Lieferung an edlem Wein. Mehr ist es nicht. Menschenleben? Ich will es nicht wissen. Niemand lebt ewig. Auch ich nicht, vor allem dann nicht, wenn ich Ruggiero nicht innerhalb von zwei Tagen das Blut bringe. Er hat mir einen neuen Auftrag gegeben, und er erwartet, dass ich den erledige. Trotz des biederen Äußeren seines Anwesens und seiner Kinder ist Ruggiero ein mächtiger Mann mit bedingungslos treuen Gefolgsleuten. Irgendeinen Picciotto gibt es immer, der sich nach einem Auftragsmord sehnt, um ein gemachter Mann zu werden.

Cara. Ich war überzeugt, dass es ihr Vater gewesen ist. Es wäre einfacher gewesen, wenn wirklich nur Paddy für das hier verantwortlich gewesen wäre, um selbst einen Deal mit dem Bürgermeister anzuleiern. Dass Carlo das hier getan hat, reißt einen Abgrund auf, dessen Tiefe ich noch nicht ermessen kann.

KAPITEL 7

Cara

Ich kann nicht schlafen. Ich liege im Bett in Zias Haus und werfe mich von einer Seite auf die andere. Jede Feder in der Matratze sticht in meine Haut. Es ist zu heiß unter der Decke. Ohne Decke ist es zu kalt. Ich wünsche mir einen starken Körper an meine Seite, der mich an sich zieht und mich festhält. Mir seine Wärme gibt, wenn ich friere, meine Welt zusammenhält, nur noch für die Dauer der Nacht, so lange es dunkel draußen ist und ich nicht einmal hoffen kann, im Licht des neuen Tages klarer zu sehen.

Wann hat mein Vater begonnen, mich zu belügen? Wann bin ich auf diese falsche Straße abgebogen, die mich in einen Wald aus Täuschungen und Unwahrheiten geführt hat? Ich ziehe die Decke über den Kopf und rede mir ein, dass Angelo gelogen hat. Ich hatte eine Waffe in der Hand. Seine Waffe. Ich weiß nicht mehr, woher ich den Mut genommen habe. Noch einmal könnte ich es nicht. Er musste etwas sagen, das mich genug erschüttert, um mich abzulenken. Ich zähle die Stunden, bis ich endlich wieder zurück bei Daddy bin, und warte auf den Schlaf.

Ein Geräusch auf dem Flur lässt mich aufschrecken. Zuerst denke ich, dass ich doch eingeschlafen bin und die unterdrückt wispernden Stimmen einem Traum entstammen. Dann knarzen die Bodendielen vor meiner Tür, da begreife ich, dass ich wach bin.

Ich bin wach und nicht allein. Seit Lo und Bernardo mich eingesperrt haben, ist niemand zu mir gekommen. Sie haben mich allein gelassen mit meinen Gedanken, mit der Schuld, eine geladene Waffe auf einen Menschen gerichtet zu haben. Als ich neun Jahre alt war, hat der Tod von ein paar Vogelbabys mich aus meinem Leben vertrieben. Jetzt war ich bereit, einen Menschen zu erschießen. Was ist los mit mir? Allein gelassen mit den Gedanken an einen Verlobten, an den mein Dad mich verkauft hat. Ein Verlobter, der mich an einen Mörder verkauft hat, für nichts weiter als ein wenig Zeit.

Ich kann nicht mehr denken. Ich springe aus dem Bett, der Drang, andere Stimmen zu hören als immer nur die in meinem Kopf, ist übermächtig. Ich presse ein Ohr gegen das Holz der Tür. Natürlich sprechen sie Italienisch, trotzdem erkenne ich die Stimmen. Die von Zia, aufgeregt, fast schon ein wenig hysterisch. Die von Angelo, drängender und mit einem unheilvollen Unterton in dem tiefen Bass. Worte dringen zu mir durch, Namen. Cara. Immer wieder Cara. Sie sprechen über mich. Nicht mit mir. Sie sprechen über mich und es ist ganz deutlich ein Streit, der sich vor meiner Tür abspielt.

Im Bruchteil einer Sekunde spielen sich Horrorszenarien vor meinem inneren Auge ab. Angelo muss mich töten. Er muss Rache nehmen. Für meine Aktion mit der Waffe, für die Taten meines Vaters. Für meine bloße Existenz. Aber das kann er nicht. Mein Vater würde ... was würde er tun? Was könnte er tun? Er hat mich an Shane verkauft. Wie egal bin ich ihm wirklich? Fehlzündungen feuern hinter meiner Stirn. Gedanken sind Stromimpulse, das, was sich in diesem Moment in meinem Kopf abspielt, kann nur ein Kurzschluss sein, denn es folgt keiner Logik und auch nicht dem Verstand. Ich trommle gegen die Tür.

„Lass mich raus!", brülle ich. Ich trete, schlage, bin wie von Sinnen. Raus. Raus. Raus. „Ich will hier raus! Was passiert mit mir?"

Die Stimmen brechen ab. Vielleicht höre ich sie auch nur nicht mehr über dem Rauschen in meinen Ohren. Ich kann nicht mehr denken. Meine Existenz liegt in Trümmern, mein Leben ist eine Lüge. Ich trommle, bis die Haut an meinen Handflächen wund ist und brennt.

Zu gefangen bin ich in dem Jammertal aus Irrsinn und Angst, um zu merken, wie jemand die Tür aufschließt. Als sie sich öffnet, falle ich nach vorn, direkt in Angelos Arme. Augenblicklich verätzt mir der Geruch nach Rauch die Nase. Ein Geruch, der in seinem Jackett und in seinen Haaren hängt. Es ist nicht der angenehme Duft verbrannter Piniennadeln, der Duft seiner Haut. Es ist etwas anderes. Etwas ganz und gar Böses.

„Basta, Cara. Bist du verrückt? Du weckst das ganze Haus." Weil da kein Türblatt mehr ist, treffen meine Fäuste auf seinen Brustkorb. Unter dem Rauch erkenne ich schwach die Note nach nassem Waldboden. Mein Herz beruhigt sich ein wenig, aber ich kann nicht aufhören, um mich zu schlagen. Mit der Hacke stößt Angelo die Tür hinter sich zu, fängt meine Arme ein. Meine Haare fliegen mir wild um den Kopf, kleben an meinen tränennassen Wangen, den blutheißen Lippen.

„Was hast du mit mir vor? Ich hab dich gehört. Dich und Zia. Ihr habt über mich gesprochen." Ich starre ihn an, meine Arme beben von der Anstrengung, gegen seinen Griff zu kämpfen, meine Augen brennen vom Weinen. Meine Worte klingen wie eine Anklage, dabei sind sie zu Lauten gewordene Angst.

Ich habe Angelo noch nie wütend erlebt. Selbst vorhin nicht, als ich ihn mit seiner Waffe bedroht habe. Er war so ruhig, gefasst, beinahe gelassen. Jetzt ist er wütend. Er bebt, ebenso wie ich. Eine Hitze geht von seinem Körper aus, die droht, mich zu versengen. Fast wünsche ich mir, es wäre so. Er soll mich in Brand stecken, soll meine Welt mit Feuer überziehen, bis nichts als Asche bleibt, denn das, von dem ich gedacht hatte, dass es mein Leben ist, existiert nicht mehr.

„Sag es mir!" Herausfordernd recke ich das Kinn in die Höhe. „Ich verlange, dass du mir sagst, was ihr über mich geredet habt."

„Du bist nicht mehr in der Position, Forderungen zu stellen. Du akzeptierst, was ich mit dir mache. Hast du verstanden?" Er stößt mich von sich, fest genug, dass ich rückwärts taumle. Seine Pupillen sind groß wie Knöpfe, seine Stimme hart wie Stahl. Ich starre ihn an. Er starrt zurück. Eine Verbindung wächst zwischen uns. Heiß, glühend, wie ein blanker Draht, der direkt in mein Herz schneidet. Es ist verrückt, es macht mich wütend und hilflos zur selben Zeit, aber noch nie habe ich ihn so gewollt wie in diesem Augenblick. Er ist Gefahr und Wut und Rache. Er ist der Feuersturm, der die Macht hat, meine Welt zu zerfetzen. Er ist böse, seine Seele ein herzloses Loch aus Düsternis, und er ist zu mächtig, als dass ich ihn zerstören kann. Egal wie groß die Schuld ist, die ich in meinen Genen trage, seine ist größer. Ich werde ihm nie etwas anhaben können. Niemand kann ihm etwas anhaben. Er ist Schutz und Geborgenheit und Leben.

„Dein Recht, Forderungen zu stellen, hast du verspielt, als du meine eigene Waffe auf mich gerichtet hast." Langsam kommt er auf mich zu. Ein Raubtier auf der Jagd. Doch die Verbindung bricht nicht. Im Gegenteil. Sie wird stärker, mächtiger. „Dein Privileg, als Paddys Tochter eine besondere Geisel zu sein, hast du selbst zerbrochen."

Das Klopfen meines Herzens findet ein Echo zwischen meinen Beinen. „Du hast gelogen. Mein Vater hat mich nicht verkauft. Das würde er nie tun. Du bist ein dreckiger Lügner." Instinktiv weiche ich vor ihm zurück. Ich will nicht vor ihm fliehen. Es ist die Intensität in seinem dunkelgoldenen Blick, die mich von ihm treibt, ebenso wie sie mich zu ihm zieht. Ich kriege kaum Luft, so brennend fließt die Gier durch meine Adern.

„Ich kann dir sagen, wer ich bin." Er öffnet sein Jackett. Kleine Brandlöcher sprenkeln den feinen Stoff, auf den Schultern liegt feiner Staub. Asche? Mit dem Hintern stoße ich gegen den Tisch in der Mitte des Zimmers. Ich kann nicht mehr zurück. Angelo kommt weiter näher, Schritt für Schritt ein unheilvolles Versprechen. „Ich bin der Mann, der dich ficken wird, Lucciola." Seine Hand findet meine Schläfe, seine Finger greifen grob in meine Haare, zwingen mich, mein Gesicht zu ihm zu heben.

Wie ein Bollwerk ragt er über mir auf. Ich weiche weiter vor ihm zurück, kämpfe gegen den Druck seiner Finger, doch mein Unterleib verrät mich, presst sich gegen seinen. Er ist hart unter dem Gürtel. Ich unterdrücke ein Stöhnen. Näher kommt sein Gesicht. Noch näher, bis ich mit dem Rücken auf dem Tisch liege, meine Handgelenke im Gefängnis seiner Finger. Sein Atem streicht über meine Lippen. Ein Schaudern erfasst mich. Instinktiv öffne ich den Mund, warte auf seinen Kuss.

„O nein, Cara." So nah ist er, dass ich seine Worte schmecken kann. Aber er küsst mich nicht. Er hält mich fest. Mit seinem Körper ebenso wie mit seinem Blick. „Küsse sind für brave Mädchen." Mit der freien Hand rafft er den Stoff meines Nachthemds, greift darunter. Seine Finger streifen die Haut an meiner Seite, meinen Bauch. „Brave Mädchen spielen nicht mit Waffen. Du bist kein braves Mädchen. Ich hab genug davon, dich wie eines zu behandeln."

Warum tut er das? Warum jetzt? Er hat es von Anfang an angedroht, warum tut er es jetzt? Etwas ist passiert, aber unter seinen harten, gnadenlosen Berührungen zerfließen meine Gedanken, ohne dass ich mich auf einen davon konzentrieren kann. Es ist mir egal, warum er es jetzt tut. Seine Finger sind hart wie Glas, wie Kristall. Im Rhythmus seiner Worte reibt er seine Erektion an meiner Mitte, die Hand, die meine Handgelenke umklammert, drückt auf meinen Bauch, verstärkt das Sehnen in meinem Schoß, dann packt er zu. Er hält meine wunde Hinterbacke in seiner Hand und drückt. Schmerz feuert durch meine Adern, ich schreie, doch der Schrei verkümmert zu einem Stöhnen, als er hart mit seinen Hüften zustößt. Was er mit mir macht, ist zerstörerisch. Und das Beste, was ich je erlebt habe. Wahrhaftig in seiner Grausamkeit. Echt, brutal.

„Tut das weh?" Wieder drückt er, knetet das geschundene Fleisch meines Hinterns. Wenn der Schmerz verebbt, bleibt Gier. Das Stöhnen, das aus meiner Kehle strömt, wird zu einem Schluchzen.

„Ja." Ein Wimmern. Ich reibe mich an seiner Erektion, brauche mehr, brauche ein Ventil für all die Emotion, von der ich schon lange nicht mehr weiß, was sie bedeutet.

Ein gemeines Lächeln hebt seine Mundwinkel. „Das macht dich heiß, ja? Das ist gut. Vielleicht begreifst du dann, dass du mir gehörst. So lange du hier bist, bist du mein." Seine Finger lassen von meinem Arsch ab, gleiten zwischen meine Schenkel, schlüpfen unter den Stoff meines Slips. Im nächsten Augenblick ein Reißen, als er mit seinen Fingern die Spitze durchstößt, während seine Fingerknöchel über meine geschwollene Klit reiben. Fast im selben Augenblick explodiere ich. Es ist kein Höhepunkt, kann es nicht sein, denn die Explosion nimmt nichts von meiner Anspannung, sie ist ein Strudel aus funkelnden Sternen, der nur noch intensiver wird, als er einen Finger in mich schiebt und zu stoßen beginnt.

„Diese Möse gehört mir." Nass von meinen Säften zieht er den Finger durch meine Falten, reizt, reibt, dehnt und treibt mich auf einen neuen Gipfel zu. Bedrohlicher als der erste. Höher und gefährlicher.

„Angelo …" Ich weiß nicht, ob ich ihn anflehe, aufzuhören, oder weiterzumachen. Das, was er entfesselt, ist zu viel. Ich begreife, dass es passieren wird. Seine Gier ist ein Höchstgeschwindigkeitszug mit dreihundert Sachen, der unaufhaltsam auf sein Ziel zurast. Nichts, was ich sage oder tue, wird etwas daran ändern.

„Dein Flehen gehört mir. Ich werde dich flehen hören, Cara mia. Ich werde dich so hart ficken, dass du keinen Schritt mehr tun kannst, ohne daran zu denken, was ich mit dir getan habe." Seine Gürtelschnalle klickt, Stoff raschelt. Mein Schoß verkrampft sich in Erwartung. Vielleicht sollte ich … vielleicht müsste ich … aber da ist es schon zu spät.

In einer einzigen Bewegung greift er nach meinem Knie, drückt es an meine Brust und versenkt sich in mir. Meine Jungfräulichkeit reißt. Ich bin feucht und bereit und zu überrumpelt, um mich zu verkrampfen. Es tut weh, doch der Schmerz ist nichts gegen den Druck in meinem Inneren, dem er ein Ventil gibt, sich zu entladen.

Gemeinsam schreien wir auf. Für einen Moment sehe ich die Härte aus Angelos Miene weichen, abgelöst von einem Ausdruck blanken Entsetzens.

„Cazzo!" Es ist ein Fluch zwischen zusammengepressten Zähnen. Sein Körper bebt vor Anspannung, doch dann ist der Moment vorbei, und er beginnt in mich zu stoßen, mit einer Entschlossenheit, die an Verbissenheit grenzt, die Wände einreißt, Zweifel, Angst und Wut, bis das Einzige, was ich noch spüre, er ist.

Angelo

Wie lange habe ich davon geträumt, in ihr zu sein? Nein, ich habe nicht geträumt. Ich habe es mir in schillernden Farben ausgemalt, dabei war ich doch blind.

Blind und taub. Ich habe die Signale ihres Körpers weder gesehen noch gehört.

Ich wollte sie. Mein Hunger eine pochende Qual. Ich will sie immer noch. Meine Besessenheit wird sich nicht stillen lassen, aber jetzt, in diesem Moment, will ich einfach nur zum Ende kommen. Ich kann und will nicht aufhören, aber ich will sie in die Arme nehmen und trösten. Niemals wollte ich, dass ihr unter meiner Obhut etwas zustößt. Jetzt bin ich es, der ihr zugestoßen ist. Ich will so tief in ihr sein, dass ich ihre Gedanken schmecken kann. Gleichzeitig will ich auseinanderbrechen vor Unbehagen. Ich lasse das Knie los, das ich zwischen ihrem und meinem Körper gegen sie presse. Sie schlingt das Bein um mich, schmiegt ihren Schenkel an meine Hüfte. Ihre Hände krallen sich in den Stoff meines Hemdes.

Immer wieder komme ich in sie, spüre jeden einzelnen Muskel, an dem mein Schwanz tief in ihr entlanggleitet. Sie ist warm und nass, ihr Körper umschließt mich wie eine Faust, die mich pumpt. Ich ächze. Lasse mich auf sie sinken, halte ein, lausche. Ihr Herz rast so dicht an meinem Körper, als wäre es meine Brust, in der es schlägt. Irgendwo an meinem Hemd reißt eine Naht, als Cara zu heftig zieht. Ich hebe den Kopf und blicke auf sie hinunter, ihr Gesicht eingerahmt von meinen Händen. Ihr Atem auf meinem Gesicht. Ihr Keuchen. Ich streiche mit den Daumen über ihre Augenwinkel. Sie hat nicht geweint.

Ich habe ihr wehgetan, weil ich ein brutaler, unaufmerksamer Bastard bin, aber sie hat nicht geweint. Sie ist stark, so stark. Sie ist alles, was ich jemals wollte, und so viel mehr. Sie ist Leben, aber sie wird mein Tod sein, wenn es mir nicht gelingt, mich von ihr zu befreien. Ich habe diesen Fick herausgefordert, habe mich auf sie geworfen in der Hoffnung, dass es danach gut ist und ich sie gehen lassen kann. Aber jetzt befürchte ich, dass alles nur noch unmöglicher wird.

Sie kreuzt die Knöchel hinter meinen Kniekehlen, presst sich an mich, bewegt das Becken. Ich stöhne auf, als ihre herrliche Pussy sich an mir reibt.

„Arschloch", knurrt sie mir ins Gesicht. „Ich hasse dich."

„Ich weiß. Ich hab es nicht besser verdient."

„Mach weiter, du Scheißkerl. Bring es, verdammt noch mal, zu Ende, wo du schon mal dabei bist." Ihr Körper spricht andere Worte. Ihr Körper lässt mich wissen, wie sehr sie mich will. Dass das, was wir hier tun, diese Vereinigung zweier Körper, die füreinander geschaffen sind, sie nicht kalt lässt. Nichts wird leichter, wenn ich es zu Ende gebracht habe. Wir sind miteinander verbunden, kein Mensch kann das lösen.

„Zicke", erwidere ich, löse mich von ihr, gleite ein Stück zurück und ramme mich wieder in sie. So hart, dass der Tisch ein paar Zentimeter nach hinten rutscht. Sie schreit. Zia kann sie hören, Lo, Bernardo. Jeder kann sie hören. Und mich. Es ist mir scheißegal. Shane Murphy sollte sie hören, dieser Wichser, er sollte hören, wem die Frau von dem Foto neben seinem Bett gehört. Mir. Für immer mir. Sie schreit und krallt sich an mich, schleudert ihren festen, kleinen Körper gegen meinen, so viel Energie, so viel Leidenschaft.

Als ich komme, ist es nicht die Explosion, die ich erwartet habe. Mit der ich rechnen musste, weil ich seit Tagen nur an sie denke und daran, sie zu ficken. Es passiert langsam, fast träge, ein schwares Brodeln tief in mir, das sich schwerfällig an die Oberfläche arbeitet. Ich ziehe mich ein Stück zurück, sehe auf sie hinunter und mache es ihr mit einem Finger, den ich fest über ihr pulsierendes Zentrum von Nervenenden schiebe. Zwei. Drei Finger presse ich auf ihre Klit, gegen die Seiten, reibe, während ich behäbig in sie stoße. Ihre Augen verschleiern sich, ehe sie die Lider schließt und den Kopf in den Nacken streckt. Sie sieht sensationell aus, aber ich will ihre Augen sehen, wenn sie kommt. Ihre Brüste spannen einladend das Schlafshirt. Ich will sehen, wie sie kommt, ehe mein eigener Höhepunkt das verdammte Kondom zum Bersten bringt. Noch nie habe ich so einen Druck in mir gehabt. Noch nie habe ich einen Orgasmus erlebt, der wie ein Tsunami in einer langen, schweren Welle über mich hinwegrollt.

Ihr Atem stockt, als sie kommt. Ihr Mund steht weit offen. Kein Schrei. Kein Gejubel, wie bei einer Frau, die ich mal hatte. Stille. Atemlosigkeit. „Mach die Augen auf", grolle ich sie an und grabe die Finger meiner freien Hand in ihre Haare, um sie zu zwingen, mich anzusehen. „Heb den Kopf und sieh mich an, Cara."

Sie gehorcht. Ihre Augen sind ein dunkles Türkis, die Pupillen geweitet. Ihr Blick heftet sich auf die Stelle, wo mein Schwanz sie dehnt und immer wieder durch ihr geschwollenes Fleisch pflügt. Sie krallt eine Hand in die Knopfleiste meines Hemdes, zerrt sich daran zu mir hoch. Ihre Schenkel verkrampfen sich um meine Hüften, ihr Inneres reißt an mir, zerrt mich über die Kante. Über die Klippe in den Abgrund. Ich bin verloren. Ich habe mich in Cara O'Briens Armen verloren. Sie zuckt gegen mich, während ich mich heftig stöhnend in das Kondom verströme und das Gefühl habe, dass mein Kreuz zerbricht und dass es nie aufhören wird.

Ihre Schenkel gleiten an meinem Körper hinab. Nur langsam löst sie die Finger aus meinem Hemd. Röte liegt auf ihren Wangen, ein zarter Schimmer, eine Mischung aus Erregung, Befriedigung und Scham. Es war ihr erstes Mal, und sie ist zweimal gekommen. Welchem Mann soll da nicht das Ego schwellen?

Zwei dünne Streifen Blut finde ich, als ich das Kondom abziehe und verknote. Nicht wert, ein Wort darüber zu verlieren. Cara sieht mir dabei zu, sie sitzt auf dem Tisch, die Beine zusammengedrückt. „Bleib hier sitzen", sage ich zu ihr und gehe zum Fensterbrett, um ein paar Zellstofftücher aus dem Spender zu ziehen. Ich wickele das Kondom ein und stecke es in meine Hosentasche.

„Bist du immer vorbereitet?", fragt sie. Ihre Stimme ist rau.

„Ich hab mir seit Tagen ausgemalt, wie ich dich ficken werde." Es ist Absicht, dass ich so grob klinge. Ich will die Hoffnung nicht aufgeben, dass ich sie mir jetzt aus dem Kopf gevögelt habe und sie gehen lassen kann. Ich klammere mich daran. Sonst war das alles umsonst. „Deshalb." Ich schließe meine Hose. Als ich den Kopf hebe und sie auf dem Tisch sitzen sehe, verloren und ein bisschen verunsichert, bricht das schlechte Gewissen mit einem Hammerschlag über mich herein. „Bist du okay?", will ich wissen.

Sie hebt die Schultern und sieht mich nicht an.

„Hey." Ich trete zu ihr, lege einen Finger unter ihr Kinn und drehe ihr Gesicht zu mir. „Es tut mir leid, okay? Ich hab mir gedacht ... Himmel, Cara, du warst auf dem College. Sag mir bitte, welches College das war. Ich bin Katholik. Wenn es in diesem gotlosen Land eine Schule gibt, auf der Mädchen nicht spätestens mit vierzehn von Jungs begrapscht werden, muss ich das wissen, damit ich meine Kinder mal dorthin schicken kann."

Sie blinzelt. „Du hast Kinder?"

Jetzt bin ich es, der die Schultern hebt. „Irgendwann mal."

In ihren Mundwinkeln zuckt ein Lächeln. „Ich will drei haben. Oder vier. Und du? Wieviele Kinder wünschst du dir?"

Ich muss froh sein, wenn ich irgendwann mal eines habe. Aber jetzt lächle ich Cara an und nicke. „Ja, auch so ungefähr." Neben ihr setze ich mich auf den Tisch. Unsere Beine baumeln nebeneinander von der Tischplatte. Ich habe sie gefickt, habe mich an ihr abgekühlt. Sie ist stark, steckt es weg, wie grob ich zu ihr war. Jetzt fühlt es sich gut an, einfach nur neben ihr zu sitzen. „Wie hast du es geschafft, so lange Jungfrau zu bleiben?"

Sie zieht die Nase hoch, aber es ist Show. „Ich hab auf jemanden gewartet, der was Besonderes ist."

„Shane Murphy", sage ich knurrig.

„Du hast geflunkert, oder? Du hast das mit meinem Dad und Shane gesagt, damit ich deine Pistole fallenlasse. Es tut mir übrigens leid. Es war ein Kurzschluss. Ich glaube nicht, dass ich hätte abdrücken können."

„Du glaubst?"

„Achtzig Prozent, dass ich es nicht getan hätte."

„Zwanzig reichen, um mir die Brust zu zerfetzen."

„Du bist Scheusal genug, dass ich es vielleicht doch getan hätte. Und sag nicht, dass du es nicht verdient hättest. Warum, Angelo? Warum hast du das getan?"

Ja, warum? Die Frage ist berechtigt. Sie kennt den Grund, weshalb ich sie eingesperrt habe. Aber dafür, so über sie herzufallen? Ich schicke Paddy O'Brien ein beschädigtes Gut zurück. Er wird mich dafür häuten und vierteilen, falls er mich nochmal in die Finger kriegt. Bereue ich es? Scheiße, nein. Niemals. Eher bereue ich jedes einzelne Menschenleben, das ich ausgelöscht habe, als dass ich es bereue, der erste Mann in Cara O'Brien gewesen zu sein.

Ich sehe auf sie hinunter. Sie ist kleiner als ich, zarter. Ein wildes, drahtiges Geschöpf mit herrlichen blonden Haaren und diesen türkisfarbenen Augen, die mich nicht loslassen. Ich will sie anfassen, aber ich will nicht, dass sie mir noch mehr unter die Haut geht. Denn wenn ich wiederkomme, wird sie nicht mehr hier sein.

„Ich muss verreisen", sage ich langsam. „Eigentlich müsste ich schon weg sein. Ich war wütend auf dich. Du hättest so tun sollen, als ob du schläfst, dann wäre ich einfach gegangen. Aber du hast mir gezeigt, dass du wach bist, und du wolltest fordern. Wenn ich bei dir bin …" Hilflos hebe ich die Schultern. „Ich kann dann nicht mehr klar denken. Ich sehe rot. Du machst, dass ich nicht mehr klar sehen kann. Das ist gefährlich. Ich war so wütend auf dich, wegen der Pistole, weil du immer machst, was du willst. Als du dann noch Forderungen stellen wolltest, konnte ich nur noch an eines denken. Dir zu zeigen, wer hier von wem was fordern kann. Du bist meine Geisel."

„Du hast mich gevögelt, weil ich deine Geisel bin? Das nennt man Vergewaltigung."

„Vergewaltigung ist es nur, wenn du es nicht willst", weise ich sie zurecht. „Du hast mehr als deutlich gemacht, dass du es wolltest." Mit der Spitze meines Zeigefingers berühre ich nun doch ihre Hand, taste mich an den Linien ihrer Fingerknochen entlang. Sie hält ganz still. Vielleicht zum ersten Mal, seit ich sie kenne. „Du wirst weg sein, wenn ich wiederkomme", sage ich leise. „Seit dem Folterkeller habe ich daran gedacht, wie es sein würde, in dir zu sein. Aber wenn ich wiederkomme, bist du fort, dann bekomme ich nie mehr die Gelegenheit. Also musste ich es jetzt tun."

Ihre Augen weiten sich. Sie ist so schön. „Warum werde ich weg sein?"

„Weil ich mir meinen Schatz hole. Wenn ich ihn habe, werde ich kein Recht mehr haben, dich festzuhalten. Du wirst wieder nach Hause gehen." Ich reibe mir mit der Hand über die Wangen. Bevor ich fahre, brauche ich dringend eine Rasur. „Ich wollte dir noch sagen, ich nehme dir das mit der Pistole nicht länger übel. Jeder will frei sein. Dafür tut man dumme Dinge. Manchmal. Und manchmal bringt man dafür Menschen um. Um frei zu sein. Ich wollte dir noch einmal danken. Dass du mir das Leben gerettet hast." Ich nehme den Zeigefinger von ihrer Hand und fahre damit meine Lider entlang. „Ich schätze, ich werde ein ewiges Andenken an dich behalten."

Eine lange Zeit schweigt sie. Wir sehen einander in die Augen. Ich trinke ihren Anblick. Frisch gevögelt. Ich kann den Sex im Raum riechen. Cara ist blass geworden.

„Angelo?", fragt sie schließlich.

Ich antworte nicht.

„Darf ich dich küssen?"

Ich muss lachen. „Falls du hoffst, an meine Pistole zu kommen, um dir den Weg freizuschießen, muss ich dich enttäuschen. Die liegt bei Zia in der Küche."

Sie lässt sich vom Tisch gleiten, drückt meine Beine auseinander und schiebt sich dazwischen. Sie nimmt mein Gesicht zwischen ihre Hände und zieht mich zu sich hinunter, dann küsst sie nacheinander meine Augenlider und zum Schluss ganz zart meine Lippen. Sie hat keine Ahnung, was sie mit mir macht. Ich wollte sie mir aus dem Kopf vögeln. Jetzt brennt etwas hinter meiner Brust, das ich nicht kenne und das lebensgefährlich ist.

„Du hast mich eingesperrt", sagt sie, die Hände noch immer auf meinen Wangen. Ihr Atem streift meine Wange, als sie spricht. „Du hast mich mit deinem scheiß Gürtel misshandelt. Du hast mir etwas ins Gesicht geschleudert, das kein Mädchen hören will. Du hast mich auf brutalste Weise entjungfert."

„Tut mir leid", murmele ich.

„Du bist ein ekelhaftes Scheusal, du bist einer, vor dem jeder Mensch Angst haben sollte. Aber du hast auch meinen Apfelkuchen gegessen. Ich hab mich noch nie so echt gefühlt wie bei dir, Angelo, so wahrhaftig. Dabei waren es nur ein paar Tage."

Ich blicke sie an. Lange. Dann verziehe ich die Mundwinkel zu einem Lächeln. „Ich schätze, wir werden beide was zurückbehalten, das wir mal unseren Enkelkindern erzählen können, oder?"

„Ich gehe nicht zu Shane zurück", erklärt sie fest.

„Nein, das hätte ich auch nicht erwartet. Du bist zu stark."

„Also muss ich zu meinem Dad zurück", fährt sie fort, als hätte ich nichts gesagt. „Ist das wirklich so viel besser? Was für ein Dad ist das? Was bedeute ich ihm überhaupt, wenn er mich auf solche Weise verscherbelt?"

„Du bedeutest ihm alles, aber es ist, wie es ist. Er kennt auch deinen Wert. Vermutlich hat er die Chance gesehen, dich weiter im Auge haben zu können, wenn du bei Shane bist."

„Ich bin nicht sicher, ob ich will, dass er mich weiter im Auge behält. Er hat mich belogen. Er hat mir jahrelang eine Freiheit vorgegaukelt, die es niemals gab. Ich habe mich so oft schlecht gefühlt, weil ich dachte, dass ich seine Liebe und das, was er mir geben kann, mit Füßen trete. Dabei war es genau umgekehrt."

Nach einer halben Ewigkeit greife ich nach ihren Handgelenken und ziehe ihre Finger von meinen Wangen herunter. „Ich werde dich gehen lassen, Cara", sage ich, ebenfalls fest. „Es ist dein Leben. Triff die richtigen Entscheidungen." Für den Bruchteil einer Sekunde streift mich der Gedanke, dass ich, wenn ich mir die Phiole aus eigener Kraft beschaffe, den Deal mit Murphy einfach fallenlassen kann. Er hätte sich nicht an die Abmachung gehalten. Ich könnte die Geisel behalten und mit ihr machen, was ich will. Aber ich schiebe diese Vorstellung so schnell von mir, als sei sie ein glühendes Eisen.

Ich kann Cara O'Brien nicht behalten. Ich würde mir Feinde in allen Lagern machen. Ich muss sie gehen lassen. Sie ist nicht für mich. Wir würden einander den Tod bringen. Dann hätten wir niemals Enkelkinder, denen wir erzählen könnten, was wir in diesen paar Tagen gemeinsam erlebt haben.

Ich schiebe sie von mir und gleite vom Tisch. „Ich muss gehen." Mit einiger Mühe widerstehe ich dem Drang, sie noch einmal zu berühren. Ich sehe mich auch nicht noch einmal um, als ich zielstrebig den Raum verlasse. In der Küche ist Zia. Ich nehme mein Schulterholster vom Tisch und lege es an. Sie erwähnt mit keinem Wort, wie lange meine Diskussion mit Cara gedauert hat. Bernardo betritt die Küche durch den Hintereingang. „Welchen Wagen nimmst du?"

„Maserati. Besser auf langen Strecken."

Er nickt. Ich kann nicht mit einem Flugzeug reisen, weil ich keine Waffen mit an Bord nehmen dürfte und in Wisconsin keine Kontakte habe, bei denen ich mir bei meiner Ankunft kurzfristig Schusswaffen besorgen könnte. Also muss ich fahren. Ich prüfe noch einmal, ob die Pistole geladen ist, dann fasse ich ihn ins Auge. „Du bist dafür verantwortlich, dass Cara zu ihrem Vater zurückkehrt, sobald ich dir mitteile, dass ich die Phiole habe. Verstanden?"

„Verstanden, Boss. Und wenn nicht, bleibt sie hier?"

Wenn nicht, bin ich tot. Dafür wird Carlo sorgen. Oder alternativ einer von Ruggieros Männern. Ich bin zwischen den Ambitionen zweier Männer eingezwängt, von denen keiner Skrupel hätte, mich zum Abschuss freizugeben. Ich will nicht darüber nachdenken, was dann aus Cara wird. Ich darf nicht. Es würde mich verrückt machen. Aus meinem hübschen kleinen Deal mit den Iren ist ein Wettlauf mit meinen eigenen Leuten geworden. Das ist so viel gefährlicher, dass es mir die Luft abschnürt. Vor allem, weil Cara mitten dazwischen gefangen ist. Ich sollte sie gleich gehen lassen, aber dann würde sie die Iren warnen und das, was ich vorhabe, erst recht zu einem Himmelfahrtskommando machen.

„Du solltest nicht allein fahren", tadelt Zia.

Sie hat Recht. Aber ich habe keine Ahnung, wen ich mitnehmen könnte, weil ich nicht weiß, wer der Maulwurf ist. Also fahre ich allein. Ich zucke mit den Schultern, greife nach meinem Autoschlüssel und verlasse grußlos das Haus.

Teil 2

Seine Gier

Cara

Als wir Kinder waren, haben Deirdre und ich uns einen Spaß daraus gemacht, auf dem Rücken zu liegen und in den Himmel zu blicken. Wir haben ins unendliche Blau geschaut und geraten, was die Wolken uns sagen wollen. Menschen haben wir erkannt, Tiere und Dinge. Manchmal, weil es genau das war, was wir uns gewünscht haben, manchmal, weil es genau das war, was wir fürchteten.

Ich stehe am offenen Fenster in dem Zimmer in Zia Paolinas Haus, das nun schon den vierten Tag mein Gefängnis ist, und starre in den Himmel. Meine Wachtposten bestehen nicht mehr darauf, die Läden geschlossen zu halten. Sie wissen, dass ich nicht mehr versuchen werde zu fliehen. Der Sommer ist verschwunden, verschluckt von einer grauen Wolkendecke, die den Himmel so schwer macht, dass er mich erdrückt. Keine einzelnen, amüsant geformten Wolken zeichnen sich in diesem Betonhimmel ab, so sehr ich auch nach ihnen suche. Ich weiß, dass ich frieren sollte, mit nichts als dem dünnen Nachthemd am Leib, aber ich fühle gar nichts.

Irgendwo dort draußen ist Angelo. Ohne ein Abschiedswort hat er mich verlassen. Ich spüre ihn noch immer in dem schmerzvollen Pochen zwischen meinen Schenkeln, in dem Reißen meiner Muskeln, wann immer ich mich bewege. Auch mein Hintern ist kein bisschen besser als tags zuvor. Eher das Gegenteil. Ich nehme an, dass die blauen Flecken mittlerweile verheilen, aber das Gewebe unter der Haut tut heute noch mehr weh als gestern.

Wind ist aufgekommen und reißt an den Läden und meinen Haaren, doch ich rühre mich nicht. Ich warte darauf, dass der Schmerz in meinem Verstand ankommt, aber da ist nichts. Nur Leere. Bleigraue, schwere Leere, die mich an den Himmel erinnert, in den ich starre.

Es klopft an der Tür. In dem Bruchteil einer Sekunde, in dem Hoffnung mein Herz hüpfen lässt, spüre ich alles. Den Wind, die Kälte, die unzähligen kleinen Prellungen und Abschürfungen an meinem Körper. Ein Blitz Lebendigkeit schießt durch meine Adern, aber er verlöscht, als mein Verstand wieder einsetzt. Natürlich ist er nicht zurückgekommen. Niemals würde Angelo anklopfen. Er würde einfach eintreten, mit der Ausstrahlung eines Mannes, dessen Überzeugung, dass die Welt sich seinem Willen beugt, unumstößlich ist. Die Welt. Und natürlich auch kleine, verzogene irische Prinzessinnen.

Ich antworte nicht, dennoch wird nach kurzem Zögern geöffnet. Zia. Ich weiß, dass sie es ist, bevor ich das scharfe Zischen höre, mit dem sie ausatmet.

„*Dio mio*, Cara, was tust du denn da?" Sie kommt in eiligen Schritten zu mir, greift um mich herum, um das Fenster zu schließen. „Alles ist nass! Kind, du holst dir ja den Tod." Ihre Stimme, ein lückenlos aneinandergereihtes Stakkato an Worten, klingt wie das Geschnatter italienischer Hausfrauen an Markttagen, wie man es aus romantischen Filmkomödien aus den fünfziger und sechziger Jahren kennt.

Erst jetzt merke ich, dass meine Vorderseite komplett durchnässt ist. Irgendwann, seit ich mich direkt nach dem Aufstehen ans Fenster gestellt habe, muss es angefangen haben zu regnen. An den Schultern dreht Zia mich zu sich, aber ich sehe sie kaum. Verzweifelt versuche ich den Schleier von meinen Augen zu blinzeln, aber es gelingt mir nicht. Etwas in mir sagt mir, dass das der Schock ist. Die Reaktion, die ich schon längst hätte haben sollen, schon seit dem Augenblick, als ich gefesselt und geknebelt auf einem wackligen Stuhl in einer rattenpisseverseuchten Fabrikhalle aufgewacht bin, nachdem Angelos Soldaten mich bewusstlos getasert hatten. Aber der Schock war ausgeblieben, bis gestern Nacht, als Angelos Maserati auf der Straße vor dem Haus aufröhrte und das Geräusch sich immer weiter entfernte. Was blieb, war das Brennen zwischen meinen Beinen.

Mit steifen Gliedern bin ich ins Bett geklettert, habe die Decke angestarrt, wie gerade den Himmel. Blicklos und ohne jedes Gefühl.

Das Nachthemd klebt an mir wie eine zweite Haut, der Regen hat den weißen Baumwollstoff nahezu durchsichtig gemacht. Zia streicht mir die nassen Strähnen aus dem Gesicht. Jetzt sehe ich doch den Tadel in ihrer Miene. Ihre Finger streichen über die Stelle an meinem Hals, wo mein Puls pocht, und unentwegt schüttelt sie den Kopf.

„Was bist du nur für ein Dummkopf. Willst du unbedingt krank werden?" Mit geübten Griffen zieht sie mir das Nachthemd über den Kopf. Ich lass sie machen. Automatisch hebe ich die Arme, aber mitten in der Bewegung hält sie inne, lässt das Nachthemd zu Boden fallen, ergreift stattdessen meine Handgelenke und zieht sie vor meinen Körper.

Ich sehe, was sie sieht. Vier breite, violette Abdrücke in Form von Angelos Fingern an der Innenseite meines Handgelenks. Sie lässt meine Hände los, ich folge ihrem Blick zu meinen Brüsten, auch dort finden sich Spuren seiner Finger, hinab zu meinen Schenkeln. Erst als ich das Blut dort sehe, komme ich wieder vollständig zu mir. Ich befreie mich aus Zias Griff, bücke mich nach dem Nachthemd, drücke es an mich, um meine Blöße zu bedecken, aber es ist zu spät. Nun merke ich auch, wie sehr ich friere. Auf meinem ganzen Körper blüht Gänsehaut, meine Lippen fühlen sich kalt und taub an.

„*Cazzo*! Dieser *Stronzo*, was hat er sich nur dabei gedacht? Seid ihr jungen Leute denn alle von Sinnen? Wie soll das nur enden, wenn du so zurück zu deinem Papá gehst? Das ist nicht richtig." Sie macht eine ausladende Geste in meine Richtung. „Das alles ist nicht richtig. Du. Er. Ich dachte, ihr mögt euch. Irgendwie, auf eine verrückte Weise. Aber das hier", wieder nickt sie zu mir. „Das hier ist falsch. Gott hilf mir, ich liebe diesen Bengel wie meinen Sohn, aber das hätte er nicht tun dürfen. Kein Mann darf das einer Frau antun."

„Ich wollte es." Es sind die ersten Worte, die ich sage, seit Angelo mich verlassen hat, und die wahrhaftigsten, die ich jemals ausgesprochen habe. Ich wollte es. Nicht, was er mir angetan hat, hat mich in diese Starre aus Schock und Kälte versetzt, sondern das, was er nicht gemacht hat. Dass er nicht bei mir geblieben ist, sondern mich allein gelassen hat, mit der Wahrheit um meinen Vater und Shane. Er hat mir den Schutzpanzer von der Seele gefickt, nur um dann wegzugehen und mich mit einer wunden Pussy, einem zerschlagenen Körper und einem rohen Herzen zurückzulassen.

Ich bin Zia dankbar dafür, dass sie mich dazu gebracht hat, die Worte auszusprechen, denn sie bringen mich zurück zu mir selbst. Ich bin kein Opfer. Nicht das Opfer der Intrigen meines Vaters und schon gar nicht das Opfer von Angelos roher Leidenschaft. Ich bin ich. Und ich habe Kraft. Ich bin Cara O'Brien. Ich entscheide, wem ich meinen Körper geben will. Ich lebe mein Leben und tanze auf der Grenze des Wahnsinns. Dafür bin ich geboren, und Angelo hat mir gezeigt, dass sich nichts geändert hat, seit dem Tag, als ich den Tod vier süßer Amselbabys verschuldete.

Für die Dauer eines Augenblinzelns sieht Zia mich verständnislos an, doch dann zuckt sie die Schultern.

„Wie auch immer. Es geht mich nichts an. Aber jetzt zieh dich an und komm runter. Nur, weil der junge Signor Rossi denkt, er muss in die große weite Welt ziehen, um sich eine Kugel in den Schädel jagen zu lassen, muss in diesem Haus ja nicht Sodom und Gomorrha herrschen."

Ich verkneife mir ein Grinsen. Zia erinnert mich an Shannon. Nach außen hin kann sie giften und knurren wie ein gereizter Pitbull, aber innen drin steckt doch mehr Schoßhund als Kampfmaschine. Ich deute mit dem Kinn in Richtung des Badezimmers.

„Dann muss ich erst mal dort hin. Ich bin durchgefroren bis auf die Knochen."

Zia tritt zur Seite, damit ich an ihr vorbei kann. Ich spüre ihren Blick auf meinem nackten Hinterteil, und irgendwie sticht mich der Hafer. Wahrscheinlich sollte ich mich für das schämen, was sie dort sieht. Sie wusste schon vorher, dass mich Angelo nicht mit Samthandschuhen angefasst hat, aber das Ausmaß war ihr offensichtlich doch nicht klar. Doch ich schäme mich nicht. Ganz im Gegenteil. Ich genieße ihren Blick auf meinem Po, schwenke bei jedem Schritt die Hüften hin und her, wie eine Trophäe. Wahrscheinlich ist nicht nur mein Arsch blau, sondern auch mein Rücken, wo mich Angelo gestern mit seinen Stößen gegen den Tisch geschmettert hat. Ich fühle die wunden Stellen und rage sie wie einen Siegpreis vor Zia ins Bad. Niemand kann mich zerbrechen. Ich bin stark. Die Male auf meiner Haut beweisen es.

KAPITEL 8

Angelo

Veranstaltungen wie die Verlobung des Sohnes des Bürgermeisters von Philadelphia mit einer New Yorker Anwaltstochter sind für einen Mann wie mich gewöhnlich nicht so unwillkommen, wie man es glauben sollte. Sie geben mir die Chance, mich zivilisiert zu unterhalten. Elegante Abendgarderobe hilft dabei, den einen oder anderen bewundernden Damenblick einzufangen. Was soll ich sagen? Ich bin ein Mann, und ich bin Italiener. Wie man einen Smoking von Versace richtig trägt, habe ich schon als Zwölfjähriger gelernt. Die meisten Männer, die auf solche Partys gehen, sehen in ihren Sakkos kombiniert mit Bluejeans oder kamelfarbenen Leinenhosen aus, als seien sie zwei Haltestellen zu früh aus dem Bus gefallen. Sie begreifen nicht, wie Frauen ticken. Frauen erkennen, wenn ein Mann wirklich darüber nachdenkt, wie er aussieht, und sie genießen es.

Hier zu sein, im festlich geschmückten Privatanwesen des Bürgermeisters mitten im Zentrum von Philadelphia, bedeutet, dass ich in eine Rolle schlüpfen kann, die ich liebe. Welcher Mann könnte der Chance auf gierige Frauenblicke widerstehen? Ich habe nicht die Absicht, es weiter gehen zu lassen, denn Frauen reden gemeinhin zuviel, und ich bin sehr vorsichtig, wenn es darum geht, wen ich mit ins Bett nehme. Aber das bedeutet nicht, dass ich die Aufmerksamkeiten nicht genießen kann.

Das Beste an solch einem Abend ist: Ich bin absolut sicher. Der Raum, eine Empfangshalle mit weit ausladenden Kronleuchtern, quillt über vor Männern aus Patrick O'Briens irischem Mob-Outfit, ob Bürgermeister Gerald Fitzgerald sich dessen nun bewusst ist oder nicht. Doch keiner von ihnen würde auch nur den Finger gegen mich rühren. Ich kann mich frei bewegen, Smalltalk machen, Charme versprühen. Kein Mensch pinkelt mir dafür ans Bein oder jagt mir eine Kugel in den Kopf. Sowas macht man nicht an einem Ort wie diesem.

Eine Sache sprudelt in dem Glas aus hochwillkommener Lebensfreude wie eine bittere Pille. Der Grund, weshalb ich ursprünglich eingeladen wurde, ist, dass Fitzgerald und ich Geschäftspartner sind. Für seine Bankette und Partys liefere ich gewöhnlich Spezialitäten aus Italien, vor allem Wein, gelegentlich Spirituosen wie hochpreisigen Grappa, seltener frisch eingeflogene verderbliche Waren, Mascarpone von allerhöchster Qualität zum Beispiel, Parmigiano und einmal auch Trüffel. Die waren für ein Date, ein Abendessen von Gerald mit seiner Mätresse auf dem Dach des Monaco Hotels. Für dieses Date wurde auch extra eine Flasche des teuersten Weins eingeflogen, den ich je nach Amerika importiert habe, eines Ornellaia von Bolgheri, komplett mit Designer-Label. Kurz gesagt, ich habe an dem Herrn Bürgermeister schon eine Menge Geld verdient und er, durch meine Verlässlichkeit, eine Menge Prestige.

Außer heute, und es liegt mir schwer im Magen. Der Anschlag auf mein Lagerhaus am Südzipfel der Stadt liegt eine knappe Woche zurück. Alles, was ich für diese Verlobungsfeier importiert habe, ist dabei zerstört worden. Offiziell war es ein Unfall, die Explosion einer defekten Gasleitung, und mein Geschäftspartner hat meinen Lieferengpass mit Eleganz und Freundschaftlichkeit akzeptiert. Ich solle darüber nicht den Fokus verlieren. Unfälle passieren. Er hat einfach bei jemand anderem eingekauft. Der Champagner schmeckt strohig und bitter, und ich weiß noch nicht, ob ich mir das Dinner später antun werde. Ich werde den Quintarelli Amarone für zweitausend Dollar den Dreiviertelliter schmerzlich vermissen.

Natürlich ahnt Fitzgerald, was in meiner Firma wirklich vorgefallen ist. Man wird nicht Bürgermeister in der zweitgrößten Stadt an der Ostküste, ohne zu wissen, wer in Wahrheit die Macht in der Hand hat. Doch Gerald Fitzgerald wäre auch nicht der Bürgermeister von Philadelphia, wenn er nicht wüsste, wann es ihm mehr Vorteil bringt zu schweigen, als zu sprechen. Männer wie ich machen Männern wie ihm das Leben schön, in mehr als einer Hinsicht, aber Männer wie mich dürften Männer wie er gar nicht kennen. Zumindest nicht offiziell.

Die Frage, wie Gerald Fitzgerald und ich auch weiterhin bestmöglich voneinander profitieren können, verliert in dem Moment an Bedeutung, als Cara O'Brien durch die hohe Glastür vom Garten ins Foyer des Hauses tritt. Sie geht am Arm ihres Vaters. Ich lasse sie nicht aus den Augen, immer darauf bedacht, dass sie mich nicht sieht. Unwahrscheinlich, dass sie mich hier erwartet. Möglich, dass Paddy mit mir rechnet, aber Cara kennt sich mit den Verbindungen in diesen Gesellschaften nicht aus. Sie dürfte erkennen, dass viele Anwesende Freunde ihres Vaters sind, und das allein dürfte für sie Grund genug sein, hier mit mir nicht zu rechnen.

Eine Woche, seit ich sie zum letzten Mal gesehen habe. Eine Woche, seit ich mich in sie getrieben habe, seit ich damit rechnen musste, dass sie mir das Gesicht zerkratzt. Stattdessen hat sie mich überrascht. Wieder einmal. Sie ließ mich in die Knie gehen, denn statt mir das Gesicht zu zerkratzen, hat sie sich fester an mich geklammert als ich mich an sie.

Sie ist atemberaubend. Eine Woche, in der ich versucht habe, nicht an sie zu denken. Ich habe meinen Auftrag ausgeführt, habe die Phiole dem Kunsthändler in Wisconsin abgenommen. Nicht ganz freiwillig hat er sich davon getrennt, aber ich kann, wenn ich will, sehr überzeugend sein. Ruggiero hat mir bei meiner Rückkehr gestanden, dass er die Geschichte von den Männern, die Carlo auf die Phiole angesetzt hatte, erfunden hat, um mich zur Eile zu motivieren. Ich habe ihm etwas von Verantwortungslosigkeit erzählt, da ich die Fahrt nach Wisconsin und zurück in einem Zeitraum von fünfundzwanzig Stunden hinter mich gebracht habe, was einem Selbstmordversuch sehr nahe kommt.

In Wirklichkeit geht mein Ärger auf Ruggieros Verhalten tiefer. Viel tiefer. Ich habe mich auf seine Seite geschlagen, weil ich Carlo Polucci für keinen guten Capobastone halte. Ruggiero Monza ist in Anwesenheit von drei der fünf 'Ndrangheta-Familien von Philadelphia am Tag nach meiner Rückkehr aus Wisconsin als Capo eingeschworen worden. Mit der Phiole, die das Blut des Evangelisten Lukas enthält. Sein Status ist unanfechtbar. Carlo Polucci hat vorgestern die Stadt verlassen. Doch das Misstrauen, das ich jetzt gegenüber Ruggiero hege, ist zehnmal größer als das, welches ich jemals gegen Carlo gehegt habe.

Ich bin nicht gut darin, mich benutzen zu lassen, und dieser Mann, dem ich jetzt unbedingten Gehorsam schulde, hat mich benutzt wie niemand vor ihm. Nicht einmal mein Vater, als ich für ihn als Picciotto die Drecksarbeit zuhause in Kalabrien erledigen durfte, hat mich so respektlos behandelt.

Die Vorkommnisse innerhalb unserer Organisation haben geholfen, die Gedanken an Cara im Zaum zu halten. Ganz weg waren sie nie. Ihre pure Existenz belagert einen Teil meines Gehirns, mehr noch, meiner Seele. Ihr Geruch hat sich eingebrannt. Sie zu sehen, wie sie am Arm ihres Vaters freundlich lächelnd und nickend Menschen die Hände schüttelt und kein Wort sagt, bringt alles zurück. Ihre Hände, zart und weiß wie edles Porzellan. Hände, die mich aus den Armen des sicheren Todes gerissen haben und deren sachte Berührungen einen Sex, der an Gewalttätigkeit kaum zu überbieten gewesen ist, zu einem Akt der Zärtlichkeit gemacht haben. Sie hat das Haar, silbergesponnenes Blond, zu einem strengen Gebilde aufgesteckt, das nicht zu ihr passt. Nicht zu dem leidenschaftlichen Wesen, voll Leben und Stärke, das ich in ihr sehe. Aber sie trägt das Kleid. Dieses eine Kleid. Schwarzer, glänzender Taft mit aufgenähten Rosenranken aus blutroter Seide. Schmal geschnitten, knöchellang, es ist purer Sex und reine Unschuld. Es ist das Kleid von la Lucciola.

Allein sie von der anderen Seite des Raumes her anzusehen, reicht, um meinen Schwanz hart werden zu lassen.

Wie lange kann ich sie einfach so beobachten? Ohne meine Finger in sie zu graben und mich davon zu überzeugen, dass sie immer noch riecht wie in meiner Erinnerung. Ich reiße den Blick los und suche nach Shane Murphy, doch der Polizeisuperintendant ist nicht anwesend. Cara hat mir gesagt, dass sie nicht zu ihm zurückkehren wird, und ich glaube ihr. Aber werden Shane und Patrick das akzeptieren? Die Verbindung zwischen ihr und Murphy untermauert Paddys Beziehung in Polizeikreise, die ihm ein ungestörtes Agieren in Philadelphia ermöglicht.

Sie redet nicht viel, nimmt das angebotene Glas Champagner wortlos an sich. Sie wirkt blass und ein wenig abwesend, ihr Lächeln falsch und aufgesetzt.

Ich will sie. Ich habe sie gehabt, nur Minuten vor meiner Tour nach Wisconsin, und habe gehofft, dass es dann genügen würde. Dass ich die Verbindung, die zwischen uns genauso unbeherrschbar wuchert wie Tomatenranken am Straßenrand in meiner Heimat, totgetreten hätte, in einem Akt blanker Gewalt. Ich habe sie verletzt und ich habe sie verlassen. Ohne ein Wort des Abschieds, immer noch hoffend, dass mein Hunger endlich gestillt sein würde. Ich wusste, dass sie nicht mehr da sein würde, wenn ich zurückkehre. Genau so ist es gewesen. Lorenzo und Bernardo haben sie zu Shane zurückgebracht. Was dann geschehen ist, weiß ich nicht. Sie war nicht mehr da, als ich wieder bei Zia Paolina aufschlug, zum Sterben zu müde und zum Leben zu zerschlagen, voller grenzenloser Wut auf Ruggiero. Es war vielleicht auch besser, dass sie nicht da war, wer weiß, was ich ihr noch angetan hätte, einfach nur, weil sie eine Frau ist und ich etwas gebraucht hätte, woran ich meine Wut hätte abkühlen können.

Doch es war nicht genug, und jetzt, als ich sie ansehe, aus der Anonymität der Masse heraus, befürchte ich, dass es nie genug sein wird. Ich will sie. Die Erinnerung an ihren Geruch und Geschmack tanzt auf meiner Zunge. Ich habe sie gehabt, ihre weiche Haut an meiner, ihre subtilen Kurven unter meinem Körper, ihr Seidenhaar zwischen meinen Fingern, und ich will sie immer noch. Ich will sie wieder und wieder. Cara O'Brien ist meine größte Angst. Nicht, weil ich befürchte, dass ihr Vater mich erst kastrieren und dann langsam sterben lassen würde, wenn er jemals erfährt, was ich mit ihr gemacht habe. Sondern weil ich befürchte, dass mein Hunger auf sie niemals vergehen wird.

Ich gebe mir einen Ruck, stelle das leere Champagnerglas aufs Tablett eines vorbeieilenden Kellners und mache mich auf den Weg, um Patrick und Cara O'Brien meine Aufwartung zu machen. Sie sind hier Gäste wie ich, aber ein anderes Wort als Aufwartung fällt mir nicht ein. Niemand in diesem Raum verdient meine Aufmerksamkeit so sehr wie diese beiden.

Ich trete ihnen in den Weg.

Patrick sieht mich zuerst. Gewitterwolken überziehen sein feistes, faltiges Gesicht. Er verzieht die Lippen zu einem Fletschen. Gewinnend lächele ich auf ihn hinab.

„Mister O'Brien. Wie schön, Sie wiederzusehen. Leider wurde unsere letzte Begegnung unerwarteterweise abgekürzt." Untertreibung. Bei unserer letzten Begegnung hat er versucht, mich an einem Ort, an dem niemand meinen Kadaver gesucht hätte, so langsam und schmerzvoll es geht, verrecken zu lassen. Mein Leben verdanke ich der jungen Frau an seinem Arm, die in das Verlies herunterkroch, in dem ich vor mich hin starb, obwohl sie dort nichts verloren hatte. Mein Blick wandert zu ihr, und Patricks hasserfülltes Starren verblasst. Verschwindet. In diesem Moment gibt es nur noch sie.

Ich will mich in ihren lichtblauen Augen verlieren. Ihre Lippen öffnen sich, als ich so unvermittelt vor ihr und ihrem Vater auftauche. Vorsichtig winde ich das Glas aus ihren plötzlich bebenden Fingern und reiche es an einen Kellner. „Lass es nicht fallen, Lucciola", sage ich leise.

„Du vergisst dich, Rossi." Es ist nicht Cara, die antwortet. Ihr hat es die Sprache verschlagen. Es ist Patrick. Nur mit Mühe kann ich meinen Blick von Cara losreißen, um ihren Vater anzusehen. Doch ihre Nähe spüre ich noch immer. Sie singt durch mein Rückgrat, pocht in meinen Eiern genauso stark wie hinter meiner Brust.

„Ich war nur höflich."

„Zieh deine verfickten Finger ein." Ein bisschen lauter, und die ersten Umstehenden wenden ihre Köpfe zu uns. Das ist nicht die Sprache, die man auf solchen Veranstaltungen hören will. Das Wissen, dass niemand hier, nicht mal O'Brien, eine Waffe trägt, macht mich waghalsig. Außer mir ist von meiner Organisation niemand hier. Patrick hingegen hätte mit einem Fingerschnipp zwanzig Mann Verstärkung. Egal. Ich muss sie berühren. Ich nehme ihre Finger zwischen meine.

„Hast du es getan?", frage ich. „Bist du zu ihm zurückgegangen?"

Sie sieht zu mir auf und schüttelt den Kopf. In ihrem Blick liegt Empörung, als könne sie nicht glauben, dass ich das wirklich gefragt habe. Als wäre die Frage allein schon absurd. Doch alles, was sie sagt, ist: „Nein."

„Sehr gut." Ich werfe einen Seitenblick auf Paddy, dem vor Wut Dampf aus den Ohren zu steigen scheint. Ich muss grinsen. Er kann sich kaum im Zaum halten. Ich neige mich zu Cara, meine Lippen berühren ihren Kiefer. Gänsehaut rieselt von ihrer Schulter hinauf zu ihrem Nacken. Meine Lippen finden ihr Ohr. „Vor dem Dinner", wispere ich, so leise, dass nur sie mich hören kann. „Triff mich bei den Waschräumen. Ohne Daddy." Ich hebe den Kopf und zwinkere sie an. Täuscht der Eindruck, oder würde sie in die Knie brechen, wenn sie sich nicht bei ihrem Vater untergehakt hätte?

Ich trete einen Schritt zurück. „Danke, Mr. O'Brien, Sir, dass Sie mir gestattet haben, mich von Caras Wohlergehen zu überzeugen. Ich wünsche Ihnen beiden einen angenehmen Abend."

O'Brien lässt Cara los, die prompt zwei Schritte zur Seite taumelt. Aber ich habe keine Zeit, sie zu stützen, denn Patricks grobe Hände krallen sich ins Revers meines Anzugs.

„Hör zu, Rossi. Glaub nicht, dass ich nicht weiß, was du gemacht hast." Er spricht es nicht aus, aber ich bin mir im selben Moment sicher. Er weiß, dass ich sie hatte. „Du hast meine Tochter entführt, und du wirst dafür bluten."

Überlegen lächele ich auf ihn hinunter. Er wird mich gleich loslassen, denn er verhält sich unangemessen und weiß es auch. Ich rühre mich nicht, die Schande des Augenblicks gehört ganz ihm. „Ihr zukünftiger Schwiegersohn, Sir, war es, der mich mit der Sorge um Ihre Tochter betraut hat. Als Zeichen der Dankbarkeit für meine Geduld hinsichtlich der Rückbeschaffung einer Ware, die Sie mir unrechtmäßig abgenommen haben. Das spricht von sehr viel Vertrauen, nicht wahr?" Meine Zunge stolpert ein bisschen, das ist nicht aufgesetzt. Wenn ich versuche zu sprechen, als hätte ich einen Stock im Arsch, falle ich in einen italienischen Akzent, der so hart und schwer ist, dass selbst ich es hören kann. Es stört mich nicht, im Gegenteil. Es macht meinen Auftritt glaubwürdiger. „Ich halte es für meine Pflicht, mich von Caras Wohlergehen zu überzeugen, auch wenn sie sich nicht mehr in meiner Obhut befindet."

Er lässt mich los, nicht ohne mir dabei einen Stoß zu geben. „Bluten", grunzt er und packt Cara am Ellenbogen. „Du wirst bluten, und du wirst nicht davonkommen. Nicht dieses Mal."

Er zerrt an Caras Arm. „Komm."

Cara

Sieben Tage. Sieben verdammte Tage lang bin ich wie durch einen Nebel gewatet. Als sei mein Körper im Hier und Jetzt, mein Geist aber immer noch festgenagelt auf dem Tisch im Zimmer von Zia Paulinas Haus. Und plötzlich, von einem Moment auf den anderen, verrutscht etwas, und ich fühle mich wieder heil. Ich weiß, es klingt wie das schlimmste Klischee aller Zeiten, aber es ist nichts anderes als die Wahrheit. Der Boden schwankt wirklich unter meinen Füßen, als mein Blick auf Angelo fällt. Er hat absolut keinen Grund, hier zu sein. Nicht nur hat er keinen Grund, sein Auftauchen hier könnte sein Todesurteil bedeuten.

Zu behaupten, dass mein Vater nicht gut auf ihn zu sprechen ist, wäre die Untertreibung des Jahrhunderts. Schon vor meinem unfreiwilligen Aufenthalt unter Angelos Fittichen waren die beiden alles andere als gute Kumpels. Man ist selten mit dem Mann befreundet, dem man bei lebendigem Leib die Augenlider an den Schädel genäht hat. Doch jetzt ist es etwas anderes. Patrick O'Briens Hass hat eine andere Qualität bekommen, und daran bin ich schuld.

Drei Tage lang hat Patrick seine Tochter vermisst. Zurückbekommen hat er eine Fremde. Er kann nicht verstehen, dass ich die Verlobung mit Shane gelöst habe und trotz all seiner sicherlich gerechtfertigten Sicherheitsbedenken damit beschäftigt bin, mir eine eigene Wohnung zu suchen. Ich unterstelle ihm nicht einmal Unwillen. Nein, er versteht wirklich nicht, was ich so schrecklich daran finde, dass er hinter meinem Rücken einen Deal ausgehandelt hat, der meine Zukunft angeblich in sichere Bahnen hätte lenken sollen. Meine Sicherheit? Es ist so lachhaft. Die einzige Zukunft, an die Daddy bei seinem Deal mit Shane gedacht hat, war seine eigene.

Wahrscheinlich hätte mein neues Ich schon gereicht, die Konkurrenz zwischen meinem Vater und Angelo auf einen neuen Höhepunkt zu treiben. Aber da ist auch noch das andere. Der Arztbericht, den Daddy mir heute Vormittag unter die Nase gerieben hat wie ein Todesurteil, hat den Rest erledigt. Ich wollte nach meiner Rückkehr zu meinem Vater nicht zum Arzt gehen, um meine Verletzungen dokumentieren zu lassen. Aber was ist mir anderes übrig geblieben? Je mehr ich mich gewehrt hätte, desto misstrauischer wäre mein Vater geworden. Jetzt hat er Schwarz auf Weiß, was zuvor seine schlimmste Befürchtung gewesen ist, und sein Hass hat eine neue Dimension angenommen. Zu denken, dass Blutrache eine Erfindung der Mafiosi sei, wäre ein fataler Fehler.

Ich blicke Angelo hinterher und hoffe, dass mein Schwanken mir nicht anzusehen ist. Das habe ich gelernt, seit ich ein kleines Mädchen war. Die Fassung bewahren. Den schönen Schein. Keinem Menschen ist es je gelungen, mich derart aus der Fassung zu bringen, wie Angelo Rossi. Der Mann, der sich mit unnachahmlicher Gelassenheit in Richtung Bar bewegt, obwohl der Raum zum Bersten gefüllt ist, mit Menschen, die seinen Tod wollen.

Er sieht hinreißend aus. Um das zu wissen, brauche ich nicht die bewundernden Blicke der Frauen, die ihm folgen. Er trägt den schwarzen, dreiteiligen Smoking wie Frauen Lingerie tragen. Nicht, um den Körper zu verhüllen, der sich darunter befindet, sondern um ihn zu betonen. In jeder seiner Bewegungen schwingt unverhohlene Sinnlichkeit. Er ist Sex auf zwei Beinen. Das Licht des Kronleuchters spielt in seinen Haaren, malt goldglänzende Punkte in das tiefe Schwarz. Die Erinnerung schlägt nach mir. Auch das letzte Mal, als ich ihn gesehen habe, spielten Lichtflecken in seinen Haaren. Damals war es das Licht von Gartenlampen, das gedämpft durch ein dunkles Fenster fiel. Ohne einen Abschied hat er mich verlassen, in meinen Ohren das Letzte, was er zu mir gesagt hat. *Ich werde dich nicht wiedersehen. Deshalb.*

Doch er hat mich wiedergesehen, und er hat gesagt, ich soll ihn treffen. Ich weiß, dass ich es tun werde. Es ist der Gipfel der Unvernunft, aber ich werde es tun. Unsere Körper reagieren aufeinander wie Magnete. Ihn nicht zu treffen, hieße, die Gesetze der Natur außer Kraft zu setzen.

„Cara!" Die Stimme von Irene Fitzgerald holt mich aus der Reverie. „Ich freue mich so, dass du da bist. Dein Dad meinte, dass du in Europa seist." Eigentlich dürften die Tochter eines Mob-Bosses und die Ehefrau des Bürgermeisters von Philadelphia nichts gemein haben. Nicht nur trennen Irene und mich gut dreißig Jahre, wir stehen auch auf unterschiedlichen Seiten des Gesetzes. Irene steht für die Tugend. Ich bin das Böse. Aber darüber reden wir nicht. Wie es sich für brave Frauchen gehört, reden wir nicht über das, was die Männer in unserem Leben tun, womit sie ihr Geld verdienen, oder wie oft sie uns schon das Herz gebrochen haben. Wir bewegen uns in denselben Kreisen. Stiftungskomitees, Kulturausschüsse und die Organisationsteams für Benefizveranstaltungen sind unser Revier. Man kennt und schätzt einander. Unterschiede begraben wir unter falschen Lächeln und Höflichkeiten. Es ist alles ganz wunderbar. Das ist mein Leben, und noch nie hat es sich so sehr angefühlt wie ein zu enges Korsett, wie in diesem Augenblick, während ich Angelo dabei zusehe, wie er wieder einmal von mir weggeht.

„Ich bin überraschend früher zurückgekommen", sage ich und strecke mich, um Irene einen Kuss auf die Wange hauchen zu können. „Ein wunderschönes Fest. Und Orlando strahlt."

Die Bürgermeistergattin schiebt mich eine halbe Armeslänge von sich. Aus dem Augenwinkel sehe ich, dass auch Dad sich in eine Konversation verwickeln ließ. Freundschaftlich klopft ihm Gerald Fitzgerald auf die Schulter.

„Danke, danke. Aber du weißt ja, wieviel Arbeit so was ist. Ich bin so froh, wenn der Abend vorbei ist. Was bin ich neidisch auf deine Europareise. Es ist so schön dort. Ich habe Orlando gesagt, er muss seine Maisy unbedingt nach Europa bringen für die Flitterwochen. Dort ist alles so ..." Sie ringt nach Worten. Offenbar findet sie keinen passenden Superlativ, um die Wunder der alten Welt zu umschreiben. Schließlich entscheidet sie sich für: „Altmodisch.

Die Manieren dort, die Umgangsformen. Alles ist so wundervoll. Warst du in Paris? Der Stadt der Liebe?"

„Italien. Ich war in Italien." Das ist zumindest so nah an der Wahrheit, wie es unter diesen Umständen möglich ist. „Steht der Termin für die Hochzeit schon fest?"

Irene wischt meine Frage mit einer Drehung ihres Handgelenks beiseite. Offenbar stecken ihr die Vorbereitungen für die Verlobung noch zu sehr in den Knochen, um jetzt schon an die Hochzeit zu denken. Stattdessen stürzt sie sich auf meine angebliche Europareise wie die Hyänen auf ein Stück Aas. Ein schwärmerisches Glänzen tritt in ihre Augen.

„Ohhh", macht sie langgezogen. „Rom. Venedig. So romantisch. Und trotzdem keine Amore?" Vielsagend zwinkert sie mir zu. Die Nachricht über meine Trennung von Shane scheint sich bereits bis zu Irene herumgesprochen haben. „Es tut mir sehr leid, Liebes, was ich da hören musste. Kein Wunder, dass du in Europa Ablenkung gesucht hast. Eine Trennung ist immer fürchterlich."

Es reicht, beschließe ich. In meinem Bauch surren Erwartung und Anspannung, und ich habe einfach keine Kraft für diese Scharade. Zu wissen, dass Angelo im selben Raum existiert wie ich, dass wir beide dieselbe Luft atmen, geschwängert von mittelprächtigem Champagner, macht mir die Brust eng und das Dreieck zwischen meinen Schenkeln warm und weich. Zum Glück hat auch Irene nicht vor, mich noch länger in Beschlag zu nehmen.

„Aber nein!" Ihr Schrei tut meinen Ohren weh. Heftig kopfschüttelnd wendet sie sich von mir ab. „Du entschuldigst, Liebes, aber man muss sich wirklich um alles selbst kümmern. Da sehe ich gerade, dass die Kellner den Dessertwein schon zum Entree auftragen wollen. Ich muss in die Küche. Wir sehen uns." Ein letzter in die Luft gehauchter Kuss und sie verschwindet in einer Wolke aus Chanel No 5.

Das ist meine Gelegenheit. Gerald Fitzgerald ist zusammen mit meinem Vater in Richtung der Bar abgedriftet. Ich stehe allein in der Mitte der Empfangshalle. Nicht mehr lange, und das Essen wird serviert. Ich umgreife meine Clutch fester und mache mich auf die Suche nach den Waschräumen. In Wahrheit muss ich gar nicht suchen. Es ist, als wäre da ein unsichtbares Band, das mich in die richtige Richtung zieht. Mein Herz pocht im Takt mit meinen Schritten. Die Verlobungsfeier von Orlando Fitzgerald findet im Haus seiner Eltern statt. Der Partyservice hat volle Arbeit geleistet.

Foyer, Wohnzimmer und Garten gleichen einem Luxushotel. Blumenarrangements zieren Beistelltische, direkt neben der Eingangstür wurde eine Garderobe improvisiert. Für die Gäste sind zwei Toiletten im vorderen Teil des Hauses reserviert, doch die sind es nicht, die ich ansteuere. Hinter dem Foyer schlüpfe ich in den Flur, der in den Privatflügel des Anwesens führt. Ich brauche nicht die prunkvoll gespannte Kordel aus golddurchwirktem blauem Band, um zu wissen, dass ich nicht hier sein sollte. Ich drücke mich darunter hindurch. Je weiter ich in die verbotenen Bereiche vordringe, desto lauter rauscht mein Blut. Leben pulsiert durch meine Adern. Ich darf nicht hier sein, und genau deshalb gehöre ich hierher.

Eine Tür steht einen Spalt offen, und ich spähe hinein. Gerald Fitzgeralds Arbeitszimmer. Ich sehe einen opulenten Schreibtisch vor dem Fenster und eine Tagesbar zur Rechten, doch weit und breit keine Spur von Angelo. Also weiter. Zwei Schritte weit komme ich, bevor plötzlich zu meiner Linken eine Tür aufgerissen wird. Jemand packt mich am Handgelenk, zerrt mich in das Zimmer hinter der Tür. Es ist ein Bad. Fast im selben Moment mit dieser Realisierung fällt die Tür hinter mir zurück ins Schloss.

„Lucciola."

Keuchend stehen wir uns gegenüber. Wie kann er es wagen? Wie kann er mich so nennen? Jetzt? Hier? Nach allem, was passiert ist?

Ich lasse mich mit dem Rücken gegen die Tür fallen, schüttle den Kopf. „Ich sollte nicht hier sein."

„Ich wusste, dass du kommst. Du spürst es auch. Du willst mich so sehr, wie ich dich will."

Meine Hand ist schneller als mein Verstand. Bevor ich den Entschluss dazu gefasst habe, schnellt mein Arm in seine Richtung. Klatschend trifft meine Hand seine Wange.

Doch auch er ist schnell. In einer einzigen fließenden Bewegung fängt er meine Hand, ehe ich erneut ausholen kann, dreht sie mir auf den Rücken, zieht mich an seinen Körper. Wie ein Schwall Wasser bricht sein Duft über mich hinein. Der Geruch nach Leder und verbrannten Piniennadeln. Meine Knie werden weich.

„Gibt es etwas, das du mir sagen möchtest?" Sein Atem perlt über mein Ohr, so nah beugt er sich zu mir herunter. Sein Akzent vibriert durch meine Adern, setzt mich in Flammen. Das ist keine Lust, die ich empfinde, denn Lust ist ein viel zu schwaches Wort. Das, was in meinem Körper entfesselt wird, sobald ich seine Nähe spüre, ist stärker. Eine Naturgewalt. Unaufhaltsam und tödlich. Angelo hat es einmal Schicksal genannt. Destino, ich höre das Wort noch immer in meinen Ohren.

„*Cosa c'è, Lucciola?*" Diesmal auf Italienisch flüstert er die Worte. Als wüsste er ganz genau, was es mit mir macht, wenn er in seiner Sprache mit mir redet. Gänsehaut erblüht auf meinem Hals, rieselt meinen Nacken hinab, in mein Dekolleté. Ich schaudere.

„Ich hasse dich!" Ich tue es wirklich. Ich hasse, dass ich zu ihm gekommen bin, hasse, dass ich keinen Schritt tun kann, ohne an ihn zu denken, hasse, wie er mich in seiner Umklammerung hält, auch dann, wenn er gar nicht da ist.

„Das tust du nicht." Seine Lippen berühren meinen Hals, finden den Puls unter meinem Ohr, saugen leicht. Hinter meinen Augen brennt es. Noch nie habe ich ihn zart erlebt. Die Gier, die ich von ihm kenne, war berauschend, doch seine Zärtlichkeit hat die Macht, mich zu zerstören.

„Ich hab an dich gedacht, *Lucciola mia*. Die ganze Zeit, während ich nach meinem Schatz gesucht habe, habe ich daran gedacht, wie es war, in dir zu sein. Und dabei habe ich etwas begriffen. Willst du wissen, was das ist?"

„Es spielt keine Rolle." Ich kämpfe gegen seine Umklammerung, doch mein Körper verrät mich. Je mehr ich mich wehre, je härter mich Angelo in seinem Griff hält, desto wärmer wird das Gefühl zwischen meinen Schenkeln. Mein Schoß weint nach ihm, will ihn wieder für sich haben. Genauso hart wie beim letzten Mal, genauso perfekt.

„Ich habe begriffen, dass ich nicht genug von dir hatte." Er redet weiter, als hätte ich nichts gesagt. Seine freie Hand streicht außen an meinem Schenkel entlang, findet den Weg unter meinen Rock. Als er die Spitzenkante meiner Strümpfe erreicht, grollt ein Stöhnen durch seine Brust. Ich schließe die Augen. In meiner Vorstellung kann ich sehen, wie seine Finger, diese perfekten, langen Finger, die Kante entlangstreichen. Es sollte verboten werden, dass ein Mann so schöne Hände hat.

„Ich hatte deine Möse, ich war der Erste, der dich gefickt hat, aber das reicht mir nicht. Du gehörst mir ganz. Also brauch ich auch noch deinen Mund." Mit kleinen Küssen wandert er von meinem Hals über meine Wange zu meinem Mund. Streicht mit der Zunge über meinen Mundwinkel. Ich schmelze in seinen Griff, und er reagiert darauf. Wo er mich bisher in Schach gehalten hat, stützt er mich jetzt, schlingt seinen Arm enger um mich, knetet meinen Hintern. „Und deinen Arsch."

„Angelo, bitte, mein Dad wird gleich merken, dass ich weg bin."

„Macht dich das heiß?" Mit dem Daumen fährt er den Saum meines Slips entlang, lockt. „Zu fürchten, entdeckt zu werden?"

Gott, wenn er wüsste, wie heiß er mich macht. „Er weiß Bescheid", jammere ich. Ich kann nicht mehr denken. Meine Pussy hat das Denken für mich übernommen. Alles, was ich wahrnehme, ist das Spiel seiner Finger und das Wissen, dass das hier falsch ist. Es könnte ihn das Leben kosten. Es wird ihn das Leben kosten, und auch wenn er nach allem, was er mir angetan hat, den Tod verdient, kann ich den Gedanken, dass es eine Welt ohne Angelo Rossi geben könnte, nicht ertragen. „Er hat mich zum Arzt geschleppt. Er weiß ... Gott, Angelo!" Ein zweiter Finger hat den Weg unter meinen Slip gefunden. Vor und zurück streicht er über meine Schamlippen, so zart, dass ich es kaum spüre, und doch vibrieren die sachten Berührungen durch meinen ganzen Körper. „Er hat den Arztbrief gelesen. Von den ... den Hämatomen und ... und dem ... anderen. Er wird dich umbringen."

„Sorgst du dich um mich? Wie rührend von dir." Sein Finger findet meinen Eingang, reizt, dringt vor. Nur ein klitzekleines bisschen. Zu wenig. Mein Schoß zuckt und brennt, so sehr wünsche ich mir, dass er weiter geht, dass er mich füllt, bis er so tief in meinem Körper eindringt, wie er in meiner Seele ist.

„Es ist Wahnsinn, dass du überhaupt hier bist. Hast du Schutz dabei? Rückendeckung? Mein Vater ist mit fünf Bodyguards hier. Sie können dir auflauern."

„Du willst, dass ich gehe?" Endlich ist sein Finger in mir. Ich werfe ihm meinen Körper entgegen, reibe mich an seiner Hand, doch er denkt gar nicht daran, mir zu geben, was ich brauche.

„Im Moment will ich einfach nur, dass du mich fickst!"

Er lacht ein bisschen und zieht seine Hand zurück. Schmunzelnd küsst er meine Nasenspitze. „Nicht heute. Und nicht so. Das letzte Mal habe ich dich zu hart genommen. Wenn ich dich das nächste Mal habe, werde ich in dir schwelgen. Geh jetzt, Lucciola. Ich werde dich finden." An mir vorbei greift er nach der Türklinke und schiebt mich ein wenig zur Seite, um öffnen zu können.

Noch bevor ich wirklich begreife, was gerade passiert ist, stehe ich wieder auf dem Flur. Allein, sexuell frustriert und wacklig auf den Beinen. Vielen Dank auch, Signor Rossi.

KAPITEL 9

Angelo

Das Gebäude von Rossi's Italian Delicacies, in dessen oberstem Stockwerk sich die Büros der Verwaltung und Geschäftsleitung befinden, ist bei der Explosion unversehrt geblieben, weil es auf dem hinteren Teil des Geländes liegt. Ich stehe am Fenster, das sich über die gesamte dem Hof zugewandte Seite meines Arbeitszimmers erstreckt, und starre hinaus. Der Himmel hat sich in den drei Stunden, seit ich hergekommen bin, von Marineblau zu Türkis verfärbt. Eine Frau in Stöckelschuhen läuft hastig über den Asphalt. Die Sekretärin, Marie. Vermutlich hat sie meinen Wagen auf dem Parkplatz gesehen und verflucht mich und sich und die ganze Welt, weil sie fünf Minuten zu spät ist und eine Standpauke erwartet.

Nichts ist mir im Moment gleichgültiger als ihre Pünktlichkeit.

Das hohe Zufahrtstor für Sattelschlepper und das Pförtnerhaus daneben sind vollkommen zerstört. Das angrenzende Kühlhaus muss ebenfalls abgerissen werden, weil die Dachkonstruktion nicht mehr sicher ist. Die ganze Woche lang sind Tag für Tag Teams des Philadelphia Police Departments hergekommen und haben Fragen gestellt und Beweise gesichert. Erst gestern konnten die groben Kerle von Lorenzos Baufirma anrücken und damit beginnen, die Berge von Schutt abzutragen. Lorenzo hat Gutachter mitgebracht, um die Statik der übrigen Gebäude zu untersuchen. Von dem, was meine Mitarbeiter berichten, muss der Knall episch gewesen sein. Wenn ich die schwarz verkohlten Überreste des Lastwagens betrachte, die immer noch im zerstörten Tor liegen, kann ich mir vorstellen, was sie meinen.

Unten klappt die Tür, als Marie ins Gebäude stürmt, dann klacken ihre Pfennigabsätze die Treppe herauf. Meine Tür ist angelehnt. Falls sie sich wundert, dass ich im Dunkeln am Fenster stehe, lässt sie es sich nicht anmerken.

„Sir, ich bringe Ihnen einen Kaffee, sobald die Maschine betriebsbereit ist."

Ich schaue über die Schulter halb zu ihr und nicke abwesend. Wenn ich einen Kaffee wollte, hätte ich die Maschine auch selbst einschalten können. Ich kann Knöpfe drücken.

„Der Kostenvoranschlag von LdS Builders ist leider noch nicht eingegangen, Sir, aber ..."

Ich kenne Lorenzos Kostenvoranschlag, den er mir unter vier Augen bereits mitgeteilt hat, und verglichen mit dem, was ich bei der Explosion bereits verloren habe, sind es Peanuts. Es ist unwichtig. Ich bin noch in der Nacht von der Party beim Bürgermeister hierher gefahren, Caras Duft in der Nase und mit einem so schmerzhaften Fall von blauen Eiern, wie ich es noch nie erlebt habe. Es fällt schwer, mich zu konzentrieren, sie spukt durch jeden meiner Gedanken, doch was hier geschehen ist, muss aufgeklärt werden. Ich kann es nicht ewig vor mir herschieben.

Seitdem ich weiß, dass Ruggiero mich bezüglich der Phiole angelogen hat, kann ich auch nicht mehr glauben, dass es wirklich Carlo war, der meine Lagerhalle in die Luft gesprengt hat. Das war eine weitere von Ruggieros Behauptungen, und die Zeiten, in denen ich unverdaut schlucken konnte, was der Capobastone von sich gibt, sind unwiederbringlich vorbei. Jeden verdammten Tag, und besonders dann, wenn Shane Murphy seine Vasallen zu mir geschickt hat und mich grillen ließ, als sei ich der Täter und nicht das Opfer dieses Anschlags, habe ich mir vorgestellt, was ich mit dem Brandstifter machen würde, wenn ich ihn in die Finger bekäme.

Und dann ist da die noch immer ungelöste Sache namens Patrick O'Brien. Ich habe mehr als einen Grund, ihm den Tod zu gönnen. Was er in seinem mittelalterlichen Verlies mit mir gemacht hat, hat lediglich ein Fass zum Überlaufen gebracht, in dem es seit Monaten brodelte. Die Leute beginnen bereits zu reden. Meine Leute. Sie wissen, was Patrick mit mir angestellt hat, und sie erwarten meinen Ruf nach *Vendetta*. Doch jedes Mal, wenn ich den Telefonhörer in die Hand nehme, um den Auftrag zu geben, sehe ich Cara vor mir. Höre ich ihre Stimme und schaffe es nicht, ihren Vater gnadenlos über die Klinge springen zu lassen. Die Klinge aus Eis, nach der sie mich nennen.

Wie lange noch, bis die ersten bemerken, dass diese Klinge zu schmelzen beginnt? Wenn das passiert, bin ich tot. Nicht getötet von Patrick O'Brien, sondern von meinen eigenen Leuten. Ein schwacher Vangelista ist ein toter Vangelista. Das ist das Gesetz der 'Ndrangheta, auf das ich mein Leben geschworen habe.

„... Superintendant Murphy hat sich für neun Uhr dreißig angekündigt, Sir", flötet Marie unbeirrt weiter. Der Geruch von frisch gebrühtem Kaffee flutet mein Arbeitszimmer. Der Himmel draußen hat sich weit genug aufgehellt, dass Schemen im Raum erkennbar sind. Marie ist eine langbeinige Mittdreißigerin mit hochgesteckten roten Haaren und grünen Augen. Vollbusig, rassig. Ich habe sie nie gefickt, auch wenn ich hin und wieder daran gedacht habe, es zu tun. Sie ist eine perfekte Sekretärin. Sie versteht ihren Job, und die Blicke, die sie mir zuwirft, verraten mir, dass sie ihrem Boss auch Wünsche erfüllen würde, die über Briefeschreiben und Kaffeekochen hinausgehen. Manches Mal habe ich mir vorgestellt, wie sich mein Schwanz zwischen ihren perfekt geschminkten Lippen anfühlen würde, während sie mir mit ihren manikürten Fingernägeln die Eier krault. Auch heute versuche ich es, in der Hoffnung, den Gedanken an Cara endlich abzuschütteln, aber diesmal lässt mich die Vorstellung kalt.

Ich lasse mich nicht mit Frauen ein, die *Omertá*, das Gebot des Schweigens, auf dem unsere Gemeinschaft gründet, nicht kennen. Marie ist so amerikanisch wie Nascar und Rodeo. Ich bin sicher, dass sie weiß, dass ich neben Rossi's Italian Delicacies noch anderen Geschäften nachgehe, obwohl selbstverständlich in der Firma nicht darüber geredet wird und auch nie etwas an die Öffentlichkeit geraten ist. Gerüchte, ja. Aber Gerüchte sind gut, denn sie sorgen dafür, dass die Leute, mit denen ich Geschäfte mache, Respekt vor mir haben. Doch ich habe mein Geschäft nicht umsonst von der Pieke auf gelernt. Niemand kann mir etwas beweisen, nicht einmal Shane Murphy. Er hatte die Mündung meiner HK im Gesicht, doch was beweist das? Er würde nie einen Prozess gegen mich anstrengen, dazu hat er selbst zuviel Dreck am Stecken, und jetzt, nach der Sache mit Cara, wäre es für mich ein Leichtes, seine korrupte Verbindung zum O'Brien Clan zu enthüllen.

Ich habe diese Firma aufgebaut. Hier steckt mein Herzblut drin. Es ist etwas anderes als die 'Ndrangheta, in die ich hineingeboren bin, aus der ich ausgeschlossen wurde und in die ich nach meiner Auswanderung nach Amerika durch Familienbündnisse wieder hineinkam, um mir den Start hier einfacher zu machen. Die 'Ndrangheta ist Tradition, das Blut meines Vaters und meiner Mutter, das

Blut von Generationen vor ihnen. Der Großhandel gehört mir. Ihn in Stücke gesprengt zu sehen, greift mich auf einer ganz anderen Ebene an, als wenn jemand die Organisation, die mir Schutz und Hilfe bietet, zertreten will. Die 'Ndrangheta ist alt, viel älter, als die Gesetzeshüter glauben wollen, und sie ist mächtig. Nicht nur zuhause in Kalabrien. Weltweit. Man kann sie nicht zertreten. Doch Rossi's Italian Delicacies ist angreifbar, und wer es angreift, wird die Klinge aus Eis zu spüren bekommen.

„Rufen Sie ihn zurück", sage ich zu Marie. Ja, ich will Shane Murphy treffen. Wir haben Dinge zu bereden. Ohne ihn werde ich nie erfahren, wer mir diesen Schlag verpasst hat. Dazu brauche ich ihn, so wie ich die Mechanismen innerhalb der Gemeinschaft brauche, die früher oder später alles aufdecken. Aber ich werde nicht wie ein braver Schäferhund Sitz machen und dem Verlobten von Cara mit begeistertem Blick entgegenhecheln, wenn er einen Termin vorgibt. Dem Ex-Verlobten, erinnere ich mich, und augenblicklich beruhigt sich mein Puls ein wenig. „Sagen Sie ihm, ich hätte heute zu tun. Morgen dreizehn Uhr treffe ich ihn. Lunch bei *Marco's*, im Hafenviertel." Marco gehört zu meinen Leuten. Ich werde diese Sache in meinem eigenen Spielfeld regeln, aber ich will nicht, dass Murphy seine Stiefel in mein Allerheiligstes setzt.

„Aber Sir, Ihr Terminkalender ..."

Ein Blick von mir lässt den Satz auf Maries Lippen ersterben. Ihre Wangen nehmen die Farbe ihrer Haare an, und sie zieht sich zurück. Ich weiß selbst, dass mein Terminkalender für heute leer ist. Er ist seit dem Angriff leer gewesen. Ich halte mir alle Optionen offen, damit ich schnell reagieren kann, wenn sich etwas ergibt. Mich mit Meetings aufzuhalten, auf die ich keine Lust habe, kann ich mir momentan nicht leisten.

Aus der obersten Schreibtischschublade nehme ich ein Notizheft. Blättere es auf, bis das Foto herausfällt, das ich vor vier Tagen aus der *Philadelphia Sun* ausgeschnitten habe. Aus einem Artikel über eine nichtssagende Kunstausstellung vom College of Modern Art, organisiert von niemand anderem als Cara O'Brien. Die Zeitung war, als sie mir in einem Fisch-Schnellimbiss am Hafen in die Hände fiel, bereits einige Wochen alt. Aus der Zeit, während ich nach Patricks Liebesbekundungen langsam wieder das Laufen gelernt habe. Kein Wunder, dass ich den Artikel nicht früher bemerkt habe. Damals hatte ich andere Probleme.

Das Foto ist ein paar Jahre alt, dem Gesichtsausdruck nach aus dem College Jahrbuch entnommen. Unschuldig lächelt sie den Fotografen an, eine junge Frau Anfang Zwanzig, die die Tatsache, dass ihre Augen mehr gesehen haben, als gut für sie ist, hinter einer Maske aus College-Fröhlichkeit verbirgt. Es ist nicht meine Cara, und doch ist sie es. Männer wie ich sind schuld an dieser Maske. Doch ich habe dahinter geschaut, darunter. Ich habe den Schleier aus Zucker und Sahne von ihrem Gesicht gefegt und die rohe, unverfälschte Leidenschaft gesehen, die darunter lebt. Cara will nicht das sein, zu dem sie geboren wurde. Doch sie liebt es. Sie liebt das Rohe, das in unserer Welt herrscht. Sie liebt das Ungestüme, das Wilde, das Unbezähmbare. Das alles ist sie. Nie war sie schöner als in dem Moment, als sie den Lauf meiner eigenen Waffe auf meine Brust gerichtet hat. Niemals im Leben wäre sie an der Seite des Polizeisuperintendanten glücklich geworden, eher wäre sie noch vor dem Traualtar umgekehrt. Zumindest rede ich mir das ein. Denn den Gedanken, dass ich es war, der ihre Welt zerstört hat, halte ich nicht aus.

Ich werde sie wiedersehen. Meine irische Rose, an deren Dornen ich mich zerfetzen werde, und ich werde es lieben.

Cara

Das *Marco's* zu betreten, ist wie die Reise in eine andere Welt. Ein kleines Stück Italien an der amerikanischen Ostküste. Rotweißkarierte Tischdecken schmücken quadratische Holztische. Die Stühle sind ungepolstert und auf eine Art abgenutzt, wie es kein Zufall sein kann. Im ganzen Restaurant hängt der Duft nach Olivenöl, Knoblauch, frisch gebackenem Brot und Rosmarin. Die Erinnerung an Zia Paolinas Kochkünste trifft mich wie ein Tritt in den Bauch. Immer dorthin, wo es weh tut. Im Leben nicht hätte ich dieses Restaurant für mein Treffen mit Irene ausgesucht, aber sie hat den Ort vorgeschlagen. Als Hommage an meine Reise, und auf die Schnelle ist mir kein plausibler Grund eingefallen, warum wir uns nicht ebenso gut bei dem Italiener verabreden können wie in jedem anderen Restaurant in der Southside.

Drei Tage sind vergangen seit Orlandos Verlobungsfeier. Drei Tage, in denen der ungestillte Hunger nach Angelo Rossi in meinen

Eingeweiden wütet. Ein Hunger, den auch das köstliche Essen, das der Kellner uns serviert, nicht stillen kann.

„Cara?"

Ich bin in Gedanken abgedriftet. Es fällt mir schwer, mich auf das Gespräch zu konzentrieren, das sich um eine geplante Sonderausstellung der Rittberg'schen Sammlung dreht, für die das Kuratorium noch ehrenamtliche Spezialisten sucht. Natürlich alles für einen guten Zweck. Ich sehe Irene an und zwinge mich, meine Gedanken zu sammeln.

„Ja, ich höre dir zu. Das alles klingt nach einer wundervollen Sache. Du sagst, ie Exponate stammen aus privaten Sammlungen?"

„Aus der ganzen Welt. Es wäre fantastisch, wenn du dabei wärst. Wir haben viele Ehrenamtliche, doch kaum einer bringt deine Expertise mit."

„Die Renaissance ist nicht mein Fachgebiet. Ich habe mich in meiner Masterthese mit der Kunst des Mittelalters beschäftigt. Und hauptsächlich mit Kunstwerken aus dem Orient und Mittleren Osten."

Mit einer Drehung ihres Handgelenks wischt Irene meinen Einwand beiseite. „Kunst ist Kunst. Was wir brauchen, ist ein Auge für Schönheit, ein Sinn für das Besondere, das Ungewöhnliche. Was machen schon ein paar Jahrhunderte hin oder her."

Das aus dem Mund einer Frau, deren Familie zu den ersten Siedlern in der neuen Welt gehörte, wirkt geradezu ironisch. Ein paar Jahrhunderte hin oder her ist mehr, als Amerika an eigener Geschichte zu bieten hat. Aber die Wahrheit ist auch: Ich habe nichts anderes zu tun. Was soll ich machen, wenn nicht weiterhin das brave Töchterchen zu spielen, das zu viel Geld und Zeit hat, um sich nach einer echten Arbeit umzusehen? Mein Entschluss, die Dinge zu ändern, steht fest. Der Weg dorthin gestaltet sich aber deutlich holpriger, als ich es mir in den vielen einsamen Stunden in meinem Gefängnis in Zia Paolinas Haus nach Angelos Verschwinden ausgemalt habe.

„Ich überlege es mir", sage ich schließlich. Hauptsächlich, um nicht zu verzweifelt zu wirken. In Wahrheit habe ich mich längst entschieden. Egal, ob es sich nur um ein ehrenamtliches Engagement handelt oder nicht, zumindest wird mir der Job im Museum Ablenkung bringen und einen Vorwand, Daddys Haus zu verlassen. Darin fühle ich mich seit meiner Rückkehr wie ein unpassendes Möbelstück. Geduldet, aber nicht geliebt.

Irene muss mir ansehen, dass ich ihr meine Mitarbeit nicht versagen werde, denn sie strahlt, als hätte sie radioaktive Kekse gegessen. „Darauf lass uns anstoßen." Sie hebt ihr Weinglas. „Auf die alte Welt und auf eine erfolgreiche Sonderausstellung. Du wirst sehen, du wirst es nicht bereuen."

Ihre Worte werden vom Klingeln des Windspiels im Eingangsbereich untermalt. Es ist so leise, dass man es im Gastraum kaum hört. Ich bemerke es nur, weil sich im selben Moment etwas verändert. Eine elektrische Spannung hängt mit einem Mal in der Luft, die die Härchen in meinem Nacken in Habachtstellung gehen lässt. Das Prickeln rinnt über meinen Nacken, kitzelt meine Brüste, bis ich weiß, dass sich die Spitzen hart und fest unter meiner Bluse abzeichnen.

Er ist da. Mein Körper braucht keine Gewissheit durch einen bestätigenden Blick über die Schulter, um sicher zu sein. Zwei Atemzüge noch, dann weiß ich, dass ich Recht habe. Dicht gefolgt von niemand anderem als ausgerechnet Shane Murphy wird Angelo vom Maître durch den kleinen Gastsaal an einen Platz, keine drei Tische neben uns, geführt. Ich spüre, wie mir alles Blut vom Kopf in den Schoß schießt. Ihn zu sehen, ausgerechnet hier, ist zuviel für meine aufgeheizte Libido. Zwischen meinen Schenkeln beginnt ein Pochen, so stark, dass ich nicht anders kann, als meine Beine übereinander zu schlagen, wenn ich nicht zerfließen will. Shane ist es, der mich als erster zu bemerken scheint. Zumindest gibt Angelo kein Zeichen des Erkennens von sich, aber das muss nichts bedeuten. Shanes Augen weiten sich, er wird blass, presst seine Lippen zu einem dünnen Strich zusammen. Angelo legt in einer fast kameradschaftlichen Geste seinen Arm um Shanes Schulter, spricht zu ihm. Shane wirkt, als ob er jeden Moment die Beherrschung verlieren würde, während Angelo die Gelassenheit in Person ist. Ohne, dass es ihn auch nur ein klitzekleines bisschen Mühe zu kosten scheint, füllt er das Restaurant mit seiner Präsenz, bis ich weiß, dass nicht nur ich ihn anstarre, sondern jedes weibliche Wesen im Raum ebenso. Mittlerweile bin ich mir sicher, dass er meine Anwesenheit spürt, so wie ich die seine zwischen meinen Schenkeln als kribbelndes Ziehen spüren kann, doch er schenkt mir nicht einmal ein Kopfnicken. Arroganter Bastard.

„Kennst du ihn?" Auch Irene hat Angelo bemerkt. „Angelo Rossi. Der Inhaber von Rossi Italian Delicacies. Sein Feinkosthandel sollte eigentlich das Catering für Orlandos Verlobung übernehmen. Doch dann ist ein schrecklicher Unfall passiert. Ein Brand in seinem Warenlager." Seufzend schüttelt sie den Kopf. „Eine fürchterliche Geschichte. Natürlich ist er versichert, aber es muss ein herber Rückschlag gewesen sein. Wahrscheinlich ist er deshalb mit Mister Murphy verabredet."

Ein schrecklicher Unfall. Die Worte hallen in meinen Kopf, werfen dumpfe Echos hinter meine Stirn. Ich habe im Alter von fünf Jahren aufgehört, an schreckliche Unfälle zu glauben. Seit dem Tag, als meine Ma von einer Autobombe zerfetzt wurde und ich seither keinen Schritt mehr unbeobachtet tun durfte. Dad?, geht es mir durch den Kopf. War das der Racheakt meines Vaters für meine Entführung? Oder einer von Angelos eigenen Männern? Wenn all das, was ich in Zia Paolinas Haus erfahren habe, stimmt, sind die Iren nicht die einzigen Feinde, die Angelo hat. Angelo Rossi ist ein mächtiger Mann in der 'Ndrangheta, und Macht war noch nie ein sanftes Ruhekissen.

Zum Glück deutet Irene mein Schweigen falsch. Schuldbewusst schlägt sie die Hand über den Mund und schüttelt den Kopf. „Das tut mir leid, Liebes. Wie taktlos von mir. Natürlich muss es dich vollkommen aus der Bahn werfen, Shane hier zu sehen. Wollen wir zahlen?"

„Nein ... nein, ist schon in Ordnung." Im Stillen danke ich Shane dafür, auch hier zu sein. Ich würde mein letztes Schmuckstück dafür geben, zu wissen, was die beiden Männer an diesem Ort zusammenführt, aber seine Anwesenheit gibt mir einen Grund, verwirrt zu wirken, nach dem die Gattin des Bürgermeisters nicht bohren kann, ohne wie ein tratschsüchtiges Fischweib zu wirken. Das Gespräch zwischen Irene und mir wendet sich wieder der Sonderausstellung mit Kunst aus der Renaissance zu. Immer wieder irrt mein Blick zu Angelos Tisch, doch nicht ein einziges Mal ertappe ich ihn dabei, dass auch er mich verstohlen mustert. Ein zermürbendes Spiel.

Nach dem Kaffee bin ich reif wie eine Pflaume, die darauf wartet, gepflückt zu werden. Verdammter Angelo Rossi. Ich übernehme die Rechnung und versichere Irene, dass ich mich am nächsten Tag bei ihr melden werde.

Mein kleiner BMW Z3 wartet auf dem Parkplatz auf mich. Raus hier. Leute wie Irene werden denken, dass ich vor einer Begegnung mit meinem Ex flüchte, und das dürfen sie gern tun. Ich trete aufs Gas und genieße die Kraft des Motors in meinem kleinen Wagen.

Er liegt tief auf der Straße, summt wie eine Nähmaschine, das hohe Vibrieren ein willkommenes Gefühl in meiner Mitte. Verdammter Angelo Rossi. Verdammter Shane Murphy. Verdammter Patrick O'Brien.

Fester trete ich das Gaspedal hinunter, noch tiefer, missachte jedes Tempolimit. Es ist wie ein Rausch. Je schneller ich fahre, desto klarer werden meine Gedanken. Italienische Kunst aus der Renaissance ist mir so egal wie irgendwas. Ich will wissen, welcher Unfall Angelos Lager zerstört hat, ich will wissen, welche Rolle Shane dabei spielt und was mein Vater damit zu tun hatte oder auch nicht. Welche Rolle haben sie mir zugedacht? Ich erinnere mich an Staub auf Angelos Jackett, an den Geruch nach Rauch in seinen Haaren, als er mich genommen hat, an die Gewalt seines Angriffs, die Verzweiflung seiner Leidenschaft. War das der Tag des Unfalls? Hatte er nur Minuten zuvor erfahren, dass er etwas, das ihm wichtig ist, verloren hat? Hat er in mir Trost gefunden, als er sich aus Rache etwas von mir genommen hat, was ihm nie wieder ein Mensch stehlen kann?

Ich fühle mich so lebendig wie seit Wochen nicht mehr. Die Geschwindigkeit ist ein Rausch, das erste Mal seit so langer Zeit ergibt alles wieder Sinn. So tief bin ich in meinem von einem ordentlichen Schuss Adrenalin gepushten Hoch gefangen, dass ich erst mit Verspätung meinen Verfolger bemerke. Ein weißer Sportwagen taucht in meinem Rückspiegel auf, verschwindet in einer Biegung der Straße, kehrt zurück in mein Blickfeld. Ich kenne diesen Wagen. Meine Gedanken laufen Amok. Ich trete weiter aufs Gas, nutze jede Lücke im Verkehr. Der weiße Maserati klebt mir an den Fersen. Rechts, links. Mal ist er vier oder fünf Autolängen hinter mir, dann direkt an meiner Seite, zwei Fahrspuren zwischen uns. Nie nah genug, um zu erkennen, wer der Fahrer ist.

Unser Wettrennen braucht den gesamten Delaware Expressway. Das Blut rauscht in meinen Händen, in meinen Ohren, überall, befeuert meinen Herzschlag. Ich rase an meiner Ausfahrt vorbei, immer weiter nach Norden, und Scheiße, ich habe Spaß. Wozu fahre ich einen Sportwagen, wenn ich damit nicht ein Rennen fahren kann? Vorbei an Andalusia und Eddington, weit hinaus aus Dads Einflussbereich. Es ist Angelo, der in dem anderen Auto sitzt. Angelo, die Klinge aus Eis, der keine Skrupel hat, Menschen zu töten, um zu bekommen, was er haben will. Doch mir wird er kein Haar krümmen.

Neben mir auf der Mittelkonsole liegt mein Handy. Die Tochter von Patrick O'Brien sollte Hilfe rufen, einen von Dads Männern, oder Patrick selbst. Ich tue es nicht. Ich vertraue auf meinen Instinkt und jage meinen BMW die nächste Ausfahrt hinaus, auf halbem Weg zwischen der Brücke über den Neshaminy Creek und dem Autobahnkreuz von Delaware Expressway und Pennsylvania Turnpike.

Die Ausfahrt für Burlington ist so platt und pfeilgerade gebaut, dass sie selbst wie eine Rennstrecke wirkt, und sie ist gähnend leer. Kein anderes Auto weit und breit. Auch keine Häuser, nur eine mit Kletterpflanzen überwucherte Betonwand zur Rechten. Ein einsamer Wurm aus Asphalt, der sich durch eine trostlose Fläche Nichts schlängelt. Zur Rechten, hinter der Betonmauer, ist Bristol Township mit seinen Schulen und Kirchen und den Anwesen für mittelprächtig verdienende Familien, die von Philadelphia nichts halten und hier zwischen Interstate und Delaware River ein vergleichsweise ruhiges, kleinbürgerliches Leben führen.

An der Kreuzung am Ende der Ausfahrt biege ich nach links auf den Veteran Highway und dann gleich wieder rechts in die Old Rodgers Road, wo es außer ein paar seit Jahrzehnten verlassenen Truck-Wracks und verwaisten Lagerhallen nichts gibt. Mein halber Blick hängt zu jedem Augenblick im Rückspiegel. Als der weiße Maserati auftaucht, ist es immer noch nicht Angst, die mein Blut kochen lässt, sondern Euphorie. Hinter einer langgezogenen Kurve ziehe ich den BMW an den Straßenrand und trete so heftig auf die Bremse, dass die Reifen quietschen.

Dann wollen wir doch mal sehen, wer dieses Spiel gewinnt, Signor Rossi. Ich bin bereit.

Angelo

Kein Haar würde zwischen die hintere Stoßstange des Z3 und die Nase meines Maseratis passen. Kein gottverfluchter Lufthauch, als ich hinter ihrem Wagen zum Stehen komme.

Meine Fahrertür knallt eine Millisekunde früher als ihre. Dann bin ich bei ihr. Über ihr. Um sie herum, aber es ist gar nicht klar, wer hier wen umfängt wie ein Mantel. Meine Nase berührt ihre, ich bin so nah, dass ich ihre Wimpern zählen kann, und in mir brennt eine solche Wut, dass meine Stimme ein atemloses Krächzen ist. „*Non ci credo!* Du bist ja wahnsinnig!"

Sie stößt beide Fäuste gegen meinen Brustkorb, aber ich weiche nicht zurück.

„Wenn du mich beschimpfst, dann tu es so, dass ich dich verstehe! Und lass mir verdammt noch mal Luft zum Atmen!"

„Wozu brauchst du die? Willst du sterben, Cara? Wie kannst du so unvernünftig fahren?"

„Macho!", faucht sie mich an. „Wer hat wen verfolgt? Und du glaubst, nur weil du ein Mann bist, kannst du besser fahren als ich?"

„Das ist eine verdammte Schrottkarre, die du da fährst, nicht fit für solche Stunts." Ihr Duft brennt in meinen Atemwegen. Ich möchte in ihren Augen ertrinken, in dem Meer vor San Pasquale, aber meine Wut ist noch lange nicht verraucht.

„Arroganter Macho!", erweitert sie ihre Aussage. „Immer muss alles Italienisch sein. Die Deutschen bauen hervorragende Autos. Fick dich, Angelo Rossi, fick dich."

„Ich sollte dich ficken, damit du zur Besinnung kommst."

„Hier am Straßenrand? Mach doch!" Herausfordernd blickt sie mich an. „Dann tust du wenigstens irgendwas."

Meine Finger krallen sich in ihre Hüfte. „Und führe mich nicht in Versuchung ...", murmele ich. „*Cara mia*, scheiße, Baby, ich hab dich nicht gehen lassen, damit du dich auf dem Highway totfährst, nur um irgendwem irgendwas zu beweisen."

„Du hast mich überhaupt nicht gehen lassen. Du hast mich eingesperrt. Du hast ..." Ihre Stimme stockt, sie schluckt das Stocken runter, spricht weiter. „Du hast mich eingesperrt. Warum tust du das? Warum beachtest du mich nicht? Glaubst du, ich hätte nicht mit dir schlafen wollen, wenn wir uns anderswo begegnet wären? Auf einer solchen Party wie bei dem verblödeten Bürgermeistersohn? Glaubst du das?"

„Hättest du?"

„Natürlich." Triumphierendes Glitzern im Meer vor San Pasquale. Hat sie eine Ahnung, was diese Worte mit mir anrichten? Meine Gier nach diesem Körper, diesen Haaren, diesen Augen und diesem Duft steigt ins Unermessliche. Kein Thermometer dieser Welt kann die Hitze in meinen Eiern messen, ohne dabei gesprengt zu werden.

„Natürlich hätte ich, aber du hast deine Chance vertan. Du bist ein gewalttätiger Macho und ein gefühlloses Biest. Ich will mit dir nichts mehr zu tun haben." Sie versucht, sich aus meinem Griff zu winden. Ich grabe meine freie Hand in ihre Haare und halte sie fest.

„Vergiss es", grolle ich sie an. „Du stehst unter meinem Schutz."

„Schutz? Gegen wen? Ich bin so beschützt, dass ich keinen Atem mehr bekomme."

„Vielleicht gegen dich selbst?"

Der Tritt ans Schienbein, den sie mir verpasst, kommt so unerwartet, dass ich kurzfristig aus der Balance gerate. Aber ich schaffe es, mich zu fangen und sie gegen das bescheuerte Auto zu pressen, ehe sie fliehen kann. „Gegen dich selbst, Cara. Und gegen die, die dir weh tun wollen."

„Wie du?"

„Sag mir, dass du es nicht noch einmal willst. Mich, in dir. Sag es. Na komm schon. *Dimmi di no.*"

Sie kaut auf ihrer Unterlippe und schüttelt den Kopf. In ihren Augen glitzern wütende Tränen. Ich nehme die Hand von ihrer Hüfte, lege zwei Finger auf die Lippe und streiche über den Biss. Es ist nicht die Härte des Griffes, die sie zum Einlenken bringt. Es ist die Zartheit der Berührung. In ihrem Blick ändert sich etwas, die Wut wird verdrängt von einem sehnsuchtsvollen Glimmen.

„Rede mit mir, Angelo. Irene hat mir von ... von dem Unfall erzählt. In deiner Firma." Die Art und Weise, wie sie das Wort Unfall ausspricht, sagt mir deutlich, dass sie nicht an einen Unfall glaubt. „Was ist da wirklich passiert?"

Meine Erektion macht es wahnsinnig schwer, einen klaren Gedanken zu fassen. Ich will sie. Ich will sie verdammt nochmal in den Mas setzen und mit ihr in den Sonnenuntergang fahren, um sie unter Trauerweiden auf dem Gelände des Hoopes Reservoir so lange zu vögeln, bis uns beiden die Luft ausgeht. Ihre Stärke macht mich geil, ihre Wut wirkt auf meinen Schwanz wie Brandbeschleuniger, aber den Moment zu erleben, wenn sie nachgibt, wenn ich ihren Panzer einreiße und pure Weichheit herausfließt, ist unbeschreiblich.

„Wenn ich das wüsste, wäre ich klüger", sage ich schließlich. Es ist die Wahrheit, aber ich kann sehen, dass sie mir nicht glaubt. Die Weichheit in ihrem Blick verschwindet wieder, abgelöst von

Entschlossenheit. Im nächsten Moment gleitet ihre Hand von meiner Brust, meinen Bauch hinab. Ihre Finger streifen meinen Hosenbund, finden meine Erektion. Sternchen verwirbeln vor meinem Blick, in meinen Ohren rauscht das Blut. Ich kann nicht denken, nicht mit ihren Fingern an meinem Schwanz.

„Ich hatte geglaubt, dein Dad hätte das getan, um mich zu zwingen, dich rauszugeben." Ich klinge wie ein halbstrangulierter Gänserich.

„Und jetzt glaubst du das nicht mehr?" Ihre Handfläche streicht an mir auf und ab, quälend langsam. Ich ächze und werfe den Kopf in den Nacken. Wenn sie so weitermacht, verschieße ich mich wie ein pubertierender Fünfzehnjähriger. Hupende Autos fahren an uns vorbei, die Insassen können offenbar mehr als nur ahnen, was Cara da treibt, und es macht mich wahnsinnig. Ich will, dass sie aufhört. Ich will, dass sie weitermacht. Ich weiß, dass nichts Gutes daraus entstehen kann, wenn ich sie noch weiter in meine Welt eindringen lasse. Trotzdem spreche ich weiter.

„Es gingen keine Forderungen ein, und auch auf der Party hat er keine Andeutungen gemacht. Ich weiß es nicht."

Ihre Finger greifen zu. Ich stöhne, meine Stirn sackt auf ihre, mein Atem geht schwer. Ich will sie bitten, das zu lassen, aber das kann ich nicht.

„Mein Vater würde nie etwas tun, das mich in Gefahr bringt. Du bist Angelo Rossi. Du hast einen Ruf. Wer dich piesackt, dem zahlst du es fünffach heim. Das ist doch so, oder?"

Mich beschleicht mehr als nur eine böse Vorahnung, dass sie mit diesen Worten weder ihren Dad noch mein zerbombtes Lagerhaus meint. Noch immer umfassen ihre Finger meine Erektion, und jetzt vergräbt sie die freie Hand in meinem Nacken im Haaransatz und zieht mich zu sich herab, bis meine Lippen sich gegen ihre pressen. Sie ist so klein, und sie ist so jung und unerfahren, doch sie weiß, was sie tut. Sie öffnet den Mund. Ich finde mich in ihrem Bann, schmecke ihren Atem und die Rigatoni mit Süßwassermuscheln, die sie bei *Marco's* gegessen hat. Scheiße. Ihre Zunge schießt in meinen Mund, umschlingt meine wie ein kleines, eifriges Tier. Eine unglaublich heiße Mischung aus Hitze und Geilheit, gepaart mit nicht besonders viel Erfahrung. Sie stöhnt zwischen meine Lippen, ein sachtes Vibrieren, das mich endgültig über die Kante zu treiben droht.

Die böse Vorahnung wird zur grausamen Gewissheit, als sie mich so ruckartig von sich stößt, wie sie mich zu sich herangezogen hat. Ich schwebe irgendwo zwischen den Wolken, schwelge in ihrem Duft und Geschmack, und dieses Mal erringe ich meine Balance nicht rechtzeitig wieder. Ein glühender Lichtblitz schießt von meinem Schwanz durch mein Rückgrat hinter meine Stirn und lässt meine Sicht verschwimmen. Als ich wieder fokussieren kann, sitzt sie bereits hinter dem Steuer ihres teutonischen Toilettenhäuschens und dreht den Zündschlüssel herum.

„Nimm das, Rossi." Ihre Augen glitzern. „Jetzt weißt du, wie sich das anfühlt." Der Motor springt an, ein Tritt aufs Gas, der BMW schießt vor einem zerbeulten Pickup auf die Straße zurück. Der Fahrer der Schrottkiste hupt verärgert. Ich weiß, dass ich ihr jetzt nicht folgen kann. Dazu müsste ich mindestens so aggressiv fahren wie auf dem Weg hierher, und wenn ich das tue, setze ich den Mas sauber und gründlich an einen Baum. Soviel steht fest.

KAPITEL 10

Cara

Natürlich habe ich Irene zugesagt. Mein Dad hat ein bisschen gemurrt und irgendetwas über fehlende Sicherheitsvorkehrungen gefaselt, aber im Endeffekt hat er mich machen lassen. So war es schon immer.

Die Rittberg'sche Sammlung ist eine private Kunstsammlung, die sich aus Spenden und verschiedenen Stiftungen speist. Die Villa aus dem achtzehnten Jahrhundert, die die Sammlung beherbergt, liegt versteckt hinter drei Meter hohen Koniferen in einem parkähnlichen Garten. Wer nicht weiß, was sich hinter der Hecke befindet, würde hier niemals ein Museum vermuten, eher das Privathaus eines reichen Schnösels. Oder eines Mob-Bosses. Die Leute haben eben keine Ahnung, wie wir leben.

Ich checke am Empfangstisch ein, indem ich dem Concierge meinen Namen gebe und ihn wissen lasse, dass ich einen Termin mit Mrs. Fitzgerald habe. Der Concierge händigt mir eine in Folie geschweißte Besucherkarte aus, die mittels einer winzigen Nadel an meinem Jackenaufschlag befestigt wird, und ein Sicherheitsmann führt mich in den Keller der Villa. Wir passieren mehrere mit Fingerabdrucksscannern gesicherte Stahltüren und endlose Türfluchten. Es ist nicht das erste Mal, dass ich hier bin, aber jedes Mal aufs Neue bin ich über den Aufwand erstaunt, der betrieben wird, um die Exponate zu schützen. Das Haus hat keine Dauerausstellung. Der Stiftungsrat beschließt die Themen und setzt die Ausstellungsdauer fest. Das Stiftungskomitee begibt sich auf Betteltour, akquiriert Mäzene und Spender, das Sicherheitsgremium sorgt für die absolute Sicherheit der geliehenen Stücke. Es ist ein ausgeklügeltes System, und mit ein bisschen gutem Willen kann ich mir sogar einreden, dass es nicht nur darum geht, gelangweilten Menschen eine Beschäftigung zu geben, sondern darum, den Besuchern Kunst zu präsentieren, die sie sonst nie zu Gesicht bekommen würden.

Die letzte Tür im letzten Gang führt in einen begehbaren Safe. Hier übergibt mich der Sicherheitsmann, der aussieht wie ein Gorilla und auch ähnliche Manieren hat, an Irene. Sie sitzt hinter einem einzelnen Tisch in der Mitte des Raumes, doch steht sofort auf, als sie mich eintreten sieht.

„Cara, da bist du ja. Komm rein, du bist ja nicht zum ersten Mal hier." Ich lasse die Begrüßungszeremonie mit den Wangenküssen über mich ergehen und tausche Höflichkeitsfloskeln aus. Drei Tage sind vergangen, seit ich Irene im Marco's getroffen habe. Die Erinnerung an unser Treffen dort ist so eng verknüpft mit der Erinnerung an mein Stelldichein mit Angelo am Straßenrand, dass mein Körper sofort reagiert. Mein Herzschlag beschleunigt sich, hinter meinem Bauchnabel beginnt ein tiefes Sinken, ein sehnendes Pochen, das zwischen meine Schenkel fließt und dort für ziehende Unruhe sorgt.

Schlimmer als der Hund von Pawlow reagiere ich auf den bloßen Gedanken an Angelo. Es gefällt mir nicht, aber es gibt nichts, was ich dagegen tun kann. Das, was Angelo in mir ausgelöst hat, ist wie eine Kernschmelze. Einmal in Gang gesetzt, gibt es nichts, was sie aufhalten kann. Eine Kettenreaktion aus pochendem Verlangen, Lust, Gier und Hass.

Ich hasse ihn für die Macht, die er über mich hat, und gleichzeitig liebe ich die Lebendigkeit, die er in mir weckt. Es ist wie eine Sucht. Wie ein Junkie giere ich nach dem nächsten Schuss, dem nächsten Ritt auf der Kante. Ich habe nicht einmal seine Telefonnummer, und ich weiß nicht, ob das gut ist oder schlecht. Junkies, die die Kontrolle verlieren, sterben an einer Überdosis.

Ihn zu treffen ist gefährlich. Nicht nur wegen dem, was er mit mir machen könnte. Ich weiß, dass ich mit dem Feuer gespielt habe, dass es Wahnsinn ist, ihn so zu provozieren, wie ich es am Straßenrand getan habe. Doch die wahre Gefahr liegt in dem, was ich bereit wäre zu tun, nur um noch einmal in seinem Körper schwelgen zu können. Ich würde mich vergessen, wäre bereit, alles zu verraten, was mir einmal wichtig war. Das ist es, wovor ich wirklich Angst haben sollte, und ich werde nicht zulassen, dass es geschieht. Nicht um alle Lust der Welt.

Auf dem Tisch, von dem Irene aufgestanden ist, liegen bereits einige Dokumentenmappen und Folder. Sie erklärt mir das Prozedere. Meine Aufgabe besteht in erster Linie darin, die eingegangenen Ausstellungsstücke zu katalogisieren und thematisch zu ordnen, damit wir dann, zusammen mit den anderen Mitgliedern des Komitees, in einem zweiten Schritt ein Ausstellungskonzept erarbeiten können. Wenn die Tür zum Safe sich einmal hinter Irene geschlossen hat, kann sie nur von außen geöffnet werden. Wenn ich den Raum verlassen will, muss ich mit einem Knopf und der Eingabe eines Sicherheitscodes Hilfe rufen.

Ich bedanke mich bei Irene und mache mich an die Arbeit. Nicht lange und ich versinke in der Welt der Kunst. Als ich Angelo sagte, ich hätte Kunstgeschichte studiert, weil ich sonst nichts zu tun gehabt hätte, war das nur die halbe Wahrheit. Ich mag die Arbeit mit der Kunst, den Blick in vergangene Zeiten, den Versuch, Botschaften, die Menschen in leblosen Dingen versteckt haben, zu entschlüsseln und in einen größeren Kontext zu bringen. Ich liebe das Gefühl alter Leinwand unter meinen Fingern und das Wissen um die Zerbrechlichkeit, wenn ich etwas in der Hand halte, das mehrere Jahrhunderte, vielleicht ein ganzes Jahrtausend überdauert hat. Dinge zu berühren, deren Erschaffer längst vergessen und zu Staub zerfallen sind. Das ist, wofür ich gekämpft habe. Wenn ich in meine Arbeit eintauche, vergesse ich, wo ich bin. Und, noch viel wichtiger, wer ich bin.

Der erste Durchgang geht gut voran. Ich hole mir die Exponate aus den Sicherheitsschränken, suche sie in einer Liste, hake ab, nummeriere und katalogisiere sie, verfasse Notizen über Zustand und Symbolik am Rand vorgedruckter Formulare. Ich muss bereits länger hier sitzen, als ich selbst den Eindruck habe, denn als sich die Sicherheitstür mit einem Rauschen öffnet, fährt mir beim Zusammenzucken der Schmerz in den Rücken, der darauf schließen lässt, dass ich meine Position zu lange nicht geändert habe. Mein Nacken ist steif und mein Hintern durchgesessen, doch ich halte den Besucher mit einer Handbewegung auf.

„Einen Moment noch." Etwas an dem Stück, das ich gerade prüfe, passt nicht. Dem Katalog zufolge ist es eine mittelalterliche Reliquie mit dem Blut des Evangelisten Lukas. Schon allein die Tatsache, dass sie hier ist, erstaunt mich. Das Thema der Ausstellung ist die Kunst der Renaissance, und diese Reliquie passt nicht zur Thematik.

„Miss O'Brien. Da ist eine Lieferung für Sie. Könnten Sie mit mir nach oben ins Foyer kommen?"

„Ich hab gesagt, ich brauche noch einen Moment." Ich sehe nicht auf, um herauszufinden, wer es überhaupt ist, der mich stört.

Die Blutreliquie ist schön gearbeitet, keine Frage. Ein filigraner Glasflakon, eingebettet in ein mit Edelsteinen besetztes Ebenholzkreuz, etwa so groß wie meine Hand. Winzig, für ein mittelalterliches Stück Heiligenverehrung. Das Glas ist blind vom Alter und am oberen und unteren Ende mit Blei verplombt. Die dunkle Flüssigkeit muss das Blut sein. Vielleicht sollte es mich bei dem Gedanken schaudern, dass ich tausend Jahre altes Blut in der Hand halte, aber das ist nicht, was mich irritiert. Das Glas. Es ist irgendwas mit dem Glas ... Ich werfe einen Blick in den Katalog, suche nach dem Namen des Besitzers.

Ruggiero Monza. Ich habe den Namen noch nie gehört. Es ist allein der italienische Klang, der die Härchen auf meinen Unterarmen dazu bringt, sich aufzurichten.

„Es ist aber dringend. Wir wissen nicht..." In die Stimme des Sicherheitsmannes mischt sich ein flehender Unterton, der mir auf die Nerven geht. Immer noch spitzt mein innerer Wachhund die Ohren. Er hat etwas erschnüffelt, aber ich kann noch nicht den Finger drauf legen. In dem Versuch, die Spur nicht zu verlieren, heftet sich mein Blick auf die weiteren Zeilen im Katalog.

Herkunftsort: San Luca, Reggio Calabria, Italien
Provenienz: Ununterbrochen in Familienbesitz.

„Dort oben können wir nicht weiterarbeiten, wenn Sie nicht sagen, was wir mit dem ganzen Gestrüpp machen sollen."

Ich gebe ein tiefes Seufzen von mir und hebe endlich den Kopf. Mister Quengelmaier hat es geschafft. Mein Gedankenfaden ist gerissen. Ich kann mich nicht konzentrieren, wenn ein Mann, der gut zwei Kopf größer ist als ich und bestimmt doppelt so schwer, vor mir steht und jammert wie ein Kleinkind.

„Okay", sage ich. „Ich habe keine Ahnung, wovon Sie reden, aber ich versuche hier, mich zu konzentrieren. Können Sie mir nicht einfach klar und deutlich sagen, was das Problem ist?"

„Kommen Sie bitte mit mir nach oben. Dann sehen Sie es."

Da ich ahne, dass es keinen anderen Ausweg gibt, lege ich Heiligenreliquie in ihrem mit Samt gepolsterten Kästchen ab und stehe auf. Ich versichere mich, dass das Kästchen ordentlich verschlossen ist, bevor ich dem Gorilla durch die Eingeweide des Museums zurück ans Tageslicht folge. Bereits im Treppenhaus erahne ich einen Duft, der ganz sicher noch nicht hier war, als ich am Morgen das Museum betreten habe. Frisch und blumig. Trotzdem erschlägt mich der Anblick, als wir das Foyer betreten.

Die weitläufige Eingangshalle hat sich in einen Blumenladen verwandelt. In Eimern und Vasen stehen Unmengen langstieliger roter Rosen.

„Sie sind mit einem Sattelzug geliefert worden", erläutert mein Begleiter mit einem Schulterzucken.

Ich habe meine Fassung noch nicht wiedergefunden, als Irene bereits auf mich zustürmt. Auf ihren Wangen blühen rote Flecken, aufgeregt klatscht sie in die Hände. Im Marco's ist sie noch davor zurückgeschreckt, wie ein klatschsüchtiges Fischweib zu wirken. Jetzt, plötzlich, füllt sie diese Rolle voller Begeisterung und ohne eine Spur Scham aus.

„Oh, ist das romantisch, meine Liebe. Zwölf Dutzend. Du hast mir ja nicht gesagt, dass du einen Verehrer hast. Wirklich, Liebes, ich sterbe vor Neugier. Du musst mir alles erzählen. Aber zuerst müssen wir wissen, was wir mit den ganzen Rosen machen sollen. Stehenbleiben können sie hier nicht. Da stolpern wir ja nur drüber."

„War eine Karte dabei?" Ich starre auf die Rosen, kann es einfach nicht fassen. In meinem Ohr klingen Worte, die Angelo mir einmal ins Ohr geflüstert hat. *Wenn wir uns unter anderen Umständen kennengelernt hätten, hätte ich dir zehn Dutzend rote Ro-sen geschenkt.* Ich brauche keine verdammte Karte, um zu wissen, von wem das Gestrüpp kommt. Zwölf, nicht zehn. Signor Rossi übertrifft sich selbst. Und ich habe auch nicht vergessen, wie sein Versprechen weitergegangen ist.

Wenn du wegläufst, werde ich dich töten. Wenn du dich wehrst, werde ich dich ficken, bis du deinen Platz in dieser Welt kennst.

„Nein, keine Karte. Nichts. Der Fahrer vom Blumenladen hat nur die Nachricht weitergegeben, dass die Blumen für Signorina Cara sind." Irenes Stimme überschlägt sich. Für sie ist das ganz offensichtlich genau der Stoff, aus dem romantische Liebesgeschichten gewebt sind. Ich beiße mir auf die Zunge, um ihr nicht zu sagen, dass in romantischen Liebesgeschichten der Rosenkavalier seine Angebetete selten mit einem Gürtel verprügelt.

„Hast du denn gar keine Ahnung, von wem die sein könnten?"

Ich hebe die Schultern. „Nein." Das ist nicht einmal gelogen. Eine Ahnung wäre etwas, das man erst bestätigt sehen müsste. Ich hingegen bin mir absolut sicher, von wem diese Blumen sind, doch ich will nicht, dass Irene Fitzgerald es weiß. Angelo würde es auch nicht wollen. Das Problem ist eher, dass ich keinen blassen Schimmer habe, was er damit erreichen will. Ich reibe mir mit der Handfläche über die Wange und atme einmal tief durch.

„Gut", sage ich schließlich. „Nehmt die Rosen und verteilt sie an die Angestellten hier. Da gibt es bestimmt den einen oder anderen, der sich darüber freut. Ich geh wieder runter."

„Aber ..." Irene ruft mir nach, doch ich gebe vor, sie nicht zu hören. Es gibt nichts, was ich ihr zu dem ganzen Schlamassel zu sagen habe. Ich bin schon um die Ecke in Richtung der Treppe, als ich mich noch einmal umdrehe. Ein Dutzend kann nicht schaden, richtig? Ich greife mir den nächstbesten Eimer und klemme ihn mir unter den Arm. Am Ende des Tages bin ich doch nur ein Mädchen.

Angelo

Wortlos schiebt Ruggiero mir einen Ordner über den Schreibtisch hinweg zu.

Wir sind nicht in seinem blauen Haus am Ostufer des Delaware-Flusses. Er hat mich in seine Firma bestellt. Der unscheinbare Gebrauchtwagenhandel, der sich in nichts von den anderen Autohändlern, Tankstellen, Möbelhäusern und schäbigen Clubs mit roten Lampen in den Fenstern abhebt, die die Essington Avenue säumen, verkauft vielleicht einen Wagen pro Woche. Darum geht es auch nicht. Hier ist Ruggieros Schaltzentrale.

In seinem Büro, einem mit Linoleum ausgelegten Raum auf der Rückseite des Gebäudes, mit grau verputzten Wänden und einem Fenster mit kugelsicherer Verglasung, hat er einen Schrank mit drei Schubladen voller Hängemappen. Dort finden sich die aktuellsten Geschäfte. Verborgen, in einem System, das nur er selbst kennt, sind darin auch die illegalen Aktivitäten unserer Organisation aufgelistet. Natürlich getarnt, sodass Shane Murphys gesetzeshütende Gesellen, wenn sie denn zur Razzia kommen würden, es nicht mal bemerken würden. Alles sieht legal aus.

Auf dem Papier sind Ruggiero und ich Geschäftspartner. Er verkauft mir Minivans, wenn ich welche für meine Kurierfahrer im Stadtgebiet brauche. Er vermittelt anstehende Überprüfungen und Reparaturen an seine angeschlossene Werkstatt. Ich verkaufe ihm Produkte aus der Heimat, sowohl für den Privatgebrauch als auch für Partys für seine Kunden und Partner.

Ich schlage den Ordner auf. Das Logo auf den Papierbögen im Inneren gehört zu einer Scheinfirma. Es sind meine Zahlen. Importe. Weiterverkäufe. Lieferungen an ein Restaurant in Clifton Heights, mit dem ich noch nie etwas zu tun gehabt habe, decken die Abgaben, die ich an die 'Ndrangheta abführe. Es gibt weitere Konten, getarnt als Geschäftsbeziehungen. Geld kann nicht verschwinden. Geld fließt. Hierhin, dorthin. Es kommt nicht aus dem Nichts, und es geht nicht ins Nirgendwo. Die Kunst ist, es auf eine Weise fließen zu lassen, dass niemand es bemerkt. Vor allem nicht die Menge, die wie ein unterirdischer Schmelzfluss strömt und durch schiere Gewalt die Höhle, durch die sie schießt, zu sprengen droht.

Ich habe einen pieksauberen Abschluss in Wirtschaftswissenschaften von der Universität Mailand. Meine Mutter wollte, dass ich Rechtsanwalt werde, aber mein Vater schob dem einen Riegel vor. Nach wenigen Semestern zwang er mich, das Jurastudium abzubrechen und an die Fakultät für Ökonomie zu wechseln. Es sind die jüngeren Söhne großer Männer in der 'Ndrangheta, die sich zum *Consigliere* ausbilden lassen. Wichtige Männer, die jedoch nie dar-über hinauskommen, an der rechten Seite eines Bosses zu sitzen und ihm kluge Ratschläge zuzuflüstern. Sie werden von ihrem Boss verhätschelt und beschützt, aber mehr auch nicht. Sie haben keine Möglichkeit, sich etwas Eigenes aufzubauen, und sind ihr Leben lang von dem Boss abhängig, der sie füttert.

Mein Vater wollte mehr für mich. Er selbst war nur ein Santista, und er litt an der Krankheit, an der so viele Eltern leiden: dem Nachwuchs die Karriere ermöglichen, die die Eltern sich für sich selbst gewünscht hatten und die ihnen verwehrt geblieben ist. Nur findet das in unseren Kreisen auf anderer Ebene statt. Seine Heirat mit der Tochter eines hochangesehenen Quintino in Reggio Calabria sollte seinen Kindern den Weg ebnen. Doch ich bin das einzige Kind, das aus der Beziehung hervorging. Mein Vater war so verliebt in meine Mutter, dass er es nicht über sich brachte, sie von sich zu stoßen und sich eine neue Frau zu nehmen für die Chance, weitere Kinder zu haben. Und ich, sein einziger Erbe, habe getreten, was mir gegeben wurde, sodass die *Provincia*, die große Hauptversammlung der 'Ndrangheta in Reggio, mich verstieß.

„Wir schützen Rossi's Italian Delicacies", sagt Ruggiero. Sein Gesicht ist eine Maske. Undurchsichtig. Er weiß genau, dass seine Aktion mit Wisconsin und die nachfolgende überstürzte Krönung zum Capobastone – denn etwas anderes als die Balsamierung eines Mannes, der sich selbst längst als König sah, ist es nicht gewesen – ein schwer zu zügelndes Misstrauen in mir geweckt haben. Er hat mich glauben lassen, dass sein Rivale, Carlo Polucci, ebenfalls Männer zur Beschaffung der Phiole abgestellt hatte. Das war nicht der Fall, wie er mir nach meiner Rückkehr selbst mitteilte. Ruggiero ging es lediglich um Geschwindigkeit. Er wollte keinen Tag länger warten als notwendig.

„Im Gegenzug hast du dich zu einer Summe an Drogengeldern verpflichtet, die jeden Monat durch deine Bücher laufen. Wenn ich mir diese Bücher ansehe, erfüllst du die verpflichtende Quote schon seit mehr als einem halben Jahr nicht einmal annähernd."

„Meine Pflichterfüllung ist so effektiv wie dein Schutz für meinen Großhandel", erwidere ich kurz angebunden. Das, was an der Ecke der Pattison Avenue zur 20th Street passiert ist, hätte nicht passieren können, wenn Ruggiero seine Leute in der Hand hätte. Vor allem zumal er behauptet, Carlo Polucci habe hinter dem Anschlag gesteckt. Also ein Insider. Das darf nicht sein. Was auch immer im Inneren der Organisation vorgeht, für den Capobastone muss es vollkommen transparent sein. Er muss wissen, wer was zu welchem Zeitpunkt plant, und entsprechend handeln oder auch nicht. Er kann keine Alleingänge zulassen.

Ich bin ein gemachter Mann. Ein Vangelista. Nicht nur meine Person gilt als unantastbar, auch alles, was mir gehört, darf intern von niemandem berührt werden, es sei denn, alle anderen Familien stimmen zu. Das war aber nicht der Fall. Es war ein Alleingang. Ich weiß nur nicht von wem. Ruggiero hat mir ein Märchen erzählt, als er behauptete, die Jagd nach der Phiole sei ein Wettrennen. Er kann genauso gut geflunkert haben, als er den Angriff auf Rossi's Carlo in die Schuhe schob, der und beiden ein Widersacher ist.

Ich kann diesem Mann nicht trauen. Aber ignorieren kann ich ihn genauso wenig. Er ist, wenn man es von allen Seiten betrachtet, mein Boss. Geschäftsführer, wenn man so will. Und unantastbar, es sei denn, alle Familien stimmen überein. Und das tun sie nicht. Ruggiero hat mächtige Verbündete in unserer Organisation. Und ich selbst habe ihm zu seiner hohen Position verholfen. Trotzdem steht nicht wirklich jeder hinter seiner Krönung. Auch das weiß er. Erst die Zeit wird zeigen, wie stark er als Capobastone wirklich ist.

Ich klappe den Ordner zu. Ruggiero schiebt ihn zurück ins Regal. Auf seinem Gesicht liegt eine Maske aus Selbstzufriedenheit.

„Also wir verstehen uns", sagt er. „Ich verlasse mich auf dich. Du bist einer meiner besten Männer, Angelo Rossi. Ich will ungern mitansehen, wie wir uns entfremden."

Ich antworte nicht. Es ist nicht notwendig. Er weiß, dass bereits mehrere Meilen von Eisbergen zwischen uns liegen, und samtweiches Wortgeschwalle überbrückt das nicht.

Er lehnt sich zurück und faltet die Hände über seinem Leib. Eine Pose, die bei einem beleibten Mann gemütlich wirken würde. Doch Ruggiero ist ein hochgewachsener, drahtiger Italo-Amerikaner, der nur aus Haut und Knochen besteht, und bei ihm sieht die Geste einfach nur steif aus. „Hat denn Shane Murphy etwas rausgefunden? Du hast dich mit ihm getroffen."

Kein Mensch kann in dieser Stadt einen Schritt tun, ohne dass Ruggiero ihn auf dem Schirm hat. Nicht, solange er es nicht will.

„Wir alle tappen im Dunkeln", sage ich.

„Domy Renardo und Toto Perrini sind gesehen worden", sagt er wie beiläufig. Es sind zwei Santisti aus der Polucci *Famiglia*, zwei der engsten Vertrauten von Carlo. Zusammen mit ihrem Boss haben sie am Tag nach Ruggieros Einschwörung als Capo die Stadt verlassen. Selbstverständlich ist New York nicht weit weg, und vielleicht gab es hier in Philadelphia noch Dinge zu regeln. Carlo würde niemals in einer Stadt bleiben, in der ein anderer Italiener mehr zu sagen hat als er selbst. Und er würde seinen gesamten Stab mitnehmen. Es kann völlig harmlose Gründe dafür geben, dass Domy und Toto gesehen worden sind, aber ...

„Gemeinsam?", will ich wissen.

Ehe Ruggiero antworten kann, klopft seine Assistentin an die angelehnte Tür. Weil sich das Türblatt dabei ohnehin aufschiebt, steckt die attraktive Mittvierzigerin ihren blondgelockten Kopf herein. „Mr. Monza? Entschuldigen Sie, dass ich störe."

Er macht eine auffordernde Handbewegung.

„Da ist jemand vom Penn Museum. Es geht um das Artefakt, das Sie an die Rittberg'sche Sammlung ausgeliehen haben."

Ich muss mich zusammenreißen, ihn nicht anzustarren. Halb entrüstet, halb amüsiert, weil ich sofort weiß, um was es hier geht. Er will die Phiole aus seinem Haus haben und im hundertfach gesicherten Safe eines weltberühmten Museums einlagern, wo niemand sie findet, der Ambitionen haben könnte, ihn vom Thron zu stoßen und sich selbst zu krönen. Ich kann sehen, dass Ruggiero es hasst, seine Assistentin nicht angewiesen zu haben, diese Dinge mit ihm nur unter vier Augen zu besprechen. Das hier sollte ich nicht wissen.

„Was ist damit?"

„Sie hat ein paar Fragen, sagt sie."

Er verdreht die Augen. „Wozu gibt es Telefone?"

Darauf weiß die Blondgelockte keine Antwort, aber Ruggiero wedelt erneut mit der Hand. „Sie soll reinkommen."

Zweifelnd blickt die Assistentin auf mich, aber Ruggiero wischt den unausgesprochenen Einwand beiseite. Ich schätze mal, er hat nichts mehr in dieser Sache zu verlieren, jetzt, wo er durch eine Nachlässigkeit seine Pläne an mich preisgegeben hat.

Das Klappern von hohen Absätzen im Korridor. Ein übertrieben freundliches „Bitte sehr, Miss O'Brien", das mir den Herzschlag in die Kehle jagt. Das kann jetzt nicht wahr sein. Die Tür wird aufgeschoben. Ruggiero erhebt sich, ebenso wie ich.

Cara O'Brien steht im Raum. In einem Bleistiftrock aus schwarzer Wolle, einem passenden Jäckchen, darunter eine weiße Bluse. Keine High Heels, sondern Schuhe wie eine Bibliothekarin, fest und vernünftig und mit akkurat gebundenen Schnürsenkeln. Kein Vamp. Ein Bücherwurm. Ihre Haare sind am Hinterkopf zu einem dicken Zopf zusammengenommen, und sie hat fast kein Make-up aufgelegt.

Sie sieht mich. Ungeübt darin, Gefühlsregungen zu verbergen, lässt sie es zu, dass ihre Hand im Reflex an die Kehle geht.

Hat Ruggiero gewusst, dass Cara für diese Ausstellung arbeitet? Hat er es mit Absicht eingefädelt, dass ausgerechnet Paddys Tochter die Wächterin der Phiole wird? Ich habe kurzfristig das Gefühl, in einen Urban Fantasy Thriller geraten zu sein.

Cara ignoriert mich und reicht Ruggiero die Hand. „Mr. Monza, nehme ich an?" Ihre Stimme geht mir durch Mark und Bein.

„Genau. Miss O'Brien, habe ich das richtig verstanden? Sagen Sie es nicht. Sie sind Cara O'Brien? Die Tochter von meinem Geschäftsfreund Patrick O'Brien?"

Das ist EINE Möglichkeit, Patrick zu bezeichnen, denke ich sarkastisch, während Ruggiero Cara einen freien Stuhl anbietet. Wir setzen uns. Cara umklammert mit einer Hand die Handtasche aus schwarzem Kunstleder auf ihrem Schoß, während sie mit den Fingern der anderen am Rocksaum herumzupft. Wer von uns macht sie nervös? Ruggiero oder ich? Sie nickt auf Ruggieros Frage und schluckt trocken.

„Deshalb bin ich nicht hier."

„Das vielleicht nicht, aber es erklärt, weshalb Sie und Mr. Rossi einander kennen", bemerkt er mit einem wölfischen Grinsen. Ein Satz, und sie weiß, dass er weiß, dass sie in meiner Gewalt gewesen ist. „Ich hoffe, es macht Ihnen nichts aus, dass er hier ist."

Flüchtig gleitet ihr Blick zu mir, dann zurück zu Ruggiero. „Nein. Es geht um dieses Artefakt." Sie öffnet ihre Tasche und holt Farbfotos heraus, ein paar DIN A4-Blätter mit Informationen zur Phiole. Wie auf Knopfdruck hören ihre Finger auf zu zittern, und plötzlich ist sie vollkommen Herrin der Lage. Als hätte jemand einen Schalter umgelegt. Sie tut etwas, von dem sie Ahnung hat. Etwas, das ihr im Blut liegt.

„In der Dokumentation heißt es, es handele sich um ein in Teilen frühmittelalterliches Stück, das in der Zeit zwischen Spätmittelalter und Renaissance um dieses Kruzifix erweitert wurde." Sie liest es nur halb von einem der Blätter ab. Ich kann mich des Eindrucks nicht erwehren, dass sie den Text auswendig kennt.

Ruggiero lächelt. Nein, es ist kein Lächeln, sondern ein siegessicheres Grinsen. „Sie haben das Artefakt nicht gleich mitgebracht. Gehe ich also recht in der Annahme, dass Sie es gern ausstellen wollen? Es überrascht mich übrigens, dass jemand mit Ihren Familienbeziehungen eine so bodenständige Arbeit verrichten muss."

Sie sieht ihn an, die Augenbrauen über der Nasenwurzel zusammengezogen. „Kunst ist meine Leidenschaft, Mr. Monza. Meine Tätigkeit im Kuratorium der Rittberg'schen Sammlung ist ehrenamtlich." Wenn sie wüsste, mit wem sie es zu tun hat, würde sie auch wissen, dass sie zu forsch agiert. Ruggiero hat schon weniger feste Stimmen als respektlos gebrandmarkt und beseitigen lassen. Meine Handflächen beginnen zu jucken, aber Cara spricht weiter.

„Ich habe ein Studium in europäischer mittelalterlicher Kunstgeschichte abgeschlossen, und das Museum ist sehr froh über meine Expertise. Was die Frage angeht, ob wir Ihre Leihgabe ausstellen wollen, das hängt davon ab, ob sie echt ist."

Ruggieros Lächeln verreckt auf seinem Gesicht. Einen Augenblick lang empfinde ich Genugtuung, im nächsten eine irrationale Sorge um die junge Frau, die sich, ohne es zu wissen, in die Höhle des Löwen gewagt hat. Die Behauptung, die sie da in den Raum stellt, kann sie das Leben kosten. Natürlich kann sie das nicht wissen, aber ein wenig mehr Vorsicht hätte ihr in dieser Sache gutgetan und womöglich das Leben gerettet.

„Wie kommen Sie zu der Annahme, die Phiole könnte nicht echt sein?"

„Ich kann Ihnen auf dem Foto hier zeigen ...", beginnt sie, aber Ruggiero fegt ihr die Worte aus dem Mund, indem er sie unterbricht.

„Nein. Sie werden es mir sagen."

Sie sieht mich an, ganz kurz, ganz flüchtig, dann blickt sie wieder zu Ruggiero, fest, nicht eingeschüchtert. „Einige Details in der Verarbeitung des Materials deuten darauf hin, dass es sich um eine Fälschung handelt, Sir", sagt sie.

Die Implikationen sind so weitreichend und ungeheuerlich, dass ich plötzlich ein Bild in meinem Kopf habe. Cara, mit einem klaffenden Loch in der Stirn, von einer aus nächster Nähe abgefeuerten Kugel.

Cazzo.

„Bringen Sie sie zu mir zurück", sagt Ruggiero. Seine Stimme ist so leise und gepresst, dass ich weiß, er steht nur eine Haaresbreite davor, sie anzubrüllen. „Wenn ich Sie darum bitten darf? Ich werde das untersuchen lassen." Das ist nicht, was er will. Er will, dass sie noch einmal hierher kommt, und zwar, wenn ich nicht da bin, um dazwischenzugehen. Wenn sie seine Aufforderung erfüllt, wird er sie verschwinden lassen. Niemand wird ihre Leiche finden.

Sie räuspert sich. „Mr. Monza, Sir, es lagen keine Rechnungen des Händlers bei, bei dem Sie die Ware erstanden haben. Wenn wir solche Angaben hätten, könnten auch wir vom Museum der Möglichkeit einer Fälschung nachgehen. Es liegt in unserem Interesse, Menschen, die unbezahlbare Kunst kopieren und in Umlauf bringen, das Handwerk zu legen. Wir könnten für Sie herausfinden, auf welchem Weg das Artef..."

Sehr langsam steht Ruggiero auf. „Die Phiole ist ein Familienbesitz", knurrt er mühsam beherrscht. „Da gibt es keinen Händler. Ich kann mir auch nicht vorstellen, dass der Familie irgendwann eine Fälschung untergeschoben worden sein könnte." Bei diesen Worten bin ich es, den er anstarrt. Der letzte, durch dessen Hände das Kästchen ging, ehe er es in die Finger bekam, war ich. Großartig. Kaum merklich schüttele ich den Kopf. Wir beide haben das nicht gewusst. Für ihn ist die Nachricht, dass es sich um eine Fälschung handelt, so schockierend wie für mich. Doch für ihn ist sie tausendmal weitreichender. Denn es würde bedeuten, dass seine Wahl zum Capobastone ungültig ist. Er wäre nicht beim Blut des

Evangelisten eingeschworen worden, und Carlo Polucci wäre wieder im Spiel.

Er steht auf. Ich folge dem Beispiel.

Cara ist offenbar der einzige Mensch, der die Fälschung vom Original unterscheiden kann – selbst dann, wenn sie das Original nicht einmal kennt. Sie steht ebenfalls auf und holt Luft, um erneut etwas zu sagen. Ich packe ihr Handgelenk. Unmissverständlich. Die Situation gerät in einer Geschwindigkeit außer Kontrolle, die mich schwindlig zu machen droht. „Sie wollen jetzt gehen, Cara."

Ihre Lider flattern, als sie zu mir aufsieht. Ich presse meine Finger um ihre zarten Knochen. Wenn sie nicht freiwillig geht, werde ich sie mir über die Schulter werfen und eigenhändig aus dem Raum tragen. Doch glücklicherweise sind ihre Antennen fein genug, um zu begreifen, dass dies kein Moment zum Aufbegehren ist.

Ruggiero hält mich nicht auf, als ich Cara aus seinem Büro schiebe.

Auf dem Weg durch den Ausstellungsraum, in dem ein paar nicht mehr ganz taufrische Pickups traurig vor sich hinrosten, murmele ich: „Bist du mit dem Auto hier?"

„Bus. Ist in der Innenstadt schneller und billiger."

Ich schnaube. „Du fährst mit mir."

„Was?" Sie versucht, mir ihr Handgelenk zu entziehen.

„Du fährst mit mir", wiederhole ich, nur wenig lauter, und halte sie noch fester.

„Vergiss es."

„Hast du eine Ahnung, was da drin gerade passiert ist?" Mit einer gehörigen Portion Wut im Bauch trete ich gegen den Stahlrahmen der gläsernen Vordertür, die weit aufschwingt. Der Geruch nach frisch gemähtem Gras und Motoröl empfängt uns im Freien. Ich zerre sie zu meinem Ferrari.

„Ja, der Typ ist sauer, weil dieses Artefakt verdammt viel Geld wert ist. Wenn es echt wäre. Ist es aber nicht. Ich hab ihm ja nur die Wahrheit gesagt. Wir stellen keine Fälschungen aus. Wir …"

„Lucciola!" Mit dem Rücken presse ich sie gegen meinen Wagen und sehe ihr eindringlich ins Gesicht. „Du hast da drin einen Abschussbefehl unterschrieben."

„Ich habe gar nichts un…" Sie bricht ab, als meine Worte zu ihr durchdringen. „Was?"

„Du bist da in etwas reingeraten, das du nicht kontrollieren kannst. Niemand kann das. Sie werden dich jagen."

„Wer sie?"

„Ruggieros Männer. Er wird in diesem Moment, während wir hier stehen und diskutieren, am Telefon hängen und seine Soldaten in die Spur schicken. Verdammt nochmal, Cara, du musst doch seinen Namen gekannt haben, ehe du hierher kamst. Er ist der mächtigste Gegenspieler deines Vaters. Du lebst in dieser Welt! Wie kannst du so leichtsinnig sein?"

„Ich kannte seinen Namen nicht!", protestiert sie und kämpft gegen meinen Griff. „Das ist nicht meine Welt. Das war nie meine Welt. Ich habe keine Ahnung, mit wem mein Vater sich abgibt, und ich will es auch nicht wissen. Lass mich los!"

Ich halte den ausgestreckten Zeigefinger vor ihr Gesicht. „Du wirst dich jetzt auf den Beifahrersitz setzen, dich anschnallen und von mir wegbringen lassen. Keine Diskussion. Oder ich werde dich fesseln. Wie sich das anfühlt, weißt du ja inzwischen." Ich trete einen Schritt zurück, aber mit der gebührlichen Aufmerksamkeit. Wenn sie einen Fluchtversuch wagt, habe ich sie nach zwei Schritten wieder im Griff.

Wutschnaubend reißt sie die Beifahrertür auf und steigt in den Ferrari. Sekunden später befinden wir uns auf dem Delaware Expressway zurück ins Zentrum von Philadelphia.

KAPITEL 11

Cara

Der Highway rast an uns vorbei und ich starre aus dem Fenster. Ich verstehe immer noch nicht zur Gänze, was gerade passiert ist. Im einen Augenblick war ich Cara O'Brien, die ehrenamtliche Kommissionärin der Rittberg'schen Sammlung im Penn Museum, im nächsten befinde ich mich mitten in einer Führungskräftesitzung der kalabrischen Mafia. Genau das muss es gewesen sein, das ist mir im selben Moment klar geworden, als ich Angelo gesehen habe. Ein Artefakt aus Kalabrien und Angelo Rossi am Tisch mit einem steinreichen Mäzen, der einen Gebrauchtwagenhandel betreibt, dessen Verkaufsräume nicht den Eindruck erwecken, als würde dort jemals auch nur ein einziger Cent Gewinn erwirtschaftet? Ich war vielleicht naiv, einfach so in Monzas Büro zu stapfen, aber ich bin nicht blöd. Die Gleichung hat ein paar Unbekannte, doch die Lösung liegt auf der Hand.

„Das war, wofür du mich entführt hast, oder? Das Artefakt ist dein Schatz? Die Reliquie war nicht durchgängig in Familienbesitz der Monzas. Du warst es, der sie für Ruggiero Monza beschafft hat." Ich spreche so leise, dass mich der Motor des Ferrari fast übertönt. Dennoch weiß ich, dass Angelo mich versteht. Da ist etwas zwischen uns, was meine Worte zu ihm tragen würde, auch wenn ich kein einziges laut ausspreche.

Seine Finger umklammern das Lenkrad so fest, dass seine Knöchel weiß hervortreten, aber er nickt. „Ob die Phiole ein Familienbesitz ist, kommt drauf an, wie du *Famiglia* definierst."

Ich habe keine Lust auf diese Spielchen und atme hörbar aus. „Angelo, bitte."

Auch er seufzt. Es wird leiser im Wagen, als er die Interstate verlässt und sich ins Straßengewirr der Innenstadt einfädelt. „Die Phiole ist das älteste Heiligtum der 'Ndrangheta. Ein Capobastone kann nur auf das Blut des Heiligen Lukas eingeschworen werden. Kein Blut, kein Capobastone. Doch da die Führung im alten Land das Blut verständlicherweise nicht aus der Hand geben wollte, gab es in Amerika keinen Capo, der seinen Namen wert war. Die, die sich hier die Ehre einer Führungsposition erarbeitet haben, waren immer nur Handlanger für die *Provincia* in Reggio. Um unabhängig zu werden, haben wir das Blut gebraucht. Ich habe es geholt."

Ich zähle eins und eins zusammen. Um zwischendurch eine Reise nach Europa eingeschoben zu haben, war Angelo zu schnell wieder zurück, nachdem er sich auf seine Schatzsuche begeben hat. „Das war, bevor mein Vater dich in die Finger gekriegt hat."

Sein Nicken sagt mir alles, was ich wissen muss, also kombiniere ich weiter.

„Er hat sie dir abgenommen. Damals, als ich dich im Schmuggelkeller fand, nicht wahr? Ich habe dich befreit, und dann hast du mich entführt, um sie zurückzubekommen. Ruggiero Monza ist der neue Capo von Philadelphia und jetzt spaziere ich in sein Büro und erkläre ihm, ohne es zu wissen, dass sein Anspruch unrechtmäßig ist, denn höchstwahrscheinlich hat er nie auf das Blut des Heiligen Lukas geschworen, sondern auf Schweineblut aus dem örtlichen Schlachthof. Schöne Scheiße."

Eine kleine Weile klingen meine Worte in der Stille nach, dann lacht Angelo. „*Guardati*. Du hast wirklich ein Händchen für Worte." Er dreht mir sein Gesicht zu und wieder einmal wirft mich seine Schönheit aus der Bahn. Sein Lachen hat etwas Befreiendes, Unschuldiges, das seine Gesichtszüge um Jahre verjüngt. In diesem Lachen sehe ich den jungen Mann, der er vielleicht hätte werden können, wenn er ein anderes Leben geführt hätte. Ein Leben ohne Gewalt, Folter und Schuld. Nur die Narben über seinen Augen stören die Vollkommenheit und erinnern daran, dass es diesen unschuldigen jungen Mann nicht gibt. Dass er immer der bleiben wird, der er ist. Mein Feind. Die Ampel springt auf Grün, und er legt den Gang ein, bevor er seine Hand auf meine legt. Elektrizität kribbelt von der Stelle, an der er mich berührt, durch meinen Körper.

„Danke für die Blumen, übrigens", sage ich, weil es nicht viel mehr zu sagen gibt in diesem Moment.

„*Con piacere, piccola.*"

Der Verkehr ruckelt vor sich hin. Stehen, fahren, stehen. Ständig muss Angelo schalten. Ich bin froh, dass er meine Hand loslassen muss, denn das, was ich als nächstes zu sagen habe, geht nicht, wenn auch nur ein Fitzelchen seiner Haut meine berührt. Es ist schwer genug mit dem Gedanken an seine Blumen, die seit heute

Vormittag den unterirdischen Safe ein bisschen schöner machen und meinen Arbeitsplatz mit wunderbarem Duft erfüllen.

„Du weißt, dass ich meinem Vater sagen muss, was passiert ist. Du hast es selbst gesagt. Ruggiero will mich jetzt sehr wahrscheinlich tot sehen. Ich kann mich nicht selbst schützen. Nicht mehr."

„Wenn Patrick O'Brien erfährt, dass der neue Capobastone von Philadelphia innerhalb seiner eigenen Organisation schwach ist, weil seine Ernennung auf einer Lüge basiert, gibt es Krieg, Cara. Nicht die Scharmützel wie bisher. Patrick wird zu nutzen versuchen, dass es in der 'Ndrangheta Spannungen gibt. Menschen werden sterben. Du und ich als erstes. Ist es das, was du willst?"

Ich versuche mir auszumalen, was er sagt, aber scheitere. Ich weiß zu wenig von dem, was Menschen wie Ruggiero oder meinen Vater antreibt. Oder mich, erinnere ich mich. Auch ich habe schon eine Waffe auf das Herz eines Menschen gerichtet. Als würde er meine Zerrissenheit fühlen, presst er seine Lippen aufeinander, dass sie ganz weiß werden. Es erinnert mich daran, wie ich ihn das erste Mal gesehen habe. In dem alten Schmuggelkeller unter der Beaver Valley Farm, halb tot von Folter und Schmerz, und etwas in mir sagt mir, dass er ebenfalls daran denkt. Er weiß, wovon er spricht, wenn er eine grausige Zukunftsvision zeichnet. Er war schon dort. Und er hat überlebt.

„Dir wird nichts passieren. Du gehörst nicht in diese Welt." Angelo sagt es wie einen Schwur. Es ist, als ob wir die Rollen vertauscht hätten. Er klammert sich an eine Illusion, die längst verblasst ist. Seit er mir die Augen geöffnet hat, indem ich ihm ermöglichte, seine gegen das grelle Licht meines Vaters zu schließen.

„Angelo ..."

„*Basta!*", unterbricht er mich. Zu schnell biegt er in die Einfahrt zu einer Tiefgarage. Der tiefgelegte Boden des Sportwagens schrammt über die Rampe. „Ich will davon nichts mehr hören. Nicht jetzt. Dir wird nichts passieren. Ich passe auf dich auf."

Immer tiefer geht es in die Eingeweide der Tiefgarage, bevor der Ferrari mit einem Ruck in einer der Haltebuchten zum Stehen kommt. Angelo ist so schnell aus dem Wagen und um das Heck herum, dass ich ihm kaum mit den Augen folgen kann. Schon reißt er die Beifahrertür auf, zerrt mich aus dem Sitz in seine Umarmung. Mein Kopf kracht gegen seine Brust, ich verliere das Gleichgewicht, doch er hält mich. Die Wärme, die mich umgibt, fühlt sich so verdammt richtig an, obwohl sie falsch ist.

Alles an dieser Situation ist falsch, so falsch, dass ich nicht einmal Worte dafür finde. Es gibt so viele Menschen in meinem Leben, die mich schätzen. Mein Vater, Geschäftsfreunde von Daddy, die nicht alle in der Welt aus Gewalt und Blut leben. Auf der Uni hatte ich sogar so etwas wie Freunde. Warum fühlt sich nur die Nähe von ausgerechnet dem Mann richtig an, den ich niemals werde haben können? Der mein Feind ist, der mich entführt hat, mich geschlagen hat, gedemütigt, der meine Welt zerfetzt und sie anschließend mit einer einzigen zarten Berührung meiner Fingerknöchel gekittet hat? Warum, warum, warum?

„Wo sind wir?", flüstere ich gegen seine Brust. Plötzlich ist da ein Kloß in meinem Hals, von dem ich fürchte, ihn nicht wegräuspern zu können. Angelos Duft steigt in meine Nase, hüllt mich ein, der Duft nach Leder und verbrannten Piniennadeln, und das alles ist so vertraut, dass es mir die Tränen in die Augen treibt.

„Bei mir zu Hause. Ich muss nachdenken. Ich muss überlegen, was zu tun ist." Er küsst meinen Scheitel, sacht, nur sein Atem in meinem Haar. In seiner Stimme höre ich die gleiche Verzweiflung, die auch ich empfinde. „Ich kann aber nicht nachdenken, wenn du bei mir bist."

„Warum bin ich dann hier?"

„Weil ich verhindern muss, dass Ruggieros Männer dich verfolgen und in die Finger kriegen. Und weil ich dich brauche. Weil ich, seit ich dich das erste Mal gesehen habe, davon geträumt habe, dich in einem Bett zu vögeln. Weißes Leinen, der Duft nach Wäschestärke. Ich hab was gut zu machen, bei dir."

Angelo

Im Aufzug zum Penthouse stehen wir einander gegenüber. Ich sehe sie an. Sie versucht, meinen Blicken auszuweichen, betrachtet den mit teurem Teppich ausgelegten Boden, die Panellierung aus hochwertigem Tropenholz, die Knopfleiste der Schaltanlage aus poliertem Edelstahl und das Display, auf dem rot auf schwarz die Stockwerke vorbeirauschen. Ich lasse sie nicht aus den Augen, doch ich berühre sie nicht. Dazu sind wir zu weit voneinander entfernt. Über dem obersten Knopf ihrer hochgeschlossenen weißen Bluse ist die Haut leicht gerötet, auch wenn sie es schafft, ihr

Gesicht von jeder Spur von Erröten frei zu halten. Ich bilde mir ein, ihr Herz klopfen zu hören.

„Ich sollte eigentlich zurück zur Arbeit", sagt sie. Die Stockwerksanzeige zeigt zwanzig. Zwei Drittel haben wir hinter uns gebracht.

Ich antworte nicht und versuche sie mir vorzustellen, in diesem Outfit, das geradezu Bibliothekarin schreit, wie sie an einem schwaren Eichentisch sitzt und Ausstellungsstücke prüft. Eine Lupe, ein Buch, eine Lampe mit stechendem, grellem Licht. Ihre Zunge, die sich zwischen die vollen Lippen drängt, ihre Augen versunken in Konzentration. Trägt sie bei dieser Arbeit eine Brille? Ich möchte ihr dabei zusehen, wie sie arbeitet.

„Bist du dort schon lange beschäftigt?", frage ich sie. Es ist nicht leicht, solche einfachen Fragen zu stellen, eine Konversation aufrechtzuerhalten, wenn alles, was ich will, ist, diese Bluse aufzureißen und zu sehen, wie weit sich die Röte über ihre Brüste zieht. Brüste, die klein und fest in meine Hände passen. Stockwerk achtundzwanzig. Ich schließe für eine Sekunde die Augen. Als ich sie wieder öffne, blickt Cara mir ins Gesicht, und an ihrem Mundwinkel spielt ein wissendes Lächeln.

„Nein. Das ist ganz neu. Irene Fitzgerald hat mich eingeladen, dort mitzuarbeiten." Der Aufzug kommt mit einem melodischen *Ping* zum Stehen. „Aber es ist etwas, das ich schon immer machen wollte."

„Warum ist es dann neu?" Die Türen gleiten auf. Ich mache eine einladende Handbewegung, lasse sie vorangehen, hinaus in den Korridor. Der teure weinrote Teppich liegt auch hier aus. An den Wänden hängt originale Kunst. Vorbei an Bonsai-Bäumchen führt der Weg zur einzigen Tür auf diesem Level. Cara wendet sich zu mir um, ich gehe halb hinter ihr und betrachte ihre Beine.

„Was machst du?", will sie wissen.

„Warten", erwidere ich.

„Worauf?"

„Dass du mir sagst, warum das neu ist. Warum hast du es nicht vorher schon getan, wenn du es immer wolltest?" Im Stillen will ich wissen, ob es noch andere Dinge gibt, die sie schon immer tun wollte, und ob ich derjenige bin, der ihr dabei helfen könnte.

Sie bleibt an der Tür stehen, wendet sich halb um. Ich trete neben sie, blicke sie an. Ich warte, die Schlüsselkarte in der Hand. Ihr Blick gleitet von meinem Gesicht zu meinen Fingern. Ich kann den

Pulsschlag des Blutes in meinen Fingerknöcheln spüren. Mein ganzes Inneres ist angespannt wie sonst nur vor einem Kampf.

„Ich habe es schon früher getan. Damals war es aus Langeweile. Jetzt will ich mehr."

„Wieviel mehr ist mehr?"

„Mich von meinem Dad lossagen und wirklich meinen eigenen Weg gehen. Mit einem eigenen Apartment und einem Job und einem eigenen Leben, in dem nicht er das Sagen hat. Ich hab davon geträumt, aber den Mut, es wirklich durchzuziehen, hatte ich nie. Am nächsten gekommen bin ich diesem Traum, als ich Shane Murphys Antrag angenommen habe. Heute weiß ich, dass das kein Mut gewesen wäre. Nur eine Verlagerung. Dasselbe Leben, nur in einem anderen Haus."

„Und jetzt hast du den Mut?" Ich starre auf die Schlüsselkarte. Ich kann Cara nicht ansehen, weil es ohnehin schwer genug ist, meine Gedanken von der Erektion abzulenken, die sich schmerzhaft am Stoff meiner Boxershorts reibt.

„Deine Schuld." Sie sagt es so leise, dass ich es nur hören kann, weil ich es hören will.

Ich schließe die Tür zu meinem Penthouse auf und lasse Cara hineingehen.

Das Penthouse ist meine Oase. Mein Ort der Ruhe. Dort, wo ich die Tür hinter mir verschließen und für ein paar Stunden entspannen kann. Wenn ich draußen unterwegs bin, habe ich diesen Luxus nie. Ich muss Augen im Hinterkopf haben, weil es immer irgendwen gibt, der mir etwas will. In meiner Aufmerksamkeit nachzulassen, kann meinen Tod bedeuten. Ich hätte ebenso gut in meinem Großhandel sein können, als die Gasexplosion passierte, und ich habe mich schon mehr als einmal gefragt, ob derjenige, der den Angriff ausgeheckt hat, genau darauf spekuliert hat.

Im Rittenhouse Building herrscht ein Level an Sicherheit, das ich nur an wenigen Orten in dieser Stadt finde. Ein eigener Sicherheitsdienst rund um die Uhr, überall Kameras. Besucher müssen angemeldet werden. Unter den Männern, die für den Sicherheitsdienst arbeiten, habe ich drei, denen ich nicht nur als Bewohner des Wolkenkratzers vertraue, sondern die zu den Insidern in meinem Leben gehören.

Cara betritt das offene Wohnzimmer, von dem durch eine Bar der Küchenbereich abgetrennt ist. Ich lege die Schlüsselkarte an ihren Platz auf dem Tisch unter der Garderobe und beobachte sie.

Gedankenverloren löse ich die Manschettenknöpfe, lege sie neben die Schlüsselkarte. *„Ti piace?"* Ich ziehe meine Jacke aus.

Sie wendet sich zu mir, sieht mich verständnislos an.

„Gefällt es dir?", frage ich sie noch einmal in ihrer Sprache. Mein Englisch kommt mir schrecklich ungelenk vor. Cara, mit ihrem Rückgrat aus Stahl und dem Panzer aus Etikette über einem Kern aus Leidenschaft, muss in einer Sprache gehuldigt werden, die wie Gesang ist. Die roh sein kann und hart, aber auch fließend und weich. Die Sprache der einzigen Heimat, die ich je haben werde.

„Putzt du das alles selbst?", fragt sie.

Ich muss lachen. „Was glaubst du denn?"

„Du wohnst allein."

Ich könnte ihr sagen, dass sie sonst nicht hier wäre, aber das kann sie sich denken. Ich habe sie in meinem Apartment, im persönlichsten Bereich, den ich mein eigen nenne. Ich will sie, mein Körper giert nach ihr, und ich habe keine Ahnung, wie ich anfangen soll. Ich könnte über sie herfallen, so, wie ich es in Paolinas Haus getan habe, und genau danach sehne ich mich. Es ist das, was wir sind. Cara und Angelo. Aber da ist zuviel Gewalt zwischen uns, und ich weiß nicht, was es bringen soll, wenn ich noch mehr Gewalt hinzufüge.

„Kaffee?", frage ich.

„Hast du Tee?"

Ich muss mir ein Lachen verkneifen und reibe mit dem Handrücken über meine Stirn, um das Grinsen zu verbergen. Etwas so Grundsätzliches, und schon zeigt sich, wie verschieden wir sind. Mein Blick, als ich den Kopf wieder hebe, scheint alles auszusagen, was ich nicht aussprechen mag, und sie zuckt mit den Schultern.

„Schon gut. Nicht so wichtig. Sagst du mir, warum ich hier bin? Ich meine, um mich vor Ruggieros Leuten zu schützen, könntest du mich auch zu meinem Vater bringen. Oder zu meiner Arbeit. Dort sitze ich in einem begehbaren Safe, hatte ich dir das gesagt? Hermetisch abgeriegelt. Keiner findet mich, und wenn doch, brauchen sie einen speziellen Sicherheitscode, um an mich ranzukommen. Sie könnten nicht mal den Wachmann umlegen, denn der ist der einzige, der den Zugangscode kennt."

Ich wünschte, ich könnte sie in so einen Safe stecken und der einzige sein, der den Sicherheitscode kennt. Für den Moment habe ich keine Ahnung, was ich antworten soll, denn der einzige Grund, weshalb sie hier ist, ist der, dass ich sie ficken will.

Sie lässt ihre furchtbar musterschülermäßige Handtasche, in der die Fotos und Dokumentationen der Phiole sind, auf mein Sofa gleiten und kommt zu mir. Starrt mir dabei die ganze Zeit in die Augen. Ich spüre jeden ihrer Schritte in meinem Leib, als würde der Boden unter uns vibrieren, was er nicht tut.

„Du bist der Tod, Angelo Rossi", sagt sie, als sie mir so nahe ist, dass ihr Atem bei den Worten über meine Lippen flattert.

„*Sì.*"

„Warum ist es für dich dann so wichtig, mich sicher zu wissen? Wäre es nicht einfacher, wenn du es bist, der mich tötet? Würde dir das nicht viele Pluspunkte bei deinem Boss einbringen?"

„Das würde es." Kein Grund, es abzustreiten.

„Warum also?", flüstert sie. „Und was noch wichtiger ist, warum fühle ich mich trotzdem bei dir sicher? Ich sollte mir vor Angst ins Hemd machen, nicht wahr? Ich sollte rennen, solange du mir noch nicht in die Beine geschossen hast. Ich hätte überhaupt nicht in dein Auto steigen dürfen. So viele Dinge, die ich nicht hätte tun sollen."

Meine Finger zucken, sie anzufassen. Ich blicke in ihre Augen, in das Meer vor San Pasquale. „Es gibt nur eine Sache, die du wirklich nicht hättest tun sollen. Du hättest mich nicht am Straßenrand stehen lassen sollen, nachdem du meinen Schwanz massiert hast, *Ragazzina*." Meine Stimme ist ein Knurren, die Worte kaum erkennbar.

„Warum nicht, du arroganter Bastard? Du warst es, der mich auf der Party hängengelassen hat."

„Du hast keine Ahnung, wie sehr ich dich will." Ich lasse ihr keine Zeit für eine Antwort. Packe mit beiden Händen ihre Hüften. Sie wiegt nichts, als ich sie hochhebe, ihr Schreien und Treten ignoriere und sie auf die Frühstücksbar setze, die Küche und Wohnbereich trennt. Eine Glasschale poltert von der auf Hochglanz polierten Theke hinunter auf den mit Marmorfliesen belegten Boden und geht zu Bruch. Scherben verteilen sich im Küchenbereich. Ich ignoriere auch das, wir werden einfach beim Inhouse Catering bestellen, wenn wir Hunger bekommen, und nicht in die Küche gehen. Ich presse Cara mit einer Hand rücklings auf die Theke, mit der anderen zerre ich ihren Rocksaum nach oben. „Ich will es dir zeigen."

Meine Worte dringen kaum zu ihr durch, weil sie immer noch kreischt. Ich schiebe die Hand, mit der ich sie zurückgedrückt habe, über ihren Mund, sehe sie an. „Wenn du schreist, Baby, dann nur meinen Namen. *Soltanto il mio nome*. Soll ich dir zeigen, wie das geht?" Als sie mich in die Handfläche beißt, lache ich. Es ist aufregend und gefährlich, sie hier zu haben. Sie ist keine, die sich fügt. Ihre Unterwerfung muss ich mir verdienen. Ich kann es kaum erwarten.

Der Rock bauscht sich um ihre Hüften. Sie versucht zu treten, aber ich mache kurzen Prozess mit ihrem Höschen, ziehe es über ihre herrlichen Beine hinunter und lasse es auf den Boden fallen. Als ich zwei Finger in sie grabe, ohne Finesse, und sie triefend nass vorfinde, erstirbt das Treten, und das Beißen gegen meine Hand hört auf. Ich nehme die Hand von ihrem Mund, streiche über ihr Gesicht, die Finger finden den Puls an ihrem Hals, wo das Blut rast. Ich sehe ihr in die Augen, als ich sie kurz und hart fingere. Ihr Duft dringt in meinen Geist vor, benebelt alle Sinne, es ist nicht leicht, die Kontrolle zu behalten. Ihr Rücken wölbt sich durch. Ihre Beine verkrampfen, und ihr Mund steht geöffnet wie zum Schrei.

Ich trete drei Barhocker aus dem Weg, damit ich leichteren Zugang habe, packe mit beiden Händen ihre Schenkel und drücke sie so weit auseinander, wie es physisch möglich ist. Cara stöhnt, erhebt sich auf die Ellenbogen, sieht mich an.

„Was hast du vor?"

„Wonach sieht es denn aus, *Principessa*?"

„Nenn mich nicht so." Sie verdreht die Augen, sowohl weil sie der Kosename stört, aber auch, weil ich heißen Atem über ihre Mitte blase. „Und sieh mich nicht so an."

„Ich werde noch ganz andere Dinge tun, als dich anzusehen", erwidere ich. Die Finger noch immer in ihr, bringe ich mein Gesicht nah an ihres. Mein Atem auf ihren Lippen. Ich könnte sie küssen, aber ich tue es nicht. Vielleicht, weil das hier keine Liebe ist, sondern Inbesitznahme. Es fühlt sich so gut an, südlich der Gürtellinie. Ein sanftes Brennen oberhalb meiner Nieren. „*Lucciola*", flüstere ich. „*Lucciola, lucciola, vieni con me*. Willst du mit mir zusammen kommen?"

Sie bringt nicht mehr als ein Wimmern zustande. Schmunzelnd kehre ich zwischen ihre Beine zurück, noch immer weit offen, gehalten von meinen Händen. Als ich meine Zunge ohne weitere Vorwarnung über ihre Schamlippen ziehe, explodieren ihre Wärme und ihr Geschmack in meinem Mund. Ein erfolglos unterdrücktes „Oh! Gott!" ist ihre Reaktion, den Rücken so weit durchgebogen, dass es aussieht, als würde sie in der Mitte durchbrechen. Ich lasse ihre Schenkel los, halte ihre Hüften, als ich sie mit meiner Zunge ficke. Nicht langsam und zart, das kann ich gar nicht. Hart. Gnadenlos. Jeder Schrei, jedes gequälte Ächzen treibt mich an. Es dauert, ehe ich feststelle, dass sie tatsächlich meinen Namen keucht, aber so voller Agonie, dass es kaum noch zu erkennen ist. Wie weicher Sommerregen rieselt das Bewusstsein, dass sie meinen Namen sagt, über meinen Rücken.

„Du bist ein Scheusal!", schreit sie irgendwann, und im nächsten Augenblick füllt Sternenlicht meinen Mund. Ich presse meine Lippen auf sie, sauge, lecke, meine Hände ziehen sie wieder näher zu mir heran, als sie versucht, von mir wegzukommen. Der Orgasmus überwältigt sie, sie schluchzt, ihr Bauch bebt, aber ich lasse nicht nach. Ich will nicht, dass das für sie endet. Sie soll kommen, wie sie nie wieder kommen wird. Sie soll immer an mich denken. Weil auch ich immer an sie denken werde. Ich treibe sie weiter, und als mir ein erleichtertes Seufzen signalisiert, dass sie anfängt, herunterzukommen, verdopple ich meine Anstrengungen, bis sie mit einem Tritt ihrer Ferse gegen meinen Rücken erneut über die Klippe stürzt.

Cazzo, das hat wehgetan.

Ich lasse sie runterkommen, meine Zunge ganz sacht an ihrer Haut, sehe sie an, zwischen ihren Beinen hindurch, über ihren zuckenden und bebenden Bauch hinweg. Tränen benetzen ihre Wangen.

„War das gut?", frage ich sie, als ich mich aufrichte, als wäre nichts gewesen, ihre Knie zusammendrücke und ihren Rock nach unten ziehe, wo er hingehört.

„Du bist ..."

„Ein Scheusal, ich weiß. Ich kenne hundert Wege, wie du dich revanchieren kannst." Ich hebe sie von der Theke herunter. Ihr Höschen liegt am Boden. Ich bringe meinen Mund an ihr Ohr. „*Lucciola*. Komm mit mir in mein Bett."

Sie ist vielleicht der einzige Mensch außer Zia Paolina, der keine Angst vor mir hat. Dabei hätte sie so viel Grund, mich zu fürchten. Aber sie ist hier. In meinem Apartment. Ihr Geschmack auf meiner Zunge. Ich habe noch lange nicht genug von ihr. Ich werde mir Gedanken darüber machen, was weiter passieren wird, wenn ich sie gehen lassen muss.

Denn ich darf sie nicht behalten. Sie ist mein Tod, und ich bin der ihre. Wenn ich sie beschütze, mache ich mir den mächtigsten Feind, den man sich denken kann. Ruggiero Monza. Der wird sich nicht damit aufhalten, mir die Lider an die Brauen zu nähen. Der kennt ganz andere Wege. Doch wenn ich sie nicht beschütze, gebe ich Cara einem entsetzlichen Schicksal preis. Dem Tod, ausgeführt von Ruggieros Hand oder, schlimmer, meiner eigenen. Ich kann es schon hören. Den Befehl, mit dem Ruggiero mich beauftragt, Cara O'Brien zu eliminieren. Als Rache für das, was Patrick mir angetan hat, unten in seinem Keller. Wenn ich nicht ausführe, was mein Capo mir aufträgt, kann ich mich genauso gut aus dem Fenster meines Penthouses stürzen.

Mein Capo, der vielleicht gar nicht mein Capo ist.

Ich will nicht darüber nachdenken. Nicht jetzt. Es ist helllichter Tag. Cara ist in meinem Haus. Ich will sie auf hundert verschiedene Arten in Besitz nehmen, ehe ich sie gehen lassen muss. Ehe ich gezwungen bin, darüber nachzudenken, was weiter geschehen wird.

„Deshalb bist du hier", raune ich ihr ins Ohr. „*Perchè io ti voglio.* Ich will dich schreien hören. Ich will mich in dich rammen, bis du glaubst, dass ich dich zerfetze. Du bist hier, weil ich dich zu meinem Eigentum machen will."

„Ich bin niemandes Eigentum." Sie streicht ihren Rock glatt. Ihre Wangen sind noch feucht und hochrot, aber ihre Bewegungen zeigen, dass sie sich wieder unter Kontrolle hat.

Inakzeptabel. Das ist der Moment, in dem meine Fassung reißt. Sie gehört mir, und wenn sie das nicht begreift, werde ich es ihr zeigen.

Mit zwei schnellen Handgriffen werfe ich sie mir über die Schulter und mache mich auf den Weg zu meinem Schlafzimmer. Ihr Zetern begleitet unseren Weg. *Dio mio,* ihr wird das Zetern noch vergehen.

Cara

Unter mir federt die Matratze, als Angelo mich auf dem Bett abwirft. Das Bett ist weich, aber es tut weh. Alles tut weh in mir. Mein Unterleib pocht und pulsiert mit den Nachwehen dieses zweiten Höhepunktes, der keine Lust mehr war, sondern Zwang. Meine

Pussy ist so geschwollen, dass ich meine Schenkel kaum schließen kann. In meinen Ohren rauscht das Blut und verdrängt jeden Gedanken. Ich will das hier nicht. Ich bin Cara O'Brien. Ich bin ich, ich trage meine Wunden mit Stolz und gehöre nur mir. Und ich will es doch. Ich weiß nicht, was ich will, denn das, was zwischen uns passiert, existiert losgelöst von Verstand und Sinn. Es ist ein Instinkt, eingebrannt in den Tiefen jeder einzelnen Zelle. Ich schreie, zapple, versuche von ihm wegzukommen, aber er ist schneller, greift in meine Haare, zieht mich in eine sitzende Position. Eine Vision schießt durch mein Bewusstsein. Von den Katzen, die ich im Herbst nachts in unserem Garten höre. Sie schreien beim Liebesakt, als würden sie gefoltert werden. Doch tagsüber sieht man sie, wie sie den Katern ihr Hinterteil hinstrecken, wie sie sich auf dem Boden herumrollen und präsentieren. Sie wollen es und sie wollen es nicht. Sie sind wie ich.

Wie ein Bollwerk ragt er über mir auf. Ein schwarzer Schatten gegen das Licht, das durch das Fenster in seinem Rücken in den Raum fällt. Ein Wesen aus einer anderen Welt, groß und schwarz und so mächtig, dass Engel für ihn weinen würden und Götter für ihn in den Krieg ziehen. Eine Hand löst er aus meinem Haar, öffnet seine Hose. Ein Griff, und sein Schwanz springt in die Freiheit. Wie eine Waffe deutet der aufgerichtete Schaft mit der geschwollenen, von Unmengen Blut fast violett gefärbten Spitze auf mein Gesicht. Ich keuche. Ein Fehler. Bevor ich meinen Mund schließen kann, zieht Angelo mein Gesicht noch näher, stößt mit den Hüften zu. Über meine Zunge, in meinen Rachen, weiter, vorbei an meinem Schluckreflex tief hinab in meine Kehle. Ein stechender Schmerz schießt in meinen Kiefer, ich muss würgen, Flüssigkeit schwappt aus meiner Kehle, rinnt aus meinen Mundwinkeln auf die schweren Gewichte unter seinem Schwanz. Vielleicht könnte ich zubeißen, aber ich will ihm nicht wehtun. Trotz allem nicht. Die Vorstellung, welchen Schaden ich anrichten könnte, wenn ich die Zähne in ihn grabe, lässt mich schaudern. Ich bekomme es mit der Panik zu tun, kriege keine Luft, versuche zu schlucken, mich zu wehren.

Zu versuchen, ihn wegzudrücken, ist, als würde ich versuchen, ein Monument zu verschieben. Absolut aussichtslos. Er hält mich fest, hält meinen Kopf in Position, und mein Protest erstickt in dem hilflosen Gurgeln, das aus meinem Hals kommt.

„Endlich bist du ruhig. Wie ist das?" Er zieht sich zurück, Atem strömt in meine Lunge. Luft. Ich nehme einen tiefen Atemzug, doch bevor ich wirklich verstehe, was passiert, ist er schon wieder in mir.

„Einmal kein Zetern mehr. Einmal nur nehmen, was ich dir gebe. Ertragen. Mir diesen kleinen Dienst erweisen, Piccola mia. Ohne Protest. Willst du immer noch behaupten, dass du nicht mir gehörst?" Immer wieder schlucke ich im Reflex gegen den Eindringling. Ich kann nicht anders. Die Tränen laufen jetzt haltlos über meine Wangen. Als er bis zum Anschlag in mir vergraben ist, hält er inne, zwingt mein Gesicht in eine andere Position, sodass ich ihn ansehen muss. Sein Atem geht abgehackt und zu schnell, er stöhnt. Durch den Tränenschleier sehe ich nicht, ob das Zufriedenheit in seiner Miene ist, oder Lust. Um ehrlich zu sein, ist es mir auch egal. Er schmeckt nach Salz und Moschus, nach Mann und Macht. Ich schmelze in seinen Griff, liefere mich aus. Noch nie habe ich mich so machtlos gefühlt, und noch nie so mächtig.

„Durch die Nase, Baby. Atme durch die Nase, dann geht es besser." Ich versuche zu tun, was er sagt. Jeder Gedanke an Gegenwehr ist gestorben, weggeschwemmt von Tränen und dem Sabber, den er aus meiner Kehle zwingt. Seine Stöße werden weniger heftig, aber nicht weniger tief. Er holt sich, was er will, und ich lasse ihn. Ich vergesse, wer ich bin, vergesse, wo ich bin, und existiere nur noch für den nächsten Atemzug und Angelo Rossi, der mich in Besitz nimmt und mir zeigt, was es bedeutet, ihm zu gehören.

Beim letzten Rückzug hält er mit der freien Hand die Wurzel seines Schwanzes fest, reibt mit der Spitze seiner Erektion über meine Lippen, während er mit dem Daumen der Hand, die meinen Kopf mit sanfter Gewalt hält, meine Wange streichelt. Vom Augenwinkel über die Schläfe bis zum Kiefer, wieder zurück. Aufmerksam blickt er mich an. Nichts entgeht ihm. Ich fühle mich gewollt, benutzt und sicher, alles zugleich. In seinen kaffeedunklen Augen schwimmen Punkte aus goldenem Licht. Er ist schön und gewalttätig und ich gehöre ihm. Ich schmecke seine Lust auf meinen Lippen, lecke die Tropfen aus meinen Mundwinkeln. Ich warte. Es ist noch nicht vorbei.

„Weißt du noch, was ich dir auf der Party gesagt habe?"

Ich hab keine Ahnung, aber das macht nichts, denn er redet schon weiter. Dabei zupft der Geist eines Lächelns an seinen Mundwinkeln, malt ein Grübchen in seine rechte Wange.

„Deine Pussy gehört mir. Dein Mund. Dein Arsch. Was fehlt noch, *Lucciola*?"

Meine Augen werden groß. Ich setze zu einem Protest an, aber vertraue meiner Stimme nicht. Nicht nach dem, was er gerade mit mir gemacht hat.

„Auf die Knie, *Lucciola*. Stütz dich auf die Ellenbogen, den Hintern in die Höhe." Nein, denke ich, nein, nein, nein. Trotzdem tue ich, was er sagt. Ich kann gar nicht anders. Er ist der Meister meiner Lust, der Herr über meinen Körper. Ich gehöre ihm, ich habe keinen eigenen Willen mehr. Zitternd und bebend bringe ich mich in Position. Mein Rock rutscht über meine Hüften nach oben, die angenehm kühle Luft im Schlafzimmer eisig kalt an meiner überhitzten Mitte. Ich weiß nicht, warum ich es tue. Ob für ihn, aus Angst oder Resignation. Seine Hand streicht an der Rückseite meines Oberschenkels entlang, Stoff raschelt, die Matratze senkt sich unter seinem Gewicht.

„Dein Arsch ist, was fehlt." Kein anderer Mann kann schaffen, was ihm gelingt. Seine Stimme hart und zugleich fast zärtlich klingen zu lassen. Wie Stahl und Samt, wie Eis und eine wärmende Decke. Zwischen meinen Schenkeln findet er den Ort, wo ich nass bin. Ja, ich bin nass. Schon wieder. Nicht immer noch. Das ist, was mich am meisten beschämt, und in diesem Moment will ich wirklich nicht mehr. Ohne Zweifel, ohne mitschwingende Lust an der Gewalt und seiner Macht. Sein Finger sammelt Feuchtigkeit, verstreicht sie zwischen meinen Hinterbacken, umkreist den festen Ring aus Muskeln, der unter seiner Berührung zuckt. Ich zittere. Als er den Finger bis zum ersten Gelenk in meinen Anus schiebt, verkrampfe ich mich.

„Nicht." Meine Stimme ist so schwach, dass ich mich selbst kaum höre. Meine Kehle ist zu rau für echte Worte und zu trocken von Tränen. „Bitte, Angelo. Bitte nicht." Er lässt seinen Finger kreisen, nur ein wenig, dehnt mich. Ich bete, dass er aufhört. Nach all den Dingen, die er mir angetan hat, ist dies das erste Mal, dass ich mich wirklich missbraucht fühle.

Plötzlich stockt er. Ich spanne mich an, rüste mich für das Eindringen, für den Moment, in dem er alles zerstört, und weiß nicht, ob ich mir wünsche, dass er es tut, oder dass er mich lesen kann. Ihn wirklich hassen zu können, wäre so viel einfacher.

Es ist als würde mein Flehen erst mit Verzögerung in sein Bewusstsein sickern.

„Cara?" Er zieht seinen Finger zurück. Selbst durch den Schleier aus Angst kann ich die Verwirrung in seiner Stimme hören, aber ich habe meine Worte verbraucht. Ich kann nicht mehr antworten. Meine Kraft ist zu Ende. Sacht berührt er meine Hüfte, dreht mich auf den Rücken, folgt mir auf die Matratze. Seite an Seite liegen wir nebeneinander.

„Nein? Wirklich nicht?"

Ich schüttle den Kopf, schon wieder sind da Tränen in meinen Augen. Wo kommen die her? Auf einmal so viele.

„*Perdonami. Cara mia, amore mio, perdonami.* Ich dachte ..." Ihm gehen die Worte aus und in der Stille, die plötzlich zwischen uns herrscht, verklingt auch meine Angst. Ich hebe die Hand, lege sie an seine Wange. Langsam nähere ich mich mit dem Gesicht seinem Mund. Ich weiß nicht, ob er mich küssen will, aber ich lasse mich nicht aufhalten. Er hat mich verstanden, unser Schicksal ist besiegelt. Unsere Lippen finden sich in dem Versprechen eines Kusses. Ganz sacht zuerst, doch dann wird mehr daraus. Nicht die Gewalt von zuvor, nicht das heftige Drängen und Beißen, das ich von uns kenne.

Ohne den Kuss zu unterbrechen, greife ich nach den Knöpfen seines Hemdes, nestle daran herum, so gut es meine zitternden Finger zulassen. Einer nach dem anderen lösen sich die Knöpfe, geben den Weg frei zu seiner Haut. Sein Geruch umfängt mich, noch immer schmecke ich ihn in meinem Mund. Es ist ganz einfach jetzt. Meine Bluse fällt als nächstes. Dann mein BH. Um den Rock auszuziehen, muss ich mich winden und ruckeln. Über dem Rauschen des Blutes in meinen Ohren höre ich seinen Atem. Er geht im Takt mit meinem. Aufgeregt und schwer, und dann ist Angelo über mir. Haut auf Haut geschmiegt, so nah. Seine Hände halten meine Wangen, sein Daumen streichelt meine Lippen.

„Ist es das, was du willst?" Diesmal ist er es, der mich küsst, und sein Kuss ist süß und zart und wird begleitet von dem vorsichtigen Vordringen seiner Hüften. Seine Erektion presst gegen meinen Eingang. Nur ein sachtes Dehnen, dann gleitet er in mich. So langsam, dass ich jeden einzelnen Millimeter spüre, der Druck einfach vollkommen.

„Das ist keine Liebesgeschichte, *Amore mio*. Keine Liebe. Ich weiß nicht, wie das geht."

Er lügt. Ich dränge ihm mein Becken entgegen, klammere mich an seine Schultern und weiß, dass er lügt. Unsere Herzen schlagen im Gleichklang. Kein anderer Mensch kann lieben wie Angelo Rossi.

„Ich wollte dich weinen sehen." Der langsame Rhythmus, mit dem er mich füllt, ist nicht vergleichbar mit irgendetwas, das ich je erlebt habe. Er treibt sich mir unter die Haut. Und tiefer. „Ich wollte dich weinen sehen, aber ich kann nicht ertragen, wenn du leidest", flüstert er. Jedes Vordringen bringt ihn näher an mein Herz, jeder Rückzug ist ein Verlust. Ich schwebe dahin, im Takt ewiger Gezeiten. Angelo ist mein Mond und ich bin das Meer. Ich komme und gehe, wie er es will. Er besitzt meinen Schmerz, meine Lust und meine Liebe. Zusammen finden wir den Ort, an dem nichts mehr zählt, nur noch das, was uns verbindet.

KAPITEL 12

Angelo

Ich hätte sie direkt nach Hause bringen sollen. Oder in das verfluchte Museum, ohne das es zu dieser Situation gar nicht gekommen wäre. Es war ein Fehler, sie mit zu mir zu nehmen.

Wem wollte ich mit dieser Aktion etwas beweisen? Ihr? Mir selbst? Ruggiero, von dem ich sicher bin, dass er mir einen Schatten an die Fersen geheftet hat, auch wenn ich im Rückspiegel niemanden gesehen habe?

Die einzig wichtige Erklärung ist: Sie ist hier, weil ich den unbändigen Drang verspüre, sie zu beschützen. Hätte ich sie irgendwo anders hingebracht als in mein Penthouse, stünden die Chancen gut, dass jemand sie in die Finger kriegt. Das kann ich nicht zulassen. Im Rittenhouse herrscht eine so strikte Security, dass derjenige sich unten an der Rezeption den Weg hätte freischießen müssen. So dämlich ist Ruggiero nicht.

Aber das ist nicht der einzige Grund. Sie ist auch hier, weil ich nach ihr brenne. Weil es verdammt nochmal zu wenig war, ihr das erste Mal zu rauben. Ich musste sie noch einmal haben. Sie lecken, ihre Kehle ficken, Hölle, hat sie eine Ahnung, wie gut sich das anfühlt? Es fühlt sich immer gut an, tief in die Kehle einer Frau einzudringen, sie zu unterwerfen, aber mit Cara ... ich kann es nicht beschreiben. Detonationen, tief in meinem Rücken, die sich entlang der Wirbelsäule hinaufziehen, bis sie mir das Gehirn zu sprengen drohen, während ich auf sie hinabsehe, ihre Lippen und ihre Zunge spüre, die Muskeln in ihrer Kehle mich zusammendrücken, wie sie gegen den Eindringling anzuschlucken versucht.

Es war hässlich und gewalttätig. Es war gemein. Sie war nicht bereit. Würde ich es zurücknehmen, wenn ich könnte? Nein. Das sind wir. Cara und ich. Ich habe es getan, weil ich die Hoffnung nicht aufgeben will, dass ich diese Frau abhaken kann, wenn ich sie auf jede erdenkliche Weise gehabt habe. Denn ich darf sie nicht in meinem Leben haben, ich darf nicht Teil von ihr sein.

Doch dann hat sie geweint. Und sie hat nein gesagt. Das hat noch keine gewagt. Es ist ein neues, seltsames Gefühl. Es hat sich intim angefühlt und tief verbunden. *Bitte nicht, Angelo.* Drei Worte nur, und mein Herz wird weich wie Butter, die zu lange in der Sonne gelegen hat.

Ich kann es mir nicht leisten, weich zu sein. Ich habe mein Leben damit verbracht, den Schild, der um mein Herz und meine Seele liegt, immer weiter zu perfektionieren. Heute besteht dieser Mantel aus dem härtesten Titan, das sich finden lässt. Daran hat nie jemand gezweifelt, am wenigsten ich. Nur Zia Paolina, die immer behauptet, dass im Inneren der Titan-Legierung ein Kern aus geschmolzener Schokolade darauf wartet, von einem schönen Mädchen entdeckt zu werden.

Hat Cara den Kern gefunden? Er ist nicht für sie. Vielleicht ist Cara selbst dieser Kern aus Schokolade. Der Gedanke weckt die Erinnerung an ihren Geschmack auf meiner Zunge. Sie braucht einen Mantel aus Titan-Carbon-Legierung, um ihren eigenen Kern aus Schokolade zu schützen. Ich möchte dieser Mantel sein.

Sie wird mein Tod sein. Sie macht mich weich und unaufmerksam. Für sie würde ich durchs Feuer gehen, aber im Feuer verbrennt man. Ich bin nicht mehr ich selbst, wenn ich mit ihr zusammen bin.

Jetzt liegt sie in meinen Armen, ihr Rücken an meine Brust geschmiegt. Ihr Atem geht gleichmäßig. Der Krach von Polizeisirenen dringt bis hier herauf, und sie rührt sich ein wenig, schmiegt ihre Wange gegen die Innenseite meines Oberarms, der unter ihrem Kopf liegt.

Ich bin schon wieder hart. Ich bin immer hart, wenn sie bei mir ist. Das muss eine Krankheit sein. Dagegen muss es eine Medizin geben. Verdammt. Und ihr Geruch ... ihr weicher Kern ... ich bin verloren.

„Angelo", sagt sie.

Statt einer Antwort küsse ich ihren Nacken.

„Deine Firma. Der Großhandel. Was ist dort passiert?"

Ich schließe die Augen. „Zuerst dachte ich, dein Vater hätte das getan, um mir das Messer auf die Brust zu setzen, damit ich dich rausgebe." Meine Stimme ist rau. Ich habe ihr das alles schon einmal gesagt. Am Straßenrand, während sie mich am Schwanz gepackt hatte, um die Worte aus mir herauszupressen. Scheinbar hat sie mir nicht geglaubt, doch jetzt ist es anders. Alles ist anders geworden, in der letzten halben Stunde. „Doch dann sagte Ruggiero, dass sein Rivale es getan hat. Carlo."

„Ruggiero Monza?"

Als ich die Augen öffne, reißt ein silbriger Flugzeugleib eine blendend weiße Kondensspur in den stahlblauen Himmel. „Ja. Carlo wollte die Position, die jetzt Ruggiero hat. Um einen mächtigen Mann in dieser Position noch mächtiger zu machen, braucht unsere Organisation das Relikt aus längst vergangener Zeit."

„Die Phiole."

„Kluges Mädchen." Ich sage das nicht aus Spaß. Die Frau in meinen Armen ist klug, stark und eigensinnig. Und so verletzlich, dass es mir das Herz brechen wird. „Doch Ruggiero hat mir Unsinn erzählt, als er mich der Phiole hinterhergejagt hat. Als ich dich nach unserem ersten Mal so schnell verließ. Also musste ich annehmen, er hat mir auch Unsinn erzählt, als er gesagt hat, Carlo habe meine Firma angegriffen. Vermutlich wollte Ruggiero nur böses Blut säen, und es ist ihm gelungen."

„Der schreckt vor nichts zurück?"

Du hast keine Ahnung, Mädchen ohne Carbonlegierung, denke ich bitter, und ich fürchte, dass du es herausfinden könntest und ich zu spät kommen werde.

„Also habe ich wieder an deinen Dad gedacht. Aber dann kam die Party beim Bürgermeister, und nein, ich glaube es jetzt nicht mehr. Ich weiß nicht, wer es war, und das macht mich wahnsinnig."

Sie windet sich, dreht sich in meinen Armen um, damit wir einander ansehen. Ihr Schenkel streift meine Erektion. Statt zurückzuweichen, drängt sie sich enger an mich, schließt die Augen und küsst mich. „Du kommst mir nicht vor wie einer, der sich wahnsinnig machen lässt." Ihre Stimme vibriert an meinen Lippen.

Ich senke den Kopf und nehme eine ihrer Brustspitzen zwischen die Lippen. Sie schmeckt nach Vanille. Ich werde ihren Geschmack vermissen. Habe ich wirklich geglaubt, jemals genug von ihr zu bekommen? „Ich muss dich zurückbringen, Cara. Du musst mir etwas versprechen. Ruggiero dreht am Rad, weil du die Vermutung in den Raum gestellt hast, dass seine Wahl zum Capobastone ungültig ist."

Sie seufzt ein wenig, ihre Konzentration lässt nach, weil ich an ihrem Nippel sauge. Perfekt.

„Das habe ich nie behauptet."

„Du hast gesagt, die Phiole sei vermutlich eine Fälschung, das ist genau dasselbe in meiner Welt. Seine Ernennung wäre für die Katz, wenn sich das herumspricht. Gibt es außer dir in diesem Komitee noch andere, die eine Fälschung vom Original unterscheiden können?"

„Höchstens, wenn die echte Phiole auftaucht." Ihre Finger vergraben sich in meinen Haaren. Sie zieht daran, ein süßer Schmerz.

„Im Komitee sind Menschen, die zuviel Geld haben, also sammeln sie Reliquien. Sie haben zu viel Zeit, also organisieren sie Ausstellungen, damit sie mit ihren Sammlungen angeben können. Ahnung von Kunst hat dort kaum jemand."

„Das ist gut." Meine Hände kneten die weichen Wölbungen ihrer Brüste. Ich habe nicht vor, noch einmal mit ihr zu schlafen, aber ich brauche sie offen und unvorsichtig. Das hier ist der beste Weg. „Sag, sie sei echt. Die Phiole. Nimm sie in die Ausstellung rein. Tu so, als sei dein Treffen mit Ruggiero nie passiert. Wenn du viel Glück hast, akzeptiert er, dass du dich geirrt hast, seine Wahl ist gesichert, und er lässt dich in Ruhe. Wenn du wenigstens ein bisschen Glück hast, wird er dich nur beobachten, aber nichts gegen dich unternehmen, solange du den Verdacht nicht öffentlich wiederholst. Das ist wichtig, Lucciola." Ihre kleinen, hohen Seufzer könnten jederzeit auch mir die Konzentration rauben, doch ich reiße mich zusammen. Das hier ist zu wichtig, um es zu verderben. „Rede mit niemandem darüber, hörst du? Ich werde auf dich aufpassen, ich werde alles tun, um zu verhindern, dass dir etwas passiert, aber du musst mir versprechen, dass du vorsichtig bist. Du darfst es auch deinem Dad nicht sagen. Ganz besonders deinem Dad."

„Paddy O'Brien ist ein Kunstbanause. Der versteht nicht das Geringste davon."

„Das mag sein. Aber er ist lange genug unser mächtigster Feind, um sehr gut zu verstehen, wie die inneren Abläufe in der 'Ndrangheta sind. Wenn er herausfindet, dass Ruggieros Position angreifbar ist, wird er handeln. Eine Gelegenheit wie diese wird er nie wieder bekommen. Er würde damit einen Krieg vom Zaun brechen, den keiner von uns überlebt." Ich betrachte meine Daumen, die sich tief in die weiche Haut ihrer Brüste graben. Weich. Weiß. Die Nippel hart. Cara seufzt nicht mehr. Als ich den Kopf hebe, sehe ich, dass sie mich beinahe erschrocken ansieht.

„Wie meinst du das?", fragt sie.

Überdeutlich spüre ich das Jucken der Narben in meinen Lidern und Brauen. „Als du mich gefunden hast", sage ich langsam. „Dort, wo ich dich zum ersten Mal gesehen habe." Ein Lächeln stiehlt sich bei der Erinnerung auf meine Lippen. „Lucciola mia, weißt du noch? Mein Glühwürmchen. Glühwürmchen sind Glücksbringer. Ich war dort unten, weil Paddy sehr genau weiß, was meine Organisation mit der Phiole anfängt. Er wollte es verhindern. Er hat mir die Phiole abgenommen und wollte sie verschwinden lassen."

„Dann hätte er sie ins Feuer werfen können."

„Vielleicht hatte er Angst, damit einen Fluch auf sich zu laden?"

„War das die echte Phiole?" Mein kluges, eigensinniges Mädchen stellt genau die richtigen Fragen. Aber es sind Fragen, auf die ich keine Antwort weiß.

„Ich bin ein Kunstbanause wie dein Dad." Entschuldigend grinse ich sie an. „Für mich sah die genauso aus wie die, die ich aus Wisconsin zurückgebracht habe. Aber was verstehe ich schon davon? Er hat sie mir abgenommen, als ich aus Italien zurückkam, und hat mich in seinen Keller gesperrt. Vermutlich hätte er mich nicht getötet. Ich bin ein gemachter Mann. Du weißt, was das bedeutet?"

„Dass du unantastbar bist."

Jetzt bin ich es, der seufzt. „Das wäre schön. Aber nein. Ich bin nicht unantastbar, doch wer auch immer mir etwas antut, sollte mit dem Echo klarkommen, das er damit auslöst. Das wagen die wenigsten. Ruggiero wird es wagen. Er wird unglaubliche Forderungen an mich stellen, weil ich deinen Verdacht mitangehört habe. Ich werde mich vor ihm prostituieren müssen, um sein Vertrauen nicht zu verlieren. Denn wenn ich den Rückhalt unserer Organisation verliere, verliere ich auch den Schutz als gemachter Mann. Dann kann ich mich auch gleich am nächsten Baum aufhängen."

„Tu das nicht", flüstert sie und drückt ihre Lippen auf meine. „Es wäre eine Schande."

Ich küsse sie zurück, und dann tanzen unsere Zungen minutenlang miteinander. Vielleicht werde ich doch noch einmal mit ihr schlafen. Aber nein. Verdammt, Rossi, reiß dich zusammen. Bring sie zurück und schlag sie dir aus dem Kopf.

„Dein Vater wollte mich in diesem Keller nicht töten", sage ich an ihren Lippen, meine Finger zwischen ihren Beinen, in ihrer Hitze. „Er wollte nur aus mir herauspressen, für wen die Phiole bestimmt war. Er weiß ganz genau, wie unsere Organisation funktioniert. Er weiß mehr über uns als wir über ihn. Und er ist mächtig. Hier in Philadelphia ist der irische Mob die traditionelle Macht. Wenn ein Krieg vom Zaun bricht, wird in dieser Stadt ein sehr wackliges Gleichgewicht empfindlich gestört werden." Ihr Kuss schmeckt süß und macht süchtig. Aus dem Kopf schlagen? Träum weiter. „Versprich mir, dass du mir hilfst, es nicht dazu kommen zu lassen."

„Wir zwei lassen es nicht dazu kommen", flüstert sie. „Gemeinsam."

Ich schüttele den Kopf. „Ich muss dich gehen lassen, Cara. Ich kann dich nicht wiedersehen. Wenn Ruggiero uns zusammen sieht, sind wir tot. Wer passt dann auf das Gleichgewicht auf? Aber ich werde dich beschützen. Ich verspreche es dir. Du wirst mich nicht sehen, aber ich werde da sein. Auf dich aufpassen."

„Ich will dich wiedersehen."

„Nein." Meine Finger auf ihren vollen Lippen. „Und sag es nicht noch einmal. Es geht nicht. Ich will, dass du lebst. Ich bin gewillt, das Letzte zu geben, um dein Leben zu schützen." Ich will ihr sagen, dass sie wunderbar ist. Dass sie nach Vanille schmeckt und einen Kern aus geschmolzener Schokolade besitzt. Aber wenn ich ihr diese Dinge sage, wird sie nie begreifen, wie lebensnotwendig es ist, dass wir getrennte Wege gehen.

Sie rollt sich auf den Bauch und stützt sich auf die Ellenbogen, ihr Kinn auf den gefalteten Händen. „Du wirfst mich raus?"

Meine Finger streichen sacht über die Innenseite ihres linken Arms. „Du solltest von selbst gehen wollen."

„Was würde passieren, wenn ich sage, dass ich bei dir bleiben will?" Sie lässt ihre Lider ein wenig flattern. „Ich meine, du hast gesagt, du wolltest mich hierher bringen, damit Ruggiero mich nicht fängt. Wer sagt denn, dass er nicht jetzt draußen lauert? Willst du dieses Risiko eingehen?"

„Wusstest du, dass Vögelchen, die zu laut und frech daherzwitschern, am ehesten Gefahr laufen, von der Katze gefressen zu werden?"

Ihre Lippen auf meinen sind warm und weich und nachgiebig. Sie küsst mich gründlich, und ich lasse sie. Dann hebt sie den Kopf, ihre Augen sind verhangen. „Kann ich nicht heute Nacht hier bleiben? Nur diese eine Nacht? Damit Ruggiero die Lust verliert?"

„Dein Vater wird mich an einen Spieß stecken und wie ein Stück Hammelfleisch über offenem Feuer rösten."

„Ich bin eine erwachsene Frau. Es ist meine Entscheidung."

„Und deine Arbeit?" Meine Finger finden die wundervollen kleinen Knospen ihrer Brüste.

„Alles, was ich für die Stiftung mache, mache ich ehrenamtlich. Niemand kann mich zu etwas zwingen."

„Sie werden sich Sorgen machen, wo du bleibst."

„Vermutlich." Sie schließt die Augen, als ich mit den Fingerspitzen zudrücke, dann meine Nägel über ihre Haut ziehe. Aufseufzend rolle ich mich auf die Seite.

„Wie auch immer, ich bin nur ein Mann, keine Maschine. Wir können kaum bis morgen früh Sex haben. Ganz gleich, wie aufregend die Vorstellung ist." Ich lasse eine Hand auf ihren süßen Hintern sausen, die märchenhaft weiße Haut erblüht zu einem traumhaften Hellrot, sobald ich meine Hand wegziehe. Erst als ich den Abdruck meiner Finger sacht küsse, entweicht aus Caras Kehle ein hoher Schmerzenslaut. Ich grinse und zwinkere sie an. „Hoch mit dir."

„Was hast du vor?"

Ich rolle mich aus dem Bett und gehe zum Schrank, werfe Cara ein silbergraues Hemd zu, das ihr bis zu den Kniekehlen reichen dürfte, und ziehe mir Boxershorts und ein Polo über. Sie hat gewonnen. Es ist ein Fehler, und der Moment, in dem ich diesen Fehler bereuen werde, ist nicht fern, aber sie wegzuschicken, wenn die Möglichkeit besteht, sie zu behalten, und wenn auch nur für eine Nacht, würde mehr Kraft kosten, als ich aufbringen kann. Ich bin nur ein schwacher Mann. „In die Küche können wir nicht, da ist alles voller Scherben. Belle kommt erst morgen zum Putzen."

„Du hast eine Putzfrau?"

„Du glaubst doch nicht, dass ich so etwas selber mache?" Ich sehe ihr dabei zu, wie sie sich mein Hemd über den Kopf streift. Ihre Idee, diese Nacht bei mir zu bleiben, ist so aufregend wie gefährlich, aber ich kann mich nicht entziehen. Verflucht, ich will, dass sie hierbleibt. Ich will Zeit mit ihr verbringen, sehen ob es nicht doch etwas gibt, was wir gemeinsam haben. Ich will dieselbe Luft atmen wie sie und sie mir nehmen können, wann immer mich die Lust packt.

Wenn ich sie in diesem Hemd ansehe, wissend, dass sie nichts darunter trägt, packt mich diese Lust ununterbrochen.

„Ich werde uns eine Pizza kommen lassen. Und dann zeige ich dir, wie man sicher Autorennen fährt."

Es ist entwaffnend, mitanzusehen, wie ihre Augen aufleuchten, ein begeistertes Funkeln. „Wir werden was? Darf ich deinen Ferrari fahren? Ehrlich?" Sie springt vom Bettrand hoch und sieht aus, als wollte sie umgehend nach unten in die Tiefgarage aufbrechen, ganz gleich, ob sie ein Höschen trägt oder nicht.

Mit hochgezogenen Augenbrauen schnaube ich. „Ganz sicher nicht." Stattdessen bücke ich mich zum Nachttisch und werfe ihr einen der Kontroller für die Videospiel-Konsole zu. Ihre Reaktionsgeschwindigkeit ist verblüffend, sie fängt das kleine schwarze Kästchen problemlos auf.

„Hier. Geh ins Wohnzimmer. Die Konsole ist an den großen Fernseher angeschlossen. Du kannst dich schon mal warmspielen, während ich den Pizzaservice anrufe."

Sie betrachtet den Kontroller in ihrer Hand. „Echt jetzt?"

„Was?"

„Angelo Rossi. Die Klinge aus Eis. Der Mann, der ganz Philadelphia mit Luxusgütern aus Italien versorgt. Der Mann, der zu jeder Zeit die Mündungen mehrerer Schusswaffen im Nacken spürt. Du bestellst beim Pizzaservice und spielst Xbox?"

Im Handumdrehen sind meine Hände an ihrem Hals, auf ihrem Kiefer, ihren Wangen. Ich küsse sie, und es ist ein zarter, gewinnender Kuss. „Nur dieses eine Mal, *Ragazza*. Und nur hier, wo wir sicher sind, wo niemand sich von hinten anschleichen und mich überraschen kann. Genieße es. Es wird nicht wieder vorkommen. Es wird mich meinen Schwanz kosten, wenn es herauskommt."

„Du meinst, wenn ich weitersage, dass in dem großen Angelo Rossi tatsächlich auch ein Mensch schlummert?" Herausfordernd sieht sie mich an, in ihren hellen Augen tanzt der Schalk. Ich wünschte so sehr, dass alles anders wäre. Dass das hier normal wäre. Dass dies der Weg wäre, wie wir unser Leben leben könnten. Miteinander. Ohne Augen im Hinterkopf. Ohne Schutzmantel aus Titan-Carbon-Legierung. Zwei normale junge Menschen.

„Dann müsste ich dich töten", sage ich sehr leise und ohne zu lächeln.

Der Schalk in ihren Augen stirbt. Sie zieht die Lippen zwischen die Zähne, ihr Blick wandelt sich von herausfordernd zu prüfend, als sie mich eindringlich mustert.

„Dann werde ich es wohl für mich behalten." Wieder senkt sie den Blick auf das Kästchen in ihrer Hand. „Zumindest haben wir so doch wieder ein gemeinsames Geheimnis. Um es unseren Enkelkindern zu erzählen. Du weißt schon."

Mit den Daumen streiche ich über ihre Augen. „*Ti voglio tanto bene, dolcezza*. Mach es nicht schwerer, als es ist. Lass es uns genießen, eine Nacht lang."

„Eine Nacht lang", wiederholt sie. „Wie sagst du das auf Italienisch?"

„*Per una notte*."

Sie spricht es mir nach, ihr Akzent unbeholfen und zuckersüß, wie Apfelkuchen mit eingefallener Decke.

Sie geht ins Wohnzimmer, und ich greife nach meinem Telefon, um den Pizzaservice anzurufen.

Cara

Jeder Nacht folgt ein Tag, jedem Schlaf ein Erwachen. Es ist ein ewiger Kreislauf. Ein Kommen und Gehen, wachen und träumen, halten und lassen. Ich gleite dahin, zwischen Flut und Ebbe, höre das gleichmäßige Rauschen in meinem Ohr. Auch das ein Auf und Ab, begleitet von Wärme und einer sachten Brise an meinem Hals. Immer weiter zieht mein Bewusstsein mich aus dem Schlaf, nehme ich weitere Details wahr. Aber ich will noch nicht aufwachen, noch nicht ganz, denn wenn diese Nacht vorbei ist, dann kommt der nächste Tag. Dann ist mein Traum vorbei und die Wirklichkeit hat uns wieder.

Angelos Arm liegt schwer über meiner Mitte. Das Rauschen in meinem Ohr ist sein Atem, eine warme Brise, die meine Haut kitzelt und süß schmeckt nach Schlaf und dem Kakao, den wir gestern vor dem Schlafengehen zusammen getrunken haben. Er liegt so nah an meinen Rücken geschmiegt, dass nichts zwischen uns passt. Nichts. Nicht einmal ein böser Gedanke. Dunkel erinnere ich mich daran, wie ich mich in der Nacht ein paar Mal von ihm weggerollt habe. Ich bin es nicht gewöhnt, ein Bett zu teilen. Aber jedes Mal ist er mir gefolgt. Unsere Beine haben sich ineinander verknotet, Hände und Lippen haben gesucht, dann gefunden. Im Schutz der Nacht war unsere Liebe süß und voll Unschuld. Jetzt streiche ich mit dem Finger über seinen Handrücken, bevor ich mich vorsichtig aus seiner Umarmung schäle.

Er gibt im Schlaf ein leises Grunzen von sich. Seine Oberlippe kräuselt sich dabei, seine Nasenflügel beben. Er sieht so normal aus im Schlaf. Verletzlich. Mein Blick fällt auf die Narben über seinen Augen, weiße Streifen im Bronzeton seiner Haut, und ich weiß, dass ich nicht bleiben darf. Das, was wir geteilt haben, war ein Traum. Niemals dazu gedacht, Wirklichkeit zu werden. Gestern war ich verletzt, als er mich wegschicken wollte. Schon wieder. Erst jetzt begreife ich den Grund. Ich hauche einen Kuss in die Luft und sage im Stillen Adieu. Ein lautloses Danke für ein paar Stunden Glück.

Ich finde meine Kleidung auf dem Boden, schleiche ins Bad, um mich notdürftig frisch zu machen. Die Mitarbeiter im Museum werden sich wundern, warum ich in denselben Kleidungsstücken erscheine, in denen ich gestern schon da gewesen war, aber sie werden nichts dazu sagen. Es gibt Dinge, die spricht man einfach nicht offen aus. Das gilt für lächerliche Konventionen genauso wie für das, was unser Herz berührt. Um das Apartment zu verlassen, muss ich das Wohnzimmer durchqueren. Die Pizzakartons auf dem Boden scheinen mich zu verhöhnen. Zwei Rennen hat Angelo gewonnen, drei ich. Ich mache mir nichts vor. Ich weiß, dass mein letzter Sieg ein Geschenk von ihm an mich war. Der letzte Sieg, die letzte Nacht. Vor dem Küchentresen verstreut liegen immer noch die Scherben. Einer spontanen Eingebung folgend, tappe ich durch die Küche, suche in den Einbauschränken nach einem Besen und werde fündig. Es ist eine lächerliche Geste, aber ich kann nicht anders. So viel Durcheinander bringt mein Leben in seins, da ist es das Mindeste, dass ich für ein bisschen Ordnung sorge. Die Scherben sind schnell zusammengefegt. Ich finde eine Kehrschaufel mit Handbesen im Putzschrank, um sie auch vom Boden aufnehmen zu können, und beseitige den Dreck im Mülleimer. Direkt neben dem Putzschrank ist der Kühlschrank. Was mag da wohl drinnen sein? Ein paar Flaschen Wein? Fertiggerichte? Ich fühle mich ihm so nahe nach den gemeinsam verbrachten Stunden, doch in Wahrheit weiß ich nichts von ihm. Ein Blick kann nicht schaden. Der Kühlschrank, eines von diesen Riesendingern mit zwei Türen und einer separaten Ausgabe für Eiswürfel, ist nicht so karg erfüllt, wie ich es nach dem Pizzadienst erwartet hätte. Im Gegenteil. Ordentlich eingeräumt sind dort Schachteln mit Käse, kleine Plastikcontainer mit Schinken und Salami. Verschiedenes Gemüse im Gemüsefach. Orangensaft, Milch, Prosecco. Ich bin kein großer Koch, aber diese Vielfalt lacht sogar mich an, verführt, fordert heraus. Ich greife nach dem Eierkarton, finde eine Packung mit gekochtem Schinken und frische Kräuter, eingeschweißt in Vakuumfolie. Ein gemeinsames Frühstück wird kaum schaden, oder?

Je länger ich in der Küche hantiere, desto mehr Spaß habe ich daran. Das ist anders als mein Apfelkuchenexperiment bei Zia. Die Eier koche ich, weil ich Spaß daran habe, nicht um etwas zu beweisen. Ich schneide den Schinken in kleine Würfel, verquirle die Eier, gebe Milch dazu. Die Masse kommt mir ein wenig dünn vor, aber es macht mir nichts aus. Ich finde eine beschichtete Pfanne und einen Pfannenheber, lasse Butter schmelzen, gebe die Schinkenwürfel dazu und dann die Eier. Es riecht ein bisschen angebrannt, aber auch das macht mir nichts aus.

„*Buongiorno, Bellezza.*" Seine Stimme über dem Knistern des stockenden Eis lässt mich aufblicken. Da steht er, mitten im Raum, und reibt sich verlegen über die Wange. Die Haare stehen ihm in allen Richtungen vom Kopf ab, Kinn und Wangen unrasiert und befleckt von deutlichen Stoppeln. In seinen Mundwinkeln hängt ein träges Lächeln, in seinen Augen noch immer eine Spur Schlaf. „Ich dachte, du seist gegangen."

„Das wollte ich auch", sage ich ruhig. Ich liebe es, wenn er Italienisch spricht, aber genauso liebe ich es, wenn er Englisch redet. Wenn sein Akzent an den Konsonanten hängenbleibt, die Vokale schärft und gleichzeitig abreibt. Halb unter, halb neben mir knistert und zischt es in der Pfanne, aber ich kann meine Augen nicht von ihm losreißen. Ich will ihn ansehen, will das Bild von ihm in diesem Moment in meine Netzhaut einbrennen, sodass ich es niemals vergesse. Bald, flüstert eine Stimme in mir, bald ist alles vorbei. Langsam trete ich auf ihn zu. Noch nicht, sage ich mir. Noch ist nichts vorbei. Noch kann ich ihn noch einmal in die Arme nehmen, seinen Körper spüren und kosten. Wir sehen uns an, die Blicke ineinander verschränkt, wie es in der Nacht unsere Körper waren und ich weiß, dass er es ebenso fühlt. Fast bin ich bei ihm, da zerplatzt der Moment.

„*Cazzo!*" Angelo flucht. Das Wort ist noch nicht ganz über seinen Lippen, da geht ein Alarm los, ein schrilles Pfeifen von der Zimmerdecke. Erst jetzt bemerke ich den Gestank. Angelo stürzt an mir vorbei, greift nach der Pfanne, schmeißt sie mitsamt Inhalt ins Waschbecken und dreht den Wasserhahn auf. Der Rauch im Zimmer wird noch dichter. Es zischt, als Wasser aufs heiße Fett trifft. Das schrille Pfeifen des Rauchmelders tut mir in den Ohren weh, und Angelo wedelt mit einem Küchentuch in der Luft herum, bis sich der Rauch zumindest soweit verteilt, dass man wieder richtig atmen kann. Zuerst ist es Schock, der mir die Glieder gefriert, weil alles so schnell geht, doch dann ändert sich etwas. Fassungslos schaue ich zu, wie Angelo auf einen der Küchenhocker klettert, um etwas an dem Rauchmelder hantieren zu können, halb nackt auf der Sitzefläche balancierend. Der Signalton verstummt. Zwei Herzschläge noch, und ich kann mich nicht mehr halten. Ich weiß, dass es alles andere als angemessen ist, aber da sitzt ein Lachen in meinem Bauch, das ich einfach nicht mehr herunterschlucken kann. Blubbernd sprudelt es aus mir heraus. Zuerst als Kichern, dann stärker. So stark, dass ich mir den Bauch halten muss, während ich zu Angelo gehe, um ihm vom Hocker zu helfen.

Kopfschüttelnd steigt er zu mir herunter. Ich sehe, wie er versucht, streng auszusehen, aber es gelingt ihm nicht. Er nimmt mich in den Arm, und dann lachen wir beide.

„Entschuldigung", bringe ich zwischen zwei Lachern heraus. „Ich sollte wirklich gehen."

„*Lucciola mia*", sagt er, als wir uns halbwegs beruhigt haben. „Versprich mir eins."

„Alles. Wenn du so fragst, versprech ich dir alles."

„Versuch nie wieder zu kochen, *sì?*"

*

„Cara, da bist du ja. Himmel, wir haben uns Sorgen gemacht." Ich stehe noch auf der Schwelle zum Museumsfoyer, als Irene mir bereits entgegeneilt. „Mach sowas nie wieder. Du hast gesagt, du wolltest nur kurz wegbleiben, und dann tauchst du unter und sagst niemandem Bescheid. Ich war so froh, als ich dich eben auf den Kameras oben am Haupteingang gesehen habe."

Kameras. Ich frage mich, was Irene noch auf den Bildern der Sicherheitsleute entdeckt haben mag. Meine Welt liegt immer noch in Scherben, und es ist absolut unvorstellbar, dass das nicht auch für Außenstehende sichtbar ist. Mein Rock ist verknittert, meine Bluse sieht nicht viel besser aus. Doch das ist nichts dagegen, wie es meiner Fassung ergangen ist. Um die zu richten, braucht es mehr als eine Dusche, einen Kamm und ein verdorbe-nes Frühstück. Die Nacht mit Angelo wird sich für den Rest meines Lebens in meine Seele gebrannt haben, und die Vorstellung, ihn nie wieder in den Armen zu halten, quält mich. Es tut körperlich weh.

Er ist ein wunderbarer Mann. Er ist so voller Leidenschaft und roher Gier nach Leben, dieser Mann, der den Tod in sich hat. Ich habe noch nie jemanden gekannt wie ihn. Alles, was er tut, tut er mit dem ganzen Herzen. Das Museum, die Menschen, denen ich begegne, all das kann nur schal und unspektakulär schmecken, nachdem ich eine große Dosis Angelo Rossi genießen durfte. Angelo Rossi auf eine Weise, wie er wirklich sein sollte.

Doch das Leben ist, wie es ist, nicht, wie es sein sollte. Der Welt scheinen Augen gewachsen zu sein, die mich beobachten. Die Gefahr ist nicht vorbei. Wenn, dann ist sie heute noch bedrohlicher als gestern. Der Einzige, der mich gegen all das Übel abschirmen kann, ist Angelo. Immer noch kann ich nicht ganz glauben, dass ich zugelassen habe, was er mir angetan hat. Dass ich es genossen habe. Er bringt eine Saite in mir zum Singen, die ich nicht kenne. Ich hatte gedacht, ihn zu hassen. Heute weiß ich es besser.

Ich hasse ihn nicht, er macht mir Angst. Und gleichzeitig bin ich verrückt nach ihm, nach dem Jungen, der sich in diesem harten Panzer versteckt. In Wahrheit bin ich selbst es, die mir Angst macht, wenn ich mit ihm zusammen bin. Ich habe ihm den Schlüssel zu dem dunklen Ort in meiner Seele in die Hand gedrückt, und er hat davon Gebrauch gemacht. Je brutaler seine Zärtlichkeiten sind, desto wahrhaftiger fühle ich mich, desto mehr verblasst der dunkle Schatten über mir, der droht, mich zu verschlingen, seit ich vor einem Vierteljahr den Fehler gemacht habe, Menschlichkeit über Vernunft siegen zu lassen. Und danach, wenn seine Gier nach Gewalt gesättigt ist und seine brutale Welt aus dem Fokus rückt, kommt das zum Vorschein, was unter seinem Panzer liegt, diese Seite an ihm, die mich einfach nur betört.

„Mir geht es gut, danke", lüge ich und schaffe es nicht, Irene dabei in die Augen zu sehen. „Ich habe zufällig einen Bekannten getroffen und wir haben uns verquatscht. Dann wurde es zu spät, um nochmal wieder herzukommen."

„Einen Bekannten?" Irene hat es nicht in sich, mit normaler Lautstärke zu sprechen. Selbst wenn sie flüstert, klingelt es mir in den Ohren. „Hat der Bekannte was mit den Rosen zu tun?"

„Irene ..."

„Nein, nein", sie hebt die Hand, um mich zu unterbrechen. „Sag nichts, sag nichts. Ich bin schließlich keines von diesen Klatschmäulern. Aber Liebes ..." Sie lehnt sich zu mir, so nah, dass der Duft ihres Parfums meine Nasenschleimhäute verätzt. Ob auch sie mich riechen kann? Ob sie den Duft von feuchten Waldboden, Leder und verbrannten Piniennadeln wahrnimmt, den Angelo mir unter die Haut gerieben hat? Wahrscheinlich, aber es ist mir egal.

Wenn es nach mir ginge, würde ich mich die nächsten Jahre lang nicht mehr duschen, ich würde mir den Duft in Fläschchen abfüllen und die Essenz jede Nacht auf mein Kopfkissen träufeln. Ich weiß, dass es leichter werden wird, ihn nicht um mich zu haben. So war es auch beim ersten Mal. Die ersten Tage waren die schlimmsten. Solange die körperlichen Wunden mich an die Risse in meinem Herzen erinnert haben, habe ich am meisten gelitten. Danach wurde es besser. Der Schmerz ist zu einem dumpfen Shenen verblasst. Es war, als hätte Angelo etwas mit sich genommen, als er ohne ein Grußwort gegangen ist.

Damals habe ich mir eingeredet, dass es daran lag, dass all das zwischen uns eine halbe Sache gewesen ist, ein unbeendetes Kapitel in dem Buch, in dem mein Schicksal festgeschrieben steht. Diesmal gab es einen Abschied, und es ist kein bisschen besser. Nicht nach den Stunden, die wir zusammen verbracht haben. Mit Pizza, Xbox und verbrannten Rühreiern. Und Sex. Besonders mit Sex. In Stellungen, von denen ich noch nicht mal gehört hatte, hat er sich in mich getrieben, sich in meine Haut gebrannt.

Mir tut alles weh, jeder Teil meines Körpers ist gezeichnet von ihm, und trotzdem weiß ich, dass nicht mal vier Stunden vergehen werden, ehe ich vor Sehnsucht nach diesem Mann noch viel schlimmere Schmerzen leiden werde. Nur er hat die Macht, meinen Panzer aus Lebenslügen und Naivität zu zerbrechen, damit der harte Kern zum Vorschein kommt, dieser harte Kern, den ich brauche, wenn ich die nächsten Wochen überleben will.

„Konntest du denn etwas herausfinden? Wie hat Mister Monza auf deinen Verdacht reagiert?"

Unruhig blicke ich über meine Schulter. Wo Kameras sind, sind mit Sicherheit auch Wanzen. „Können wir in deinem Büro darüber reden?" In meinen Worten klingt Angelos Warnung, doch die Kunsthistorikerin in mir wehrt sich noch. Es ist nur ein Artefakt, sagt sie. Es ist nicht recht, einen Betrug zu decken. Menschen haben ein Recht auf Ehrlichkeit.

Krieg. Es wird Krieg geben. Willst du das?

„Natürlich. Komm, ich habe Kaffee gemacht." Mütterlich legt sie mir einen Arm um die Schultern und führt mich davon. Instinktiv scheint sie zu spüren, dass ich eine Stütze brauche. Im Gegensatz zu meinem begehbaren Safe befindet sich Irenes Büro ebenerdig. Es ist nicht groß, aber hat ein Fenster und ist gemütlich eingerichtet mit einem weiß lasierten Schreibtisch und passenden Stühlen, dazu ein antikes Sofa, ein Ohrenbackensessel und ein niedriger Glastisch. In dem kleinen Raum ist der Duft nach frischen Rosen beinah betäubend. Sie hat sich reichlich an Angelos Geschenk bedient. Selbst der Kaffeegeruch kommt dagegen nicht an.

„Setz dich doch."

Wie ein Schutzschild presse ich mir meine Handtasche an die Brust, als ich Irenes Aufforderung folge. Die Zeit läuft mir davon. Die Entscheidung, die ich jetzt treffe, wird mein Schicksal bestimmen. Gehe ich den Weg der Rechtschaffenden? Sage ich Irene, dass die Reliquie eine Fälschung ist, und alarmiere mit ihr die Polizei, in der Hoffnung, dass die Gesetzeshüter mich schützen? Erzähle ich der Gattin des Bürgermeisters von einem Krieg, den es gar nicht geben dürfte? Einem Krieg, der unter der Oberfläche brodelt, verborgen für die Augen von Menschen, die an das Gute glauben. Oder tue ich das, wofür ich geboren bin? Schütze ich Ruggiero Monza und damit auch mich? Lege ich meine Zukunft in die Hände eines unsichtbaren Mörders, dessen Hände und Küsse so unvergleichbar zart sein können, wenn er nur will. Eines Mörders, der geschworen hat, zu jeder Zeit auf mich aufzupassen, selbst wenn ich ihn nicht sehen kann.

Ihn nie mehr sehen werde.

Die Kaffeetasse klirrt auf der Untertasse, als ich sie aufhebe. Ich schinde Zeit, das ist mir bewusst. Der bittere Geschmack des Kaffees flutet meine Zunge, verdrängt den letzten Rest von Angelos Geschmack in meinem Mund. Ich weiß, was ich zu tun habe. Ich stelle die Tasse wieder ab, hole die Bilder aus meiner Tasche und breite sie auf dem Tisch aus.

„Ich habe mich getäuscht", sage ich. „Die Phiole ist echt." Ein bisschen überrascht es mich, wie fest meine Stimme klingt, aber vielleicht ist das so, wenn der Entschluss einmal gefasst ist. Die Zeit des Zweifels ist vorbei und mit ihr das Gefühl, ein Opfer zu sein. Dies ist meine Entscheidung, meine Welt, und ich lege sie in die Hände von Angelo Rossi. „Wir sollten sie auf jeden Fall ausstellen. Es ist ein wirklich einmaliges Stück, deshalb habe ich gezweifelt. Ich rufe Mister Monza gleich an, sobald ich wieder unten bin und auch die andere Dokumentation vor mir habe. Aber ich kann mir gut vorstellen, dass wir das Kruzifix mit dem Heiligenblut als Aufhänger für die Ausstellung benutzen. Ein unvergleichliches Stück, das den Übergang markiert von der Kunst des Mittelalters zur Kunst der Renaissance. Ich hoffe, du hast nichts dagegen."

Für die Dauer eines Wimpernschlags meine ich, Misstrauen über Irene Fitzgeralds Miene huschen zu sehen, aber die Regung ist so schnell verschwunden, dass ich mich auch getäuscht haben kann. Am Ende ist es doch wieder nur ihr überstrahltes Lächeln, das Falten in die Make-up Schicht gräbt. „Dann ist das ja klar." In zwei Zügen leert sie ihre Kaffeetasse, dann steht sie auf. „Ich werde jetzt nach Hause fahren. Der Gärtner kommt heute, um den Heckenschnitt zu besprechen. Du kommst sicher alleine hier klar. Du weißt ja, dass du gehen kannst, wann du willst? Wir schätzen es sehr, dass du uns deine Zeit schenkst."

„Natürlich." Auch ich erhebe mich. Der Boden unter meinen Füßen schwankt nicht mehr. Ruggiero Monza hat keine Macht über mich. Ich kann tun, was ich will, und in diesem Moment bereite ich einen Krieg vor.

Angelo

Es ist das erste Mal, dass ich Zia Paolina besuche, seit ich aus Wisconsin zurückgekehrt bin. Diese Frau, eine Schwester meines Vaters, ist für mich so etwas wie eine Ersatzmutter geworden, seit ich meine Mamma in San Pasquale zurücklassen musste. Ich vermeide absichtlich den Kontakt mit meiner Mutter, denn sie würde keine Gelegenheit auslassen, Francesca zu erwähnen. Das brauche ich nicht. Dort, wo sie ist, ist Francesca sicher. Das weiß ich, und mehr muss ich über sie nicht wissen.

Doch es tut gut, einen Menschen wie Zia zu haben. Diesen einen Menschen, der nicht versucht, einen Keil in den Spalt zu treiben, wenn man einen Knacks im eigenen Panzer zulässt. Sie ist warm, interessiert, hat immer ein offenes Ohr. Ihren einzigen Sohn besucht sie zweimal in der Woche im Gefängnis. An den anderen Tagen ist ihr Herz weit offen für mich.

„Du siehst schlecht aus", sagt sie und schiebt eine Platte mit kleinen Kuchen über die Tischplatte zu mir. Ihr Espresso ist dunkel und so dickflüssig, dass der Löffel beinahe darin stehenbleibt. Die Kuchen heißen *Petrali*, eine kalabrische Spezialität. Sie füllt sie mit Walnüssen und zerquetschten Feigen und überzieht sie nicht wie üblich mit Zuckerguss, sondern mit wunderbarer dunkler Schokolade, die der süßen Füllung eine bittere Note hinzufügt. Sie sind wie Cara. Sie sind einzigartig.

„Wo warst du so lange?"

„Ich habe zu tun, Zia." Ich nehme mir einen zweiten Kuchen. Sie sind unwiderstehlich. Wie Cara. Der Stuhl knarrt, als ich mich zurücklehne. Es sind Momente wie dieser, in denen ich mir wünsche, ein normales Leben zu haben. Ein Leben, in dem ich keine Augen im Hinterkopf brauche und in dem ich der Frau, die ich liebe, beim Backen über die Schulter schauen kann. Der Gedanke erinnert mich an missglück-ten Apfelkuchen mit eingestürzter Decke, an angebrannte Rühreier, die den Rauchmelder in meinem Penthouse auslösen, und ich muss lächeln.

„Hast du Cara gesehen?", will sie wissen. „Sie war nicht wirklich begeistert, als Lo und Bernardo sie nur Stunden nach deinem Aufbruch von hier weggebracht haben."

„Weil ich ihr gesagt hatte, was ihr Verlobter getan hat. Sie wollte nicht zu ihm zurück, aber der Deal war mit ihm."

„Also ist sie wieder bei ihm?"

Ich schüttele den Kopf. Sie ist bei mir. Sie ist in meinen Gedanken, dem Brennen in meinen Muskeln, der trägen Schwere, die immer noch durch meinen Körper vibriert. Die gemeinsamen Stunden sind zu nah, ganz egal, wie sehr ich versuche, sie aus meinen Gedanken zu vertreiben. Der knusprige Teig zerbröselt zwischen meinen Zähnen, die Süße von Feigen schießt mir ins Gehirn und die Schokolade schmilzt zu einem bitteren Film auf meiner Zunge. Perfekt. „Sie lebt jetzt wieder bei ihrem Vater."

Zia nickt gedankenverloren. „Ist sicher das Beste so." In ihrer Stimme klingt ein Funken Wehmut, doch sofort korrigiert sie sich. „Der alte O'Brien ist ein Fuchs. Der kann auf sie aufpassen. Dieser sogenannte Verlobte kommt mir vor wie ein Fähnchenschwinger, der sich immer nach dem Wind dreht." Sie stößt ein Geräusch aus, in dem sich Widerwille und Verachtung zu einer explosiven Mischung vereinen. „Ambitionierte Polizisten. Massimo hat immer gesagt, diese Art von Männern sollte man aneinanderketten und in einen Brunnen schmeißen."

„Massimo war ein kluger Mann." Klüger als sein Sohn Salvatore, der einer der besten Männer der 'Ndrangheta hätte werden können und sich dann für schweren Raub einbuchten ließ. Ein Idiot. Er verdient jeden einzelnen Tag seiner fünfjährigen Haftstrafe. Ich weiß jetzt schon, dass er mir, wenn er entlassen wird, den Posten an der Spitze des Clans streitig machen wird. Ich habe nur Paolinas Rückendeckung, denn sie war es, die mich auf diesem Posten bestätigt hat. Ich brauche mehr als das, denn Salvatore gehört zu denen, die vor nichts zurückschrecken. Für ein paar Sekunden gönne ich mir den Gedanken daran, auszusteigen. Ein Leben, irgendwo weit weg von den Intrigen und Grabenkämpfen der *Famiglia*, an der Seite eines Engels mit einem Rückgrat aus Stahl. Der Traum zerplatzt, sobald ich mich frage, wo dieser Ort sein sollte.

Ich kann nur das. Mein Abschluss der Universität in Mailand nützt mir hier in den Staaten überhaupt nichts ohne Verbindungen zur 'Ndrangheta. Ich habe es versucht, als ich hier ankam, aus meiner Heimat vertrieben. Ich habe es versucht und bin gescheitert, habe aggressiv die Verbindungen gesucht, die ich brauchte, und mich so sehr in die Organisation hineinziehen lassen, dass es ein Ding der Unmöglichkeit ist, wieder rauszukommen. Ich habe zuviel getan, über das ich nicht nur nicht reden kann, sondern nicht einmal nachdenken möchte. Selbst wenn ich Salvatore sein Geburtsrecht abtreten würde, ich könnte aus der Maschinerie nicht raus, ohne dass ich mit einer Kugel im Hinterkopf irgendwo im Straßengraben ende. Ich weiß zuviel. Habe zuviel gesehen. Ich kann es mir nicht leisten, von Dingen zu träumen, die nicht sein dürfen, also wechsle ich das Thema.

„Wo ist Bernardo?" Ich sehe mich in der Küche um. Alles ist sauber, es duftet nach den *Petrali* und nach frisch gebackenem Brot. Für den Bruchteil einer Sekunde sucht mich die Vision heim, wie all das hier in Schutt und Asche liegt. Zerbombt wie die Lagerhalle von Rossi's. Die Klinge aus Eis schmilzt, es gibt immer mehr Dinge, die mir am Herzen liegen, und das darf ebenso wenig sein, wie eine Zukunft in Frieden.

„Bernardo? Der kommt und geht, wie es ihm passt."

„Ich habe ihn gebeten, ein Auge auf dich zu haben." Zia ist nur die Tante eines Vangelista und die Mutter eines im Gefängnis sitzenden Camorrista. Auch wenn die Organisation weiß, dass ihr Haus so etwas wie die Schaltzentrale für meine ´ndrine ist, wird sie in Ruhe gelassen. Wir greifen unsere eigenen Frauen nicht an. Dennoch gehe ich lieber auf Nummer Sicher und lasse Zia Paolina ungern ohne Schutz. Man weiß nie, wer außerhalb der 'Ndrangheta Dinge herausfindet, die er gegen uns verwenden kann.

Sie schnaubt verächtlich. Ein Grund, weshalb ich Bernardo diese Aufgabe zugeteilt hatte, ist, dass zwischen ihm und Paolina mehr als nur Freundschaft zu existieren schien. Sie ist verwitwet, er geschieden, und sie sind beide zu lange allein gewesen. Ich hielt es für eine gute Idee. Vielleicht habe ich mich geirrt.

„Ich brauche keinen Aufpasser", sagt sie hochmütig.

„Ich fühle mich dann besser", erwidere ich. „Außerdem fände ich es fair, wenn Bernardo mich informiert, wenn er sich entfernt. Dann kann ich Lorenzo herschicken."

„Lo hat zuviel zu tun bei deinem Delikatessenladen." Es ist süß, wenn Zia den Großhandel als Laden bezeichnet. Es klingt wie ein kleines Geschäft an einer Straßenecke in Reggio, in das Kinder nach Schulschluss stürmen, um sich mit Zuckerstangen und *Pignolata* einzudecken. Sie hat meinen Großhandel nie besucht, sie hat keine Vorstellung davon, welche Dimensionen die Anlage besitzt. „Irgendwer muss dort ja aufräumen und wieder aufbauen. Lo hat keine Zeit. Ich sagte doch, ich komme zurecht."

Die Atmosphäre im Haus ist einlullend, so warm und gemütlich, und verführt dazu, sich zurückzulehnen, die Augen zu schließen und über die Dinge zu reden, die mir am Herzen liegen. Über Cara zum Beispiel und warum ich sie immer wieder von mir stoßen muss. Zia mag Cara, hatte sie gleich beim ersten Anblick ins Herz geschlossen. Wenn es einen Menschen gibt, der versteht, wieso Cara diese magische Anziehung auf mich ausübt, dann meine Tante.

Es ist so schwer, der Verführung nicht nachzugeben, es mir hier für ein paar Stunden bequem zu machen. Dass Bernardo kommt und geht, wie er will, rührt etwas in mir auf. Ich habe ihm einen Auftrag gegeben. Es versteht sich von selbst, dass er diesen ausführt, bis ich, als sein Boss, ihn davon abziehe. Ich muss daran denken, wie Ruggiero mir nach dem Angriff auf Rossi's Italian Delicacies sagte, es gäbe in meinem Team einen Maulwurf. Nach der Sache mit dem Kunsthändler gehörte diese Aussage zu den Dingen, die ich als nicht haltbar abgetan habe, als etwas, das er behauptete, um mich aus dem Gleichgewicht zu bringen.

Bernardo, ein Maulwurf? Der Gedanke ist beinahe lächerlich. Er und Zia haben etwas miteinander. Er würde das nicht dadurch untergraben, dass er sich von einem meiner Gegner einspannen lässt. Doch die Vorstellung, dass er genau das tun könnte, kribbelt wie tausend Ameisen unter der Haut. Was, wenn doch? Er genießt Zias Vertrauen, also genießt er meines. Er hat Zugang zu vielen Hintergrundinformationen, die niemanden etwas angehen. Er wäre der perfekte Maulwurf, eben weil es für mich so schwer vorstellbar ist, dass er mich betrügt. Beinahe undenkbar.

„Du weißt nicht, wo er ist?", frage ich Zia.

Sie hebt die Schultern.

Ich ziehe mein Handy und rufe Bernardos Nummer an. Nach dreimaligem Klingeln läuft der Anruf auf eine Mailbox. Ich tippe eine kurze Zahlenkombination und befürchte schon fast, dass er den Verfolgungschip entdeckt und ausgebaut hat. Diese Chips habe ich in die Handys eingesetzt, um bei Angriffen gegen meine Männer entweder ihre Leichen oder ihre Mörder finden zu können, je nachdem ob die Handys gestohlen oder am Tatort belassen wurden. Keiner weiß etwas davon. Auch Lorenzo nicht.

Bernardo befindet sich an einem Punkt an der unsichtbaren Grenze zwischen dem Einflussbereich der 'Ndrangheta und Paddys Territorium im Norden. Diese verläuft zwei Straßen unterhalb der Interstate 676, die die Stadt ziemlich genau in der Mitte teilt. Bernardo hat dort nichts verloren, es sei denn, ich schicke ihn dorthin. Ein Blick auf die Uhrzeit versetzt mich in Alarmbereitschaft. Es ist kurz nach halb sechs Uhr am Abend. Die typische Feierabendzeit für Museumsmitarbeiter. Bernardo biegt von der Fairmount Avenue in die Corinthian ab. Er befindet sich nur vier Blocks entfernt von dem Museum, in dem Cara vermutlich genau jetzt die Tür ihres begehbaren Safes abschließt, um sich in ihrem BMW auf den Weg zum Haus ihres Vaters zu machen.

Mir liegt ein Fluch auf den Lippen, der vermutlich eine Litanei an süditalienischer Schelte von Zia Paolina auf mich niederprasseln lassen wird. Doch noch ehe ich den Fluch ausstoßen kann, vibriert das Handy zwischen meinen Fingern, ehe es zu klingeln beginnt. Anrufer ID: Lorenzo.

„Boss, es gibt ein Problem." Er nennt mich nur Boss, wenn das Problem ernst ist.

Ich greife meine Jacke und küsse Zia auf beide Wangen, noch ehe ich antworte. „Ich bin unterwegs."

KAPITEL 13

Cara

Der Himmel brennt in tiefem Orange, durchzogen von Streifen aus Schwarz und Violett. In früheren Zeiten wurde ein solcher Himmel Bluthimmel genannt. Er galt als schlechtes Omen. So schnell es geht, ohne wie auf der Flucht zu wirken, eile ich zu meinem Auto. Zum Glück ist das Museum geschlossen, solange wir die neue Ausstellung vorbereiten, sodass ich einen Parkplatz in der ersten Reihe gefunden habe. Ich drücke meine Handtasche an die Brust, während ich mit einer Hand nach dem Autoschlüssel suche. Da ist er. Mit einem Doppel-Piepton löst die Fernbedienung die Zentralverriegelung. Kurz leuchten Blinklichter auf, das Klacken der Türriegel ein seltsames Geräusch in der abendlichen Stille, die sich über die Gegend gelegt hat.

Ich will nach Hause. Ich weiß, was Angelo gesagt hat, aber ich muss meinen Vater in die ganze Sache einweihen. Am Ende des Tages bin ich die Tochter von Patrick O'Brien, und er ist der Boss des Outfits. Schon im Märchen heißt es, dass der König manchmal einen Krieg riskieren muss, um das Leben der Kronprinzessin zu schützen. Daran kann ich nichts ändern. Doch diesmal wird es anders sein. Ich werde nicht wegsehen und erwarten, dass andere die Verantwortung für das übernehmen, was ich angerichtet habe. Ich werde meinen Teil beitragen.

Die Straßen sind erstaunlich leer für die Rush-Hour. Ich fliege unter dem brennenden Himmel entlang, konzentriere mich auf die Straße und das, was um mich herum passiert. Das mag der Grund sein, warum ich den Wagen bemerke. Es ist ein unauffälliges Modell. Irgendeine amerikanische Marke, im Rückspiegel kann ich es nicht genau erkennen. Vielleicht ist es gerade die Unauffälligkeit, die mir als erstes ins Auge sticht. Mittelgroße Limousine, dunkelsilbergrauer Lack. Vielleicht ist es nur Einbildung. Ich trete aufs Gas und ziehe auf die linke Fahrspur. Der Wagen bleibt an meinen Fersen.

Scheiße.

Adrenalin jagt durch meine Adern. Das ist nicht Angelo. Niemals würde er sich in eine so auffällig unauffällige amerikanische Mittelklasse-Limousine setzen. Mein Blut singt nicht, es klirrt vor Kälte. Immer gewagter werden meine Manöver, doch der Scheißkerl an meiner Stoßstange ist geschickt. Er lässt die Verfolgung nicht abbrechen. Immer näher kommt er. Ich umklammere das Lenkrad, so fest ich kann. So nicht, mein Lieber. Ich bin es leid. Ich bin die Angst leid, die Hilflosigkeit. Mein Verfolger ist ein gerissener Autofahrer, sein Wagen hält scheinbar problemlos mit meinem Beemer mit. Als der erste Schlag gegen die Stoßstange kommt, bin ich vorbereitet. Ich halte dagegen, zwinge meinen kleinen Flitzer, standzuhalten. Trotzdem kann ich die Spur nicht halten. Die Leitplanke kommt mir gefährlich nahe. Für ein paar Sekunden nimmt der andere Wagen Abstand, dann der nächste Schlag. Wumms. Diesmal bin ich nicht so gut vorbereitet und verreiße das Lenkrad. Scheißkerl. Die Geschwindigkeit wird mir zum Verhängnis. Ich muss weg hier. Weg von der Interstate. Ich trete auf die Bremse, der silbergraue Wagen schießt an mir vorbei. In einem waghalsigen Manöver ziehe ich zwischen einem Truck und einem Kleinwagen in die rechte Spur. Hinter mir hupt es. Genau im richtigen Augenblick taucht eine Ausfahrt auf. Weiter auf die Abbiegespur. Reifen quietschen, als ich viel zu schnell die Ausfahrt nehme.

Unmöglich, dass der Mistkerl in dem Spießerauto mir noch folgen kann. Langsam drossle ich das Tempo, versuche mich zu orientieren. Ich hab keine Ahnung wo ich bin. Irgendwo zwischen Tacony und Mayfair, eine Gegend, in der ich noch nie gewesen bin. Ich muss weiter. Mein Instinkt sagt mir, dass Stehenbleiben mein Tod wäre. Rechts, links. Rechts, rechts, links. Ohne Ziel und Plan nehme ich die Abzweigungen, immer einen Blick im Rückspiegel. Er ist weg. Kein silbergrauer Wagen. Ich hab es wirklich geschafft. Ich hab getan, was mein Instinkt mir geboten hat, und habe es geschafft, ihn abzuschütteln.

Langsam beruhigt sich mein Puls. Die Straße führt durch ein Waldstück, überquert einen nicht sehr breiten Fluss. Wenn ich heute noch irgendwann zu Hause ankommen will, muss ich erst einmal wissen, wo ich bin. Ein paar Kurven noch, dann erkenne ich einen Waldpfad, der von der Straße abzweigt. Gut genug. Schotter knirscht unter den Reifen, als ich den BMW zum Halten bringe. Mein Navi ist im Handschuhfach. Ich hasse das Teil, weil es nie dann Sattelitenempfang hat, wenn man es braucht. Außerdem nervt mich das Kabelwirrwarr über der Mittelkonsole. Aber gut, jetzt muss sogar ich zugeben, dass es gewisse Vorteile hat. Also lehne ich mich auf die Beifahrerseite, öffne das Handschuhfach, um das Kästchen herauszuholen. Hier zwischen den Bäumen ist es bereits Nacht. Nur das fahle blaue Licht der Innenraumbeleuchtung erhellt das Wageninnere.

Aus den Augenwinkeln sehe ich, wie sich zwei Scheinwerfer nähern. Alarmbereitschaft macht meine Hände zittrig. Wo ist das verfluchte Navi? Meine Hand ertastet die Ledermappe mit der Bedienungsanleitung für das Auto, alte Müsliriegelpapiere. Die Scheinwerfer kommen näher, böse funkelnde Augen in der Nacht. Nichts, rede ich mir ein. Das hat nichts zu bedeuten. Nur ein Passant. Werden die Lichter langsamer?

Meine Nerven brennen durch. Das ist kein verdammter Passant, kein Förster auf seiner abendlichen Tour, das ist ein verdammter Jäger. Ich mache mir nicht die Mühe, das Handschuhfach wieder zu verschließen, reiße noch im Aufrichten die Fahrertür auf. Hinein in die Dunkelheit zwischen den Bäumen. Äste knacken unter meinen Fußsohlen. Ich ducke mich hinter einem Baumstamm, mache mich ganz klein. Da ist er, der Wagen. Direkt hinter meinem BMW kommt er zum Stehen. Für die Dauer eines Wimpernschlags leuchten die Scheinwerfer grell auf, dann verlöschen sie komplett. Eine Autotür knarzt.

„*Ragazza*? Wo bist du? Komm raus. Ich bin hier, um dich zu beschützen. Er hat mich geschickt, dich nach Hause zu begleiten, damit du nicht weggefangen wirst." Ich kenne die Stimme, kann sie aber nicht gleich zuordnen. Zu laut ist das weiße Rauschen in meinen Ohren.

„Cara? Erinnerst du dich nicht an mich? Ich hab deinen Apfelkuchen gegessen, weißt du nicht mehr?" Schritte. Italienischer Akzent. So wie Angelo, doch anders, tiefer. „Widerliches Zeug, herlich. Ich hab noch nie erlebt, wie jemand aus guten Zutaten so einen Mist fabrizieren kann." Da ist ein böser Unterton in seiner Stimme. Das ist der Grund, warum ich den Mann nicht sofort erkannt habe. Jetzt fällt es mir wie Schuppen von den Augen. Bernardo. Der gemütliche Bär, der mit mir an Zia Paulinas Tisch gesessen und mich getröstet hat, als Demütigung das Schlimmste war, vor dem ich Angst hatte.

Ein Klicken ertönt. Leise. Ich wage nicht, aus meiner Deckung hervorzugucken, trotzdem erkenne ich es. Es ist der Klang meiner Welt. Es ist das Klicken, mit dem eine Pistole entsichert wird.

„Komm schon, Prinzessin. Ich will mir hier nicht die Beine in den Bauch stehen. Zia wartet. Angelo schickt mich, weißt du. Er hat Angst um dich. Kann man das glauben? Um dich, eine kleine irische Schlampe. Was hast du mit ihm gemacht? Verrat mir das. Er war ein guter Vangelista. Fokussiert. Aber dann bist du gekommen. Ich hab gewusst, dass du nur Ärger bringst, von dem Moment an, als du uns in diesem beschissenen Lokal beinah durch die Finger geflutscht bist. Jetzt komm schon raus. Lass es uns zu Ende bringen. Dein Romeo wartet." Immer näher kommt seine Stimme. Ich weiß, dass ich keine Chance habe. Ich kann rennen, doch ich mache mir nichts vor. Bernardo ist ein Bär, und Bären sind schnell. Sie sehen urgemütlich und behäbig aus, aber das täuscht. In Wahrheit sind sie Raubtiere. Das Einzige, was ich machen kann, ist hier zu kauern und zu warten. Auf ein Wunder. Denn nur das kann mich jetzt noch retten.

Angelo

Vielleicht wäre ich schneller gewesen, wenn ich Caras Handy mit einem Verfolgungschip ausgestattet hätte, als sie unaufmerksam war. Gelegenheiten gab es, in meinem Penthouse, als sie sich im Bad den Schweiß von unserem weltverändernden Sex abgewaschen hat, ehe ich sie zum Museum brachte. Ein Telefon auseinanderzunehmen und den Chip zu installieren, kostet mich ein paar Sekunden, nicht mehr, ich habe es oft genug getan. Oder Lorenzo hätte ihren Z3 präparieren können, während er auf dem Parkplatz vor dem Museum Wache schob.

Sie macht mich nachlässig. Ich habe keinen Chip installiert, weil es mir falsch vorkam, sie auf eine so hinterhältige Weise zu überwachen. Ich wollte sie fragen, ob es okay für sie sei. Irgendwann. Vielleicht hätte ich sie überredet, einen solchen Chip zu akzeptieren. Morgen. Übermorgen. Ich hatte keine Ahnung, wie schnell sie wieder in Bedrängnis geraten würde. Hätte ich sie oder das Auto direkt verfolgen können, wäre ich schneller gewesen als Bernardo. So aber konnte ich nur dem Mann folgen, dem ich einmal vertraut habe, und war damit immer zwei Schritte hinter anstatt vor ihm.

„*Stronzo*", murmelt Lorenzo neben mir auf dem Beifahrersitz, rammt ein Magazin in seine Halbautomatik und lädt durch.

„Ich hab gedacht, du seist es gewesen." Meine Stimme klingt kühl und überlegt. Unser Auftauchen hat Bernardo wenigstens abgelenkt. Die aufgeblendeten Scheinwerfer verhindern, dass er mehr erkennen kann als wahnsinnig viel Licht. Die Mündung seiner Waffe schaut trotzdem genau in die Windschutzscheibe. Wenn er jetzt durchzieht, hat er vermutlich Glück. „Ich will ihn lebend", weise ich Lorenzo an. „Ich will wissen, für wen er arbeitet."

„Ich sei was gewesen?" Lorenzo fragt es, als sei das hier ein Samstagskäffchen unter Großtanten.

„Der Maulwurf."

„*Vaffanculo*, Rossi", schnauzt er, öffnet seine Tür und wirft sich seitwärts ins Freie. Sofort drückt Bernardo ab. Eine Serie von Schüssen reißt Gras, Laub und Erde hoch, als sie neben Lorenzo in den Boden schlagen, dann ist Lo auf den Knien und feuert zurück.

„Wenn du mir nochmal sowas unterstellst, sag mir wenigstens Bescheid!", schreit er mich dabei an. Ich verlasse den Wagen, die Waffe gezogen, und gehe auf Bernardo zu. „Damit ich dir den verblödeten Schädel dafür einschlagen kann."

Ich will ihm zurufen, dass er sich konzentrieren soll, aber das hier macht Spaß. Bernardo ist ganz sicher kein ungeübter Soldat. Er ist einer der erfahrensten Camorristi in meiner ´ndrine. „Die Knarre runter, Nardo", verlange ich, die Stimme kalt, emotionslos. „Du hast keine Chance."

„Sie ist das Ende", gibt er zurück. Richtet die Waffe auf mich. Ich weiche nicht zurück. Lorenzos Schuss pfeift so dicht an Bernardos Ohr vorbei, dass dessen kurz geschnittene Haare sich bewegen.

„Die Waffe runter", wiederhole ich. „Lass uns reden."

„Du bist geblendet, Rossi. Ich hatte keine Wahl. Ihretwegen machst du alles kaputt." Doch er lässt die Hände, zwischen denen seine Halbautomatik liegt, langsam sinken. Lorenzo kommt auf die Füße, seine eigene Waffe im Anschlag, beobachtet jede noch so kleine Bewegung. Cara, die sich irgendwo im Gestrüch verkrochen hat, gibt keinen Mucks von sich. Sie ist am Leben, ich habe das Gefühl, die Bäume würden ihren Atem atmen, im Wald würde ihr Herz schlagen. Doch sie ist still wie ein Wintertag am See, und ich bin dankbar dafür. Unerwartete Geräusche würden die prekäre Situation sehr schnell hochkochen lassen.

„Kennst du mich so schlecht? Dass ich für eine Frau alles hinwerfen würde? Wir sind zusammen durch die Hölle gezogen, Nardo. Sind auf der anderen Seite wieder rausgekommen. Cazzo, Mann, ich hab dir meine Tante anvertraut. Du hattest mein ganzes Vertrauen, keiner war mir so teuer wie du. Und so zahlst du es mir zurück? Was soll der Scheiß?"

Er steht, die Waffe in den gesenkten Händen, kneift die Augen zusammen, weil hinter mir noch immer die aufgeblendeten Scheinwerfer des Maseratis gleißend durch die Dunkelheit schneiden. Ich weiß, dass er mich sehen kann, ein Schatten vor dem Gleißen, es wäre leicht für ihn, die Waffe hochzureißen und zu feuern. Doch nicht nur ich richte meine HK auf seine Brust. Auch Lo hat seine Waffe im Anschlag.

„Leg sie ins Gras, Nardo", sage ich. „Dann fünf Schritte zur Seite. Wir reden."

„Was gibt es zu reden?"

„Von wem der Auftrag ist, Cara aufzulauern, zum Beispiel."

Er legt die Waffe nicht ab. Geht nicht zur Seite. Blinzelnd starrt er meinen Schatten an, die Lippen zum dünnen Strich gepresst, ich kann sehen, wie sehr er darüber nachdenkt, wie er hier wieder rauskommt.

„Cara!", rufe ich, wechsele von Italienisch zu Englisch. „Bist du da? Setz dich in dein Auto. Fahr weg. Nach Hause. Ich will, dass du deinem Dad sagst, was hier passiert ist. Sag ihm, ich will, dass er auf dich achtgibt. Kein Museum mehr, hast du verstanden? Bleib zuhause und warte. Ich lass dich wissen, wann es wieder sicher ist."

Es fühlt sich seltsam an, so ins Leere zu rufen, aber ich weiß, dass sie mich hört. Ich kann praktisch fühlen, wie sich Widerwille in ihr regt, weil ich mir herausnehme, ihr das Arbeiten zu untersagen.

„Ich krieg sie doch", schnauft Bernardo.

„Und ich werde wieder da sein. Wer ist dein Auftraggeber?"

„Mein Gewissen", schnauzt er mich an. „Meine Gewissheit, dass dieses Leben, deines und meines, zu Ende ist, wenn die kleine Schlampe nicht beseitigt wird. Sie hat dich doch schon am Schwanz gepackt. Schau dir an, was aus dir geworden ist. Ich hab dich gesehen. Als du von O'Brien gekommen bist. Und was tust du? Zum Dank hofierst du sie wie eine Prinzessin. Sie ist eine von denen, Angelo. Was hast du als nächstes vor? Willst du uns alle an O'Brien verraten? Bis unser Blut so grün ist wie das der Iren? Paolina sagt …"

„Lass Paolina da raus", fahre ich ihm ins Wort. Ich muss mir von ihm nicht sagen lassen, dass Paolina längst durchschaut hat, was ich selbst nicht wahrhaben will. Dass Cara sich in mein Herz gefressen hat und es für mich aus dieser Faszination für sie keinen Weg heraus mehr gibt. „Leg die Knarre ins Gras."

Ein Zweig knackt hinter ihm. Es ist Cara. Wie ein Glühwürmchen, das blonde Haar leuchtend wie ein Fanal zwischen tiefhängenden Tannenzweigen, schwebt sie aus der Deckung heraus auf den Pfad. Ich bin abgelenkt, nur für den Bruchteil einer Sekunde, und es ist der Bruchteil, den Bernardo nutzt. Er schwingt herum. Seine Waffe richtet sich auf Cara, die im Licht der Maserati-Scheinwerfer ein nicht zu verfehlendes Ziel abgibt.

Ich weiß nicht, was ihn zögern lässt, aber sein Zögern ist zu lange. Im Laufen drehe ich die HK herum, springe den älteren Mann an, in einer Bewegung, die ich als Kind auf den Spielplätzen von San Pasquale gelernt habe. Wie eine Katze, die sich auf die Maus stürzt, oder ein Pfeil, der von der Bogensehne schnellt. Lautlos. Unaufhaltsam. Der Lauf der HK in meiner Hand zielt auf Bernardos Nacken. Doch er scheint etwas zu spüren, dreht sich weg, ich treffe nur sein Schulterblatt, und er rollt sich unter mir zur Seite. Sein Schuss geht ins Leere. Ich höre Caras Schrei. Entsetzen, kein Schmerz. Ein zweiter Schuss löst sich, als Bernardo und ich ineinander verkeilt über den Waldboden rollen. Der Untergrund ist nass und weich, ich brauche einen Moment, um mich zu orientieren, ehe ich Bernardo in den Griff kriege. Es ist fast peinlich. Bernardo ist kein junger Mann mehr, aber er zeigt mir meine Grenzen auf. Doch schließlich gelingt es mir, ihm die Waffe aus der Hand zu treten, die Lo im nächsten Moment an sich nimmt. Lo könnte eingreifen und die Sache beschleunigen, doch er hält sich zurück, und als ich einen Blick auf ihn erhasche, sehe ich ein Grinsen in seinen Augen. *Stronzo.*

Ab jetzt ist es nur noch eine Frage der Zeit. Schließlich liegt Bernardo auf dem Rücken, versucht noch, nach mir zu treten, aber weil mein Knie seine Kehle quetscht, fehlt ihm nicht nur die Orientierung, sondern mehr und mehr auch die Luft. Ich höre das schnappende Geräusch, mit dem Lo das Magazin aus einer Halbautomatik gleiten lässt, dann wirft er mir die Waffe zu. Bernardos Waffe. Ich schiebe meinem früheren Vertrauten den Lauf zwischen die Zähne, die Mündung tief in seinen Schlund. „Halt fest, Nardo."

Seine Augen weiten sich. Doch als er die Zähne auf das Metall senkt, merkt er, wie leicht die Waffe ist, und entspannt sich ein wenig, realisierend, dass sie ungeladen ist. Ich lasse mein Knie, wo es ist, nehme aber ein wenig von meinem Gewicht weg.

Cara steht an einen Baum gepresst.

„Fahr", sage ich zu ihr.

Sie starrt mich an. „Was hast du vor?"

„Mit ihm reden. Fahr nach Hause."

Heftig schüttelt sie den Kopf. Ich stehe auf, mein Fuß ersetzt mein Knie auf der Kehle von Bernardo, der zu röcheln beginnt. „Cara. Fahr. Nach. Hause. Auf dem kürzesten Weg. Dein Dad hat die Macht, dich zu beschützen."

Sie rührt sich nicht. Seufzend gebe ich Lorenzo einen Wink. Mit einem unternehmungslustigen Funkeln in den Augen nimmt Lo meinen Platz an Bernardos Kehle ein. Ich weiß nicht, ob Lo noch immer an die Kopfnuss denkt, die Bernardo ihm gab, als es um Caras Apfelkuchen ging, aber das muss jetzt zweitrangig sein. Cara muss fort von hier, damit ich mit Bernardo auf eine Weise reden kann, die er versteht.

Ich gehe zu ihr, schiebe dabei meine HK hinten in den Hosenbund. Das Scheinwerferlicht macht aus ihrem Gesicht ein milchweißes Oval gegen die immer undurchdringlicher werdende Dunkelheit des Waldes. Ihr Geruch trifft mich, eine Sekunde bevor ich so nah bin, dass ich sie berühren kann.

„Wirst du ihn töten?", fragt sie.

„Er kriegt, was er verdient."

„Ich will nicht, dass du ihn meinetwegen tötest, Angelo."

Wie sie meinen Namen sagt, geht mir durch und durch. Ich kann nicht anders, hebe eine Hand und streiche ihr ein paar verirrte blonde Locken aus der Stirn. Doch das macht es nur schlimmer. Meine Hände finden den Weg auf ihre Hüften, ziehen sie zu mir. „Geh", flüstere ich. „Denk nicht über ihn nach. Er ist ein Idiot, was auch immer jetzt kommt, er hat es verdient. Keiner darf dich anrühren. Ich schwöre es dir."

„Schick mich nicht weg."

„Du darfst nicht bei mir sein. Andere wie er werden kommen und dasselbe tun wollen. Du bist nicht sicher, wenn du an meiner Seite bist."

„Was ist es dann, das du mir schwörst?"

„Ich werde immer da sein, auch wenn du mich nicht siehst." Wieder packt mich das Verlangen, ihren Körper mit einem Verfolgungschip zu impfen. Oder wenigstens ihr Telefon. Nicht jetzt. Aber ich werde einen Weg finden. Verflucht, ich bin beinahe zu spät gekommen. Der Gedanke, dass Bernardo schneller hätte sein können, die Vorstellung, dass es nur ein paar Sekunden waren, die über Caras Leben auf diesem Waldweg entschieden haben, nimmt mir den Atem. Ich neige mich zu ihr, bringe meine Lippen auf ihre. Ganz vorsichtig. Es ist ihr Atem, der jetzt in meine Lungen dringt, der die Blockade löst, das erdrückende Gefühl auf meiner Brust erleichtert. Sie ist am Leben. Ich werde verdammt nochmal dafür sorgen, dass das so bleibt.

„Fahr", murmele ich an ihren Mund. „*Adesso.*"

„Werde ich dich wiedersehen?"

„Nein."

„Ich will ..."

„Shhht." Meine Finger ersetzen meine Lippen auf ihren. „Ich weiß, was du willst."

„Warum willst du mich nicht? Angelo ..."

Ich schließe die Augen und atme tief. Ich kann ihr nicht sagen, wie sehr ich sie will. Ich kann das, was ich für sie tun muss, nicht dadurch in Gefahr bringen, dass ich ihr sage, wieviel sie mir bedeutet. Verdammt, ich kenne sie immer noch kaum, und sie weiß noch viel weniger von mir. Ich muss an Francesca denken, die mir nichts bedeutet, aber für deren Sicherheit ich die Verantwortung übernommen habe, als ich sie vor sechs Jahren in der Maria-Hilf-Kirche in Bova Marina geheiratet habe.

Cara und ich, das hat keine Zukunft. Das darf nicht sein. Es ist irrelevant, wie richtig es sich anfühlt. Ich bin in meinem Leben mehrfach angeschossen worden. So etwas tut weh. Doch noch nie hat mir etwas so wehgetan wie meine nächsten Worte.

„Du bist nicht für mich, *Lucciola.*" Leise, auf Italienisch, füge ich hinzu: „*Non sono per te.*"

Sie sieht zu mir auf, als wollte sie protestieren. Im gleißenden Licht schimmern ihre Augen so vielfarbig hell wie Perlmutt. Ehe ich sie noch einmal berühren kann, wendet sie sich ab und geht zu ihrem Wagen. Der Motor springt an. Ich schaue ihr hinterher, als der BMW auf dem matschigen Untergrund Fahrt aufnimmt.

Lorenzo grinst mir entgegen, noch immer die Hacke seines Schuhs auf Bernardos Kehle. „Er hat ja nicht Unrecht, weißt du", sagt er und spuckt aus, sodass seine Spucke neben Bernardos Kopf landet.

„Lass das", sage ich. „Nimm den Fuß weg."

„Er hat Recht", sagt Lo noch einmal und gibt Bernardo frei. „Sie hat dich am Schwanz gepackt, dass du hechelst wie ein Hündchen."

Ich könnte ihn dafür zu Boden prügeln. Früher hätte ich es vermutlich getan. Doch jetzt hocke ich mich zu dem Mann, der mein Vertrauen missbraucht hat, und wische ihm ein paar Grashalme vom Jackett. „Lass uns reden, Bernardo."

KAPITEL 14

Cara

Er wird ihn umbringen. Ich weiß es. Ein Mensch wird sterben, und es ist meine Schuld, dass es passiert. Ein Mensch, mit dem ich am Tisch gesessen und gegessen habe. Ein Mann, der mich verteidigt hat. Mich und diesen gottverdammten Apfelkuchen. Es kann keinen anderen Grund geben, warum Angelo mich wegschickt, als den, dass er diesen Mann töten wird. Bernardo war sein Freund. Ein Vertrauter. In einem Leben wie dem unseren ist nicht viel Platz für Freunde, umso kostbarer ist jeder einzelne. Ich habe den Schmerz in Angelos Haltung gesehen, als er begriff, dass Bernardo ihn betrogen hat, und der Grund für Bernardos Verrat bin ich.

Ich halte mich nicht mit dem blöden Navi auf. Wie auch? Meine Finger zittern so stark, dass ich kaum den Startknopf in meinem Wagen drücken kann. Was in den Schatten nur wenige Schritte von mir entfernt passiert, kann ich nicht erkennen, trotzdem starre ich auf die Szene, wo zwei Gestalten sich über einen dritten Mann am Boden beugen. So lange ich hinschaue, wird er nicht schießen. Ich muss mich an den Gedanken klammern, so lange ich kann. Es ist nicht Bernardos Seele, um die ich fürchte. Bernardo ist verdammt. Er hat die oberste Regel gebrochen, nach der ein Camorrista lebt.

Angelos Seelenfrieden ist es, um den ich mir Sorgen mache. Ich weiß, dass er getötet hat. Ich weiß, dass er kein guter Mann ist, aber zu mir war er gut. Auf eine verrückte, brutale Weise war er gut zu mir und ich weiß, dass auch ein Stück von ihm sterben wird, wenn ich dabei zusehe, was er jetzt tun muss. Das ist der Grund, warum er mich wegschickt. Es ist ein selbstloses Geschenk. Zu wissen, was passiert, ist etwas anderes, als es zu sehen. Wenn ich mit eigenen Augen sehen müsste, wie Angelo sich selbst das Herz aus der Brust reißt und einen Mann tötet, der ihm lieb war, kann ich nicht mehr zurück. Dann stirbt auch ein Teil von mir. Dann ist alles endgültig verloren, um was ich so lange gekämpft habe. Das Mädchen, das ihn gerettet hat, in seiner dunkelsten Stunde. Wenn ich ihm dabei zusehe, was er zu tun hat, um mich zu schützen, dann muss aus dem Hoffnungsschimmer in der Dunkelheit, der wie ein verirrter Schmetterling wirkt, ein düsterer Nachtfalter werden. Das kann ich nicht. Noch weniger, als Bernardos Tod zu verantworten, kann ich Angelo die Hoffnung nehmen, dass er einmal etwas Gutes im Arm gehalten hat.

Ich umfasse das Lenkrad und gebe Gas. Im nächsten Augenblick schießt der BMW zurück auf die Hauptstraße, die durch den Wald führt. Wie ich meinen Weg finde, weiß ich nicht. Ich fahre einfach. Biege ab, wenn mein Gefühl es mir sagt, folge dem Miasma aus Licht, das wie eine Glocke über Philadelphia hängt und mich schließlich in die richtige Richtung weist. Straßenschilder mit Namen, die ich kenne. Restaurants, in denen ich schon gewesen bin. Ich weiß wieder, wo ich entlangfahre. Bis ich zu Hause ankomme, hat der Adrenalinrausch nachgelassen, und zurück bleibt eine dumpfe Unruhe, gepaart mit Erwartung. Alles ist anders geworden.

Shannon kommt mir entgegen, kaum dass ich das Haus betrete. „Baby, Cara, da bist du ja. Mister O'Brien ist halb verrückt vor Sorge."

Ich schlüpfe aus meinem Mantel und drücke ihr den Stoff in die Hand. Sie muss die Dreckstreifen auf dem hellen Stoff bemerken, aber sie sagt nichts dazu. Auch die Kratzer von den Zweigen in meinem Gesicht bleiben unkommentiert. Habe ich schon einmal erwähnt, dass ich Shannon liebe?

„Wo ist Dad?"

„In seinem Arbeitszimmer. Er hängt seit heute Morgen ununterbrochen am Telefon."

Ich frage mich, warum er nicht einfach im Museum angerufen hat, wenn er sich wirklich solche Sorgen um mich macht, aber auf diese Frage kann mir Shannon ebenso wenig eine Antwort geben wie ich selbst. Also nicke ich nur und mache mich auf den Weg in Daddys Arbeitszimmer. Vielleicht wäre es sinnvoller, mich umzuziehen, bevor ich meinem Vater entgegentrete, aber ich setze auf den dramatischen Effekt. Wenn er mich so sieht, beschmutzt und zerkratzt, wird seine Wut auf meiner Seite sein, dann kann er gar nicht anders, als mir zu glauben. Ohne zu klopfen öffne ich die Tür zu seinem Büro und trete ein. Wie Shannon es gesagt hat, ist er gerade am Telefon.

„Ja, gleich ... Moment, Daniel. Sie ist hier." Er macht eine auffordernde Geste in meine Richtung, bedeutet mir, einzutreten. Sein Blick bereist meinen Körper. An meinen zerschrammten Händen bleibt er ein wenig länger kleben, aber seiner Miene ist nicht anzusehen, was er denkt. Ich schätze, dass man lernt, sich seine Gefühle nicht anmerken zu lassen, wenn man seit Jahrzehnten sein Geld auf der anderen Seite des Gesetzes verdient.

„Ja, du kannst Deirdre sagen, dass sie sich keine Sorgen mehr machen muss. Ich melde mich, wenn ich Näheres weiß. Danke für die Hilfe, Mann." Daniel, einer seiner engsten Vertrauten und verheiratet mit meiner Cousine, muss etwas erwidern, denn es dauert ein paar Sekunden, bis Dad das Gespräch endgültig beendet. Langsam und bedächtig legt er den Hörer beiseite. Die ganze Zeit über hat er mich nicht eine Millisekunde lang aus den Augen gelassen.

„Wer?" Ein einziges Wort, ist alles, was er schließlich sagt.

Showtime. Ich weiß, dass mehr als nur ein Menschenleben von dem abhängt, was ich jetzt sagen werde, und ich habe heute bereits einmal getötet. Nicht durch meine eigene Hand, aber durch mein Verhalten. Durch meine Naivität und meine voreilige Entscheidung, zu Ruggiero Monza zu gehen. Bevor ich antworten kann, muss ich schlucken. „Bernardo Cavalli. Um ihn wird sich gekümmert." Ich sage es vollkommen ruhig, keine Emotion in meiner Stimme betrügt mich, doch vielleicht ist genau das mein Fehler.

Wie in Zeitlupe beobachte ich, wie sich die Miene meines Vaters verändert. Das Blut stürzt aus seinem Gesicht, hinterlässt fahle Wut. Für die Dauer einiger Herzschläge scheint die Zeit still zu stehen, dann kracht seine Faust auf die Tischplatte.

„Verdammt, Cara!" Er brüllt, dass die Bilder an den Wänden wackeln. Kurz presse ich die Augen zusammen. Ich habe nicht erwartet, dass das hier leicht werden würde, aber ich konnte noch nie gut damit umgehen, wenn Daddy schreit.

„Was ist los mit dir? Ich kenne dich nicht mehr! Drei Tage! Drei Tage bist du weg, und du kommst zurück, misshandelt, vergewaltigt, verletzt. Das zumindest ist es, was ich glauben muss, nach dem, was der Doc gesagt hat, und dann stehe ich auf dieser verfluchten Party und du hechelst diesem Kerl hinterher." Offenbar kann nun doch auch ich nicht mehr unbeteiligt wirken, denn als mein Vater Luft holen muss, verengen sich seine Augen, ein lauernder Ausdruck tritt in seinen Blick.

„Oh, ja, was denkst du denn? Meinst du wirklich, ich hätte nicht bemerkt, wie du dich davongestohlen hast? Auf der Party? Mit Angelo Rossi? Also denke ich, dass es wohl doch keine Vergewaltigung war. Und das nächste, was ich weiß ist, dass du zu Ruggiero

Monza ins Haus spazierst. Hast du überhaupt eine Ahnung, wer dieser Mann ist? Irene erzählt mir, es habe etwas mit einem Artefakt zu tun, das du für sie untersuchst, und ich denke mir, wie kannst du so leichtgläubig sein, zu einem Mann wie Monza zu laufen, als gäbe es keinen Krieg zwischen uns? Und dann? Dann kommst du nicht nach Hause, tauchst unter, niemand weiß, wo du bist. Du meldest dich nicht. Kein Lebenszeichen. Nach allem, was ich weiß, könnte deine Leiche irgendwo in einem Straßengraben verrotten."

„Danke, Daddy, schönes Kopfkino. Ich bin erwachsen, und wo ich meine Nächte verbringe, ist meine eigene Angelegenheit."

„Bei Angelo Rossi, ja? Warum, Cara? Du bist mein einziges Kind. Warum gehst du zu diesem Mann, der mehr meiner Männer auf dem Gewissen hat, als ich Finger an den Händen habe? Was ist aus deinem Vorsatz geworden, ein anständiges Leben führen zu wollen? Jahre ..." Er macht eine wegwerfende Handbewegung vor seiner Brust. Selbst auf die Entfernung kann ich den Puls an seinem Hals rasen sehen. „Ach was, Jahrzehnte höre ich von dir nichts anderes, als dass du mit dem Geschäft nichts zu tun haben willst. Und dann das? Angelo Rossi ist ein Mörder, Cara. Wach auf! Du wolltest ein anständiges Leben an der Seite eines anständigen Mannes. Und jetzt? Welcher anständige Mann soll dich noch heiraten? Das Betthäschen eines Möchtegern-Capos. Er benutzt dich. Und du lässt dich benutzen. Siehst du das nicht?"

„Und was ist mit dir?" Meine Stimme bricht beinahe. Ich wollte nicht, dass diese Diskussion eine Diskussion über mich wird. Ich wollte ein sachliches Gespräch führen, tun, was Angelo mir gesagt hat, meinen Vater aufklären über die neue Situation mit Ruggiero, aber da sind zu viele unausgesprochene Verletzungen zwischen meinem Vater und mir, um noch Raum für Sachlichkeit zu bieten. „Du hast mich auch benutzt. Du hast mich getäuscht. Mich verschachert wie ein Stück Vieh. Du hast mich glauben lassen, du würdest meine Entscheidungen respektieren, doch in Wahrheit ging es dir immer nur ums Geschäft. Shane war nie der Mann, den ich geglaubt hatte zu kennen. Er war eine Schachfigur, von dir aufs Spielfeld gesetzt. Genau wie ich."

Wie Recht ich mit dieser Anklage habe, sehe ich in eben diesem Moment. Ich kann nicht begreifen, dass ich es nicht vorher gesehen habe. Mein Blick war festgeklebt am Gesicht meines Vaters, doch jetzt schaffe ich es nicht mehr, ihm in die Augen zu sehen, und lasse meinen Blick schweifen. An einem schwarzen Glaskästchen im Regal hinter seinem Schreibtisch bleiben meine Augen hängen. Auf einem Bett aus karmesinrotem Samt liegt darin ein Kruzifix aus Ebenholz. Eingearbeitet in das Kreuz ist eine Glasphiole, zu zwei Dritteln gefüllt mit rostbrauner Flüssigkeit. Im selben Augenblick weiß ich, was ich sehe. Das ist das Original. Das echte Blut des Evangelisten Lukas. Der Schatz, für den Angelo bereit war zu sterben, das größte Heiligtum der 'Ndrangheta. Und es liegt dort, ungeschützt und unbewacht im Regal meines Vaters, wie Tand vom Flohmarkt.

So wenig bin ich ihm in Wahrheit wert. Ruggiero wusste nichts von der Fälschung. Angelo ebenso wenig. Es muss mein Vater sein, der die echte Phiole gegen die Fälschung ausgetauscht hat. Hat er sie selbst anfertigen lassen? Blitzschnell rechne ich im Kopf nach, die Zeit, die verging, zwischen dem Tag, an dem er Angelo die Phiole abnahm und ihn in seinem Verlies einkerkerte, bis zu dem Moment, als ich in Angelos Finger geriet. Es war genug Zeit, von einem cleveren Fälscher eine Kopie anfertigen zu lassen und diese auf dem Schwarzmarkt anzubieten. Er hat mein Leben riskiert, als er riskiert hat, dass die Camorristi erkennen, dass sie aufs Kreuz gelegt wurden, während ich mich in Angelos Gewalt befand. Kein Mann wie mein Vater sollte eine Waffe in Händen halten, die derart gefährlich ist.

Tränen steigen mir in die Augen, als ich begreife, was das bedeutet. Auch mein Vater merkt offenbar, dass sich etwas in mir verändert hat. Er lässt seine Hände sinken, seine Stimme ruhiger jetzt, fast menschlich.

„Ich wollte dich nur beschützen."

„Ich will nicht beschützt werden, Daddy. Ich will geliebt werden. Das ist ein Unterschied." Ohne ihm die Gelegenheit für eine Antwort zu geben, drehe ich mich um und laufe aus dem Zimmer. Ein kleiner Teil von mir will umkehren, will ihn in den Arm nehmen und ihm sagen, dass nicht alles schlecht war, was er mir mitgegeben hat. Denn ich weiß, dass es das letzte Mal sein wird. Ich kann hier nicht bleiben. Dinge, die wichtig sind, müssen erledigt werden, und ich bin die Einzige, die diese Dinge tun kann.

Angelo

Als ich am nächsten Morgen kurz nach zehn Uhr auf dem Parkplatz vor Rossi's Italian Delicacies aus dem Maserati steige, brummt mir der Schädel. Noch immer verzieren Schlammspritzer den Wagen. Im Bereich des Haupttores stehen zwei kleine Kipplaster, auf deren Seitentüren und den Außenwänden der Ladeflächen das Logo von Lorenzos Baufirma aufgedruckt ist, doch von dem Mann selbst keine Spur. Seine Leute entladen Material, lassen es dabei auffällig an Elan fehlen und scheren sich auch nicht um meine Ankunft. Es ist mir egal. Eigentlich möchte ich nur schlafen.

Ich habe den Kater des Jahrhunderts. Lorenzo auch. Wir sind am vergangenen Abend gemeinsam versackt. Ich wollte allein trinken, nachdem ich Bernardo ins Krankenhaus gebracht habe. Was aus ihm wird, ist mir egal. Oder vielleicht auch nicht. Ich bin noch nicht oft betrogen worden, und ganz sicher noch nie auf einer so persönlichen Ebene. Bernardo hatte keinen Auftraggeber. Er hat auf eigene Faust gehandelt, als er Cara angriff. Er hat sie als Bedrohung wahrgenommen, und anstatt mit mir darüber zu reden, hat er die Dinge selbst in die Hand genommen. Er wollte mich vor vollendete Tatsachen stellen.

Ich hatte erwartet, dass Ruggiero seine Finger im Spiel hat, doch Bernardo hat mir glaubhaft versichert, dass er allein gehandelt hat. Vielleicht hat er gehofft, zusätzlich zu Caras Beseitigung, auch noch einen Keil zwischen mich und Ruggiero zu treiben. Dass er mich dazu bringen könnte, gegen den Capo auf die Barrikaden zu gehen, wenn ich glauben müsste, dass der die Fäden gezogen hat. Doch als er am Ende seiner Optionen angekommen war, hat Bernardo die Wahrheit gesagt.

Zia Paolina hat nur die Schultern gezuckt, als ich ihr Bericht erstattet habe. Ja, zwischen ihr und Bernardo waren zarte Bande geknüpft worden, und ich habe mich für sie gefreut. Doch als sie von seinem Verrat erfuhr, hat sie Bernardo sofort abgehakt. Die Fähigkeit, die Dinge in schwarzweiß zu sehen und keine Grauschattierungen zuzulassen, hätte einen ausgezeichneten Anführer aus meiner Tante gemacht. Es kommt nicht selten vor, dass die Witwen von Bossen der verschiedenen 'ndrine deren Position übernehmen. Es sind Frauen, die in dieser Welt aufgewachsen sind, viele von ihnen stehen im Geschäft ihren Männern in nichts nach. Aber Paolina hat sich nach Massimos Tod aus dem aktiven Leben zurückgezogen. Es gibt Momente, in denen ich das jammerschade finde, auch wenn niemand mehr davon profitiert hat als ich.

Nach dem kurzen, emotionslosen Gespräch mit Zia Paolina bin ich in eine Bar in South Side gegangen, mit der Absicht, mir die Wut und Trauer über Bernardo aus dem Gehirn zu saufen. Dort bin ich über Lorenzo gestolpert. Zu zweit trinkt es sich leichter. Über Bier und Whisky war es einfacher für ihn, darüber hinwegzukommen, dass ich darüber nachgedacht hatte, ihm zu misstrauen, und einfacher für mich, darüber hinwegzukommen, dass ich solche Gedanken überhaupt zugelassen habe.

Ich war noch nie so betrunken wie an diesem Morgen, als ich gegen vier Uhr aus dem Taxi rollte und der Concierge des Rittenhouse mich vom Sicherheitsdienst ins Penthouse verfrachten ließ.

Mein Schädel wird explodieren. Noch vor dem ersten Kaffee.

Marie überschüttet mich mit Papieren, als ich das Büro betrete. Ich will sie von mir weisen, aber ich bin der Boss. Ich muss mich um die Dinge kümmern. Ich habe Geschäftsführer und Schichtleiter, die sich hier um den reibungslosen Ablauf kümmern, aber in diesem Büro laufen alle Fäden zusammen, nicht nur die, die den Großhandel betreffen. Zu vieles ist liegen geblieben. Nach dem Lunch habe ich eine Verabredung mit meinem Steuerberater. Über mir schwebt Ruggiero mit seiner Andeutung, Rossi's Italian Delicacies würde nicht die ausgemachten Prozente aus illegalen Geschäften waschen und filtern. Eine Drohung, nicht mehr und nicht weniger. Die vereinbarten Prozente sind durch meine Systeme gelaufen. Was er will, ist, dass ich meinen Einsatz verdopple. Als Zeichen meiner Treue.

Wenigstens scheint Caras Versicherung, dass es sich bei der Phiole entgegen ihrer ersten Vermutung doch um das Original handelt, zu wirken. Ruggiero hält still. Ich bin sicher, er ist hellwach. Anders als ich. Ruggiero hätte sich vergangene Nacht niemals so gehen lassen. Er wäre hellwach geblieben. Er wird uns beide genau beobachten. Cara und mich, die beiden Menschen, die den Verdacht kennen.

Ich logge mich in eine Datenbank ein, zu der nur wenige Menschen Zugang haben, die vielfach verschlüsselt ist und auf Servern in Tahiti liegt. Die Umsätze der 'Ndrangheta-Familien von Philadel-phia. Ein Geschäft wie meines kann ohne Weiteres beträchtliche Mengen an illegalen Substanzen ins Land einführen, ohne dass es auffällt. Egal, wie gründlich die Behörden filzen. Wir wären nicht dort, wo wir heute sind, wenn wir nicht Mittel und Wege kennen würden, um unsere Geschäfte an Polizei und FBI vorbei zu tätigen. Wegen der Unmengen von Geld, die durch meine Systeme fließen, ganz einfach wegen der Preise für Luxusgüter und der damit ver-bundenen Steuern, ist Geldwäsche, neben Wein und Käse, eine weitere Spezialität von mir.

Die Zahlenkolonnen tanzen vor meinen Augen. Ich schreibe Ruggiero eine Nachricht. Ein Angebot. Ich gehe an die äußerste Grenze dessen, was meine Firma verkraften kann, ohne den Behörden aufzufallen. Alles, was darüber hinausgeht, muss ich mit dem Steuerberater durchsprechen. Vielleicht geht noch mehr. Andererseits will ich nicht erscheinen, als würde ich Ruggiero um jeden Preis die Fußsohlen lecken. Es würde wie ein Eingeständnis aussehen. Er mag mein Capo sein, aber ich bin kein kleiner Hund, der sich ergeben auf den Rücken rollt, wenn er getreten wird.

Die Sprechanlage neben meinem Telefon blinkt. Marie.

„Was?", fahre ich sie an. Meine Kopfschmerzen drohen mich zu töten.

„Mr. Shane Murphy möchte, dass Sie auf die Hauptwache in Downtown kommen, Sir." Ihre Stimme klingt eingeschüchtert. „Es gibt neue Erkenntnisse."

„Kann auch mal ein Tag vergehen, an dem ich Mr. Shane Murphy nicht begegnen muss?", knurre ich.

„Tut mir leid, Sir. Er ließ sich nicht vertrösten."

Ich stöhne, vergrabe die Stirn in meiner Hand. „Ich fahre hin, wenn ich mit Luigi fertig bin. Sagen Sie ihm fünfzehn Uhr. Sorgen Sie dafür, dass der Maserati vorher gewaschen wird." Wir haben Leute für so etwas. Sie soll sich darum kümmern.

Ich schließe die Datenbank, schicke die Nachricht an Ruggiero ab und stehe auf, um mir aus der Minibar eine Flasche Mineralwasser zu holen. Am Fenster bleibe ich kurz stehen. Lorenzos feuerroter Alfa Romeo steht neben den beiden Kipplastern. Mein Freund albert mit seinen Männern, und ich bin plötzlich wahnsinnig eifersüchtig, weil er so viel fitter aussieht als ich.

Als ich mich zum Schreibtisch zurückwende, bemerke ich aus dem Augenwinkel, wie ein schwarzer Sportwagen auf den Parkplatz zieht. Ein BMW Z3.

Caras BMW Z3.

Mit einem heftigen Knall landet die Plastikflasche auf dem Beistelltisch neben der Bar. Was will sie hier? Wie hat sie diesen Ort gefunden? Ich habe ihr nie davon erzählt. Habe ich? Mein Kopf droht zu zerspringen. Cara parkt neben meinem Mas und steigt aus, blickt an den Fassaden der diversen mehrstöckigen Gebäude hinauf, die den Innenhof umstehen, und wirkt verloren.

Als Lorenzo sie anspricht, ergreift mich für eine Sekunde die Unsicherheit, die wir doch letzte Nacht weggesoffen haben. Würde er ihr etwas tun? Sie ist zu weit weg. Ich hab ihr geschworen, sie zu schützen. Ich hab ... Doch dann geht Lo voraus, auf das Gebäude zu, von dessen oberstem Stockwerk aus ich sie beobachte. Sie beeilen sich. Mehrfach blickt Lo sich um.

Dann steht Cara vor mir. In meinem Büro. Lo bleibt in der Tür stehen. Cara wirkt zerzaust, durcheinander. Ihre Finger kneten den Rand des Rucksackes in ihren Händen.

„Lass uns allein, Lorenzo."

Er sieht aus, als wolle er protestieren, doch schließlich verlässt er mein Büro, und ich schließe die Tür hinter ihm. Ich weiß nicht, was mich überkommt. Ich drehe den Schlüssel im Schloss, und im nächsten Augenblick sind meine Finger in Caras Haaren und meine Lippen auf ihrem Mund. Sie macht mich wahnsinnig. Ich vergesse jede Vernunft, wenn ich ihren Duft atme, ich muss sie haben, sie besitzen. Ich wollte sie nie wiedersehen. Ist das der wahre Grund, weshalb ich letzte Nacht abgesoffen bin? Wen interessiert ein verfickter *Stronzo* wie Bernardo? Das wahre Dilemma in meinem Leben ist, Cara gesagt zu haben, dass wir uns nicht wiedersehen dürfen. Sie hier zu haben, in diesem beengten Raum, meine Zunge in ihrem Mund, vertreibt die Kopfschmerzen und die Erinnerungen an billigen Whisky und an Bier, das ich schon immer ekelhaft fand.

„Ich muss mit dir reden", bringt sie hervor, als ich Luft holen muss. Meine Hände finden den Weg zwischen ihre Beine. Sie trägt Jeans. Warum trägt sie Jeans? Ich brauche sie zugänglich. Ich brauche meine Finger in ihr.

„Ich hab noch nie eine Frau so sehr gewollt wie dich, Cara O'Brien", knurre ich an ihren Lippen.

„Angelo ... ich bin nicht hier, um ..."

Wieder stehle ich ihr die Worte aus dem Mund. Ich kriege nicht genug von ihr. Was macht diese Frau mit mir? Doch Cara ist stark. Stark und eigensinnig und klug. Mit Nachdruck schiebt sie mich von sich. In ihren Augen glitzert etwas. Es ist nicht Lust. Es ist Wut. Ärger. Hass? Nein, nicht Hass, aber Wut, und ein bisschen Verzweiflung.

„Du hast mich zu meinem Dad geschickt, Angelo. Damit er mich beschützt. Ja?"

„Er ist der beste Mann dafür." Ich bin atemlos von dem Kuss und von der Gier nach meinen Fingern in ihr. „Warum bist du hier? Hast du eine Ahnung, in was für eine Gefahr du dich bringst?"

„Was? Züchtest du hier kleine Nachwuchsmafiosi?" Sie zischt es aufgebracht.

„Mach dich nicht lächerlich." Ich packe ihr Handgelenk. „Du solltest zuhause bleiben. Dein Vater sollte dafür sorgen, dass du das Haus nicht verlässt. Es ist gefährlich. Was machst du hier?"

„Mein Vater, ja? Der gute alte Paddy O'Brien sollte auf seine Tochter achtgeben?" Sie reißt den Rucksack auf. „Und was sagst du hierzu?"

Das Kästchen, das sie auf meinen Schreibtisch legt, unterscheidet sich nicht von dem, das ich aus Wisconsin zurückgeholt habe. Das Kästchen, das sicher in einem Safe des Museums liegen sollte. Entweder dort, oder im Besitz von Ruggiero Monza. „Du hast es aus dem Museum gestohlen?" Meine Stimme gehorcht mir kaum. Ruggiero wird sie umbringen, und er wird es ganz langsam und genussvoll tun und mich zwingen, dabei zuzusehen.

„Das, Angelo Rossi, ist das Original. Ich könnte dir ganz genau zeigen und erklären, was das Original von der Fälschung unterscheidet, aber ich bin mir sicher, dass wir etwas Besseres zu tun haben, nicht wahr?"

Ich starre sie an, sprachlos.

„Daddy", sagt sie, erklärend. „Ich habe es aus Daddys Arbeitszimmer gestohlen. Nicht aus dem Museum. Mein Vater besaß das Original. Das er dir abgenommen hat. Er hat es nie aus der Hand gegeben, seit er es an sich gebracht hat. Es war immer in seinem Besitz. Wieviele Monate hatte er Zeit, die Fälschung anfertigen zu lassen und durch Shane auf den Kunstmarkt zu bringen, damit sie dort in finsteren Kanälen verschwindet und die Italiener sich im Idealfall totsuchen? Die Monate, in denen du langsam wieder zu Kräften gekommen bist. Mein Dad, Angelo. Der Mann, den du für den richtigen Mann hältst, mich zu beschützen."

Ich starre sie an, dann das Kästchen, dann wieder sie. „Er würde dich beschützen, denn du hast mit diesem Artefakt nichts zu tun. Er würde dich beschützen vor Monstern wie mir."

Sie schließt den Rucksack und lässt ihn auf einen Drehstuhl gleiten, dann tritt sie so nah auf mich zu, dass ich die Wärme ihres Körpers durch ihre und meine Kleidung hindurch fühlen kann. Das, was um uns herumwabert und feinste Fäden spinnt, ist ein Feld aus Energie. Es pulsiert und vibriert in *Azzurro* und Irish Green. Cara und Angelo. Sie hat alles riskiert, als sie die Phiole aus dem Arbeitszimmer ihres Vaters entwendet hat, als sie geflohen ist, um das größte Heiligtum der 'Ndrangheta quer durch die Stadt zu mir zu bringen.

„Wie hast du mich gefunden?", frage ich.

„Zia Paolina." Eine Antwort, so einfach wie gefährlich. Ich stöhne auf. Sie war bei Zia. Sie kann sich hunderte von Verfolgern eingehandelt haben. Himmel nochmal. Doch die unsichtbaren Fäden aus blaugrüner Energie halten uns zusammen. Beieinander. Sie berührt sacht mein Gesicht.

„Ich kann so nicht leben", murmelt sie. „Wissen, dass das, was dich von Menschen wie diesem Monza frei macht, in dieser Stadt ist, ohne dass ich versuchen muss, dir zu helfen. Ich muss, Angelo. Es ist ein Zwang, so sehr, wie es für dich ein Zwang ist, mich zu beschützen, auch wenn es dich umbringt."

„Ich bin nicht frei", krächze ich. „Das hier ist mein Leben. Davon wird man niemals frei. Man wird hineingeboren. Man lebt es. Man stirbt dafür."

„Hier liegt der Weg in deine Freiheit. Ich habe dir die verfluchte Phiole gebracht. Was wirst du damit tun?"

Ich blicke über ihre Schulter hinweg zum Schreibtisch. Ein warmes Pulsieren scheint von dem Kästchen auszugehen, das nur ich sehen kann. Wieviele Möglichkeiten gibt es? Die einfachste wäre, die Phiole zu Ruggiero zu bringen und nie mehr damit rechnen zu müssen, dass er mir eine Kugel in den Kopf schießt. Wenn ich den Schwur wiederholen würde, den ich bei seiner Krönung gegeben habe, indem ich ihm die echte Phiole bringe, könnte er meine Treue niemals wieder anzweifeln. Das ist der Grund, warum sich alles in mir dagegen sträubt, genau das zu tun. Zu oft habe ich meinen Schwur bereut, um ihn jetzt aus freien Stücken unauslöschlich zu machen.

„Wir könnten sie zerbrechen", murmele ich in Caras Haare.

„Willst du sie zerbrechen?"

Für das verdammte, gottlose Ding habe ich mich einkerkern lassen und bin beinahe verreckt. Dieses verdammte, gottlose Ding hat mich zu Cara gebracht. Hat Cara wieder und wieder in mein Leben gelockt. Hat uns beide in Todesgefahr gebracht, die noch lange nicht gebannt ist.

„Ich weiß es nicht", sage ich. „Ich weiß nur, dass ich dich vögeln will, Cara mia."

„Schick mich nie mehr weg."

Ich weiß, dass ich sie nie mehr wegschicken kann. Wem sollte ich sie anvertrauen? Es gibt niemanden auf dieser Welt, dem ich vertrauen kann, und ihr Vater würde sie vermutlich dafür, dass sie ihn bestohlen hat, eigenhändig erwürgen, wenn er sie wieder in die Hände bekommt.

Sie hat nur mich. Und ich habe nur sie.

Ich habe keine Ahnung, wohin das führen wird. Was daraus erwachsen wird. Doch die Wärme ihres Körpers, die durch die Jeans und das T-Shirt in meine Fingerspitzen sickert, ist echt. Ist wahrhaftig. Das hier, das sind wir. Angelo und Cara. Ich lege meine Lippen auf ihre, aber nur, um meinen Atem mit ihrem verschmelzen zu lassen. Ganz zart. Meine Stirn auf ihrer. Meine Finger auf ihrem Körper.

„Wir werden beide sterben", flüstere ich. Ich würde für sie mein Leben geben. Aber ich könnte es nicht ertragen, wenn sie meinetwegen stirbt. „Keine unserer beiden Welten ist sicher für uns."

„Wir brauchen keine von ihnen." Ihr Atem streichelt mich. „Wir brauchen keine ganze Welt. Wir haben einander."

Sie hat mich nicht. Darf mich nicht haben. Doch in diesem Augenblick muss ich sie besitzen. Was morgen wird? Ich habe keine Ahnung. Ich will nicht darüber nachdenken. Nicht jetzt. Morgen. Vielleicht.

Teil 3

Seine Sünde

KAPITEL 15

Cara

Das Haus, in dem ich aufgewachsen bin, steht auf einem kleinen Hügel am Rande des Poquessing Valley Parks im Norden von Philadelphia. Jahrein, jahraus sind Gärtner damit beschäftigt, den Rasen zu pflegen, die Kieswege in Schuss zu halten und die Bäume und Hecken zu trimmen. Wenn ich an meinem Fenster stehe und hinaus in den Park blicke, sehe ich das verschlungene Netz an Wegen und Pfaden, eingebettet in Grün, geküsst vom Himmel, entrückt von der Welt. Eine Oase mitten im geschäftigen Norden der Stadt, der meinem Vater gehört.

Auch heute, während ich darauf wartete, dass das Haus in den tiefen Schlaf zwischen Nacht und Morgen fällt, stand ich an diesem Fenster und habe in den Park geblickt. Ich habe die Wege gesehen, habe gesehen, wie der Frühnebel, der vom Poquessing Creek aufsteigt, die Kiesel küsste. Irgendwo, weit entfernt, auf der anderen Seite des Bachlaufes, gabelt sich der Weg. Nach links geht es zu der Hecke, in der einst eine Amselmutter genistet hat. Rechts geht es hinunter zu einem kleinen Teich, in dem Daddy Koi-Karpfen züchtet. Die Kois, diese ruhigen, stummen Gesellen in ihrem Teich, die nichts kennen außer Steinen und Wasserpflanzen. Stumm duldend ziehen sie ihre Kreise, Tag für Tag, hübsch anzusehen, geliebt und beachtet und so heillos entrückt von all dem Leben, das außerhalb ihres kleinen, sicheren Gefängnisses existiert.

Ich habe mir vorgestellt, wie ich dort unten stehe. An diesem Scheideweg. Wie ich mich entscheiden muss. Gehe ich wirklich zu Angelo? Bringe ich ihm die Phiole und damit den Schlüssel zu einer Macht, die ich nur erahnen kann? Ihm, einem Mann, den ich nicht wirklich kenne. Von dem ich nicht viel mehr weiß, als dass er meinen Vater hasst und dass sein Körper in meinem sich anfühlt wie ein Erdbeben. Oder mache ich es wie die Kois? Mache ich mir ein Bett in dem kalten Teich, der mein Leben ist, in dem ich nichts höre, nichts sehe und nichts fühle als meine kleine, feuchte Welt. In der ich bewundert und bestaunt werde, umsorgt und gehegt, und die doch nicht ist als ein Gefängnis.

Jetzt schaue ich in die Augen von Angelo Rossi, sehe die Gier in seinem Blick, dieses Versprechen auf Leben, und weiß, dass ich nie eine Wahl hatte. Nicht wirklich. Er ist nicht größer als andere Männer, nicht stärker und auch ganz sicher nicht unverwundbar. Ich hatte sein Blut an meinen Fingern, ich weiß, wie verletzlich er in Wahrheit ist. Aber er füllt den Raum mit seiner Präsenz auf eine Weise, die sich außerhalb der Regeln der Natur bewegt. Ich sehe ihn an, und um ihn herum verschwindet der Teich, der mein Leben ist, verschwindet sein Büro und der Gestank nach Teer und altem Rauch, der über dem gesamten Industriegebiet hängt wie eine Decke aus Beton, und es gibt nur noch das, was uns ausmacht. Cara und Angelo. Seine Stirn liegt auf meiner, sein Atem ist ein Heben und Senken an meiner Brust, und ich weiß, dass dies der Grund ist, warum ich lebe. Ich mache ihn ganz, so wie er mich.

Auf und ab streichen seine Hände an meinen Seiten, seine Daumen berühren die Unterseite meiner Brüste. „Wir werden beide sterben", flüstert er, und da ist noch etwas in seiner Stimme. Etwas, das ich so nicht an ihm kenne. Eine Verzweiflung, die über etwas anderes spricht als den Tod, von dem er redet. „Keine unserer beiden Welten ist sicher für uns."

„Wir brauchen keine von ihnen. Wir brauchen keine ganze Welt. Wir haben einander."

Er küsst mir die Worte aus dem Mund. Wir haben uns noch nicht oft geküsst, und dieses Mal ist es anders als alles, was ich je erlebt habe. Seine Lippen sprechen ein Gedicht, erzählen von Möglichkeiten und Abenteuern, aber auch von Gefahr. Mit der Zunge lernt er meinen Mund kennen, diese neue Welt, von der ich gesprochen habe, dringt vor, erobert. Das, was Angelo Rossi macht, macht er mit aller Gründlichkeit. An meinem Bauch fühle ich seine Erektion. Er ist hart und bereit. Er reibt sich an mir, drängt mich zurück, Schritt für Schritt, bis mein Hintern an die Tischkante stößt und ich mich zurückbeugen muss, um seinem Angriff weiter standzuhalten. In meinen Ohren fiept eine Amselmutter um ihre Küken, höre ich das Lied meiner Mutter, mit dem sie mich einst in den Schlaf gesungen hat. Es ist alles da. Vergangenheit, Zukunft, vereint in einer Gegenwart, die aus nichts besteht als aus dem Körper von Angelo Rossi und dem, was zwischen uns lebt und atmet und liebt.

„Spreiz die Beine für mich." Ohne darauf zu warten, dass ich ihm folge, hebt er mich auf die Tischplatte, drängt seine Hüften zwischen meine Schenkel. Seine Hand zerrt am Stoff meiner Bluse, schlüpft darunter. Und dann ist es Haut auf Haut. Überdeutlich spüre ich die kleinen Schwielen und verhärteten Stellen an seinen Fingern. Mag er auch aussehen wie ein seriöser Geschäftsmann, Angelo ist ein Mann, der sein Leben mit den Händen verdient. Sein Geschäft ist dreckig und hart, und seine Hände verraten es. Seine Narben, all die Narben, an seinen Handgelenken, über seinen Augen. Besonders über seinen Augen, diese kleinen Kerben, die mir jedes Mal, wenn ich sie sehe, einen Schauer unter die Haut treiben. Ich dränge mich ihm entgegen, hebe meine Hüfte. Das ist das, was wir brauchen. Unsere eigene Welt, die nach unseren Regeln funktioniert. Zwischen unseren Körpern suche ich nach seiner Gürtelschnalle, will mehr von ihm.

Ein Klopfen an der Tür lässt meine Hand stocken.

„*Non adesso.*" Angelos Stimme ist ein unterdrücktes Knurren. Er schiebt meine Hand beiseite, zieht mich vom Tisch, dreht mich um, bis ich mit dem Oberkörper auf der Tischplatte liege, alles in einer Bewegung. Papiere landen auf dem Boden, als Angelo sie mit der flachen Hand wegfegt, die Tischbeine scharren über Parkett.

Eine Antwort auf Italienisch. Lo, glaube ich, aber ich kann mir nicht sicher sein, denn in meinen Ohren rauscht die Lust zu laut, um noch auf Details achten zu können. Zielstrebig finden Angelos Finger den Knopf meiner Jeans, zerren, gehorsam löst sich der Verschluss. Ich beiße in meinen Unterarm, um einen Schrei zu unterdrücken, als seine Finger meine Nässe finden.

„Das ist richtig", lobt er. „Nimm das. Nimm mich." Er zerrt mir die Hose bis in die Kniekehlen hinunter. Das Klicken seines Gürtels, seine Hand in meinem Haar, die grob mein Gesicht zur Seite dreht, ein Ruck seiner Hüfte, und dann ist er in mir. Diesmal kann ich den Schrei nicht unterdrücken. Es ist zu schnell, zu grob. Aber es ist herrlich, denn in dem Brennen in meinem Schoß verglüht auch alle Angst und Ungewissheit.

„Zwei Minuten", bellt er, lauter jetzt, auf Englisch. „Halte sie auf." Das Scharren der Tischbeine wird lauter, ein hektisches Quietschen. Vorstoß und Rückzug. Schnell und grob. Ich klammere mich an ihn, umschließe ihn mit meinen Muskeln. Ich weiß, dass ich so nicht kommen kann, aber es macht keinen Unterschied.

Das, was er mir gibt, ist alles, was ich brauche. Zumindest im Moment.

Es dauert nicht einmal die zwei Minuten, dann ist es vorbei. Mit einem gequälten Laut dringt er ein letztes Mal vor, seine Hände krallen sich in mein Fleisch, in meine Haare, dann wird er still und ich fühle sein Zucken, tief in mir. Ebenso schnell, wie er in mich gekommen ist, zieht er sich wieder zurück. Ich kann mich nicht rühren. Meine Knie sind weich, mein Kopf schwimmt in Watte. Angelo beugt sich über mich, um mir in die Augen zu sehen, streicht mir ein paar Haare aus dem Gesicht, dann hilft er mir, mich aufzurichten.

„Zieh dich an, Lucciola. Wir bekommen Besuch." Keine Zärtlichkeit in seiner Stimme jetzt. Keine verdeckte Qual, kein Sehnen und Brauchen. Ein Befehl.

Bevor ich wirklich begreife, was er meint, klopft es erneut an der Tür.

Angelo

Lo wird ungeduldig. Ich kann es am Ton des Klopfens hören. Ein paar Griffe, und die Hose sitzt, wie sie soll. Fast zumindest.

„Bleib hier, während ich mich um die kümmere. Rühr dich nicht vom Fleck." Die Ungeduld in meiner Stimme tut mir weh. Das ist nicht, was Cara verdient hat. Sie ist zu mir gekommen, hat mir den kostbarsten Schatz gebracht, den es für einen Mann wie mich geben kann, und zum Dank benutze ich sie und weise sie dann von mir. Wenn sie mir dafür in die Eier treten würde, hätte sie meine besten Wünsche. Doch Wünsche spielen in dieser Welt keine Rolle. Meine nicht und ihre auch nicht. Für das, was mir bevorsteht, brauche ich alle Konzentration. Nicht nur zu meinem Schutz, auch für den Schutz der Frau, die ihr Schicksal in meine Hände gelegt hat, und das ist mir alles wert. Sogar, sie zu verletzen.

Neben den Haken für Jacken und Mäntel hängt in meinem Büro ein Spiegel. Lorenzo behauptet, ich sei eitel, vielleicht hat er damit Recht. Aber immerhin ist einer der beiden Männer, die unten vor dem Tor auf mich warten, so etwas wie mein Schwiegervater, und ich weiß, was sich gehört. Ich ziehe meine Krawatte zurecht und sehe im Spiegel, wie Cara ebenfalls ihre Kleidung richtet. Sie zieht sich die Jeans über die Hüften hoch. Ihre Finger stocken, sie dreht den Kopf zu mir. Zum Spiegel. Für einen Augenblick starren wir einander an, und es fühlt sich an wie eine Ewigkeit. Die Entrüstung in ihrem Blick ist süß und heiß. Ich will sie gleich nochmal, aber was da draußen vor dem zerbombten Portal steht, duldet keinen Aufschub.

„Du kannst mich nicht einsperren, Angelo. Nicht dieses Mal. Ich bin nicht mehr deine Gefangene. Ich werde nicht hier oben bleiben und wie eine Kuh auf dich warten." Mit neuer Dringlichkeit widmet sie sich dem Verschluss ihrer Jeans. Wenn es nach mir ginge, eine vollkommen unnötige Anstrengung. Für mich könnte sie immer nackt sein. Cazzo. Ich sehe ihr zu, die Finger am Knoten meiner Krawatte, und mein Hals wird eng. Eben habe ich sie gefickt, um mich nach der Aufregung der letzten Stunden zu entladen. Jetzt will ich wieder in sie hinein, um meine Finger über die samtige Haut dieser Hüften streichen zu lassen, mich in ihr zu verlieren und zu vergewissern, dass sie und ich am Leben sind. Es ist ein Drang, den ich nicht unterdrücken kann. Ich muss sie beschützen, will sie in meinen Fingern bergen und mit meinen Händen halten, um sie dann brechen zu können. Wieder und wieder.

Als wir uns kennenlernten, habe ich ihr gesagt, dass ich der bin, der ich bin, weil ich es sein will. Dass ich den Hauch der 'Ndrangheta atme. Dass ich nie etwas anderes wollte, und als ich versucht habe, etwas anderes zu sein, bin ich fast daran krepiert. Und jetzt? Jede Stunde, die Cara nicht an meiner Seite ist, schnappe ich nach Luft wie ein verdammter Fisch auf dem Trockenen, weil ich nicht mehr atmen kann. Sie ist zu dem geworden, was meine Organisation achtundzwanzig Jahre lang war. Mein Grund zu leben.

„Doch, das wirst du, denn ich habe keine Lust, dich noch einmal vor einer Halbautomatik in Sicherheit bringen zu müssen."

„Fick dich, Rossi."

Sie sträubt sich. Sie ist wunderschön dabei, aber ich meine, was ich sage. Einmal beinahe zu spät gewesen zu sein, hat mich um ein Haar ins Grab gebracht. Ich werde es auf keinen Fall noch einmal riskieren. Zu wissen, dass ich Ruggiero Monza das Handwerk legen muss, wenn ich will, dass Cara am Leben bleibt, liegt mir schwer im Magen. Er ist mein Capo. Sollte es sein. Doch das, was Cara mir gebracht hat, ändert alles. Wenn ich könnte, würde ich die beiden Männer am Portal einfach wegschicken, meinetwegen auch über den Haufen schießen, damit ich mich um Monza kümmern kann. Doch das ist keine Option. Eines nach dem anderen.

Ich wende mich vom Spiegel ab und Cara zu. Als nur noch zwei Schritte Raum zwischen uns sind, beginnt sie zurückzuweichen. Kurzerhand greife ich vorn in den Bund ihrer Jeans und ziehe sie zu mir heran. Heiß weht ihr Atem gegen meine Lippen. „Gleich, *Lucciola*. Verlass dich drauf. Erst das Geschäftliche. Dann du. Das Geschäftliche dauert fünf Minuten. Du? Du wirst in drei bis vier Stunden vergessen haben, wie man geht."

Ihre meerblauen Augen verdunkeln sich. Sie blinzelt. Ihre Wimpern sind so lang, dass ich sie auf meiner Haut zu spüren meine. „Ich hab gesagt: Fick dich, Rossi, nicht mich." Ihre Stimme ist zuckersüß dabei. Keine andere Frau kann Flüche ausstoßen, die einem kalabrischen Fischer Ehre machen würden, und dabei klingen wie eine Prinzessin.

Ich spiegle ihr Lächeln mit meinem eigenen. „Das eine geht selten ohne das andere." Ehe sie zu einer Antwort ansetzen kann, grabe ich meine Zähne in ihre Unterlippe. Sie zappelt und wehrt sich. Perfekt passt ihr zierlicher Körper in meine Arme, ihr süßer Hintern in meine Hände. Ich sauge an dem Biss, langsam, fest. Schließlich schmilzt sie. Nein, sie zerfließt. Ich fühle ihre Zungenspitze, die sich an meinem Gaumen entlangtastet, und streichle die Unterseite mit meiner Zunge. Es ist der Himmel. Ich weiß, dass mein Weg mich in die Hölle führen wird, doch mit dem Geschmack von Cara auf den Lippen, habe ich ein Stück Himmel. Jeden Moment, den wir uns auf irgendeine Weise berühren, möchte ich so tief in mein Gedächtnis graben, dass er unauslöschlich wird.

Schließlich packe ich sie bei den Hüften und setze sie zurück auf die Schreibtischplatte, auf der ich sie eben noch gevögelt habe. Der Becher mit den Kugelschreibern ist umgefallen, der Monitor flackert. „Bleib hier", wiederhole ich, sanfter jetzt, doch an meiner Entschlossenheit hat sich nichts geändert.

Die Tür zu öffnen ist die einzige Möglichkeit, Lo davon abzubringen, ständig dagegen zu hämmern. Mein grimmiger Blick fegt ihm das anzügliche Grinsen aus dem Gesicht.

„Hinhalten solltest du sie", knurre ich ihn an. „Nicht mir auf die Nerven gehen."

„Sorry, Boss." Seine Miene sagt aus, was ich längst weiß: Er ist kein bisschen sorry. Er ist mein engster Vertrauter, das, was wir innerhalb der Organisation als rechte Hand bezeichnen. Die rechte Hand eines Vangelista sollte ergeben und gehorsam sein, verlässlich, standhaft unter Druck. Wenn jemand wie Lorenzo seinen

Boss auf diese Weise betrachtet, ist Ärger vorprogrammiert. Aber *cazzo*, was soll ich machen? Ich habe Leute, die sich als rechte Hand anbiedern, doch was ich von dem Moment an, als ich meinen Fuß auf diesen Kontinent gesetzt habe, wirklich brauchte, war ein Freund.

„Wo sind sie?", will ich wissen und halte dabei die Tür so, dass Lorenzo Cara nicht sehen kann.

„Vorn beim Haupttor."

„Allein, oder haben sie Pitbulls dabei?" Wir reden Italienisch miteinander, und es ist nicht fair, aber ich muss die Lage einschätzen, ehe ich endgültig entscheide, ob ich Cara mitkommen lasse oder nicht. Wenn der Ire vor meinem Tor eine Schar schwerbewaffneter Terrier mitgebracht hat, wird Cara bleiben, wo sie ist. Keine Frage.

Lorenzo schüttelt den Kopf. „Nur die beiden und die einsame Prärie."

„Was denn für eine Prärie?" Ich stelle die Frage, aber schaue hinter mich, wo Cara steht, in hautengen Jeans, hoch geknöpfter weißer Bluse. Mit allen zehn Fingern fährt sie sich durch die Haare. Ihre Augen sind tiefblau, als sie mich eingehend betrachtet. Die Vorstellung, dass die Wärme dieser Augen verlöschen könnte, und sie stattdessen starr und kalt in den bleigrauen Himmel über Philadelphia starren könnten, lässt mich frieren.

„Angelo …"

„Dauert nicht lange, *Lucciola*. Warte hier auf mich. Es ist sicherer so."

„Was ist aus der gemeinsamen Welt geworden? Warum musst du überhaupt raus?"

Ich winke sie mit einem Handzeichen zu mir, und als sie nah genug ist, schließe ich meine Finger um die Zartheit ihres Handgelenks. „Geh vor, Lo", sage ich, ohne ihn anzusehen, dann poltern seine Schritte die Treppe hinunter. Ich würde Cara gern anlächeln, um ihr Mut zu machen, aber ich hab keine Ahnung, wie die Konfrontation ausgehen wird, und ich hasse es, falsche Hoffnungen zu machen. Also lege ich eine Hand an ihre Wange, an die so wunderbar warme Haut, schiebe die Finger in ihren Haaransatz und beuge mich zu ihr.

„Zu viele Fragen." Ich fahre mit der Fläche meines Daumens über ihre Unterlippe.

Ich weiß nicht, was das Wärmste an Cara ist. Die Haut ihrer Wangen? Ihr Lächeln? Das Blau ihrer Augen? Oder doch ihre Lippen, ihr Mund, ihr Atem, der über meine Wange streichelt wie das Versprechen, dass am Ende alles gut werden wird.

Nichts wird gut werden. Wir sind so eingekesselt wie ein Mammut inmitten einer Horde von vorzeitlichen Jägern. Wir sind stark, aber alle unsere Gegner zusammengenommen sind stärker. Sie sind weit in der Überzahl, wir können nicht gewinnen. Ich habe einmal zu den Jägern gehört, die blind Befehlen folgen, immer auf dem Sprung, aber diese Zeit ist lange vorbei. Ich habe meine eigene Entscheidung getroffen und seither stehe ich auf der anderen Seite. Als wäre das nicht schlimm genug, mache ich mir, seit ich Cara kenne, fast täglich neue Feinde. Als ich mich von den Jägern auf der anderen Seite des Atlantiks distanzierte, weil ich begann, eigene Entscheidungen zu treffen, hat mich das von den anderen isoliert und Misstrauen auf mich gelenkt. Misstrauen ist gesund, aber zuviel davon tötet. Deshalb bin ich nach Amerika geflohen. Was sagt es über mich, dass ich mich jetzt hier wieder in genauso eine Situation manövriert habe? Frauen werden noch einmal mein Untergang sein, aber was für ein Mann wäre ich noch, wenn ich Cara verlieren würde?

Ich kann mit Misstrauen und Gefahr umgehen, solange ich allein bin. Ich komme damit zurecht, habe gelernt, immer einen Schritt schneller zu sein. Aber ich bin nicht mehr allein. Ich werde dort rausgehen und meine letzte Chance, wieder allein zu sein, dem Mann in die Kehle zurückwürgen, der sie mir geben wird. Ich weiß, warum die beiden Männer vor meinem Haupttor warten, und ich will verdammt sein, wenn ich ihnen gebe, was sie haben wollen.

Denn nur einer kann Cara in diesem Hexenkessel noch schützen. Der Mann, dem sie in diesem Augenblick in die Augen sieht, sich fragend, was das alles zu bedeuten hat.

„Da draußen, *Lucciola* ..." Ich sehe sie an. „Da draußen warten Patrick O'Brien und Shane Murphy und wollen etwas von mir, das ihnen nicht mehr gehört."

Ihre freie Hand, die, die nicht zwischen meinen Fingern liegt wie in einem Schraubstock, krallt sich unwillkürlich in meinen Unterarm, zieht meine Hand von ihrem Gesicht. „Ich geh nicht von dir weg", sagt sie.

Eindringlich schüttele ich den Kopf. „Nein, das tust du nicht. Cara ..." Noch einmal muss ich sie küssen, bleibe danach zu ihr gebeugt, mein Blick gräbt sich in das Blau ihrer Augen. Der Gedanke, sie eines Tages nicht mehr so dicht vor mir zu haben, löst einen stechenden Schmerz aus, tief in meinen Eingeweiden. Nie werde ich sie hergeben. „Du bist keine Gefangene." Sie ist einmal meine Gefangene gewesen. Aber sie ist auch *Lucciola*, die Fee mit dem gesponnenen Goldhaar, die mir an einem Ort ohne Hoffnung das Leben gerettet hat. Wir sind aneinander gebunden. Und das war nicht Gott, der dafür verantwortlich zeigt, nicht das Schicksal, nicht irgendeine himmlische Macht. Das war Patrick O'Brien.

„Natürlich nicht." Ihr Flüstern weht süß über meine Lippen.

„Aber du gehörst mir. Du hast eine Entscheidung getroffen, als du mir die Phiole gebracht hast. Sag, dass du mir gehörst. Du hörst auf mich. Ich bin derjenige, der dich beschützt. Der auf dich achtgibt und dafür Sorge trägt, dass dir nichts geschieht. Du stehst bis zu den Knien in einem Morast aus Gewalt und Gefahr." Und sie hat sich selbst in diesen Morast hineinmanövriert.

„Ich gehöre dir, Angelo Rossi. Es gibt niemanden sonst."

Noch ein Blick, die Überzeugung in ihren Augen, die ganz ganz tief reicht. Dann nicke ich, und jetzt kann ich auch lächeln. Denn was ich ihr versprochen habe, kann ich nicht allein tun. Ich brauche sie, um sie schützen zu können. Sie hat sich in meine Hände gelegt.

„Gehen wir."

Als wir in den Hof hinaustreten, fährt gerade meine Sekretärin vor. Wie üblich zu spät. Ich ignoriere sie, ziehe Cara zum Haupttor, hinter dem ein Pickup von Lorenzos Baufirma parkt und Männer mit Schutzhelmen über Geröllhaufen klettern. Gerade so viel von dem Schutt ist beiseitegeschoben, dass meine Mitarbeiter ihre Autos im Innenhof parken können, wenn sie zur Arbeit kommen. Ein Truck steht mit offener Klappe an einer Laderampe. Gabelstapler piepen und surren, Rufe von Männern dringen heraus. Der Fahrer des Trucks und mein Lagerleiter stehen neben dem Führerhaus, die Köpfe über einem Klemmbrett mit dem Lieferschein zusammengesteckt. Es macht mich wahnsinnig, immer noch nicht zu wissen, wer hinter dem Anschlag auf Rossi's gesteckt hat, aber um mich darüber zu ärgern, habe ich jetzt keine Zeit.

Gemessen an den Umständen, ist alles ganz normal. Bis zu dem Moment, als wir am Geröllhaufen vorbei nach draußen vor das Tor treten. Hier warten Lorenzo und zwei seiner Männer und haben die beiden Iren, die neben den geöffneten Türen eines Cadillac stehen, fest im Blick.

Ich werfe Lorenzo einen Blick zu. Er schüttelt den Kopf, eine Bewegung, die so subtil ist, dass niemand außer mir sie sieht. Er hat Paddy und Shane nicht auf Waffen untersucht. Es ist relativ unwichtig, denn mit Cara an meiner Seite glaube ich nicht, dass einer von beiden in unsere Richtung auch nur husten wird. Geschweige denn eine Schusswaffe abfeuern. Cara ist Paddys einziges Kind, und ich kann mir denken, wieviel sie ihm bedeutet. Auch wenn das meinen Entschluss, sie an meiner Seite zu behalten, nicht im Geringsten beeinflusst.

Paddy stößt sich von der Tür des Cadillac ab und macht zwei Schritte auf mich zu, aber das Knacken, mit dem Lorenzo seine Halbautomatik entsichert, hält ihn auf. Mit langsamen Bewegungen zieht Shane Murphy seine Pistole. Eine Warnung. Er zeigt mir, dass er nicht zögern wird zu schießen, sollte einer meiner Männer das Feuer eröffnen. Cara zuckt ein wenig zurück. Die Luft fühlt sich dick an, wie erfüllt von einem Bienenvolk. Ein Stich, und die Sache explodiert.

„Du hast etwas, das mir gehört", sagt Paddy ohne Begrüßung.

„*Buongiorno*, Patrick", erwidere ich höflich. „Reden wir von der Phiole, die Sie mir gestohlen haben und die Cara mir zurückgebracht hat?"

In hohem Bogen spuckt er zur Seite aus. „Das Ding kannst du behalten. Es bringt ohnehin nur Ärger. Du hast meinen Segen, wenn du dir für das Teil den Kopf wegschießen lassen willst."

„Ich bin enttäuscht von Ihnen. Ich hatte geglaubt, Sie wüssten, worum es hier geht, Patrick. Was Sie sich eingehandelt haben, als Sie dieses Artefakt gestohlen haben. Die Schwierigkeiten, in denen Cara heute steckt, verdankt sie Ihnen. Unwissentlich, weil Sie eine Fälschung in Umlauf gebracht haben."

Ruggiero Monza wurde mithilfe einer Fälschung in sein Amt als Capobastone eingeschworen. Um das Amt, das ihm unglaubliche Macht verleiht, nicht wieder zu verlieren, hat er zwei Möglichkeiten. Er muss die echte Phiole finden und in seinen Besitz bringen – oder er muss Cara beseitigen, die als einzige bestätigen kann, dass die Phiole in seinem Besitz eine Fälschung ist. Und das, ehe andere Experten der Fälschung auf die Schliche kommen, die in den Tresorräumen des Museums der Rittberg'schen Sammlung befindet, wohin Ruggiero Monza sie selbst gegeben hat. Es ist pures Glück, dass Monza noch nicht weiß, dass das Original dank Cara in diesem Augenblick sicher in meinem Büro liegt.

„Wie ich sagte, behalt das Ding. Wenn deine Leute darum Krieg führen wollen, dann bitte. Aber meine Tochter will ich wiederhaben. Sie hat mit euren Kleinkriegen nichts zu tun. Sie ist eine wertlose Geisel, jetzt, wo du den Flakon zurückhast. Es geht nicht um sie, es geht um das verdammte Blut."

Lächelnd blicke ich hinunter auf meine Füße, dann hebe ich wieder den Kopf und sehe Caras Vater an. Hinten im Hosenbund steckt meine Pistole, aber ich habe nicht die Absicht, sie zu ziehen. Lorenzo ist bewaffnet und seine Männer auch. Das ist Einschüchterung genug, und töten will ich diese beiden Männer nicht. So wenig wie sie mich, zumindest in diesem Moment. „Wie ich sagte, Mr. O'Brien. Die Gefahr in der Cara schwebt, verdankt sie Ihnen. Schon aus diesem Grund bleibt sie in meiner Obhut. Damit sie nicht durch Ihre unbedachten Handlungen in noch mehr Schwierigkeiten rutscht. Solange dieser Krieg tobt, bleibt Cara an meiner Seite. Ich werde sie nicht aus den Augen lassen."

„Was soll das? Sie hat keinen Wert. Der Krieg ist zwischen dir und Monza, es ist eine italienische Sache, Cara ist Irin. Macht das unter euch aus."

Ich blicke auf Cara, doch sie starrt nur auf ihren Vater. Ich lasse ihr Handgelenk los, und sofort schließt sie ihre Finger um meine. Hand in Hand stehen wir auf dem Asphalt, der sich unter der Morgensonne aufwärmt.

„Fahr nach Hause, Daddy", sagt sie fest. „Oder lass dich von Shane nach Hause fahren, das ist sicherer. Ich habe eine Entscheidung getroffen."

„Du meinst, Rossi hat eine Entscheidung für dich getroffen." Es ist Shane Murphy, der das sagt. Die Stimme des Polizeisuperintendanten bebt nur ganz leicht. Die Auflösung seiner Verlobung mit Patrick O'Briens Tochter verdankt er mir. Er hat sich eine Menge davon versprochen, sie zu heiraten, und auch wenn er sie damals relativ leicht herschenkte, als ich ein Pfand haben wollte, so bin ich mir bis heute nicht ganz sicher über die Tiefe seiner Gefühle für diese Frau. „So wie damals, als er dich entführen ließ. Als er dich eingesperrt hat. Hast du das vergessen? Einem solchen Mann willst du vertrauen?"

„Ich habe nichts vergessen, Shane, auch nicht die Rolle, die du in meiner Entführung gespielt hast. Ich weiß nicht, was du dir davon versprichst, mich an damals zu erinnern?" Ihre Stimme klirrt wie Eis.

Patrick mustert Cara von oben bis unten. Besonders lange bleibt sein Blick an unseren ineinander verschlungenen Händen hängen. „Solltest du es dir jemals anders überlegen, Cara, mein Haus steht dir offen."

„Danke, Dad, das freut mich zu wissen. Aber hoff nicht darauf, dass ich dein Angebot in Anspruch nehmen werde."

„Ist das dein letztes Wort?" Da ist etwas in Patrick O'Briens Stimme, von dem ich nie geglaubt hätte, es jemals zu hören. Schmerz. Er hat Cara verloren. Vielleicht hat er es zuvor geahnt, doch erst in diesem Moment begreift er es wirklich. Als Oberhaupt des irischen Outfits ist Patrick O'Brien legendär. Doch das vor mir, das ist nicht Paddy, das ist Caras Dad. Der Mann, dem eben bewusst geworden ist, dass er zu hoch gepokert und dabei das vielleicht Kostbarste in seinem Leben verloren hat.

„Angelo und ich haben alles, was wir brauchen."

Sie ist in Jeans und weißer Bluse zu mir gekommen, in ihrem kleinen Sportwagen und auf hochhackigen Schuhen. Das ist alles, was sie momentan besitzt, und doch sagt sie, sie hat alles, was sie braucht. Zu der Enge in meiner Brust gesellt sich Triumph. Mein. Sie ist mein. Mit Haut und Haar, jeder Zentimeter ihres Körpers, jeder noch so dunkle Fleck auf ihrer Seele, er gehört mir. Ich kann sie halten und brechen, ich kann sie lieben und hassen. Sie gehört mir.

Mit einer ruppigen Kopfbewegung befiehlt Paddy dem Superintendanten, ins Auto zu steigen. Er selbst klemmt sich, entgegen Caras Rat, hinter das Lenkrad. Einen Augenblick lang frage auch ich mich, ob es gut ist, wenn Patrick in seinem erregten Zustand einen Wagen steuert, aber er ist ein erwachsener Mann, er muss es selbst wissen. Auf der asphaltierten Zufahrt wendet er in ungefähr dreizehn Zügen, weil sein Schlachtschiff kaum quer auf die Straße passt, dann rollt der Wagen röhrend hinunter in Richtung Hauptstraße.

„Wir haben alles, was wir brauchen?", frage ich Cara, während mein Blick immer noch an dem Cadillac klebt. „Das ist ein bisschen übertrieben, oder?" Hinter uns löst sich die Spannung spürbar auf. Mit leisem Knacken sichert Lorenzo seine Waffe, dann gehen die drei Männer hinein, und ich stehe mit Cara in der Zufahrt. Der Motor des Trucks im Hof springt an. Keine Ahnung, wieviel der Fahrer von den Vorgängen vor dem Tor mitbekommen hat, und es beginnt mir egal zu sein. Denn ich ahne, wenn sich die Dinge nicht ändern, dass ich diese Firma nicht mehr lange werde halten können. Die Sprengung des Haupttors vor ein paar Tagen war nur eine Warnung.

Mit geschürzten Lippen hebt sie den Kopf zu mir. „Schätze, den Rest des Tages werde ich ohnehin nackt in deinem Bett verbringen, oder?"

Amüsiert ziehe ich die Augenbrauen hoch. „Du hast entweder eine sehr hohe oder eine besonders schlechte Meinung von mir. Entweder hältst du mich für einen Hengst, der einen ganzen Tag im Bett durcharbeiten kann, oder für einen faulen Esel, der nichts Besseres zu tun hat, als den ganzen Tag im Bett rumzuliegen."

„Vielleicht beides?", erwidert sie mit einem Zwinkern.

Ich muss lachen, packe ihre Hand fester und ziehe sie am Geröllfeld vorbei in den Hof. Wir weichen dem anfahrenden Truck aus, der an uns vorbeirumpelt. Ich grüße den diensthabenden Lagerleiter mit der offenen Hand, und er macht das Zeichen, dass die Lieferung tadellos sei. Dann verschwindet er ins Innere, und das Rolltor zwischen Laderampe und Lagerhaus schließt sich rasselnd.

„Lass uns Einkaufen fahren", sage ich zu Cara, meine Hände in ihren federweichen Haaren. „Solange wir noch die Freiheit dazu haben. Noch weiß Ruggiero Monza nicht, was du mir gebracht hast, und wir müssen uns noch nicht den ganzen Tag nackt im Bett verschanzen."

KAPITEL 16

Cara

Das Bewusstsein, was ich getan habe, kommt, als wir in Angelos Maserati sitzen und die Straßenzüge von Philadelphia an uns vorbeirauschen wie in einem Film. Es ist das Beben meiner Finger, das ich als erstes bemerke. Weil ich es sehe. Nicht, weil ich es spüre. Als würden sie nicht zu mir gehören, liegen meine Hände in meinem Schoß, und als wären sie eigene Wesen, zittern meine Finger wie Espenlaub. Vor meinem Vater und Shane habe ich die Fassung bewahrt. Da war es wichtig, mit Angelo eine Einheit zu bilden und nicht zu zeigen, wie nahe es mir gegangen ist, den Schmerz in den Augen meines Vaters zu sehen.

Doch jetzt sind wir nur noch zu zweit. Angelo und ich. Mehr gibt es nicht mehr, denn ich habe alles hinter mir gelassen, was einmal mein Leben war. Inklusive meiner Unterwäsche. Ich kann nicht glauben, dass ich wirklich nicht einmal daran gedacht habe, das Nötigste einzupacken.

Kaum zieht Angelo auf den Delaware Expressway, wird der Verkehr dichter. Die Morgen-Rush-Hour, nehme ich an. Ich blicke aus dem Fenster und vermeide es, Angelo anzuschauen. Ich will nicht, dass er sieht, wie es mir geht. Es war nicht seine Wahl, dass er nun die Verantwortung für mich hat. Ich habe mich ihm aufgedrängt. Mich und die Phiole mit dem Blut des Heiligen. So tief bin ich in meine Gedanken vertieft, dass es mich blind erwischt, als sich ein anderer Wagen an unsere Stoßstange hängt.

„*Cazzo!*" Angelo flucht. Ein Ruck geht durch den Mas. Ich halte die Luft an. Angelo zieht nach links, nutzt eine Lücke im Verkehr. Ich muss keine Hellseherin sein, um zu wissen, dass der Rempler kein Zufall war.

„Wer sind die?", frage ich. Über meine Schulter hinweg versuche ich, einen Blick durch die Heckscheibe auf die Verfolger zu erhaschen, aber der Maserati liegt zu tief auf der Straße. Alles, was ich erkenne, ist ein unendlich scheinender Blechwurm, der sich durch das Herz von Philadelphia quält.

„Ruggieros Männer?" Angelo spricht es aus wie eine Frage. Immer wieder wechselt er die Fahrspur. Trotz der Anspannung, die meine Glieder immer noch fest im Griff hat, komme ich nicht umhin, die Coolness zu bewundern, mit der Angelo sich daran macht, unsere Verfolger abzuschütteln. „Vielleicht auch ein paar Freunde deines Vaters. Mit einem schönen Gruß, dass er dich doch nicht so einfach gehen lassen möchte. Wer weiß, vielleicht ist auch noch eine dritte Partei mit im Spiel. Ich weiß immer noch nicht, wer meinen Handel in die Luft gejagt hat."

Auf der Brücke über den Delaware River wird es schwerer für Angelo, sein Tempo beizubehalten. Der Verkehr geht nur noch im Schritttempo voran. Immer wieder krampfen sich seine Finger um das Lenkrad, lassen locker, versteifen sich wieder. Die Art, wie er vermeidet, mit dem Gesäß im Sitz ganz nach hinten zu rutschen, verrät mir, dass er eine Waffe trägt.

„Ich nehme an, Shopping fällt aus?" Gott, ich bin ein Mädchen. Mein Liebhaber sitzt mit einer geladenen Waffe neben mir, wir werden verfolgt und bedrängt, und ich denke an neue Kleider? Wie um alles in der Welt bin ich auf die Idee gekommen, diesem Leben gewachsen zu sein?

Angelo löst eine Hand vom Lenkrad und legt sie auf meinen Oberschenkel. „Ein anderes Mal, *Lucciola*. Aber wir finden eine Lösung für dich. Wir können etwas bestellen."

Tränen steigen mir in die Augen. Nicht, weil das, was er zu mir sagt, mich verletzt. Weil die Zärtlichkeit in seiner Stimme einen Knoten in meiner Kehle wachsen lässt. Die Klinge aus Eis beginnt zu schmelzen, und das ist meine Schuld.

Keine fünf Minuten später zieht Angelo vom Highway runter in eine Ausfahrt. Niemand folgt uns, auch nicht, als wir uns immer weiter dem Rittenhouse Square nähern, wo er in einem der höchsten Wohntürme der Stadt sein Penthouse besitzt.

„Meinst du, es war nur eine Warnung?" Jeden Augenblick rechne ich mit einem neuerlichen Ruck, mit dem Krachen eines Schusses, der die Luft zerschneidet, aber nichts geschieht. Es ist, als hätte ich alles nur geträumt. Als würde mein überreiztes Nervenkostüm mir Bilder in den Kopf malen, die nicht existieren.

„*Non si sa mai.*" Noch einmal drückt er meinen Oberschenkel. „Zerbrich dir nicht deinen schönen Kopf über Dinge, die meine Angelegenheit sind. Jetzt bist du bei mir. Jetzt ist es mein Job, auf dich achtzugeben." Ich liebe seinen Akzent. Immer wieder. Wenn er italienisch zu mir spricht, streicheln seine Worte meine Seele, dann ist es sein Herz, das zu meinem spricht, doch diesmal vermag nicht einmal seine Stimme, mich zu beruhigen.

Das Tor zur Tiefgarage öffnet sich auf einen Tastendruck an Angelos Schlüsselbund. Wie der Schlund eines riesigen Tieres liegt die dunkle Einfahrt vor uns, und ich werde das Gefühl nicht los, dass die Dunkelheit im Begriff ist, mich zu verschlingen.

Das Gefühl verlässt mich auch dann nicht, als der Aufzug mit einem dezenten *Pling* anhält und wir Angelos lichtdurchflutetes Penthouse betreten. Alles hier ist hell und glatt und unpersönlich. Das letzte Mal, als ich hier gewesen bin, haben wir bei Videospielen die Zeit vergessen und uns Pizza kommen lassen. Eine Nacht lang haben wir einen Traum gelebt. Jetzt sind wir in der Wirklichkeit angekommen, und ich weiß nicht, ob ich wirklich dazu bereit bin.

Mit einem effizienten Griff zieht Angelo seine Waffe aus dem Hosenbund. Für die Dauer eines halben Wimpernschlags bleibt mein Herz stehen. Wer sagt mir, dass er sich das Problem, welches ich für ihn darstelle, nicht auf die einfache Weise vom Hals schafft? Die Phiole habe ich ihm gebracht, wofür braucht er dann noch mich? Doch dann legt er die Pistole auf den Küchentresen und wirft mir über die Schulter hinweg einen Blick zu.

„Willst du einen Kaffee?", bietet er mir an. Bevor ich antworten kann, wischt er seine Worte mit der Hand aus der Luft. „Aber nein. Tee, richtig? Du trinkst Tee."

„Ein Wasser wäre gut, danke." Ich fühle mich fehl am Platz, sehne mich nach Angelos Nähe, aber wage nicht, auf ihn zuzutreten und mir die Umarmung zu holen, nach der ich mich verzehre.

Er füllt ein Glas bis zum Rand mit Eis und lässt Soda aus dem Kühlschrank hineinlaufen, bevor er es mir reicht. Ich trinke in großen Schlucken, aber der Knoten in meiner Kehle rührt sich kein Stück. Ich überlege noch, wie ich die Stille zwischen uns überbrücken soll, da unterbricht das Summen von Angelos Handy meine Gedanken. Er entschuldigt sich mit einem Fingerzeig und nimmt das Gespräch an. Die meiste Zeit hört er zu, und wenn er etwas sagt, kommen die Worte in italienischem Stakkato. Mit dem Handy zwischen Schulter und Ohr eingeklemmt, geht er zum Schreibtisch vor dem Fenster und startet den Rechner mit einem Knopfdruck. Mit dem Zeigefinger winkt er mich zu sich heran. Er ruft den Internetbrowser auf und tippt die Adresse eines großen Onlineversands in die Adresszeile.

Ich wundere mich ein wenig, woher er weiß, wo man von einem Tag auf den anderen Damenkonfektion bestellen kann, aber die Antwort interessiert mich nicht genug, um mich länger damit zu beschäftigen. Als ich mich setze und er sich über meine Schulter beugt, um mit der Maus die Sparte *Dessous* anzuwählen, steigt mir sein Duft in die Nase, und augenblicklich geht es mir besser. Durch den Hörer tönen italienische Wortschwalle wie das Rauschen des Meeres. Ich lege meinen Kopf schief und sehe ihn unter erhobenen Augenbrauen an. Dessous? Wirklich? Das ist das erste, um was ich mich kümmern soll?

Er zwinkert und richtet sich auf. „*Sí, sí*", sagt er. Es könnte mir gelten oder seinem Gesprächspartner. Seine Schritte auf dem Parkettboden entfernen sich, während er in die Richtung verschwindet, in der ich sein Schlafzimmer weiß.

Während ich mich durch Slips, Tangas, BHs und Negligés klicke und hier und da etwas für einen zweiten Blick in den Warenkorb verschiebe, fliegen die Stunden dahin. Ab und zu kommt Angelo bei mir vorbei, bringt mir einen Tee oder lächelt mich einfach nur an. Immer hat er sein Telefon am Ohr, immer redet er. Mal lauter, mal leiser. Mal klingt er aufgebracht und erregt, mal gefährlich ruhig. Das Mittagessen lassen wir ausfallen, für das Abendessen bestellt Angelo Antipasti und Pasta von *Marvo's*, dem Fischrestaurant in der Nähe des Hafens. Es schmeckt herrlich, aber ich frage mich, wo der Tag hingeflogen ist. Mein erster Tag in Angelos Leben, und wir haben uns kaum mehr als einige Minuten gesehen.

Als ich allein in das große Bett in seinem Schlafzimmer krieche, schmiege ich mich in den weichen Stoff seines T-Shirts, das er mir zum Schlafen gegeben hat.

„Nicht mehr lange", hat er gesagt und mich zur guten Nacht auf die Stirn geküsst. „Ich muss nur noch ein paar Telefonate führen." Nur noch ein paar. Schon klar. Er telefoniert seit zwölf Stunden. Oder länger? Eher länger. Ich bin so müde wie ein Paar ausgelatschter Strandsandalen.

Zum Klang seiner stetigen Schritte auf dem Flur falle ich in einen unruhigen Schlaf. Über vierzehn Stunden in Angelos Leben und wir haben es geschafft, nicht einen einzigen Satz über all die Dinge zu wechseln, die wirklich wichtig sind.

Angelo

Lange betrachte ich sie, ohne dass sie aufwacht. Ich schalte das Handy stumm, nach kurzem Überlegen schalte ich auch die Vibrierfunktion aus. Ich brauche keinen Weckruf, ich werde jeden Morgen sehr zeitig wach.

Ich möchte mit ihr schlafen, mich in sie graben, Ruhe finden nach diesem Tag, den zahllosen Stunden am Telefon, ohne wirklich etwas erreicht zu haben. Sie wollen einen Beweis, dass Ruggieros Wahl zu unserem Capobastone unrechtmäßig ist, ehe sie irgendwelche Schritte ergreifen. Ehe sie auch nur in Erwägung ziehen, etwas zu tun. Nicht jeder in der Organisation steht auf seiner Seite, doch gemeinsam haben Ruggiero und ich Carlo gezwungen, seine Ansprüche aufzugeben, und unsere beiden Clans gemeinsam haben Macht. Ich habe mich von Ruggiero losgesagt, als ich erkannte, dass er mich für seine Zwecke benutzt hat, und weil er der Frau in meinem Bett das Lebenslicht ausblasen will. Nun stehe ich ebenso auf seiner Abschussliste wie Cara. Ich muss etwas tun, um ihm zuvorzukommen. Doch dazu brauche ich Verbündete.

Sie sieht aus wie ein Engel, wenn sie schläft. Mein schlechtes Gewissen, sie den ganzen Tag sich selbst überlassen zu haben, nagt an mir. Es ging ihr nicht gut, sie hat sich Vorwürfe gemacht. Das Mindeste, was sie von mir erwarten durfte, war, dass ich ihre Vorwürfe zerstreue, denn sie sind unnötig. Ich will sie genau hier. Genau an dem Ort, an dem sie ist. Ich will sie bei mir haben. Ganz gleich, in welche Bedrängnis mich das bringt.

Denn sie schenkt mir Ruhe. Ausgeglichenheit. Hoffnung auf das Gute in der Welt, und Hoffnung, dass auch für mich in dieser Welt ein Platz ist. Wir sind beide nicht dafür geschaffen, auf der richtigen Seite des Gesetzes zu wandeln, doch mit Cara an meiner Seite kann ich mir einreden, dass wir trotzdem ein Recht darauf haben, in dieser Welt zu sein.

Mit Cara an meiner Seite. Immer wieder wickeln sich die Worte um meine Gedanken.

Genau das ist, was nicht sein darf, denn da ist Francesca. Dunkelbraune Augen, dunkelbraunes Haar, lange, schlanke Finger. Eine Frau, die wie dafür geschaffen ist, die Ehefrau eines Vangelista zu sein. Die niemals Fragen stellt und niemals fordert. Francesca, die kochen kann wie keine zweite Frau, die ich jemals getroffen habe, und das schließt Zia Paolina mit ein.

Francesca, der ich vor neun Jahren einen Schwur geleistet habe, den niemand außer Gott jemals brechen kann.

Und doch ist es Cara, neben die ich mich lege. Cara, die leise aufseufzt und sich, ohne aufzuwachen, an meine Seite schmiegt. Cara, deren Duft ich inhaliere wie Nektar. Ich will sie nicht verlieren, aber ich habe nicht die Macht, diese Entscheidung zu treffen.

Ich lösche das Licht. Polizeisirenen dringen von der Straße herauf. Ich will nicht einschlafen. Ich ahne, was mir bevorsteht. Wie in jeder Nacht, in der ich mit dem Gedanken an Francesca zu Bett gehe. Ich will das nicht. Doch der Tag war lang, und an meinen Gliedern zerrt Erschöpfung. Müdigkeit übermannt mich. Ich taste nach der Pistole unter meinem Kopfkissen. Beruhigt lasse ich die Gedanken los.

*

Palmwedel rascheln im kaum merklichen Wind.

Nur in einem Fenster des Mehrfamilienhauses an der Via Galvani brennt Licht. Das schwankende, schwache Licht einer Kerze, vielleicht zwei. Ansonsten ist alles dunkel. Schwarz. Selbst der Güterbahnhof auf der anderen Seite des Maschendrahtzauns ist dunkel.

Stromausfälle in Reggio Calabria kommen nie ohne Grund, und der Grund ist selten die Natur.

Schnipp. Ein Feuerzeug. Neben mir, geduckt unter den Balkon, der zu einer Wohnung im ersten Stock gehört, weiß ich Felice. Die gasgetriebene Flamme, viel zu groß eingestellt, beleuchtet kurz sein Gesicht, dann glüht der rote Punkt einer Zigarette durch die Finsternis und das Feuerzeug verlischt. Der unverkennbare Geruch von Crack mischt sich mit Felices eigenen Ausdünstungen von Ziegendung und nassem Gras.

„*Stronzo*", flüstere ich. „Happy hat gesagt, keine Flamme, keine Kippen."

„Happy ist ja nicht hier, oder?"

Wir sitzen nebeneinander, auf meinen Knien eine durchgeladene Halbautomatik, Felice poliert immer noch am Lauf seines altertümlichen Trommelrevolvers herum. Er ist sechsundzwanzig, acht Jahre älter als ich, und hofft, am Ende dieser Nacht, die für mein Befinden schon viel zu lange dauert, endlich ein gemachter Mann zu sein.

Ich habe andere Probleme. Ich denke an einen einsamen Agavenbusch an der Straße zwischen Reggio und Saline, der besonders üppig wächst, seit ich ihm vor ein paar Jahren einen Besuch abgestattet habe. Ich verdrehe mir fast den Hals bei dem Versuch, an der Fassade des Hauses hinaufzusehen, die sich trotz der hellgelben Farbe kaum aus dem Dunkel der Nacht herausschält. Da oben. Dritter Stock. Rein, schießen, raus. Ganz einfach.

Wenn wir hier fertig sind, wird einer von Don Pietro Guglielmis Vangelisti den Familienvater erledigen, der sich längst in der Gewalt der Dons befindet. Die Herren weiter oben in der Hierarchie riskieren nicht, sich auf drei Tage hinaus den Appetit zu verderben, indem sie Frauen und Kinder in Stücke schießen.

Felice stößt mich mit der Schulter an. „Schiss?"

Ich schnaube. Der Rauch aus dem glühendroten Punkt in der Nacht setzt mir zu. Im Gegensatz zu Felice bin ich nicht auf das hier angewiesen, um aufzusteigen. Aber hier mitzumachen, bedeutet, dass ich Respektpunkte bei den Soldaten meines Capos sammle. Wenn ich eines Tages in den Fußstapfen meines Vaters folge, wird es mir helfen, wenn sie wissen, dass ich meinen Teil der Drecksarbeit erledigt habe. Andere Söhne von Männern, die für die Dons arbeiten, gehen den sanften Weg, den das Blut der Väter ihnen ebnet.

Manchmal wünsche ich mir, das ebenfalls zu tun.

In dieser verdammten Nacht zum Beispiel.

Ein Pfiff gellt durch die Finsternis. Felice und ich sind nicht die einzigen, die sich aus den Schatten der umliegenden Gebäude herauswühlen. Eine halbe Armee von 'Ndrangheta-Nachwuchs geht auf die wehrlose, ahnungslose Familie nieder, die sich hier, anonym, unter falschem Namen, in einem Arbeiterviertel der Stadt verkrochen hat, als der Vater bei seinen Bossen in Ungnade gefallen ist. Keiner zweigt ungestraft mehrere hunderttausend harte amerikanische Dollar aus den Konten der Provincia ab und vergisst gleichzeitig, seine Tribute zu zollen. Eine Ehefrau und eine Schar von Kindern hängen mit drin, auch wenn sie keine Ahnung haben, was für ein Idiot ihr Ernährer ist.

Happy, dem eine alte Narbe im Mundwinkel das Gesicht zu einer dauergrinsenden Fratze verzerrt, tritt mit seinen Springerstiefeln die Haustür ein, und mit der Stille hat es ein Ende. Polternd stürmen mindestens zwanzig Paar Stiefel die durchgetretenen Steinstufen hinauf. Ich drehe mich zum Fenster des Treppenhauses, als hinter dem Maschendrahtzaun ein Güterzug mit ohrenbetäubendem Krach durch den Bahnhof rattert. Oben fallen die ersten Schüsse, klingen die ersten Schreie. Ein paar von uns bleiben im Treppenhaus entlang der Wände stehen, um Mieter, die durch den Lärm aufgeschreckt werden und nicht klug genug sind, hinter ihren verschlossenen Türen zu bleiben, zu erledigen. Ich bin froh, dass Felice von hinten drängt und schiebt, ich soll weitergehen.

In der Wohnung riecht es nach Kordit, Angst und Blut. Ich klettere über den Leichnam einer alten Frau. Meine Nackenhaare sträuben sich.

An meine Nase dringt der Duft von Kerzenwachs, wie er entsteht, wenn ein Docht nur noch glüht.

Ich kralle meine Finger um den Lauf der Halbautomatik. Neben mir steht eine Tür halb offen. Ich trete hinein, die Schulter voran, die Waffe im Anschlag. Leer. Es duftet nach künstlichem Erdbeeraroma und überwältigend nach parfümiertem Kerzenwachs. Ein Fenster. Offen. Davor ein winziger Balkon mit einem Klappstuhl und einer Staffelei. Ich taste mit halb tauben Fingern über das Gitter des Balkons. Ein Seil ist dort festgeknotet.

Schwer atmend dringt ein anderer in den Raum ein. In der Schwärze kann ich nichts sehen, aber ich erkenne den Gestank von Ziegenpisse.

„Alle erledigt", schnauft Felice. Die Federn des Bettes quietschen, als er sich mit Schwung darauf fallen lässt. „Ich hoffe, die erkennen an, dass die Kugel in der Stirn von dem kleinen Bengel meine war." Ich höre das Knacken und das schleifende Geräusch, mit dem er die Trommel seines Revolvers herausspringen lässt, um neu zu laden. „Hat halt sein Gutes, auf alte Technik zu vertrauen. Die Geschosse sind leicht zu erkennen."

„Alle erledigt?", frage ich und sehe zum Fenster hinaus, meine Hand auf dem Knoten. Ich blicke nach unten. Dritter Stock. Schwer zu erkennen, wie weit hinunter das Seil reicht. Mein Magen ist zur Faust geballt. Wer auch immer sich hier heruntergehangelt hat, hat es verdient, davonzukommen.

„Die einzigen, die in dieser Bruchbude noch atmen, sind unsere Leute", sagt Felice amüsiert. „Oh, und Happy. Leider."

Ich klemme mir die Halbautomatik unter den Arm und verlasse das Zimmer, lasse Knoten und Seil, wo sie sind. Wenn ich den Knoten löse und das Seil nach unten fallen lasse, würde Happy es finden. Happy kann zählen. Im Gegensatz zu Ziegen-Felice.

In kleinen Pulks verlassen die Männer das Haus. Als sei nichts gewesen. Die Carabinieri werden die Leichen finden. Opfer der Mafia. Anklage gegen Unbekannt. Niemand im Haus wird reden. Niemand hat etwas gesehen. Gehört? Ja, aber man öffnet doch nicht die Tür, um nachzusehen, es sei denn, man ist lebensmüde. Don Pietro schmiert die Carabinieri seit fast vierzig Jahren. In einer Stunde oder anderthalb wird der Strom in diese Häuser und in den Güterbahnhof zurückkehren.

Unten auf der Straße schnorre ich eine Zigarette ohne Crack von einem der anderen Jungs. Ich zünde die Kippe an und vergesse, das Feuerzeug zurückzugeben.

Hundert Schritt weiter, wo die Straße eine Biegung nach links macht, gabelt sie sich, und ein schmaler Pfad, kaum breit genug für einen Fiat Cinquecento, verengt sich nach rechts zu einer Unterführung, die auf der anderen Seite der Bahngleise endet.

Nein, ich bin nicht mehr der Fünfzehnjährige, der beim Anblick von Leichen einen stillen Ort brauchte, um zu kotzen. Aber da sind das Seil und der Knoten am Balkongitter eines Raumes, in dem ein Mädchen geschlafen hat. Nicht geschlafen hat? In einem einzigen Fenster im ganzen Haus hatte Licht gebrannt. Kerzenlicht.

Wo die Nacht schon jeden Schatten und jedes Geräusch verschluckt, herrscht in dieser uralten Unterführung, in der Wasser die Wände heruntersickert, das Licht der Hölle.

Ich bleibe am Eingang stehen. Gehe vier Schritte, folge dem roten Glimmpunkt meiner Zigarette. Bleibe stehen. Lausche. Wassertropfen. Das Knarren einer angelehnten Tür auf der anderen Seite. Ein dumpfes, fernes Grollen, das schnell näher kommt, so schnell, dass der Augenblick, in dem ein Zug über die Schienen über mir drischt, geradezu ein Schock ist. Und genauso schnell vorbei, doch am Ende bleibt ein Geräusch, das nicht von einem Güterzug kommt. Auch nicht von Wassertropfen oder einer knarrenden Tür. Ein kurzer, heftiger Atemzug.

Nur drei Schritte neben mir.

Ich hebe das Feuerzeug und schlage eine Flamme. Das schwache, zaudernde Licht berührt das Gesicht eines Mädchens. Riesige Augen, vor Schreck geweitet.

Im gleichen Moment, als sie den Mund öffnet, um zu schreien, presse ich meine Hand auf ihren Mund. Die Flamme des Feuerzeugs verlischt. Meine Zigarette fällt zu Boden. Das Mädchen kämpft. Brüllt gegen meine Hand. Tritt nach mir und trifft die

Waffe, die an meiner Seite herunterhängt. Kämpft heftiger. Meine Handkante an ihrem Gesicht wird nass. Warme Nässe. Tränen.

„Sei still!", zische ich. „Die hören dich!"

Ihre Gegenwehr erstirbt so ruckartig, wie sie begonnen hat. Sie erschlafft förmlich, sackt gegen die Wand in ihrem Rücken. Ich nehme meine Hand von ihrem Mund. Wenn sie weiter schreien will, ist sie dumm genug, den Tod zu verdienen, der sie dann erwartet.

Ihr schwerer Atem erfüllt den engen Tunnel.

„Wie heißt du?", frage ich das Mädchen, von dem ich weiß, dass ich nun die Verantwortung für sie habe. Ihr Leben sollte heute zu Ende sein, jetzt liegt es in meiner Hand.

„Francesca."

*

Ich schrecke hoch. An meinen Schläfen erkaltet Schweiß. Meine Fingerspitzen finden erneut den Griff der HK unter dem Kissen. Ich habe das Gefühl, als würde jemand auf mir sitzen, so mächtig wird mein Brustkorb zusammengequetscht.

Der Raum ist erfüllt von Caras Duft. Ich bin in Amerika, in Philadelphia. Die Nacht unter der Brücke ist lange vorbei.

Ich setze mich auf, lehne mich gegen das Kopfbrett. Taste nach Cara, zerreibe eine Haarsträhne zwischen meinen Fingern.

Ich hasse diese Träume.

KAPITEL 17

Cara

Vor dem Fenster wabert dunkelste Nacht, als ich aus dem Schlaf schrecke. Ich fühle Leere neben mir, da ist niemand. Weiter taste ich, auf das Kissen, bis zum Bettrand, kann ihn nicht finden.

Ich setze mich auf und blinzele mir den Schlaf aus den Augen.

Angelo steht am Fenster, das einen Spalt geöffnet ist. Der leichte Vorhang umspielt ihn. Er starrt in die Nacht hinaus, doch als würde er meinen Blick auf sich spüren, dreht er sich jetzt zu mir um. Ich kann nur seine Silhouette erkennen, die perfekten Proportionen seines Körpers, das schmale Gesicht. Um den Ausdruck auf seiner Miene zu erkennen, ist es zu dunkel. Seine Augen glitzern mich an, wie Sterne.

„Du solltest schlafen." Etwas an seiner Stimme ist anders als sonst. Ich kann ein leichtes Beben darin hören, ein Zittern, das am Abend noch nicht dagewesen ist. Das Heulen einer Sirene dringt bis zu uns herauf. Ich friere, aber ich möchte ihn nicht bitten, das Fenster zu schließen.

„Kommst du zurück ins Bett?"

Halb erwarte ich, dass er Nein sagen wird. Dass er behauptet, fort zu müssen. Vielleicht ist auf seinem Handy eine Nachricht eingegangen, und er muss sich um irgendwas kümmern. Um Mord, vermutlich. Wahrscheinlich sollte es mich erschrecken, wie wenig mich dieser Gedanke berührt. Es ist ein Teil von ihm, dieser Teil, der mir so vertraut ist wie wohl keinem zweiten Mädchen in Philadelphia, weil ich mit Männern wie ihm aufgewachsen bin. In gewisser Hinsicht ist es das, was mich zu ihm zieht. Die Gefahr, die ihn umwabert wie Nebel. Angelo Rossi würde nicht zögern, für mich zu töten. Der Gedanke steigt mir zu Kopf.

In seiner Hand hält er die Pistole, die er beim Schlafengehen unters Kopfkissen geschoben hat. Er setzt sich auf den Bettrand, betrachtet die Waffe, betrachtet mich. Andere Frauen würden sich fürchten, aber ich fürchte mich nicht. Jedenfalls nicht sehr. Das Herz schlägt mir bis zum Hals, aber ich habe keine Angst vor ihm.

„Was ist?", will ich wissen, strecke meine Hand aus und berühre mit den Fingerspitzen seinen Unterarm. „Du bist anders."

Er schüttelt den Kopf. „Nichts." Er schiebt die Waffe zurück an ihren Platz. Dann sind seine Hände auf mir. Überall. Sicher. Fest. Hart. Überall auf meinem nackten Körper. Die leichte Decke rutscht vom Bett. Das Laken zerkrumpelt unter dem Treten und Schlagen meiner Fersen, als er brutal seine Finger einsetzt, als er meine Beine spreizt, als würde er mich besitzen, als wäre ich nur ein Objekt und keine Frau mit einem eigenen Willen. Mein Sträuben ist Fassade. Er unterwirft mich mit ein paar schnellen, schmerzhaften Handgriffen, gräbt die Finger in mich, und ich wölbe mich ihm entgegen.

„Was ist?", frage ich noch einmal, weil ich weiß, dass nicht alles in Ordnung ist. Ich kann es spüren. Er wirft mich herum, sodass ich auf dem Bauch liege, packt meine Hüften, zieht meinen Hintern hoch, nur ein wenig, damit der Winkel einfacher ist und er tiefer in mich eindringen kann. Ich ächze ins Kissen, aber lasse ihn gewähren. Sobald ich mich nicht mehr sträube, wird er sanft, ganz sanft. Er bewegt sich in mir, hinter mir, liegt mit dem ganzen Körper über mir wie eine wärmende Decke. Seine Haut an meiner, die Hitze seines Körpers, das Spiel seiner Muskeln, Brust, Bauch. Ich spüre jeden Millimeter seines Schwanzes, wie er eindringt, sich zurückzieht, wieder vordringt. Es ist so gut, sein heißer Atem an meinem Ohr.

„Du gehörst mir, *Lucciola*." Er atmet die Worte.

„Ich gehöre dir", wiederhole ich, was ich ihm heute schon einmal versprochen habe. Alles in mir zieht sich zusammen. Mit Angelo in mir fühle ich mich besiegt und unbesiegbar zur selben Zeit.

„*Sei mia*." Brutal rammt er sich in mich. „*Sei mia*."

Ich schreie. Es folgt eine Serie sanfter, streichelnder Bewegungen seines Schwanzes tief in mir, als wolle er mich besänftigen.

„Aber ich gehöre nicht dir", sagt er. „Das musst du begreifen."

Ich habe keine Ahnung, was er meint, und das, was sich in mir zusammenbraut, ist zu gewaltig, um darüber nachdenken zu können oder auch nur zu wollen. Ich kralle meine Finger in das Kissen, so heftig, dass es ein Wunder ist, dass der glatte Satinstoff nicht zerfetzt. Angelo nimmt mich, langsam, fast bedächtig, und ich zerfließe in seinem Bett.

„*Non sono per te*", murmelt er und leckt meinen Nacken, meine Schultern. Ich beginne zu schnurren wie eine Katze. Regenbögen verwischen vor meinen Augen. *"Non sono per te, Cara mia."* Er schiebt einen Arm um meine Mitte, streift meinen Schamhügel und berührt dann meine Klit, ein sanftes Zwicken, das dreimal ausgereicht hätte, um mich über die Klippe fallen zu lassen. Ich bocke unter ihm, hebe mich ihm entgegen, will alles, alles, während in meinem Inneren ein Flächenbrand tobt. Er packt mich mit harter Hand im Nacken und hält mich nieder, als er sich nach vier, fünf brutalen Stößen, von denen jeder meine Mitte zu zerreißen droht, verströmt. Der Laut, den er ausstößt, hat nichts Menschliches und ist genau deshalb menschlicher als alles, was ich je von ihm erlebt habe.

Er hat ja keine Ahnung. Er gehört mir. Mir allein. Ich habe ihm das gegeben. Diesen Moment des Selbstvergessens. Diesen Augenblick der vollständigen Kapitulation vor dem, was zwischen uns existiert. Er hat nicht einmal die Kraft, sich von mir zu schieben, liegt auf mir, erdrückt mich fast, und ich will es nicht anders haben. Ich vergrabe eine Hand in seinen Haaren und ertaste Schweiß und Hitze.

"Non sono per te", murmelt er erneut. Immer wieder sagt er es. Es ist der große Widerspruch in ihm. Er sagt, dass er mich nicht lieben kann, und dann liebt er mich mit seiner Seele und seinem Körper so vollkommen, dass ich ihm kein Wort glaube.

Endlich rollt er sich von mir, liegt auf der Seite und zieht meinen Rücken gegen seine Brust. Seine Arme umfangen mich, halten mich, ein Anker. Ich gehöre ihm. Und er gehört mir. Was auch immer ihn aufgeschreckt hat in dieser Nacht, wir werden uns dieser Sache zusammen stellen. Gemeinsam.

Denn gemeinsam können wir alles besiegen.

Für ihn würde ich es mit den Dämonen der Hölle aufnehmen, und ich weiß, dass er dasselbe für mich tun wird. Ganz gleich, was er glaubt, was er sagt, ich kann hören, was er fühlt. An meinem Schulterblatt hämmert sein Herz, aufgepeitscht von Sex und Erregung. Es schlägt für mich.

Angelo

Am Morgen weckt mich das Summen und Blinken des Pagers auf dem Nachttisch. Es ist das Signal, das der Concierge benutzt, wenn ich mich bei ihm melden soll. Cara schläft, ihre Stirn auf meinem Oberarm, die goldene Seide ihres Haars fließt weich über meine Brust. Ihr Körper riecht nach Küssen und Sex. Meiner auch.

Mein Traum fällt mir ein. Der Traum, der mich mitten in der Nacht aus dem Bett getrieben hat. *Cazzo!* Ich darf jetzt nicht an Francesca denken. Ich habe Feinde auf allen Seiten, das Wasser steht mir bis zum Hals, und Francesca ist auf der anderen Seite des Atlantiks sicher. Das ist alles, was ich wissen muss, alles, was für mich je von Bedeutung war. Für ihre Sicherheit habe ich mit der *Provincia* gebrochen, habe mich gegen die Befehle meines Capos gestellt und mir eine Karriere im alten Land versagt. Jedes Mal, wenn ich mich in Cara treibe, breche ich meinen Schwur an die Frau, die ihr Leben nur mir zu verdanken hat. Ich habe gesündigt in meinem Leben. Große Sünden. Schlimme Sünden. Meine Seele ist für immer verloren, doch wenn ich Cara nehme, hart und brutal, und mir so ein Stück vom Himmel hole, dann begehe ich die schlimmste Sünde von allen. Denn dann lasse ich Cara für mein Vergehen zahlen, Francesca zwar schützen, sie aber niemals lieben zu können.

Der Pager verstummt. Ich ziehe meinen Arm unter Caras Kopf heraus und setze mich vorsichtig auf, aber sie öffnet trotzdem die Augen, noch ehe ich nach meinem Handy gegriffen habe.

„Was ist?" Ich liebe ihre verschlafene Stimme. Die Dinge könnten so schön sein, wenn ich ein anderer Mann wäre. Sie liebt es, wenn ich Besitzansprüche auf sie geltend mache. Es macht sie heiß, ihre Augen verraten so viel. Doch das Glück, das mir Cara schenkt, ist gestohlen und geraubt. Eine Illusion, wie so vieles in meinem Leben.

Ich tippe die Zahlenkombination des Empfangs in mein Handy und wähle, während ich mit der anderen Hand das Laken von Caras Körper ziehe und ihre festen, sanft gerundeten Brüste für meinen Blick offenlege. Ich berühre sie nicht, sehe sie nur an, weil ich es gern tue.

„Mister Rossi." Es ist die hochgewachsene Blondine, die den Concierge-Dienst an diesem Morgen versieht. „Eine Lieferung für Sie von Bloomingdales, wissen Sie etwas darüber?"

„Ja, das ist in Ordnung."

„Sind Sie einverstanden, dass der Bote selbst nach oben kommt und die Sachen an die Tür bringt? Oder sollen wir sie hier an der Rezeption für Sie deponieren?"

„Lassen Sie sie raufbringen. Danke, Cheryl."

„Selbstverständlich, Sir."

Ich drücke das Gespräch weg. Cara hat das Gesicht im Kissen vergraben und ihren Körper ein wenig gedreht, sodass ihre Brüste zusammengepresst werden. Es sieht appetitlich aus. Mein Schwanz regt sich. Ich möchte mit ihr schlafen, schon wieder. Ich möchte verdammt nochmal jeden Morgen mit ihr an meiner Seite aufwachen und jeden Tag mit einer geballten Ladung Sex beginnen. Aber wir haben keine Zeit. Nicht einmal zum Frühstück werden wir Zeit haben, denn sobald die Einkäufe abgegeben sind, müssen wir uns für eine Verabredung fertig machen, von der sie noch nicht einmal etwas weiß. Vielleicht wird sie sich freuen, Zia Paolina wiederzusehen, und dort werden wir auch ein Frühstück bekommen, aber es ist nur eine Zwischenstation.

„Wenn es an der Tür klingelt, mach bitte auf, *sì*?" Ich streiche sacht über ihren Wangenknochen. Sie sieht mich misstrauisch an. „Es sind deine Einkäufe. Ich gehe unter die Dusche."

„Was ist mit der Pistole unter dem Kissen?", fragt sie und blinzelt.

„Zerschieß damit bitte nicht dem armen Jungen von Bloomingdales die Kniescheiben. Lass sie einfach liegen. Ich möchte gern, dass die Dinge immer dort sind, wo ich sie gewohnt bin." Ich öffne die Tür zum Bad. „Dauert nicht lange."

Sie setzt sich auf. Das nachtblaue Laken bauscht sich um ihre Hüften. Sie sieht aus wie eine Meerjungfrau, die mitten in der Nacht aus dem Wasser auftaucht, um die Männer zu betören. „Angelo?"

„*Sì*?"

„Stört es dich, dass ich hier bin?"

Die Frage lässt mich innehalten. Schon gestern habe ich ihre Zweifel gespürt, aber glaubt sie das wirklich? Ich bin ein wertloser Bastard. „Nein, *Lucciola*. Es stört mich nicht, dass du hier bist."

Die Türklingel schlägt an, ein dezentes Dingen. Ich zwinkere Cara zu. „Mach auf, und wenn ich aus der Dusche komme, will ich dich in einem der anbetungswürdigen Fummel sehen, die du gestern ausgesucht hast."

Keine zwei Minuten später prasselt das Wasser aus dem Duschkopf heiß auf meinen Körper. Ich stütze mich mit beiden Händen gegen die gekachelte Wand der Duschkabine, das Wasser läuft an mir herunter und umspült meine Füße. Der Traum drückt mir noch immer die Brust zusammen. Ich kann sie nicht gehen lassen. Ich kann nicht. Es ist falsch und verwerflich, sie hier zu haben, aber ich brauche sie. Brauche das Wissen, dass es ihr gut geht, aber ebenso brauche ich sie für mich. Noch nie habe ich so empfunden. Vom ersten Augenblick an, da sie in mein Leben getreten ist, sorgt sie dafür, dass ich mich lebendig fühle. Sie putscht mich auf und sie beruhigt mich. Ich brauche ihre Hände auf meiner Haut und ihre Lippen auf meinen. Ich brauche ihre Stimme in meinem Ohr und den warmen Hauch ihres Atems, der über meine Wange weht. Sie ist *Lucciola*, die Fee, die den Sohn des Königs vor sich selbst retten kann. Den Sohn des Königs in seinem selbstzerstörerischen Leben. An meiner Seite watet sie knietief durch brennende Gefahr, aber ich kann sie nicht gehen lassen. Ich brauche sie.

Und der Traum? Dieser verdammte Traum der letzten Nacht? Ich bin mit dem Gefühl tausender Ameisen auf meiner Haut aufgewacht. Ein Kribbeln, ein Jagen, ein Brennen, denn ich nutze sie aus. Ich beanspruche diese einzigartige Frau für mich, doch ich kann es ihr nicht zurückgeben. Wir haben keine Zukunft, sondern nur den Augenblick, und der wird viel zu schnell vergehen, denn ich kann nicht ewig vor Cara verheimlichen, dass es Francesca gibt.

Ich füge zwei Frauen Schmerzen zu, und keine von ihnen weiß es. Ich schwelge in jedem einzelnen Moment, in dem ich das tue, und ich bin bereits süchtig. Eine Sucht, die uns alle zu Verlierern machen wird.

Mit einem unterdrückten Fluch drehe ich das Wasser ab und steige aus der Dusche. Ein Handtuch um die Hüften, mit einem zweiten rubbele ich mir das Wasser aus den Haaren. Als ich mir eben die Zahnbürste zwischen die Lippen schiebe und die Tube mit der Zahncreme zurück in den Spiegelschrank lege, dringt ein Schrei zu mir durch.

Hoch.

Gellend.

Ein Schrei, der mir durch Mark und Bein fährt.

Unter dem Wäschekorb liegt eine Pistole. Keine Zweitwaffe. Eine Viert- oder Fünftwaffe vielleicht. Ich werfe den Korb um, angele die Pistole heraus, verliere das Handtuch, das von meinen Hüften rutscht, und reiße die Badezimmertür auf. Pistole im Anschlag. Mein Blut kocht. Meine Sinne sind zum Zerreißen gespannt.

Cara steht neben dem Bett. Niemand außer ihr ist im Raum. Nur sie. In einem knappen Höschen und meinem T-Shirt. Auf dem Bett stehen mehrere Einkaufstüten aus Papier, mit dem Bloomingdales-Logo auf der Seite. Ein paar Sachen in hellen Sommerfarben liegen auf dem Bett ausgebreitet. Ich lasse die Pistole sinken.

Caras Blick ist starr aufs Bett gerichtet. Ihre Schultern beben. Sie ist bleich wie das Handtuch, das ich nicht mehr um die Hüften trage. Sie rührt sich nicht. Ihre Lippen geöffnet.

„*Lucciola?*"

Sie wendet den Kopf zu mir, krampfhaft bemüht, nicht nach unten zu sehen. Ich behalte die Pistole zwischen beiden Händen und trete zwei Schritte zur Seite, bis ich um die Ecke des Bettes herum auf Caras Füße sehen kann.

Zwei Taubenkadaver liegen dort. Einer davon berührt ihre Zehen. Schneeweiße Federn. Ein Schluchzen erschüttert Cara, Tränen beginnen aus ihren Augen zu laufen. Zitternd und bebend versucht sie, Luft zu bekommen, aber der Schock sitzt zu tief. Ich erinnere mich an ihre Geschichte mit den toten Amseln, für sie muss es aussehen, als wäre dieser morbide Scherz eine Botschaft an sie. Doch ich weiß es besser. Die Tauben sind eine Botschaft an mich. In ihrer Aufregung hat Cara übersehen, was mir sofort ins Auge sticht. Das etwa faustgroße, an den Rändern verkokelte Stück Plastik neben den beiden toten Vögeln, auf dem Reste des Firmenlogos von Rossi's Italian Delicacies zu sehen sind. Ich kann mir denken, was passiert ist. Diese Tauben, ebenso wie das Plastik, waren in einer der Bloomingdales-Tüten, als sie sie über dem Bett ausgekippt hat, um den Inhalt zu begutachten. Nichtsahnend. Vielleicht sogar ein bisschen freudig erregt über die hübschen neuen Sachen.

Langsam strecke ich meine Hand nach ihr aus. Sie zögert zuerst, dann legt sie ihre Finger in meine. „Komm her", sage ich ruhig. Die tote Taube, die auf ihren Zehen liegt, bewegt sich ein wenig, als Cara zurücktritt. Einen Schritt, dann noch einen, dann liegt sie in meinen Armen, und ihr Körper ist eiskalt. Wie tot. Während ich sie an meiner Brust berge, ziehe ich das Bettlaken, das noch warm ist von unseren Körpern, unter den Sommerkleidern hervor und drapiere es um ihren Körper. Ich streichle über ihr Haar, ihre Arme, rede in meiner Muttersprache auf sie ein. Sie versteht kein Wort, aber darauf kommt es jetzt auch nicht an. Sehr langsam wird ihr Atem ruhiger, hört das Beben ihrer Schultern auf. Ich ziehe sie in die Küche, setze sie auf einen Barhocker und drücke den stärksten Espresso aus der Maschine, den diese produzieren kann.

„Tee", flüstert sie.

„Du brauchst jetzt etwas Stärkeres."

„Ich trinke keinen Kaffee."

Ich schiebe die Tasse zwischen ihre Finger und warte, bis sie die Pfütze geleert hat.

„Die ... die waren in der Tüte." Ihre Stimme hat kein bisschen Kraft.

„Kann ich dich einen Augenblick hier allein lassen?" Ich streiche ihr durchs Haar. „Ich will sie mir genauer ansehen."

Sie schluckt schwer und sieht mich zweifelnd an.

„Ich lass die Tür auf", sage ich.

Zaghaft nickt sie.

Die Tauben sind getötet worden, indem jeder von ihnen ein Metallstab ins Herz gerammt wurde. Mitten hinein. Es ist ein Zeichen. Für mich. Das galt nicht Cara. Es galt nur mir, und nur ich weiß, was es bedeutet. Endlich weiß ich, wer meinen Delikatessenhandel in die Luft gejagt hat. Der Gruß in meinem Schlafzimmer kommt nicht von Ruggiero, ich bezweifle, dass Ruggiero überhaupt etwas von Francesca weiß. Die Tauben sind ein Symbol für Liebende. Das hier, das ist ein Gruß aus dem Alten Land. Ein Gruß aus Kalabrien. Offenbar ist ihnen aufgegangen, wer ihnen die Phiole mit dem Blut des Heiligen gestohlen hat. Sie brauchen keinen Zettel an die Metallstäbe klemmen, die aus den Brustkörben der bedauernswerten Tauben ragen. Die Nachricht ist klar und eindeutig. *Sieh her, Rossi. Es ist nur ein Katzensprung bis nach San Pasquale. Für uns, nicht für dich. Und wir wissen, wie wir dich drankriegen, die kleine Bombe zwischen den Weinfässern, die war nur eine Warnung.*

Ich blicke zu meinem Schreibtisch unter dem Schlafzimmerfenster, auf dem in ihrem Rosenholzkästchen die Phiole ruht. Fast scheint es ironisch, dass ich ausgerechnet heute so viel an die Frau gedacht habe, mit der ich verheiratet bin, wie sonst in einem ganzen Jahr nicht.

In meinem Leben gibt es nichts, das einfach ist. Dazu braucht es nicht einmal die Frauen, die zu meinem Leben gehören wie die Luft zum Atmen. Doch für sie die Verantwortung zu tragen, macht meine Entscheidungen tausendmal schwerer.

KAPITEL 18

Cara

Zwei weiße Tauben. Das Bild lässt sich nicht vor meinen Augen vertreiben. Es müssen einmal schöne Vögel gewesen sein. Das Gefieder so weiß wie frisch gefallener Schnee, die Augen schwarze Stecknadeln in einem winzigen Gesicht. Tauben, wie man sie auf Hochzeiten fliegen lässt, oder bei anderen freudigen Ereignissen. Es ist ein perverses Spiegelbild dessen, was ich in der letzten Nacht mit Angelo erlebt habe. Ein kleiner Augenblick Glück, ein Moment des Fliegens, in unserer Welt genug, um zufrieden zu sein – und dann das. Ich muss nicht zur 'Ndrangheta gehören, um zu begreifen, dass die beiden Vögelchen eine Warnung sind. Doch an wen? An mich? Wer kennt mich gut genug, um zu wissen, dass tote Vögel mich ganz besonders treffen würden? Oder an Angelo?

Ruckediguh, ruckediguh, Blut ist im Schuh, der Schuh ist zu klein, die rechte Braut sitzt daheim. Die Worte des Märchens fließen mir durch den Kopf und lassen mich schaudern. Kein Blut im Schuh. Blut an meinen Fingern, an meinen Händen, auf meiner Seele. Das Blut von Amselküken und jetzt auch das Blut von schneeweißen Tauben.

Auf meiner Zunge klebt der Geschmack des Espressos, den ich getrunken habe. Bitter und schwarz wie das Leben. Nicht weiß wie die Unschuld. Nicht weiß wie die Tauben.

Es ist der Nebel aus Gefahr, dieses Leben auf der Kante, am Rand der Legalität, das Kribbeln, die Aufregung, was mich zu Angelo zieht. Sich so lebendig fühlen wie nie zuvor, weil man weiß, dass man jeden Augenblick sterben könnte. Niemals sagen das machen wir morgen, weil morgen zu spät sein könnte. Leben auf der Lokomotive eines Schnellzuges. Aber das hier? Drohungen, versteckte Botschaften, die ich nicht entschlüsseln kann?

Ich will das Leben mit Angelo. Aber ich will kein Leben auf der Flucht. Es muss einen anderen Weg geben, als Angriffen nur auszuweichen. Es muss eine Möglichkeit geben, die Karten herumzudrehen. Vom Gejagten zum Jäger zu werden. Vermutlich hat Angelo gestern deshalb so lange telefoniert, weil er genau diese Situation in die Wege leitet. Doch die Tüte mit den Tauben habe ich ausgekippt. Ich kann nicht tatenlos bleiben. Ich kann nicht die Hände in den Schoß legen und darauf warten, dass mein Lover mir das Leben rettet. Das ist nicht Cara O'Brien. Cara O'Brien hat zu ihrem neunten Geburtstag eine Pistole geschenkt bekommen. Cara O'Brien hat einem Mann an der Grenze zum Tod das Leben gerettet.

Es ist an der Zeit, dass sie aufwacht. Ein Leben lang habe ich mich versteckt, doch damit ist jetzt Schluss. Ich habe versucht, eine andere zu werden, und war nur immer eine Illusion. Das hier, das ist echt. Das bin ich, und wenn ich in der Welt, in die ich geboren wurde, nicht untergehen will, muss ich sie beherrschen.

Angelo kommt zurück aus dem Schlafzimmer. Er trägt eine schmal geschnittene Anzughose und ein weißes Hemd, das wie angegossen sitzt. Der Gürtel betont seine schmalen Hüften, das Haar ist auf perfekte Weise zerzaust, einzelne Strähnen hängen ihm in die Augen. Unwillkürlich steigt ein Bild vor meinem inneren Auge auf, wie genau diese Haarsträhne in seine Stirn fällt und dort im Takt seiner Stöße wippt, während er mich nimmt, und ich will sie mit den Fingern berühren, aber sein Blick sagt mir, dass wir keine Zeit haben. Er wirkt nicht gehetzt, das nicht, aber erfüllt von Zielstrebigkeit. Unterm Arm hält er einen Karton, und ich weiß genau, was sich darin befindet. Galle steigt mir in die Kehle, aber ich schlucke sie herunter. Ich habe an diesem Morgen einmal die Nerven verloren, ich werde es kein zweites Mal tun. Das ist das Leben, das ich gewählt habe. Ich werde mehr tun, als es nur zu ertragen.

„Geht es dir besser?", fragt er.

Ich nicke und rutsche vom Barhocker. „Ich ziehe mich besser auch an. Ich möchte nicht zu spät ins Museum kommen."

Für einen kurzen Moment lang sieht er mich an, als habe ich den Verstand verloren. Die Finger um den Karton mit den Taubenkadavern verkrampfen sich. Doch im nächsten Augenblick ist seine Miene eine Fassade aus Eis. „Kommt nicht in Frage. Du bleibst bei mir."

„Für gestern habe ich mich krank gemeldet. Es fällt auf, wenn ich nicht mehr im Museum erscheine."

„Es fällt auch auf, wenn du tot bist." Er spuckt mir die Worte vor die Füße, sein Akzent ausgeprägter als sonst.

Ja, das würde es, aber ich habe nicht die Absicht zu sterben. Ich habe die Absicht, etwas für uns zu tun.

„Angelo", sage ich, trete langsam auf ihn zu, so wie man sich einem verletzten Raubtier nähert. „Sterben kann ich überall. Was ist mit der Autofahrt gestern? Selbst hier bin ich nicht sicher. Derjenige, der die Tauben gebracht hat, kann jederzeit wiederkommen. Nur ein Bote, habe ich gedacht, ein Gesicht wie Millionen andere, ich habe ihn kaum angesehen und würde ihn niemals wiedererkennen. Mein Fehler, aber ich habe daraus gelernt. Diesen Fehler mache ich nie wieder. Aber ich werde heute ins Museum gehen."

„Um den nächsten Fehler zu machen?"

„Du kannst mich nicht beschützen. Niemand kann das. Du kannst nur für mich da sein."

In einer Bewegung, die zu schnell ist, um ihr mit den Augen zu folgen, kommt er auf mich zu. In dem Karton raschelt es ein wenig, als Angelo ihn auf die Theke legt, sich halb zu mir umwendet. Im nächsten Moment finde ich mich im Gefängnis seiner Arme. Es ist keine liebevolle Umarmung, kein kosendes Werben. Er presst mir die Arme schmerzhaft an die Seiten, zieht mich mit einem Ruck an seinen Körper. „Ich kann dich beschützen", sagt er, gefährlich ruhig. „Ich kann und ich werde. Du gehörst mir. Du hast deine Sicherheit in meine Hand gelegt und nun tust du, was ich sage."

„Ich habe meine Sicherheit in deine Hand gelegt, aber nicht mein Leben. Ich arbeite in einem verdammten kugelsicheren Safe, Angelo. Nirgends bin ich sicherer als dort." Ich weiche seinem Blick nicht aus. Es ist nicht leicht, sich dem schwelenden Zorn in seinem Blick zu stellen, aber ich weiche nicht zurück. Stattdessen drücke ich mich noch näher an ihn, presse mein Becken an seines. Zwischen uns geschieht etwas. Eine Spannung, die sich aufbaut. Pure Elektrizität, die unsere Körper einhüllt und in einem surrenden Spannungsfeld umhüllt.

„Du gehörst mir", sagt er noch einmal.

„Mein Herz gehört dir. Mein Leben ist meines. Du hast zu tun. Gestern habe ich dich kaum einmal gesehen, obwohl wir in einer Wohnung waren. Du kannst mich nicht einsperren."

„Ich kann machen, was ich will."

An meinem Bauch fühle ich seine wachsende Erektion. So nah sind wir einander, dass ich das Zittern in seinen Muskeln fühle. Er ist nicht immun. Und er ist nicht aus Eis. Er ist verletzlich und voller Angst, um mich, und wenn er mir diese Seite von sich zeigt, dann weiß ich, dass wir füreinander geschaffen sind. Wir beide sind diese Menschen, die durch Nebel der Gefahr laufen, Hand in Hand, den Nebel atmen. Ihn zum Leben brauchen. In ihm kann ich meine Kraft finden und er in mir seine Schwäche. Das Laken rutscht von meinen Schultern, nackt reibe ich mich an ihm. „Mit meinem Körper kannst du machen, was du willst. Ich schenke ihn dir. Doch mein Leben gehört mir. Sei vernünftig, Angelo. Was ist mit der Phiole? Wo willst du sie aufbewahren? Ich kann sie ins Museum bringen. Niemand wird sie dort vermuten." Mir kommt ein Gedanke, während ich seine Finger genieße, die sich in meine Haut graben, als wollte er mich in Stücke reißen, um einen Fetzen von mir immer bei sich tragen zu können. „Monza will dieses Ding haben, nicht wahr?"

„Das, oder dich töten, weil du die einzige bist, die von der Fälschung weiß."

„Mein Dad weiß es auch."

„Dein Dad ist kein Experte. Nur ein Spieler, der den Hunden einen Brocken hinwirft und sich daran freut, wenn sie sich gegenseitig zerfleischen, um ranzukommen. Du bist Kunstexpertin. Monza muss dich beseitigen, dann ist alles, was du gesagt hast, hinfällig, und seine Ernennung unanfechtbar."

Mit der flachen Hand streiche ich die wunderbar störrischen Strähnen aus seiner Stirn. „Nicht, wenn ich in die Arbeit gehe und mit anderen Experten telefoniere und sie bitte, meine Einschätzung zu bestätigen und zu zertifizieren. Für ein vorläufiges Zertifikat reicht eine Fernanalyse mithilfe hochauflösender Bilder und einer Materialprobe, die ich im Labor teste. Gib mir drei Stunden im Museum, und Ruggiero Monzas unbezahlbares Artefakt ist als wertlose Fälschung entlarvt und mehrfach bestätigt."

Die Zeit steht still, während wir uns anstarren. Ich höre förmlich, wie die Gedanken in seinem Kopf rasen. Lass mich gehen, flehe ich im Stillen. Nicht, weil ich unbedingt arbeiten muss. Sondern weil ich nur bei ihm bleiben kann, wenn ich weiß, dass wir ein Team sind. Ich halte den Atem an, aus dem Augenwinkel sehe ich, wie die Morgensonne sich in den riesigen Fensterscheiben spiegelt und transparente Regenbögen auf den geschliffenen Holzfußboden wirft. Welcher Schatz, denke ich, wartet am Ende dieses Regenbogens auf uns? Und ist es überhaupt ein Schatz, oder doch nur der Tod?

„Ich bringe dich bis an deinen Schreibtisch", sagt er schließlich. „Tausch die echte Phiole, die du deinem Dad abgenommen hast, gegen das Duplikat von Ruggiero. Wer weiß, wofür uns die Kopie nützlich sein kann. Wenn du fertig bist, sag Irene, dass du nicht mehr wiederkommen kannst. Wenn ich kann, werde ich dich abholen. Wenn nicht, schicke ich Lorenzo. Du machst keinen Schritt allein aus diesem Safe."

Mein ganzer Körper fällt in sich zusammen, so erleichtert bin ich über seine Zustimmung. „Was willst du mit dem Original machen?"

„Wir werden es brauchen. Wenn wir Ruggiero durch einen Mann ersetzen, der diese Ehre verdient. Bis dahin ist es im Museum gut aufgehoben."

„Ich werde darauf aufpassen wie auf mein Leben."

„Dein Leben, *Lucciola*", sagt er und seine Lippen schweben dabei so dicht über meinen, dass ich seinen Atem auf meiner Zunge schmecken kann. „Dein Leben ist nur mir etwas wert. Die Phiole? Für sie würden ganze Armeen sterben. Nur deshalb erlaube ich dir, zu gehen."

Als wir eine Viertelstunde später in Angelos Maserati sitzen und rechts und links des Highways die Hochhäuser von Philadelphia vorbeiziehen, ist er wieder am Telefon. Nach den Erfahrungen der letzten beiden Tage muss es als Wunder gelten, dass ihm die Kopfhörer der Freisprechanlage noch nicht an den Ohren festgewachsen sind. Nicht das erste Mal regt sich in mir der Wunsch, seine Sprache sprechen zu können. Ich möchte wissen, was er flüstert, wenn er nachts in meinem Körper Vergebung findet, wenn seine Stimme erst rau und herrisch ist, dann weich und zart. Wenn er sein Reich regiert, diese Welt, die mir so fremd ist und doch so sehr ein Teil von mir.

Irene begrüßt uns, als wir das Museum betreten. Falls sie erstaunt darüber ist, Angelo an meiner Seite zu sehen, zeigt sie es nicht. Sie wirkt erfreut darüber, dass ich wieder da bin, und ein wenig verlegen. Immer noch hängt der Duft von Angelos Rosen im Foyer, und er hält meine Hand fest umschlungen, als uns der Securitygorilla in die Katakomben führt, die in Wahrheit das Herz der Rittberg'schen Sammlung sind. An meinem Arbeitsplatz angekommen, blickt Angelo sich prüfend um. Ich ahne, dass es nicht die unschätzbaren Wertgegenstände sind, die seine Aufmerksamkeit fordern, sondern die Sicherheitssysteme. Schließlich nickt er dem Gorilla, der mit gerunzelter Stirn in der Tür steht, knapp zu und verabschiedet sich von mir mit einem flüchtigen Kuss auf die Stirn.

„Lass dein Handy an", kommandiert er. „Und kein Schritt vor die Tür ohne meine Erlaubnis. Oder bis einer von uns kommt, um dich abzuholen."

Ich zwinkere ihn an und drücke ihm einen Kuss auf die Nasenspitze. *„Sí, Signor"*, sage ich und ernte dafür einen Klaps auf den Hintern.

Sobald ich endlich allein in meiner Kammer bin, tue ich das, wofür ich hergekommen bin. Ich hole die Kopie der Phiole, die Ruggiero dem Museum hat zukommen lassen, aus ihrem Glaskasten, und das Original aus meiner unscheinbaren Handtasche. Eine Weile lang halte ich beide Stücke in meinen Händen. Die Kopie, die mein Vater anfertigen ließ, ist wirklich gut. Beide Stücke haben aber vor allem eines gemeinsam. Sie wirken simpel. Ein einfaches Holzkreuz, ein Röhrchen aus verblasstem Glas mit einer rauchigen Flüssigkeit darin, die vielleicht einmal blutrot gewesen ist. Kaum zu glauben, welchen Wert dieses Ding in Angelos Welt besitzt. Sobald der Tausch vollzogen ist, das Original sicher und für fremde Hände unzugänglich unter Glas und die Kopie auf meinem Schreibtisch, fällt es mir schwer, mich zu konzentrieren. Aber ich tue, was ich kann.

Ich kratze ein wenig Material aus dem Holzkreuz der Kopie und fülle es in ein Röhrchen fürs Labor. Dann sende ich Emails an zwei Kontakte in der Kunstwelt, meinen ehemaligen Professor und einen Experten, der in Charleston, North Carolina, sitzt, wo ich vor Jahren ein Praktikum gemacht habe. Ich erkundige mich, ob beide in den nächsten Stunden Zeit für eine Fernevaluation haben und gewillt sind, für ein Stück, über dessen Echtheit ich mir unsicher bin, ein vorläufiges Zertifikat auszustellen. Innerhalb von Minuten habe ich von beiden eine zustimmende Antwort, reibe mir die Hände und gehe an die Arbeit.

Fotos verschickt, die Analyse aus dem Labor als Anhang der Mail. Ich kann nur noch warten und wende mich mit eher mäßigem Interesse den anderen Artefakten zu, die ich für Irenes Ausstellung katalogisieren soll. Das Wissen, nach diesem Tag nichts mehr für Irene tun zu können, beflügelt meine Gedanken und Hände. Die Zeit vergeht, während ich tief in Katalogen vergraben bin und so gut es in der Kürze der Zeit geht ein Ausstellungskonzept erstelle, welches ich per Email an Irene versende.

Kurz vor Mittag habe ich, was ich brauche. Die Fernanalysen meiner beiden Kontakte. Die Bestätigungen, dass es sich bei Ruggiero Monzas Artefakt um eine gut gemachte Kopie handelt. Ich jage die Analysen durch den Drucker, jeweils drei Ausdrucke, von denen ich zwei mitsamt der gefälschten Phiole in meine Handtasche stopfe und das dritte in den Unterlagen der Sammlung abhefte. Dann schicke ich die Mail weiter an Angelo und an meine private Mailadresse. Ich habe noch nicht auf Absenden geklickt, als mein Handy pingt.

„Lo ist da, er kommt dich jetzt abholen." Angelos Textnachricht ist knapp, nüchtern.

„Was, wenn ich noch länger brauche?", tippe ich zurück.

„Drei Minuten, *Lucciola*. Dann bist du fertig."

Ich seufze, und schicke die EMail ab. Nur noch eine kurze Nachricht an Irene, dass ich mein Engagement aus persönlichen Gründen leider zurückziehen muss. Als letzte Amtshandlung fahre ich den Rechner herunter und drücke auf den Knopf, der den Gorilla von der Security herbeiruft, um mich aus meinem Gefängnis zu entlassen. Er nickt mir zu, als er mich abholt. In der Zeit, die ich hier verbracht habe, haben wir eine Art stilles Abkommen getroffen. Keine Fragen, keine Vertraulichkeiten, aber einen gegenseitigen Respekt für die Arbeit, die jeder von uns im Namen der Kunst verrichtet.

Tatsächlich wartet Lo im Foyer auf mich. Er lächelt nicht, als ich auf ihn zutrete. „Ich hoffe, du wartest noch nicht lange?"

Er nuschelt irgendwas Unverständliches auf Italienisch. Als ich direkt vor ihm stehe, erkenne ich feine Schweißperlen auf seiner Stirn. Mein innerer Wachhund schlägt an, reagiert auf den kaum wahrnehmbaren Geruch von Schweiß, der Lo umgibt wie ein feiner Umhang, und instinktiv erkenne ich den Geruch. Es ist der Gestank nach Angst. Der junge Mann wirkt bleich und ein wenig fahrig.

„Lo?", frage ich deshalb noch einmal. Ist etwas mit Angelo passiert? Und er wagt es nicht, mir das zu sagen? Meine Finger tasten nach dem Handy. Irgendetwas warnt mich davor, mit Lo zu gehen, aber da ist Angelos SMS. Es war eindeutig seine Nummer, von der der Befehl gesendet wurde, mich von Lorenzo abholen zu lassen.

„Komm, *Signorina*, der Boss wartet. Wenn ich dich zu spät zu ihm bringe, geht es mir an den Kragen." Unruhig tritt er von einem Bein aufs andere. Vielleicht haben sie sich auch gestritten, und er ist deswegen so nervös. Die kurzgeschnittenen Haare über seinen Schläfen sind trotz der Klimatisierung im Museum schweißnass.

Meine Füße hängen wie festgeklebt am Marmor, aber ich zwinge sie, sich zu bewegen. Das müssen meine Nerven sein. All das, was in den letzten Tagen geschehen ist, hat Spuren auf meinem Nervenkostüm hinterlassen. Niemals würde Angelo mich in Lorenzos Hände geben, wenn er nicht hundert Prozent sicher wäre, dass er diesem Mann vertrauen kann.

Nur Sekunden später weiß ich, dass ich besser auf meinen Instinkt gehört hätte.

Angelo

Ich ziehe den Mas in Paolinas Einfahrt. Ein Blick auf die Armaturen sagt mir, dass ich mit Lo und Cara erst in einer halben Stunde rechnen kann. Ich greife mir die unscheinbare Reisetasche vom Beifahrersitz, verlasse den Wagen und steige die paar Stufen zu Zias Eingangstür hinauf. Es ist abgeschlossen, aber ich habe einen Schlüssel und muss nicht klopfen. Klopfen würde meine Tante misstrauisch machen.

Ich verschaffe mir Einlass und verschließe die Tür sorgfältig hinter mir. Der Geruch von Zias Cantuccini erfüllt den Korridor. Paolina ist die Witwe eines der mächtigsten 'Ndrangheta-Männer, die es in Philadelphia je gegeben hat, und wer glaubt, dass sie nicht in der Lage wäre, dessen Geschäfte fortzuführen, irrt gewaltig. Doch ihre Fähigkeit, ein kleines Stück Kalabrien nach Philadelphia zu bringen, ist fast noch legendärer. Ihr eigener Sohn sitzt seit Jahren für ein paar dämliche kleinkriminelle Entgleisungen im Knast, aber Zia hat mich, und deshalb zieht sie ihre Küche vor und überlässt die Männerwelt und die Führung ihres Clans mir.

Sie sieht sich nicht einmal um, als ich in ihr duftendes Reich eintrete. Auf dem schweren Eichenholztisch steht ein Backblech, auf dem das Mandelgebäck erkaltet. „Hat Cara im Museum gegessen?", fragt sie mich.

Ich lasse den Riemen der Reisetasche von meiner Schulter gleiten. Mit einem zufriedenstellenden Klappern sinkt die Tasche auf einen der vier Stühle im Raum. „Keine Ahnung, vermutlich eher nicht."

„Umso besser. Ich mache Pasta. Für alle."

„Danke, Paola."

Endlich dreht sie sich um und fasst mich ins Auge, dann weist sie mit dem Holzlöffel, von dem Tomatensauce trieft, auf die Tasche. „Das sind die Sachen, die du holen wolltest?"

Ich nicke. Ihr Blick fällt auf meine Fingerknöchel. Verbale Überredungskunst reicht manchmal nicht aus, wenn man dem ersten Santista eines rivalisierenden Bosses etwas aus dem Kreuz leiern muss. Da tut es nichts zur Sache, dass ich seit Jahren Anspruch auf das Material habe. Heute habe ich diesen Anspruch das erste Mal geltend gemacht, und das hat Capellos Santista nicht gefallen. In der Reisetasche sind Handfeuerwaffen, nicht die neusten Modelle, aber solche, die gut in der Hand liegen, dazu eine fabricneue Maschinenpistole und jede Menge Munition. Zias Sohn hat die Sachen einst dem Boss des Capello-Clans leihweise überlassen, als sie gegen die Monzas eine kurze, blutige Fehde ausgetragen haben. Zum Ausgleich hat er genug Drogen erhalten, um die kleinen Dealer der South Side für ein knappes Jahr an sich zu binden. Der Idiot. Doch es war nur ein Leihgeschäft, und die Waffen hätten längst wieder in meinen Händen sein müssen. Der alte Capello wusste, dass ich kommen würde, aber nicht wann. Sein Bullterrier hat sich gewehrt, und alles ist ein bisschen aus dem Ruder gelaufen.

Nur ein bisschen.

Ich stehe auf und trete ans Spülbecken, um mir Wasser über die Finger laufen zu lassen. Zias Blicke kann ich auf meinem Rücken spüren, und ich verkrampfe mich. Ich ahne, auf was sie hinaus will, und ich bin nicht dafür bereit.

„Was genau hast du jetzt vor?"

Das ist nicht ganz die Frage, die ich erwartet habe. Eine Antwort auf diese Frage habe ich aber ebenso wenig wie auf die in meinem Kopf. Ich muss meine Kräfte zusammenziehen und mich auf einen Krieg gegen Monza vorbereiten. Es ärgert mich, dass ich Bernardo verloren habe. Wegen Cara. Er war so verdammt zuverlässig. Jetzt habe ich noch vier Männer zur Verfügung, die Kommandogewalt über eine kleine Armee von zweiunddreißig Leuten ausüben können. Das ist alles, weil Bernardo zwanzig Mann unter sich hatte, und keinem von ihnen kann ich mehr trauen. Seine Untreue hat mich verkrüppelt, gegen das, was Ruggiero Monza aufbringen kann, habe ich ohne ihn und seine Einheit keine Chance.

„Ich werde unseren lieben Capo ein bisschen piesacken", murmele ich. „Ihm Feuer unterm Hintern machen, und ehe er weiß, was los ist, sind meine Jungs schon wieder weg. Mit ein wenig

Glück kann ich so lang genug Zeit schinden, bis ich die Anzahl von Leuten auf meiner Seite habe, die ich brauche."

„Brauchen, wofür? Wir brauchen einen Anführer. Du hast die Phiole."

„Aber nicht den Rückhalt, um etwas mit ihr anfangen zu können. Noch nicht. Aber Cara arbeitet daran. Sie lässt ihre Kontakte spielen, um Beweise zu sammeln, dass Ruggiero nichts ist als ein Schaumschläger. Seine Wahl zum Capobastone ist so viel wert wie ein feuchter Traum. Wir haben jahrelang ohne einen Capo überlebt, auf ein paar Wochen mehr oder weniger kommt es auch nicht mehr an."

„Du lässt Cara für dich arbeiten?" Ich sehe das Erstaunen in ihren Augen und noch etwas. Trauer, vielleicht. Ich will und kann mich jetzt nicht damit beschäftigen.

„Cara hat einen eigenen Kopf. Ich lasse sie gar nichts. Sie macht einfach."

Zia lacht. „Ja, das hört sich nach ihr an." Mit einem Aufseufzen lässt sie den Holzlöffel in der Sauce versinken. „Sie ist ein Problem, Angelo, das weißt du. Niemanden interessiert es, mit welchen Frauen du dir die Zeit vertreibst, solange sie den Mund halten und nicht zu einem verfeindeten Clan gehören. Aber Cara ist nicht einfach nur eine Frau. Sie ist eine Prinzessin. Du bist schon viel zu weit gegangen. Was du getan hast, kann sich nicht mehr ungeschehen machen lassen."

„Zia …"

„Hast du mit ihr über Francesca gesprochen?"

„Nein."

„Das solltest du aber. Dein Name wird Francesca nicht mehr schützen, wenn du Cara zu sehr in alles hineinziehst."

Ich sehe zwei weiße Tauben vor mir, getötet von blankem Metall, und schaudere. Es ist bereits zu spät. „Ich weiß", sage ich deshalb nur und schaffe es nicht, das Schaudern aus meiner Stimme zu halten.

Ich reiße ein Stück Küchenkrepp von der Rolle und trockne meine Finger. Immer noch bleibt Blut am Papier kleben. Zia nickt missbilligend in Richtung meiner Hände. „Du schlägst Capellos Santista zusammen und kommst mit nichts als ein paar zerschrammten Fingern zurück …"

„Das ist nicht ganz richtig, ich lass dich nur den Rest nicht sehen."

„Aber du bist zu feige, Cara reinen Wein einzuschenken."

„Das hat nichts mit Feigheit zu tun!", bricht es aus mir heraus. Auf der ganzen Fahrt hierher habe ich darüber nachgedacht, was ich antworten soll, wenn Zia mich auf Francesca anspricht, weil ich wusste, dass die Frage kommen würde. Nachdem die erste Welle Adrenalin versickert ist, gelingt es mir, mich an die gestelzte Antwort zu erinnern, die ich mir zurecht gelegt habe. „Cara hat ihren Vater verlassen, um mit mir zusammen zu sein. Bei ihm war sie vor Ruggiero relativ sicher. Jetzt bin ich für sie verantwortlich. Es ist nicht notwendig, dass sie von Francesca weiß, also sage ich es ihr nicht, um zu verhindern, dass sie wegläuft."

„Du bist ein Hornochse, Angelo Rossi. Niemand hat mehr Recht, über Francesca Bescheid zu wissen, als diese Frau, die du benutzt und entehrt hast wie ein Neandertaler. Was ist sie für dich? Glaubst du wirklich, sie würde akzeptieren, deine *puttana* zu sein? Sie ist besser als das."

„Sie ist eine verdammte Zielscheibe!"

„Und Francesca ist deine Frau!"

„Wenn Cara wegläuft, weil sie sich betrogen fühlt, ist sie innerhalb von zwei Minuten eine Leiche. Soll ich das zulassen? Was ist besser, Zia? Eine Hure zu sein, oder tot?"

„Angelo …"

Der Deckel des Mülleimers kracht zu, als ich das Stück Krepp hineinwerfe. Ich will nicht weiter darüber reden. Denn dann müsste ich die beiden verfluchten Tauben erwähnen, die ich in dem blöden Schuhkarton am Ufer des Delaware verscharrt habe, und ich müsste erwähnen, dass die *Provincia* Francesca offen bedroht. Zia Paolina hat Recht. Nicht nur Cara ist meine Verantwortung. Francesca ist es ebenfalls, und zwischen ihr und mir besteht eine Entfernung von mehr als viereinhalbtausend Meilen.

Cara ist mir näher. Meine Entfernung zu ihr beträgt in diesem Moment vielleicht fünfzehn Meilen, aber das meine ich nicht. Trotzdem erinnert es mich daran, auf die Uhr zu sehen. Im gleichen Moment wie Zia. Dann sehen wir einander an. Lorenzo hätte vor fünf Minuten hier sein müssen.

Gut, Verkehr kann unberechenbar sein, und ein Unfallstau auf dem Freeway lässt sich manchmal nicht mit ein bisschen zusätzlichem Gasgeben austricksen. Ich ziehe mein Handy und wähle Lorenzos Nummer.

Keine Verbindung. Sein Handy ist tot.

Mein erster Gedanke ist Bernardo, der mich kaltschnäuzig hintergangen hat, weil er Caras Rolle in meinem Leben nicht gutheißt. Ich erinnere mich an Lorenzos erste Stunden in Caras Gegenwart. Er mag Cara nicht erheblich mehr als Bernardo. Ich blicke Zia Paolina an, aber sie schüttelt nur den Kopf. Sie kann sich ebenso wenig vorstellen wie ich, dass Lorenzo einen Bernardo-Stunt abzieht.

Als ich auch bei Lorenzos Pager nicht durchkomme und die Ver-bindung abbricht, noch ehe auf seiner Seite das Signal abgesetzt wird, stürze ich mich auf die Reisetasche und reiße sie auf. Ungeladene Waffen und kleine Kartons mit Munition poltern zu Boden. Ich erwäge, die Maschinenpistole an mich zu nehmen, doch sie ist nicht für den Gebrauch in einer Situation ausgelegt, in der es auf Scharfschützen ankommt.

Mein Handy klingelt.

Die Nummer kenne ich nicht. Ich nehme den Anruf an, ohne mich zu melden. Die Stimme von Ruggiero Monza erkenne ich sofort.

„Du wirst keinen von beiden finden, Rossi", sagte er in seinem beschissenen Italienisch, das nach Kalabrien klingen soll, aber nach Neapel klingt. Wenn überhaupt nach Stiefel. „Aber mach dir nicht zu viele Sorgen. Halt einfach die Füße still und bring mich nicht in Rage, dann bekommst du vielleicht wenigstens dein Schoßhündchen zurück." Im Hintergrund höre ich einen dumpfen Schlag, dicht gefolgt von dem verzerrten Schrei eines Mannes. Eis sticht mir in den Magen. Lorenzo …

Klick. Das Gespräch ist weg, ehe ich Ruggiero anbrüllen kann, seine Pfoten von meinem Freund zu lassen, und als ich auf Rückruf drücke, sagt mir eine abstoßend unpersönliche Frauenstimme, dass dieser Anschluss nicht vergeben sei.

Wichser.

Ich bin versucht, mein Handy auf dem gekachelten Fußboden von Zia Paolinas Küche zerschellen zu lassen, aber davon bekomme ich Cara und Lo nicht wieder. Die Füße stillzuhalten widerspricht meiner Natur auf so grundlegende Weise, dass mein ganzer Körper von einer Sekunde auf die andere unter Hochspannung steht. Der Duft von Zias Tomatensauce brennt mir plötzlich in der Nase, als würde sie Essig kochen. Ich kann das nicht. Ich kann das nicht. Ich kann nicht stillsitzen und nichts tun.

Mein Handy hat das Gespräch, oder besser gesagt den Monolog, aufgezeichnet. Viermal hintereinander höre ich die Aufnahme ab, auf der Suche nach weiteren Hintergrundgeräuschen, dabei weiß ich längst, dass die mich nicht weiterbringen würden. Monza ist kein Anfänger.

Paolina zieht einen Kaffee aus der Maschine und setzt ihn vor mich hin. Als bräuchte ich jetzt noch ein Aufputschmittel! Dennoch stürze ich die kohleschwarze Flüssigkeit herunter, und noch während meine Kehle in Flammen steht, wähle ich die Nummer von Carlo Polucci in New York. Selbstverständlich geht nur sein *Consigliere* an den Apparat. Ein Rückruf wird vereinbart. Carlo und ich sind Rivalen. Nur durch mich hatte Ruggiero genug in der Hand, um Carlos Ansprüche auszuradieren. Ich habe auf den falschen Mann gesetzt, und der, der sich für den richtigen Mann hält, wird mich zappeln lassen. Aber egal, was wir voneinander halten, sein Clan ist Teil der 'Ndrangheta von Philadelphia, und wenn wir Ruggiero als Capobastone entfernen, gehört er wieder zu denen, die einen Anspruch auf das Amt haben. Ihn zu übergehen, würde bedeuten, dass ich meinen eigenen Totenschein mit mir in der Tasche herumtrage und irgendwann Carlo Polucci nur noch das Datum einzutragen braucht.

Eine Nachricht von Cara ist auf meinem Handy eingegangen. Sie hat sie abgeschickt, ehe sie das Museum verließ, die Datei hat den Eingang der Nachricht verzögert. Die Bestätigungen, dass Ruggiero Monzas uraltes Artefakt eine wenige Wochen alte Fälschung ist. Genau, was wir brauchen.

Ich rufe den alten Capello an, ganz gleich, was für eine Stinkwut der gerade auf mich hat, weil ich seinen Santista an den Rand des Rollstuhls geschlagen habe. Ich bereite ihn auf den Eingang der Dokumente vor. Er klingt brummig, doch er scheint gewillt, sich überzeugen zu lassen.

Schließlich habe ich mich des Rückhalts von zwei der Familien der 'Ndrangheta von Philly versichert, warte noch immer auf Carlos Rückruf und habe mich innerlich kein bisschen beruhigt. Cara. In Monzas Hand. Und Lorenzo. Cara und Lorenzo. Ich werde verrückt, wenn ich einen von beiden verliere. Ich werde die ganze Stadt in Schutt und Asche legen, wenn ich Cara verliere.

Ganz gleich, wie sehr Zia mich versucht zurückzuhalten. Ich kann hier nicht bleiben. Nicht warten. Wenn Ruggiero Monza will, kann er Zias Haus in die Luft jagen, er wird wissen, dass ich hier bin. Würde er es zumindest versuchen, dann wüsste ich, dass er ebenfalls diese Dokumente gesehen hat und weiß, dass er nichts mehr zu verlieren hat. Er tut es nicht. Cara ist ein kluges Mädchen. Sie hält ihre Karten fest vor die Brust gepresst und lässt niemanden das Blatt sehen, das sie auf der Hand hat, bei dem sie Gefahr wittert. Ruggiero Monza jedenfalls hat keine Ahnung, dass wir nach und nach die Stelzen wegschlagen, auf denen sein Strandhaus ins Wasser gebaut ist.

Mehrere meiner Picciotti sind strategisch im Viertel verteilt, um ungewohnte Bewegungen festzuhalten und einen möglichen Anschlag auf Zias Haus zu vereiteln. Sie sitzen in geparkten Autos, hocken als Penner verkleidet auf Kellertreppen oder mit durchgeladener Maschinenpistole auf Dachböden, von wo aus sie die Straße um das Haus herum im Blick haben. Nur ich weiß, wer wo sitzt. Nicht einmal Zia weiß es. Ich muss sie unbedingt davon überzeugen, das Haus zu verlassen. Auf Dauer ist es ein logistischer Kraftakt, es zu überwachen. Aber sie will nicht gehen. Es ist das Haus, in dem sie und ihr Mann viele Jahre lang gelebt haben.

Trotz der Überwachung werfe ich einen langen Blick unter meinen Maserati, um zu prüfen, ob jemand einen Sprengsatz platziert hat, ehe ich mich hineinsetze und den Motor starte. Ich lausche auf das Geräusch des Anlassers, auf das Aufröhren und dann das Summen des Motors. Nichts Auffälliges. Rückwärtsgang. Die Schaltung unverändert. Niemand hat sich an meinem Wagen zu schaffen gemacht. Die beiden Pistolen, die ich mir hinten in den Hosenbund geschoben habe, drücken in meine Nieren und erinnern mich daran, dass ich auf dem Weg in einen Krieg bin. Zwei weitere durchgeladene Waffen schiebe ich unter den aufklappbaren Beifahrersitz. Ich bin so bereit, wie ich nur sein kann, und ich komme allein. Ruggiero wird es gleich wissen. Ich will einen Deal.

Wenn Ruggiero keinen Deal will, werde ich so viele von seinen Männern mit in den Tod nehmen wie ich kann. Irgendwann ist jedes Leben zu Ende, und für Cara zu sterben, ist mehr als ich je hoffen durfte. Ich bin bekannt dafür, dass ich lange durchhalten kann. Es wäre nicht das erste Mal, dass ich noch halbtot eine Gefahr bin. Auch das weiß Ruggiero.

KAPITEL 19

Cara

Vielleicht musste es so kommen. Vielleicht musste mich die Verbindung zu Angelo in diesen fensterlosen Raum führen. Immerhin bin ich ihm das erste Mal in einem düsteren Kellerloch begegnet. Das nennt man dann wohl Karma.

Die Wand in meinem Rücken ist hart und glatt. Mehr kann ich nicht erkennen. Es ist stockduster hier drinnen. Wie lange Lorenzo und ich schon in diesem Loch sind, weiß ich nicht. Ab dem Moment, als ich mich Auge in Auge mit dem Lauf einer Automatikpistole befand, kaum, dass ich in Lorenzos Wagen geklettert war, verwischt meine Vorstellung von Zeit und Raum. Durch meinen Kopf summt ein Wort. Angelo. Er wird kommen, ich weiß es. Er wird kommen und mich hier rausholen. Mich und Lorenzo, der zwar ein chauvinistisches Arschloch ist, aber genauso blutet wie jedes andere Lebewesen. Dessen kann ich mich jetzt versichern, denn da die Männer, die uns in ihrer Gewalt haben, mich unversehrt gelassen haben, kann der metallische Geruch in der Luft nur von Lo ausgehen. Ab und an zittert ein Ächzen durch den Raum und erinnert mich daran, dass ich nicht allein bin. Es ist nicht das erste Mal, dass ich eine Gefangene bin, doch diesmal ist es anders. Damals, als Angelos Soldaten mich in ihre Gewalt gebracht hatten, war Wut das vorherrschende Gefühl. Lorenzo war einer von ihnen gewesen, und dafür, wie brutal der mich angefasst hat, hat Angelo ihm seinerzeit kräftig den Kopf gewaschen. Ich habe nichts vergessen. Ich bin erfüllt gewesen von meiner Wut auf eine Welt, die mich eingeholt hatte, obwohl ich ein Leben lang nichts anderes getan hatte, als vor ihr wegzulaufen.

Jetzt verätzt Angst meine Adern von innen, breitet sich in meinem Körper aus wie ein giftiger Wurm. Noch wehre ich mich dagegen. Wenn ich der Angst nachgebe, bin ich verloren. Aber nicht nur das. Wenn ich der Angst nachgebe, verrate ich nicht nur mich und die Wahl, die ich getroffen habe, sondern auch Angelo. Angelo braucht mich stark. Er braucht mich unzerbrechlich und dennoch weich. In einer Welt wie dieser braucht er ein Kissen, auf das er seinen Kopf betten kann, um Abstand zu gewinnen. Eine warme Decke, die nicht zerbricht, wenn Träume ihn quälen und er in Agonie auf sie eintritt.

Ein metallisches Knarzen geht durch den Raum, dann fällt ein Lichtschein in die Dunkelheit. Ich wende meinen Kopf in Richtung des Lichts, und obwohl es mittlerweile sicher später Nachmittag ist, blendet mich die Sonne. Ich muss blinzeln, meine Augen tränen, und als ich den klebrigen Schleier vor meinem Blick wieder los bin, erkenne ich die dunkle Silhouette im Türrahmen. Ich habe ihn erst zweimal im Leben gesehen, und doch habe ich keine Zweifel.

Vor mir steht Ruggiero Monza.

„*Buonasera, Carissima*", sagt er. Er bewegt seine Hand, und für einen Moment bin ich überzeugt, dass es eine Waffe ist, die er aus dem Bund seiner Hose zieht.

Es ist eine Taschenlampe. Die Tür in seinem Rücken fällt zu, im gleichen Augenblick knipst er die Lampe an und ein goldener Lichtkegel tastet sich durch den Raum. Nun erkenne ich auch, was vorher im Dunkeln lag. Das Verlies ist kein Verlies, sondern ein Baucontainer. Daher das metallische Echo, das jeder Laut auslöst, und der Geruch nach Rost, der sich mit dem Geruch von Blut vermischt. Der Ring, an dem meine Arme und Beine im Rücken fixiert sind, ist in eine Metallwand eingelassen. Auf dem Boden liegt abgetretenes Linoleum. Lorenzo, dessen Gesicht bis zur Unkenntlichkeit geschwollen ist, liegt mir gegenüber auf dem Boden. Auch ihm haben sie die Beine und Arme gefesselt, zusätzlich den Mund mit Klebeband verschlossen. Vermutlich bekommt der Arme kaum noch Luft durch seine zerschlagene Nase. Im fahlen Licht der Taschenlampe blinzelt auch er, doch seine Tränen sind rot von Blut.

Ruggiero tritt auf mich zu, lässt den tastenden Lichtstrahl der Lampe über meinen Körper wandern. Ein Gefühl wie Leichenfinger auf meiner Haut. Nur mit Mühe unterdrücke ich ein Schaudern.

„So viel vergossenes Blut für so wenig Mensch. Sag mir, Cara, was hast du mit Rossi angestellt, dass er für dich bereit ist, seinen Capo zu verraten? Du musst eine wirklich magische Pussy haben."

Auf seine Frage verdient er keine Antwort. Ich sammle an Speichel, was ich habe und spucke ihm vor die Füße. Die Antwort kommt sofort. Mit der freien Hand holt er aus und trifft mich auf der Wange. Der Schlag ist so fest, dass er meinen Kopf zur Seite schleudert, aber ich unterdrücke den Schrei, der aus meiner Kehle zu steigen droht. Diesen Triumph hat Ruggiero nicht verdient.

„Genug!", zischt er. „So gern ich dir deine Kratzbürstigkeit austreiben würde, wir haben Wichtigeres zu besprechen."

„Was willst du von Lorenzo?", spucke ich ihm entgegen. Speicheltröpfchen glänzen im Licht der Taschenlampe, bevor sie auf seinem Gesicht landen. Der Anblick verschafft mir eine seltsame Befriedigung. Er kann mir mein Leben nehmen, aber nicht meinen Lebenswillen.

„Von Lo?" Ruggiero wendet sich halb von mir ab, um mit dem Fuß ausholen zu können und Lorenzo einen Tritt gegen die Rippen zu verpassen. Ein neuer Schwall Blut sickert aus dessen Nase. Ich schlucke gegen Übelkeit.

„Nichts." Ruggiero hebt die Schultern und schürzt die Lippen, als sei Lorenzos Schicksal nicht mal einen Gedanken seinerseits wert. „Er ist ein Mittel zum Zweck. Ich habe gedacht, es wird deine Zunge lockern, wenn du mitansiehst, wie er für jede falsche Antwort von dir Blut spuckt. Ein Vögelchen hat mir gezwitschert, dass du es schlecht mit ansehen kannst, wenn andere leiden. Dann befreist du sogar deinen ärgsten Feind." Wie um zu verdeutlichen, was er meint, greift er in Lorenzos Haare, hebt dessen Kopf gerade genug von der Brust, damit der Schaft der Taschenlampe auf den Oberkiefer von Angelos bestem Mann niedersausen kann. Das dumpfe Geräusch, mit dem Metall auf Knochen trifft, hallt an den blanken Wänden unseres Gefängnisses wider. Nur, weil Ruggiero sich seinem Opfer zuwendet, gönne ich es mir, kurz die Augen zu schließen, um die Übelkeit zu verdrängen. Wenn ich das hier überleben will, muss ich stark sein. Stark und gefühllos.

Stöhnend sackt Lorenzo aus Ruggieros Griff und bleibt reglos liegen. Ich glaube, er atmet nicht mehr. Verbissen grabe ich meine Fingernägel in die Handballen, um dem Kloß in meiner Kehle nicht nachzugeben. Schlucke, schlucke den Kloß weg, hebe die Augen zu Ruggiero, starre ihm ins Gesicht.

„Und was willst du von mir?" Mich selbst erstaunt die Kälte in meiner Stimme.

„Kannst du dir das wirklich nicht denken?" Fast liebevoll tätschelt er nun die Stelle, die er Lorenzo eben blutig geschlagen hat, bevor er seinen Blick nun wieder auf mich richtet. Lorenzos Eckzähne blitzen weiß im fahlen Licht. Sein Kiefer ist so verdreht, dass er trotz des Knebels die Lippen nicht mehr schließen kann. Doch er beginnt wieder zu röcheln. Er lebt. Er ist am Leben. Dem Himmel sei Dank.

„Es ist wirklich interessant, was Frauen so in ihren Handtaschen herumtragen. Findest du nicht?" Ruggiero schlägt einen Plauderton an, der Lorenzos feuchtes Röcheln im Hintergrund umso absurder klingen lässt. Nicht viel, und Lo wird schließlich doch an seinem Blut ersticken, und es gibt nichts, was ich tun kann. Ich muss mich konzentrieren.

Die Phiole. Natürlich. Ruggiero ist es immer nur um die Phiole gegangen. Und welcher Preis wäre passender, um für Blut zu zahlen, als Blut. „Dann hast du jetzt, was du brauchst." Ich schicke ein Dankgebet gen Himmel, dass Angelo dem Plan, das Original im Museum zu verstecken, zugestimmt hat. Egal, was mit mir und Lorenzo geschieht, zumindest das Blut des Heiligen ist in Sicherheit. „Warum also hast du uns nicht längst getötet?"

„Töten!" Er spuckt das Wort aus wie ein Stück fauligen Apfels. „Eine schöne Frau wie du sollte nicht vom Töten reden. Du hast zu viel Zeit in Rossis Gegenwart verbracht. Das ist der Grund, warum dieser Mann es nie zu etwas bringen wird. Männer sind Schweine, weißt du? Sie sind wie Tiere. Kämpfen und Ficken, mehr haben sie nicht im Kopf."

„Und du bist kein Mann?" Ich sage es mit der süßlichsten Stimme, die ich aufbringen kann, aber der Hohn in meinen Worten verfehlt seine Wirkung. Sollten sie Ruggiero aus dem Konzept bringen, kann ich es nicht sehen. Trotz des Lichts der Taschenlampe ist es zu dunkel, um seinen Gesichtsausdruck deuten zu können.

„Ich bin ein Mann. Und ich habe gelernt, dass manchmal Warten die bessere Alternative ist. Rossi hat genug Feinde, als dass es nötig ist, mir meine Finger selbst an ihm dreckig zu machen. Doch du, du bist von Wert." Er klemmt sich die Taschenlampe zwischen die Zähne und greift mit der freien Rechten in die Innentasche seines Jacketts. Was er daraus hervorholt, ist keine Überraschung. Die Phiole. Oder, besser gesagt, die Kopie der Phiole, die ich im Museum gegen Angelos Original ausgetauscht habe.

Scheinbar versunken dreht und wendet er das Kleinod vor seinen Augen. Im Dunkeln wirkt das Kreuz mit dem Blut noch unscheinbarer als bei Tageslicht. „Kennst du die Geschichte des heiligen Lukas?"

„Er war Arzt und Jurist. Ein Mann des Geistes, nicht des Schwertes. Ich habe mich schon öfter gefragt, warum ihr ausgerechnet ihn als euren Schutzpatron ausgewählt habt."

Ruggiero schnaubt. Es ist nicht klar, ob es ein Lachen ist, das er unterdrückt, oder Verachtung. Wie auch immer, seit seinem Betreten des Containers sind gut und gerne zehn Minuten vergangen, und ich lebe immer noch. Das ist mehr, als ich erwarten durfte.

„Ein Mann des Geistes", wiederholt Ruggiero. „Es ist, wie ich gesagt habe. Ein Mann muss klug sein und seine Schwächen kennen, um Macht zu haben. Nur wer sich selbst beherrscht, kann über andere herrschen. Ich kenne meine Schwächen."

„Die Schwäche, keinen Funken Ehre im Leib zu haben? Angelo war dir ergeben. Er hätte dir die Phiole zurückgebracht, auch ohne dass du ihn benutzt wie einen Sklaven."

„Die Schwäche, nicht zu wissen, ob nun er es ist, der mich täuscht. Wer sagt mir, ob dieses Blut nun das echte ist? Er hat mich schon einmal an der Nase herumgeführt." Er greift in die Innentasche seines Jacketts, zieht zwei Blätter Papier heraus und schleudert sie mir ins Gesicht. Es sind die Ausdrucke der Analysen über die Fälschung, die ich in meine Handtasche gestopft habe.

Ruggiero weiß, dass ich nicht mehr die Einzige bin, die von der Fälschung weiß und sie belegen kann. Mich zu töten wird seinen Kopf nicht aus der Schlinge ziehen, die Angelo ausgelegt hat. Was hat er jetzt vor? Ich zucke die Schultern, doch in mir drinnen ist keine Gelassenheit. Eine Chance. Das ist meine Chance. So lange Ruggiero nicht weiß, ob das Relikt in seinen Händen das Original oder die Kopie ist, wird er mich nicht umbringen. Er braucht mich, denn ich bin die Einzige, die ihm bestätigen kann, nicht noch einmal getäuscht zu werden.

Er hält mir die Phiole ins Gesicht, so dicht, dass mir von dem Anblick des Blutes in dem Kristallröhrchen, oder was auch immer das ist, schlecht wird. In seinen Augen flackert Wut. „Wo hast du dieses Ding her? Aus dem Museum? Hast du das aus dem Museum gestohlen, meinen Besitz, den ich dem Safe anvertraut habe?"

„Das ist die Kopie. Glaubst du ernsthaft, ich würde riskieren, dir mit dem Original in die Arme zu laufen? Das Original ist im Museum, sicher verwahrt, da kommst du nie ran. Nie. Nicht, wenn du mich jetzt tötest. Dann nämlich wirst du nicht nur Angelo an deinen Fersen haben, sondern auch Patrick O'Brien. Bist du dem gewachsen?"

„Was hat dein Vater damit zu tun? Er weiß nichts von der Kopie. Alles, was er weiß ist, dass Rossi dich wiederhat."

Im Gegensatz zu Ruggiero gönne ich mir ein echtes Lachen. Es klingt falsch und zu hoch, aber es ist das Beste, was ich aufbieten kann. „Und du willst deine Schwächen kennen, Ruggiero Monza? Du weißt nichts. Paddy weiß, dass ich bei Angelo bin, aber er weiß auch, dass ich freiwillig dort bin. Um ihm das Original zu geben. Patrick war es, der die Kopie hat anfertigen lassen. Ich habe sie ihm geklaut und zu Angelo gebracht. Vor Patricks Augen. Angelo und ich haben beschlossen, das Original im Museum zu verwahren, aber Paddy weiß davon nichts. Wenn die Phiole nun bei dir auftaucht und meine Leiche irgendwo verschwindet, an wen, meinst du, wird das Outfit sich wenden, um Rache zu nehmen?"

In der Stille, die folgt, klingt Lorenzos rasselnder Atem überlaut. Mein Herz zieht sich zusammen. Ich kann nicht behaupten, besonders viel für den Santista übrig zu haben, aber er ist Angelos Freund und er braucht einen Arzt. Wenn das hier noch viel länger dauert, wird zumindest er mit Sicherheit sterben. Und Ruggiero wirkt unentschlossen. Meine Geschichte ist so gut oder so schlecht wie jede andere, und für ihn ist nicht erkennbar, ob das, was er da in der Hand hält, nicht doch das ist, was er so verzweifelt braucht.

„Du glaubst mir nicht?", frage ich deshalb. „Dann los, ruf ihn an. Patrick. Ich kann dir seine Nummer geben. Ich kenne sie auswendig, weißt du. Immerhin ist er mein Daddy."

Für zwei Atemzüge noch zögert Ruggiero, dann zückt er sein Handy. Er ist tatsächlich leichtsinnig genug, meinem Vater zu sagen, dass ich mich mitsamt dem Artefakt in seinen Händen befinde. Das Gespräch mit Patrick O'Brien ist kurz und zweckmäßig. Selbst aus zwei Schritt Entfernung höre ich das Toben meines Vaters. Doch offensichtlich bestätigt er Ruggiero, was auch ich zuvor gesagt habe. Die echte Phiole ist mit mir in Angelos Besitz übergegangen. Diesmal muss ich Ruggieros Gesichtsausdruck nicht sehen, um zu wissen, dass er rasend ist vor Zorn. Ihm sind die Hände gebunden. Mit Angelo kann er es aufnehmen. Vielleicht sogar mit Angelo und Carlo und wie die anderen Vangelisti noch alle heißen, zusammen. Aber sich in einen Krieg mit dem Outfit verwickeln zu lassen, zur selben Zeit, in der seine Position als Capobastone so wacklig ist, wagt nicht einmal ein Ruggiero Monza. Mit einem italienischen Fluch steckt er das Handy wieder weg. In derselben Bewegung hebt er die Taschenlampe über seinen Kopf. Ich folge dem tanzenden Lichtkreis zur Decke, dann explodiert ein Schmerz auf meiner Schläfe und ich versinke in Schwärze.

Angelos Name in meinen Gedanken begleitet mich auf dem Fall.

Angelo

Ich bin weniger als drei Blocks von Ruggieros Hauptfirmensitz entfernt, als das Handy auf dem Beifahrersitz vibriert. Erneut eine Nummer, die ich nicht kenne. Meine Fahrt hierher ist ein Himmelfahrtskommando, und nichts hält mich auf, an den Straßenrand zu ziehen und das Gespräch anzunehmen.

„Monza hat sie." Der breiteste irische Akzent, der an der amerikanischen Ostküste gesprochen wird. Patrick O'Brien. „Und du spaghettifressender Wichser willst mir weismachen, dass du auf sie aufpassen kannst? Fick dich ins Knie, Rossi, ich sag dir, wenn Monza ihr auch nur ein Haar krümmt, hole ich dich. Ich hole dich, und ich werde dir die Eier einzeln abschneiden und vor deinen Augen ein Omelett zubereiten, das sich gewaschen hat."

Jetzt weiß ich, woher Cara ihr Talent hat, die abgefahrensten Flüche zu entsinnen. Beinah wäre mir zum Lachen, wenn die Situation nicht so ernst wäre. Keine Drohung von Patrick O'Brien kann schlimmer sein als das, was ich mir selbst an den Hals wünsche, wenn ich Cara nicht unversehrt wiederbekomme. „Hast du mit ihr gesprochen?" Ich schüttele die letzte Zigarette aus der zerknautschten Schachtel, die auf der Ablage hinter dem Armaturenbrett liegt. Das Feuerzeug schlägt erst beim fünften Versuch eine Flamme.

„Mit ihm. Monza. Wegen eurem beschissenen Artefakt, das er Cara abgenommen hat. Wie sollte er, wenn sie sich nicht in seiner Gewalt befindet? Ich schwör dir, Rossi, ich schwör dir …"

„Hast du das Gespräch aufgezeichnet? Weißt du, wo er sie festhält?"

„Nein, und wenn du es nicht in zwei Minuten rausgefunden hast, schicke ich dir meine gesamte Armee auf den Hals."

Seine gesamte Armee. Paddys irisches Outfit. Ruppige, trinkfeste Kerle, grobschlächtig, unzivilisiert. Eine Armee. Ich hab Gegner, die von drei Seiten her auf mich einschlagen, und Patrick O'Brien hat eine Armee. Für einen Augenblick lang bin ich froh, dass in dieser Sekunde Patrick und ich ein gemeinsames Interesse haben: Cara.

Noch während ich nachdenke, geht eine Nachricht auf meinem Handy ein. Ich nehme es vom Ohr, lasse Paddy im Hintergrund toben, rufe die Nachricht auf. Ein Foto. Ein Haufen Kleidung, viel mehr ist auf den ersten Blick nicht zu erkennen. Ich zoome näher. Zwei Menschen. Caras seidenblondes Haar. Und Lorenzos Gesicht, kaum erkennbar unter Schlieren von fast schwarzem Blut. Sie liegt halb über ihm. Es ist nur ein Foto. Sie könnten beide tot sein, und der Gedanke presst mir das Blut aus dem Herzen. Wenn auch nur einer von beiden tot ist, werde ich Ruggiero so voll mit Blei pumpen, dass er bis auf den Grund des verfluchten Atlantiks sinkt. Sie liegen in niedergetrampeltem Gras, auf einem schwarzgrün gepunkteten Gartenschlauch, der an einem aus einer Wand ragenden Wasserhahn festgesteckt ist. Die Wand ist blau. Hellblau. Unter Caras linkem Bein spitzt etwas Buntes hervor. Eine Puppe.

„Ich weiß, wo sie ist", rufe ich ins Telefon. Ohne eine Antwort abzuwarten, schmeiße ich das Handy zurück auf den Beifahrersitz, werfe den Gang ein und ziehe mit quietschenden Reifen in den fließenden Verkehr. Ein Pickup weicht mir hupend aus, es ist mir scheißegal. In einem halsbrecherischen Manöver wende ich über vier Fahrspuren hinweg und trete aufs Gas, um in die Richtung zurückzufahren, aus der ich gekommen bin. Das Gespräch ist nicht weg, ich kann Paddy zetern hören, aber ich verstehe seine Worte nicht.

Ich fahre nicht bis an Ruggiero Monzas Privatgrundstück heran, sondern parke eine Viertelmeile entfernt am Straßenrand. Ich prüfe die Ladung beider Pistolen in meinem Hosenbund, ehe ich sie zurückstecke. Das hier ist eine Gegend, in der viele Familien wohnen, es ist nicht ratsam, hier mit einer Knarre in der Hand herumzulaufen, wenn man vermeiden will, dass irgendein überbesorgter Bürger sofort die 9-1-1 wählt. Die kurzläufige Maschinenpistole passt unter meine Jacke, wo ich sie in eine Schlaufe einhänge. Ich greife mir das Handy, wo Patrick inzwischen selbst das Gespräch beendet hat, und schließe den Mas ab, ehe ich mich zu Fuß in Richtung von Monzas Haus bewege.

Es ist ein Balance-Akt zwischen einem möglichst normalen Auftreten und meiner instinktiven Art, mir nichts von dem, was um mich herum geschieht, entgehen zu lassen. Nicht das Großmütterchen, das an einem Wohnzimmerfenster sitzt und einen Spiegel so außen am Fenster platziert hat, dass sie die ganze Straße überblicken kann. Nicht den jungen Mann, der in einer Einfahrt ein Motorrad wäscht und mich ebenso wenig aus den Augen verliert wie ich ihn. Hier in dieser Gegend ist Ruggiero nur ein italienischer Gebrauchtwagenhändler, der immer pünktlich seine Steuern zahlt und dessen vier Kinder gelegentlich zu laut auf der Straße Fußball spielen. Das bedeutet aber nicht, dass er nicht in der Straße ebenso seine Leute postiert hat wie ich um Zias Domizil herum.

Das schmiedeeiserne Tor zu seinem Hof ist verschlossen, aber es ist kaum mehr als hüfthoch und schnell überwunden. Niemand hält mich auf. Das Haus ist ruhig. Hier wohnt eine Familie mit mittlerweile fünf Kindern, das Jüngste erst ein paar Tage alt. Wäre jemand zuhause, würde man es hören. Aber hier ist kein Mensch. Einfahrt und Garage sind leer. Es wirkt fast, als habe die Monza-Familie das hellblau gestrichene Haus komplett verlassen. Der schmale Pfad zwischen Haus und Garage könnte zur Falle werden, wenn ich die Situation falsch einschätze, also lege ich eine Hand unter der Jacke an den Griff einer der Pistolen. Nichts passiert. An einem gemauerten Grill vorbei öffnet sich der Blick in den Garten, das Gras direkt beim Haus schattig und zertreten. Wäscheleinen. Alles ganz normal.

Bis auf die beiden Menschen, die dort liegen, wo der Gartenschlauch am Wasserhahn hängt. Ich nähere mich, immer noch vorsichtig. Ganz sicher ist es leichtsinnig, ohne Rückendeckung hierherzukommen, aber es sieht aus, als habe Ruggiero nicht damit gerechnet, dass ich allein kommen würde. Egal, wie angestrengt ich lausche, niemand ist hier, alles, was ich höre, ist das Gurren einer Taube oben im Hausgiebel und Lorenzos schwere Atemzüge, die klingen, als wäre er unter Wasser.

Erst als ich ganz sicher bin, knie ich mich in den Matsch, in den fußballspielende Kinder den Rasen verwandelt haben. Ich knie mich an Caras Seite, streiche ihr das Haar aus dem Gesicht. Einige Strähnen sind blutverschmiert. An der Schläfe hat sie eine Platzwunde, einen langen Riss in der Haut, doch es sieht nicht aus, als seien unter der Haut Knochen gebrochen. Vor Erleichterung vergesse ich, wie rasend ich bin. Sie ist nicht ernsthaft verletzt, ihre Füße sind mit Panzertape zusammengebunden und die Hände hinter den Rücken gefesselt, aber sie ist am Leben. Während ich das Messer aus meinem Stiefel zücke, um ihre Fesseln zu lösen, kommt sie zu sich, bewegt sehr langsam den Kopf, dreht das Gesicht zu mir.

„Angelo?"

„Shht." Ich will ihr nicht wehtun, wenn ich das Tape abziehe, aber es sitzt stramm. Cara zuckt zusammen, als sich zusammen mit dem Klebeband etwas Haut von ihren Handgelenken löst. Ich lege meinen Arm fester um sie, drücke sie an mich. „Ich hab dich, *Lucciola*. Ich hab dich. Halt still. Gleich."

„Wo ... wo sind ... die ..."

„Hier ist niemand. Ich hab dich."

Sie windet sich in meinem Arm. Ich muss aufpassen, dass ich mit dem Messer nicht abrutsche. Die Vorstellung, ihr noch mehr Schmerzen zuzufügen, als sie ohnehin erlitten hat, macht mich halb wahnsinnig.

„Lorenzo ...", flüstert sie schwach.

„Er lebt."

„Ich weiß ..." Sie sackt gegen mich. Ihre Hände fallen an ihre Seiten, als die Fesseln endlich gelöst sind. Ich löse auch die Fußfesseln, dann lehne ich Cara gegen die verfluchte hellblaue Wand, vergrabe eine Hand in ihren Haaren und ziehe ihren Kopf hoch, damit ich ihr ins Gesicht sehen kann. Ihre Wangen sind trocken, abgesehen von dem dünnen Rinnsal Blut, das sich jetzt, wo sie aufrecht sitzt, einen neuen Weg bahnt und über ihren Kieferknochen rinnt. Mein Glühwürmchen hat nicht geweint. Sie greift nach meinem Arm, dann nickt sie zu Lorenzo, der bewegungslos am Boden liegt. „Es geht mir gut. Kümmere dich ... um Lo ..."

Ich ziehe mein Handy aus der Jackentasche und drücke es ihr in die Hand. „Ruf deinen Dad an."

„Paddy? Warum?"

„Weil er der Letzte ist, mit dem ich gesprochen habe, und weil ich will, dass er weiß, dass es dir gut geht."

KAPITEL 20

Cara

Während ich mit meinem Dad telefoniere, taucht im Durchgang zur Garage ein Mann auf. Ich versteife mich, aber Angelo küsst beruhigend meine Stirn.

„Shhh. Einer von meinen Leuten. Er bringt Lorenzo ins Krankenhaus."

Mein Dad wütet. Er schreit nicht, das nicht, aber ich höre das Beben in seiner Stimme, die unterdrückte Wut, und beende das Gespräch so schnell es geht. Meine Kehle ist rau und trocken und jedes Wort bereitet mir körperliche Übelkeit. Ich habe das Gefühl, mein Herz schlägt in meinem Kopf statt in der Brust, so laut ist das Pochen hinter meiner Stirn. Kraftlos sinkt meine Hand in meinen Schoß, kaum dass ein Klicken signalisiert, dass mein Dad aufgelegt hat. Ich schließe die Augen, höre leises Gemurmel und Lorenzos Stöhnen. Schlafen. Das ist das Einzige, an was ich denken kann. Schlafen, schlafen, schlafen. Und wenn ich aufwache, will ich feststellen, dass alles nur ein böser Traum war.

Einen Spalt breit öffne ich meine Augen, als Angelo mich auf die Arme nimmt und zu seinem Wagen trägt. „Schlaf, *Lucciola*", sagt er, als hätte er meine Gedanken erraten. „Das ist das Beste, was du jetzt machen kannst."

Er muss es wissen. Ich denke an den Tag, als ich ihn das erste Mal sah. Daran, wie schlecht es ihm ging und wie tapfer er war. „Wie bist du aus dem Keller gekommen?", frage ich aus dem Gedanken heraus. Ich habe nur eine Platzwunde am Kopf, und der Gedanke, mich eigenständig bewegen zu müssen, wirkt absurd. Wie viel schlimmer muss es ihm damals gegangen sein?

„Welcher Keller?", will er wissen.

„Der Schmuggelkeller. Damals, als ..." Ich stocke. Meine Kehle ist zu trocken, um weitere Worte herauszubringen.

„Ich hatte Hilfe", sagt er. „Ein Glühwürmchen ist gekommen und hat mich auf seine Flügel gehoben, um mit mir in die Freiheit zu fliegen." Ich höre das Lächeln in seiner Stimme, aber ich weiß, dass er nicht nur daherredet. Ich habe ihn von seinen Fesseln befreit und ihm Wasser gegeben, doch geflohen ist er ganz allein. Er ist stärker als ich. Härter. In Ruggieros Container hatte ich ebenfalls geglaubt, stark zu sein. Doch das war eine Lüge. Meine Stärke ist verraucht, in dem Augenblick, als er mich k.o. geschlagen hat.

Langsam fährt der Maserati an. Das gleichmäßige Surren des Motors singt mir ein Schlaflied, doch meine Gedanken finden keine Ruhe. Sie schwirren und surren, bereiten mir Schmerzen in meinem wunden Kopf. Blut sickert aus der Kopfwunde auf meine Lippen.

„Danke", sage ich, schon halb im Schlaf. „Danke, dass du gekommen bist."

Seine Hand legt sich auf meine Wange. Nicht grob, aber bestimmt, dreht er meinen Kopf so, dass ich ihn ansehen muss. Als ich meine Augen aufzwinge, erkenne ich den Schmerz in seinem Blick und den Hass. „*Sempre, Cara mia. Ogni volta.* Ich werde immer zu dir kommen. Du bist mein, vergiss das nicht."

„Bernardo ... er ... ich glaube nicht, dass er für Monza gearbeitet hat."

„Du sollst nicht so viel denken. Dir geht es nicht gut."

„Ruggiero, er wollte nur die Phiole. Es ist gut, dass ich sie ausgetauscht habe, nicht wahr?" Ein gänzlich unerwartetes Lächeln zupft an meinen Lippen, als ich mich daran erinnere, wie ich Ruggiero ausgetrickst habe, ohne es zu wollen. „Er hätte mich töten können, aber er hat es nicht getan. Warum sollte er mich jetzt am Leben lassen, wenn er zuvor Bernardo befohlen hat, mich auszuschalten?"

„*Basta, Cara.*" Der Schmerz in Angelos Blick verschwindet, macht einer eisigen Maske Platz. Seine Lippen verjüngen sich zu einem schmalen Strich, die Falte zwischen seinen Augenbrauen vertieft sich. „Ich weiß, in wessen Auftrag Bernardo gearbeitet hat."

„Aber du sagst es mir nicht?"

„Ich habe gesagt *Basta*! Du sollst dich ausruhen."

Ich will seine Lippen küssen, will, dass er mich küsst und das Blut aus meinen Mundwinkeln trinkt, damit wir eins werden. Mein Blut für seine Liebe. Sein Schutz für mein Leben. Doch Küssen ist das Letzte, an was er jetzt denkt. Ich sehe es in seiner Miene, höre es in dem plötzlichen Zorn in seiner Stimme, und die Erkenntnis tut fast so weh, wie das Pochen hinter meiner Stirn. Ich bin nicht für dich. Wie oft hat er das gesagt? Und wie sind die italienischen

Worte, in denen er es sagt? Ich erinnere mich nicht. Vielleicht ist es meine Kraftlosigkeit in diesem Moment, die mich das erste Mal wirklich begreifen lässt, was er damit meint. Aus der Trägheit der Erschöpfung sticht ein Gedanke ganz klar hervor. Wie ein einziger Sonnenstrahl sich durch eine turmhohe Wolkendecke quält, schneidet die Wahrheit in mein Herz. Er liebt mich nicht. Er würde bis ans Ende der Welt gehen, um mich zu beschützen. Er würde Berge versetzen und barfuß durch ein Meer an glühenden Kohlen waten, denn er denkt, mein Schutz sei seine Verantwortung. Aber seine Liebe bekomme ich nicht. Denn zu lieben bedeutet, sich verletzlich zu machen, und Feinde hat Angelo Rossi auch ohne meine Liebe genug.

Ich kann ihn nicht mehr ansehen, wende den Kopf ab, schließe die Augen und drifte in einen unruhigen Schlaf. Ich träume von einer Prinzessin in einer goldenen Kutsche, die über ein blutiges Schlachtfeld rollt. Leichen pflastern ihren Weg, Rauch steigt aus verbrannten Häusern auf. Das Stöhnen und Ächzen der Verwundeten wird zu einem Hohelied der Liebe. Sie singen zu Ehren der Prinzessin in ihrem rot-schwarzen Kleid, und sie streckt die Hände nach ihrem Bräutigam aus. Inmitten der Verwüstung feiern sie Hochzeit, und noch bevor das letzte Wort des Treueschwurs ihre Lippen verlässt, sinken sie auf den Boden, vereint in einer gierigen Umarmung, hemmungslos getrieben von einer Lust, die nichts Gutes hat, nicht Reines, sondern gespeist wird von dem Blut und der Zerstörung um sie herum.

Mit einem Schrei auf den Lippen wache ich auf. Der Traum hallt noch immer in mir nach. Ich brauche eine Weile, um zu begreifen, wo ich bin. Das ist nicht Angelos Maserati und auch nicht das Schlachtfeld aus meinem Traum. Ich liege in Angelos Bett. In seinem Penthouse. Um mich herum herrscht absolute Stille. Nur mein eigener Atem ist zu hören. Ich richte mich auf, erinnere mich an die Bilder aus meinem Traum und habe das vage Gefühl, sie schon einmal gesehen zu haben. Ich blinzle den Schlaf aus meinen Augen, und jetzt weiß ich es auch. Sie stammen aus einem Bild, über das ich einmal eine Semesterarbeit geschrieben habe. Ein Gemälde von Daniel Maclise, das die Hochzeit der irischen Prinzessin Eva mit einem normannischen Adeligen porträtiert. Ich wische die Erinnerung aus meinem Gedächtnis und schiebe die Decke von meinem Körper. Angelo hat mir eines der Negligés übergestreift, die Bloomingdales heute Morgen geliefert hat. Heute Morgen? Ist das wirklich erst ein paar Stunden her? Es kommt mir vor wie ein Menschenleben. Beim Aufstehen bemerke ich zufrieden, dass meine Kopfschmerzen fast komplett verschwunden sind.

„Angelo?" Aus dem Schlafzimmer heraus trete ich in den Flur und dann weiter Richtung Wohnzimmer. Keine Antwort. „Angelo!", rufe ich nochmal, lauter diesmal. Das Ergebnis ist dasselbe. Nirgends ist er zu finden. Weder im Wohnzimmer, noch in der Küche oder in seinem Arbeitszimmer. Probeweise rüttle ich an der Wohnungstür, doch das Ergebnis überrascht mich nicht. Sie ist verschlossen. Weder steckt ein Schlüssel von innen, noch hängt einer am Haken neben dem Spiegel.

Gefangen. Der Scheißkerl hat mich eingeschlossen. Wieder einmal. In der aufwallenden Wut finde ich das Glas Orangensaft auf der Frühstückstheke erst spät. Darunter ist ein Zettel geklemmt, auf dem er mit Tesafilm eine Kopfschmerztablette festgeklebt hat.

Carissima, es ist zu deinem Schutz. Ich bin zurück, sobald ich kann.

Fick dich, Rossi, denke ich wütend und stürze das Glas Orangensaft hinunter. Er ist zimmerwarm und schmeckt abgestanden. So viel zum Thema sobald ich kann. Die Kopfschmerztablette kann der Mistkerl sich dorthin schieben, wo die Sonne nicht scheint. Mit jeder weiteren Minute wächst meine Wut, und nach und nach begreife ich, was der Traum mir sagen wollte. Eva MacMurrough heiratete Strongbow nicht, weil dieser sie liebte. Sie heiratete ihn für Macht. Sie führte Kriege für die Interessen ihres fremdländischen Ehemanns und wurde die rote Eva genannt. Ganz sicher nicht hat sie sich einsperren lassen.

Angelo

Die Straßen sind leer. Es ist Nacht geworden, die meisten Menschen sind längst zuhause. Mehr aus Gewohnheit als aus Notwendigkeit gleitet mein Blick immer wieder in den Rückspiegel, aber dort sehe ich nur den gelegentlichen Truck, den ich überholt habe. Ich werde nicht verfolgt.

Ich habe mit Zia telefoniert, bei ihr ist alles ruhig, und das Treffen mit dem alten Capello ist geschmeidiger verlaufen, als ich es zu hoffen gewagt habe. Er nimmt mir den Angriff auf seinen Santista nicht übel, der Mann ist einfach ein Idiot gewesen. Die Waffen, um die es dabei ging, gehören schließlich mir. Die Papiere, die Ruggieros Phiole als Fälschung entlarven, haben ihn überzeugt, sich auf meine Seite zu stellen.

Wir sind uns einig, dass Ruggiero Einhalt geboten werden muss. Ich arbeite an der Salento Familie, deren Quintino sich noch nicht entschieden hat, und dann steht da noch Carlo Polucci aus, aber am Telefon lässt sich die Situation schlecht diskutieren. Für eine Fahrt nach New York fehlt mir heute die Zeit.

Denn in meinem Penthouse habe ich Cara eingesperrt. Es ist zu ihrer eigenen Sicherheit, aber ich kann mir denken, dass sie vor Wut schäumt, sobald sie aufwacht und merkt, dass die Türen verschlossen sind. Es ist nicht sehr wahrscheinlich, dass sie immer noch schläft, mein Gespräch mit Capello hat länger gedauert als geplant und ihre Schläfe, obwohl sie einen ordentlichen Schlag abbekommen hat, dürfte sie nicht so lange außer Gefecht setzen. Zumal sie zwischendurch bei Bewusstsein gewesen ist.

Entsprechend wundert es mich nicht, dass die Türen zum Balkon weit offen stehen, als ich das Penthouse betrete. Sorgfältig schließe ich hinter mir ab, platziere die Schlüssel am Haken neben dem Spiegel und hänge mein Jackett an die Garderobe. Selbstverständlich ist das Apartment klimatisiert, doch Caras Öffnen sämtlicher Türen und Fenster, die nach draußen führen, hat die Klimaanlage praktisch zerschossen, sie ist vollkommen verwirrt und surrt auf Hochtouren. Ich mag frische Luft, selbst die Art von nicht ganz so frischer Luft, wie sie über Philadelphia im Hochsommer hängt. Vom Fluss zieht ein ganz schwacher Hauch Meerwasser herüber, der mich noch etwas schwächer an meine Heimat erinnert. Manchmal sitze ich nächtelang auf dem Balkon, atme diese Luft und denke an San Pasquale.

Ich trete durch eine der Türen nach draußen. Die Balkonbeleuchtung ist eingeschaltet und hochgedreht, es sieht aus, als fände hier oben eine Party statt. Doch da ist nur Cara, die auf der Balkonbrüstung sitzt, hinter der es siebenundzwanzig Stockwerke in die Tiefe geht, hinunter auf den Rittenberg Square. Die Art, wie sie da sitzt, hat sie sich von Pretty Woman abgeschaut. Herausfordernd blickt sie mich an. Das letzte, was ich jetzt tun sollte, wäre, die Ruhe zu verlieren, denn genau das will Cara erreichen. Natürlich habe ich Angst um sie. Angst, dass sie nach hinten kippt und für immer verschwindet. Dass alles, was von ihr bleibt, das eingedrückte Dach eines auf dem Square geparkten Chevrolet sein könnte. Ich lehne mich in den Türrahmen und verschränke die Arme vor der Brust. „Du bist wach", stelle ich fest.

„Du hast vergessen, mir auch ein starkes Schlafmittel einzuflößen", erwidert sie und baumelt mit den Beinen.

„Ich habe dir gar nichts eingeflößt. Hast du die Tylenol genommen, die ich dir hingelegt habe?"

„Kopfschmerzen können auch mal ganz praktisch sein. Dann kann ich dich abweisen, wenn du Sex mit mir haben willst."

„Wenn ich Sex mit dir haben will, gibt es nichts, was mich zurückhält. Schon gleich gar nicht Kopfschmerzen. Du gehörst mir."

„Stimmt, darüber wollte ich gern mit dir sprechen. Dieses Gehören. Und so einige andere Sachen. Einsperren zum Beispiel. Und sich rausreden, es sei für meine Sicherheit." Sie legt den Kopf schief. „Einsperren, aber dann die Balkontüren nicht verriegeln, Signor Rossi?"

„Du kannst ja nicht fliegen."

„Ich bin *Lucciola*, schon vergessen? Glühwürmchen können sehr wohl fliegen. Das macht ihren Charme aus. Manchmal fliegen sie in finstere Kellerlöcher und tragen schwer misshandelte Mafiosi auf ihren Flügeln hinaus, hab ich mir sagen lassen."

„Komm da runter, *Lucciola*. Ich kann das nicht mitansehen." Dennoch mache ich keine Anstalten, zu ihr zu gehen und sie von der Brüstung zu ziehen. Eine einzige unbedachte Bewegung, und sie könnte zurückweichen und abstürzen. Sie muss von allein herunterkommen. Von allein zu mir kommen. In meine Arme. Ich will sie halten und um Verzeihung bitten, aber ich will auch etwas anderes. Ich will sie an mich binden. Sie daran erinnern, wer ich bin, wer sie ist und warum wir zusammengehören. „Ich habe die Tür verschlossen, weil ich nicht wollte, dass während meiner Abwesenheit wieder jemand ein Taubenpärchen herbringt und dich erschreckt. Oder Schlimmeres tut."

„Warum hast du mich überhaupt allein gelassen?"

„Weil ich etwas zu erledigen hatte."

„Warum hast du mich nicht mitgenommen?"

„Du hast geschlafen, ich wollte, dass du dich ausruhst. Dir hat jemand die Schläfe eingeschlagen, *Lucciola*. Übrigens, bist du sicher, dass dein Gleichgewichtssinn in Ordnung ist? Ich will nicht, dass du fällst."

Sie springt von der Brüstung und kommt zumindest die Hälfte der Strecke auf mich zu. In ihren Augen flackert Mordlust, und es macht mich steinhart, sie so zu sehen. Gott, ich will diese Frau unter mir, ich will sie zerbrechen und wieder zusammenfügen, ich will ihr zeigen, wer ihr Herr ist. Ich will, dass sie weiß, dass ich der Einzige bin, der sie brechen kann. Nur ich. Weil sie mir gehört. „Mein Gleichgewichtssinn? Rossi, du Scheißkerl, mit meinem Gleichgewichtssinn ist alles in bester Ordnung. Es ist dein Gerechtigkeitssinn, um den ich mir Sorgen mache. Mach das nie wieder, hörst du? Schließ mich nie wieder irgendwo ein!"

In vier schnellen Schritten überbrücke ich die restliche Entfernung zwischen uns, packe ihr Handgelenk und ziehe sie an mich. Ihr süßer Atem schlägt mir ins Gesicht. Ihr Haar duftet nach Sonne. „Ich mache mit dir, was ich will, Prinzessin. Ist das klar? Alles, was ich will. Auf die Knie. Jetzt."

„Fick dich!", schleudert sie mir entgegen.

Ich greife in ihre Haare, ziehe daran, aber sie sträubt sich dagegen, nachzugeben und sich der Bewegung zu fügen. Es muss wehtun, aber sie bleibt auf den Füßen. Sie will mir etwas sagen, und mein Blut beginnt zu singen. Sie will, dass es weh tut. Sie will die Gewalt, das Böse zwischen uns, denn das ist, was uns ausmacht. Und verdammt nochmal, ich will es auch. Ich bringe meinen Mund an ihr Ohr. „Nein, *Lucciola*, du bist es, die ich ficken werde. Hart und lang, und wenn du um Gnade winselst, bekommst du sie nicht. Dann fange ich erst richtig an und du bekommst noch mehr, immer mehr." Sie wimmert, und ich lache an ihrem Ohr. „Ja, Schätzchen. Du bekommst erst dann Gnade, wenn ich genug habe. Und weißt du was? Von dir werde ich niemals genug haben." Ich fordere sich nicht noch einmal auf, auf die Knie zu gehen, sondern stoße sie zu Boden. „Mach den Mund auf", verlange ich kalt. Mit der freien Hand öffne ich die Anzughose aus teurem Seidenstoff. Cara zappelt, und ich genieße jedes Keuchen, das ihr entfährt, weil ich meinen Griff in ihren Haaren nicht lockere.

Schließlich öffnet sie die Lippen. Nur einen Spalt. Ich bin längst hart, aber ich will ihren Mund. Zuerst ihren Mund, diese Weichheit, die mich dort erwartet, ehe ich sie ficke, hier auf dem Balkon, oder in der Küche, oder in meinem Bett. Vermutlich überall. Sie krallt sich in meine Oberschenkel, zerrt meine Hose weiter hinunter und schlägt ihre Nägel in meine Haut. Selbstverständlich spüre ich den Schmerz, das Brennen, aber ich bin zu high, um es wirken zu lassen. Ich halte ihren Kopf. Und wenn sie mich beißt, werde ich sie noch härter ficken, denn dann hätte sie es erst recht verdient.

Sie beißt nicht. Sie öffnet ihren Mund weiter für mich, ihre Kehle, während ich ihren Kopf halte und tief in sie stoße. Ganz tief. Ich werfe den Kopf in den Nacken und ficke ihre Kehle, und es ist das Beste, was ich je erlebt habe. Auf dem Balkon meines Penthouses, hoch über den Dächern von Philadelphia, mit Festbeleuchtung. Als ich zu ihr hinunterschaue, blickt sie zu mir auf, mein Schwanz in ihrem Mund, Tränen fließen über ihre Wangen, Mascara verschmiert auf ihrem Gesicht, sie würgt und röchelt ein wenig nach Luft, aber sie weicht nicht zurück. Ich nehme die Tränen mit den Daumen weg und stoße weiter, so lange, bis sie schluckt, alles runterschluckt, ihr tränenfeuchter Blick in meinem.

Vorsichtig an ihren Zähnen vorbeimanövrierend, ziehe ich mich zurück. Ich halte sie mit einer Hand im Nacken fest, während ich aus meinen Schuhen und den Hosen steige. Dann erst ziehe ich Cara auf die Füße und dirigiere sie ins Wohnzimmer hinein. Die Türen bleiben offen. Ganz Philadelphia soll hören, wenn Cara ihre Orgasmen aus sich hinausschreit.

„Du bist ein Grobian", sagt sie, die Stimme tränenerstickt.

„Ich hab nie etwas anderes behauptet." In der Mitte des Raumes, zwischen Couch und Fernseher, nehme ich meine Hand aus ihrem Nacken und lasse mich auf die Couch fallen. „Ein Strip, bitte, *Lucciola*. Mach es die Zeit wert, die es dauert."

„Ich hasse dich."

„Nein, das tust du nicht. Zieh dich aus. Biete mir was." Ich lege meine Rechte um meinen Schwanz und beginne zu pumpen, ohne den Blick von Cara zu wenden. Ich kann sehen, wie ihre Pupillen sich weiten, sie gräbt die Zähne in die Unterlippe. Es macht sie heiß, mir zuzusehen. Mit der Linken reiße ich mir die Krawatte herunter und öffne das Hemd. Caras Finger zucken. Ich hebe eine Augenbraue. „Ausziehen, Kleines, sonst bekommst du nichts."

Sie trägt Jeans und ein farbloses T-Shirt, und es ärgert mich, dass sie das aufreizende Negligé, in das ich sie vorhin gekleidet habe, nicht mehr am Körper hat. Gleichzeitig ist es so besser. Das Negligé auszuziehen würde Sekunden dauern und in der aufreizendsten aller Posen geschehen. Sich aus den engen Jeans, dem T-Shirt und der Unterwäsche zu schälen, wird länger dauern und gibt keine Möglichkeit, wirklich aufreizend zu sein. Wenn mich nicht schon die Art, wie sie sich auszieht, über die Kante treibt, habe ich zumindest die Chance, ein wenig länger durchzuhalten. Schließlich bin ich auch nur ein Mann.

Sie öffnet den Knopf der Hose, zieht langsam den Reißverschluss nach unten und sieht mich an, während sie den Stoff über ihre herrlichen Hüften nach unten schiebt. Sie trägt einen schwarzen String darunter. Das Stück Fleisch in meiner Faust regt sich.

„Du hast gesagt, du passt auf mich auf", sagt Cara und legt die Jeans mit einer Sorgfalt zusammen, die mich kirre macht.

„In der Tat."

„Keine zwölf Stunden später befinde ich mich in der Gewalt des Mannes, vor dem ich deiner Meinung nach den meisten Schutz brauche."

Meine Faust bewegt sich schneller an meinem Schwanz. Wut lässt Adrenalin in mein Blut schießen. Das wirft sie mir nicht wirklich vor? „Baby, du warst es, die unbedingt arbeiten gehen wollte."

„Dann bedauerst du, dass ich dir diese Dokumente besorgt habe?" Herausfordernd sieht sie mich an. Dio, ich liebe das. Ihre Art, Mut zu zeigen, ganz dicht an der Grenze zur Verwegenheit. Was für ein perfektes Paar wir nach außen abgeben müssen! „Warum hast du mich von Lo abholen lassen?", hakt sie nach. „Warum bist du nicht selbst gekommen?"

„Ich habe mehr zu tun, als hinter dir herzufahren, weil du unbedingt ins Museum willst. Lo genießt mein absolutes Vertrauen." Es ist nicht fair, das so zu sagen, aber sie fordert mich heraus, und ich will das Spiel mitspielen. Uns gegenseitig Dinge vorzuwerfen, für die wir einander bestrafen können, wirkt in diesem Moment voll aufgepeitschter Lust wie der Himmel auf Erden.

Sie zieht sich den dünnen Baumwollstoff über den Kopf. Der Moment, als sich ihr Haar aus der Halsöffnung befreit und über ihre Schultern ergießt, entlockt mir ein Stöhnen. Ich will sie auf meinem Schoß. Jetzt.

„Wäre ich nicht in die Arbeit gefahren, hätte Ruggiero Monza jetzt die echte Phiole, nicht die Kopie." Sie greift hinter sich und öffnet den BH. Ihre unglaublichen Titten fallen heraus, als der Stoff über ihren flachen Bauch gleitet. „Und du hättest diese Dokumente nicht."

„Wärest du bei mir geblieben, hätte Ruggiero einen Scheiß", presse ich zwischen zusammengebissenen Zähnen heraus. „Und auf die Dokumente möchte ich in diesem Moment wahnsinnig gern pissen." Ich kann es nicht länger aushalten, stehe auf, greife nach ihr. Sie trägt immer noch den String aus schwarzer Spitze. Ich kann ihr die Zügel nicht überlassen. Ich muss diese Frau unter mir haben. Auf meine Weise. Meine Hand schließt sich um ihren Oberarm, ich zerre sie zum Esstisch hinüber, auf dem in einer Glaskugelvase ein Blumengesteck steht. Mit dem linken Fuß trete ich einen der Stühle aus dem Weg und werfe Cara mit dem Bauch nach unten über die Tischplatte. „Halt still."

„Fick dich."

„Das darfst du gleich tun." Ich ziehe den String über ihre festen Schenkel nach unten und trete ihre Beine auseinander.

„Du Scheusal", stöhnt sie, doch ihr Hintern reckt sich mir entgegen. In meiner rechten Faust liegt mein Schwanz, wieder bereit, unsägliche Dinge mit ihr zu tun. Mit den Fingern der Linken teste ich vor. Sie trieft vor Nässe. Sie ist wie ich. Wir beide brauchen das. Das hier, sie und ich, die Gewalttätigkeit, den Schmerz, den wir einander zufügen. Ich muss ihr zeigen, dass ich ihr Herr bin, und indem ich das tue, zeigt sie mir, dass sie mich in der Hand hat. Sie schreit auf, als ich in sie dringe, mit einem einzigen Stoß. Ich halte ihre Hüften, ficke sie, und sie flucht und schreit und gibt mir Schimpfnamen, von denen ich die Hälfte noch nie in meinem Leben gehört habe. Sie ist wirklich Paddys Tochter, denke ich und muss grinsen. *Cazzo*, sie fühlt sich so gut an, ihre Muskeln, die sich um mich krampfen. Ihr Fluchen, das sich in Keuchen verwandelt, dann in nichts als gestöhnten Konsonanten, als ich all die Stellen in ihrem Inneren erreiche, auf die es ankommt.

Ich werde langsamer. Blicke auf sie hinunter, ihren geraden Rücken, der sich niemandem beugt. Niemandem. Nur mir. Sie dreht den Kopf zur Seite. Ich streiche ihr Haar zurück, und ihr Blick trifft meine Augen. Hitze glitzert in ihren geweiteten Pupillen. Sie ist wahnsinnig schön, und sie gehört nur mir. Wir sind perfekt füreinander. Ich massiere ihre Hinterbacken, ziehe sie auseinander, ohne hinzusehen. Ich bin noch nicht fertig mit ihr. Nur ein klein wenig zuckt sie zusammen.

„Warum liebst du mich nicht?", fragt sie leise. Keine Tränen mehr auf ihren Wangen.

Ich neige mich nach vorn. Küsse mich ihre Wirbelsäule hinauf und wieder hinab. Sie schnurrt, rührt sich, dreht ihren Hintern, massiert meinen Schwanz. „Wer hat das gesagt?", frage ich, meine Stimme ein warmes Schnurren.

„Deine Augen sagen es, jedes Mal, wenn du mich nicht berührst."

Meine Finger finden die kleine, feste Öffnung, diesen dunklen Weg in ihren Körper, den sie mir das letzte Mal noch verweigert hat. Ich verreibe Schweiß und ihre eigene Feuchtigkeit. Halb erwarte ich, dass sie ganz zurückzuckt, sich mich wieder entzieht, und ich habe mich noch nicht entschieden, was ich dann tun werde. Aber sie entzieht sich nicht, verkrampft sich nur. Ich schiebe den kleinen Finger in ihren Hintern. Bis zum ersten Fingergelenk, dann vorsichtig weiter. Sie keucht auf, klammert ihre Muskeln um meinen Finger.

„Lass locker", murmele ich an ihrer Haut, küsse ihre Schulterblätter. „Entspann dich."

„Angelo …"

„Was, wenn ich dir verspreche, dass es nicht wehtun wird?" Meine Stimme lockt.

„Was, wenn ich will, dass es wehtut?", fragt sie zurück. „Wenn es wehtut, weiß ich, dass ich lebendig bin." Mein Herz macht einen Satz.

„Auch das lässt sich einrichten." Ich schiebe einen zweiten Finger dazu, drücke und dehne. Sie wimmert. Ich ziehe meinen Schwanz aus ihrer Pussy. Die Spitze trieft von ihrer Nässe. Ich ziehe meine Finger zurück, verreibe mit meiner Eichel mehr von dieser Nässe, massiere die Spalte zwischen ihren Hinterbacken, murmele Worte im Dialekt meiner Heimat, den sie sowieso nicht versteht.

„Ich liebe dich, *Cara mia*", flüstere ich, jetzt wieder in ihrer Sprache, die so hart und unnachgiebig klingt, wie ich mich fühle. Meine Lippen an ihrem Ohr. „Mach nie den Fehler zu glauben, dass ich dich nicht liebe. Ich würde das hier sonst nicht mit dir tun. Ich liebe dich, und du gehörst mir. Ganz." Ich schiebe die Spitze in sie. Sie zuckt weg, wimmert lauter. Ihr Bauch zittert, so sehr verkrampft sie sich. Ich halte sie fest. „Shhhh *Lucciola*." Zart grabe ich meine Zähne in ihren Hals, dann fester, knurre leise, schicke sanfte Vibrationen über ihre Haut. Lenke sie ab. Schiebe mich tiefer. Ich spüre, wie ihre Knie unter ihr wegbrechen. Sie kann nicht weg, da ist ein Tisch unter ihr, auf den sich ihre Brüste pressen. Ich lasse nicht locker, weil ich weiß, gleich, gleich wird es besser für sie. Sie wird es für mich aushalten. Den Schmerz, der unser Leben ist, das Brennen, das sich zwischen uns entfacht. Es wird himmlisch sein.

KAPITEL 21

Cara

Wir liegen in Angelos Bett. Kühle Seide schmeichelt meiner überhitzten Haut. Mein Hintern fühlt sich seltsam an. Anders als an dem Morgen, nachdem Angelo mich mit seinem Gürtel geschlagen hat, weil ich versucht hatte, aus dem Haus seiner Tante zu fliehen. Das scheint alles so unendlich lang zurückzuliegen. Damals war meine Haut wund und überempfindlich. Diesmal ist es kein echter Schmerz, der mir mein Hinterteil überdeutlich bewusst macht. Es ist das Gefühl in mir. Auch wenn er sich aus meinem Körper zurückgezogen hat, bin ich immer noch weit für ihn, offen, als würde jeden Augenblick meine Seele aus mir herausfließen können und ihm in die Arme fallen.

Mit langen Strichen streicht er über meinen Rücken, meine Seite, tupft zarte Küsse auf meine Schulter. Er hat gesagt, dass er mich liebt. Er kann zärtlich sein. Manchmal. In den wenigen, dafür aber umso kostbaren Augenblicken, wenn das Eis seines Panzers schmilzt und er mir einen Blick auf den Mann dahinter gestattet, könnte ich ihm seine Worte fast glauben. „Alles in Ordnung bei dir?", fragte er und streicht eine Haarsträhne von meinen blutheißen Wangen.

„Es fühlt sich seltsam an", gebe ich zu. Ich rege mich in seinen Armen, blicke ihm in die Augen. Wirklich wehgetan hat es nur am Anfang. Danach war es nur ... naja, seltsam. „Warum liegt dir so viel daran? Fühlt es sich so gut an?"

„Es ist nicht nur das, wie es sich anfühlt." Eine kleine Falte gräbt sich zwischen seine Augenbrauen. Als müsse er seine nächsten Worte gut überlegen. Er sieht so jung aus, gerade. Fast sorgenfrei. Wann immer ich diese Seite von ihm sehe, muss ich mein Herz ganz festhalten, denn dann droht es, ihm für immer in die Hände zu fallen. „Obwohl es gut ist." Er lächelt mich frech an und küsst meine Lippen. „Sehr gut, eng, intensiv. Aber das ist nicht das Wichtigste daran. Es ist das, was es bedeutet."

„Was bedeutet es?"

„Es bedeutet, dass du mir gehörst. Jeder Teil von dir. Dass du dich mir beugst, damit ich unter deine Haut kriechen kann, an deine dunkelsten Orte. An die Orte, an die du niemanden außer mir lässt."

Ich wühle mich unter seinem Arm hervor, schwinge einen Schenkel über seinen Bauch und setze mich auf ihn. Er greift nach der Decke und zieht sie bis zu meinen Schultern, damit ich nicht friere. Ich beuge mich vor, meine Brustspitzen streifen seine Brust, und ich küsse seine Nasenspitze. „Es gibt viele Orte an meinem Körper, an denen du der Einzige warst, Signor Rossi. So ziemlich alle, um genau zu sein."

Mit einem Knurren, das nicht wirklich menschlich klingt, greift er meine Handgelenke und zieht sie über meinen Kopf. Ich falle auf seinen Brustkorb, haltsuchend klammern sich meine Schenkel um seine Seiten. „Ich weiß", sagt er. „Und du hast nicht den Hauch einer Ahnung, wie gut mir das gefällt. Ich werde dafür sorgen, dass es so bleibt."

Unser Kuss ist eine Mischung aus zart und hart. Zwischen meinen Schenkeln spüre ich schon wieder seine Gier nach mir, doch darum geht es in diesem Moment nicht. Er hat mich unter seiner Kontrolle, und ich liebe es. Ich sitze auf ihm, blicke auf ihn hinab, aber er ist es, der diesen Kuss kontrolliert, seine Lust, meine Liebe. Als wir voneinander loskommen, geht mein Atem rau und ich habe vergessen, wie seltsam sich der geweitete Ring zwischen meinen Hinterbacken anfühlt.

„Ich liebe dein Haar", sagt er, als er meine Handgelenke frei lässt. Er greift nach einer Strähne, zerreibt sie zwischen seinen Fingern. „Gesponnenes Licht. Mein Hoffnungsschimmer in der Dunkelheit."

„Du bist ein Poet, Angelo Rossi." Ich kneife ihn in die Seite, und er lacht.

„Möchtest du Musik hören?" Bevor ich antworten kann, zieht er die Nachttischschublade auf und holt eine Fernbedienung heraus. Ein Knopfdruck, und Musik erfüllt die Luft um uns herum. Das Blumen-Duett von Madame Butterfly.

Ungläubig sehe ich ihn an. „Puccini? Angelo! Videospiele und Oper? Du überraschst mich immer wieder!" Die Musik ist so zart, so schmeichelnd. Weiche Töne tröpfeln munter über die Stolpersteine, die das Leben dem Mädchen Suzuki noch in den Weg werfen wird. Es ist so eine tragische Geschichte. Die Geschichte eines multikulturellen Missverständnisses, das in Tod und Trauer endet, und vielleicht gerade deshalb so romantisch ist. Kitschig, sagen manche. Auf jeden Fall Puccinis emotionalstes Werk. All das spiegelt sich in dieser Arie und so viel mehr. Pinkertons Zweifel, Suzukis Unantastbarkeit. Sie wissen in Wahrheit nichts voneinander, und doch ist sie für ihn sein Schmetterling. Er kann sie nicht festhalten, ganz egal, wie sehr sie ihn liebt. Sind Schmetterlinge mit Glühwürmchen verwandt? Ich weiß es nicht. Ich bin Kunsthistorikerin, keine Biologin. Trotzdem habe ich plötzlich einen Knoten im Hals. Es kann kein Zufall sein, dass Angelo ausgerechnet Madame Butterfly in seiner Anlage hat.

„Ich bin Italiener", murmelt er und beißt mich sanft in den Hals. „Wir atmen Oper, *Carissima*."

Ich rutsche von seinem Schoß, kuschle mich zurück in seine Armbeuge. Gedankenverloren spiele ich mit dem Regen dunkler Haare auf seiner Brust. „Während ich vorhin geschlafen habe, hatte ich einen Traum."

„Von mir, hoffe ich."

„Selbstgefälliger Macho", rüge ich liebevoll und ramme ihm meinen Ellenbogen in die Rippen. „Und nein, nicht von dir. Nicht wirklich. Von Aoife MacMurrough und ihrem Bräutigam Strongbow. Richard de Clare", erläutere ich, als er mich ansieht, als würde ich eine andere Sprache sprechen.

„Ich kann dir nicht folgen."

„Sie haben geheiratet. Aoife und Strongbow. Strongbow war der Anführer der normannischen Invasoren in Irland im zwölften Jahrhundert, und Aoife war die Tochter des entmachteten Königs von Leinster. Der König versprach Strongbow die Hand seiner schönsten Tochter, wenn dieser den Feinden Leinster wieder entriss. Ihre Hochzeit fand in Waterford statt. Noch während die Häuser der Stadt brannten und noch bevor die Leichen auf dem Schlachtfeld kalt waren. Es muss eine eindrucksvolle Hochzeit gewesen sein."

„Habe ich dir gesagt, dass ich deine Vorstellung von Romantik etwas bedenklich finde?"

„Lass mich ausreden, ich will dir gerade von meinem Traum erzählen. Der irische Maler Daniel Maclise hat ein Bild von Aoifes Hochzeit gemalt. Viele nennen sie Eva, aber das ist nicht ihr richtiger Name. Sie war Irin, natürlich war ihr Name Aoife." Er runzelt die Stirn, verständlich, denn die Unterschiede in der Aussprache sind so minimal, dass sie ihm höchstwahrscheinlich entgehen. „Dieses Bild war es, von dem ich geträumt habe."

„Okay ..." An seiner Stimme kann ich hören, dass er immer noch keinen blassen Schimmer hat, auf was ich hinauswill, und irgendwie gefällt mir das. Signor Sexperte verwirrt und sprachlos.

„Als ich aufgewacht bin, war ich total verwirrt, aber dann habe ich begriffen, was mir dieser Traum sagen wollte."

Er nickt, und ich warte nicht ab, bis er mich auffordert, weiterzureden. „Aoife war eine irische Prinzessin, verstehst du? Strongbow liebte sie nicht, er kannte sie ja nicht mal, aber er hat sie trotzdem geheiratet, weil ihre Hand ihn zum König von Leinster machte. Es gibt Geschichtsschreiber, die behaupten, Aoife habe sogar ihren eigenen Bruder blenden lassen, um die traditionelle Thronfolge auszuhebeln, damit de Clare den Thron besteigen konnte. An seiner Seite war sie Königin. Sie hat ihn mächtiger gemacht, als er je zuvor war, und für seine Interessen führte sie Kriege, bis man sie in Irland die rote Eva nannte."

„Das ist alles sehr interessant. Aber warum erzählst du mir davon? Ich habe das Gefühl, es gibt eine Moral von dieser Geschichte, aber ich weiß nicht, ob die mir gefällt."

„Ganz einfach", sage ich, rutsche von ihm herunter und lasse mich zurück auf den Rücken fallen. „Ich bin eine irische Prinzessin. Du bist der böse Eroberer. Kein Normanne, aber ein Römer, das ist fast genauso schlimm, und zumindest die Haarfarbe passt."

Schneller als meine Augen folgen können, wirft er sich über mich und begräbt mich unter seinem Körper. „Nenn mich nie wieder einen Römer, Prinzessin. Ich bin Vangelista. Die 'Ndrangheta atmet Kalabrien, nicht Rom."

Ich zapple, um mich von ihm zu befreien, aber er gibt nicht nach. Wenn Angelo nicht will, habe ich keine Chance gegen ihn. „Angelo", ächze ich. „Hör mich doch zu! Ruggiero hat mich und Lorenzo freigelassen, kaum, dass ich meinen Vater erwähnt habe. Dir mag es nicht gefallen, aber der Name Patrick O'Brien hat Macht, verstehst du? Mein Name hat Macht. Ich kann dich zum König machen. So wie Aoife Strongbow zum König gemacht hat. Wenn du dich mit Patrick verbündest, hast du die Macht, Ruggiero die Stirn zu bieten."

Grob stößt er mich von sich und springt aus dem Bett. Haare fallen ihm in die Stirn, als er die Boxershorts vom Boden pflückt und sich hineinwirft. Im Hintergrund singt sich Suzuki die Seele aus dem Leib, weil sie weiß, dass sie gleich sterben wird. Den Dolch, der ihr den Tod bringen wird, hält sie bereits in der Hand.

„Du bist ja wahnsinnig", stößt Angelo hervor. Auf und ab tigert er durchs Zimmer. „Vollkommen verrückt. Hast du vergessen, wie wir uns kennengelernt haben?"

Das habe ich nicht vergessen. Aber wo gehobelt wird, fallen Späne. So ist das nun mal. „Du kannst wieder laufen, oder?" Meine Worte tun mir in der Seele weh. Ja, er kann wieder laufen, aber ich weiß auch von seinen Narben. Wenn sein Gesicht ganz nah an meinem ist und sein Atem über meine Wangen streichelt, kann ich sie sehen. Zwölf kleine Punkte in seinen Lidern und Brauen. Winzige Male, die so viel mehr erzählen, als Worte es je könnten. Doch ich darf ihn meinen Schmerz nicht sehen lassen. Ich will, dass Angelo Rossi lebt, und ich will, dass er bekommt, was er verdient. Mich. Und die Welt. Und um das zu erreichen, muss er mich ernst nehmen. „Angelo! Du musst doch sehen, dass es perfekt wäre. Patrick O'Brien hat Macht. Wichtige Männer stehen auf seiner Lohnliste. Denk an Shane. Immerhin ist er der Superintendant bei der Polizei." Es ist ein Fehler, Shane in die Waagschale zu werfen. Ich sehe es in dem Moment, als Angelos Blick auf mich fällt. In seinen Augen glimmt pure Mordlust. Also spreche ich schnell weiter.

„Einer Hochzeit kann Patrick sich nicht verschließen. Himmel, wahrscheinlich wäre er sogar froh, mich los zu sein. Wir sind katholische Iren. Nach dem, was du mit mir gemacht hast, kann er mich nicht mehr verhökern. Keiner seiner Geschäftspartner würde ein beschädigtes Gut wie mich haben wollen." Ich stehe auf, lege meine Arme um seine Mitte, meinen Kopf auf seine Brust. Versteh mich doch, flehe ich im Stillen und lege all meine Verzweiflung in die Kraft meiner Gedanken. „All die Orte, an denen du gewesen bist. Sie sollen für dich sein. Nur für dich. Das ist doch, was du willst. Du hast es selbst gesagt."

Wie ein Klotz Marmor steht er in meinen Armen. Seine Muskeln bis zum Zerreißen angespannt. Eine Statue aus Stein. Entworfen von daVinci, gemeißelt von Michelangelo, aber kalt. So so kalt. „Ich kann nicht", sagt er und in seinen Worten schwingt eine Verzweiflung mit, die ich so noch nie an ihm gehört habe. „Ich kann dich nicht heiraten, *Lucciola*."

Angelo

Ich ertrage ihren fassungslosen Blick nicht. Oder zumindest nicht lange. Erst als ich mich aus dem Bett rolle und sie frage, ob sie einen Espresso oder doch lieber einen Tee will, findet sie ihre Sprache wieder.

„Warum kannst du nicht?"

Ich fahre mir mit dem Handrücken über die Stirn und kann ihr nicht in die Augen sehen. Wenn ich ihr den Grund sage, werde ich sie verlieren. Es ist mir vollkommen egal, dass ich damit auch alles verliere, was ich mir in Amerika aufgebaut habe, meine Existenz, meinen Anspruch auf ein Imperium. Ich bin einer, der Männer anführt. Ich bin beschissen darin, mich unterzuordnen. Wenn ich Cara verliere, verliere ich auch jegliche Ambition, dann wird es mir egal sein, was mit dem Clan passiert, dessen Führung mir anvertraut wurde. Der einzige Grund, weshalb ich nicht längst tot bin, ist der, dass Cara meine Verantwortung ist und ich nicht zulassen kann, dass ihr etwas geschieht. Wenn ich ihr sage, dass ich sie niemals werde heiraten können, weil ich schon verheiratet bin, wird sie sich wieder in die Arme ihres Daddys flüchten, ich werde frei sein von der Verantwortung und mich vor die nächste Pistolenmündung werfen. Oder nicht. Ich kann nicht klar denken. Nicht nach dem, was sie mir gerade geschenkt hat, und schon gar nicht nach dem, was sie an mich heranträgt. Was auch immer, es ist mir gleichgültig. Ohne Cara gibt es nichts mehr in meinem Leben, das mir wirklich wichtig ist.

Es ist beängstigend und verwirrend. Bis vor ein paar Wochen habe ich diese Frau nicht einmal gekannt. Der einzige Grund, weshalb ich sie entführen ließ, war der, dass ich ihren Vater in Bedrängnis bringen musste. Diesen Mann, der mich in einem Folterkeller verrecken lassen wollte. Caras Entführung hat nicht mal den gewünschten Erfolg gebracht, aber jetzt sitzt diese Frau mir unter der Haut wie ein Stachel, den ich niemals loswerden will. Der mir Schmerzen bereitet, ohne die ich nicht mehr leben will. Die Dornen einer irischen Rose, die sich tief in mein Inneres graben und mich aufwühlen, und ihre zarten Blütenblätter, die den Aufruhr besänftigen und Magie zwischen uns weben.

„Weil ich es sein sollte, der dich das fragt, nicht wahr?" Meine Frage klingt schroff und sie tut weh, das merke sogar ich. Aber den wirklichen Grund kann ich ihr nicht sagen. Wie könnte ich ihr gegenüber den Namen Francesca auch nur denken? Und ganz herlich, ja, auch dieser Teil ihrer kleinen Geschichte wurmt mich. Ich bin Angelo Rossi. Ich bin ein Anführer, der Königsmacher von Philadelphia. Ich lasse mich nicht von einer Frau fragen, ob ich sie heiraten will. Ich bin es, der diese Frage stellt. Und wenn das bedeutet, dass ich ein chauvinistisches Schwein bin, dann bitteschön. Ich habe auch nie behauptet, etwas anderes zu sein.

Herausfordernd sieht sie zu mir auf. Das Laken bauscht sich um ihre Hüften, das goldene Haar kringelt sich über ihre Schultern. Wie immer, wenn sie in meinem Bett liegt, sieht sie aus wie eine Göttin, die dem nächtlichen Meer entstiegen ist, und was daran so irritierend ist, dass ich mit in diesem Moment absolut sicher bin, dass sie es weiß. Sie weiß von ihrer Macht über mich und spielt diese Karte bis zur Perfektion aus. Cara O'Brien gehört nicht zu den unsicheren Teenager-Mädchen, die ihre Tage damit verbringen, dass sie sich vor dem Spiegel drehen und sich über Pickel oder Speckröllchen auf den Hüften sorgen. Cara O'Brien weiß, wie sie auf mich wirkt, und nutzt dieses Wissen.

„Dann frag mich", fordert sie. Keine Frau hat je gewagt, Dinge von mir zu fordern. „Du weißt, dass es der beste Weg ist. Frag mich."

„Warum willst du diese Hochzeit, Cara?" Ich werfe ihr eines meiner T-Shirts zu und ziehe mir ebenfalls eines über den Kopf. „Diese Eva hat den Ritter geheiratet, weil sie Königin sein wollte. Ist es das, was du willst? Königin sein?"

„Sie hatte Erfolg damit. Der Ritter half ihrem Vater, sein Land zu stärken, und als der Vater starb, erbte der Ritter im Namen der Tochter dessen Reich. Und der König von England, dem der Ritter verpflichtet war, stärkte ihn und unterstrich seine Regentschaft in seiner neuen Rolle. Sie waren König und Königin in ihrem eigenen Reich. Beide. Gleichgestellt."

„Ich kann dich zu keiner Königin machen, egal, ob ich dir einen Ring an den Finger stecke oder nicht."

Sie zieht sich das Shirt über den Kopf, und ich sehe mit leisem Bedauern zu, wie ihre herrlichen Titten unter dem Stoff verschwinden. „Mein Vater könnte dich zum mächtigsten Mann in der 'Ndrangheta machen."

„Warum sollte er das tun?"

„Warum sollte er es nicht tun? Was hast du zu verlieren, wenn du ihm einfach diesen Vorschlag machst?"

„Meine Achtung vor mir selbst, wenn ich vor Paddy O'Brien zu Kreuze krieche."

„Du kriechst ja nicht zu Kreuze. Du bietest ihm eine Zusammenarbeit an. Was euch beide verbindet, bin ich."

Ich starre sie an, versuche, nicht die Fassung zu verlieren. Sie bietet sich an wie eine Ware. Als sie herausfand, dass ihre Verlobung mit Shane Murphy in Wahrheit ein abgekartetes Spiel zwischen Paddy und Shane gewesen ist, hat das ausgereicht, um sie von Paddy zu entfremden. Jetzt schafft sie es, einen Deal, bei dem sie hin- und hergeschoben wird wie ein wertloses Laken, klingen zu lassen, als würde sie tatsächlich eine Königin dabei werden. Und das Verrückteste ist: Ihr Vorschlag ist … sinnvoll. Hat Substanz. Ist vielleicht die einzige Lösung, die es in diesem Konflikt noch gibt. Eine Kraft von außerhalb reinbringen, die all die Loyalitäten sprengt, die mit den ursprünglichen Clans der 'Ndrangheta in Kalabrien sowieso nichts mehr zu tun haben. Neue Loyalitäten aufbauen. Neue Kanäle finden. Was wir tun, ist illegal, sei es Paddys Arbeit oder meine. Wir gehen Geschäften nach, die rechtschaffenden Menschen das Fell sträuben. Wir haben es immer getan. Gegen uns ist kein Kraut gewachsen. Mob, Outfit, all die Kartelle können sich nur gegenseitig ruinieren, und es gibt genügend Beispiele, wo das gelang. Wenn wir aber zusammenarbeiten, unsere Reihen neu ordnen, haben wir eine Chance. Keiner von uns kann hoffen, sich als braver Bürger wieder ins zivile Leben einfügen zu können. So sind Männer wie er und ich nicht gestrickt. Aber wenn wir uns zusammentun und Rivalen aus dem Feld schießen, kann es uns gelingen, unser Leben weiterzuführen, ohne dass die Menschen außerhalb unserer Organisationen es überhaupt merken würden. Und auch gegen die Provincia habe ich eine viel größere Chance, wenn ich mit Paddy O'Brien an einem Strang ziehe. Wir würden unsere Macht bündeln, und ich könnte Francescas Leben retten.

Fragend sieht Cara immer noch zu mir auf. Erwartungsvoll. Sie hat Recht. Ihr Vorschlag ist die einzige Lösung. Aber …

Sehr langsam schüttele ich den Kopf. „Ich kann dich nicht heiraten, *Lucciola*."

Sie zerbeißt sich fast die Lippen. Fahrig sucht sie in den Falten des Lakens nach ihrem Handy, streckt es mir entgegen. Sieht sie meine Zweifel? Sieht sie, dass ich begreife, wie Recht sie hat? Aber es nützt ja nichts, wie Recht sie hat.

„Ruf meinen Dad an, Angelo. Rede mit ihm. Sag ihm, dass wir kommen. Sag ihm nicht, warum. Sag ihm, dass du mit ihm reden musst und einen Vorschlag hast. Er muss dich empfangen." Sie grinst schief. „Und danach trinke ich einen Espresso mit dir, auch wenn ich finde, dass er widerlich schmeckt, und dann nehmen wir diese Sache in Angriff, okay? Ich kann so nicht leben. Mit Monza ständig an meinen Fersen. Zusehen zu müssen, wie er Lorenzo fast umbringt. Ich kann das nicht, das muss aufhören. Gemeinsam können wir ihm das Handwerk legen."

Ich blicke auf das Handy in ihrer bebenden Hand. Blicke auf sie. Nein, sie kann so nicht leben. Vielleicht könnte ich es, allein, ohne sie, wenigstens für eine Zeitlang, aber auf Dauer könnte es nicht einmal ich. Wir sind umzingelt. Eingekesselt. Wir brauchen eine Lösung.

Ich nehme ihr das Telefon aus der Hand. Ihre Finger streifen meine. Ein elektrischer Schlag fährt meinen Arm empor. Sie gehört mir. Wenn ich nicht will, dass sie innerhalb einer Zeitspanne, die sich in Stunden bemessen lässt, von Ruggiero Monzas Schergen getötet wird, muss ich mich mit ihrem Vater zusammentun.

Auf die eine oder andere Weise.

Patrick

Wenn nichts anderes, so muss man diesem Kerl doch eines lassen. Er hat Schneid. Mir meine Tochter zu nehmen, und zwar zweimal, und sich trotzdem in meinem Machtzentrum in der Century Lane anzukündigen, das hat was.

Für ein paar Minuten nach seinem Anruf überlege ich, ob ich Shane Murphy zu unserem Treffen laden soll, doch dann lasse ich es bleiben. Ich bin sehr gut in der Lage, selbst mit dem Spaghettiteufel zu verhandeln. Ich entlasse die Männer, die ich tagsüber in meinem Haus versammle, positioniere lediglich ein paar haargenau instruierte Wachleute im Park und in den umliegenden Straßen. Angelo Rossi kommt zusammen mit meiner Tochter, und solange sie an seiner Seite ist, wird dem Mann kein Haar gekrümmt. Ich bin zu sehr in Sorge, dass Cara dabei Schaden nehmen könnte. Wenn das passieren würde, hätte ich es lediglich mir selbst zuzuschreiben.

Ich gebe zu, der Anruf von Ruggiero Monza hat mich aufgerüttelt. Mir liegt nichts an der verfluchten Phiole, nach der sich alle

Welt im von den Italienern dominierten Süden Philadelphias die Finger leckt. Im Grunde bringt es mich zum Lachen, wie sehr sie sich für so ein dämliches Ding fertigmachen. Ich habe ein Spiel gespielt, wollte wissen, wie weit ein Mann wie Rossi für das Artefakt gehen würde. Es hat sich herausgestellt, dass er dafür sterben würde. Ich habe Cara unterschätzt, deren Kunststudium sie befähigt, echt von falsch zu unterscheiden, und ich habe sie erneut unterschätzt, als sie die Frechheit besaß, die Phiole praktisch vor meinen Augen aus meinem Schrank zu stehlen und zu Rossi zu bringen.

Sie hat so viel Schneid wie er. Und auch wenn er sie damals entführt hat, als sie einander kennenlernten, und auch wenn er sie zu mir zurückgeschickt hat, sie ist wieder zu ihm gegangen. Sieht so aus, als wäre da mehr. Ich liebe meine Tochter. Sie ist alles, was mir von der Frau geblieben ist, für die ich gestorben wäre, wenn man mich gelassen hätte. Stattdessen musste ich weiterleben, und sie hat man mir genommen. Cara hat die Augen und das Haar ihrer Mutter, aber es ist mehr als das. Sie hat auch das Wesen ihrer Mutter, den Sturkopf, den Willen, für das, was sie sich in den Kopf gesetzt hat, durchs Feuer zu gehen. Dieser Sturkopf hat meine Frau das Leben gekostet, und als Monza, dieser verfickte Bastard, mir am Telefon mitgeteilt hat, dass er meine Tochter in seinen dreckigen Klauen hat, fühlte ich mich an den Tag erinnert, an dem ich Lehanne verlor. Nicht nochmal.

Ich würde sie rauskaufen, und wenn sie mir hundertmal davongelaufen ist, um zu Rossi zu rennen. Ich würde sie immer wieder in mein Haus lassen, egal, wie schäbig sie mich verraten hat. Sie ist mein Schwachpunkt. Ich würde alles für sie tun. Doch in jenem Moment, gegen Monza, hatte ich nichts als leere Drohungen, weil ich keine Ahnung hatte, wo er sie festhielt und was er eigentlich von ihr wollte. Was er sich vielleicht von ihrem Tod versprach. Ich konnte ihm nur bestätigen, dass Cara die echte Phiole aus meinem Haus gestohlen hat. Was geht mich dieses verschimmelte Teil an, das angeblich das Blut eines Heiligen enthält? Ich hätte es längst ins Feuer werfen sollen. Dann hätte dieses ganze Theater endlich ein Ende.

Rossi hat Cara gefunden. Sie ist wieder bei ihm, und jetzt will er mit mir reden. Wagt sich zurück an diesen Ort. Es ist nicht weit von meinem Haus bis hinaus zu der Farm, wo wir damals die Hochzeit von Deirdre und Daniel gefeiert haben. Das alte Gehöft mit dem Schmugglerkeller. Ich weiß bis heute nicht, wie es Rossi damals gelungen ist, sich da rauszuwinden. Ich hatte nicht vor, ihn dort unten sterben zu lassen, nur leiden sollte er ein bisschen. Er war ein Experiment, ich wollte wissen, wie lange es dauert, ehe er für die Phiole bricht, für seinen Clan, für die 'Ndrangheta. Er ist ein Killer, er hat mich viele gute Männer gekostet, aber eben aus die-sem Grund hatte ich auch damals schon Respekt vor ihm. Ich wusste nicht, wie fest die Beziehungen der einzelnen Mafia-Clans zueinander sind. Einen von ihnen zu töten, hätte die irische Unterwelt in einen wahrhaftigen Krieg mit den Italienern stürzen können, und wenn die alle an einem Strang ziehen, dann hätten sie mir das Genick gebrochen. Soweit hätte ich es nicht kommen lassen.

Dass er sich wieder hierher wagt, zeigt mir, dass er mehr Mumm in den Knochen hat, als ich ahnen konnte. Es zeigt mir auch, dass im Inneren der 'Ndrangheta kräftig gerührt wird. Sie sind sich uneinig. Polucci ist verschwunden, ich habe gehört, dass er in New York gesehen wurde. Monza und Rossi gehen einander fast schon öffentlich an die Kehle. Keine Ahnung, wie die anderen bei-den Clans dazu stehen. Ich schätze, ich werde es gleich erfahren.

Als mein Hausmädchen die Tür öffnet und Cara eintritt, mit der langen, komplett in schwarz gekleideten Gestalt des Italieners hinter ihr, stolpert mir beinahe das Herz. Überall in meinem Haus hängen Bilder von Lehanne, aber trotzdem hat Cara keine Ahnung, wie sehr sie ihrer Mutter aus dem Gesicht geschnitten ist. Das kann nur ich sehen. Diane schließt die Tür und erkundigt sich, wo sie Tee und Gebäck servieren darf. Cara und Rossi stehen mitten im Foyer, während ich sie an der Schwelle zur Bibliothek erwarte.

Gewöhnlich würde jetzt Cara als Frau des Hauses die Frage beantworten. Dass sie es nicht tut, bedeutet, dass sie sich nicht mehr als Teil meines Hausstandes fühlt, und das beschert mir einen Augenblick der Wut. Ich kämpfe die Anwandlung nieder.

„Ich lasse es Sie wissen, Diane, wenn wir etwas wünschen."

Die Hand des Italieners auf Caras Hüfte irritiert mich. Er soll seine dreckigen Pfoten bei sich lassen. Sie ist mein kleines Mädchen, und die Vorstellung, wo er diese Pfoten schon überall gehabt hat, macht mit wahnsinnig. Nur unzureichend verdeckt Caras Haar ein Hämatom an ihrer Schläfe. Ich zeige darauf, ohne den beiden entgegenzugehen. „Was ist das?"

Cara legt den Kopf schief und mustert mich. In Rossis Miene zuckt kein Muskel.

„Wenn er dich schlägt, bringe ich ihn um."

„Ich bin sicher, dass du es versuchen würdest", erwidert sie kühl. „Aber erstens ziehst du dabei den Kürzeren, und zweitens wäre damit niemandem geholfen. Können wir jetzt eintreten?"

„Ihr seid bereits eingetreten." Ich gehe voraus in die Bibliothek. Ihre Stimme ist anders. Fester. Sie klingt ... erwachsen. Gereift, und das in einem Zeitraum von ein paar Stunden. Cara hat immer gewusst, was sie will. Jetzt klingt sie wie eine Frau, die bereit ist, es sich zu nehmen, wenn man es ihr nicht freiwillig gibt.

Ich biete Rossi einen der drei lederbezogenen Ohrenbackensessel in der Bibliothek an. Der Blick geht durch die gelb und rot getönten Scheiben des Bleiglasfensters hinaus in den Park, wo sich in einem kleinen Teich Enten und ein Schwanenpaar tummeln. Cara nimmt nicht etwa den dritten der Sessel, sondern lässt sich auf die Lehne des Sessels sinken, in dem Rossi sitzt.

Ich fasse den Italiener ins Auge. Wir sind einander jetzt nahe genug, dass ich die Narben in seinem Gesicht sehe. Ich habe ihm die zugefügt. Ich suche in meinem Inneren nach schlechtem Gewissen und werde nicht fündig. Allein für das, was er mit Cara getan hat und höchstwahrscheinlich jede Nacht aufs Neue tut, verdient er alles, was ihm je angetan wurde. Seine Lippen sind ein schmaler Strich, seine Augen kalt. Er will nicht hier sein. Sehr gut. Ich will auch nicht, dass er hier ist. Aber nun hat Cara ihn hier hereingeschleppt, nun müssen wir auch miteinander reden.

„Ich habe nie rausgefunden, wie du dich aus meinem Keller gestohlen hast", eröffne ich das Gespräch, greife mir eine Zigarre aus der Bronzeschale in der Mitte des niedrigen Tisches zwischen uns und biete ihm ebenfalls eine an. Er schüttelt den Kopf. Als ich das Ende meiner Havanna abschneide und sie anzünde, zieht er eine Zigarettenschachtel aus der Innentasche seines Jacketts. Ich gebe ihm Feuer, wo ich einmal dabei bin.

„Es ist nicht relevant", sagt er. Ich erinnere mich an seinen Akzent. Er spricht Englisch ohne Probleme, aber ich schätze, den italienischen Akzent wird er bis an sein Lebensende nicht verlieren. Er schleift die Worte hart und kristallen.

„Nein, vermutlich nicht. Was kann ich also heute für dich tun? Du hast um dieses Treffen gebeten. Ich kann dir gleich sagen, alles, was nicht bedeutet, dass du mir meine Tochter zurückbringst, wird sehr schwer bei mir durchzusetzen sein."

„Etwas anderes habe ich auch nicht erwartet, aber nein, ich habe nicht vor, dir deine Tochter zurückzugeben. Sie ist eine mündige Frau und entscheidet selbst." Er wendet den Blick von mir und blickt zu Cara auf, die auf der Sessellehne balanciert wie ein blondes Vögelchen. „Lässt du uns bitte allein, *Lucciola*?" Unwillkürlich frage ich mich, was *Lucciola* wohl bedeuten mag.

Sie zieht die Brauen hoch. „Nein", erwidert sie. „Das habe ich nicht vor."

Er versteckt ein Seufzen mit einem tiefen Zug an der Zigarette. Ich erkenne es, weil ich selbst das Seufzen in mir spüre. Ich habe mich nicht getäuscht. Sie nimmt sich, was man ihr nicht gibt.

Rossi blickt wieder zu mir. Blauer Rauch hüllt seine Gesichtszüge ein. Dahinter kann ich die Narben nicht mehr sehen. „Du hast mit Sicherheit von den Problemen innerhalb meiner Organisation gehört."

„Ich mache es nicht zu einer Priorität, mich darum zu kümmern, wenn ihr interne Querelen habt. Ich freue mich lediglich daran, wenn ihr euch gegenseitig aus dem Spiel kickt, ohne dass ich mir die Finger schmutzig machen muss. Allerdings hat Monza mich angerufen, und allein dadurch habe ich eine Ahnung. Und ich möchte dich am liebsten erneut in meinen Keller sperren und dir die Augen diesmal ganz ausstechen dafür, dass du es zugelassen hast, dass Cara in die Hände dieses Viehs geraten ist."

„Es war meine Entscheidung, zur Arbeit zu gehen, statt an Angelos Seite zu bleiben", wirft Cara ein. „Angelo hat seinen Adjutanten geschickt, mich abzuholen. Die Dinge sind aus dem Ruder gelaufen, und ich denke nicht, dass es an dir ist, das zu beurteilen, Dad."

Ich verdrehe die Augen. „Warum gehst du nicht zu Diane in die Küche, Darling? Sodass Signor Rossi und ich über das reden können, was auch immer ihn hierher geführt hat."

Sie steht von der Lehne auf, aber nicht etwa, um zur Tür zu gehen. Sie kommt auf mich zu, stützt die Hände auf die Armlehnen meines Sessels und bringt ihr Gesicht ganz nah an meines. Es bricht mir das Herz, das Gefühl zu haben, Lehannes Augen seien es, die auf mich heruntersehen. „Weil er meinetwegen hier ist, Dad. Es geht hier nicht um ihn oder um dich, und es geht auch nur insofern um Ruggiero Monza, dass der ihn und mich umbringen wird, wenn wir ihm nicht zuvorkommen. Deshalb werde ich nicht zu Diane in die Küche gehen, sondern ich bleibe genau hier."

„*Lucciola*." Das ist Rossi, seine Stimme hart, kühl, eine Warnung, aber sie gibt ihm lediglich ein Zeichen mit der Hand, ohne von mir wegzusehen. Ich kann nicht anders, als eine Spur Mitgefühl für ihn zu empfinden. Das ist schon ein ganz spezielles Vögelchen, das er sich da ins Nest geholt hat. Warum soll es ihm anders gehen als mir? Mit einem Anflug von Amüsement beginne ich ihm den Brocken zu gönnen, den er sich aufgetischt hat. Er wird ordentlich daran zu knabbern haben. Cara ist meine Tochter.

Unbeirrt spricht sie weiter. „Du willst wissen, wie er damals aus deinem Verlies gekommen ist? Ich sag es dir, Dad. Ich habe ihn da unten gefunden. Du bist ein Schwein. Ein perverses, streitsüchtiges Schwein, das Gefallen daran findet, Menschen zu foltern. Ich habe ihm die Handschellen gelöst. Und ich habe ihm mit bloßen Händen die Lider von den Brauen gerissen." Sie hält mir eine ihrer Fäuste vors Gesicht, öffnet die Finger, schließt sie wieder. „Mit diesen Fingern, Dad. Sein Blut hat daran geklebt. Seine Tränen, weil das Schmerzen sind, die du dir nicht einmal vorstellen kannst. Ich war es, die ihm da rausgeholfen hat, und ich würde es immer wieder tun. Deshalb bin ich mit ihm zusammen. Deshalb wirst du mich nie mehr zurückbekommen. Nicht so, wie es einmal war. Aber es liegt an dir, ob du eine Tochter behältst. Es liegt an dir, ob es uns gelingt, der Mafia zuvorzukommen. Mein Entschluss steht fest, aber es geht nicht ohne deine Zustimmung."

Ich weiß sofort, worauf sie hinauswill, und die Vorstellung gefriert mir das Blut. Sie will diesen Mann heiraten. Cara hat in ihrem Leben schon den ein oder anderen Stunt gedreht, aber das ist wirklich der Gipfel. Und das Schönste ist, meine Zustimmung will sie, damit sie und der Italiener sicher sein können, dass ich auf ihrer Seite stehe und ihnen nicht in den Rücken falle. Vermutlich wollen sie sogar noch mehr von mir. An Cara vorbei blicke ich auf Rossi, und ich habe das Gefühl, dass die Zigarette zwischen dessen Fingern ganz leicht zittert. Er sieht weder Cara noch mich an.

„Was ist mit ihm?", will ich wissen. „Was meint er dazu? Steht auch sein Entschluss fest?"

Immer noch sieht sie mich an, dreht den Arm und weist auf Rossi. „Er sitzt dort. Frag ihn."

„Was für ein Mann schickt eine Frau vor, wenn er bei einem Vater um die Hand der Tochter anhält? Sollte nicht er mich fragen? So habe ich es bei deiner Mutter getan, und ihr Vater hat mich mit einem Besen zur Tür hinausgeprügelt. Hat dein Lover Angst vor einer kleinen Tracht Prügel? Was gibt es, das ich ihn fragen sollte?"

Fast ein wenig fahrig drückt Rossi seine Zigarette aus. „Es ist sinnlos, Cara. Lass uns gehen."

„Nein!" Sie fährt herum. „Wir gehen nirgendwohin, ehe er uns nicht seine Zustimmung gibt."

„Es gibt keine Zustimmung." Ich kann nicht vermeiden, dass mein Bauch sich weich und luftig anfühlt vor lauter Genugtuung, diese Worte auszusprechen. „Du hast sie entführt, Rossi, und du hast irgendwas gemacht, dass sie dir nachläuft wie ein Welpe, aber ich werde dir nicht meine Zustimmung geben, sie zu heiraten. Vergiss es."

Er steht auf, greift nach Caras Unterarm, mit einer Härte, die mir die Nackenhaare aufstellt. Was erlaubt er sich? Doch ich bin es, den er ansieht. „Es geht um keine Hochzeit. Es geht um Zusammenarbeit. Es geht um eine Verbrüderung, du und ich, O'Brien. Wenn du mir das verweigerst, ist der Schutz, den ich Cara bieten kann, keinen Pfifferling wert, denn es ist deine Schuld, dass ich ein von meinen eigenen Leuten gejagter Mann bin. Wie ist das? Wenn Cara stirbt, kannst du es dir auf deine eigenen Fahnen schreiben. Du kannst draufschreiben: Ich bin ein Idiot, ich habe mein eigenes Kind getötet, weil ich mit Dingen spielen musste, die ich nicht verstehe."

Als er mit Cara die Tür erreicht, habe ich meine Stimme wiedergefunden. „Warte!"

Beide drehen sich zu mir um.

„Du willst sie heiraten?", frage ich, den Kopf hoch erhoben. Ich werde es ihm nicht leicht machen.

Doch es ist nicht Rossi, der antwortet. Es ist Cara. Sie sieht mich an, ihre blauen Augen ein Lichtspiel. „Ich will ihn heiraten."

„Ich gebe meine Tochter keinem Mann, der nur der Stellvertreter eines mächtigen Mannes ist. Nur Macht kann dich vor dem Erbe schützen, das du in die Wiege gelegt bekommen hast. Meine Tochter, das habe ich mir geschworen, als du geboren wurdest, Cara, wird nur einen Mann heiraten, der Macht hat."

„So wie der Superintendant Shane Murphy?" Ihre Stimme trieft vor Hohn, aber ich lasse mich davon nicht beeindrucken.

„Genau, so wie der Mann, der mir die Polizei vom Hals halten kann. Oder so wie der Mann, der die 'Ndrangheta von Philadelphia anführt und dafür sorgt, dass wir uns bei unseren Geschäften nicht in die Quere kommen. Der Capobastone. Was ist ein Mann wert, der auf das Wort von Männern über ihm angewiesen ist?"

Rossi rührt sich nicht. Nur seine Augen verengen sich, und das sagt mir sehr viel. „Wenn es so ist, bin ich dein Mann, Patrick O'Brien."

Ich kann nicht fassen, dass er niemals selbst in Erwägung gezogen hat, nach der Macht zu greifen, die er so spielend in Händen hält. Hat dieser Mann keine Vorstellung davon, wie er auf andere wirkt? Welche Ausstrahlung er hat? Seit über dreißig Jahren gehe ich in Philadelphia meinen Geschäften nach, aber einen Gegner wie Rossi hatte ich noch nie. Ich kenne ihn gut. Besser, vielleicht, als die meisten anderen Männer, denn nur, wer einen Menschen an seinem tiefsten Punkt erlebt hat, kann sich ein Urteil über ihn bilden. Rossi habe ich am Boden erlebt. Halb verdurstet, fast zu Tode gequält, und selbst da hatte er noch Größe. Er ist dazu geboren, Anführer zu sein, und so sehr es mir gegen den Strich geht, Cara an seiner Seite wirkt wie eine Göttin.

Er tritt zwei Schritte in die Bibliothek zurück. Cara schließt die Tür. Ich weise einladend auf die Sessel beim Fenster. „Verhandeln wir?"

KAPITEL 22

Cara

„Cara, gibst du mir dein Handy?"

Ich wühle mich aus den Kissen und taste auf dem Nachttisch nach meinem Telefon. „Hier. Wofür brauchst du es?"

„Ich will eine Sprengkapsel darin verstecken."

Es ist ein ganz normaler Dienstagmorgen im Hause Rossi-O'Brien. Zwei Wochen sind vergangen seit dem Tag, als mein Vater und Angelo diesen brüchigen Frieden, der eigentlich nichts anderes als ein gemeinsamer Krieg ist, geschlossen haben. Die Feinde meines Feindes, und so weiter und so weiter. In zwei Tagen soll der große Zugriff auf Ruggiero Monza und seine Leute stattfinden, und langsam aber sicher macht sich auch bei mir die Nervosität breit. Ich nehme den Mann in den Blick, der vor dem Fenster steht und gerade dabei ist, die Manschetten aus den Ärmeln seine Jacketts nach unten zu ziehen und zu knöpfen. Ich liebe es, wie akkurat er das tut, wieviel wert er auf sein Äußeres legt. Das Haar glänzt, der Anzug sitzt ihm wie an den Leib geschneidert. Eitel? Ja, wahrscheinlich, aber hey, er ist ein Fest für meine Augen, was gibt es daran nicht zu mögen? Egal wie oft ich in den Luxus komme, an der Seite dieses Mannes aufzuwachen, seine Schönheit blendet mich jedes Mal aufs Neue. Er ist Perfektion in Form und Farbe. Eine Spielerei der Natur, als hätte sie versucht, alles, was als schön und rein gilt, in die Form eines einzigen Mannes zu pressen.

Und doch ist es nicht seine Attraktivität, die mich immer mehr in ihren Bann zieht, sondern der Mann, der sich hinter dieser Fassade versteckt. Die Loyalität seinen Männern gegenüber, die Präzision, mit der er unsere Operation vorbereitet. Dieselbe Präzision, wie er sie beim Anziehen an den Tag legt. Es ist eine Freude, ihm bei der Arbeit zuzusehen. Er ist so fokussiert. Nichts überlässt er dem Zufall. Wie mit dem Handy zum Beispiel. Wir haben darüber geredet und sind uns, sehr zur Erleichterung meines Vaters, darüber einig geworden, dass ich nicht aktiv an der Schlacht teilnehmen werde. Doch ich werde nicht ungeschützt in Angelos Penthouse bleiben. Eine Sprengkapsel in meinem Handy zu verstecken, ist Angelos Art, sicherzustellen, dass ich mich wehren kann, wenn alle Stricke reißen. Dass er mir zutraut, das zu tun, und gleichzeitig meinen Wunsch respektiert, ein aktiver Teil des Geschehens zu sein, auch wenn ich mich nicht ins Getümmel stürze, lässt mich diesen Mann gleich noch ein wenig mehr lieben. Er glaubt an mich. Ich glaube an ihn. Zusammen sind wir unbesiegbar.

Er wendet sich vom Fenster ab. Bevor er geht, um sich einem Tag voll Arbeit zu stellen, kommt er zum Bett und beugt sich zu mir, um sich einen Kuss zu holen. Wie ich sage. Ein ganz normaler Dienstagmorgen.

„Was hast du heute vor?", fragt er.

„Ich werde noch was an dem Ausstellungskonzept arbeiten müssen. Irene hat mir einige Änderungen geschickt." Indem ich mit Irene in Kontakt bleibe und ihr zur Verfügung stehe, wenn sie mich braucht, stelle ich sicher, dass ich jederzeit meinen Zugang zu den Katakomben des Museums behalte. Immerhin wird dort der größte Schatz aufbewahrt, das, was wir brauchen, wenn wir Ruggiero entmachtet haben. Das, was Angelo braucht, damit mein Vater ihm meine Hand zugesteht. „Gegen Mittag wollte ich zu Lo ins Krankenhaus." Ruggiero hat ganze Arbeit mit Lorenzo geleistet. Nicht die zahlreichen Rippenbrüche oder die gebrochenen Joch- und Nasenbeine sind dabei das größte Problem, sondern der Milzriss und die daraus resultierenden inneren Blutungen. Er erholt sich. Das ist die gute Nachricht, aber seine Genesung dauert. Noch immer ist er zu schwach, als dass es die Ärzte für vertretbar halten, ihn nach Hause zu entlassen. Dafür ist er mittlerweile fit genug, um sich über diese Behandlung zu ärgern, und das macht ihn zu einem fürchterlichen Patienten.

„Denk dran, dass du dir eine Eskorte anforderst. Ich will immer wissen, wo du bist. Und ich will nicht, dass du alleine raus gehst, es ist zu gefährlich." Seine Lippen schweben über meinem Mund, sein Atem schmeckt nach der Mintzahnpasta, die er benutzt, und ein bisschen auch noch nach süßen Schlaf und nächtlichen Küssen. „Und um drei treffen wir uns bei Zia, zum Üben." Neben seinen tausend täglichen Aufgaben, die sicherstellen sollen, dass in der Nacht der Nächte alles rund läuft, hat er es sich auch zur Aufgabe gemacht, mir Unterricht in Selbstverteidigung und im Umgang mit Schusswaffen zu geben. Er möchte nicht, dass ich mich noch einmal in einer Situation wie mit Lorenzo befinde, auch wenn er bereits selbst in den Genuss kam, zu erfahren, dass ich schnell mit einer Waffe bin. Aber das reicht ihm nicht. Er will, dass ich auch sicher damit bin. Routiniert. Wie sollte ich diesen Mann nicht lieben?

Um kurz nach eins betrete ich Lorenzos Krankzimmer im Mercy Hospital im Stadtteil Cobbs Creek, ganz im Westen der Stadt. Zia Paolina hat mir eine Tüte mit Gebäck mitgegeben, der ein himmlischer Duft entsteigt. Der Patient ist in eine Sportzeitung vertieft, und ich bin mir nicht ganz sicher, ob ich oder eher Zia Paolinas Wunderwerke es sind, die ihn bei meinem Eintreten dazu bewegen, die Zeitschrift wegzulegen und mich anzusehen. Obwohl ich ihn regelmäßig besuche, muss ich mich jedes Mal aufs Neue zusammenreißen, nicht vor seinem Anblick zurückzuzucken. Noch immer ist sein Gesicht sehr geschwollen. Wo offene Brüche gerichtet werden mussten, ziehen sich schwarze Nähte über seine Haut. Zwar ist die Kieferspange mittlerweile entfernt worden, aber seine Lippen sind noch immer so geschwollen, dass sie gerissen und blutig sind, und die Haut über seinen Jochbeinen schillert in diversen Schattierungen von schwarz, violett und gelb.

„Hey", begrüße ich ihn. „Zia hat mir etwas für dich mitgegeben. Sie sagt, wenn du endlich wieder feste Nahrung zu dir nehmen kannst, sollst du wenigstens etwas Süßes zwischen die Zähne bekommen. Ich hab den richtigen Namen vergessen, aber ich kann dir versprechen, dass diese Teilchen köstlich riechen." Ich stelle die Papiertüte auf seinen Nachttisch und greife nach der Thermoskanne. „Soll ich dir neuen Kaffee holen?"

„Das ist kein Kaffee", murrt Lorenzo. „Ich weiß nicht, was es ist, aber es ist kein Kaffee. Ich nehme an, wenn es groß und stark ist, will es ein Magengeschwür sein."

Seinen Worten zum Trotz nehme ich die Kanne an mich und mache mich auf den Weg in die Patientenküche, um sie aufzufüllen. Er mag murren und knurren, aber Lorenzo ist Italiener, und wenn ich eines in den letzten Wochen gelernt habe, dann die Tatsache, dass die nicht überleben, geschweige denn gesund werden können, ohne den Türkentrank.

„Also", flöte ich fröhlich, als ich wieder eintrete, „was gibt es Neues in der Welt des Sports? Gewinnen oder verlieren wir?" Wir gibt es nicht. Ich mach mir nichts aus Sport. Zumindest nicht, solange es passiv ist und darin besteht, dass faule Menschen auf bequemen Sofas sitzen und anderen nur dabei zusehen, wie sie sich bewegen. Aber sei's drum. Jeden zweiten Tag komme ich zu Lorenzo, und selten gelingt es mir, ihm mehr als drei zusammenhängende Worte zu entlocken. Mittlerweile bin ich am Ende mit meinem Latein. Ich fühle mich verantwortlich dafür, wie es ihm geht, weil immerhin sollte er mich beschützen, als er in die Schusslinie geraten ist. Aber ich bin auch keine Masochistin. Wenn er mich nicht ausstehen kann, weiß ich bald nicht mehr, was ich noch tun kann.

„Wir verlieren", sagt er. „So ist das immer. Sie haben sich Spieler von außerhalb eingekauft, Männer ohne Seele. Es war nichts anderes zu erwarten."

Ich stelle die Kanne auf den Nachttisch und drücke mit den Handballen auf meine Augen. Ich bin nicht blöd. Ich weiß ganz genau, dass Lorenzo nicht vom Fußball spricht, und meine Fassung bricht. Ich hab mir Geduld geschworen, aber irgendwann ist auch mal genug. „Was hast du eigentlich gegen mich, Lo? Du liebst Angelo, du würdest alles für ihn tun, soviel habe ich begriffen. Willst du nicht, dass er auch glücklich ist? Es ist wichtig für ihn, was du von ihm hältst. Und das beinhaltet mich."

„Du weißt gar nichts", blafft er. Kleine Speicheltröpfchen stieben aus seinem Mund, weil er nicht die volle Kontrolle über seine geschwollene Zunge und die gerissenen Lippen hat. Seine Worte sind verzerrt und zischen, dennoch schneiden sie mir schmerzhaft in den Bauch. „Angelo kommt aus dem Alten Land. Dort, wo er herkommt, wird der Wert eines Mannes an seiner Ehre gemessen. Daran, ob er in der Lage ist, sein Wort zu halten. Du denkst, er braucht dich? Einen Teufel braucht er. Du zerstörst ihn, denn du nimmst ihm, was ihm am wichtigsten ist. Seine Ehre."

„Warum, Lo? Wie kannst du das sagen? Weil ich keine von euch bin? Aber ich bin auch kein Nichts. Ich weiß, was ein Mann wie Angelo braucht."

„Du weißt nichts", wiederholt er. „Angelo Rossi hat einen Schwur geleistet. Er ist ein guter Mann, und er wäre nie von allein auf die Idee gekommen, diesen Schwur zu brechen. Aber dann kommst du, und alles wird unwichtig. Er vergisst die Menschen, die sich seinem Schutz anvertraut haben. Und zum Dank wirfst du ihn den Iren zum Fraß vor. Zwingst ihn, einen Pakt mit seinem ärgsten Feind einzugehen. Zwingst ihn, in etwas einzuwilligen, für das er noch nicht bereit ist. Das ist, was du bist. Eine Hexe. Du nimmst einem Mann die Seele und zurück bleibt nur eine leere Hülle."

Noch nie hat Lorenzo so viele Worte auf einmal zu mir gesagt. Jetzt wünsche ich mir, er hätte sie für sich behalten. Ich verstehe nicht einmal die Hälfte von dem, was er mir vorwirft, aber ich weiß, dass es wehtut. Ohne ein weiteres Wort zu ihm schlinge ich die Arme um meine Mitte und verlasse das Krankenhaus.

Angelo

Wo kann man sicherstellen, dass jemand, auf dessen Fähigkeit zur Selbstverteidigung man viel Wert legt, im Notfall mit einer ungewohnten Waffe zurechtkommt?

Shane Murphy hat mir am Tag nach meinem Gespräch bei Patrick O'Brien die GPS-Koordinaten für eine nicht mehr genutzte Anlage geschickt, auf der bis vor ein paar Jahren junge Polizeirekruten einen Teil ihrer Ausbildung absolvierten. Das ist für Cara, hatte er dazugeschrieben. Wäre sie nicht bei dir, würde ich dir nicht helfen und dir Zugang zu der Anlage verschaffen.

Ich habe es mir verkniffen, ihn darauf hinzuweisen, dass es bei der ganzen Aktion um niemand anderen als Cara geht. Die Männer, die zu meinem Team gehören, beherrschen jede Art von Schusswaffen bis zur Perfektion und finden diese Hindernisstrecken, auf denen junge Polizisten oder auch Soldaten lernen, wie man sich im Gelände behauptet, lächerlich. Ich will lediglich sicherstellen, dass Cara zurechtkommt.

Seit Tagen bemühen wir uns um Normalität. Ich will nicht, dass Ruggiero Monza Verdacht schöpft, was auf ihn zurollt. Ich will, dass er sich in Sicherheit wiegt. Von Capello weiß ich, dass Monza die Fühler nach ihm ausgestreckt hat, um die Loyalität zu testen. Capello hat ihn schmoren lassen, das ist in solchen Fällen nicht unüblich. Es geht hier um die Position des Mannes, der allen fünf Clans Befehle erteilen kann, und Ruggiero hat sich das Amt unrechtmäßig unter den Nagel gerissen. Er muss damit rechnen, dass die anderen Clanführer misstrauisch sind und sich nicht zu schnell hinreißen lassen, ihre Loyalität erneut zu vergeben. Ruggiero hat mir Cara zurückgegeben, weil er Respekt vor Paddy hat, aber es ist nur eine Frage der Zeit, bis er nicht mehr stillhalten wird. Ich benehme mich, als sei Cara meine einzige Sorge, und dass sie wiederzuhaben, mich besänftigt hat. Aber ich weiß, dass die Zeit gegen uns läuft und dass unser Schlag gegen Ruggiero Monza keinen Tag zu früh kommen wird. Die Wachposten rund um den Feinkosthandel habe ich verdreifacht, aber dort ist alles ruhig, und die Geschäfte gehen vollkommen normal. Die *Provincia* schweigt. Vielleicht ist ihnen zu Ohren gekommen, dass eine Fälschung der Phiole aufgetaucht ist, und sie halten die Finger still, so lange niemand weiß, wo sich das Original befindet. Sie brauchen mich. Zumindest für den Augenblick, und der ist alles, was zählt.

Seit Cara am vergangenen Nachmittag aus dem Krankenhaus zurückgekehrt ist, ist sie einsilbig und verschlossen. Wir waren bei *Marco's* zum Dinner, sie hat das hervorragende Essen kaum angerührt, und der Sex später vor dem Einschlafen war süß, aber nicht atemberaubend. Ich habe beschlossen, nicht nachzufragen. Sie war dabei, als das mit Lorenzo passierte, und vielleicht fühlt sie sich noch mehr verantwortlich, als ich geglaubt habe. Immerhin hat sie mitansehen müssen, wie Lo furchtbar misshandelt wurde, für Dinge, die sie selbst nicht sagen wollte. Dass so etwas nicht einfach vorbeigeht, weiß ich aus eigener Erfahrung.

Wir sind gegen neun Uhr morgens mit Shane Murphy an der Schießanlage verabredet. Ich mache mir keine Sorgen darum, dass Cara und Shane wieder dieselbe Luft atmen werden, und sei es nur kurz. Sie gehört mir, sie hat es mir gesagt, sie zeigt es mir. Ich bin nicht eifersüchtig, nicht auf diese Scheibe irischen Toastbrots. Was sollte er mir wollen? Der Maserati gleitet über den Highway, in nördlicher Richtung aus Philadelphia hinaus. Das hier ist Paddys Einflussbereich. Von ihm als einem Verbündeten statt eines Feindes zu denken, wird eine Weile dauern. Und was das Heiraten betrifft … dieser Waffenstillstand ist ohnehin dazu verdammt, mit Vollgas gegen die Wand zu krachen. Was zählt, ist der Moment. Nur der Augenblick.

Mein Handy summt.

Die Rufnummer ist unterdrückt. Mit einem Knopfdruck am Lenkrad nehme ich das Gespräch an, es läuft über die Radiolautsprecher, während die Musik sich abschaltet. „Rossi."

Es dauert drei Worte, bis ich begreife, dass ich Carlo Polucci am Apparat habe. Der gebürtige New Yorker spricht ein beschissenes Italienisch, sodass wir normalerweise Englisch miteinander reden, doch nicht heute. Cara muss das Gespräch nicht mithören. Was wichtig ist, werde ich ihr ohnehin sagen. Ein Blick auf sie beweist, es interessiert sie sowieso nicht. Sie starrt betont gelangweilt aus dem Seitenfenster.

„Monza hat mich angerufen", sagt Carlo gedehnt.

„Das überrascht mich nicht."

„Er hat die echte Phiole?"

„Hat er das gesagt?"

„Er hat es impliziert."

Selbstverständlich hat er das. „Nein, hat er nicht. Aber es ist keine Überraschung, dass er dir so etwas sagt."

„Dann hast du sie?"

„Nein, aber ich kann sie besorgen."

„Rossi, hör zu, ich bin diese Spielereien leid. Ich will, dass endlich Klarheit herrscht. Dass ich Monza für einen machtgeilen Trottel halte, der uns innerhalb weniger Monate zugrunde richten würde, ist kein Geheimnis."

„Nein, ist es nicht, du hast dich ja auch sehr schnell aus dem Staub gemacht."

„Fick dich, Spaghettifresser, wofür hältst du dich eigentlich? Was glaubst du, was ich hier tue? Ich warte ab, bis ihr beide euch gegenseitig die Eier zertreten habt, und dann hole ich mir zurück, was mir gehört."

Also kann Ruggiero Monza vergessen, dass Carlo sich bei einer Wahl hinter ihn stellt. Mehr muss ich nicht wissen. „Lass Monza meine Sorge sein", sage ich ruhig, mit einem Ton arroganter Überlegenheit, den ich mir in meinen Tagen als Jungspund in Kalabrien angewöhnt habe. „Ich melde mich bei dir." Wohin der Weg führt, und dass ich selbst es bin, der jetzt den Posten beansprucht, auf den Carlo ein Recht zu haben glaubt, wird er früh genug erfahren.

„Du würgst mich nicht ab", grollt er.

„Ich habe einen Termin."

„Was springt für mich dabei raus, wenn ich mich auf deine Seite schlage?"

„Habe ich das von dir verlangt?" Ich drücke das Gespräch weg, warte noch eine halbe Minute, ob er noch einmal durchruft, aber er lässt es bleiben. Das wird ihm zu denken geben. Er würde sich nie auf meine Seite stellen, denn er will, was ich will. Was ich im Grunde meines Herzens immer gewollt habe. Etwas nicht überstürzen zu wollen, weil man erst einmal die inneren Abläufe einer Organisation lernen muss, bedeutet nicht, dass man nicht auf lange Sicht plant. Paddys Voraussetzung für unser Bündnis hat meinen Weg abgekürzt, aber er verlangt nichts von mir, was ich nicht früher oder später auch selbst in Angriff genommen hätte. Und solange Polucci sich nicht mit Monza verbindet, ist mir gedient.

Cara fragt nicht, worum es ging, und ich sage es ihr nicht. Ich lege meine Hand auf ihr Knie, während ich aufs Gas trete. Nach einigen Sekunden legt sie ihre Hand auf meine und drückt meine Finger. Sie ist nicht weit weg. Aber sie ist auch nicht da, und so langsam mache ich mir wirklich Sorgen, was sie so mitgenommen hat.

Die ausgediente Trainingsanlage liegt außerhalb des kleinen Ortes Jamison, der zu den Vororten von Philadelphia gehört. Ein nicht ausgeschildertes Gelände am Ende eines durchlöcherten Feldweges, direkt am Ufer des Neshaminy Creek. Nur Spritzwasser, das sich aus Pfützen in den Schlaglöchern über den staubigen Weg verteilt hat, weist darauf hin, dass erst vor kurzem jemand hier entlanggefahren ist. Der Parkplatz vor den Gebäuden ist leer, aber Reifenspuren führen hinter eine fensterlose Scheune. Der Maserati, der mir den Feldweg übel nimmt, rollt knurrend auf diesen Spuren entlang, bis ich neben einem Ford Geländewagen bremse.

„Das ist Shanes Ford", sagt Cara und schnallt sich ab.

„Er hat die Schlüssel." Ich greife mir die Reisetasche mit den verschiedenen Pistolen vom Rücksitz.

Die Hintertür ist unverschlossen. Ich gehe voraus, sehe mich zu Cara um, die mir auf dem Fuß folgt. Shane sitzt an einem wackligen Tisch hinter einer Glasscheibe, auf der anderen Seite ist der Schießstand. Er begrüßt uns nicht, sieht mich kaum an und Cara nicht viel länger. Vor ihm liegen ein paar Papiere und ein Stapel Schablonen, die die Silhouette eines menschlichen Oberkörpers mit den für Schießübungen typischen Kreisen darstellen.

Er setzt seine Unterschrift auf ein Schriftstück, weist dann mit der Spitze des Kugelschreibers darauf. „Ich zeichne das ab. Falls jemand fragt, warum hier jemand war, geht es auf meine Kappe." Dann schiebt er einen Schlüsselring über die Tischplatte zu mir herüber, an dem zwei kurze Sicherheitsschlüssel hängen. „Den Code für die Alarmanlage gebe ich dir nicht. Die schalte ich selbst wieder zu. Verschließe einfach wieder alles, wenn ihr fertig seid."

„Und der Schlüssel?"

„Den kannst du bei Patrick O'Brien abgeben.."

Ohne hinzusehen, nicke ich in Richtung der Kameras, die hoch in den Ecken dieses Raumes wie auch der Schießanlage angebracht sind. Auch draußen habe ich welche gesehen. „Was ist mit denen?"

„Abgeschaltet. Punkt ein Uhr heute Mittag schalte ich alles wieder zu, bis dahin seid ihr verschwunden, ist das klar?"

„Woher weiß ich, dass du mich nicht reinreitest?"

Ich spüre Caras Hand auf meinem Arm und weiß ganz genau, warum er mich nicht reinreitet. Er tut es Cara zuliebe, und das macht mich nun doch eifersüchtig. Aber wenigstens sind wir ihn nur wenige Minuten später los. Als er sich zum Gehen wendet, dreht er sich in der Tür noch einmal um. „Rossi?"

Ich blicke ihn an, Cara an meiner Seite. „Was?"

„Ich hab den Angriff auf deine Firma untersucht. Den Feinkosthandel? Ist irgendwie wie von magischer Hand auf meinem Schreibtisch gelandet. Die Untersuchungen sind so gut wie abgeschlossen."

Ich frage nicht, sehe ihn nur an.

„Die Bombe in dem Truck war italienischer Bauart. Dachte, dass dich das vielleicht interessiert." Er wendet sich um, dann klappt die Tür.

„Was meint er damit?", fragt Cara. „Dass die 'Ndrangheta die Bombe platziert hat? Das wusstest du doch schon, oder?"

„Die Mafia in Amerika baut amerikanische Bomben." Ich schütte den Inhalt der ausgeleierten Reisetasche auf den Tisch. Wir haben im Penthouse ausprobiert, welche davon am besten in Caras Hand liegen, und in dieser Reihenfolge probieren wir sie jetzt aus. „Was Shane mir damit sagen wollte, ist, dass das Mutterhaus in Italien den Anschlag verübt hat, keiner von den Philadelphia-Clans." Sie muss nicht wissen, dass das nicht Neues für mich ist. Es von ihm bestätigt zu wissen, schickt mir dennoch einen Schauder über den Rücken. Ich versuche, das Gefühl zu ignorieren, klemme die erste Schablone in der Halterung fest und fahre sie auf etwa hundert Schritt Richtung Rückwand. In einem Regal liegen Schutzbrillen. Wie man die Waffen lädt, habe ich Cara bereits im Penthouse gezeigt, und ich helfe ihr nicht dabei. Ihre Hände sind ganz ruhig, als sie das Magazin einsteckt und die erste Pistole, eine kleine Berretta, entsichert. Das Stück Papier mit dem Torso darauf weht noch ein wenig, als Cara bereits den ersten Schuss darauf abgibt. Die Kugel durchschlägt zwei Handbreit über dem Kopf der Silhouette das Papier.

„Sind wir ein wenig rastlos?", frage ich sie.

„Wir haben kaum mehr als drei Stunden." Sie lässt den Hahn zurückschnappen und zielt erneut. „Lass uns die nutzen."

„Die nutzen wir denkbar schlecht, wenn du keine Geduld hast."

Die Pistole im Anschlag, dreht sie sich auf der Ferse, bis die

Mündung auf mich zeigt. Lachend gehe ich in die Knie und hebe beide Hände. „Ich bin schon still."

„Das will ich hoffen." Ihr zweiter Schuss würde dem Mann auf dem Papier die Nase zerfetzen, wenn er eine hätte.

Anerkennend pfeife ich. „Mach das Magazin leer, *Lucciola*. Schauen wir, ob das mehr als ein Glückstreffer war."

War es nicht. Sie kommt mit der Beretta gut zurecht, auch dann noch, als ich das Ziel erst auf zweihundert, dann auf dreihundert Meter Entfernung fahre. Aber wir haben Zeit, Munition und einen ganzen Stapel Schablonen, und wir werden sie nutzen.

„Macht es dir Sorge, dass die Italiener es auf deinen Handel abgesehen haben?", fragt sie, eine Sig Sauer im Anschlag.

„Nicht mehr, als wenn es irgendwer anders wäre. Aber es ist gut, eine Ahnung zu haben, wer alles gegen einen steht." Ich lüge, damit sie sich auf das konzentriert, weshalb wir hier sind.

Als sie sich an meiner eigenen Lieblingswaffe, einer Heckler und Koch, versucht, frage ich: „Was ist los mit dir, *Lucciola*?"

Der Schuss geht weit daneben. „Was meinst du?", fragt sie zurück. „Bin ich nicht gut genug?"

„Wenn ich in einem Feuergefecht gegen dich antreten müsste, würde ich verdammt nochmal meinen Sack mit einer Metallrüstung sichern. Ich meine das andere. Seit du gestern im Krankenhaus warst, sprichst du kaum."

„Ich wusste nicht, dass dir das aufgefallen ist."

„Warum bist du so still geworden?"

Auch die Schüsse fünf und sechs verfehlen die Silhouette, und Cara reicht mir entnervt die Pistole und zieht sich die Plastikbrille von den Augen. Da liegen noch zwei Waffen, die sie noch nicht probiert hat, aber ich habe den Eindruck, sie mag nicht mehr. Mir ist es recht. Die Beretta passt am besten zu ihr, auch von der Größe her für ihre kleinen Hände. Es ist kurz nach elf. In zwei Stunden müssen wir hier verschwunden sein, und der Geruch nach Kordit, das Hallen der Schüsse und ein Tisch voller Handfeuerwaffen hat in mir schon nach der ersten halben Stunde in diesem Raum den Wunsch geweckt, sie zwischen all den Pistolen auf diesem Tisch zu vögeln, bis sie schreit.

„Lo hat etwas gesagt", meint sie, und ich kann mich des Eindrucks nicht erwehren, dass sie sich zur Ruhe zwingt.

„Lo redet viel, wenn der Tag lang ist. Hat er sich über den Krankenhauskaffee beschwert?"

„Das auch. Er hat gesagt, dass du einen Schwur geleistet hast und dass es meine Schuld ist, dass du diesen Schwur brichst und die Menschen, denen du verpflichtet bist, vergisst. Was meint er damit, Angelo?"

Scheiße. Ich poliere den Lauf der HK, ehe ich sie in die Tasche stecke.

„Ich meine, ernsthaft jetzt. Ich kenne keinen anderen Menschen, der sich so sehr um die Leute kümmert, für die er sich verantwortlich fühlt, wie du. Warum also sagt Lorenzo sowas? Was meint er damit? Was sind das für Leute, die du vergisst? Was ist das für ein Schwur, den du brichst?"

„Lo sollte nicht solche Dinge zu dir sagen. Vielleicht hat er sich am Kopf gestoßen."

„Es geht ihm gut, er ist klar und bei der Sache." Wut glitzert in ihren hellen Augen, Ärger auf mich und auf die Tatsache, dass ich ihr nicht sage, was sie wissen will.

„Ich muss mit ihm reden", weiche ich aus.

Sie stemmt sie Hände in die Hüften. „Nein, Angelo. Du musst mit mir reden. Ich will es wissen. Es geht darum, dich zu kennen. Ich liebe dich, ich will dich, ich gehöre dir, aber wenn mir deine Leute solche Dinge sagen, habe ich das Gefühl, dass ich überhaupt nichts von dir weiß. Und das macht mich wuschig."

Ich lasse die Tasche auf die auf dem Tisch ausgebreiteten Waffen fallen, schiebe alles ein wenig zur Seite, mache eine Fläche frei. Ich will nicht darüber reden, wir haben noch anderthalb Stunden Zeit, und ich weiß einen sehr guten Weg, sie abzulenken. „Mich macht auch etwas wuschig, *Lucciola*."

„Vergiss es. Ich will jetzt nicht mit dir schlafen."

„Niemand redet von Schlafen."

„Warum lenkst du immer ab?"

„*Dio Mio*, Cara, weil ich darüber nicht reden will! Ist das so schwer zu verstehen? Zieh die Jeans aus."

„Fick dich, Rossi, nicht, ehe du mit mir sprichst."

„Dann zieh ich sie dir aus."

„Sex macht alles gut, oder wie? Sex ist das Allheilmittel?"

„Falls du es nicht glaubst, lass mich es dir beweisen." Mein Gesicht ist nah über ihrem. Der Geruch nach dem Minzkaugummi in ihrem Mund streift mich. Ich lege beide Hände um ihre Brüste, meine Lippen gegen ihren Kiefer, dann beiße ich sie in diese zarte Stelle unterhalb des Ohrläppchens, und sie schmilzt gegen mich.

Ich weiß, dass sie es hasst, Wachs in meinen Händen zu sein. Sie hasst es, dass ich ihren Körper so gut kenne und genau weiß, wo und wie ich sie berühren muss. Sie hasst es, und sie liebt es, wir sind füreinander gemacht, das wird nie zu Ende sein. Bis dass der Tod uns scheidet.

„Ich sag es dir, Baby", murmele ich gegen ihre Haut. Dio, sie duftet nach Kalabrien. Wenn ich sie bei mir habe, vergehe ich vor Heimweh nach einem Land, in dem sie und ich nie zusammen sein dürften. „Hinterher, okay? Nach der Sache mit Ruggiero. Dann reden wir. Dann sage ich es dir." Das ist gewagt, denn die Gefahr bleibt dieselbe, aber wie lange soll ich meinen Status als verheirateter Mann noch vor ihr geheim halten? Sie hat ein Recht darauf, es zu wissen. Und der Gedanke, sie zu verlieren, macht mich krank.

Mit einem Handgriff hebe ich sie auf den Tisch. Eine der Pistolen kracht polternd zu Boden. Mit fahrigen Fingern entledigen wir uns des Nötigsten an Kleidung. Ihre Lippen an meinen, meine Lippen an ihren, Keuchen, Seufzen, Stöhnen. *Cara Mia*, verlass mich nicht, ohne dich bin ich nur ein halber Mann.

Cara

Im Rhythmus seiner Stöße kracht das Kopfteil des Bettes gegen die Schlafzimmerwand. Die Stunden, die vergangen sind seit den Schießübungen, sind nur noch eine Erinnerung an Haut, an Sex, an Kratzen, Beißen und Hingabe. Ich kann mich nicht erinnern, irgendwas anderes gemacht zu haben seither. Es ist, als würde Angelo damit rechnen, dass wir aus der Sache, die in dieser Nacht vor uns liegt, nicht lebend herauskommen, und wir vögeln, als gäbe es kein Morgen. Als würden wir nie wieder Gelegenheit dazu haben.

Pock. Pock. Pock. Schneller, immer schneller. Dann langsamer. Sein Atem streicht als warme Wolke mit dem Duft von Minze und Espresso über mein Gesicht, unter meinen Fingern spüre ich den Schweiß auf seinen sehnigen Armen.

„Cara", stöhnt er. Meinen Namen. Immer wieder meinen Namen. Ich werfe ihm meinen Körper entgegen, spreize meine Schenkel noch weiter. Sein Stöhnen berührt mich so tief, noch tiefer als sein Schwanz. Mit beiden Händen greift er nach meinen Kniekehlen, presst meine Oberschenkel gegen meine Brust, kommt auf die Knie, um noch tiefer in mich stoßen zu können.

„*Dio*, ich komme." Mit einem Ruck zieht er sich aus mir zurück, haltsuchend tasten meine Hände nach seinen Schultern. Er lässt sich fallen, spreizt mich, vergräbt sein Gesicht zwischen meinen Beinen, und dann ist seine Zunge auf meiner Mitte. Mein Fleisch ist geschwollen, wund von seinen Stößen. Seine Zunge leckt, lockt, tröstet und reizt. Zielstrebig schließen sich seine Lippen um meine Klit, saugen. Ich schreie.

„Angelo, oh Gott!"

„Das ist richtig", sagt er, seine Stimme gedämpft von meiner Pussy. „Sag mir, was du willst."

„Ich will dich. Nimm mich", flehe ich. „Leck mich. Gott Angelo, lass mich kommen." Seine Zunge taucht in mich, immer wieder, er gibt ein Knurren von sich. Halb Genuss, halb Triumph. Dann leckt er mich wieder. Den ganzen Weg, von meinem Hintereingang bis fast zu meiner Klit. Ich habe die Befürchtung, dass ich von dem Drang, kommen zu müssen, zerspringen werde, aber er stoppt kurz vor meiner Klit. Dort, wo ich ihn am dringendsten brauche, verweigert er sich mir.

„Mehr", verlangt er. „Gibt mir mehr." Er ist auf einer Mission und er lässt mich leiden. Für jeden Genuss verlangt er meinen Gehorsam. Und ich bin artig. Ich weine vor Gier nach ihm, flehe und bettle.

„Ich brauch dich. Gott, Angelo, ich brauch dich. Nimm mich", schluchze ich. „Fick mich. Mach, was du willst, aber lass mich kommen. Bitte, Angelo, bitte. Ich flehe dich an, lass mich kommen." Mit der Zungenspitze umkreist er meine Klit, genug, um mich in den Wahnsinn zu treiben, aber nicht genug, um zu kommen.

„Das ist richtig", lobt er. „Fleh darum. Ich werde dich ficken. Gleich. Weil du mein bist." Sein Akzent ist so stark in diesem Moment. Der Klang seiner Welt, der Odem der 'Ndrangheta. Ihn zu hören, macht mich noch gieriger. Das ist der Mann, dem die Welt gehört, der sie sich untertan macht. In dieser Nacht brauche ich ihn stark und ich brauche ihn roh, und er gibt mir all das und noch viel mehr.

„Ich bin dein. Ich gehöre dir. Ich tu, was du willst."

Endlich, endlich trifft seine Zunge die Spitze meiner Klit. Das Bündel an Nerven ist geschwollen, entblößt, und das Gefühl ist fast zu viel, doch er gibt nicht nach, saugt fest, unnachgiebig. Seine Zähne streifen meinen Damm, brutale Helligkeit stürzt auf mich ein, dann blitzende Sterne. Gleißend hell. Der Puls in meinen Ohren ist das Tosen, mit dem mein Orgasmus explodiert, und noch während ich zucke und bebe, noch während die Welt um mich verbrennt in dem Feuer, das er zwischen meinen Schenkeln entfacht, ist er wieder in mir. Fleisch klatscht auf Fleisch, das rhythmische Geräusch das einzige, was ich hören kann über dem Rauschen des Blutes in meinen Ohren, und es dauert nicht lang, dann kommt auch er.

Immer noch zuckend, immer noch bebend verströmt er sich in mir. Ich zucke mit ihm, meine Hüften ein eigenes Wesen, das ich nicht bändigen kann. Schwer atmend schnappen wir nach Luft. Die Welt steht still für einen Augenblick, dann löst er langsam den Griff um meine Schenkel. Zurück bleiben weiße Flecken auf geröteter Haut, wo seine Finger sich tief in meine Schenkel gegraben haben. Als er von mir steigt, rolle ich mich auf den Bauch und ringe nach Atem.

„Und du bist sicher, dass du heute Nacht noch genug Energie hast?"

„Für das, was kommt, brauche ich keine Energie. Ich brauche Konzentration und Fokus. Beides fällt leichter, wenn ich mich davor ein wenig ausgepowert habe."

„Macho", necke ich, doch das Lächeln, das ich mir für ihn abringe, ist nervös. Es ist die Nacht der Nächte. Alles ist vorbereitet. Ein Blick auf die Digitalanzeige des Weckers auf dem Nachttisch bestätigt mir, was ich ohnehin wusste. In nicht einmal zwei Stunden wird Philadelphia einen Quintino weniger haben und dafür einen Capobastone mehr. Oder zumindest einen Anwärter für das Amt, den niemand übergehen kann, denn die Operation, die Angelo und Daddy geplant haben, wird allen klarmachen, dass einer, der einen Capobastone für Philadelphia im Amt sehen will, an Angelo Rossi nicht vorbeikommt.

Gleichzeitig an vier Orten in der Stadt werden die Übergriffe stattfinden. Soweit wir wissen, haben weder Ruggiero noch einer seiner Vangelisti eine Ahnung von der Lawine, die auf sie zurollt. Sie werden nicht einmal blinzeln können, und schon ist alles vorbei.

Der Wecker auf dem Nachttisch piepst. Angelo steigt aus dem Bett und geht ins Bad, um sich frisch zu machen. Auch ich stehe auf. Ich schlüpfe in eine Jeans und ein einfaches T-Shirt. Wenn Angelo gegangen ist, habe ich genug Zeit, um mich um meine Körperhygiene zu kümmern. Dann wird es gut sein, dass ich etwas habe, womit ich mich ablenken kann.

In der Küche fülle ich den altmodischen Espressokocher mit frisch gemahlenen Bohnen und Wasser und stelle ihn auf die Gasplatte. Wenn schon Kaffee, bevorzuge ich die im Alltag bewährte Zubereitung per Knopfdruck, aber Angelo schwört, dass echter Espresso nur aus diesen Kannen kommt und echte Hitze und Dampf braucht, um sein Aroma zu entfalten, keine Elektrizität. An einem Abend wie heute bin ich geneigt, ihm zu glauben und alles dafür zu tun, dass er so gut vorbereitet ist, wie es nur geht.

Nicht lange, und die Kanne fängt erst an zu zischen, dann zu rütteln und schließlich zu blubbern. Aus dem Augenwinkel sehe ich Angelo in die Küche kommen, im selben Moment, als ich ihm eine Espressotasse mit der tiefdunklen Flüssigkeit fülle. Er ist frisch rasiert und gekämmt. Der Anzug kam heute Vormittag aus der Reinigung. Dem Anlass entsprechend trägt er schwarz. Falls er sich Sorgen macht, ob er möglicherweise verlieren könnte, lässt er es sich nicht anmerken. Nicht einmal mir gegenüber. Der Mann, der vor mir steht, ist ein Musterbeispiel an Selbstsicherheit. So ist er immer gewesen, seit ich ihn kenne. Einer, der weiß, was er will, und weiß, wie er es bekommt. Vielleicht ist das der Grund, weshalb wir uns so gut ergänzen. Wir sind Spiegelbilder. Äußerlich der totale Gegensatz, aber im Inneren sind wir gleich.

„Bereit?", frage ich. Je mehr Zeit vergeht, desto schneller scheint sie zu zerrinnen. Ich bin froh um die Sexorgie von zuvor. Nicht nur, weil ich Angelo spüren musste, bevor er in diese Schlacht zieht, auch weil sie das Warten erträglicher macht. Ich bin erfüllt von ihm. Mein Körper ist erfüllt. Meine Nervenbahnen wach und ruhig zugleich.

Ein Lächeln zupft an seinem Mundwinkel, als er auf mich zutritt und der Espressotasse einen skeptischen Blick zuwirft. „Bist du sicher, dass ich das trinken sollte?"

„Es ist Espresso." Geschlagen werfe ich die Hände in die Höhe. „Ich bitte dich Angelo, wie schwer kann es sein? Ich will dich nicht vergiften."

Mit erhobener Augenbraue greift er nach der Tasse. Es wirkt, als würden ihm meine Kochkünste größere Sorgen bereiten als der Krieg, in den er zieht. Bevor er einen Schluck tun kann, klingelt die Türglocke.

Zwinkernd stellt er die Tasse zurück auf die Untertasse und reibt sich die Hände. „*Scusí, Lucciola*, aber die Pflicht ruft." Flüchtig küsst er mich auf die Stirn. „Geh ins Schlafzimmer. Tu, was wir besprochen haben. Ich melde mich, wenn wir fertig sind."

Die Veränderung in ihm ist so plötzlich und allumfassend, das sie droht, mir die Beine unter dem Körper wegzuziehen. Gerade eben noch war Angelo der verliebte Galan. Jetzt ist es der künftige Capo, der vor mir steht. Ohne sich zu versichern, dass ich tue, was er sagt, angelt er seine Waffe vom Küchentresen und macht sich auf den Weg zur Tür.

Ich kann mich nicht rühren. Ich kann ihn nicht gehen lassen, aber ich muss. Seine Schritte auf dem Marmorboden dröhnen überlaut in meinen Ohren, begleitet vom Rauschen meines Pulses.

Das Türblatt klappt. Ich höre ein Frauenschluchzen, ein Fluchen. Nicht von der Frau, von Angelo, gefolgt von einem Wasserfall italienischer Worte. Das ist nicht, was passieren sollte. Da hätten Männer an der Tür sein sollen, seine engsten Vertrauten, jetzt, wo Lo immer noch außer Gefecht ist. Das Wissen, das hier gerade etwas richtig schiefläuft, rammt sich schmerzhaft in meinen Brustkorb. Alles ist falsch, also gehe ich auch nicht wie abgesprochen ins Schlafzimmer, sondern in Richtung des Flurs. Ich kann nicht anders. Meine Füße tragen mich, ohne dass ich ihnen einen konkreten Befehl dazu gegeben habe. Wieder klappt das Türblatt.

Im Flur, direkt hinter der Tür, steht Angelo. In seinen Armen liegt eine Frau. Über ihre Wangen fließen Tränen, die Angelo sacht von ihrer Haut streicht. Sie schluchzt. Sie zittert. Und sie ist wunderschön. Dicke, schwarze Locken wellen sich bis weit über ihre Schultern. Ihre Haut ist von der warmen Farbe polierter Bronze, selbst jetzt, wo eine ungesunde Blässe sie überzieht. Doch das, was mich am meisten schockiert, ist der Blick in ihren Augen, als sie sich an Angelos Handgelenke klammert und ihn ansieht. Das in ihrem Blick ist Liebe. Mehr noch. Verehrung.

„Angelo?" Ich stehe in der Tür zwischen Wohnzimmer und Flur und weiß nicht, wohin mit mir. Falsch, alles falsch. Das in der Tür sollte Marco sein, Lorenzos Vertretung, keine Frau. Schon gar keine Frau, die ganz offensichtlich etwas mit Angelo verbindet. Nicht etwas. Viel. Sehr viel. In meinem Magen wächst ein Knoten aus Eis, droht, mich von innen her zu lähmen.

Ich bin nicht für dich, echot es durch meinen Kopf, immer und immer wieder. Ich kann dich nicht heiraten, *Lucciola*. „Angelo", sage ich noch einmal, lauter diesmal. Meine Stimme klirrt von dem Eis in meinem Herzen.

Die Frau in seinen Armen hebt als erstes den Blick. Selbst durch ihre Tränen kann ich den Schock erkennen, als sie mich ansieht. Sie stammelt eine Entschuldigung, tritt einen halben Schritt zurück. Nun sieht auch Angelo mich an. Er ist leichenblass. Nichts mehr übrig von seinem Selbstbewusstsein, von dem knochenharten Capo, der sich nimmt, was ihm zusteht. Unruhig irrt sein Blick von mir zu der anderen.

„Angelo", sage ich ein letztes Mal. „Wer ist das und was will sie hier?"

Im künstlichen Licht der Flurlampe sehe ich das Zucken seines Adamsapfels. Kurz schließt er die Augen. Als er sie wieder öffnet, ist jede Emotion aus seinem Blick verschwunden. „Das ist Francesca", sagt er, seine Stimme tonlos und kühl. „Sie ist meine Frau."

Teil 4

Seine Liebe

KAPITEL 23

Cara

Worte haben Macht. Mit Worten werden Kriege erklärt und Frieden geschlossen. Worte können betören und besänftigen, und nur eine Sekunde später können sie verletzen und zerstören.
„Das ist Francesca", sagt Angelo. „Sie ist meine Frau."
Sieben Worte, und erst jetzt begreife ich wirklich, was die Menschen meinen, wenn sie sagen, dass Worte Macht haben. Es fühlt sich an wie ein Schlag in die Magengrube. Nein, es ist schlimmer. Es fühlt sich an, als würde mir jemand das Herz aus der Brust reißen. Der Schmerz kommt vor der Realisation. Es ist, als würde meine Seele schneller begreifen als mein Verstand.
Sie ist meine Frau.
Sie ist meine Frau.
Sie ist meine Frau.
Plötzlich ergibt alles Sinn. Er hat mich gewarnt. So oft hat er mich gewarnt, doch ich wollte ihm nicht glauben. *Ich bin nicht für dich, Cara, ich kann niemals für dich sein. Aber du gehörst mir. Du gehörst mir mit Haut und Haaren.* Ich habe es nie begriffen. Jetzt begreife ich, und ich wünschte, ich hätte noch ein wenig länger unwissend bleiben können.
„Ich verstehe." Ich kann nicht auf die dunkelhaarige Frau schauen, die zwischen mir und Angelo steht. Alles, was ich sehe, sind seine Augen. Sein Blick, der um Vergebung fleht, wo es keine Vergebung geben kann. Er hat mich nie belogen, aber er hat mir auch nie die Wahrheit gesagt, und der Verrat wird mich zermalmen. Nur noch ein kleiner Moment, beschwöre ich mich. Ich fühle meine Fassung bröckeln, höre bereits das Krachen, mit dem meine Welt zusammenbricht. Doch noch darf ich nicht aufhören zu kämpfen. Vor dieser Tür herrscht Krieg, und im Krieg überlebt nur, wer stark ist. „Ich gehe."
Mir ist egal, dass ich nicht dafür angezogen bin, dieses Apartment zu verlassen. Mir ist egal, dass ich barfuß bin und meine Handtasche in seinem Schlafzimmer liegt. Ich brauche keine Rü-

stung. Keinen Schutz aus Stahl und Eisen. Die einzige Rüstung, die ich jetzt brauche, ist ein Damm um mein Herz, der die Sturzflut noch so lange aufhält, bis ich sein Penthouse verlassen habe. Was dann geschieht, ist mir egal.

Ich möchte mich an ihm vorbei zur Tür schieben, doch er hält mich am Oberarm auf. „Du kannst jetzt nicht gehen, Cara. Es ist zu gefährlich. Du wirst nicht gehen. Du gehörst mir, ich hab geschworen, auf dich aufzupassen."

Er hätte schweigen sollen. Wenn er nur geschwiegen hätte, vielleicht hätte ich durchgehalten, bis ich allein bin. Aber seine Stimme bricht den Damm, und statt Wassermassen sprudelt Wut und Verzweiflung aus mir heraus.

„Sag mir nicht, was ich zu tun habe! Du hast kein Recht dazu. Nicht mehr!" Nicht mehr? Er hatte dieses Recht zu keiner Zeit, denn die ganze Zeit, während er mich in den Himmel gevögelt hat, war er mit einer anderen verheiratet.

Verheiratet.

„*Lucciola* ..."

Ich reiße an meinem Arm. Raus. Ich will nur noch raus. Nie mehr seine Stimme hören, die Stimme eines verheirateten Mannes, eines Mannes, der vor Gott und der Welt geschworen hat, seine Frau zu lieben und zu beschützen. Doch diese Frau bin nicht ich.

Er lässt mich nicht los. So entschlossen wie ich bin, aus dieser Wohnung zu fliehen, so entschlossen ist er, mich aufzuhalten. Er packt mich um die Taille, reißt mich zurück. Ich schlage um mich. Wild, blind vor Wut und Schmerz. Ich treffe seine Schultern, seine Brust, die stahlhart angespannten Muskeln in seinem Bauch. Er weicht keinen Zoll zurück, er ist Angelo, schön und stark und nicht für mich. Ein Schluchzen hängt im Raum, und ich weiß nicht, ob es von mir kommt oder von der schönen schwarzhaarigen Frau, die Angelo lieben darf, während meine Liebe eine Sünde ist. Tränen verschleiern meinen Blick, und durch den milchigen Schleier tanzen rote Schlieren aus Wut.

„Nenn mich nicht so! Nenn mich nie wieder so."

„Du kannst dort nicht raus." Er wiederholt es wie ein Mantra, und irgendwann dringen die Worte zu mir durch. Ich kann dort nicht raus. Er wird es nicht zulassen. Da draußen warten Gefahren, die ich kennengelernt habe, als Ruggiero Monza mich in seine Gewalt gebracht hat. Gefahren, die mich bis in den tiefsten Punkt meiner Seele erschüttert haben, als zwei tote Tauben aus einem

Karton auf meine nackten Füße gefallen sind. Noch ein paar Mal treffen meine Fäuste seine Brust. Francesca fällt ihm in den Arm, sagt etwas auf Italienisch, doch er bringt sie mit einem Zischen zum Schweigen. Sofort gibt sie ihre Gegenwehr auf. Ich wünschte, ich würde wissen, was er zu ihr sagt. Nimmt er mich in Schutz? Vertröstet er sie nur? Vielleicht will ich es doch nicht wissen.

Die Kraft, die der Zorn mir verliehen hat, sickert in einem stetigen Fließen aus mir heraus. Was bleibt, ist der Schmerz. Ich gebe meinen Widerstand auf, sacke in mich zusammen. Mit dem Handrücken wische ich mir Feuchtigkeit von den Wangen und schäme mich für die Tränen, die mir plötzlich wie etwas Dreckiges vorkommen. „Was willst du von mir, Angelo?"

„Ich will dich beschützen. Du bist mein." Er bringt es nicht über sich, mir in die Augen zu sehen, und seine Scham über das, was hier passiert, gibt mir ein wenig von meiner Kraft zurück. „Du gehörst mir, *Luc*... Cara. Wir finden einen Weg. Du und ich. Ich schwöre es dir. Ich will dich, ich will nur dich."

Seine Worte dröhnen in meinen Ohren. Süße Versprechen. Darin war er schon immer gut. Ich trete einen Schritt zurück und senke den Kopf. Das ist, was Francesca getan hat, und vielleicht kann ich ein wenig von ihr lernen. Lernen, was der Mann, den ich nicht lieben darf, von einer Frau erwartet. Versteht sie uns? Versteht sie, was er zu mir sagt?

„Wie du willst." Die Worte schmecken bitter in meinem Mund. Ich habe noch nie gut gelogen, aber ich hatte einen guten Lehrmeister. Angelo hat mir in unserer gemeinsamen Zeit nicht nur beigebracht, wie es ist, meinen Körper einem anderen Menschen zu schenken, sondern auch, wie man es anstellt, andere zu täuschen.

Einen Moment noch sieht er mich zweifelnd an, doch dann geht ein Ruck durch ihn, als wäre er zu einer Entscheidung gekommen. Zu Francesca sagt er erneut etwas auf Italienisch. Sie antwortet, ebenso leise wie ich, und ich frage mich, ob ihre Worte auch nach Galle schmecken wie meine.

„Ich erklär dir alles", sagt er noch zu mir, bereits halb auf dem Weg zurück zur Tür. „Danach. Wenn Ruggiero besiegt ist."

Ich antworte nicht mehr. Ich warte. Warte auf die richtige Gelegenheit, den Augenblick, als er die Hand nach der Türklinke ausstreckt und das Blatt einen Spalt öffnet.

Das ist meine Gelegenheit. Ich bin schnell. Schneller, als er erwarten konnte. Im selben Moment, als ich ihm die Pistole aus dem

Rückenholster ziehe, drücke ich mich an ihm vorbei in den Gang vor dem Penthouse. Ein Telefon klingelt. Ich achte nicht darauf. Ich renne zur Treppe. Auf dem glattpolierten Marmor klingen die Schritte meiner blanken Fußsohlen wie Ohrfeigen. Ich renne. Ich renne um mein Leben. Die Pistole wiegt schwer in meiner Hand, doch ihr Gewicht ist mir willkommen. Es erinnert mich an die Schwere der Entscheidungen, die mich an diesen Punkt geführt haben. Der Puls dröhnt so laut in meinen Ohren, dass ich Angelo nicht kommen höre.

Drei Treppenabsätze weit komme ich, dann hat er mich eingeholt. Ich drehe mich um, hebe die Hand mit der Waffe.

„Lass mich gehen", sage ich und wundere mich selbst darüber, dass da kein Zittern mehr in meiner Stimme ist. Dass meine Worte kalt klingen und splittern wie Glas.

Er hätte tun sollen, was ich sage. Kein Mensch kennt mich besser als Angelo Rossi, und er hätte sehen müssen, wie ernst es mir ist. Aber er hört nicht auf mich, also drücke ich ab.

Diesmal drücke ich wirklich ab. Ich ziele nicht direkt auf ihn. Der Schuss kracht in den Treppenabsatz über unseren Köpfen, Putz rieselt in seine Haare und in meine Augen. Der Lärm ist ohrenbetäubend, alles geht so schnell. Angelo bewegt sich, noch bevor das Singen in meinen Ohren aufhört. Er macht einen Satz auf mich zu, tritt mir die Pistole aus der Hand. Schmerz explodiert in meinem Handgelenk, mit einem Klacken fällt die Waffe zu Boden, und im nächsten Augenblick hänge ich bäuchlings über Angelos Schulter.

Ich winde mich, prügle auf seinen Rücken ein. Sein Tritt hat mein rechtes Handgelenk verletzt, und sobald ich meine Hand zur Faust balle, nimmt mir der Schmerz den Atem. Der Mann, der so zärtlich sein kann, hat mir mit solcher Wucht gegen die Hand getreten, dass es ein Wunder wäre, wenn da nichts gebrochen ist.

„*Stregona!* Du bist ja verrückt, Frau. Wirst du endlich zur Ruhe kommen?" An den Oberschenkeln hält mich sein Griff wie in einem Schraubstock. Dann saust seine andere Hand auf mein Hinterteil, mit einer solchen Wucht, dass ich für einen Moment sogar die Schmerzen in meinem Handgelenk vergesse. „Wann lernst du es endlich?" Noch ein Schlag. „Du läufst nicht vor mir weg. Nie!". *Wham, wham.* Wieder schlägt er zu, und statt leichter werden seine Schläge mit jedem Mal heftiger. „Ich dachte, das letzte Mal hätte gereicht."

Ich erinnere mich an das letzte Mal. Ich erinnere mich an die Scham und den verletzten Stolz, als er mich den Kuss seines Gürtels hat spüren lassen, weil ich nicht bereit war, mich zu seiner Gefangenen machen zu lassen, und wie damals verbeiße ich mir die Tränen. Eher würde ich an ihnen ersticken, als ihm zu zeigen, dass das hier tausendmal schlimmer ist, denn diesmal treffen mich seine Schläge nicht nur am Hintern, sondern mitten im Herzen.

Wir erreichen den obersten Treppenabsatz. Mit dem Fuß tritt er die Tür auf, stürmt zurück ins Penthouse, trägt mich, vorbei an einer verdutzt und vollkommen verängstigt dreinblickenden Francesca, ins Arbeitszimmer. Hinter einer Regalwand befindet sich ein begehbarer Safe, in dem er wichtige Papiere, Bargeld und Wertsachen aufbewahrt.

Neben der Tür des Safes lässt er mich zu Boden gleiten, doch bevor ich überhaupt begreife, was geschieht, schließt sich bereits seine Hand um meine Kehle und hindert mich so an jeder weiteren Bewegung. Er drückt nicht fest zu. Nicht so fest, dass er mir die Luft nimmt, aber fest genug, dass es unangenehm ist, und ich weiß, ich sitze in der Falle. Er lässt mich wissen, dass er hier das Sagen hat. Nicht ich. Nicht Francesca. Angelo Rossi, die Klinge aus Eis. Er bestimmt. Er entscheidet. Und er hat keine Ahnung, dass er genau das Gegenteil von dem tut, was er tun müsste, um mich zur Ruhe zu bringen.

Sein Gesicht gleicht einer stahlharten Maske, und erst jetzt, wo ich diese Maske wieder sehe, wird mir bewusst, wie lange sie verschwunden war. Die Maske war Teil von ihm, als wir uns kennengelernt haben. Sie hat mich eingeschüchtert und nervös gemacht, aber auch neugierig und … heiß. Heiß auf ihn, auf den Mann dahinter. In der Zeit, die wir zusammen glücklich waren, ist die Maske mehr und mehr in den Hintergrund gerückt.

Doch unser Glück ist zersprungen wie eine Vase, die jemand auf einen Marmorfußboden fallen lässt.

„Ich habe gesagt, du bleibst hier." Seine Stimme ist jetzt ruhig. Gefährlich ruhig und kalt genug, um mir eine Gänsehaut über den Nacken rieseln zu lassen. Gleichzeitig ziehen sich meine Brustwarzen zusammen. Angelo ist unwiderstehlich, wenn er zärtlich ist und mich berührt, als sei ich aus Glas. Er ist eine Naturgewalt, wenn er kalt und arrogant ist. Ich kann nicht gewinnen. Nicht, solange ich mich mit ihm im selben Raum befinde. Erst recht in einem Raum wie diesem hier, seinem Arbeitszimmer, das erfüllt ist von ihm und in dem sein Duft mich einhüllt wie ein frischer Regenguss.

„Ich hasse dich!"

„Das tut mir sehr leid, denn ich liebe dich." Mit der freien Hand zieht er eine Schublade in seinem Schreibtisch auf. Ich kann nicht sehen, was er daraus hervorholt, weil er meinen Hals immer noch umklammert hält und seine Worte mich so sehr erschüttern, dass ich aufpassen muss, nicht auseinanderzubrechen. Ich muss all meine Kraft zusammennehmen, um ihm zu antworten.

„Ich hab alles aufgegeben. Für dich. Ich hab mein ganzes Leben hinter mir gelassen, und du hast mich immer nur belogen."

„Ich hab dich nie darum gebeten, mir nachzulaufen, *Lucciola*."

Nein, hat er nicht. Wenn ich ehrlich bin, hat er sogar alles daran gesetzt, mich fern zu halten, aber so viel Ehrlichkeit vertrage ich nicht in diesem Moment. Und wenn er meinen Kosenamen sagt, brodelt Wut heiß und lodernd in mir auf.

Er stößt die Tür des Safes auf und greift nach meinem unverletzten Handgelenk. Mit einem Ruck zerrt er mich in den winzigen Raum hinter dieser schweren Tür. Dann klickt Metall und ich begreife, was er gerade gemacht hat. Er hat mich mit Handschellen an den Griff des Geldschranks gekettet. Dieses tonnenschweren Eisenkastens, der sogar einen Atomkrieg überleben würde. „Ich wollte dir das nicht antun. Aber du zwingst mich dazu."

Endlich lässt er auch meine Kehle los und tritt einen Schritt zurück. Mit selbstherrlicher Miene begutachtet er sein Werk. Als käme ihm gerade ein Einfall, beugt er sich nochmal herunter und zieht mir mit sicherer Hand das Handy aus der Hosentasche. Er wedelt damit vor meinen Augen.

„Muss ich dir das abnehmen, oder kannst du mir versprechen, dass du deinen Dad nicht anrufen wirst?"

Ich will ihn anspucken, aber ich bin viel zu benommen von der Situation, in der ich mich befinde. Dieser ganzen Situation. Es ist absurd. Alles, was hier gerade passiert ist. Die Handschellen sind nur der Höhepunkt.

Angelo schüttelt lächelnd den Kopf und schiebt sich mein Handy in die Hosentasche. „Ich werde es ins Wohnzimmer legen. Ist sicherer." Ein letztes Mal beugt er sich zu mir herunter und haucht mir einen schmetterlingszarten Kuss auf die verschwitzte Stirn.

„*A dopo, Lucciola. Ti amo.*" Dann, als fiele ihm noch etwas ein, hockt er sich zu mir. Seine Hände schließen sich um meine Wangen. Er sieht mich an mit einer herzzerreißenden Zärtlichkeit, die diese Aktion mit den Handschellen ins Absurde führt. „*Lucciola*. Du hast dein ganzes Leben hinter dir gelassen, für mich. Ich hätte es dir gesagt. Irgendwann. Ich hatte gehofft, es würde sich klären, ehe du es herausfindest. Aber sie waren schneller als ich. Und jetzt muss ich erst aufräumen, verstehst du? Ich werde dasselbe für dich tun, was du für mich getan hast."

Dann geht er. Ich will schreien und um mich schlagen und ihm die übelsten Schimpfwörter an den Kopf werfen, die ich je gehört habe, aber ich spüre noch immer seinen Daumen an meinem Kehlkopf, wie einen gewaltigen Kloß, an dem ich keinen Ton vorbeizuzwingen schaffe. Mit erhobenen Haupt und geradem Rücken geht er aus dem Arbeitszimmer und lässt mich zurück. Als sei das hier normal. Als sei es sein gutes Recht. Mein Hintern tut weh, meine Kehle brennt und in meinem Handgelenk pocht es, als hätte es einen eigenen Puls. Doch am schlimmsten ist das Zerren in meiner Brust. Dort, wo nur noch ein Loch ist, wo bis vor wenigen Minuten ein Herz geschlagen hat. Ich habe gehört, was er gesagt hat, aber ich bin zu wütend, zu erschüttert, zu sehr durch den Wind, um es an mich heranzulassen. Alles, was ich weiß, ist, dass er verheiratet ist. Kein anderer Gedanke schafft es an dieser ungeheuerlichen Wahrheit vorbei.

Angelo

Egal, wie sehr ich versuche, Francescas Blick auszuweichen, es gelingt mir nicht. Selten zuvor in meinem Leben hat mich jemand so anklagend angestarrt. Es geht dabei nicht mal nur darum, dass ich sie betrogen habe. Sollte sie damit nicht gerechnet haben, kann ich ihr nicht helfen. Ich bin ein Mann in den späten Zwanzigern, und meine Frau, auch wenn das zwischen uns nie Liebe war, weiß, wie sehr ich Sex mag. Sie kann nicht erwartet haben, dass ich hier zölibatär leben würde – einer Frau zuliebe, die ich geheiratet habe, um ihr Leben zu retten. Die jetzt hier ist, weil meine Welt genau das noch einmal von mir erwartet.

Die Anklage in ihrem Blick bezieht sich auf das, was sie gerade beobachten musste. Nicht, dass Cara und mich etwas verbindet, das sie jahrelang vergebens bei mir gesucht hat. Sondern dass es sich ausdrückt in Schimpfworten, Schlägen und, wenn nichts anderes hilft, in Schüssen und Einsperren. Mit einem leisen Geräusch landet Caras Smartphone auf dem Sideboard im Wohnzimmer auf meinem Weg in die Küche.

„Wer bist du?", fragt sie mich. „Ich kenne dich nicht mehr."

„Willst du einen Kaffee?"

„Ich will wissen, wer diese Frau ist und warum du auf sie geschossen hast. Ich will wissen, was aus dem Mann geworden ist, der mich geheiratet und mir ein Zuhause gegeben hat."

Ich knalle einen Becher unter den Ausguss der Kaffeemaschine und drücke auf die Taste für einen dreifachen Espresso. Ich habe keine Zeit. Ich müsste längst unterwegs sein. Um uns herum steht die Welt in Flammen, und ich soll Francesca erklären, warum ich Cara nicht gehen lassen kann?

„Ich habe nicht auf sie geschossen, sondern sie auf mich."

Der Kaffee ist heiß und stark und der vollkommen falsche Weg, mich runterzubringen. Und Francescas forschender Miene und ihren bohrenden Fragen entgehe ich damit auch nicht. Ich habe diese Frau vor zehn Jahren geheiratet, als ich achtzehn war und keine Ahnung hatte, was Leidenschaft bedeutet. Ein paar Jahre lang haben wir eine gute Ehe geführt, nicht zuletzt deshalb, weil wir beide jung und unerfahren waren und einander mit Samthandschuhen angefasst haben, immer darauf bedacht, keine falsche Bewegung zu machen. Aber neugierig war Francesca schon immer.

„Und warum schießt sie auf dich?"

An ihrem Finger steckt noch immer mein Ring. Das Symbol unserer Ehe, unseres gemeinsamen Lebens. Ein Leben, das mehr eine Zweckgemeinschaft war. Dennoch kenne ich Francescas Körper fast besser als meinen eigenen. Was allerdings in ihrem Kopf vorgeht, davon weiß ich kaum etwas. Weil es mich nie interessiert hat, ebenso wenig wie es sie interessiert hat, mir davon zu erzählen.

Das ist es, was den Unterschied ausmacht, wenn ich an Cara denke. An die Tage und Nächte mit meiner irischen Prinzessin. An eine Verbindung, die Sünde ist. Ich kenne das, was in Caras Kopf vorgeht, so gut wie ihren Körper, weil ich es wissen will. Wissen muss. Weil es nichts Wichtigeres mehr für mich gibt. Und genau darum ist der Sex mir mit ihr mehr als nur juveniles Gerammel. Er ist Leidenschaft pur. Wenn ich mit Cara schlafe, dann ist es die Vereinigung zweier Seelen.

Über den Tassenrand hinweg blicke ich Francesca in die Augen. „Was glaubst du denn?"

„Du hast ihr nichts von mir erzählt", schlussfolgert sie.

„Natürlich nicht." Hat sie etwas anderes erwartet? Ich habe immer versucht, Cara auf Abstand zu halten, aber den wahren Grund habe ich ihr nie gesagt.

„Willst du die Scheidung?", fragt sie mich. Ich kann in ihrem Gesicht nicht lesen. Wenn ich die Scheidung wollen würde, würde sie sie mir zugestehen? Scheidung, Annullierung, irgendwas, das unsere unheilige Verbindung beendet. Francesca hat ein gottverdammtes Pokerface, ich habe keine Ahnung, was sie denkt, und es macht mich wahnsinnig. Bei Cara ist das anders. Es ist die Unfähigkeit, ihre Emotionen zu verbergen, die in mir die Gier weckt, sie zu beschützen. Es ist dieser Wesenszug, der Cara, die eine starke Frau ist, verletzlich macht. Sie und Francesca sind absolut gegensätzlich, denn Francesca, die eine schwache Frau ist, wird dadurch stark, dass sie verbirgt, was sie denkt.

Ich habe keine Antwort für sie. Solange Francesca und ich verheiratet sind, bedeutet das, dass sie unter meinem Schutz steht und niemand das anzweifeln kann, auch nicht sie selbst. Francesca muss ich nicht erst bedrohen oder einsperren, damit sie zulässt, dass ich meinen Job mache. Ich liebe sie nicht, nicht wie Cara, aber ich respektiere sie und ich will nicht, dass jemand sie verletzt. Francesca nicht, und Cara auch nicht. Francesca weiterhin mit meinem Namen zu schützen, bedeutet, Cara zu verlieren, ihr diesen Schutz zu verweigern, bedeutet, ihr Todesurteil zu unterschreiben. Ich kann keine Entscheidung treffen. Nicht jetzt.

Cazzo! Ich stecke knietief in der Scheiße. Wütend kippe ich den Rest Kaffee in die Spüle, knalle den Becher auf die Arbeitsplatte und umrunde den Küchentresen. Ehe Francesca sich mir entziehen kann, ergreife ich ihre Hand und betrete mit ihr den kleinen Raum hinter der Küchenzeile, in dem Vorräte aufbewahrt werden. Ich ziehe das Fach auf, in das die von der Gefriertruhe produzierten Eiswürfel fallen. „Hier. Du wirst Eis brauchen. Ihr beide bleibt in der Wohnung. Kümmere dich um Cara. In der Küche ist ein Verbandkasten."

„Verbandkasten?" Entgeistert reißt sie die Augen auf. „Was hast du mit ihr gemacht?"

„Ich bin sicher, dass sie es dir in leuchtenden Farben schildern wird", knurre ich zwischen zusammengebissenen Zähnen. „Sie ist jetzt deine Verantwortung, Francesca. Du weißt, wozu die Leute fähig sind, die hinter dir her sind. Hinter Cara sind ebenfalls Leute her, wenn auch nicht dieselben. Deine Verantwortung ist, dass Cara diese Wohnung nicht verlässt."

„Hörst du dir eigentlich selbst zu? Weißt du, wie demütigend das ist? Deiner Ehefrau zu sagen, sie soll sich um deine Geliebte kümmern?"

Ich werfe das Schubfach wieder zu und drücke ihr den Verbandkasten in die Hand. „Willst du, dass sie getötet wird?", frage ich sie grob.

„Warum sollte es mich kümmern?" Ihre Antwort ist schneidend.

„Ich habe keine Ahnung, warum es dich kümmern sollte, aber ich kenne dich gut genug, um zu wissen, dass es dich kümmert. Wenn es eines gibt, das ich von dir weiß, dann, dass du ein warmherziger Mensch bist, der niemandem etwas Böses will. Als Tochter eines der dämlichsten Mafiosi, die jemals in Kalabrien wandelten, hab ich keine Ahnung, wie du zu diesem Charakterzug gekommen bist. Aber ich baue darauf. Ich vertraue dir." Was ich sage, ist nicht fair, das weiß ich, aber ich tröste mich damit, dass sie so immer noch besser wegkommt als Cara. Bei ihr ist es nur ihr Stolz, der eine Delle davontragen wird. Unabsichtlich finden meine Finger den Ring an ihrer Hand. Ich umkreise das schmale goldene Band mit den Fingerspitzen, es ist warm von ihrer Haut. Ich habe sie betrogen. Ich habe unsere Ehe verraten und ich bereue nichts. Das heißt aber nicht, dass sie mir egal ist.

„Fran." Ich versuche es nochmal, lege Dringlichkeit in meine Stimme. „Da draußen geht gerade eine Welt unter. Ich schwimme gegen einen Strom. Die Provincia, vor der du geflohen bist, ist im Augenblick das Geringste meiner Probleme. Ich weiß, dass du denkst, ich sei unverwundbar, aber das bin ich nicht. Und ich kann mich auch nicht vierteilen. Ich kann mich nicht um Cara kümmern, und ich habe nicht die Zeit, dir zu erklären, was hier passiert. Ich muss dir vertrauen können. Das ist meine einzige Chance, euch beide aus der Schusslinie zu halten. Und nichts will ich mehr als das. Für euch beide. Auch wenn unsere Ehe zu Ende ist, werde ich dafür sorgen, dass dir nicht passiert, aber du musst mich lassen, und Cara muss mich lassen." Tränen steigen ihr in die Augen, ihre Oberlippe zittert. Der Anblick wühlt mir im Magen. Einen Augenblick lang denke ich, dass sie mir widersprechen will, aber dann senkt sie den Kopf und nickt.

Lärm dringt aus dem Arbeitszimmer. Etwas kracht von innen gegen die Tür des Safes. Offensichtlich hat Cara ihre erste Benommenheit und den Schock darüber, dass ich sie nicht nur angelogen, sondern auch eingesperrt habe, überwunden, und sucht nach Wegen, aus ihrem Gefängnis zu entkommen. Handschellen und Tür werden sie aufhalten, und dann, wenn ich weg bin, vielleicht Francescas Neugier und Caras eigene Wut. Die beiden Frauen sind kluge Menschen. Beide. Wenn ihr Blut abkühlt, werden sie begreifen, was das Beste für sie ist. Einer von ihnen gehört mein Respekt. Der anderen mein Herz und alles, was Angelo Rossi ausmacht.

„Okay", flüstert Francesca schließlich.

„Okay?"

„Aber du kommst zurück, ja?" In ihrem Blick mischen sich Unsicherheit, Hoffnung und Angst. Es ist eine Frage, die verdammt dicht neben dem Herzen landet. Komme ich zurück? Das, was ich tun muss, ist gefährlich, und die Chancen, dass ich nicht zurückkommen werde, stehen gut. Aber ich bin nicht allein, ich habe Verbündete, allen voran Paddy O'Brien. Sollte Paddy allerdings von der Entwicklung der letzten Viertelstunde erfahren, stehen die Chancen noch besser, dass er der Erste sein wird, der mir eine Kugel in den Kopf jagt.

„Ich werde zurückkommen", sage ich vorsichtig. Vielleicht auch nicht. Was, wenn nicht? Francesca ist die Tochter eines Santista, die Ehefrau eines Vangelista. Francesca atmet 'Ndrangheta. Das be-deutet, dass sie immer einen Weg findet. Es liegt uns im Blut.

Mein Telefon vibriert in der Hosentasche. Ich muss nicht darauf sehen, um zu wissen, dass es Daniele ist, Lorenzos junger Cousin. Der eifrige Picciotto hat für die Zeit, in der Lo im Krankenhaus liegt, dessen Aufgaben übernommen, und ich beginne, ihm schon fast ebenso blind zu vertrauen wie dem Mann, der seit Jahren meine rechte Hand ist. Ich überlege, Francesca auf die Stirn zu küssen, doch diese Küsse sind jetzt für Cara reserviert. Ich neige mich zu ihr und berühre mit den Lippen ihre Wange. „Ihr seid hier sicher", wiederhole ich noch einmal. „Denk daran. Hier seid ihr sicher."

Anderthalb Minuten später setze ich im Parkhaus den Maserati aus der Parkbucht zurück und kämpfe die Vorstellung nieder, dass ich Cara nie wiedersehen könnte.

Cara, nicht Francesca.

Ich bin ein solcher Heuchler.

Francesca

In der 'Ndrangheta haben Frauen zwei Wege, zu überleben. Ich habe beide gelernt, bevor ich sprechen konnte. Der eine Weg ist, Augen und Ohren zu verschließen und so zu tun, als sei das Leben ganz normal. Der zweite Weg ist, nicht nur das Reden und Hören den Männern zu überlassen, sondern auch das Denken und Handeln. Keine Fragen zu stellen und zu tun, was sie sagen. Mit ein wenig Glück sind ihre Entscheidungen weise, und das eigene Leben sicher. Mein Vater war in dieser Beziehung ein ziemlicher Fehlschlag, aber Angelo hat mich niemals enttäuscht. Ich hatte nie Grund, ihm zu misstrauen.

Das ist, was ich kenne, und das ist, was ich getan habe, als ich Angelo nach Amerika ziehen ließ. Ich habe bei seiner Mutter gelebt, sicher wie ein Kanarienvogel im Goldenen Käfig, und war froh um den Schutz, den mir Angelo geschenkt hat, als er mir seinen Ring an den Finger gesteckt hat. Seit zehn Jahren trage ich diesen Ring mit Stolz, noch nie wog er schwerer als heute.

Wieder ertönt ein Rumpeln aus dem Zimmer, in das mein Ehemann die Frau geschleppt hat, die offenbar seine Geliebte ist. Es gibt noch eine Regel in der 'Ndrangheta, und die besagt, dass Frauen kein Leid zugefügt wird. Wir dienen als Pfand und politisches Werkzeug, aber wir werden nicht verletzt. Das ist der Grund, warum Angelos Name mich all die Jahre schützen konnte. Ich bin seine Frau, und Frauen sind zu zart und kostbar, um sie zu rau anzufassen. Diese Frau, die er Cara nennt, hat er rau angefasst. Er hat sie geschlagen und angeschrien. Bedeutet das, dass sie für ihn keinen Wert hat?

Der Gedanke hat etwas Tröstliches, doch dann höre ich in meinem Kopf wieder den Kosenamen, bei dem er sie genannt hat, und das Herz in meiner Brust zieht sich schmerzhaft zusammen. Er hat sie *Lucciola* genannt. Kein Mann gibt seiner Hure einen solchen Namen. Glühwürmchen spenden Licht und Hoffnung an dunklen Orten, und ich kenne nur wenige Orte, die finsterer sind als das Leben von Angelo Rossi.

Ich reiße mich zusammen. Für Herzschmerz ist jetzt keine Zeit. Was auch immer es ist, das diese beiden aneinander finden, ich habe eine Aufgabe bekommen, und im Moment hat Cara niemand anderen als mich, der ihr helfen kann. Auf Beinen, die vor Nervosität ganz wacklig sind, gehe ich zurück in die Küche und suche in Angelos Schränken und Schubladen nach Gefrierbeuteln. Alles ist sehr ordentlich. So ordentlich, dass ich mich frage, ob diese Küche überhaupt benutzt wird. Was tut die Frau für ihn, wenn sie nicht einmal für ihn sorgt? Oder ist sie ein Reinlichkeits-Freak, eine von denen, die es mit der Ordnung übertreiben, und macht sie ihn damit nicht wahnsinnig?

Ich finde die Gefrierbeutel. Ich fülle Eiswürfel in einen davon und trage meine Fracht in das Zimmer, in dem die andere einen Lärm veranstaltet, der eher zu einem Rhinozeros passen würde, als zu etwas so Lieblichem wie einem Glühwürmchen.

Halb erwarte ich, die Tür verschlossen vorzufinden, doch dem ist nicht so. Die Tür zwischen Arbeitszimmer und Safe steht sogar einen Spalt breit offen. Ich klammere mich an den Eisbeutel, als hinge mein Leben davon ab, und trete ein.

Zuerst bemerkt sie mich nicht. Angelo hat eines ihrer Handgelenke mit Handschellen an den Griff eines Geldschrankes in dem begehbaren Safe gekettet, was ihr nicht viel Bewegungsspielraum gibt. Sie ist an der Wand heruntergerutscht, kauert mit angezogenen Knien und gesenktem Kopf am Boden. Ihre Haare, ein Meer aus gesponnenem Gold, stehen ihr in allen Richtungen vom Kopf ab, und ihre Schultern beben leicht, als würde sie weinen.

Meine Brust zieht sich zusammen. Vielleicht sollte ich diese Frau hassen, doch das kann ich nicht. Nicht jetzt, wo ich sie so verletzlich sehe. Vorsichtig räuspere ich mich.

„Mein Englisch ist nicht sehr gut", entschuldige ich mich. „Ich wollte sehen, ob du etwas brauchst?"

Langsam, sehr langsam hebt sie den Kopf. Ich muss mich zusammenreißen, um nicht zurückzutaumeln. Hatte ich eben noch gedacht, sie sähe gebrochen aus? Ich habe mich getäuscht.

Ungezähmt ist das erste Wort, das mir einfällt. An ihren Kieferknochen schimmern blauviolette Abdrücke von Angelos Fingern, ihre Wangen sind tränennass. Jetzt fällt mir auch auf, dass sie die unangekettete Hand vor ihrem Körper hält, als würde sie schmerzen. Doch auffälliger als all das ist das Leuchten ihrer Augen und der trotzige Zug um ihren Mund. Sie wirkt wild und entschlossen, gefährlich und unberechenbar, und ich begreife.

Bis jetzt war ich verängstigt und verwirrt, traurig und wütend zugleich. Doch jetzt kommt die Eifersucht, denn im selben Moment, als ich der Frau in die Augen sehe, verstehe ich, dass ich auf verlorenem Posten kämpfe. Was sie Angelo geben kann, das findet er niemals in mir. Sie ist nicht sanft und fügsam, nachgiebig und weich. Sie ist wild. Eine Naturgewalt, die keine Regeln kennt, die nur sich selbst gehorcht und sich die Welt so formt, wie es ihr gefällt. Ich habe Angelo alles gegeben, von dem die Welt mich gelehrt hat, dass ein Mann es in einer Frau sucht, und es war nicht genug.

KAPITEL 24

Angelo

Mit quietschenden Reifen schleudere ich den Maserati in die letzte Kurve, hinein in die Delaware Avenue, unter der Betsy Ross Bridge hindurch. Ein Stück geht es weiter die alte Stahlbrücke über den Fluss entlang, bis dahinter eine Ansammlung von Industriebrachen, deren Maschendrahtzäune teilweise längst niedergerissen sind, auftaucht. Keine Gegend, in die man nachts allein geht. Doch frische Reifenspuren in Staub und Splitt, die den selten benutzten Weg bedecken, verraten mir, dass ich nicht allein bin.

Entlang der Straße, außerhalb eines längst verlassenen ehemaligen Billig-Autohändlers, reihen sich Pickups hintereinander. Die bevorzugte Fortbewegungsweise von Patrick O'Briens Mobstern, die gern Ladeflächen für Leichentransporte griffbereit haben und mit dem Handling von Sportwagen sowieso chronisch überfordert sind. Das Tor des Autohandels steht weit offen. Ich passiere Lorenzos Cousin in einem unglaublich nichtssagenden Chevrolet und lenke den Mas die Auffahrt hinauf. Noch ehe ich den Motor abstelle, tritt Paddy aus dem halbverfallenen ehemaligen Verkaufsraum, dessen gläserne Front zersplittert ist. Als der Motor meines Wagens erstirbt und es um mich herum still wird, kann ich das Knirschen von Glasscherben unter Paddys Schuhsohlen hören. Zehn Schritte entfernt bleibt er stehen, flankiert von zwei seiner Männer. Ich bin nicht ganz allein, Danieles Wagen ist vollbesetzt mit Camorristi, und ein paar von Zia Paolinas Vertrauten sichern die Fluchtwege Richtung Highway ab. Aber hier und jetzt sind die Iren in der Überzahl.

Ich prüfe noch einmal die Ladung meiner beiden Pistolen und schiebe eine davon hinten, die andere vorn in den Hosenbund. Sich für diese Sache mit O'Brien verbündet zu haben bedeutet nicht, ihm blind zu vertrauen. Wenn dieser Mann einen Anschlag auf mich plant, habe ich nicht vor, wie ein Karnickel unterzugehen.

Ich steige aus.

Paddy hebt den Arm, in der Hand eine Heckler & Koch. Der alte Mann weiß, was gut ist, das gebe ich neidlos zu. Dass sich der

Lauf seiner Waffe jetzt auf mich richtet, erinnert mich schmerzhaft an Cara. Der Apfel fällt eben doch nicht weit vom Stamm.

Verdammt nochmal, Lucciola, denke ich. Wir zwei, das hätte so schön werden können, wenn du mir dieses eine Mal vertraut hättest. Irgendwie hätten wir dieses ganze Knäul aufgelöst, und vielleicht, ganz vielleicht, hätten wir am Ende sogar so etwas wie Glück zusammen finden können.

„Sollten wir uns nicht erst um Monza kümmern?", frage ich. Ich werde nicht die Hände hochnehmen. Wir stehen auf gleicher Stufe, Paddy und ich, und ich werde ihm keinen Vorteil in die Hand geben.

„Wo ist meine Tochter?", fragt er, „sie hat diesen Deal mit dir eingefädelt. Wenn sie nicht hier ist, gibt es niemanden, der für dich bürgt."

„Weiß sie, dass du ihr diese Karte zuspielst?" Beinah gelingt es mir nicht, die Erleichterung in meiner Stimme zu verbergen. Darum geht es also. Nicht darum, dass ich die Prinzessin des irischen Outfits zur Hure eines verheirateten Mannes gemacht habe, sondern darum, dass es Patrick O'Brien immer noch nicht schmeckt, mit mir an einem Strang zu ziehen. Er tut es Cara zuliebe, weil er sie liebt. Das ist, was wir gemeinsam haben.

Er spuckt zur Seite aus, ohne die Waffe runterzunehmen. „Fick dich, Rossi. Cara war ein braves katholisches Mädchen, bis du gekommen bist und sie mit dir in den Dreck gezogen hast. Was hast du getan? Wie hast du sie dazu gebracht, all ihre Grundsätze über den Haufen zu werfen? Sie wollte ein normales Leben führen, jetzt ist sie das Betthäschen eines kalabrischen Spaghettifressers."

„Nimm die Knarre runter", brumme ich. „So lösen wir nichts."

„Ich löse so sehr viel."

„Cara geht es gut. Sie ist in Sicherheit, ich dachte, das sei dir auch wichtig. Was nützt dir eine Thronfolgerin, die tot ist?"

Wieder spuckt er aus, aber ich lasse mich nicht beirren. „Wenn wir die Sache gegen Monza durchziehen, wie wir es geplant haben, werden wir etwas ganz Neues in Philadelphia aufziehen. Dann ist es egal, wessen Seite Cara vertritt. Es gibt dann nicht mehr dich und mich und sie dazwischen. Dann können wir etwas ganz Neues schaffen. Die Frage ist, was du willst, Patrick." Ich lasse die Worte sacken. „Willst du dich weiterhin mit deinen irisch kontrollierten Seitengassen begnügen, oder willst du, dass wir gemeinsam den Norden und den Süden der Stadt beherrschen?"

Meine Worte verfehlen nicht ihre Wirkung. Er zögert noch einen Moment, dann lässt er seine Pistole sinken, und auch die Bluthunde links und rechts von ihm entspannen sich sichtlich. „Ich dreh dir den Hals um, wenn du Cara auch weiterhin zur Hure machst", faucht er mich an. „Entweder du lässt sie gehen, oder du heiratest sie. Ich kann nicht ertragen, dass du sie einsperrst und unter Verschluss hältst, dafür ist sie nicht gemacht. Wenn du ihr nicht den Respekt erweist, den sie verdient, bist du Geschichte."

„Ich habe nicht vor, sie gehen zu lassen." Aber heiraten kann ich sie auch nicht. Noch nicht. Nicht bevor ich diesen gordischen Knoten gelöst habe, in dem ich mich verstrickt habe. Doch in diesem Moment kann ich das noch viel weniger sagen als je zuvor.

Zum Glück taucht Daniele in genau diesem Moment im weit offenen Gittertor auf und hält sein Handy hoch. „Capo? Zia." Er nennt mich bei dem Rang, den ich mir noch nicht verdient habe, aber ich wehre mich nicht. Wenn ich diese Nacht lebend überstehe, ist es nur noch eine Formalität, bis ich endlich den Titel tragen darf, nach dem ich mein Leben lang getrachtet habe.

Ich nicke dem Jungen zu, und er legt das Handy wieder ans Ohr und redet mit meiner Tante. Ich muss nicht persönlich mit Paolina reden, um zu wissen, was dieser Anruf soll. Sie lässt mich wissen, dass ihre Leute in Position sind. Ich wende mich an Paddy. „Fahren wir?"

Er sieht aus wie eine Bulldogge, der jemand eine Wäscheklammer über den Schwanz gestülpt hat, damit sie nicht mehr pinkeln kann. Trotzdem setzt er sich in seinen Wagen, einen gepanzerten Lincoln Continental, den einer der Bluthunde steuert. Ich steige in meinen Maserati, und dicht hintereinander verlassen wir das Gelände. Alles ist bis ins kleinste Detail geplant. Meine und seine Leute werden gestaffelt folgen, auf unterschiedlichen Straßen, damit wir Ruggieros Haus und auch sein Geschäft von allen Seiten her einkreisen können. Von einem meiner Männer, der beim Geschäft Stellung bezogen hat, weiß ich, dass der amtierende Capo für heute Feierabend gemacht hat und auf dem Weg nach Hause ist. Dennoch müssen wir beide Orte gleichzeitig ausheben, denn auch im Geschäft sind Vertraute Ruggieros, die bis in den Tod für ihn kämpfen werden. Um seinen Einfluss wirklich zu stoppen, müssen wir überall zugleich sein.

Ich kann nur hoffen, dass die irischen Wolfshunde das Credo der Mafia, Frauen und Kinder nicht anzurühren, einhalten. Als wir diesen Schlag gegen Ruggiero Monza geplant haben, habe ich mit Paddy lange darüber gesprochen. Ich will kein Blutbad. Ich will Monza, und ich will, dass seine Männer unschädlich gemacht werden, aber seiner Frau und den Kindern darf nichts zustoßen. Selbst als Patrick mich daran erinnert hat, dass drei dieser vier Kinder Söhne sind und diese die Angewohnheit haben, für ihre toten Väter auf die Barrikaden zu gehen, sobald sie sich Erfolg davon versprechen, konnte mich das nicht von meinem Standpunkt abbringen. Was ich mit achtzehn in jenem Haus in Reggio gesehen und erlebt habe, in dem Francescas Familie Zuflucht genommen hatte, hat mich fürs Leben gezeichnet. Ich will keine Kinder für die Sünden ihrer Väter bluten sehen.

Jetzt ist Francesca wieder Teil meines Lebens, und etwas, das ich hinter mir geglaubt hatte, hat mich wieder eingeholt. Meine Großmutter hat mich oft daran erinnert, dass keine Sünde ungestraft bleibt, dass ein Leben wie das meine nicht gelebt werden kann, ohne zu erfahren, was Reue ist. Erst heute verstehe ich wirklich, was sie mir sagen wollte.

Cara

„Wie heißt du, *Puttana*?" Francesca steht vor mir, so schön, dass selbst die Beleidigung aus ihrem Mund klingt wie eine Süßigkeit. Ihre Haare sind tiefschwarz und fallen in weichen Wellen über ihre Schultern. Nur über den Schläfen hat sie sie zurückgenommen. Ihre Lippen sind voll und sinnlich und betont von rotem Lippenstift. Sie anzusehen, tut weh, so makellos ist ihre Perfektion, und in ihrer Stimme singt derselbe Akzent wie in der von Angelo. Vielleicht ist es das, was am meisten wehtut. Dieser schmeichelnde Singsang, der mehr zeigt als alle Worte, dass diese beiden zusammengehören. Auf eine Art, mit der ich niemals konkurrieren kann. Sie kann ihm in seiner Sprache Liebesworte ins Ohr flüstern. Ganz gleich, wo auf dem Globus sie sich befinden, sie entstammen derselben Welt.

Trotzdem muss ich nicht vor ihr kriechen wie ein Insekt. Ich richte mich auf, soweit es die Fessel zulässt, und sehe ihr gerade in die Augen. „Mein Name ist Cara O'Brien", und weil ihr der Name offensichtlich nichts sagt, füge ich hinzu: „Ich bin die Prinzessin des irischen Outfits in Philadelphia. Niemand nennt mich eine Hure."

„Wie würdest du denn eine Frau nennen, die die Beine für einen verheirateten Mann breit macht?" Halb erwarte ich, dass sie mir ins Gesicht spuckt, doch stattdessen wirft sie mir etwas in den Schoß. „Für dein Handgelenk. Es ist geschwollen."

„Danke." Stolz ist eine gute Sache, aber ich weiß, wann er angebracht ist und wann nicht. Das Kühlpack zu verschmähen, nur weil Francesca es mir gibt, wäre eine Dummheit. Ich klemme mir die Tüte mit den Eiswürfeln zwischen Arm und Bauch und halte mein Handgelenk dagegen. Augenblicklich sorgt die Kälte für Linderung, und ich kann nicht verhindern, dass mir ein Seufzen über die Lippen kriecht. Das Ganze muss reichlich ungelenk aussehen, denn die an den Safe gekettete Hand lässt mir nicht viel Bewegungsfreiraum. Gebrochen ist nichts, das habe ich schon herausgefunden, aber ganz schön lädiert, und Signor Rossi sollte sich warm anziehen, wenn wir uns wieder auf Augenhöhe begegnen.

„War er das auch?", fragt Francesca und nickt zu meinem Gesicht. „Kein Mann sollte das einer Frau antun. Nicht einmal einer wie dir."

Ich zucke mit den Schultern. „Das kommt schon hin. Ich habe auf ihn geschossen. Schätze, das war nur fair." Woher der Drang kommt, Angelo zu verteidigen, kann ich nicht sagen. Er hat es nicht verdient, und wenn er jetzt vor mir stünde und ich eine Waffe hätte, könnte ich nicht dafür garantieren, ihm nicht höchstpersönlich seine Eier abzuschießen. Aber zu hören, wie eine andere ihn tadelt, das ertrage ich nicht.

„Brauchst du eine Creme zum Abschwellen? Vielleicht finde ich etwas in der Hausapotheke."

„Was ich brauche, ist der Schlüssel für diese verfluchten Handschellen. Dann hau ich ab, und du bist mich los."

Einen Augenblick lang sieht sie mich an wie ein Rätsel. Sie kaut auf ihrer Unterlippe herum, und ich denke schon, sie hätte mich einfach nicht verstanden, aber dann nickt sie. „Er wird sehr böse sein, wenn ich dich gehen lasse." Was für ein Pech. Sie ist mit ihm verheiratet, sie wird es schon überleben, wenn Angelo wütend ist. Ich kenne ihn mit Sicherheit nicht einmal halb so lang wie Francesca, und doch habe ich bereits reichlich Erfahrung darin gesammelt, die Launen von Signor Rossi auszuhalten.

„Ich würde als erstes in der Schublade dort nachsehen. Aus dem Schreibtisch hat er auch die Handschellen genommen."

Natürlich ist der Schlüssel nicht in der Schublade. Die Hoffnung war auch ziemlich eitel. Ein Mann wie Angelo hätte nicht so lange in dieser Welt überlebt, wenn er so dumme Fehler begehen würde. Er ist klug und gerissen und mit allen Wassern gewaschen, und mir kommen die Tränen, wenn ich den Gedanken zulasse, dass meine Zeit mit diesem wunderbaren, aufregenden, eiskalten Mann zu Ende ist. Dieses Wechselbad der Gefühle reißt an meiner Kraft, ich weiß nicht, woher ich die Energie nehmen soll, diesen Tag zu überstehen.

„Tut mir leid", sagt Francesca, und ich habe das Gefühl, dass es wirklich so ist. „Wenn du sonst etwas brauchst, sag Bescheid. Angelo hat gesagt, ich soll mich um dich kümmern." Sie will sich eben zum Gehen wenden, da kommt mir ein anderer Gedanke.

„Deine Haarnadeln. Du kannst versuchen, mit den Haarnadeln das Schloss zu knacken." Die Erinnerung, die mir diesen Gedanken einflüstert, ist so bittersüß, dass es mir beinah wieder Tränen in die Augen treibt. Niemals hätte ich damals gedacht, dass es so enden würde. Mit mir, gefangen in einem Netz aus Lügen und Betrug und mit einem Herzen, das vom Verlust so schwer ist, dass ich glaube, es nicht ertragen zu können.

Francesca sieht mich skeptisch an. „Bist du sicher?"

„Einen Versuch ist es wert." Ich kann ihr nicht sagen, dass ich es schon einmal geschafft habe. Sie würde wissen wollen, wann und wo und wie, aber das ist ein Moment, der nur Angelo und mir gehört. Den ich mit niemandem teilen will. Am wenigsten mit seiner Frau.

Bei Francesca bleibt es tatsächlich bei einem Versuch, denn sie kennt sich nicht mit Handschellen aus und irgendwann zerbricht die Haarnadel. Doch kaum haben wir die Schwelle zu Werkzeugen einmal überschritten, werden wir mutiger. Als nächstes holt Francesca einen Schraubenzieher. Wo sie den herhat, kann ich nur ahnen. Wie ein typischer Do-it-yourselfer hat Angelo nie auf mich gewirkt. Leider bringt uns der Schraubenzieher genauso wenig weiter wie die Haarnadel. Mehr als ein paar Kratzer im Metall bringen wir nicht zustande. Verflucht sei dieser Mann, für den das Beste gerade gut genug ist. Offensichtlich gilt das für Handschellen ebenso wie für Anzüge und Autos.

Als nächstes kommt ein Seitenschneider zum Einsatz, doch mit dem schafft es Francesca nicht einmal, die Handstücke zu umgreifen, sobald die Kette zwischen den Seiten liegt. Also auch nichts.

Ich mache mir keine Illusionen über Francescas Gründe, mir so eifrig zu helfen. Sie will, dass ich verschwinde. Sie will ihr Leben zurück, ihren Mann. Aber sogar das ist mir Recht. Ich kann es ihr nicht verübeln, denn auch ich würde alles geben, um Angelo behalten zu dürfen, und solange ich nur von hier wegkomme an einen Ort, wo ich meine eigenen Wunden lecken kann, ist mir alles recht. Weiter als bis an den nächsten Tag denke ich nicht, ich könnte es nicht ertragen.

Eine Stunde später sind wir mit unserem Latein am Ende. Francesca sitzt neben mir auf dem Boden, um uns herum ein Arsenal, das jeden Automechaniker stolz gemacht hätte. Hinter meiner Stirn pocht es. Das alles hat mich deutlich mehr mitgenommen, als ich zugeben möchte, und mein Handgelenk explodiert bald. Da nützt auch der frische Eisbeutel nicht, den Francesca mir um den Unterarm wickelt, ehe sie sich wieder neben mich fallen lässt.

„Liebst du ihn?", fragt sie mich plötzlich, wie aus dem Gedanken heraus. Ich weiß nicht, was ich antworten soll. Immerhin, sie ist seine Frau. Was genau will sie von mir hören?

„Ich habe mein Leben in seine Hand gelegt", sage ich schließlich. Das ist nah genug an der Wahrheit dran, um keine Lüge zu sein.

„Das habe ich auch. Angelo hat mein Leben gerettet. Ohne ihn wäre ich seit zehn Jahren tot."

„Und ich habe sein Leben gerettet." Ich deute mit der freien Hand auf mein Gesicht. „Hast du die Narben über seinen Augen gesehen? Ich habe ihn mit meinen eignen Händen die Augenlider von der Stirn gerissen. Ich habe ihm Wasser gegeben, als er halb verdurstet war. Ich habe ihn in meinen Armen gehalten, als er geweint hat." Eben noch wollte ich es ihr nicht sagen. Hat uns die gemeinsame vergebliche Arbeit an meiner vereitelten Flucht so sehr zusammengeschweißt?

„Dann musst du ihn doch sehr lieben." Sie sagt es wie eine Antwort auf ihre Frage von zuvor, und ich lehne den Kopf an die Wand in meinem Rücken und schließe die Augen.

„Damals kannte ich ihn noch nicht einmal."

Eine ganze Weile herrscht Schweigen zwischen uns. Wieder ist sie es, die das Schweigen bricht.

„Ich war neunzehn Jahre alt, als wir geheiratet haben. Mein Vater hat die 'Ndrangheta betrogen, und deshalb sollte unsere ganze Familie ausgelöscht werden. Ich bin geflohen, als das Massaker begann. Ich werde nie die Schreie meiner Mutter und Geschwister vergessen. Ich habe gedacht, ich sei auch schon tot. Aber dann hat mich Angelo in meinem Versteck gefunden. Er war achtzehn und hätte mich töten müssen, er hat zu denen gehört, die die Wohnung gestürmt haben, aber stattdessen hat er mich geheiratet, um mich zu beschützen. Er war schon damals ein gemachter Mann. Als seine Ehefrau konnte mir niemand mehr etwas tun. Er hat eine Entscheidung getroffen."

Vor den Fenstern senkt sich die Nacht über Philadelphia, und ich denke mir, dass es auch in meinem Leben plötzlich kein Licht mehr gibt. Francesca hat Recht. Angelo hat eine Entscheidung getroffen. Er war jung und voller guter Vorsätze. Gar nicht so anders als ich, als ich ihn aus dem Verlies meines Vaters befreit und damit eine Spirale in Gang gesetzt habe, die mich heute an diesen Ort geführt hat. Einen Ort, der für immer dunkel bleiben wird, denn ohne Angelo will ich nicht mehr in die Sonne blicken. Es ist schon seltsam, wie wir hier sitzen, Francesca und ich, und um unsere Liebe schachern wie andere um den Einsatz bei einem Pokerspiel.

„Ich kann ihn nicht hergeben", höre ich wieder ihre Stimme und ich weiß nicht, ob ich das träume oder nicht. Ich bin müde und erschöpft. Der Tag hat seine Spuren hinterlassen und tief in meine Seele gebrannt. Die Worte wirbeln in meinem Kopf, vermischen sich mit Dingen, die Angelo einst zu mir gesagt hat.

Ich kann das auch nicht, denke ich, aber ich spreche es nicht aus, weil ich weiß, dass ich muss. Was wiegt schon ein Versprechen, das man sich im Schutz der Nacht gegeben hat, was wiegen geflüsterte Worte im Rausch der Lust gegen den goldenen Ring an ihrem Finger?

Ihr Kopf sinkt auf meine Schulter, und ich weiß, dass sie eingeschlafen ist. Ich habe alles verraten, was mir etwas wert war. Ich habe meinen Vater vor den Kopf gestoßen, ich habe gestohlen und getötet. Ich habe meinen Traum begraben, ein anständiges Mädchen zu werden. Doch die Ehe des Mannes zu verraten, den ich liebe, das kann ich nicht. Auch wenn er diese Ehe nicht mit mir führt.

Angelo

Aus dem Aufzug, der von der Tiefgarage in die Lobby führt, trete ich direkt an die Rezeption. Der junge Mann, der den Nachtdienst versieht, heißt Christopher, und wenn er die Blutflecken an meinen Manschetten und die paar kleinen Spritzer am Kragen bemerkt, zeigt er es nicht. Er händigt mir zwei Briefumschläge aus und richtet auf meine Aufforderung hin eine der rotierenden Überwachungskameras in der Tiefgarage ausschließlich auf meinen Maserati aus, um sofort zu sehen, falls jemand sich an dem Wagen zu schaffen macht. Ich bedanke mich und fange den Aufzug eben ab, ehe sich die Türen schließen.

Die Lobby des Penthouses ist dunkel. Ich hänge das Jackett auf einen Bügel und nehme die Manschettenknöpfe ab, während ich lausche. Nichts zu hören. Nicht mal der Fernseher im Wohnzimmer läuft. Sorgen mache ich mir keine. Francesca ist zu mir gekommen, weil sie genau weiß, wie gefährlich es draußen für sie ist. Sie würde diese Wohnung höchstens verlassen, wenn sie mit vorgehaltener Waffe dazu gezwungen werden würde.

Bei Cara ist das anders, aber der Schlüssel zu Caras Handschellen liegt sicher verwahrt in meiner Brieftasche. Nein, es macht mir keinen Spaß, sie wie eine Gefangene zu behandeln, aber welche Wahl hatte ich denn? Sollte ich wirklich das Risiko eingehen, dass ich sie nach ein paar Stunden irgendwo im tiefsten Süden von Philadelphia aus einem Kanalloch bergen müsste? Wenigstens war sie nicht allein.

Im Wohnzimmer und hinter der Küchenzeile brennen spärlich ein paar Lampen, aber von Francesca keine Spur. Schubladen und Schränke stehen offen, aber immerhin habe ich Francesca gebeten, sich um Cara zu kümmern. Wenn Cara etwas brauchte und Francesca suchen musste, bleibt eben Unordnung zurück. Ich werde es überleben. Caras Smartphone liegt immer noch auf dem Sideboard, wo ich es abgelegt habe. Vermutlich hat Cara geglaubt, ich hätte es mitgenommen, und Francesca hat nicht gewusst, dass es ihres ist, und hat es nicht angerührt. Francesca ist Vangelista-Ehefrau genug, um die Konsequenzen zu kennen, die es haben kann, wenn sie in den Geschäften ihres Mannes herumstochert.

Zu wissen, dass es Francesca gut geht, legt sich wie Balsam auf meine Seele, aber sehen, anfassen, küssen will ich Cara. Der Wunsch nach Caras Leidenschaft brennt so lodernd in mir, dass die Ruhe, die mir Francesca geben kann, dagegen lächerlich wirkt. Ich will Cara sehen. Nach allem, was heute passiert ist, muss ich Cara sehen. Ich will, dass sie mich ohrfeigt, mich anschreit, mir zeigt, dass sie nicht gebrochen ist. Und dann will ich fühlen, wie sie in meinen Armen zerschmilzt, wie all der Widerstand, all das Wilde, Ungebrochene aus ihr herausfließt und sie weich und fügsam wird, für mich. Nie fühle ich mich mehr wie ein Mann als in den Augenblicken, wenn Cara für mich nur Frau ist.

Langsam bahne ich mir einen Weg durch die verwüstete Wohnung. Halb erwarte ich, im Arbeitszimmer den teuren Parkettboden mit ausgerissenen Haaren übersät vorzufinden, schwarzen und flachsblonden, aber dem ist nicht so. Immer noch ist es erschreckend still. Auch die Balkonfenster ringsherum sind zugeschoben. Sämtliche Schreibtischschubladen stehen offen, und nicht nur die. Einige Schranktüren sind auch hier nicht richtig verschlossen. Was mag Francesca gesucht haben? Für einen kurzen Moment kommt mir der Gedanke, ob die Provincia sie längst in ihren Fängen hat und Francesca für diese spionieren und in meinem Haus nach Dokumenten und Unterlagen suchen sollte, während ich unterwegs war. Aber das ist absurd. Francesca ist meine Frau. Mir verdankt sie ihr Leben. Selbst wenn die Provincia sie hier eingeschleust hätte, hätte Fran damit reinen Tisch gemacht, sobald sie hier ankam und sich sicher gewesen wäre, dass ich sie gegen diese Leute beschützen würde. Denn meine Frau ist loyal, und ich habe nicht den geringsten Grund, an ihr zu zweifeln.

Es sei denn, dieser Grund heißt Cara.

Die Tür zum begehbaren Safe ist offen.

Es gibt in diesem winzigen Raum, zwischen Schubladen mit Dokumenten und dem Hochsicherheits-Geldschrank, keine Sitzgelegenheit, und ich war immer der Meinung, dass der Platz gerade so reicht, damit eine einzige Person auf dem Boden sitzen kann. Auf keinen Fall zwei.

Cara und Francesca belehren mich eines Besseren. Die einzigen beiden Frauen, die in meinem Leben je von Bedeutung waren, sitzen einhellig nebeneinander. Die Köpfe einander zugeneigt. Schwarzschimmerndes Haar und eine Mähne wie gesponnener Honig. Ein Stich fährt hinter meine Brust und drückt mir die Luft ab.

Zwischen Caras Knien liegt ein Gefrierbeutel, doch die Eiswürfel darin sind zu Wasser geschmolzen. Um die beiden Frauen herum ist ein Arrangement an Werkzeugen aller Größenordnungen ausgebreitet. Die Handschellen sind zerkratzt, auf beiden Seiten, sowohl die Schelle um Caras Handgelenk als auch die andere, die ich um den Griff des Geldschrankes gehakt habe. Zwischen dem Arsenal an Werkzeugen entdecke ich eine zerbrochene dünne

Haarnadel, und die Erinnerung schlägt nach mir wie mit einer Keule.

Ich starre auf die beiden Frauen hinunter. In meinem blutbesudelten weißen Hemd, dessen Manschetten offenstehen. Für eine dieser beiden Frauen bin ich an diesem Abend über Leichen gegangen, für die andere werde ich es vielleicht schon morgen tun müssen. Mit welcher von ihnen ich in den Stunden dazwischen im Bett liegen und ihr von den starren Augen eines toten Mannes erzählen möchte, um meine Seele zu entlasten, weiß ich genau, aber es ist nicht dieselbe, die Gott und Gesetz mir vorschreiben. In was habe ich mich nur hineingeritten?

Cara ist es, die zuerst die Augen öffnet. Vermutlich ist Francesca nach der langen Reise und mit dem Jetlag in den Knochen einfach viel fertiger als sie. Im ersten Moment leuchten Caras Augen auf, und ein Lächeln zuckt in ihren Mundwinkeln. Doch dann will sie die Hand bewegen, die an der Schublade hängt, und die Erinnerung kommt zurück. Das Lächeln stirbt.

„Mach mich los", zischt sie.

„Ich kann dich nicht gehen lassen", erwidere ich. Ich könnte ihr sagen, dass Ruggiero tot ist, dass die Hälfte seiner Männer tot ist, dass sie vermutlich sogar im Dunkeln gefahrlos nach Hause gehen könnte, und es würde nichts ändern. Dass ich sie nicht gehen lassen kann, hat nichts mit Ruggiero und seinem Team zu tun. Sondern nur mit mir und damit, was in mir brüllt. „Und ich will es auch nicht."

Francesca rührt sich. „Du kannst sie doch nicht ewig hier festketten", murmelt sie schläfrig auf Italienisch. „Du bist ein Tier, Angelo."

Ja, ich bin ein Tier. Meine Instinkte sind animalisch. Ich will Cara vögeln, während ihre Hand festgekettet ist. Himmel, ich will ihre freie Hand ebenfalls anbinden, und ich will spüren, wie sie sich wehrt und kämpft und wie sie sich mir schließlich doch ergibt. Glauben zu müssen, dass ich diese Frau mit meiner Unfähigkeit, reinen Tisch zu machen, zerbrochen habe, würde ich nicht überleben.

„Ihr habt wohl Freundschaft geschlossen?", frage ich und bemühe mich, es ironisch klingen zu lassen, aber es will mir nicht ganz gelingen. Wenn Fran und Cara Dinge finden, die sie beide gemeinsam haben, macht das die ganze Situation um ein Vielfaches schwerer.

Cara schnaubt und ruckt an der Kette. „Ich will nach Hause, Angelo. Du kannst nicht allen Ernstes von mir erwarten, dass ich mit deiner Ehefrau unter einem Dach lebe. Wie stellst du dir das vor? Was soll das werden?"

Ich lasse mich in der Tür zwischen Arbeitszimmer und Safe zu Boden sacken und stütze den Kopf in eine Hand. Das ist alles so verfahren. Fran kann hier nicht weg. Sie ist, im Gegensatz zu Cara, immer noch in großer Gefahr. Nicht weil sie etwas falsch gemacht hat, sondern weil ich die Phiole, die Cara und mich zusammengebracht hat, aus dem Schoß des Mutterhauses gestohlen habe. Aber Cara wegzuschicken, würde mir das Herz brechen. Cazzo, ich brauche sie, in dieser Nacht mehr als in jeder anderen zuvor. Aber wie soll das gehen? Meine Ehefrau, die Frau, die meinen Ring am Finger trägt, im Gästezimmer, während ich die andere in meinem Schlafzimmer bis zur Besinnungslosigkeit vögele?

Cara blickt mich an. Ihre Augen weiten sich, als sie die Blutflecken wahrnimmt. Sie streckt die freie Hand aus, zögert kurz, streicht dann dennoch mit den Fingerspitzen über meinen Hemdkragen. „Ruggiero?", flüstert sie entsetzt.

„Nicht nur", sage ich.

Ihre Augen suchen mein Gesicht ab. „Bist du okay?"

Ich spüre das Zucken meiner Mundwinkel. In diesem Moment fühlt es sich an, als wären wir allein. Als würde Fran nicht neben ihr sitzen. Denn es ist Cara, die mir diese Frage stellt. Cara, die wusste, was ich heute tun musste, mit wem ich es getan habe und dass es dennoch nicht vorauszusehen war, wie es ausgehen würde.

„An mir ist noch alles dran", sage ich. Den Zusatz *Lucciola* verkneife ich mir aus Respekt für Francesca, aber es ist nicht leicht. Cara versucht, mich nicht sehen zu lassen, wie sie aufatmet, aber sie kann es nicht verbergen. Francesca sitzt neben mir, sieht uns abwechselnd an. Das ist der Unterschied zwischen ihnen beiden. Francesca glaubt, dass der Mann, der sie zehn Jahre lang beschützt hat, selbst als er tausende Meilen entfernt war, unfehlbar ist. Dass nichts ihm etwas anhaben kann. Cara sieht einen Menschen aus Fleisch und Blut, während Francesca einen Helden sieht.

Ich will eine Frau, die den Mann aus Fleisch und Blut in mir sieht, den Mann, der sterben kann und es jederzeit für sie tun würde.

Ich ziehe die Brieftasche aus meiner Hose, fummele den kleinen Schlüssel aus dem Münzfach und zeige ihn Cara. „Tust du mir einen Gefallen?" Ich bitte sie. Es ist keine Frage und keine Aufforderung, es ist eine Bitte. Ich will, dass sie erkennt, dass ich die Frau aus Fleisch und Blut in ihr sehe, die auch dann noch unter die Räder kommen kann, wenn die unmittelbare Gefahr gebannt zu sein scheint. Die Frau, die ich nicht aus den Augen lassen kann. „Bleibst du, *Lucciola*?" Plötzlich ist es mir egal, dass Fran das hört. „Bleibst du in diesem Haus? Schläfst du unter meinem Dach, und morgen beginnen wir einen neuen Tag und lösen diesen Knoten auf?"

„Angelo …"

Ich bin gewillt, das größte Opfer zu bringen, zu dem ich mich physisch in der Lage fühle. Gehen lassen kann ich sie nicht, aber ich kann uns für diese Nacht trennen. Mein Körper brennt darauf, sich in ihr zu vergraben, aber für diese verrückte Situation, in der wir drei uns befinden, bin ich gewillt, eine Mauer zwischen uns zu ziehen. „Du schläfst in meinem Schlafzimmer", sage ich zu Cara. Dann wende ich mich an Fran. „Im Gästezimmer sind die Laken und Kissen frisch gewaschen." Ich muss es ihr schmackhaft machen, dass ich Cara den Raum zugestehe, der vor Gott meiner Ehefrau zusteht. Meine Frau kann nicht in einem Bett schlafen wollen, in dem ich seit wer weiß wie lange ihre Rivalin ficke. „Ich selbst werde im Wohnzimmer auf der Couch schlafen." Vorsichtig schiebe ich den kleinen Schlüssel in die Schelle an Caras Handgelenk, die mit einem kaum hörbaren Klicken aufschnappt. Mit schmerzverzerrtem Mund reibt sich Cara das Handgelenk.

„Kannst du mir diesen Gefallen tun?", dringe ich noch einmal in sie. Mir kommt die Tatsache zu Hilfe, dass beide Frauen müde und erschöpft sind.

„Okay", sagt Cara endlich sehr leise.

Als ich zehn Minuten später mit vom heißen Wasser geröteter Haut, nach einer ordentlichen Dusche, um Blut und andere Dinge loszuwerden, aus dem Bad komme und einen Blick ins Schlafzimmer werfe, liegt sie unter den nachtblauen Laken, ihr zarter Körper zusammengerollt, ihr Honighaar ausgebreitet auf meinen Kissen. Vielleicht kann ich diese Nacht trotz allem schlafen, weil ich weiß, dass sie hier ist. Was ist schon die unbequeme Ledercouch im Wohnzimmer gegen das Bewusstsein, dass der einzige Mensch, der in meinem Leben wirklich zählt, unter meinem Dach ist?

KAPITEL 25

Cara

Die Laken riechen immer noch nach ihm. Sie riechen auch ein wenig nach mir und nach dem Sex, den wir in diesem Bett geteilt haben. Ich kann nicht schlafen. Wie soll ich etwas als schlecht empfinden, das sich so richtig angefühlt hat?

Die Dusche scheint endlos zu laufen. Scheut er sich vor dem Gang zur Couch im Wohnzimmer, weil er weiß, dass er dort allein sein wird? Dass er allein nicht wird schlafen können? Allein mit seinen Gedanken. Angelo ist nicht mein Mann. Trotzdem kenne ich ihn. Ich weiß, was die Blutflecken auf seinem Hemd und den Manschetten für ihn bedeuten. Ich kenne den Schmerz in der Brust, wenn etwas sich verschiebt und nicht mehr zueinander passt.

Angelo Rossi ist ein guter Mann, der Schlechtes tut. Er kommt von einem schlechten Ort, lebt in einer bösen Welt, in der Gutes zu tun bedeutet, für die Menschen zu morden, die man liebt. Heute hat er für mich gemordet. Er hat einen Teil seiner Seele geopfert, damit ich sicher bin.

Die Dusche stoppt. Ich höre seine Schritte auf dem Flur, wie sie näherkommen, dann innehalten. Ich stelle mich schlafend, achte darauf, dass mein Atem ruhig und gleichmäßig geht, doch habe Angst, dass mein Herz mich verrät. Es rast und rumpelt in meiner Brust, so sehr schreit mein Körper nach ihm, so sehr wünsche ich mir, ihn in die Arme zu schließen und ihn zu mir unter die Laken zu holen, um ein wenig von seiner Last von ihm nehmen zu können. Für die Dauer einiger Atemzüge flirrt seine Präsenz durch den Raum, dann geht er wieder. Ich meine, ihn seufzen zu hören, aber vielleicht ist das auch nur mein eigenes Seufzen.

Leise dringt Musik an mein Ohr. Puccini. Immer ist es Puccini, wenn er aufgewühlt ist, und ich frage mich, wie Francesca das aushält. Wie sie schlafen kann, wenn ihr Mann leidet. Leidet sie mit ihm? Oder weint ihr Herz nicht mit, wenn Cavardossi seiner Tosca schreibt? Ich kenne die Worte der Arie, und ich wünschte, es wäre nicht so. Francesca ist stärker als ich, wenn sie die Ohren verschließen kann.

Oh! Süße Küsse, o sehnsüchtiges Kosen,
indes ich bebend den schönen Körper enthüllte!
Für immer ist mein Liebestraum verflogen.
Die Stunde ist vorbei und ich sterbe verzweifelt!
Und hab das Leben niemals so sehr geliebt!

Die Arie geht zu Ende. Ich halte es nicht mehr aus. An diesem Tag ist schon so viel Blut geflossen, was macht eine Sünde mehr da noch aus? So leise es geht, steige ich aus dem Bett. Auf nackten Sohlen tappe ich ins Wohnzimmer. Ich trage das Hemd, das ich auch sonst zum Schlafen trage, und nichts weiter, doch der Duft von Angelos Aftershave, der in dem Stoff hängt und mir sonst das Gefühl von Sicherheit und Geborgenheit schenkt, liegt heute wie eine Last auf meinen Schultern.

Er liegt nicht auf der Couch. Decke und Kissen, die er sich aus dem Schlafzimmer geholt hat, liegen in einem wüsten Haufen auf dem Leder. Den Rücken mir zugewandt, steht er am Fenster und blickt in die Nacht. In seiner Hand glitzert durchsichtige Flüssigkeit in einem bauchigen Likörglas. Ich habe Angelo noch nie etwas Härteres als ein Glas Rotwein trinken sehen. Viel zu sehr fürchtet er sich davor, dass harter Alkohol seine Reflexe ruiniert. Seine Haare sind feucht von der Dusche, sein Oberkörper nackt. Auf dem Rücken, dort, wo seine Nieren sind, erkenne ich einen großen dunklen Fleck auf der Haut, von dem ich weiß, dass er am Morgen noch nicht dagewesen ist. Als könnte er meine Anwesenheit fühlen, ebenso wie ich seine, wendet er seinen Blick über die Schulter zu mir. Seine Augen sind schwarz wie die Nacht, schwarz wie die Sünde, doch als er mich sieht, wird sein Ausdruck für die Dauer eines Augenschlags weicher. Ein Funken Licht erscheint in dem Schwarz wie ein Hoffnungsschimmer, doch er verglimmt zu schnell, um zu wärmen.

„*Lucciola* ..."

Ich hebe die Schultern, weil es sonst nichts zu tun gibt. Einmal hat er versucht, das Richtige zu tun, seine Ehre zu schützen, indem er sich von mir fernhielt und damit einen Schwur zu respektieren versuchte, den er geleistet hat, als er viel zu jung war, um dessen Tragweite zu begreifen. Und jetzt komme ich und mache alles kaputt. Ich weiß, dass ich gehen muss. Morgen, sobald die Sonne einen neuen Tag verspricht, muss ich ihn verlassen und ihn der Frau überlassen, der das Blut auf seinem Hemdkragen egal ist.

Doch die Nacht ist düster, und in der Dunkelheit sind wir zuhause. Da gelten andere Regeln. In finsterer Nacht bin ich immer noch seine *Lucciola*, die Licht und Hoffnung bringt. Licht, das mit dem Tageslicht zu Staub zerfallen wird. „Ich kann nicht schlafen."

Langsam dreht er sich ganz um, hebt das Glas ein wenig. „Möchtest du einen Grappa?"

Ich möchte dich, will ich sagen. Ich will spüren, dass du lebst, dass das Blut in deinen Adern immer noch so heiß und leidenschaftlich schäumt wie an dem Tag, als du mich entführt hast. Ich will mit meinen eigenen Händen spüren, dass du zwar getötet hast, aber dass es dich nicht töten konnte. Dass das, was in dir lebt, noch immer stark und kräftig ist. Doch all das sage ich nicht, sondern schüttle stattdessen nur den Kopf.

„Was kann ich dann für dich tun?" Er leert das Glas in einem Zug und stellt es auf den Küchentresen.

„Erzähl mir davon." Ebenso langsam, wie er sich zu mir umgedreht hat, gehe ich jetzt auf ihn zu. Ich habe Angst, ihm zu nahe zu kommen. Das ist nicht neu, neu ist die Scham, die ich bei dieser Angst empfinde. Als ich so dicht vor ihm stehe, dass ich seine Wärme auf meiner Haut spüre, hebe ich die Finger und lege sie auf seine Brust. Die Haare dort kitzeln meine Fingerkuppen. Ich starre auf den Punkt, an dem ich ihn berühre, verfolge jeden Millimeter meiner Bewegung, weil ich weiß, dass es vielleicht das letzte Mal ist.

Angelo presst die Lippen zusammen, als würde ich ihm Schmerzen zufügen, also lasse ich meine Hand wieder sinken. „War es sehr schlimm?"

„Es war dreckig", sagt er. „Jemand muss Monza einen Tipp gegeben haben. Vielleicht hatte er auch nur Glück. Wir sind in einen Hinterhalt geraten."

Ich schaudere, doch ich zwinge mich, ihn anzusehen. „Sag mehr."

Diesmal ist es Angelo, der mit den Schultern zuckt. „Dein Vater war großartig. Seine Männer eine Einheit. Ohne ihn wäre es sicher anders ausgegangen. Auch so war es knapp genug."

„Und deine Männer?"

Der Geist eines Lächelns spielt um seine Mundwinkel, so flüchtig, dass ich es nicht bemerkt hätte, würde ich ihn nicht so intensiv ansehen. „Sieht aus, als stünde ich doch nicht allein auf der Welt. Es gibt Situationen, da hat mein Wort noch Bedeutung."

Ich überwinde die verbliebenen Zentimeter Distanz zwischen uns, schmiege mich an ihn und lehne den Kopf an seine Brust. Unter meinem Ohr spüre ich das gleichmäßige, langsame Schlagen seines Herzens. Es ist das Herz des künftigen Capo von Philadelphia. Er hat gewonnen. „Ich bin froh, dass du heil zurückgekommen bist."

„Ich bin nicht heil", sagt er und ich weiß, dass er nicht von körperlichen Blessuren spricht.

Eine Weile stehen wir so da, tun nichts als gemeinsam zu atmen. Der CD-Player klickt nach dem letzten Lied und dann leisten uns nicht einmal mehr Tosca und Cavardossi Gesellschaft. Sie beide sind tot. Nur unser Atem ist zu hören in der absoluten Stille.

„Bleib bei mir." Es ist Angelo, der die Stille schließlich bricht. Er schlingt die Arme um mich, zieht mich noch näher an sich. „Bleib bei mir, *Lucciola. Ho bisogno di te.* Ich brauche dich."

Ich bin eine schwache Frau. Es gibt viele Dinge, die ich nicht kann. Ich kann keinen Apfelkuchen backen und keine Rühreier machen. Ich bin zu impulsiv und zu verwirrt. Aber diese Fehler sind bedeutungslos, gemessen an meiner allergrößten Schwäche. Ich weiß, ich dürfte nicht lügen. Dass wir immer ehrlich zueinander waren, ist unser größter Schatz. Doch er hat mich belogen, indem er mir etwas verschwiegen hat, das wichtig war, und diesen Schatz beschmutzt. Also lüge ich auch, ich kann nicht anders. In diesem Augenblick reicht meine Kraft nicht für die Wahrheit. Nur für diese Nacht werde ich lügen. Weil ich die Vorstellung nicht ertrage, nicht wenigstens noch dieses eine Mal in seinen Armen zu liegen. Ihm nahe zu sein. Dem Mann aus Eis, dessen Körper vor Leben pulsiert.

„Ja", sage ich. „Ich bleibe bei dir." Und dann liege ich in seinen Armen auf der Couch. Es ist unbequem und eng und viel zu heiß und ich kann immer noch nicht schlafen. Aber ich kann seinem Atem lauschen, wie er langsamer wird und ruhiger, seine Wärme spüren, die nach und nach auch in meinen Körper sickert, und mir wünschen, die Welt, in der wir leben müssen, wäre eine andere. Eine, in der wir nicht nur leben, sondern auch lieben dürften.

Francesca

Ich wache auf und habe das Gefühl, kaum geschlafen zu haben. Das muss der Jetlag sein, dieses Monster, das jemand wie ich nur aus Märchen kennt. Märchen von Leuten, die viel reisen. Ich habe die ersten beiden Drittel meines Lebens in Reggio Calabria verbracht und die letzten zehn Jahre in San Pasquale, im Haus von Barbara Caravella Rossi, Angelos Mutter. Ich habe in meinem ganzen Leben noch nie in einem Flugzeug gesessen. Bis gestern.

Ich weiß, dass Angelo weiß, wieviel Überwindung es mich gekostet hat, in so einen Blechvogel zu steigen. Mir diese Reise anzutun, über den Atlantik, weg von allem, was mir vertraut ist. So etwas tun Menschen, weil sie keine andere Wahl mehr haben.

Doch so ist es nicht. Nicht nur.

Ich schaue auf das Display meines Handys. Es ist halb drei, mitten in der Nacht. Jetlag. Zuhause in San Pasquale ist es jetzt acht Uhr dreißig, Zeit für die erste Tasse Kaffee des Tages zusammen mit Mamma Barbara. Auf der Terrasse des Hauses am Meer, das mein Zuhause ist. Gewesen ist? Werde ich jemals dorthin zurückkehren können? Was muss passieren, damit die Provincia mich in Ruhe lässt? Und will ich das? Oder will ich hier bleiben, in diesem viel zu modernen Apartment hoch über den Dächern der riesigen Stadt in Amerika? Bei Angelo, der in all den Jahren nicht mehr viel mehr als ein Traum für mich gewesen ist? Ein Schutzengel, wie die Heiligen auf den Bildern, von denen Mamma Barbara erzählt.

Welche Wahl habe ich? Was wird aus mir, wenn er mich fallenlässt, um mit der anderen zusammen zu sein?

Ich kann nicht schlafen. Starre an die Zimmerdecke, die schwach erleuchtet ist von den Lichtern einer Stadt, die den Himmel niemals wirklich dunkel sein lässt. Ich habe Heimweh. Sehnsucht nach San Pasquale, Sehnsucht nach dem Meer, der Sonne von Kalabrien.

Schließlich steige ich leise aus dem Bett, um mir in Angelos Küche ein Glas Wasser zu holen. Es ist eine offene Küche, und Angelo schläft im Wohnzimmer. Zumindest hat er das gesagt. Oder ist er zu der sonnenhaarigen Irin gekrochen, die in seinem Bett liegt? Es ist alles so verwirrend. Ich habe niemals erwarten dürfen, dass er mir treu ist, so weit weg von zuhause. Aber ist es denn wirklich so abwegig, dass ich Sehnsucht nach ihm hatte, all die Jahre? Wir hatten es schön, Angelo und ich, und ich hab das vermisst. Ich hab seinen trockenen Humor vermisst und seine kräftigen Arme, die mich umschlingen. Die Sicherheit seiner Hände, wenn er mit meinem Körper gespielt hat. Wir haben gemeinsam entdeckt, was Spaß macht, wenn ein Mann und eine Frau nachts im Dunkeln in einem Bett liegen. Ich kann mich an unsere Hochzeitsnacht erinnern, als wäre sie erst gestern gewesen. An seine Zärtlichkeit, seine Vorsicht. Nie habe ich Angelo Rossi anders als zart und behutsam mir gegenüber erlebt, und das, was er heute mit Cara gemacht hat, verstört mich. Wie kann er glauben, dass sie gut für ihn ist, wenn sie ihn dazu treibt, sich wie ein Tier zu benehmen?

Ich tappe durch den Flur des Seitenflügels. Die Tür des Schlafzimmers steht einen Spalt weit offen. Ich kann mich nicht beherrschen und muss hineinschauen. Muss sein Bett sehen, das Bett, in dem er die Irin vögelt. Was machen sie gemeinsam? Ich überlege, ob es irgendwas gibt, das er machen wollte und ich ihm verweigert habe. Irgendwas, das er bei mir nicht bekommen hat, was sie ihm geben könnte. Aber ich habe keine Ahnung. Vielleicht braucht er einfach nur eine Erinnerung daran, wie schön wir es zusammen hatten, und dann kommt er zu mir zurück. Er hat mir geschworen, mich zu beschützen. Treue hat er mir niemals geschworen, dessen bin ich mir schmerzlich bewusst. Wegen der besonderen Situation, in der unsere Ehe zustande kam, wurde das Wort Treue aus unserem Ehegelübde ausgelassen, und weil das war, ehe ich ihn kannte, habe ich nicht darauf bestanden. Er hat mir einen Gefallen getan, als er mich heiratete, denn er hat dadurch mein Leben gerettet. Das ist, was uns ausmacht.

Die andere? Sie ist ein Eindringling. Eine Hure. Ein Flittchen, die einen verheirateten Mann verführt hat.

Und sie liegt nicht in seinem Bett. Das Bett ist leer.

Wut nagt an mir. Es ist ein Gefühl, das ich nicht kenne und das mich nur noch weiter verunsichert.

Auf lautlosen Sohlen betrete ich das Wohnzimmer. Ich wollte mir nur ein Glas Wasser holen. Aber jetzt will ich auch etwas anderes. Ich will meinen Mann verführen. Ihn mir zurückholen. Es ist mein gutes Recht. Ich kann ihm zeigen, dass er bei mir alles bekommen kann, was er sich wünscht. Er braucht sie nicht. Er hat eine Ehefrau. Er hat mich.

Aber ich habe ihn nicht.

Nicht mehr.

Denn unter der Decke, eng an ihn geschmiegt auf der unbequemen Ledercouch, liegt die Frau, deren Name in meiner Sprache ein Wort für lieb ist, in seinen Armen.

Ich möchte eifersüchtig sein. Ich möchte etwas nach den beiden werfen, einen schweren, spitzen Gegenstand. Ich möchte diese Frau anschreien, dass sie ihre Finger von meinem Mann lassen soll, weil sie eine Schlampe ist, die ihn nicht verdient.

Ich kann das alles nicht tun. Ich sehe die beiden an, und der Vorsatz, Angelo zu verführen, weht aus dem Zimmer wie ein zarter Duft. Mein Herz wird schwer vor Trauer um das, was ich verloren habe. An Cara.

Angelo

Ich wache auf mit einem dröhnenden Kopf und dem Gefühl, keine Sekunde geschlafen zu haben. Ich weiß nicht, ob Francesca mitbekommen hat, dass ich wach war, als sie im Zimmer stand. Es ist mir auch egal. Zumindest rede ich mir das ein. Es ist meine Pflicht, dafür zu sorgen, dass ihr nichts geschieht. Doch es ist nicht meine Pflicht, Gefühle nicht zu verletzen, die sie gar nicht haben dürfte.

Cara regt sich ein wenig. Ihre Schulterblätter bohren sich in meine Brust. Ihre Finger schmiegen sich um die Hand, mit der ich ihre Mitte umfasst halte, und ich weiß, dass sie wach ist.

„*Buongiorno, Lucciola*", flüstere ich in ihr Ohr. Ich habe in dieser Nacht nicht mit ihr geschlafen, und wenn ich ehrlich sein soll, fühlt mein Körper sich ein bisschen betrogen. Ja, ich genieße ihre Nähe, die größer wird, wenn wir nur beieinander liegen, aber mein Schwanz will Sex, und mit Caras Duft nach Honig und Sonne in der Nase, da will auch mein Kopf Sex. Daran kann auch Francescas Gegenwart nichts ändern. Ich will Cara. Sie ist wie eine Droge für mich. Je mehr ich von ihr bekomme, desto mehr will ich sie.

„Nenn mich nicht so." Ihre Worte fahren mir wie Pfeilspitzen in die Brust. Nenn mich nicht so. Lucciola war immer mein Name für sie. Sie ist mein Glühwürmchen. In dieser Nacht haben wir eine Nähe geteilt wie selten zuvor, auf diesem knirschenden, knarzenden Ledersofa. Ich war überzeugt, sie hätte verstanden, dass ich sie nicht aufgeben kann. Niemals. Ich war überzeugt, dass alles wieder so ist, wie es sein sollte. Dass sie mir immer noch ihren Namen wegnehmen will, ist ein noch größerer Betrug an meinem Körper als der fehlende Sex.

„Cara ..."

Ein bisschen umständlich dreht sie sich in meinen Armen um. Sie weicht meinem Blick nicht aus, aber in ihren San-Pasquale-Augen liegt eine neue Art von Entschlossenheit, und ich bin nicht sicher, ob ich hören will, was sie mir sagen wird.

„Du bist verheiratet, Angelo. Ich weiß jetzt, was du gemeint hast, als du gesagt hast, ich könnte dich nicht haben. Ich hab dir trotzdem nachgestellt, das war ein Fehler. Aber du hast mir nie gesagt, was der Grund ist, und das ist dein Fehler. Hier kann niemand gewinnen."

Nur Francesca. Sie spricht es nicht aus, aber ich kann es zwischen den Zeilen hören.

„Ich will dich, Cara, ich will nur dich. Ich will Francesca nicht. Ich mag sie. Ich respektiere sie und den Schwur, den ich geleistet habe, aber die einzige Frau, die ich für alles das will, was sie ist, die einzige Frau, die ich halten will, die ich vögeln will, die ich lieben will, diese Frau bist du."

„Weißt du, dass sie mir gesagt hat, warum ihr geheiratet habt? Aber auch das macht keinen Unterschied. Sie ist deine Ehefrau. Ich kann nicht mit einem Mann schlafen, der verheiratet ist. Ich kann nicht unter deinem Dach leben, solange sie hier ist."

„Cara." Ich versuche es in einem vernünftigen Ton. Auch wenn in mir alles nach Unvernunft schreit. Danach, sie zu brandmarken, sie zu markieren, sie erneut in dem Safe hinter meinem Arbeitszimmer einzusperren und dieses Mal den Schlüssel wegzuwerfen. Die Angst, dass sie es wahrmacht, dass sie mich verlässt, wühlt in meinen Eingeweiden, bis ich kaum noch atmen kann. Ich bin kein Mann, der Angst hat. Ich gehe in Schlachten wie die gegen Ruggieros Team, ohne lange darüber nachzudenken, dass eine einzige Kugel genug sein kann. Mein Leben ist nur eines unter Milliarden, und es gibt genug Menschen, denen es gelegen kommen würde, wenn es Angelo Rossi nicht mehr gibt. Aber egal wie kurz oder lang dieses verfluchte Leben sein wird, ich will es nicht allein verbringen, aber ebenso wenig will ich es in einer Ehe ohne Leidenschaft verbringen. Nicht mehr, seit ich Cara O'Brien kenne. La Lucciola, mein Glühwürmchen, das Licht in meine Existenz bringt. Vor ihr war alles dunkel und kalt, mit ihr ist die Welt selbst für mich voller Möglichkeiten und Leidenschaft.

„Du kannst mich nicht verlassen."

„Du hast gesagt, Ruggiero sei tot. Er war es, der es auf mich abgesehen hat. Er ist nicht mehr da. Es gibt nichts mehr, weswegen ich bei dir unterkriechen sollte. Aber es gibt tausend neue Gründe, weshalb ich es nicht tun sollte. Ich weiß nicht mehr, was richtig oder falsch ist, Angelo. Ich weiß nur, dass wir das, was du mit dem Angriff auf Ruggiero begonnen hast, nur gemeinsam beenden können."

„Du erschaffst ein Monster, wenn du mich verlässt."

Einen Moment lang zögert sie, starrt mir in die Augen. Dann liegen ihre Finger auf meinen Wangen. „Du bist verheiratet, Angelo. Und eine Auflösung deiner Ehe kommt nicht in Frage. Sag nicht, dass das nicht stimmt. Wenn es etwas gibt, das die Italiener noch mehr sind als die Iren, dann ist das katholisch. Wie soll das aussehen? Soll deine Frau in deinem Gästezimmer residieren, während du nebenan die Mätresse fickst?"

Hitze schießt in jeden Winkel meines Körpers. Das ist, was nur Cara mir schenken kann. Sie macht die Klinge aus Eis zu einem Schwert aus Feuer. Ich liebe es, wenn Cara und ich dreckigen, ruppigen Sex haben, der Stunden dauern kann oder Minuten, für den wir kein Bett brauchen und nicht mal eine weiche Unterlage. Wir tun es einfach, hart und schnell und unnachgiebig. Cara kann so gut austeilen, wie sie einstecken kann. Doch in Worten war sie bisher immer noch die junge, unerfahrene Frau, die ich kennenlernte, als ich sie entführt habe. Eine Frau, der harte Worte nicht so leicht über die Lippen kommen wollten. Dass sie diese letzte Hürde nimmt, ausgerechnet jetzt, macht mich nur noch schärfer auf sie.

„Francesca bedeutet mir nichts", sage ich kalt. „Nicht wie du."

„Das mag sein, aber sie ist hier."

„Damit ich sie beschütze!" Meine Fassung hängt am seidenen Faden. Ich will dieses Gespräch nicht mehr. Ich schreie sie an, und schäme mich gleichzeitig dafür. „Sie bedeutet mir nichts, du bedeutest mir alles." Ich bin nicht mehr ich selbst. Sie weigert sich, mir zuzuhören, wirklich zu hören, was ich sage. Sie kann sich mir nicht entziehen. Verdammt nochmal, sie kann mir das nicht antun, ich wäre ein halber Mann. Ich wäre weniger als ein halber Mann. Ich wäre ein Schatten. Ich würde zu einem Monster werden, das im Dunkeln das Ende der Welt einläutet, weil alles Licht aus meinem Leben gerissen werden würde und es keinen Grund für eine Existenz dieser Welt mehr gäbe.

Die Vorstellung, Cara O'Brien nicht mehr in meinem Bett zu haben, ihre spitze Zunge nicht mehr ertragen zu müssen, wenn sie sich mir widersetzt, nicht mehr in ihre Augen blicken zu können, am Morgen über den Rand der Kaffeetasse hinweg ... die Vorstellung, dass Cara O'Brien, La Lucciola, nicht mehr Teil meines Lebens sein könnte, schnürt mir die Luft ab.

Ich kann das nicht zulassen.

Ich habe in meinem Leben einmal eine Frau geliebt. Nur ein einziges Mal. Ich habe so viele Frauen in meinem Bett gehabt, dass ich keine Zahl nennen könnte. Schon in Kalabrien, lange ehe ich nach Amerika ging. Frauen, von denen Francesca nichts weiß, obwohl es beinahe Tür an Tür passierte. Noch mehr, seit ich in Philadelphia lebe. Aber geliebt habe ich nur eine, weil sie alles verkörpert, was ich in meinem Leben je gebraucht habe, ohne dass ich davon wusste.

Ich kann sie nicht verlieren. Mit einem Flächenbrand in meinem Körper, der jeden vernünftigen Gedanken zu Asche verbrennt, überbrücke ich die letzten Schritte der Distanz zwischen uns.

KAPITEL 26

Cara

Instinktiv weiche ich vor ihm zurück. Angelo Rossi ist eine Kraft, die man niemals unterschätzen darf. Seine Präsenz weht durchs Zimmer wie elektrische Spannung. Ich fühle das Knistern auf meiner Haut, spüre die Schockwellen, die die winzigen Härchen auf meinen Armen dazu bringen, sich aufzurichten. Ein Blick auf ihn, ein Satz, gesprochen in diesem Ton, der keinen Widerspruch zulässt, und dort, wo ich am meisten Frau bin, wird alles weich und flüssig.

Ich muss dieser Diskussion ein Ende bereiten. Viel länger, und ich werde nachgeben. Zu mächtig ist Angelos Präsenz, die durch die Wut, die ich durch seine Muskeln zittern sehe, noch verstärkt wird. Ich kann das nicht. Es ist nicht einmal nur wegen des Glaubens, der Angelo und mich verbindet und der unsere Liebe zu einer Sünde herabwürdigt. Es ist wegen ihm. In einem Leben wie dem, das Angelo sich entschieden hat zu leben, haben Recht und Gesetz keinen Platz, es funktioniert nach eigenen Regeln und es hat die Macht, einen zu zerfressen. Wie soll er nachts schlafen, wie soll er je wieder in einen Spiegel sehen, wenn er meinetwegen auch noch aufgibt, was ihn bisher davon abgehalten hat, in seiner eigenen Dunkelheit zu ertrinken: Seine Integrität und die Loyalität den Menschen gegenüber, die ihm wichtig sind? Er ist nicht aus Liebe auch nach zehn Jahren räumlicher Trennung immer noch mit Francesca verheiratet, das glaube ich ihm. Der Grund für den Fortbestand ihrer Ehe ist Treue und Pflichtgefühl, und das kann ich ihm nicht nehmen. Ich wappne mich für meine nächsten Worte. „Das zwischen uns ist hier und jetzt zu Ende. Kein Sex. Wir sind Geschäftspartner, sonst nichts." Die Worte schmerzen, drohen mir die Kehle zu verätzen, doch ich muss sie aussprechen. Für ihn. Für mich. Für uns. Die Vorstellung einer Welt ohne Angelo an meiner Seite ertrage ich nicht, aber ich liebe ihn zu sehr, um ihn zu zerstören. Gemeinsam an einem Strang zu ziehen, ist die einzige Lösung, die ich vor mir sehe. Er wird es akzeptieren. Er muss es akzeptieren, denn er muss doch sehen, dass ich Recht habe.

Ich habe Angelo Rossi unterschätzt.

Er ist schnell. Das muss er auch sein, wenn er in unserer Welt überleben will. Seine Reflexe sind geschult, seine Reaktionen bis zum Äußersten perfektioniert. Mein Handgelenk, das zwar über Nacht aufgehört hat zu pochen, aber immer noch ein wenig geschwollen ist, hätte mir Erinnerung genug sein sollen.

Vielleicht habe ich auch seine Verzweiflung unterschätzt. Die Entschlossenheit, seinen Willen durchzusetzen. Ich glaube nicht, dass es Liebe ist, die ihm die Sinne raubt. Das Wesen der Liebe ist sanft und vergebend. Liebe fragt nicht, eifert nicht. Sie treibt keinen Mutwillen und bläht sich nicht auf. Liebe sucht nicht das Ihre, lässt sich nicht erbittern, freut sich nicht an der Ungerechtigkeit. Liebe erträgt alles, sie glaubt alles, sie hofft alles und sie duldet alles. So steht es in der Bibel, dem heiligen Buch, auf das Angelo Francesca seine Treue geschworen hat. Oder nicht. Was auch immer für ein Gefühl es ist, es kann keine Liebe sein, aber es ist stark genug, damit dieser letzte Satz von mir ihn die Fassung verlieren lässt.

Im nächsten Augenblick finde ich mich einmal mehr über Angelos Schulter. Diese Reaktion hat absolut nichts mit Langmütigkeit zu tun, und ich bin es leid. Ich bin es leid, jedes Mal, wenn ich versuche, mich vernünftig zu verhalten, behandelt zu werden wie eine Dreijährige inmitten eines Trotzanfalls.

„Verdammt, Angelo! Lass mich runter. Ich bin kein Baby. Du kannst mich nicht jedes Mal einsperren, wenn ich etwas tue, was dir nicht gefällt."

„Du bist kein Baby, aber du gehörst mir. Begreife es endlich." Mit ausgreifenden Schritten trägt er mich durch die Wohnung, ins Bad. In der Duschkabine lässt er mich von seiner Schulter gleiten. Bevor ich auch nur an Flucht denken kann, schleudert er mich herum. Mit der Vorderseite krache ich gegen die kühlen Fliesen, er hält mich mit seinem Körper gefangen, öffnet den Wasserhahn. Im nächsten Moment prasselt eine Kaskade glühend heißer Tropfen auf unsere Köpfe nieder. Ich schreie auf. Angelos Dusche ist die einzige, die ich kenne, wo sofort beim Hahnaufdrehen kochend heißes Wasser läuft, und ich hasse ihn.

„Das ist es. Jetzt kannst du schreien, so viel du willst. Niemand wird dich hören. Niemand ist hier!"

Ich will ihm entgegenschleudern, dass Francesca wohl kaum Niemand ist, aber das Gewicht seines Körpers und seine schier unbändige Kraft pressen mir die Luft aus den Lungen, sodass ich kaum japsen und noch weniger etwas sagen kann. Von hinten presst er sich an mich. Eine Hand greift in mein Haar, dreht meinen Kopf grob zur Seite, während die andere zwischen meine Schenkel dringt und kurzen Prozess mit dem Höschen macht. Ich fühle das Reißen des Stoffs mehr, als dass ich es höre. Das Wasser rauscht in meinen Ohren, ich spüre seine Erektion an meinem Hintern und dann sind seine Finger auf meiner Haut. Er ist grob und entschlossen, sein Atem geht laut an meinem Ohr, er reibt, kreist, und mein Körper ist so auf seinen eingespielt, unsere Empfindungen und Reflexe so perfekt synchronisiert, dass ich dem Rausch, den er mir aufzwingt, nichts entgegensetzen kann. Rhythmisch drängt er sich von hinten an meinen Körper, seine Finger treiben ihr Spiel in meiner Pussy, auf meiner Klit, graben sich durch meine Falten, nicht tastend, sondern fordernd, und ich will nicht kommen, will es wirklich nicht, denn ich weiß, was er tut. Er macht es nicht zum ersten Mal und bisher hat er immer gewonnen, doch diesmal werde ich nicht nachgeben. Ich darf nicht. Wenn ich mich morgen noch in einem Spiegel anschauen können will, darf ich nicht nachgeben.

Ich komme heftig und schnell. Mein Unterleib zieht sich zusammen, sendet Schockwellen aus Lust durch meine Adern. Ich keuche und zucke, der durchnässte Stoff seines Hemdes klebt an meinem Körper wie ein Film aus Schweiß, und weil er nicht aufhört, kann ich ein Wimmern nicht unterdrücken.

„Genug", keuche ich. „Angelo, genug. Ich ... ich kann nicht mehr."

„Nie mehr Sex?" Der Druck seiner Finger lässt nach, und um ein Haar wäre ich vor Erleichterung in die Knie gegangen. „Nie mehr vögeln, *Lucciola*?"

Ich schüttle den Kopf. Mein Hals wird eng, Tränen steigen mir in die Augen, doch noch gelingt es mir, sie zurückzuhalten. „Ich kann nicht. Nicht, solange du verheiratet bist."

„*Come vuoi tu*." Ein Moment des Atemholens, dann nehmen seine Finger die Arbeit wieder auf. Sein Daumen presst sich auf meine Klit, drückt, drei Finger schiebt er in mich, grob, beginnt zu stoßen. Ich bin empfindlich von dem Orgasmus, zu roh, um das, was er tut, zu genießen, aber er lässt sich nicht aufhalten. Mit der anderen Hand zieht er seine Boxershorts hinunter, dringt mit der Daumenkuppe zwischen meine Hinterbacken, dehnt mich, stößt. Reibt seine Erektion, dieses heiße, glatte Stück himmlischer Perfektion, an meinem Hintern. Seine Finger bohren, stoßen. Sein Schwanz gleitet zwischen meine Schenkel, vor, zurück. Ich will ihn in meiner Pussy haben und fürchte mich davor. Er stößt, quälend langsam, so voller Kraft, eine Verheißung. Seine Finger. Sein Schwanz. Seine Finger.

Es ist zu viel. Es ist nicht gut, aber es ist intensiv und es ist grob. Die Fliesen an meiner Vorderseite, glatt geschliffener Marmor, fühlen sich an wie Sandpapier. Reiben, Stoßen, dehnen. Mein Kopf schwirrt. Die Spannung baut sich auf. Noch einmal. Wächst. Ballt sich hinter meinem Bauchnabel zusammen.

„Angelo, bitte, ich …" Ich weiß nicht, worum ich flehe. Er tut mir weh. Mein Fleisch brennt, in meinem Bauch tobt die Lust, wartet darauf, mich zu verschlingen, und dann macht er etwas, verändert den Winkel seiner Finger, und ich komme mit einem Aufschrei.

Nur langsam verringert er den Druck seiner Finger. „Wie sieht es aus, *Lucciola*? Nie mehr Sex? Begreifst du endlich, dass du mir gehörst?" Seine Stimme ist grausam ruhig. Er atmet nicht einmal schwer. Ich spüre seine Härte an meinem Schenkel, er ist wahnsinnig erregt. Wahnsinnig ist dabei das Schlüsselwort. Er klingt, als würde er in einem feinen Restaurant ein Geschäftsessen einnehmen. Als ginge ihn das alles nichts an. Als würde es ihm nichts ausmachen, wohingegen er mich zu einer Masse aus zerstörerischer sexueller Energie reduziert hat.

Ich kann nicht antworten. Ich weiß, wenn ich antworte, werden Schluchzer aus meiner Kehle sprudeln, so überempfindlich fühlt sich meine Mitte nach seiner zweiten Attacke an. Nur mühsam komme ich zu Atem. Also schüttle ich den Kopf. Es wird nicht ewig dauern. Er kann das nicht ewig machen. Irgendwann muss er von mir ablassen, und dann wird er verstehen, warum ich ihm nicht versprechen kann, was er von mir verlangt. Wenn er diese unheilige Lust aus meinem Körper herauswringen will, kann ich ihn nicht aufhalten. Aber ich kann ihm das alles nicht freiwillig geben. Ich kann nicht. Ich darf nicht. Ich kann ihn nicht verdammen. Ich kann nicht zulassen, dass er sich weiter für mich verrät. Irgendwann wird er mir dafür danken.

„*Come vuoi tu*." Diesmal klingen seine Worte wie eine Drohung.

Wieder nehmen seine Finger ihre Arbeit auf. Ich zucke zusammen, kaum, dass seine Fingerkuppen die geschwollene Spitze meiner Klitoris berühren, schreie auf. Doch diesmal gibt er sich nicht mit den Fingern zufrieden. Seine andere Hand krallt sich in meine Hüfte. Ich bin zu schwach, um mich noch zu wehren. Er zieht meine Hüfte zurück, spreizt meine Hinterbacken, dass ich denke, er will mich zerreißen, und dringt mit einem Ruck in meinen Anus.

Ich schreie auf. Das Brennen schießt durch meinen Körper, angeheizt durch das heiße Wasser auf meiner Haut. Ich schwanke, meine Knie geben unter mir nach, aber er hält mich mit der zweiten Hand, die unerbittlich meinen Kitzler quält. Hält mich aufrecht, nach vorn geneigt, damit er leichter Zugang findet, ich hänge auf seiner Hand, willenlos, kraftlos. Mein Körper brennt.

„Bitte", flehe ich, und es passiert, was ich befürchtet hatte. Mit dem Flehen kommen die Tränen. Mein Atem brennt mit meinem Arsch um die Wette. Alles tut weh. Alles ist roh und wund und überreizt. „Bitte, Angelo, ich kann nicht noch einmal."

„Du weißt, was du sagen musst."

Doch das kann ich noch weniger. Bei jeder Berührung zucke ich zusammen. Ich zittere, als würde in mir ein Monster leben, das im Begriff ist, aus meinem Körper auszubrechen, und im Grunde ist es auch so. Das Monster ist die Lust, die Angelo mir aufzwingt. Die Qual ist, nicht Vergnügen, die aber mächtig ist in ihrer Wucht, unaufhaltsam, siegreich. Immer wieder siegreich.

Auch beim dritten und vierten Mal. Auch dann, als ich mich wirklich nicht mehr auf den Beinen halten kann und seine Hand zu wenig ist, mich vor dem Zusammenbrechen zu bewahren, als er einen Schenkel zwischen meine Beine schieben muss, um mich daran zu hindern, an der Duschwand hinab zu rutschen. Auch dann, als ich zu überreizt bin, um seine Finger zu ertragen, und er den Duschkopf zu Hilfe nehmen muss, um meinem Körper weitere Orgasmen abzuringen.

Er kommt zweimal in dieser verfluchten Duschkabine. Einmal in meinem Arsch, einmal tief in meiner Kehle, während ich vor ihm knie und Wasser mir in nur noch lauwarmen Fluten über das Gesicht rinnt. Wie oft ich gekommen bin, weiß ich nicht mehr. Ich weiß gar nichts mehr. Meine Haut brennt, meine Muskeln beben, mein Kopf schwirrt. Als er das letzte Mal den Duschkopf weglegt, geben meine Beine unter mir nach. Das Schluchzen aufzuhalten, habe ich aufgegeben, doch ich hab keine Tränen mehr, auch kein Flehen. Ich sitze in der Ecke der Duschkabine, zitternd, ein Bündel aufgepeitschter Nervenenden, die Hände schützend über mein Geschlecht gelegt, weil ich glaube, sterben zu müssen, wenn er mich dort noch einmal berührt. Das Wasser, das aus den Düsen auf mich herabprasselt, fühlt sich an wie tausend Nadelstiche, so überreizt ist meine Haut.

„Himmel, Cara", sagt er, „muss ich es dir einprügeln? Sag, dass alles bleibt, wie es war, und es ist vorbei. Du gehörst mir, alles an dir, dein Körper, deine Seele, alles. Du kannst dich mir nicht entziehen, denn du bist mein, für immer."

„Nicht mehr." Es kostet viel Kraft, meine Hände sinken zu lassen, mich auszuliefern, wieder und wieder. Meine Knie fallen zur Seite, ich hab keinen Widerstand mehr in mir. Offen liege ich vor ihm, verletzlich und wund. Und wenn er mich totfickt, ihm geben, was er will, kann ich nicht. Soll er sich nehmen, was er braucht. Er kriegt meinen Stolz, meinen Körper, meine Lust. Meine Seele habe ich ihm geschenkt, als ich mich für ihn und gegen ein Leben in Recht und Moral entschieden habe. Doch das, was er von mir will, meine Zustimmung, seine Sünde zu sein und den Schwur zu brechen, den er einer anderen gegeben hat, das kann ich immer noch nicht und werde es nie können.

Als er das inzwischen kalte Duschwasser abdreht und in die Knie geht, sich neben mich setzt und die Hand zwischen meine Beine schiebt, zucke ich zusammen. Ich kann nicht mehr. Ich kann mich nicht mehr wehren, ich kann nichts mehr fühlen, ich bin so wund wie nie in meinem Leben. Doch mein Eingang zuckt, kaum, dass ich seine Bewegung durch den Schleier aus Erschöpfung wahrnehme, und erinnert mich daran, dass Angelo eine Sprache beherrscht, die nichts mit Worten zu tun hat. Ich erwarte einen neuen Angriff, doch diesmal sind seine Finger zart und schmeichelnd. Sacht streift er über mein geschundenes Fleisch, haucht Küsse auf meine Schultern und einen Hals. Ein zarter Duft nach Blüten und Kräutern steigt von seiner Hand auf. Eine Lotion, die er in meine Haut einreibt. Ich kann mich nicht mehr rühren, kann seine Küsse nicht erwidern, nichts sagen und nichts denken, aber seine Finger sind tröstend und weich. Und als sich diesmal mein Höhepunkt anbahnt, schüchtern und leise, da ist es nur noch wie das Flattern eines Schmetterlings in meinem Inneren, nicht länger die zerstörerische Gewalt eines Tornados, die er mir zuvor aufgezwungen hat.

Meine Tränen beginnen erneut zu fließen. Es könnte so schön sein. Diese Zärtlichkeit könnte schön sein, doch sie ist es nicht, weil sie nicht sein darf. Ich komme leise und weinend, die Welt um mich herum nur noch ein Schleier aus Schwarz. „Ich kann nicht", flüstere ich, ob ich noch wach bin, weiß ich nicht. Der Schmerz hat aufgehört, ist verebbt in einer Welle Erschöpfung. „Ich kann nicht, ich kann nicht, ich kann nicht."

„Nein, *Lucciola*, du kannst nicht." Er lässt von mir ab, endlich, zieht meinen Kopf an seine Schulter und küsst meinen Scheitel. Mein Körper findet sich in seiner Umarmung, zum Schlag seines Herzens drifte ich ins Nichts.

Angelo

Was soll ich sagen? Was soll ich fühlen? In mir herrscht absolute Leere.

Ist es nicht ihre Sturheit, ihr störrischer Geist, in den ich mich verliebt habe? Ihre so vollkommene, unverrückbare Überzeugung, dass sie selbst am besten weiß, was gut für sie ist? So oft ich von ihr gefordert habe, sich von mir fernzuhalten, sie hat es nie getan. Sie hat sich widersetzt an jedem Wendepunkt. Warum soll es jetzt, nur, weil sich die Vorzeichen ins Gegenteil verkehrt haben, anders sein?

Ich trage sie in mein Schlafzimmer. Sie öffnet nicht die Augen, liegt still und schwer in meinen Armen, aber ich weiß, dass sie nicht schläft. Da ist nur grenzenlose Erschöpfung, und das verdankt sie mir.

Das Handy auf meinem Nachttisch vibriert. Ich werfe einen kurzen Blick auf das Display, aber als ich sehe, dass es Carlo Polucci ist, ignoriere ich den Anruf. Das Vibrieren hört auf, und das Display zeigt vier verpasste Anrufe in den letzten acht Minuten an. Ich halte Cara fest auf meinem Schoß. Spüre ihre Wärme, ihr leises Beben. Ist dies das letzte Mal? Werde ich sie nie wieder halten? Scham über das, was ich getan habe, brennt mit der Angst, sie verloren zu haben, in meiner Brust um die Wette.

Sie ist der einzige Mensch, der jedes Sandkorn wert ist, das mir zwischen die Lippen gerät, wenn ich vor ihr im Staub krieche. Sie ist der einzige Mensch, für den ich es wagen würde, aus meinem Leben zu fliehen. Eine selbstmörderische Aktion, aber für sie, mit ihr, würde ich es tun. Vielleicht ist es zu einfach, das zu sagen, denn mit ihr wird das niemals nötig sein.

Mit den Fingern kämme ich durch ihr Haar, entwirre Knoten, während ihre Haut langsam trocknet und abkühlt.

„Möchtest du etwas trinken?", frage ich sie und küsse ihren Scheitel.

Sie entzieht sich nicht, im Gegenteil, ihre Hand krallt sich in meinen Arm, so fest, dass es wehtut. Die Aktion im Bad hat Spuren hinterlassen. Hat sie daran erinnert, wie wir zusammen sind. Aber umgestimmt hat sie sie nicht. Sie atmet leise, tief. Ruhig. Eine Frau, die nach und nach ihre Sinne wiederfindet. Eine Frau, die warm und sicher in meinen Armen liegt. Und je mehr der Aufruhr in ihrem Inneren, dieser Sturm, den ich aufgepeitscht habe, sich legt, desto mehr kann ich spüren, wie sie sich von mir entfernt. Es fühlt sich an, als würde mir jemand mit glühenden Eisen das Herz aus der Brust schneiden.

Schließlich hebt sie den Kopf, löst ihre Finger aus meinem Arm, stemmt sich sanft von mir weg. Sie bleibt noch auf meinen Knien sitzen und verwehrt mir nicht, ihren Körper anzusehen. Diesen Körper, der mir gehört und den sie mir nicht mehr geben will.

„Angelo", sagt sie.

„Cara", sage ich.

„Das zwischen uns ... bitte, Angelo, akzeptiere es. Wenn du diesen Deal nicht akzeptierst, dann können wir nicht zusammen arbeiten, und das ist, was ich wirklich will. Ich will nicht, dass du verlierst, wofür du gekämpft hast. Deine Position. Die Macht. Du hast sie verdient. Ich habe Ruggiero Monza kennengelernt, und ... ich will, dass du es bist, der diesen Haufen von kriminellen italienischen Familien anführt. Aber mit dir schlafen will ich nicht mehr. Nicht, solange Francesca in deinem Leben ist."

Ich spitze die Lippen. „Meine Familie und ich sind ebenfalls kriminell, *Lucciola*." Und es ist so ein gutes Gefühl, dass sie mir nicht ins Wort fährt, als ich ihren Kosenamen verwende. Gibt es Hoffnung für uns? Irgendwo in diesem Apartment ist Francesca, und sie hat von dem, was ich gerade mit Cara getan habe, genug mitbekommen, denn sie ist nicht taub. Aber das muss mir gleichgültig sein, es ist mir gleichgültig. Ich will um Cara kämpfen, mit allen von den wenigen Mitteln, die mir dafür zur Verfügung stehen. Dass ich es versucht habe, beschämt mich nicht. Das Wie ist, was nicht so leicht zu verkraften ist, und das ist erstaunlich, angesichts all der Verbrechen, die ich in meinem Leben begangen habe.

„Nein." Sie schüttelt den Kopf. „Ja, vielleicht seid ihr das, aber wer bin ich, darüber zu urteilen? Mein Vater ist nicht anders. Aber du besitzt etwas, das Monza nicht hatte. Integrität. Loyalität. Die Fähigkeit, zu erkennen, was richtig ist und was falsch." Bei den Worten zucke ich zusammen, aber ich unterbreche sie nicht. „Ich will, dass du Capo wirst. Dass du derjenige bist, mit dem mein Dad in Zukunft Geschäfte macht. Nicht irgendwer. Nicht ein verknöcherter Mafioso ohne Gewissen. Du."

Ich warte, worauf sie hinauswill.

„Ich werde dir die Phiole zuspielen", sagt sie. „Damit du zum Capo ernannt wirst. Damit wir in Zukunft zusammenarbeiten. Wenn du meine Bedingung akzeptierst und das, was du gerade getan hast nie wieder tust."

„*Lucciola*, die Phiole gehört Ruggiero Monza, und jetzt seinen Erben. Seiner Frau, seinen Kindern. Das entsprechende Papier liegt im Safe im Museum. Du wärest ein Dieb, und ich auch."

„Ich könnte es vernichten. Dieses Papier." Trotzig schiebt sie die Unterlippe vor.

Ich möchte sie küssen. Verdammt nochmal, ich möchte diese verführerischen, hellroten Lippen küssen, bis sie dunkel und heiß von Blut sind. Ultimativ will sie nichts anderes als das, was ich selbst will. Wir beide suchen verzweifelt nach einem Weg, wie wir uns nie ganz aus den Augen verlieren werden. Meine Waffe ist Sex, weil ich Angst habe, dass dies das einzige Gebiet ist, auf dem ich dieser Frau gewachsen bin. Da ist so viel, das sie versteckt, und so viel mehr, zu dem sie fähig ist, das sie vermutlich nicht einmal weiß. Dinge, die sie herausfinden wird, wenn sie aufhört, Paddys Tochter zu sein, und beginnt, Paddys Erbin zu sein. Und ich? Ich will bei ihr sein, auf jedem einzelnen Schritt dieses Weges, und die Vorstellung, dass sie mir das nicht zugestehen könnte, raubt mir den Atem.

„Ich werde mir das Papier von Ruggieros Witwe holen", sage ich in ihre Haare, inhaliere ihren Duft. „Du holst die Phiole. Beides zusammen weist mich als Erben aus." Und dann ist da nur noch die Provincia, aber wenn wir das durchziehen, wenn der Coup gelingt und ich endlich an dem Punkt bin, für den ich in Paddys Verlies geblutet habe, dann wird die Provincia sich zurückziehen müssen. Und dabei wird mir das O'Brien Outfit helfen – wenn es mir gelingt, mein Bündnis mit Cara aufrecht zu erhalten. „Sag mir deine Bedingung, *Lucciola*."

Ihre blauen Augen sind so dunkel, als sie mich jetzt ansieht, dass sie fast schwarz wirken. So schwarz wie meine, die eigentlich braun sind. Sie erhebt sich von meinen Knien, steht auf und geht zwei Schritte von mir weg. „Du fasst mich nie mehr an, Angelo Rossi. Du lässt deine Finger von mir. Wir sind Geschäftspartner. Der Deal mit meinem Dad steht, dafür werde ich sorgen, auch wenn es nun nie mehr zu einer Vereinigung der Familien kommen kann. Aber du fasst mich nie mehr an. Du bist Francesca ein guter Ehemann und vergisst, was zwischen uns war." Die Dunkelheit in ihren schönen Augen zeigt mir mehr als das leichte Zittern ihrer Stimme, wie schwer es ihr fällt, das von mir zu verlangen. Nicht nur ich bin ihr verfallen, auch sie mir.

„Gibt es eine Chance, dass die Berühr-Mich-Nicht-Regel außer Kraft gesetzt werden kann?", frage ich. Die Frage steht mir nicht zu, nicht hier und nicht heute, aber ich kann sie mir nicht verkneifen.

„In Anbetracht der Tatsache, dass du so katholisch bist wie ich und eine Scheidung daher nicht in Frage kommt – nein." Ihre sonst so weichen, vollen Lippen sind ein schmaler Strich.

Ich will ihr sagen, wie wenig mich der Glaube an einen Gott, der niemals etwas von mir wissen wollte, davon abhalten kann, um Cara zu kämpfen. Es muss einen Weg geben. Es gibt immer einen. Doch in diesem Moment schlägt die Gegensprechanlage im Foyer an und verhindert meine Worte. Vaffanculo. Was soll das jetzt?

Ich angele nach meinem Handy und wähle die Rezeption an. „Was?", belle ich ungehalten.

„Hier ist Christopher, Mr. Rossi, Sir. Es tut mir leid, dass ich Sie so früh störe. Mr. Shane Murphy vom Philadelphia Police Department ist hier, um Sie zu sprechen."

Fuuuuck. Das ging schneller, als ich erwartet habe. Mit der freien Hand fahre ich mir übers Gesicht. Ich spüre Caras fragende Blicke.

„Schicken Sie ihn herauf. Danke."

„Wer kommt dich denn um diese Zeit besuchen?", fragt Cara und zieht sich die Wolldecke heran, um sie über ihre Brüste zu legen.

„Zieh dir besser was an, Lucciola." Ich klettere über die Rückenlehne von der Couch und greife nach einem Paar Jeans, das ich mir am vergangenen Abend noch herausgelegt habe. Verständnislos bleibt sie sitzen, und ich muss grinsen. „Es sei denn, du willst, dass dein ehemaliger Verlobter dich so sieht?"

KAPITEL 27

Shane

Es ist das erste Mal, dass ich Angelo Rossi in seinem Penthouse aufsuche. Seinen Feinkostgroßhandel im Süden der Stadt kenne ich fast besser als mein Büro im Hauptgebäude des Philadelphia Police Department, weil wir Rossi selbstverständlich seit Jahren beobachten. Patrick O'Brien hat von dieser Beobachtung allerdings zu jeder Zeit mehr profitiert als die Polizei. Offiziell können wir Rossi nichts nachweisen. Inoffiziell weiß ich, was für ein verfluchter Gauner er ist. Doch sein Zuhause hochzunehmen? Ohne irgendeinen handfesten Grund für eine Durchsuchung? Keine Chance.

Der Aufzug ist mit Teakholz verkleidet und mit Hochflor-Teppich ausgelegt. Der Wolkenkratzer am Rittenhouse Square ist eine der exklusivsten Wohnadressen nicht nur in Philadelphia und auch nicht nur an der Ostküste, sondern landesweit. Verstehen Sie mich nicht falsch, mir geht es finanziell nicht schlecht, erst recht nicht, seit es diese Abmachungen zwischen Patrick O'Brien und mir gibt. Aber dass ein Kerl wie Rossi nicht nur jedes Gesetz umgeht, das es in diesem Land gibt, sondern sich dabei auch noch in so luxuriöser Umgebung aalt, stößt mir sauer auf.

Selbst das *Ping*, das die Ankunft des Aufzugs im Penthouse ankündigt, klingt nach Luxus. Ich trete ich eine parkettierte Halle mit wenigen, ausgesuchten Möbeln, Spiegeln, Gemälden und frischen Blumen. Alles ist darauf ausgelegt, einen Gast willkommen zu heißen. Nicht so sehr Rossis Miene, als mein Blick auf ihn fällt. Er steht, in den Türrahmen zum Apartment gelehnt, die Arme vor der Brust verschränkt. Ich könnte ihm eine reinhauen für die Selbstverständlichkeit, mit der er den ganzen Luxus ad absurdum führt, in Jeans, die über den Knien gerissen sind, und einem engen weißen T-Shirt. Barfuß. Und ich will wetten, dass hinten im Hosenbund eine geladene Pistole steckt.

Ich kenne Angelo Rossi nur als einen Mann in Armani und Brioni. Wo auch immer ich ihm in den vergangenen Jahren begegnet bin, und selbst gestern noch, als ich ihm die ausgediente Schießanlage im Norden der Stadt zur Verfügung gestellt habe, weil Männer wie er und ich einander von Zeit zu Zeit aushelfen müssen, sein Auftreten war immer makellos. Unfehlbar. Stilsicher, arrogant, mit einer widerwärtigen Selbstverständlichkeit für Klasse und Eleganz. Einer wie ich könnte sich jahrelang mit Stilberatern umgeben und Millionen ausgeben, diese Lässigkeit in einem Anzug würde ich niemals erreichen. Ihn hier zu sehen, in dieser Umgebung, in einem Aufzug, als käme er aus dem Straßendreck, und dabei immer noch wirkend wie der millionenschwere Erbe eines Telekommunikationsunternehmens, setzt dem allen die Krone auf.

„Mr. Murphy, einen guten Morgen. Was kann ich für Sie tun?" Sein Akzent ist ausgeprägter als sonst, härter, und er macht keine Anstalten, die Tür freizugeben und mich hereinzubitten.

Möglichst unauffällig scanne ich mit einem kurzen Blick die Ecken der Halle auf der Suche nach Überwachungskameras, aber alles, was ich entdecke, sind Lautsprecher einer versteckten Musikanlage. Das mit der Unauffälligkeit funktioniert auch nicht, denn ein Grinsen liegt in Rossis Mundwinkeln.

„Machen Sie sich keine Sorgen, Mr. Murphy. Ich habe nicht die Angewohnheit, das, was in meinen eigenen vier Wänden passiert, aufzuzeichnen. Zuviele Stolperfallen. Sagen Sie einfach, was Sie auf dem Herzen haben."

Hier, zwischen Tür und Angel? Ich räuspere mich. „Es gab gestern am späten Abend eine Schießerei bei der Aufarbeitungsanlage zwischen Palmyra und Pennsauken. Mich würde interessieren, ob Sie etwas darüber wissen?"

„Haben Sie einen Durchsuchungsbefehl?"

Jetzt ist es an mir zu grinsen. „So schnell in der Defensive? Ich möchte mich lediglich mit Ihnen unterhalten." Er weiß, dass ich weiß, dass er da mit drinhängt. So wie Paddy, und Cara. Mit Paddy habe ich noch nicht gesprochen. Ich muss meine Schritte genau abwägen. Wir haben keine Leichen am Ort des Geschehens gefunden, damit haben wir auch nicht gerechnet, denn wo die 'ndrangheta sich unliebsamer Mitmenschen entledigt, werden Leichen direkt entsorgt. Doch das Anwesen von Ruggiero Monza in Palmyra ist verwaist, und es würde Fragen aufwerfen, wenn ich nicht umgehend der Geschäftsbeziehung zwischen Monza und Rossi nachgehe.

Dieser Tanz auf drei Hochzeiten ist ermüdend und gefährlich, und jetzt, wo ich mittendrin stecke, weiß ich auch, weshalb so viele Polizisten, die korrupt werden, entweder auffliegen, sich früh zur Ruhe setzen oder irgendwo totstarr in einer Müllverbrennungsanlage gefunden werden. Ich habe auf keine dieser drei Möglichkeiten Lust, nicht jetzt schon, ich bin noch keine dreißig Jahre alt und habe noch das eine oder andere in meinem Leben vor. Also muss ich gewisse Regeln einhalten und ein Meer an Sickergruben umschiffen.

„Ich bin nicht allein", sagt er, aber er tritt zur Seite. „Ich hoffe, das macht Ihnen nichts aus?"

Ich betrete das Apartment, ein Paradebeispiel in schwarzweißer Wohnarchitektur. Es ist atemberaubend. Und es wird noch atemberaubender gemacht durch die Frau, die auf einem der Barhocker vor dem spiegelblanken Küchentresen sitzt und mir entgegenblickt. Das blonde Haar noch zerzaust vom Schlaf, die Wangen gerötet. In der Hand eine Tasse. Ihre Augen auf mich gerichtet, aber schon lange nicht mehr mit dem Blick, mit dem sie mich noch vor wenigen Wochen gemustert hätte.

Cara O'Brien.

Sie lässt sich vom Hocker gleiten und kommt mir entgegen. Sie bewegt sich ein wenig steif. Dennoch ist da nichts geblieben von dem noch etwas ungelenken, unfertigen Mädchen, mit dem ich verlobt gewesen bin. Ein bisschen naiv und zu sehr von sich selbst überzeugt war sie damals, als einzige Tochter des großen Patrick, verwöhnt, aufgewachsen in einer reinen Männerwelt, sich bewusst, dass sie etwas Besonderes war. Doch jetzt ist sie ... erwachsen. Eine Frau, kein verwöhntes Mädchen mehr, und der Unterschied, den ich gestern bei der Schießanlage nur erahnt habe, ist in dieser Umgebung geradezu niederschmetternd.

Ich hätte sie haben können. Rossi hat sie mir weggenommen. Hass auf diesen Kerl brodelt noch einmal auf, doch es ist Cara selbst, die diesem Hass den Wind aus den Segeln nimmt.

„Shane." Ihre blauen Augen leuchten. „Schön, dich zu sehen. Kann ich dir etwas anbieten?"

Sie bewegt sich, als würde ihr dieser Ort gehören, und ein Blick auf Rossi offenbart nicht viel mehr als sachte Belustigung, die er darüber zu empfinden scheint. Keine Spur von Verstimmung. Keine Spur von Eifersucht, als sei er sich ihrer hundertprozentig sicher. Sind sie das perfekte Paar? Oder einfach nur zwei perfekte Schauspieler? Cara drückt einen Kaffee aus einer überdimensionalen Maschine in der Küchenzeile, und Rossi und ich lehnen am Tresen. Ich ziehe ein Diktiergerät aus meiner Hosentasche und lege es auf die Glasplatte. Er grinst und schaltet es selbst ein. Immer mit

Band, denn ich bin hier als Polizist, nicht als der Mann, den er um seine Verlobte betrog.

„Sie wollen wissen, ob ich etwas zu der Schießerei weiß", erinnert mich Angelo Rossi an den Grund meines Besuches, den ich bei Caras Anblick fast vergessen hatte. „Ich habe davon gehört. Solche Dinge sprechen sich herum."

„Wissen Sie etwas über den Verbleib von Ruggiero Monza?" Der Espresso ist stark, fast zu stark für meinen Geschmack.

„Ich wusste nicht, dass er vermisst wird?"

„Sein Anwesen ist leer. Auch seine Frau und die Kinder sind nicht mehr dort."

„Es betrübt mich, dass mein Geschäftspartner verschwunden ist, und liegt in meinem Interesse, seinen Aufenthaltsort ausfindig zu machen. Wenn Sie es wünschen, kann ich selbst mich auch umhören."

„Es ist Aufgabe der Polizei, ihn zu finden. Ich kann Sie dann gern informieren. Gibt es offene Rechnungen zwischen Ihnen?"

„Wir sind befreundet und wir machen Geschäfte miteinander. Unter Freunden wird nicht jede Forderung sofort ausgeglichen, man vertraut einander, Mr. Murphy. Sind Sie hier, um mir einen Mord anzulasten?"

„Ich bin hier, um herauszufinden, was letzte Nacht passiert ist."

„Vielleicht interessiert es Sie zu erfahren, dass ich ein Paket erhalten habe. Der Inhalt selbst ist für Sie vermutlich relativ nichtssagend, aber ich möchte Sie darüber informieren, dass der Absender sehr eindeutig im Unterweltmilieu meiner Heimat zu suchen ist."

Mein Blick liegt auf Cara, als er das sagt, und sie erbleicht und beginnt, mit den Händen an ihrer Tasse zu reiben. Weil ich nichts antworte, fährt Rossi fort.

„Diese Menschen im Süden Italiens versuchen immer wieder, in Amerika Einfluss zu gewinnen und ehrliche Geschäftsleute aus Kalabrien, die hierzulande Erfolge verzeichnen, für ihre eigenen Zwecke einzuspannen."

„Die 'Ndrangheta", sage ich.

Er beäugt das Diktiergerät, aber lässt es laufen. „Es gibt mehrere Organisationen, Sir, und Sie wissen darüber so gut Bescheid wie ich." Dass er einer von ihnen ist, weiß ich auch. Aber ich habe keine Beweise, die ich gegen ihn verwenden kann, ohne dass meine Beziehung zu Paddy auffliegt. Die ganze verdammte Polizei kann nur vermuten, aber sein Geschäft ist sauber, wir können ihm nichts nachweisen. Nach allem, was ich offiziell weiß, ist er ein ehrlicher Geschäftsmann mit kalabrischen Wurzeln, mehr nicht.

„Sie wollen sagen, dass die 'Ndrangheta beim plötzlichen Untertauchen von Ruggiero Monza ihre Hände im Spiel hat? Dass Agenten aus Kalabrien ins Land gekommen sind und die Schießerei auf deren Kappe geht?"

Er drückt sich von der Theke ab. Seine schwarzen Augen durchbohren mich fast. Geradezu anklagend liegt das Diktiergerät auf dem Glas. Cara atmet so schwer, dass ich nur hoffen kann, dass man später auf dem Band nicht hört, dass eine dritte Person anwesend war. „Ich bin kein Polizist, Sir", sagt Rossi. „Ich kann Ihnen lediglich sagen, was meine eigene Erfahrung ist. Dass ich kontaktiert wurde, und meine Vermutung ist, dass auch Monza eine solche Nachricht erhielt und sie – wie ich – ignoriert hat. Diese notorischen Organisationen sind nicht dafür bekannt, viel Geduld mit Menschen zu haben, die sie kontaktieren. Meine Wohnung hier ist schwer zu erreichen. Mein Geschäft wurde bereits einmal angegriffen. Ich kann Ihnen natürlich nicht vorschreiben, was Sie tun sollten, aber ich würde empfehlen, dass Sie die Verbindungen Monzas nach Kalabrien untersuchen." Er reicht mir die Hand, und ich ergreife sie. Sein Händedruck ist warm und sehr kräftig. Vielsagend blickt er mich an. Unser Gespräch ist noch nicht zu Ende.

„Ich möchte Sie nicht länger aufhalten, Sir", sagt er.

„Natürlich. Sie haben ein Geschäft zu führen", erwidere ich, nehme mein Diktiergerät an mich. „Ich danke Ihnen für Ihre Zeit."

„Keine Ursache. Ich begleite Sie zum Aufzug."

„Danke."

Cara bleibt zurück. Als ich mich an der Tür umdrehe, taucht im Seitenflügel hinter ihr noch jemand auf. Eine bleiche, schwarzhaarige Frau mit Augen so dunkel wie die von Rossi. Eine Frau, die ich noch nie gesehen habe. Rossi sieht sich ebenfalls um, dann landet sein Blick auf mir. Nein, unser Gespräch ist noch nicht zu Ende.

Das Klappen einer Tür, das sanfte Ping des Aufzugs, Geräusche, Verabschiedungen, ich drücke das Diktiergerät aus, dann fahre ich zu ihm herum. „Was soll der Scheiß, Rossi? Wer ist sie?"

„Ihr Name ist Francesca, und sie ist vor der 'Ndrangheta geflohen, hierher."

„Fuck. Du gehörst selbst zur 'Ndrangheta. Was soll das alles?"

Er packt mich am Kragen und drückt mich gegen die Wand in der Halle mit dem polierten Parkett und den Spiegeln. „Du, Murphy, hast nicht die geringste Ahnung, was hier abgeht, und weil du der bist, der du bist, würde ich es gern dabei belassen. Selbst wenn ich es dir erklären würde, würdest du nur die Hälfte verstehen. Monza ist tot, und die Hälfte seiner Männer ebenfalls, also such nicht nach ihnen. Das einzige, was ich will, ist, dass Francesca an einen sicheren Ort kommt."

„Du wohnst in einem Bollwerk." Es ist verdammt schwer, an seinen Fingerknöcheln vorbei zu reden, die sich in meine Kehle graben, so fest hat er mich gepackt. „Nirgendwo in der Stadt ist es sicherer als hier."

Er verschluckt sich fast an einem halb unterdrückten Lachen. „Meine Wohnung ist aber genau der Ort, an dem die *Provincia* nach Francesca suchen wird. Den sie, wenn ich nicht tue, was sie von mir wollen, in die Luft sprengen würden, um an Francesca zu kommen. Die Hunderte von steinreichen Menschenleben, die sie dabei auslöschen, sind diesen Leuten egal. Der letzte Ort, an dem sie sie suchen, ist dein Haus, Herr Polizeisuperintendant."

„Wer oder was ist die *Provincia*?"

Er schnaubt. „Wie ich sagte, du hast keine Ahnung. Und ich habe nicht die Zeit, es dir zu erklären. Ich befinde mich in einem Krieg, Mann, und es würde mir sehr helfen, wenn du dich und deine Leute da raushältst. Aber ich will Francesca aus der Schusslinie haben, wenn es zum Äußersten kommt."

„Warum sollte ich das tun? Warum sollte ich es sein, der sie in Sicherheit bringt?"

Er lässt mich los und tritt zurück. „Weil sie meine Frau ist, und weil sie unschuldig ist. Weil sie sich auf den Schutz meines Namens verlässt, so wie sich Cara auf den Schutz deines Namens und Status verlassen hat, bevor du sie mir in den Rachen geworfen hast. Cara konntest du nicht vor mir schützen und vor dem, wer ich bin und was ein Leben mit mir aus einer Frau macht. Bei Francesca kannst du das noch. Du willst ein guter Mensch sein, Herr Polizei-Superintendent? Hier ist deine Chance."

Ich weiche ihm aus, schlucke. Ich habe mich gefragt, warum ein Mann wie Rossi immer bekommt, was er will. Jetzt weiß ich es. Er ist das perfekte Raubtier. Er kennt die Schwächen seines Gegenübers und weiß sie auszunutzen. Wieder einmal bin ich seine Beute.

Angelo

Ich hasse es, in meinem Auto zu rauchen. Doch es gibt Tage, an denen es nicht anders geht.

Der Beifahrersitz war nie zuvor so leer. Ich drehe das Radio auf, während ich den Highway 95 entlangrase, ohne Rücksicht auf Verluste. Für jemanden wie mich ist es eine riesige Eselei, die Verhaftung wegen eines Verkehrsdeliktes zu riskieren, aber ich habe es eilig. Ich muss das Motel in Cherry Hill erreichen, bevor jemand anders dort auftaucht und mir zuvorkommt. Das Fenster ist weit offen, der Fahrtwind reißt mir den Rauch von den Lippen.

Der Rauch und das offene Fenster sollen Caras Duft eliminieren, der immer noch im Wagen und in meiner Kleidung hängt, aber die Hoffnung ist eitel. Nichts wird Caras Duft eliminieren. Das Hämmern und Stampfen der Musik aus den Lautsprechern brauche ich heute. Wäre es nicht da, würde ich abwechselnd Caras Stimme hören, die mir sagt, dass ich sie nicht mehr lieben darf, und die Schüsse, die gefallen sind, rings um Ruggieros Anwesen in Palmyra. Wir haben seine Leute aufgestöbert und vom Anwesen weggetrieben, in einer mörderischen Verfolgungsjagd über den versifften Pennsauken River hinweg in die Nähe der Anlage, wo medizinische Abfälle vernichtet werden. Eine Gegend, in die niemand freiwillig geht. Auf diese Weise konnten wir ausschließen, dass Unbeteiligte in Mitleidenschaft gezogen wurden. Ich habe einen Mann verloren, Paddy zwei. Wir haben nicht nachgelassen, bis Ruggiero tot war. Ich wollte ihn nicht gefangen nehmen. Was hätte ich mit ihm tun sollen? Ich wollte ihn loswerden. Ganz einfach. Ihm die ultimative Strafe erteilen für seinen Verrat. Es ist mir gelungen. Reue? Ich empfinde keine Reue. Nie.

Ich weiß nicht mal, wer am Ende die tödliche Kugel abgefeuert hat, ich weiß nur, dass ich es nicht gewesen bin. Ich habe mir blutige Fingerknöchel geholt, als ich ein paar von Ruggieros Männern k.o. geschlagen habe, weil sie nicht gewillt waren, sich zu ergeben. Männer, die gestern noch gemacht waren, die unter dem Schutz unserer Organisation standen. Heute liegen sie in Kliniken über die ganze Stadt verteilt, ihre Familien müssen Geschichten erfinden, um Leuten wie Shane Murphy etwas Glaubwürdiges erzählen zu können, und sie besitzen innerhalb der Organisation keine Immunität mehr. Sie haben auf den falschen Mann gesetzt. Sie haben mit Ruggiero zusammen verloren und hatten dabei Glück, mit dem

Leben davon gekommen zu sein. Drei seiner Leute werden zusammen mit ihm zu Grabe getragen. Was aus seiner Familie wird?

Wie soll ich mir darüber Gedanken machen, wenn mir jeder einzelne Knochen schmerzt in Erinnerung an das, was ich trotz allem oder mehr noch deswegen verloren habe? Hätte ich mich anders entscheiden sollen? Hätte ich meine Ambitionen, die 'Ndrangheta von Philadelphia anzuführen, begraben sollen? Aber hätte das einen Unterschied gemacht? Jetzt sitzt Cara in meiner Whonung und erholt sich von meinem Angriff auf sie. Solange Shane Murphy und Francesca da waren, hat sie nicht gezeigt, wieviel Kraft unser kleines Stelldichein in der Dusche sie gekostet hat.

Sie ist eine starke Frau. Sie hat ein Rückgrat aus Stahl und einen Willen aus Diamant, doch sie ist kein Übermensch. Was ich ihr angetan habe, hat Spuren hinterlassen, und kaum waren Shane und Fran aus dem Haus, ist sie vor Erschöpfung fast zusammengebrochen. Ich habe keine Worte für das, was ich bei diesem Anblick empfunden habe. Cara hält einiges aus. Das, was zwischen uns lebt, war immer stärker als jeder Wille. Nicht heute. Wenn sie glaubt, damit wäre diese Geschichte zu Ende erzählt, täuscht sie sich. Ich brauche nur Zeit. Und einen Plan. Eins nach dem anderen.

Mein Autoradio schaltet sich aus, um mir einen Anruf über Bluetooth anzukündigen. Der Anrufer ist Carlo Polucci. Genau der Mann, dem ich am ehesten zutraue, mir zuvorkommen zu wollen.

Ich nehme den Anruf an.

„Jetzt sind es nur noch du und ich", sagt Carlo ohne Begrüßung. Wir waren uns nie grün. Er ist ein alter Fuchs, und ich war immer nur das Baby. Der Eindringling, der Glück gehabt hat, weil er mit einer führerlosen Familie verwandt ist. Doch jetzt bin ich der, der Monza aus dem Rennen geschossen hat. Das verschafft mir einen gewissen Bonus, sogar bei einem Mann wie Polucci.

„Machen wir es unter uns aus", dringt er in mich. Ich habe nichts anderes erwartet. Meine Ambitionen wirken zwergenhaft klein gegen die Ziele, die Carlo Polucci hat. Ich will Unabhängigkeit von Reggio Calabria und den alten Bossen, damit ich in Ruhe mein Geschäft führen und ein komfortables Leben führen kann. Carlo Polucci will nach Philadelphia die Welt regieren. Er will Reggio regieren. „Ich bin ein alter Mann, du bist die Zukunft. Ich werde dich zu meinem ersten Stellvertreter machen und dir alle meine Tricks zeigen, sodass du in ein paar Jahren, wenn ich mich zur Ruhe setze, die Zügel in die Hand nimmst. Jedem wäre geholfen."

„Nein", erwidere ich, und meine Stimme klingt fest und sicher.

„Du kannst das nicht verweigern. Wer bist du? Ein kleiner Wicht aus San Pasquale, der Glück hatte", erinnert er mich. „Das erste Anrecht auf diesen Posten habe ich. Ich kann dir Absolution erteilen, wenn du bereust, dass du dich auf Monzas Seite gegen mich gestellt hast und feststellen musstest, dass er ein Idiot und Verräter war. Ich will, dass du jetzt anerkennst, wer von uns beiden der würdige Capobastone ist."

„Ich melde mich bei dir", sage ich und drücke das Gespräch weg. Als er Sekunden später erneut durchklingelt, lehne ich den Anruf ab.

Ich mag ein brutaler Killer sein, skrupellos, gewissenlos, schnell mit der Klinge und noch schneller mit Handfeuerwaffen. Es gibt kaum eine Waffe, die ich nicht beherrsche, und wenn Carlo mir sagt, er wolle mir alle seine Tricks zeigen, dann muss ich lachen, denn die meisten davon kenne ich besser als er. Ich habe ein Ziel, und es ist groß. Die Position des Capobastone – und Carlo Polucci wird mich töten müssen, wenn er es verhindern will.

Aber es gibt Grenzen. Es gibt immer Grenzen. Selbst für einen Bastard wie mich, der die Frau, die er liebt, zum Bleiben zwingen will und glaubt, der richtige Weg wäre es, sie in den Arsch zu vögeln. Das sind die Dinge, zu denen Verzweiflung einen Mann treibt. Vermutlich hat es in mir viel mehr ausgelöst als in ihr. Denn ich weiß, dass ich sie brauche. Dass sie mir gibt, was keine andere mir je wird geben können. Ich brauche ihren Stursinn, ihre Willenskraft, ihre Überzeugung. Diese Dinge halten mich wach, sorgen für einen klaren Kopf. Aber ich brauche auch diese Art von Sex, hart, brutal, unnachgiebig. Cara hält das nicht nur aus, sie bietet mir den Kampf, den ich verdiene, von ganzem Herzen und freudig. Wenn ich sie lasse, und das habe ich heute nicht getan. Ich brauche diese Frau, es gibt für einen Mann wie mich keine andere. Meine Ziele erreiche ich nur mit ihr gemeinsam.

Die Vorstellung, dass ich sie nie mehr in den Armen halten werde, dass ich sie nie mehr so hochtreiben kann, dass die kleinen, gewaltsamen Explosionen ihres Körpers als herrliche Vibrationen durch meine Adern singen, diese Vorstellung macht mir weiche Knie und lässt mich erneut zur Zigarette greifen.

Der Schlüssel zu meiner Zukunft ist Cara. Um sie zurückzugewinnen, muss ich der *Provincia* zeigen, dass ich am längeren Hebel sitze und der Stärkere bin. Ich muss Francesca aus der Schusslinie bringen und Cara beweisen, dass ich nur sie will. Dazu muss ich mich mit Patrick O'Brien verbünden, denn die vier verbliebenen Familien von Philadelphia sind allein zu schwach, um der *Provincia* in den Arsch zu treten. Aber mit Patrick kann ich mich nur verbünden, wenn ich Capobastone bin, und wenn ich vorerst tue, was Cara von mir verlangt. Alles andere ist für den machtgierigen Iren nicht gut genug. Es ist wie die Geschichte vom Ei und vom Huhn, was war zuerst da? Es ist ein verdammter Kreislauf, in den ich an irgendeiner Stelle hineinbrechen muss.

Ich nehme die Ausfahrt nach Cherry Hill.

Stefania Monza Barelli, Ruggiero Monzas Witwe, ist in einem Motel untergekrochen. Als sie nach meinem dritten Klopfen noch immer nicht die Tür öffnet, trete ich einmal auf Höhe des Schlosses gegen das Blatt. Krachend fliegt die Tür gegen die Wand. Die kleine Tochter schreit entsetzt auf. Ruggieros ältester Sohn, der seinem Vater wie aus dem Gesicht geschnitten ist, ballt die Fäuste, doch der grimmige Zug, den er um seinen Mund legt, verbirgt nicht die Angst in seinen Augen. Das Baby in Stefanias Arm schreit.

Ich habe darauf geachtet, dass diese Frau und ihre Kinder nicht mitansehen mussten, was wir mit Ehemann und Vater getan haben. Natürlich wissen sie es dennoch. Und obwohl ich allein in dem Zimmer stehe, müssen sie ahnen, dass das Motel von meinen Leuten umzingelt ist.

Sie sind die Familie eines Mannes, den ich unter Zustimmung aller anderen Familien eliminiert habe. Weil er mir im Weg stand, aber auch, weil er mich betrogen hat. Unsere Welt hat ihre eigenen Gesetze. Diese Familie, hier in diesem karg eingerichteten Zimmer, ist jeden Schutzes beraubt. Sie erinnern mich an die Nacht, in der ich Francesca kennenlernte. Niemand in unserer Organisation, nicht einmal die *Provincia* daheim in Reggio, würde es als verwerflich empfinden, wenn ich Ruggieros Frau und Kinder töte oder töten lasse. Es gehört zum Geschäft, die Familie eines Verräters auszulöschen. Söhne rächen tote Väter, es ist immer der bessere Weg, das zu unterbinden, indem man sie sofort beseitigt.

Einen endlosen Moment lang sehe ich Stefania an. Ihre Optionen, allein auf sich gestellt mit vier Kindern, zwischen wenigen Wochen und dreizehn Jahren alt, sind gering. Ihre Aussichten schlecht. Der Gebrauchtwagenhandel, mit dem Ruggiero sein eher kärgliches normal-weltliches Einkommen erwirtschaftet hat, wird konfisziert werden, sobald die Truppen von Shane Murphys Police Department in den dort eingelagerten Papieren Hinweise auf die Unmengen an illegalen Geschäften finden, mit denen Monza sein Vermögen aufgebaut hat. Vermutlich finden sich in dem blauen Haus am Ufer des Delaware River in Palmyra noch einmal genauso viele Papiere. Und vermutlich ist es ratsam, wenn Stefania ganz untertaucht, denn als Ehefrau von Monza weiß sie Dinge, die Murphy wird wissen wollen. Auch das wäre ein Grund für mich, hier und jetzt kurzen Prozess zu machen. Vielleicht wäre das sogar die einfachste Lösung für alle. Denn in unserer heutigen Zeit ist es unmöglich für sie, in ein Flugzeug zu steigen und samt ihren Kindern nach Italien heimzukehren.

Es sei denn, ich beschaffe ihr innerhalb der nächsten paar Stunden gefälschte Reisedokumente und ausreichend Bargeld. Das eine müsste ich organisieren. Das andere ... Ich ziehe einen Stapel Banknoten aus meiner Hosentasche und zeige sie ihr.

Der dreizehnjährige Luca rümpft die Nase. Er muss sich offensichtlich erst noch daran gewöhnen, dass die fetten Jahre im blauen Haus vorbei sind.

„Die Phiole, Stefa", sage ich kalt. „Sie ist nicht im Haus, nicht in der Werkstatt, und er hatte sie nicht bei sich."

Mit einem trotzigen Zug um die Lippen sieht sie mich an. Es ist beinahe amüsant. Beinahe. Denn sie kann dieses Kräftemessen nicht gewinnen. Die Phiole in ihrem Besitz ist nur eine Kopie, das Original liegt immer noch im Museum, und ich nehme an, dass sie das weiß, aber ich brauche das verdammte Ding, und sie hat es irgendwo in diesem Raum versteckt. Ich könnte einfach das Unterste zuoberst kehren, aber es liegt in meiner Natur, zuerst den vernünftigen Weg zu versuchen.

In der Innentasche meines Jacketts knistert das Dokument. Es war das einzige, was ich gefunden habe, als ich, nachdem Ruggiero seinen letzten Atemzug getan hatte, noch einmal ins blaue Haus zurückgekehrt bin. Die vom Museum ausgestellte Besitzurkunde über das Artefakt, das Ruggiero für die Ausstellung zur Verfügung gestellt hatte. Ich ziehe es aus der Tasche und werfe es auf den Tisch.

„Erklär mich zum Erben für das Artefakt", sage ich zu Stefania, die zitternd das Baby an sich drückt. „Du bist seine Witwe. Gib mir die Kopie und vermerke auf diesem Dokument, dass die Phiole mit Ruggieros Tod in meinen Besitz übergeht."

„Ich will Papiere", stößt sie hervor.
„Du bekommst sie."
„Wann?"
„Heute Abend. Und Tickets für den ersten Flug morgen früh Richtung Italien." Ich werfe den Stapel Banknoten neben das zerknitterte Dokument auf dem niedrigen Tisch zwischen uns.
„Was wird mit seiner Leiche? Ich will ihn begraben."
„Wir lassen ihn in die Heimat überführen, sobald das Police Department die Leiche freigibt. Das kann dauern." Schließlich müssen Shane Murphy und seine Leute die Leiche erst einmal finden, und wir haben sauber gearbeitet.
„Wer sagt, dass du das kannst, Rossi?" Da ist ein harter Zug um ihre Lippen. Angst, aber auch Hass, und auf beide Gefühle hat sie jedes Recht. In mir ist alles kalt. Ich kann es mir nicht leisten, Mitleid für diese Frau zu empfinden. Dass ich sie am Leben lasse, sollte ihr genügen. Dass ich sie mit Geld und Papieren versorge, sollte Grund genug für Euphorie ihrerseits sein. Sie hat nie zu den Mädchen gehört, die jung und unbedarft an einen Picciotto oder Santista gerieten und keine Ahnung hatten, worauf sie sich einließen. Stefania Barelli stammt aus einer Insider-Familie, und sie wusste, was auf sie zukam. Sie hat verloren, als Ruggiero verlor.

Sie beugt sich vor, das Baby hat aufgehört zu jammern. Sie greift nach dem Bündel Geldscheine. „Du bist ein Schwein, Rossi", knurrt sie, ohne mich anzusehen. „Er wollte nur Unabhängigkeit. Nicht anders als du. Eure Ziele waren dieselben. Dieser Mord wird dich verfolgen bis an dein Lebensende." Um das zu wissen, brauche ich ihre Erinnerung nicht. Einen Menschen zu töten, heißt Gott zu spielen, und ich habe es zu oft getan, um mir noch vormachen zu können, dass dies nicht bestraft wird. Meine Welt ist dunkel und kalt. Nur Cara ist es gelungen, Licht in diese Existenz zu bringen.

Ich tippe mit dem Mittelfinger auf das Dokument. „Eine Notiz, eine Unterschrift. Beglaubigung, Stefa. Dein Mann mag dieselben Ziele gehabt haben wie ich, aber ich kann keinem Mann trauen, der seine Verbündeten betrügt. Er war es nicht wert, uns anzuführen."

„Du hast ihm nie eine Chance gegeben."

„Doch, habe ich, aber er hat sie mit Füßen getreten. Vergiss es einfach." Ich will mich nicht mit ihr streiten, jedes Wort ist Verschwendung. „Eine Unterschrift, Stefania, und die Kopie der Phiole. Dann siehst du mich nie wieder. Versuch nicht zu fliehen. Wir haben dich im Blick. Jemand wird dir Papiere und Tickets bringen, dann kannst du all das hier hinter dir lassen."

„Was, wenn ich in Reggio zur Provincia gehe?" Ihre Hand zittert, als sie auf dem Rand des Dokumentes einen Vermerk notiert und unterschreibt. „Was, wenn ich sie dir auf den Hals hetze und Ruggiero rächen lasse?"

Ich muss lachen, als ich das Dokument an mich nehme. „Du kannst es versuchen, Stefania, aber was genau willst du ihnen sagen? Sie wissen, wer ihnen das Artefakt gestohlen hat, und sie sind längst hier." Ich beobachte sie, wie sie neben einem der beiden versifften Betten im Zimmer in die Knie geht, ohne ihr Baby loszulassen, und unter die Matratze greift. Reichlich unvorsichtig zerrt sie das Rosenholzkästchen mit der gefälschten Phiole hervor, steht auf und knallt es mir vor die Brust. Ich beschließe, mich von ihrem Mangel an Respekt nicht auf die Palme bringen zu lassen.

„Ich wünsche dir einen guten Flug. Lass dich irgendwo in Kalabrien nieder und halte dich von der 'Ndrangheta fern. Vielleicht las-sen sie dich ja in Ruhe. Ich wünsche dir viel Glück dabei." Ich muss zugeben, dass die Wünsche nicht besonders herzlich klingen. Im Grunde muss es mir egal sein, was aus ihr und den Kindern wird. Ich habe dafür gesorgt, dass ihnen bei der abendlichen Aktion gestern kein Haar gekrümmt wurde. Jetzt sind sie nicht länger meine Verantwortung.

KAPITEL 28

Cara

„Hast du die Urkunde?" Mir kommt es vor, als wäre Angelo Tage weggewesen, nicht Stunden. Ich habe versucht, ein wenig zu schlafen, doch Kopfschmerzen und das nicht enden wollende Gedankenkarussell haben mich nicht zur Ruhe kommen lassen. Kaum höre ich Schritte im Foyer, schieße ich von der Couch und eile auf ihn zu.

Angelo tippt auf seine Brusttasche. „Alles wie abgesprochen. Auch die Kopie der Phiole war bei Stefania."

Erleichtert atme ich auf. Es tut gut, sich auf die praktischen Dinge zu konzentrieren. Angelo und ich haben einen Deal. Partner. Komplizen. Kollegen. Das ist, was wir jetzt sein sollen, zumindest erinnert mich mein Verstand daran, doch sein Anblick trifft mich nicht dort, wo der Verstand lebt. Er trifft mich mitten in die Brust und tiefer, dort, wo ich von seiner Attacke heute Morgen immer noch wund und verletzlich bin. Ich wünschte, ich könnte ihn für das hassen, was er mir angetan hat. Es gab Momente in der Dusche, als ich dachte, dass nur der Hass mir geblieben war. Doch jetzt, mit ihm vor Augen, seiner Stimme in den Ohren, die vor Erschöpfung rauer und abgehackter klingt als sonst, kann ich ihn nicht hassen. Er tut, was er tun muss. Er verschenkt seine Seele für meine Sicherheit. Er sorgt sich um eine Frau, die gestern hätte sterben sollen, und er nimmt sich meinen Körper, um zu beweisen, wofür es keine Worte gibt. Ich spreche nicht seine Sprache. Die Worte, mit denen ich aufgewachsen bin, sind für ihn fremd. Aber es gibt eine Sprache, die wir teilen. Unsere Körper finden Wege, einander zu verstehen, ohne dafür Worte zu brauchen. Das ist, was er mir zeigen wollte. Das ist, wie es schon immer war. Wie kann ich ihn dafür hassen, dass er mich in seiner Verzweiflung mit seinem Körper angeschrien hat, statt zu flüstern? Besonnenheit und Vorsicht stehen weder ihm noch mir.

„Dann lass uns fahren."

„Bist du sicher, dass du dabei sein musst?"

„Angelo …" Kurz massiere ich mit den Fingerspitzen meine Schläfen. Dieser Kopfschmerz wird mich noch umbringen. „Wir haben darüber geredet. Ich bin im Museum bekannt wie ein bunter Hund. Du bist ein Außenseiter. Niemand kommt an den Safe. Wenn du die echte Phiole haben willst, brauchst du mich."

Er seufzt. Einen Augenblick lang denke ich, er will mir widersprechen, doch dann scheint er zu einer Entscheidung zu kommen und strafft die Schultern. „Wie du willst, *Lucciola. Andiamo.*"

Die Fahrt im Aufzug ist eine Studie in Selbstbeherrschung. Wir stehen nebeneinander. Er ist so nah, dass sein Duft mir in die Nase steigt. Ein winziges Ruckeln der Kabine, und der Stoff seines Anzugärmels streift meinen Handrücken. Ein Blitz reinen Begehrens schießt unter meine Haut, und ich muss die Finger zur Faust ballen, um nicht nach seiner Hand zu greifen. Angelos Blick ist stur geradeaus gerichtet, doch ich höre das winzige Stöhnen, das ihm bei dieser Nicht-Berührung entschlüpft, und weiß, dass er es auch fühlt.

Fast bin ich erleichtert, als wir endlich die Tiefgarage erreichen, doch ich habe mich zu früh gefreut. Als er mir beim Einsteigen in den Wagen die Tür aufhält, schwebt seine freie Hand über meiner Schulter. Ein winziger Hauch Luft trennt seine Hand von meinem Körper, doch es ist, als ob dieser Abstand die Intensität steigert, statt sie zu verringern. Ich beiße die Zähne zusammen und kralle die Finger neben den Oberschenkeln ins Sitzleder. Das ist, was ich gewollt habe. Ich habe kein Recht dazu, verletzt zu sein. Ausnahmsweise verhält sich Angelo wie ein Gentleman und respektiert unsere Abmachung, und für mich fühlt es sich an, als würde er mich schlagen.

Auf dem Parkplatz der Rittberg'schen Sammlung hält er an. Die Fahrt hat keine halbe Stunde gedauert, aber ich bin außer Atem, als wäre ich die ganze Strecke gerannt. Noch einmal atme ich tief durch, dann nicke ich Angelo zu.

„Mögen die Spiele beginnen."

Angelo macht Anstalten, ums Heck herumzugehen, damit er mir die Beifahrertür öffnen kann, aber diesmal bin ich schneller. Noch einmal würde ich eine solche Fast-Berührung wie beim Einsteigen nicht ertragen.

Nebeneinander betreten wir das Gebäude. Die Ausstellung ist immer noch in Vorbereitung, sodass kein Publikumsverkehr herrscht, doch auch wenn ich meinen Posten gekündigt habe, ist mein Gesicht bekannt genug, um mir Türen zu öffnen. An der Rezeption verlange ich, Irene zu sprechen.

„Selbstverständlich, ich rufe sie." Das Mädchen hinter dem Tresen sieht unter schweren Wimpern zu Angelo auf. Ein wenig erinnert sie mich an Francesca mit ihrer stillen, zuvorkommenden Art, und mein Magen ballt sich zur Faust.

Angelo lächelt das Mädchen freundlich an, erwidert ihren Blick, bis sich flatternd ihre Lider wieder heben. „Das ist sehr freundlich von Ihnen, Signorina."

Röte schießt in die Wangen des Mädchens. Sein italienischer Akzent tut Dinge mit ihr, ganz eindeutig. Aber er tut auch Dinge mit mir, und ich muss einen halben Schritt Abstand nehmen, um nicht nach dem Telefonhörer zu greifen, den sie benutzt, um nach Irene zu rufen, und ihr damit das schüchterne Lächeln aus dem Gesicht zu prügeln. Mühsam versuche ich mich zu konzentrieren. Ich habe kein Recht auf diese Gefühle. Auf dieses Besitzdenken. Angelo hat sich mir ausgeliefert und ich habe ihn zurückgestoßen. Wenn wir Partner sind, werde ich mich daran gewöhnen müssen, dass er andere Frauen ansieht. Doch mein Inneres lässt sich nicht beruhigen. Für Francesca, brüllt es mich an. Für die Frau, die er aus freien Stücken geheiratet hat, muss ich auf diesen Mann verzichten, nicht für eine dahergelaufene Kunststudentin, die ihn ansabbert, weil sie seinen Anzug sieht, die gemeißelten Gesichtszüge und den Körper, der da Vinci als Modell gedient haben könnte.

Zum Glück kommt in diesem Moment Irene aus dem Verwaltungstrakt des Museums und zieht meine Aufmerksamkeit auf sich. Das hier ist kein Spiel, und ich brauche alle meine Sinne, wenn ich bestehen will. Die nächsten Minuten sind unermessliche wichtig für den Erfolg unseres Planes. Ich reiße mich zusammen.

„Cara!" Irene strahlt übers ganze Gesicht, während sie die Arme für mich ausbreitet. "Mit dir habe ich ja überhaupt nicht gerechnet. Ich bedaure immer noch sehr, dass du nicht mehr für uns arbeiten kannst. Schön, dass du uns zumindest besuchen kommst."

„Irene." Ich küsse sie auf beide Wangen, dann trete ich ein Stück zurück, um auf Angelo zu deuten. „Du kennst Mister Rossi, nicht wahr?"

„Aber natürlich." Sie reicht Angelo die Hand zur Begrüßung, und auch auf ihren Wangen breitet sich Röte aus. Echt jetzt? Irene könnte Angelos Mutter sein. Wenn ich die Zähne noch ein bisschen fester zusammenpresse, kann jeder in diesem verfluchten Museum das Knirschen hören. Ich wünschte, hier würden mehr Männer arbeiten, denen der rassige Italiener in Armani und Schuhen von Sutor Mantelassi am Arsch vorbeigeht. „Gibt Cara Ihnen eine private Führung? Wir sind fast fertig mit dem Aufbau der Ausstellung."

„Leider nein." Statt Irenes Hand einfach nur zu schütteln, führt er sie bis kurz vor seine Lippen und deutet einen Kuss an. Gibt es hier irgendwo einen Eimer, in den ich mich übergeben kann? „Wir kommen in einer traurigen Angelegenheit."

„Oh." Die Röte auf Irenes Wangen macht Blässe Platz. „Wenn das so ist, gehen wir vielleicht in mein Büro?"

„Das wäre sehr freundlich von Ihnen."

Wie ein wohlerzogenes Hündchen trotte ich hinter Angelo und Irene her. Ich weiß, dass Angelos Verhalten klug ist. Wenn es uns gelingen soll, die Kopie der Phiole gegen das Original einzutauschen, müssen wir Irene Sand in die Augen streuen. Im Gegensatz zu mir ist Angelo ein begnadeter Schauspieler. Warum, in drei Teufels Namen, macht mich diese Scharade dann so wütend?

Wie gute Gäste nehmen wir in der Sitzgruppe in Irenes Büro Platz. Sie bietet uns Getränke an. Angelo lässt sich einen Espresso servieren, ich nehme ein Glas Wasser.

„Zum Grund unseres Besuchs …", versuche ich das Gespräch endlich in die richtige Richtung zu lenken. „Wie wir heute Morgen von Polizei Superintendent Murphy erfahren haben, ist Ruggiero Monza leider und sehr plötzlich verstorben. Du erinnerst dich an Mister Monza?"

In die Blässe auf Irenes Gesicht mischt sich ein leichter Grünschleier. „Aber natürlich, Liebes. Der nette Herr, der uns das Lukas-Artefakt zur Verfügung gestellt hat. Das ist ja fürchterlich. War es ein Unfall?"

„Etwas Genaues weiß die Polizei noch nicht." Angelo sieht aus, als würde er jeden Moment in Tränen ausbrechen über den schrecklichen Verlust eines geschätzten Mitglieds der italienischen Gemeinschaft in Philadelphia. Sogar seine Finger beben ein wenig, als er in die Innentasche seines Jacketts greift und ein offiziell aussehendes, wenngleich leicht zerknittertes Schreiben daraus hervorholt. Wie in Gedanken schüttelt er den Kopf. „Ich kann nicht begreifen, was passiert ist. Aber wie es aussieht, hat Mister Monza mich zu einem seiner Erben gemacht." Er faltet das Dokument auseinander. Von meinem Platz neben ihn kann ich nur das Wort Besitzurkunde auf dessen Kopf erkennen.

„Wie Sie diesem Schreiben entnehmen können, hat Ruggiero Monza vor seinem Tod verfügt, dass, sollte ihm je etwas geschehen, die Phiole in meinen Besitz übergeht. Dieses Artefakt ist von unschätzbarem Wert für die Region Kalabrien und die religiöse Gemeinschaft, die dort ihre Wurzeln hat. Signor Monza wollte sie in guten Händen wissen."

„Sie möchten das Artefakt direkt mitnehmen?" Auch wenn ich es nicht für möglich gehalten hätte, wird Irene noch eine Spur blasser. „Ich ... ich glaube nicht, dass das möglich ist. Muss in solchen Fällen das Erbe nicht erst offiziell freigegeben werden? Haben Sie auch so etwas wie einen Erbschein, oder so?"

In einer beruhigenden Geste ergreife ich Irenes Hand. „Wir wollen dir ganz sicher keine Umstände machen, Irene. Ich habe Angelo sehr viel von der Phiole erzählt. Obwohl sich in seiner Heimat viele Legenden um das Blut des Heiligen Lukas ranken, hat er selbst das Stück noch nie gesehen. Er würde es sich einfach gern ansehen." Ich kann nur hoffen, dass mir die Lügen so glatt über die Lippen kommen, wie ich es geplant habe. Zumindest Angelo wirkt, als wäre er zufrieden mit meinen Schauspielkünsten. „Wenn du uns erlaubst, kurz in den Keller zu gehen, kann ich ihm die Phiole zeigen. Natürlich müssten alle Sicherheitsvorkehrungen eingehalten werden. Einer der Security-Mitarbeiter kann uns nach unten begleiten. Ich weiß, dass das gegen das Protokoll ist, aber ..."

„Es würde mir sehr viel bedeuten, Signora. Ich möchte dem Mann, der mir als Freund viel bedeutet hat, im Stillen für ein Geschenk danken, das ich nicht verdient habe."

„Siehst du?", hake ich noch einmal nach. „Und du kennst Angelo doch auch." Ich werfe einen Blick auf das Blumenarrangement in der Tischmitte. Es sind nicht mehr Angelos Rosen, die dort stehen, aber Irene versteht meinen Blick dennoch.

Für die Dauer weniger Herzschläge scheint sie noch zu zögern, aber dann gibt sie sich einen Ruck. „Dann will ich mal nicht so sein. Für euch kann ich schon mal eine Ausnahme machen." Sie greift nach dem Telefonhörer auf ihrem Schreibtisch. „Jeremy? Können Sie mir einen Ihrer Männer schicken? Wir brauchen eine Eskorte in den Safe."

Angelo

Das Gute an oberflächlichen Menschen liegt darin, dass sie die Dinge auch nur oberflächlich betrachten. Sie haben gar kein Interesse daran, tiefer zu dringen.

Irene Fitzgerald ist die Ehefrau des Bürgermeisters von Philadelphia und so oberflächlich wie kaum ein anderer Mensch aus meinem Bekanntenkreis. Mit ihrem Mann mache ich seit Jahren Geschäfte, er kauft bei mir ein, wenn es um die Ausrichtung seiner Partys und Konferenzen geht. Für Irene zählt dabei nur, dass sie sich darauf verlassen kann, dass ich pünktlich und in ausgesuchtester Qualität liefere. Während Fitzgerald ganz genau weiß, dass er mit einem Ganoven Geschäfte macht, interessiert Irene dieser Umstand gar nicht.

Auf dem Weg hinunter in die Katakomben des Museums, wo die unbezahlbaren Artefakte bis zum Beginn der Ausstellung in hochgesicherten Safes liegen, plappert sie ununterbrochen auf Cara ein und schwafelt darüber, wie sehr sie es bereut, dass Cara nicht länger für das Museum arbeitet. Und ach wie schwer es gewesen sei, jemanden zu finden, der Cara ersetzt, und ach wie unzufrieden sie mit dessen Arbeit sei. Bisher läuft alles nach Plan. Hinter uns trampelt ein Gorilla in der Uniform der Security die Treppe herunter. Unauffällig schaue ich zur Uhr. Viel länger darf sie nicht schwatzen.

Die Kuratorin und Bürgermeistersfrau bemerkt den Blick ebenso wenig wie der leicht tumbe Sicherheitsmann. Meine kleine irische Gangsterprinzessin bemerkt ihn sehr wohl. Für den Bruchteil einer Sekunde runzelt sie die Stirn, aber dann ist sie wieder ganz vertieft in all die Nichtigkeiten, die Irene auf sie herabrieseln lässt. Als der Security-Gorilla sich an uns vorbeidrängt, um die Tür zu entriegeln, wendet sich Mrs. Fitzgerald plötzlich an mich.

„Ich bin sehr böse auf Sie, Mr. Rossi", sagt sie augenzwinkernd.

„In der Tat? Woran liegt das?"

„Es ist ja wohl Ihre Schuld, dass mir Cara abhanden gekommen ist, nicht wahr?" Gleichzeitig seufzt sie, und als der Gorilla zur Seite tritt, schiebt sie die tonnenschwere Tür auf, die in die Stahlkammer führt. „Aber es ist schon richtig, Sie beide geben ein wunderschönes Paar ab."

Mein Mundwinkel zuckt, als ich auf Cara hinabsehe. Sie bemüht sich, meinem Blick nicht zu begegnen, und vor allem bemüht sie sich, ihr eigenes Lächeln zu verbergen. Wir haben vorab beschlossen, Irene Fitzgerald in ihrem Glauben bezüglich unserer Beziehung zu belassen, denn das ist einfacher, als Geschichten zu erfinden, welcher Art die Geschäfte sind, denen wir gemeinsam nachgehen. Nicht, dass Irene auch nur die Hälfte davon verstehen würde, wenn wir ihr die ganze Wahrheit sagen, aber wir sind ja nicht allein. Auch der Gorilla betritt mit uns den Raum.

Noch einmal blicke ich auf die Uhr.

Irene zieht eine schwere Schublade auf, streift sich Seidenhandschuhe über die Finger und entnimmt das Rosenholzkästchen. Eine exakte Kopie davon befindet sich in Caras Handtasche. Das war das große Risiko, das wir eingegangen sind, denn genausogut hätte man sie und mich filzen können, bevor uns der Zugang zur Stahlkammer gewährt wurde, und dann hätte die Kopie Fragen aufgeworfen. Aber entweder hat Mrs. Fitzgerald nicht so weit gedacht, oder aber, und das ist wahrscheinlicher, sie hat es als gesellschaftlich inakzeptabel empfunden, eine gute Bekannte und ihren harmlosen Begleiter durchleuchten zu lassen.

Ich nehme an, dass das Rosenholzkästchen noch nie in seiner Existenz so eine zartfühlende Behandlung erfahren hat. Seidenhandschuhe, ein sanftes Klicken, um die Verriegelung zu lösen, ein ehrfürchtiger Blick ins Innere, wo in frischem Seidenpapier die Phiole ruht. Irene lässt das Ding auf dem Glastisch stehen und sucht aus einer anderen Schublade die Dokumentationen heraus.

„Ich glaube nicht, dass Miss Aspen hier noch etwas hinzugefügt hat", sinniert sie. „Deine Notizen zu dem Artefakt waren ja schon vollständig, als du uns verlassen hast." Sie seufzt. „So ein Jammer, die Sache mit Mr. Monza, Sir. Kannten Sie einander gut?"

„Wir kommen aus derselben Region in Italien." Ich benehme mich, als gäbe es nichts Spannenderes als die Phiole, dieses Ding, das ich in- und auswendig kenne. Das ich aus den Katakomben der *Provincia* gestohlen und nach Amerika gebracht habe. Für das ich in Patrick O'Briens Verlies geblutet habe und gestorben wäre.

„Sehr ungewöhnlich, dass er Ihnen etwas so Kostbares überlässt, er hat doch Familie." Die Art, wie sie es sagt, zeugt nicht gerade von wirklichem Interesse. Gossip. Frauengeschwätz. Für Menschen wie Irene war der Gebrauchtwagenhändler Ruggiero Monza genau der, als der die Welt ihn sehen sollte: Ein treusorgender Vater, der morgens im altersschwachen Honda seine Kinder zur Schule fährt, damit sie nicht auf Philadelphias gefährlichen Straßen unter die Räder kommen.

Ist die Zeit nicht abgelaufen? Cara wirft mir einen verdeckten Blick zu. Irene und der Gorilla müssen verschwinden. Im nächsten Augenblick dringt durch die offene Tür der Stahlkammer ein Knall, der weiter oben im Gebäude ohrenbetäubend sein dürfte. Cara erschrickt überzeugend.

„Was war das?" Sie stürzt auf mich zu und klammert sich mit beiden Händen in meinen rechten Arm. Den linken lege ich beruhigend um ihre Schultern. Der Gorilla reißt das Walkie-Talkie von seinem Gürtel, stürzt zur Tür und bellt ins Mikro. Irene flattert wie ein aufgescheuchtes Huhn und verliert die Dokumente.

Ich rede mit leiser Stimme auf Italienisch auf Cara ein. Sie versteht es nicht. Niemand versteht es. Es ist irgendein Liedtext.

„Mrs. Fitzgerald", brummt der Gorilla von der Tür her. „Wir haben oben eine Sicherheitsnotlage."

Hektisch winkt sie ihn weg. „Ja ja, gehen Sie schon."

Dann sind wir ihn los. Bleibt sie. Caras Finger in meinem Arm fühlen sich gut an. Sie ist bleich und zittert. Verdammt, sie ist perfekt. Wie lange ist es her, dass sie das letzte Mal unter meinen Händen gekommen ist? Ich will sie schon wieder, mein Schwanz brüllt danach, sich endlich wieder das zu nehmen, was uns gehört. Zum Glück ist Irene Fitzgerald zu beschäftigt, um das Zelt zu bemerken, das meine Hose plötzlich beult. Sie sortiert ihre entflatterten Blätter wieder zusammen, auf den Wangen rote Flecken, sie geht zur Tür, zieht sie zu. Sicherheitsnotlage kann alles sein. Dann klingelt ihr Handy. Panisch nimmt sie den Anruf an.

„Ja", sagt sie, blickt zu uns herüber. „Ja, natürlich." Sie verdreht die Augen. „Mein Auto? Es ist nicht zu fassen. Ja, ich bin gleich da." Sie steckt das Telefon wieder ein. „Cara, meine Liebe, es tut mir wirklich leid. Kann ich euch beide einen Moment allein lassen? Sieht so aus, als hätten die Kinder von der Schule gegenüber einen Feuerwerkskörper direkt unter mein Auto geworfen. Ich muss mir den Schaden ansehen."

„Oh", macht Cara schwach, löst ihre Finger aus meinem Arm und streicht sacht über den Stoff des Jacketts. Auch auf ihren Wangen glüht nun Röte, doch ich bezweifle, dass der Grund dafür bei ihr Aufregung ist. Eine Berührung, und sie ist ebenso verloren wie ich.

„Ich bin gleich wieder da. Es besteht keine Gefahr, aber wir können gern die Tür verschließen, damit niemand reinkommt."

„Weißt du was?" Cara streicht sich über ihren engen Bleistiftrock und dann durch die Haare, als würde sie ihre Fassung wiedergewinnen. „Ich räume hier alles weg und dann verriegeln Angelo und ich die Tür von draußen. Okay? Was meinst du?"

Das Schöne an oberflächlichen Menschen ist, dass ein drei Monate alter Mercedes erheblich wichtiger sein kann als ein unbezahlbares Artefakt, wenn jemand eine kleine, harmlose Explosion darunter auslöst. Dankbar umarmt Irene Fitzgerald Cara, dann flattert sie davon.

Ich grinse Cara an. „Du bist die Tochter deines Vaters."

„Er wäre auch ziemlich erschüttert, wenn es anders wäre", gibt sie trocken zurück und wühlt bereits die Kopie aus ihrer Handtasche heraus. Argwöhnisch beäugt sie beide Kästchen. „Hier fehlt das Seidenpapier", murmelt sie. „Das fällt sofort auf."

Ich greife die Kopie aus dem einen Kästchen und mit der anderen Hand das Original aus dem anderen. „Seidenhandschuhe und Seidenpapier sind mir ziemlich egal", brumme ich dabei, tausche beides aus und stopfe das Original in Caras Handtasche. Sie schiebt das Rosenholzkästchen mit der Kopie wieder in die schwarze Schublade und verstaut dann ebenso sorgfältig die Dokumentationen. Ohne Hast, ohne Eile. Ich schaue ihr dabei auf die Finger, und die Art, wie sie sich bewegt, der geschäftsmäßige enge Rock, einfach alles an ihr steigt mir zu Kopf.

„Du bist perfekt für mich. Die geborene Gangsterbraut."

„Behalte deine Finger bei dir", erwidert sie, aber ihre Stimme bebt. Je länger ich sie ansehe, desto flacher geht ihr Atem.

„Tatsächlich?" Sie weicht einen Schritt vor mir zurück, während sie die Schublade mit den Dokumenten zuschiebt. Aber nur einen Schritt, dann bleibt sie stehen, und in ihren Augen liegt dieselbe Hitze, die ich in meinem Körper spüre.

„Die Idee mit der Explosion war Gold wert", flüstert sie, vielleicht, um mich abzulenken. In meinen Ohren klingen die Worte nach etwas ganz Anderem.

„Deine Reaktion darauf war Diamanten wert", erwidere ich, und dann kann ich nicht mehr anders. Meine Hände wühlen sich in ihre Haare, meine Lippen streifen ihre. *Cazzo, Lucciola, tu sei perfettissima per me*", keuche ich in ihren Mund hinein. Nicht nur ist sie perfekt, ihre Art, ihre Schauspielkunst, ihre Fähigkeit, das Spiel mitzugehen bis zum letzten Punkt, auch ihre Lippen sind perfekt unter meinen, ihr Körper, der sich nach einem kurzen Zögern in meinen schmiegt. Meine Linke gleitet in ihrem Rücken nach unten, über ihren Hintern in dem aufreizend engen Rock, unter den Rocksaum, zwischen ihre Beine. Sie keucht in meinen Mund, hebt das Bein, schlingt den Oberschenkel um meine Hüften. Soll doch jemand kommen. Für die Leute hier sind wir das Liebespaar, das wir nicht mehr sind. Mit dem Rücken kracht Cara in die Reihe von Stahlschränken, während ich sie mit meinem Mund attackiere und sie antwortet, indem sie beißt und saugt und stöhnt.

„Wenn wir ein Bett hätten, würde ich dich hier und jetzt vögeln", knurre ich.

„Wir haben bisher auch nie ein Bett gebraucht", gibt sie zurück, reibt sich an mir.

„Du willst es." Ein Keuchen. „Du willst es, bestreite es."

„Was erwartest du von mir? Natürlich will ich es, aber ich bin nicht deine Hure." Sie krallt alle zehn Finger in meine Haare und reißt daran. „Ich will dich, Angelo Rossi, von Kopf bis Fuß, von deiner Haut bis an den dunkelsten Punkt deiner Seele, aber ich will dich für mich, und ich will nicht teilen."

„Du wirst nicht teilen, denn …"

Sie beißt mir in die Unterlippe, so fest, dass ich eine Sekunde Blut schmecke. „Wenn du ihren Namen sagst, trete ich dir die Eier blutig, du Hurensohn."

„Meine Mutter ist keine Hure." Meine Finger gleiten unter den Saum ihres Höschens, finden Nässe. Fuck. Wie soll man dabei cool bleiben? „Ich will die andere nicht, Cara. Ich will dich. Du bist alles für mich. Ich finde einen Weg."

„Welchen?" Aus tiefblauen Augen sieht sie mich an.

Ich habe keine Ahnung. Immer noch nicht. Alles, was ich weiß, ist, dass ich sie will. Alles, was sie ist, mit allem, was ich habe. Ich kann nicht klar denken. Vielleicht, wenn sie nicht so nah wäre, hätte ich mir längst einen Weg überlegen können, aber cazzo, ich kann nicht denken, mit ihrem Duft, der mich einhüllt, mit ihrer Nähe.

Meine Stirn sinkt auf ihre. Ich ziehe meine Finger zurück, ihr Bein gleitet von meiner Hüfte herab. Sie atmet so schwer wie ich. Ihre Hände liegen auf meinen Wangen. Es fühlt sich an wie Vergebung, aber das ist es nicht, dennoch gebe ich mich für ein paar Atemzüge der Illusion hin, ehe ich nach ihrer rechten Hand greife.

„Gehen wir."

KAPITEL 29

Cara

In ihrem Kästchen aus Rosenholz liegt die Phiole mit dem Blut des Heiligen Lukas auf meinem Schoß. Immer wieder muss ich das Kästchen ansehen. Ich bin Kunsthistorikerin, natürlich liebe ich Artefakte und alte Kunstwerke, doch bei dieser Reliquie ist es anders. Es ist, als hätte sie einen eigenen Puls und als würde ich diesen Puls spüren, während sie in meinem Schoß liegt. Ein sanftes, pochendes Vibrieren, das durch meine Adern zittert. Wie eine Stimme oder ein Atemzug.

„Bist du sicher, dass du sie zu deinem Vater bringen willst?" Angelos Stimme klingt gepresst. „Noch können wir uns etwas anderes überlegen. Was ist mit Shane Murphy?" Wir sitzen in seinem Wagen vor der Einfahrt zum Haus meines Vaters. Der Motor ist ausgeschaltet. Ich könnte einfach ins Haus gehen und dort bleiben, nicht wieder herauskommen. Ganz gleich, was ich gesagt habe, die Versuchung ist da. Wir arbeiten zusammen, ich achte auf ihn, wie er auf mich achtet, aber im Haus meines Vaters warten Sicherheit und Geborgenheit auf mich, die Angelo mir in dieser Form nicht bieten kann. Ja, ich fühle mich sicher bei ihm, aber der Preis dafür ist, dass ich damit leben muss, dass er eher sterben würde, ehe mir etwas passiert. Und mit dieser Vorstellung kann ich schlecht umgehen. Aber dort reingehen? Bei Daddy bleiben? Nichts tun können, wenn Angelo in Bedrängnis gerät, aus der Ferne zusehen müssen? Das ist zuviel verlangt. Das, was in der unterirdischen Stahlkammer der Rittberg'schen Sammlung zwischen Angelo und mir geschehen ist, lässt sich nicht so einfach abschütteln wie ein lästiger Gedanke.

Ich strecke meine Hand aus, um sie auf die seine zu legen. Die Nachmittagssonne lässt das Licht, das durch die Fenster ins Wageninnere strömt, weich und zärtlich wirken und malt helle Flecken auf seine perfekte Haut. Sie schmeichelt Angelos Zügen, nimmt etwas von der Härte aus seiner Miene. Würde ich ihn nicht so gut kennen, würden mir die dunklen Schatten unter seinen Augen vielleicht nicht auffallen. So wie es ist, scheinen sie mich anzuklagen.

„Shane Murphy? Warum ausgerechnet bei ihm?", frage ich ihn. Wir sollten uns wirklich trennen. Jede Minute, die wir allein gemeinsam verbringen, macht alles nur noch schwieriger. „Warum tust du, als wäre sie dir nichts wert?"

Er lehnt den Kopf an die Nackenstütze und schließt kurz die Augen. „Ist sie nicht, und das weißt du. Was ist wirklich dein Problem, wenn wir sie bei Shane aufbewahren?"

„Du wärst eher gestorben, als die Phiole zu verraten." Seine Finger unter meiner Hand zucken. Langsam öffnet er die Augen und dreht mir den Kopf zu. Goldene Funken tanzen im Schwarz seiner Pupillen. Ich möchte mich zu ihm lehnen, ihn küssen und sagen, dass alles gut werden wird, aber zwischen uns gibt es schon zu viele Lügen. „Francesca", füge ich nach einer Weile hinzu. „Ich traue ihr nicht." Er macht nicht den Eindruck, als wolle er darauf etwas antworten, aber er macht auch keine Anstalten, aus dem Wagen zu steigen um ins Haus meines Vaters zu gehen. Er wird Francesca nicht vor mir verteidigen, aber er will, dass ich meinen Verdacht untermauere.

„Hast du schon einmal darüber nachgedacht, ob die sie vielleicht hierher gebracht haben, um dir die Phiole zu stehlen, die du ihnen gestohlen hast? Es muss ja nicht mal böswillig von ihr sein. Würde ein Mensch nicht alles tun, um am Leben zu bleiben, wenn ein anderer ihm eine Klinge an den Hals setzt?"

Aus seinen schwarzen Augen mit den unverschämt langen Wimpern sieht er mich an. „Ich habe darüber nachgedacht."

„Und?"

Er schüttelt den Kopf und wirkt plötzlich sehr müde. „Nein. Das würde sie nicht tun."

„Du meinst, sie würde eher sterben, ehe sie dich verrät?" Der Gedanke tut weh, denn er bedeutet, dass sie ihn mehr liebt als ihr eigenes Leben. Es ist so romantisch, dass mir schlecht wird, denn wie könnte ich ihr daraus jemals einen Vorwurf machen?

Angelo lächelt ein wenig traurig. „Das nicht. Aber sie respektiert mich. Und sie hätte es mir sofort gesagt, als sie vor mir stand. Sie hätte mich nicht betrogen. Sie ist 'Ndrangheta, Lucciola, sie folgt einem Kodex. Und sie ist gerissener, als du glauben würdest. Sie hätte sich einverstanden erklärt, mitzuarbeiten, damit die sie hierher bringen, aber sobald sie vor mir stand, hätte sie die Seiten gewech-selt, weil sie weiß, dass ich sie schütze."

Hätte sie das getan? Könnte ich selbst so clever sein? Passt das überhaupt zu der Frau, die ich kennengelernt habe, die so unterwürfig und brav ist und die Haarnadel eher abbricht, ehe sie damit die Handschellen knackt? Glaubt er wirklich, was er sagt? Gleichzeitig wäre es der Gipfel der Treulosigkeit, wenn ich ihm und seiner Einschätzung der Dinge nicht vertrauen würde. Er kennt seine Frau und seine Organisation viel besser als ich, wer bin ich, ihm sagen zu wollen, was Francesca wirklich will?

Er seufzt noch einmal, doch schließlich wechselt er das Thema, weil ich nichts mehr sage. „Hast du dich jemals gefragt, wie lang die Ewigkeit ist?"

Ich schüttle den Kopf, zu verwirrt, um ihm antworten zu können.

„Wir haben keine Vorstellung von der Ewigkeit. Sie ist zu lang, zu gewaltig. Für etwas so Mächtiges wie die Ewigkeit verdammt zu sein, macht mir Angst."

„Du bist nicht verdammt."

Ein bitteres Lachen zerschneidet die still fließende Luft um uns herum. „Natürlich bin ich es. Ich bin verdammt, seit ich mich entschieden habe, mein Leben in den Schoß der 'Ndrangheta zu legen."

„Du hattest doch keine Wahl. Dein Vater hat dazu gehört."

„Ich hatte eine Wahl. Ich kam nach Amerika und hätte sauber neu anfangen können. Ich habe mich wieder hineinsaugen lassen, weil ich vor einem sauberen Leben solche Angst hatte, dass meine Hosen nass wurden."

„Du bist ein guter Mensch."

„Aber ein schlechter Mann. Ich liebe die Frau nicht, die ich zu schützen geschworen habe, und verzehre mich mit jedem Gedanken nach einer anderen."

Eine Weile schweigen wir. Zwar weiß ich immer noch nicht, was das, was Angelo gerade gesagt hat, mit der Phiole und deren Wert für ihn zu tun hat, aber allein die Tatsache, dass er gesprochen hat, legt sich um mich wie eine wärmende Decke.

„Die Phiole ist ein Zeichen für Hoffnung", sagt er schließlich. „Wenn ein Capo eingeschworen wird, erbittet er den Schutz des Heiligen. Für sich und die Famiglia. Aber vor allem für seine Seele. So lange das Blut in unseren Händen ist, gibt es etwas Gutes in der 'Ndrangheta. Dann gibt es noch Hoffnung. Auch für die Ewigkeit, nicht nur für das Leben in dieser Welt."

Erst als eine Träne von meiner Wange rollt und auf unseren verschränkten Fingern zerplatzt, merke ich, dass ich weine. Angelo löst seine Finger aus meinen, streicht mir mit dem Daumen Feuchtigkeit von der Wange.

„Weine nicht, *Lucciola*. Ich bin ein verdammter Mann und deine Tränen nicht wert." Kein Mann war je mehr Tränen wert als Angelo Rossi. Ich möchte es ihm sagen. Ich möchte ihn beschwören, dass er unrecht hat, dass so viel Gutes in ihm lebt, dass er keine Angst vor der Ewigkeit haben muss. Aber ich tue es nicht, weil ich spüre, dass seine Ängste zu verleugnen bedeuten würde, auch ihn zu verleugnen. Noch mehr als vor wenigen Minuten weiß ich jetzt, warum er gegangen ist, um Reisedokumente und Geld für eine Frau aufzutreiben, die ihn aller Wahrscheinlichkeit nach bei nächster Gelegenheit ans Messer liefern wird. Warum er zärtlich sein kann und im nächsten Augenblick gemein. Zwei Herzen schlagen in der Brust des Mannes, den ich liebe, und die Phiole, dieses uralte Artefakt aus seiner Heimat, hält diese beiden Teile von ihm zusammen. Wenn es meinem Vater gelungen wäre, der 'Ndrangheta dieses Artefakt wirklich zu rauben, hätte er ihnen mehr genommen als einen Schatz von unschätzbaren Wert. Er hätte ihnen die Seele geraubt, die Hoffnung auf Vergebung und Erlösung.

Er hätte der Welt Angelo Rossi geraubt, der für die Phiole gestorben wäre.

Unwillkürlich schmiegt sich meine Wange in seine Hand. „Ich liebe dich", flüstere ich, weil es nichts als die Wahrheit ist. Wie könnte ich ihn auch nicht lieben? Einen Mann, der so viel Ehre besitzt und dabei so viel Böses tut?

„Geh zu deinem Vater, Cara. Er beschützt dich. An meiner Seite wartet der Tod auf dich."

Ich schüttle den Kopf. „Ich will Francesca sehen." Behutsam nehme ich das Rosenholzkästchen und lege es von meinem Schoß in seinen. „Ich will ihr in die Augen sehen und darum weinen können, dass sie dich lieben darf und ich nicht."

Doch als ich meine Hand zurückziehen möchte, drückt er meine Finger mit sanfter Gewalt behutsam erneut um das Kästchen. „Bring sie deinem Vater, *Lucciola*. Jetzt. Er soll sie für mich aufbewahren. Bei mir ist sie nicht sicher. So wenig sicher wie du." Einen kurzen Moment lang sehe ich ihm in die Augen, suche nach der Spur des Weges, auf dem er zu diesem Entschluss gekommen ist, dann nicke ich. Das ist, was ich gewollt habe, die Phiole bei meinem Dad im Safe, in Sicherheit.

Ohne mich noch einmal umzusehen, öffne ich die Beifahrertür und steige aus. Ich betrete das Haus meines Vaters nicht mit gesenktem Kopf. Ich bin nicht die verlorene Tochter, die auf Knien kriechend zurück nach Hause kriecht, um um Vergebung zu bitten. Ich bin Cara O'Brien. Ich bin die Prinzessin des irischen Outfits und trage die Hoffnung der 'Ndrangheta mit mir, und ich bin gekommen, um den Schatz der 'Ndrangheta der Obhut des irischen Outfits zu übergeben.

Die ganze Zeit über warte ich, dass der Motor des Maserati vor der Tür anspringt und Angelo ohne mich davonfährt. Ich weiß nicht, was ich tun würde, wenn er das macht. Ich weiß nicht, ob mein gebrochenes Herz mir erlauben würde, ihm nachzulaufen, so hoffnungslos das wäre. Aber alles bleibt ruhig. Der Motor bleibt stumm. Angelo wartet.

Er vertraut mir. Wir sind gleichberechtigte Partner. Er wartet auf mich, um zu tun, was wir tun müssen.

Dieses Bewusstsein gibt mir Kraft und die Sicherheit, Patrick O'Briens Arbeitszimmer zu betreten.

Angelo

Die Straßen sind erstaunlich leer, für Philadelphias Verhältnisse am frühen Nachmittag. Zu wissen, dass Cara an meiner Seite ist, hilft mir, mich auf die Dinge zu konzentrieren, die ich anzugehen habe. Ich muss nicht ständig daran denken, ob es eine gute Idee war, sie zu Paddy gehen zu lassen. Ob er sie schützen kann, ob die Männer, die die Provincia hierher geschickt hat, das Anwesen des Iren angreifen werden. Ich habe sie neben mir, sie ist meine Verantwortung, und das schärft meine Sinne bis aufs Äußerste.

Es muss schnell gehen, ehe Carlo Polucci ins Geschehen eingreift. Monza ist erledigt, um Papiere für seine Familie kümmert sich Zia Paolina, mit der ich telefoniert habe, während Cara mit ihrem Vater redete. Wenn ich den Rückhalt der anderen Familien bekomme und mich durchsetze, werde ich bereits morgen Vormittag die Phiole bei Patrick abholen, damit die Ernennung zum Capobastone durchgezogen wird.

Ich mache nicht den Fehler, mich nicht der Illusion hinzugeben, dass die Männer der *Provincia* stillhalten werden. Dass Cara Francesca sehen will, behagt mir nicht, aber es gibt mir die Gelegenheit, mich zu vergewissern, ob Shane Murphy meine Frau sicher untergebracht hat.

Sie zu fragen, was genau sie Francesca fragen oder ihr sagen will, kommt mir nicht in den Sinn. Es sind zwei Frauen, die in meinem Leben eine wichtige Rolle spielen. Nur eine von ihnen kann gewinnen. Wenn es nach mir geht, steht die Gewinnerin fest, aber Cara sieht das anders, und Francesca vermutlich erst recht. Als junger Mann habe ich einmal, wie so viele junge Männer, diese Fantasie gehabt, wie es wohl wäre, wenn sich zwei Frauen um mich prügeln würden. Was gäbe es daran nicht zu mögen? Die Wirklichkeit sieht viel weniger sexy aus als die Vorstellung, oder vielleicht hatte ich mir damals einfach nur nicht vorstellen können, jemals an eine solche Wildkatze wie Cara zu geraten. Ich ertappe mich dabei, wie ich mir zum unzähligsten Mal wünsche, dass sich Francesca einfach in Luft auflösen würde, damit ich zusammen mit meiner *Lucciola* in den Sonnenuntergang reiten kann.

Murphys Haus liegt im Nordwesten der Stadt. Ich erinnere mich nur zu gut an den hohen Metallzaun, den ich in jener Nacht bezwang, in der ich ihn zusammen mit Lorenzo aufgesucht und Shane sich vor Angst bepinkelt hat. Damals hat er mir Cara ausgeliefert. In Wirklichkeit aber bin ich es, der sich Cara ausgeliefert hat. Wer hätte das damals ahnen können?

Ich wühle mich durch den Verkehr vor mehreren Ampeln, um in der entgegengesetzten Richtung wieder auf den Highway raufzukommen, und drücke dabei die Kurzwahl zu Zia.

„*Ragazzo*", grüßt sie mich. „Ich hole nachher Lorenzo aus dem Krankenhaus."

Das ist gut zu hören und gleichzeitig auch nicht, denn mit der Schwere seiner Verletzungen sollte er länger unter Beobachtung bleiben. „Heute schon?"

„Ich glaube, die wollen ihn loswerden. Du kennst ihn doch."

„Zia, du musst mir einen Gefallen tun. Finde heraus, ob Shane Murphy im Büro ist." Aus dem Augenwinkel sehe ich, wie Cara den Kopf dreht und mich anschaut. Ich könnte sicher selbst im Polizeipräsidium anrufen, aber nach dem Superintendenten zu verlangen, ist eher etwas, das senile alte Frauen tun, denen der Enkel mit einem Taschenspieler-trick die letzten Dollars vom Konto abgeräumt hat, und die sich ausheulen wollen.

„Warum?", will Cara wissen.

„Nur um sicherzugehen, dass wir nicht umsonst in den Norden fahren."

Noch ehe wir an der richtigen Ausfahrt den Highway wieder verlassen, teilt mir Zia mit, dass Shane Murphy an diesem Tag in seinem Home Office arbeitet. Ich weiß nicht, ob ich das gut oder schlecht finden soll. Ja, ich will wissen, wie es Francesca geht und ob ich die richtige Entscheidung getroffen habe. Aber will ich wirklich, dass Cara und Francesca dieses Gespräch führen, auf das Cara offensichtlich so brennt? Ein Auge auf dem Verkehr in Lexington und Melrose, eine Hand am Steuer, prüfe ich mit der anderen Hand halb unter dem Armaturenbrett meine Waffen. Alle geladen, alle griffbereit, eine schiebe ich vorn, die andere hinten in den Hosenbund. Ich blicke auf Cara, sie erwidert den Blick.

„Hast du eine Pistole?", frage ich sie. Gut möglich, dass Paddy ihr eine mitgegeben hat, damit sie sich notfalls verteidigen kann, wenn der Spaghettifresser sich plötzlich um hundertachtzig Grad dreht und gegen sie wendet.

Sie schüttelt den Kopf.

Ich halte ihr die kleinste meiner Pistolen, eine nicht ganz neue Smith & Wesson, hin. „Versprichst du mir, nicht auf Francesca zu schießen, es sei denn, sie geht mit einem Küchenmesser auf dich los?" Es erinnert mich an unsere Übungen auf der Schießanlage, und an den atemberaubenden Sex. Ihre Augen verdunkeln sich, ich kann sehen, dass sie dasselbe denkt wie ich. Wie kann sie auch nur einen Augenblick lang daran zweifeln, dass wir füreinander geschaffen sind?

„Versprochen."

Ich verlangsame die Fahrt, als ich in die weite Allee einbiege, an deren Ende Murphys Anwesen liegt. Da ist der hohe Metallzaun. Auch heute gibt es niemanden, der die Zufahrt bewacht. Das Tor steht offen. Fuck, Murphy, du Stronzo. Kein Mensch hält mich auf, als ich offen durchs Tor rolle und auf der geschotterten Zufahrt weiter bis vors Haus. Immerhin dreht eine Überwachungskamera, die hoch über der Haustür angebracht ist, auf mich. Ich prüfe ein allerletztes Mal die zwei Pistolen in meinem Hosenbund und steige aus.

Es ist still, bis auf die Vögel, die in dem parkähnlichen Garten zwitschern. Die Sonne scheint, aber in Murphys Garten stehen uralte Bäume, die das Haus in Schatten tauchen. Verdient ein Superintendent soviel Idylle und Ruhe? Sein Refugium ist das genaue

Gegenteil von meinem hochmodernen Penthouse, wo es auf der Terrasse ein paar Grünpflanzen in Kübeln gibt, aber ansonsten sterile Modernität vorherrscht. Das hier ist wie eine grüne Lunge mitten in der Stadt, und tagsüber ist der Unterschied noch um ein Vielfaches greifbarer, als er es in jener Nacht gewesen ist, in der er Cara an mich verlor.

Ich sehe mich gründlich um, ohne mich zu weit vom Wagen, von Cara oder der Haustür zu entfernen, und finde nichts Auffälliges. Die Überwachungskamera macht jede meiner Bewegungen mit, aber niemanden scheinen die Aufnahmen zu interessieren. Cara bleibt neben der Beifahrertür stehen.

„Du kennst dich hier aus, ja?", frage ich sie, absichtlich lauter als notwendig, falls jemand auf der Lauer liegt, lässt der sich vielleicht durch ein Gespräch locken.

„Ein bisschen", erwidert sie. Ihr eigenes Verhalten spiegelt meines. Vorsicht. Wer kann wissen, wer sich außer uns hier herumtreibt? Schließlich steige ich die vier Stufen zur Haustür hinauf und greife auf die Klinke.

Abgeschlossen.

Wenn jemand das Anwesen überfallen hat, hätte der sich kaum die Mühe gemacht, während oder nach dem Überfall wieder abzuschließen. Es gibt keine elektronische Schließanlage, sondern nur ein altmodisches Sicherheitsschloss. Noch zögernd lasse ich den Pistolengriff los und ziehe stattdessen mein Handy, wähle die Nummer, die Murphy mir gegeben hat, als ich ihm Francesca anvertraute. Als ich die Ohren spitze und das Geschrei der Singvögel ausblende, kann ich ganz schwach im Haus eine Melodie wahrnehmen.

Ich unterbreche die Verbindung und drücke auf den Klingelknopf.

Irgendwo im Haus poltert etwas. Ich trete zwei Schritte zurück, tausche das Handy wieder gegen die Pistole, die ich dieses Mal ganz ziehe, in Anschlag nehme und die Mündung auf die Tür richte, sobald ich Schritte vernehmen kann. Ein Schlüssel dreht sich im Schloss. Knarzend bewegt sich die Klinke. Ich entsichere.

Shane Murphy, dem die Haare wie von Sex zerwühlt zu Berge stehen, blickt mit größtem Erstaunen auf die Pistole in meiner Hand. Die Pistole, die ich jetzt langsam sinken lasse. Er trägt ein hellblaues, perfekt gebügeltes Hemd und polierte Straßenschuhe zu einfachen Jeans.

„Wäre ich jemand anders, würdest du jetzt aufgehört haben zu atmen", knurre ich ihn an.

„Rossi? Fuck, du Wichser, was soll der Scheiß? Was willst du? Warst das du, der gerade angerufen hat?"

„Hast du schon mal darüber nachgedacht, dass du dein Anwesen bewachen lassen solltest?" Unaufgefordert dränge ich mich an ihm vorbei ins Haus. Es ist kühl, klimatisiert, ein künstlicher Sommerblumenduft benebelt die Sinne.

„Cara?" Shane hat seine Ex-Verlobte entdeckt. Ich höre, wie ihre Absätze die Stufen heraufkommen, dann höre ich die Eingangstür zuschlagen.

„Was wollt ihr zwei überhaupt hier?", fragt er, immer noch sichtlich verwirrt.

„Wo ist sie?" Ich will verdammt noch mal wissen, wo Francesca ist. Das ganze Szenario hier geht mir gegen den Strich. Ich drehe mich kaum zu ihm um, klinke Türen auf, finde eine perfekt aufgeräumte Küche, ein Gästezimmer mit perfekt geglätteten Laken, ein Arbeitszimmer, in dem sich auf dem Schreibtisch Ordner und Dokumente stapeln. Ein Zimmer, in dem ich einen Mann bei der Arbeit gestört habe. „Francesca, du Stronzo. Wo ist sie? Sag nicht, dass du sie hier hast, in diesem Haus, das für jeden Mafioso eine Einladung ist."

Francesca taucht in einer Tür am Ende des Korridors auf. Verständnislos starrt sie mich an, in der Hand ein Taschenbuch mit buntem Cover auf dem Einband. „Angelo?"

„Geht es dir gut?" Wie angeschossen bleibe ich stehen, ihr Anblick raubt mir die Luft, weil ich an nichts anderes denken kann als daran, wie einfach es war, hier reinzukommen.

„Es geht mir gut, was machst du hier? Warst du das am Telefon?" Dann fällt ihr Blick auf Cara, und aus der zarten Blässe auf ihrem Gesicht wird ein wütendes Feuerrot. Sie presst die Lippen zu einem schmalen Strich. „Miss O'Brien", sagt sie, mehr abschätzig als höflich.

Cara steht mit vor der Brust verschränkten Armen in der Lobby des Hauses. Sie beachtet Murphy nicht, hat nur Augen für Francesca. „Hast du ihm das geraten?", fragt sie kühl. So kühl, dass ich mich beinahe vor ihr erschrecke? Ist das meine heißblütige Wildkatze? Wer ist das? Kenne ich sie überhaupt?

„Was?", fragt Francesca zurück.

„Dieses unbewachte Haus. Keine Polizisten im Garten oder entlang der Straße. Niemand, der die Überwachungskamera im Auge hat. Alles weit offen."

Hilfesuchend gleitet Francescas Blick zu Shane. Ich vermute, dass sie nur die Hälfte von dem, was Cara sagt, wirklich versteht. Ich glaube kaum, dass sie ahnt, worauf Cara hinauswill, aber ich kann nichts dagegen tun, dass *Lucciola* die Rivalin in die Zange nimmt, als befänden wir uns in einem Verhörzimmer.

„Warum sollte ich das tun?" Francesca richtet die Frage an mich, auf Italienisch, und Cara gibt ihre vermeintlich gefasste Haltung auf und tritt mit geballten Fäusten auf Francesca zu.

„Sprich nicht mit ihm, hörst du? Wenn du etwas zu sagen hast, sag es mir, nicht ihm!"

„Cara …"

Aber sie wischt meinen Einwand mit einer Hand weg. „Sie versteht jedes Wort, Angelo, jedes einzelne, und sie braucht keinen Übersetzer. Wer weiß, wie lange sie schon in deiner Heimat von deiner Organisation bezahlten Unterricht genommen hat, damit sie ihnen hier bestmöglich von Nutzen ist." Das, was ich ihr gesagt habe, vorhin, dass Francesca mir das sofort gebeichtet hätte, als sie mir gegenüberstand, hat in Caras Augen überhaupt keine Bedeutung mehr. Sie ist eine Frau auf einer Mission. Es ist wahnsinnig sexy, aber ich kann es nicht zulassen.

„Warum sollte sie das tun, Cara?" Jetzt spreche ich lauter, um zu ihr durchzudringen. „Das hier ist Shanes Haus, was haben Francesca oder die *Provincia* davon, wenn es weit offen und zugänglich ist? Das ist unvernünftig."

„Vielleicht, damit Francesca unbemerkt verschwinden kann, wenn Shane nicht aufpasst? Frag doch sie, was sie davon hat, sie hat es eingefädelt."

Verzweifelt schüttelt Francesca den Kopf. „Ich habe nicht …" Sie verschluckt sich, blickt von mir zu Shane zu Cara, die wie eine Furie im Foyer auf und ab zu gehen beginnt. „Ich habe das nicht getan. Shane sagte …"

„Ich kann mein Haus schwerlich von einer Einheit umstellen lassen und dann eine Frau hier reinbringen, für deren Existenz es keine Erklärung gibt", sagt Shane, von Caras Verhalten sichtlich verwirrt. „Ich bin bewaffnet und sämtliche Türen und Fenster sind alarmgesichert. Kameras zeichnen alles auf, auch wenn ich im Moment in meinem Büro so beschäftigt war, dass ich nicht auf die

Monitore geachtet habe. Francesca hat im Wohnzimmer gelesen. Hätte ich Polizisten auf dem Gelände, würde es Fragen geben, wer Francesca ist."

Es klingt vernünftig, trotzdem bin ich sauer. „Dann bring sie woanders hin", sage ich. „Du kannst mir nicht erzählen, dass du keine Safehouses oder sowas in Hülle und Fülle hast. Wer sich als Superintendent zum Lieblingskind des Mob-Bosses macht, kommt da nicht hin ohne Schlupflöcher. Wieso also ist sie hier, wenn du …"

„Was glaubst denn du?", fährt er mir ins Wort. „Weil du mir die Verantwortung gegeben hast. Was sollte ich denn tun? Sollte ich sie in ein Safehouse bringen, und wenn sie gefunden und getötet wird? Wie schnell hätte ich deine verfluchte Klinge zwischen den Rippen? Also habe ich sie hierher gebracht, und wenn sie gefunden und getötet wird, bin ich wenigstens gleich mit tot und muss mich nicht mehr fragen, wann deine Rache mich ereilt."

„Angelo …" Das ist Francesca. „Sie wollen dich. Nicht mich. Würden sie mich wollen, hätten sie hundert Gelegenheiten gehabt, mich an verschiedenen Flughäfen zu erwischen oder das Flugzeug zum Absturz zu bringen. Oder auf der Taxifahrt zu deinem Haus. Hundert Möglichkeiten. Aber sie haben mich durchkommen lassen. Jeden einzelnen Schritt beobachtet, aber mich nie aufgehalten oder angegriffen. Weil sie dich wollen. Und die Phiole."

Ich kann kaum aussprechen, wie satt ich das alles habe. Wie müde es mich macht. Ich möchte das Ding nehmen und zerbrechen. Ich möchte irgendwas tun, damit all das aufhört, was ich begann, als ich für den dreimal verfluchten Carlo Polucci, den Mann, der es am wenigsten verdient hat, die Phiole gestohlen habe. Aber es wird nicht aufhören. Es wird nie aufhören. Denn selbst wenn die Phiole zerstört wäre, würden sie nicht aufhören, mich zu jagen, um mich vom Angesicht er Erde zu tilgen, den Mann, der das Blut des Heiligen Lukas für alle Ewigkeit zerstörte.

Cara setzt wieder an zu sprechen, doch diesmal bringe ich sie mit einer Handbewegung zum Schweigen. Müde blicke ich von Francesca zu Cara, zu Shane und zurück zu Francesca. Ich fixiere sie mit meinem Blick, und alles, was zuvor an Unterwürfigkeit in ihrer Pose gelegen hatte, verschwindet. Flehen liegt jetzt in ihren Augen, die Bitte, sie zu verstehen, und ich begreife. Sie hat es geschehen lassen, dass Murphy sie an diesen Ort bringt, weil sie wusste, dass ich es herausfinden und mir Sorgen machen würde.

Meine Sorge um sie war immer ihre stärkste Waffe. Ich lasse sie nicht aus den Augen, als ich beginne zu sprechen.

„Du solltest etwas verstehen, Francesca. Dieser Kampf, den du hier ausfechtest, er ist nichtig. Du bist meine Frau, ich werde dich immer beschützen, aber das bedeutet nichts, denn ich gehöre Cara. Egal, wie das hier ausgeht, du wirst nie das von mir bekommen, was sie hat. Ich habe dich aus Pflichtgefühl geheiratet, eine Weile lang habe ich gedacht, dass es Liebe sei, was uns aneinander gebunden hat, weil du dich an mich gehängt und mir vertraut hast. Aber mein Herz war nicht dabei. Niemals. Meine Seele war nicht dabei. Diese Dinge gehören Cara, selbst wenn sie mir aus Respekt zu dir verbietet, sie anzufassen. Cara O'Brien hat mehr Herz und mehr Liebe in der Spitze ihres kleinen Fingers, als irgendein anderer von uns hier in diesem Raum in seinem ganzen Körper. Sie gibt mir, was ich brauche. Ihre Liebe ist selbstlos und ehrlich. Und selbst wenn ich sie in diesem ganzen Chaos für immer verlieren und allein zurückbleiben würde, würde ich noch immer ihr gehören. Unsere Verbindung ist heilig, nicht, weil sie in einer Kirche geschlossen wurde, sondern mit Gott, weil sie göttlich ist. Unsere Liebe macht uns unsterblich. Du? Dir liegt nichts an meinem Leben. Nur an deinem. Daran, was ich für dich tun kann. Du weißt, dass du nicht unsterblich bist, wie sie und ich. Du bist eine Hülle. Und wenn du noch einmal wagst, Cara wie ein Nichts zu behandeln, werde ich die Hülle eigenhändig verbrennen, die du bist. Aber sie und ich, wir werden unsterblich sein."

Fran macht ein ersticktes Geräusch. Aus dem Augenwinkel sehe ich Cara. Sie hat Tränen in den Augen, ihre Unterlippe bebt. Für die Dauer eines Wimpernschlags ist es, als gäbe es nur sie und mich. Dann schlägt sie sich die Faust auf den Mund und rennt aus der Tür, ohne einen von uns noch einmal anzusehen.

KAPITEL 30

Cara

Ich weiß nicht, wohin ich will. Ich renne, so schnell meine Füße mich tragen. Tränen rinnen über meine Wangen. An Angelos Maserati bleibe ich stehen, stütze die Hände aufs Autodach, lasse den Kopf hängen und weine um mein Leben. Ich weiß, dass ich hier nicht weg kann, nicht ohne ihn. Selbst wenn ich mir zutrauen würde, seinen Wagen zu fahren, was nicht der Fall ist, habe ich doch keinen Schlüssel. Aber seine Nähe zu ertragen, mit Shane und Francesca als Zeugen, das war zu viel. Die Schluchzer kommen mächtig und unaufhaltsam, beuteln meinen ganzen Körper. Noch nie habe ich so schöne Worte gehört. Noch nie hat ein Mensch mich so tief berührt.

Jemand fasst mich an den Schultern, und ich muss mich nicht umdrehen, um Angelo zu erkennen. Mein Körper erkennt ihn allein durch die Berührung.

„*Lucciola.*" Sacht dreht er mich zu sich um. Mein Kopf fällt gegen seine Brust, doch er zieht mich nicht an sich, hält mich nicht auf die Weise, wie nur Angelo mich halten kann. Er respektiert meinen Wunsch, mir nicht zu nahe zu kommen, doch das Zittern seiner Muskeln beweist, wie schwer es ihm fällt.

Irgendwo am Haus klappt eine Tür. Shane, nehme ich an, der die Diskretion besitzt, Angelo und mich in diesem Augenblick allein zu lassen.

„Bitte", stößt Angelo schließlich aus. Unter meinem Ohr höre ich seine Stimme tief in seinem Brustkorb. Sie vibriert und rumpelt durch seinen ganzen Körper. „*Lucciola mia*, ich flehe dich an, lass mich dich festhalten. Ich tue alles, was du willst. Ich finde einen Grund für eine Annullierung, ich lasse mich scheiden, ich laufe mit dir weg, irgendwohin, wo niemand uns findet, aber weise mich nicht ab. Lass mich dich auf die Weise halten, die du verstehst. Die wir verstehen. Ich verzehre mich nach dir. Ich kann nicht denken ohne dich, und ich weiß nicht, wie ich diesen Schmerz von dir nehmen kann, wenn du mir nicht erlaubst, dich anzufassen."

Langsam hebe ich den Kopf von seiner Brust. Wo meine Tränen die Seide seines Hemdes getroffen haben, ist der Stoff nass und dunkel. Nur noch das eine Mal, sage ich mir. Nur noch einmal halten und lieben und vergessen, dass all das nicht sein darf. Noch ein einziges Mal träumen, dass seine Worte wirklich von Bedeutung wären und etwas ändern könnten. Mit den Handflächen finde ich die Seiten seines Gesichts, schwelge in dem Gefühl seiner Bartstoppeln auf meiner Haut.

Seine Augen sind dunkel. Seen voller dunkler Geheimnisse und Schmerz.

„Küss mich", flüstere ich, meine Stimme noch immer halb erstickt von den Tränen.

Er lässt sich nicht zweimal bitten. Doch sein Kuss ist nicht roh und fordernd, wie ich es von ihm zu erwarten gelernt habe. Sacht fährt er mit den Lippen über meine, küsst meine Mundwinkel, meine Oberlippe, dann die untere. Seine Arme finden meine Taille, ziehen mich an seinen harten Körper. Ich versinke in einem Kuss, der kein Kuss ist, sondern ein Versprechen. Ein Schwur, dass alles, was er gesagt hat, wahr ist. Ich weiß, was er meinte, als er sagte, dass unsere Verbindung heilig ist. In diesem Moment gibt es nichts Schlechtes zwischen uns, da ist unsere Zärtlichkeit rein und weiß, wie das Brautkleid einer irischen Jungfrau.

Um mich herum greift er nach der Autotür, manövriert uns gerade so weit zurück, dass er sie öffnen kann. Nicht einen Moment lang lösen sich unsere Lippen voneinander, als wir gemeinsam auf die Rückbank des Mas stolpern. Das Auto ist groß, doch es ist nicht für die Liebe gemacht. Es ist uns egal. Unser Atem legt sich als Raureif auf die getönten Fensterscheiben und schenkt uns hier, direkt vor Shanes Anwesen, eine Insel aus Zweisamkeit und Vergessen.

Mein Rock rutscht zur Taille hoch. Angelo stöhnt, als er erkennt was ich darunter trage. Überraschung glänzt in seinen Augen, als er mit den Fingern die Linien meiner Strapse nachfährt. Seine Lippen formen ein lautloses Ohhh.

„*Vieni con me*." Ein Flüstern an meiner Wange, meiner Schläfe. Seine Finger schlüpfen unter meinen Slip, finden die Stelle, wo ich für ihn zerfließe. Ich zittere. Mein ganzer Körper zittert, sucht nach Erlösung, nach diesem vollkommenen Ort, an dem nichts zählt als der Einklang unserer Körper. Ein paar Striche durch meine Falten, ein wenig Dehnen und Reiben und ich bin nah davor. Jetzt schon.

Ich zerre an seiner Gürtelschnalle, öffne den Reißverschluss seiner Anzughose. Sein Schwanz springt in Freiheit, dieses pralle, wundervolle Stück Fleisch, mit dem er so viel Lust spenden kann und so viel Schmerz. Ich senke den Kopf, irgendwie gelingt es mir in der Enge auf der Rückbank, mich über ihn zu beugen. Der Duft seiner Erregung weist mir den Weg. Mit den Lippen umfange ich ihn, erst ganz leicht, lasse meine Zunge um seine Eichel spielen, so wie ich weiß, dass er es mag.

„*Dio mio.*" Sein Stöhnen ist hart, kommt tief aus seiner Kehle, findet ein Echo zwischen meinen Beinen. Er streckt sich ein wenig, damit ich mich nicht mehr so unbequem zusammenfalten muss, um ihm das hier zu schenken. Meine Hüfte zuckt auf der Suche nach Reibung. Ich nehme sein Bein zwischen die Schenkel, reibe mich an ihm, im Rhythmus mit meinem Saugen. Er gräbt eine Hand in mein Haar, bestimmt Takt und Tiefe, und trotz der Dringlichkeit, trotz unserer Gier aufeinander, ist das hier nicht wild und verrückt, sondern zärtlich und warm.

„*Ti amo, Cara, ti amo. Solamente te. Sei l'unica per me. l'unica nella mia vita, l'unica appunto.*" Immer mehr werden seine italienischen Worte, immer mehr fließen sie ineinander in ein einziges Lied der Liebe. Ich muss die Worte nicht verstehen, um sie zu begreifen. Unter meinem Griff werden seine Hoden hart, ziehen sich zusammen. Er beißt die Zähne aufeinander. Fast erwarte ich, dass er die Führung übernimmt. So ist es immer gewesen bisher, doch heute ist alles anders.

Ich bin es, die ihn aus meinem Mund entlässt, die sich aufrichtet. Meine Hand am Fensterglas hinterlässt einen klaren Abdruck, während ich mich innerhalb des Knotens, zu dem wir uns auf engstem Raum verwickelt haben, neu sortiere, auf ihn steige. Halb liegt, halb sitzt er auf der Rückbank, die Krawatte verrutscht, sein Hemd bis zum Brustbein offen, die Haare zerzaust von meinen Händen. Sein Adamsapfel hüpft zwischen den kräftigen Sehnen aufgeregt in seinem Hals. Ihn anzusehen tut weh, so schön ist er, doch das ist ein Schmerz, den ich willkommen heiße. Seine Augen sind dunkles Gold, flüssig und warm. Voll Hunger und Sehnsucht. Mit der freien Hand schiebe ich mein Höschen zur Seite, lasse mich langsam auf ihn sinken. Ich bin so feucht, dass es nicht viel braucht, und wir finden zusammen, als wären unsere Körper zwei Teile eines zusammengehörigen Ganzen.

Auf und ab trägt mich der Rausch aus Liebe zu diesem Mann. Immer wieder auf und ab. Ich will ihn in mir haben, in meinem Körper, aber viel mehr noch als Abdruck in meiner Seele, denn ich weiß, dass es so nicht weitergehen kann. Wir reisen auf dem Weg, den uns unsere Körper vorgeben, lassen uns treiben, hinauf auf den Gipfel, und als wir oben sind, ich einen kleinen Moment früher als er, da ist es perfekt.

Als wir wieder zu Atem kommen, schiebt er mich sacht von sich und richtet seine Hose, während er mich an seine Brust gepresst hält. Ich könnte so bleiben. Für immer. Wenn die Welt jetzt untergehen würde, ich würde glücklich sterben.

„*Cara? Lucciola mia*, bist du wach?"

„Was denkst du denn?" Meine Mundwinkel zucken. Was auch immer mit Angelo Rossi passiert, mit seinem Ego ist alles in bester Ordnung. „So gut bist du auch wieder nicht, dass ich danach ins Koma falle."

Kurz lacht auch er. Es hat einen schönen Klang, wenn er so lacht, zärtlich, romantisch. Gedankenverloren spielt er mit einer Strähne meines Haares. „Wir können nicht ewig hier bleiben. Ich bring dich zu deinem Dad." Er sieht zerknirscht aus und ganz weit weg. Ich weiß, dass unser Moment vorbei ist, und setze mich auch auf. Mein Rock ist heillos zerknittert, aber für den Augenblick muss es gehen.

„Okay. So kann man einen romantischen Moment also auch zerstören. Sag mir, warum du denkst, mich bei meinem Dad abliefern zu können. Ich dachte, wir seien Partner."

„Das eben hat alles verändert."

„Nicht das!"

„Hör zu, *Lucciola*, bitte höre mir nur einmal zu." Diesmal ist er es, der die Hände um meine Wangen schmiegt und mich zwingt, ihn anzusehen.

„Ich kann die Sache mit Francesca nicht klären, so lange ihr Gefahr von der *Provincia* droht. Aber um die Sache mit der *Provincia* zu klären, brauche ich den Rückhalt aller Familien aus Philadelphia. Habe ich dir von Carlo Polucci erzählt? Für ihn habe ich die Phiole ursprünglich gestohlen. Er will sie haben. Ich will sie nicht hergeben. So lange ich Poluccis Rückhalt nicht habe, fehlen mir die Kräfte, um etwas gegen die *Provincia* unternehmen zu können."

„Dann nimm mich mit zu Polucci." Ich will ihn nicht loslassen. Ich weiß, dass, wenn dieser Moment vorbei ist, alles wieder beim Alten sein wird. Dann ist Francesca immer noch seine Frau und ich nur die andere, die Hure, die ihn liebt, ihn aber nicht haben darf.

„Damit ich ihm klar machen muss, dass ich nicht nur verlange, dass er einen Dieb als seinen Capo anerkennt, sondern auch noch einen Ehebrecher und einen Abtrünnigen, der sich mit den Iren verbunden hat? Eins nach dem anderen, Cara. Gib mir eine Chance, das alles richtig zu machen."

Ich wusste es. Ich wusste, dass er die Macht hat, mich zu zerstören, wenn ich ihn noch einmal in mein Herz und meinen Körper lasse. Und genau so fühlt es sich an. Irgendwo, in einem kleinen Teil meines Bewusstseins, versucht eine leise Stimme mir zu sagen, dass ich ungerecht bin, aber alles, was ich höre, ist, wie Angelo das Wort Ehebrecher ausspricht. Das ist er. Und das bin ich. Magensäure steigt mir in die Kehle.

Er muss es merken, denn er will noch etwas sagen, aber diesmal bin ich es, die ihn mit einer brüsken Handbewegung unterbricht. „Ich verstehe", sage ich. „Fahr mich zu meinem Vater, Angelo, und richte deiner Ehefrau schöne Grüße aus, wenn du sie das nächste Mal siehst. Sie hat gewonnen."

Cara

Das Haus, in dem ich aufgewachsen bin, empfängt mich mit seinem Duft nach Bienenwachs, Pfeifentabak und den Blumen, die Shannon in großen Gestecken in die Empfangshalle stellt. Mondän, ist das erste Wort, das einem Fremden in den Sinn kommen würde. Es ist die einzige Art zu leben, die ich kannte, ehe ich zu Angelo gekommen bin, wo alles klar, strukturiert und nüchtern ist. Vielleicht war das einer der Gründe, warum ich eine Weile glaubte, mit Shane glücklich werden zu können. Bei ihm zuhause ist es wie im Haus meines Vaters. Gediegen, opulent. Einrichtung und Atmosphäre geben einem das Gefühl sicher zu sein, auch wenn das Leben niemals Garantien gibt. Aber hier ist alles so auf Alte Welt getrimmt, auf etwas, das schon ewig da ist und nicht zerstört werden konnte, dass man sich vorstellen kann, es wird noch in Jahrhunderten genauso aussehen, weil niemand ihm etwas anhaben kann.

Heute hört sich das Klackern meiner Absätze auf dem blankpolierten Marmor der Empfangshalle falsch an. Ohne Zögern gehe ich weiter ins Arbeitszimmer meines Vaters. Wie erwartet finde ich ihn hinter seinem Schreibtisch. Mein Vater ist ein reicher Mann, der die Führung seines Imperiums Gefolgsleuten anvertrauen könnte, aber er besteht darauf, alle Fäden selbst in der Hand zu halten. Deshalb bin ich daran gewöhnt, ihn zu jeder Tageszeit in diesem Raum anzutreffen. Zwischen seinen Lippen hängt eine Pfeife, die Finger seiner Hand, mit denen er einige Papiere auf seinem Schreibtisch umblättert, sind gelblich verfärbt, und plötzlich überkommt mich ein gewaltiges Gefühl von Nachhausekommen.

„Daddy", sage ich, noch in der Tür.

Er hebt seinen Blick. Ich weiß, wie ich aussehen muss. Die Haare zerrauft, die Lippen geschwollen von Angelos Küssen. Rote Flecken auf den Wangen von Kummer und Aufregung. Langsam nimmt er die Pfeife aus dem Mund, legt sie in einen Aschenbecher. Als seine Mundwinkel sich trotz meines Aufzugs zu einem Lächeln verziehen, verjüngt sich sein Gesicht um Jahre. „Mein kleines Mädchen. Also bleibst du doch wieder ganz bei mir."

Mehr braucht es nicht. Drei Worte, und ich liege in seinen Armen. Er kommt aus seinem Stuhl hoch, breitet die Arme für mich aus. So fremd mir der vertraute Geruch in der Lobby vorgekommen ist, so unvorbereitet trifft mich die Wärme in meinem Bauch, als mein Vater mich an seine Brust zieht. Die Tränen, gegen die ich seit Angelos erneuter Zurückweisung unerbittlich ankämpfe, brechen in Sturzfluten aus mir heraus. Ich tränke das Hemd meines Vaters mit Verzweiflung und Angst, und er lässt mich, sagt nichts, um den Sturm aufzuhalten, sondern streicht mir nur über den Rücken, so lange, bis das Schluchzen und Japsen endlich aufhört.

„Ich bringe ihn für dich um, wenn du willst. Mir ist egal, was er getan hat, oder wer er ist. Er ist ein toter Mann, wenn du es nur sagst."

Halb lachend, halb weinend schüttle ich den Kopf. Mit dem Handrücken wische ich mir Tränen und Rotz von der Wange. „Nein. Er hat nichts falsch gemacht, Daddy. Aber er ist, wer er ist."

„Er hat dich weggeschickt."

Er schickt mich ja immer weg, will ich sagen, das ist doch nichts Neues. Aber ich kann es nicht sagen, denn Daddy ist ohnehin schon misstrauisch genug, wenn es um Angelo geht. Und so sehr ich meinen Lover dafür hassen will, dass er mich schon wieder von sich gewiesen hat, so wenig kann ich ihm, der inmitten eines Krieges mit seinen eigenen Leuten steckt, nun auch noch den irischen Mob auf den Hals hetzen.

„Es ist nicht, wie du denkst." Ich werfe einen Blick auf Daddys Safe, der hinter seinem Schreibtisch an der Wand steht. Der Safe, der den Schatz der 'Ndrangheta birgt. Dass mein Vater, ohne Fragen zu stellen, Angelo erlaubt hat, das Artefakt hier zu deponieren, und sich bereiterklärt hat, für seinen Schutz zu sorgen, kam mir heute Mittag vor wie ein Sieg. Jetzt fühlt es sich an, als gäbe es niemals einen Sieg, als würde das Leben aus einer Aneinanderreihung von guten und schlechten Zeiten bestehen. Wild durcheinandergewürfelt, ohne Grund und ohne die Möglichkeit, in das Spiel des Schicksals einzugreifen.

„Vielleicht solltest du mir erst einmal alles erzählen. Von Anfang an. Dann sehen wir weiter."

Und genau das tue ich. So genau ich kann. Ich beginne am Anfang, erzähle von Angelos und meiner ersten Begegnung im Schmuggelkeller, davon wie ich ihm geholfen habe. Zuerst kommen die Worte stockend, als wären sie viel zu lange eingeschlossen gewesen und wären jetzt zu schüchtern, um in die Freiheit entlassen zu werden. Doch je länger ich rede, desto leichter fällt es mir. Ich lasse nichts aus. Nicht die Brutalität, mit der Angelos Männer mich entführt haben. Nicht die Art und Weise, wie er mich beschützt hat, auch dann, als er schlecht zu mir war. Ich berichte von meiner Zeit in Zia Paolinas Haus, von dem alles umfassenden Gefühl von Betrug, als ich erfahren musste, dass mein Vater hinter meinem Rücken mit Shane Murphy gemeinsame Sache gemacht hat. Wie er mich an den Superintendanten verschachert hat. Davon, wie ich damals dachte, meine Welt sei zusammengestürzt. Aber ich berichte auch, wie aus den Trümmern meiner Welt etwas Neues, Kraftvolles entstanden ist. Wie Angelo mir geholfen hat, diejenige in mir zu finden, die zu sein ich bestimmt war. Ich schone uns nicht. Mich nicht und auch nicht meinen Dad. Ich erzähle ihm von unserer ersten Nacht. Von der Brutalität unserer Verbindung, die immer dann am stärksten ist, wenn sie Hand in Hand mit Wut und Verzweiflung geht. Ich berichte von Angelos Bemühungen, mich auf Abstand zu halten, von unserer Unfähigkeit, gemeinsam in einem Raum und nicht von der Gegenwart des anderen überwältigt zu sein. Ich erzähle ihm von dem Traum, den wir einige Tage lang gelebt haben. Dass es einen Weg für uns geben könnte, gemeinsam. Dass das, was in Gewalt und Blut begonnen hat, zu etwas Echtem, Wahrhaftigen werden könnte. Zu etwas, das neu ist und aufregend und rein.

Mein Vater unterbricht mich nicht ein einziges Mal. Auch dann nicht, als ich zum schwierigsten Teil meiner Geschichte komme.

Als ich von Francescas Auftauchen erzähle, von der Art und Weise, wie Angelos Ehe zustande gekommen ist, und von seinem Flehen, mich nicht zu verlieren, schmerzt mir die Brust. Aber es ist nicht mehr so wie noch gerade eben, als ich das Hemd meines Vaters durchweicht habe. Die Dinge zu erzählen, hat eine Last von meinen Schultern genommen. Niemand von uns hatte eine Wahl. Wir haben gekämpft und Entscheidungen getroffen. Jetzt müssen wir mit den Konsequenzen leben. So einfach ist das.

Als ich endlich mit meiner Geschichte am Ende bin, sagt mein Vater für eine lange Zeit nichts. Behutsam greift er nach seiner Pfeife, kratzt Asche und verbrannten Tabak aus dem Topf und nimmt sich viel Zeit, sie erneut zu stopfen. Bald schon liegt erneut der Geruch von frischem, herben Rauch in der Luft.

„Wird er sich scheiden lassen?", fragt er schließlich.

Ich hebe die Schultern. Es tut weh, weil ich mir nach dem kurzen Moment der Seligkeit auf dem Rücksitz des Maserati fast sicher bin, dass Angelo das nicht tun wird, aber dass ausgerechnet mein Vater diese Frage stellt, erstaunt mich. Er ist nicht weniger katholisch als Angelo. „Ich denke nicht, dass das so einfach ist. Die *Provincia* ist hinter Francesca her. Genau wie Angelo hat sie eine Warnung bekommen. Das Päckchen mit den toten Tauben. Ihre Schwiegermutter, Angelos Mutter, hat sich danach nicht anders zu helfen gewusst, als Francesca nach Amerika zu schicken. Barbara wusste ja nicht, dass die *Provincia* längst hier ist."

„Der Anschlag auf den Feinkosthandel?"

Ich nicke.

Wieder schweigt mein Vater eine Weile, doch ich sehe, wie es hinter seiner Stirn arbeitet. Nachdenklich bläst er einen Rauchkringel nach dem anderen in die Luft. „Du meinst also, er gibt immer noch einen guten Verbündeten ab? Auch dann, wenn er ein verlogener Hurenbock ist, der meine Tochter vögelt, während er mit einer anderen verheiratet ist?"

„Es ist nicht so, als habe deine Tochter sich nicht mehr als bereitwillig vögeln lassen."

Aus der Kehle meines Vaters ist ein Würgen zu hören. Abschätzig wischt er mit der Hand durch die Luft. „Agh, als ob ich das hören will. Gönn einem alten Mann eine Pause."

Ich grinse. Er grinst auch, aber der Humor verschwindet so schnell, wie er erschienen ist. „Er ist ein anständiger Kämpfer, das muss ich ihm lassen. Bei der Sache mit Monza hat der Junge gezeigt, was in ihm steckt. Ziemlich beeindruckend, was er mit einer Klinge und einer Pistole anstellen kann. Nerven wie Drahtseile. Er verdient seinen Namen mit Recht."

Seinen Namen. Angelo Rossi, die Klinge aus Eis. Ich hatte es schon vergessen, so absurd kommt mir dieser Name mittlerweile für Angelo vor. Nichts an diesem Mann ist kalt. Sein Blut ist heiß und voller Leidenschaft, und wenn er sich sicher fühlt und seine Maske ablegt, dann ist er so zärtlich wie ein Engel.

Für die Dauer weniger Herzschläge mustert mich mein Vater, als sähe er mich zum ersten Mal. Stolz liegt auf seiner Miene, aber noch etwas Anderes. Einen Hauch Wehmut meine ich zu erkennen. Ein bisschen Sentimentalität. „Mein Mädchen ist erwachsen geworden", sagt er.

Angelo

Zia Paolina stammt aus der Stadt Vibo Valentia im Norden Kalabriens. Das Klima ist anders als in San Pasquale, die Sprache klingt anders ... und vor allem werden andere Sachen gegessen als bei uns weiter südlich. Die Frauen aus Vibo und Catanzaro tragen den Ruf, die besten Köchinnen Italiens zu sein.

Auch Lorenzo stammt von dort. Aus Catanzaro. Und an diesem Abend, als er sich durchgesetzt hat, das Krankenhaus verlassen zu können, wünscht er sich *Morzeddhu*. Ich würde dieses Gericht von niemand anderem als Zia Paolina gekocht verzehren wollen. In der Lombardei und Apulien wird behauptet, einige der Gerichte, die wir in Kalabrien essen, seien widerwärtig. *Morzeddhu* gehört ganz sicher dazu, aber wenn Paolina die Teigrollen, gefüllt mit den zerkleinerten Innereien vom Kalb, die in Tomatensoße mit Lorbeer und Oregano gegart sind, mit Käse bestreut und in den Ofen schiebt, dann läuft mir das Wasser im Mund zusammen.

Ich wünschte, Cara wäre hier, und stelle mir gleichzeitig vor, was für ein Gesicht sie machen würde, wenn sie wüsste, was in den himmlisch duftenden Rollen ist.

Stattdessen ist Carlo Polucci hier und sitzt mir mit versteinerter Miene gegenüber, um sich nicht anmerken zu lassen, wie sehr ihn anwidert, was Zia auf den Tisch zu bringen gedenkt. Seine Männer mussten draußen bleiben, wie auch meine, alle außer Lorenzo. Ich traue Carlo nicht, und Carlo traut mir nicht, und im Augenblick sieht er aus, als rechne er damit, von Zia vergiftet zu werden.

Zia setzt sich auf den freien Stuhl an der Kopfseite des Tisches und schenkt Wein nach. Lorenzo sitzt, in eine Decke gewickelt, auf der Couch und blickt missmutig vor sich hin. Ich bin überzeugt, dass er Schmerzen hat, aber die Aussicht, wieder in die Klinik verfrachtet zu werden, lässt ihn den Mund halten.

„Das hat es noch nicht gegeben", sagt Carlo und schiebt sich ein Stück Käse in den Mund. Die Sonne ist untergegangen. Das Leben in Zias Haus wird langsamer. Draußen auf den Straßen wird es schneller, aber ich bin froh, dass Zia Paolina dieses Treffen hier in ihrem Haus vorgeschlagen hat. Es ist zwar nicht neutral, aber ich fühle mich recht sicher. „Ein Capo, der geschieden ist?" Er schnalzt mit der Zunge.

Ich habe mich entschieden, die Karten offen auf den Tisch zu legen. Von vornherein habe ich dabei gewusst, dass er auf diese Sache anspringen wird. Er wird auf jeden einzelnen Schwachpunkt anspringen, aber ich bin fest davon überzeugt, dass das, was in der alten 'Ndrangheta ein Schwachpunkt wäre, hier bei uns eine Stärke ist. Ich nehme mir eine Handvoll blauer Trauben aus dem Korb. „Wir werden unabhängig sein. Es hat niemanden in Reggio Calabria zu kratzen."

„Es wird sie aber kratzen."

Ich habe ihm klipp und klar dargelegt, dass ich mich, sobald ich Capo bin, zur Verteidigung meiner Unabhängigkeit von der *Provincia* in Reggio mit Patrick O'Brien verbünden werde. Und obwohl er mit Sicherheit längst weiß, dass Paddy und ich bereits in der vergangenen Nacht gemeinsam an der Eliminierung von Ruggiero gearbeitet haben, traut er dem Braten nicht. Wer würde das? Carlo und Ruggiero haben sich jahrzehntelang mit Paddy und dessen Vorgängern an der Spitze des Outfits geschlagen. Plötzlich Hand in Hand zu gehen, das ist für Carlo unvorstellbar. Lo hingegen hat nur Feuer gespien, als er erfuhr, dass Paddys Männer letzte Nacht an meiner Seite standen, dort, wo er selbst hingehört hätte. Er bewegt sich auf eine Weise, als würden ihm tausend Ameisen über die Haut krabbeln, und ich kann mich nur zu gut erinnern, wie sich das anfühlt. Mir ging es ebenso, nachdem Cara mir zur Flucht aus Paddys Verlies verholfen hat.

Zia steht auf, geht hinüber zur Anrichte und greift sich ein Geschirrtuch. „Und dann diese Verbrüderung mit O'Brien?" Carlo würde nicht wagen, Zia Paolina in ihrem eigenen Haus zu verbieten, sich am Gespräch zu beteiligen. Die *Famiglia*, die ich anführe, ist Zias *Famiglia*. Sie schnalzt mit der Zunge und beugt sich vornüber, um durch die Glasscheibe des Ofens nach dem Abendessen zu sehen. „Ich mag die Kleine, das weißt du. Sie ist lieb und sympathisch. Sie kann zwar nicht kochen …"

Ja, der große Makel. In meiner Welt ist eine Frau nur dann etwas wert, wenn sie kochen kann. Erwartungsgemäß schnaubt Carlo verächtlich. Francesca kann hervorragend kochen. Und hervorragend das Haus sauber halten. Seit ich vorhin bei Murphy war, frage ich mich, ob die glattgezogenen Laken und die polierten Edelstahlflächen in dessen Haus bereits Francescas Werk sind.

„Sie muss ja auch nicht kochen können", sage ich.

„Was genau versprichst du dir denn davon, wenn du sie ins Bett nimmst?", begehrt Zia auf.

„Hat er ja längst", knurrt Lorenzo. Carlos Wangenknochen arbeiten, seine Augen verengen sich.

„Halt die Klappe!", fährt Zia Lorenzo an, ohne Carlo zu beachten. „Denkst du, das wäre mir nicht klar? Es hat schließlich in meinem Haus begonnen. Aber offiziell, Angelo. Du lässt dich scheiden, ihretwegen?" Höhnisch stößt sie die Luft durch die Nase aus. Unter lautem Gepolter und Getöse reißt sie die Ofentür auf, holt die Auflaufform heraus und knallt sie auf den Tisch. Interessiert kommt Lorenzo näher, während Carlo angewidert das Gesicht verzieht.

„Was, wenn ich dir nicht glaube, dass du die Phiole hast?", fragt Carlo plötzlich unvermittelt. Zia achtet gar nicht auf das, was er sagt, und lädt eine Portion *Morzeddhu* auf seinen Teller. „Ich meine, keiner hat sie gesehen. Hast du sie gesehen, Paola?"

Ihre Hand hält beim Weineinschenken inne. Sie sieht ihn an. „Was genau willst du sagen? Bezeichnest du meinen Neffen, unseren Vangelista, als Lügner und Schaumschläger?"

„Ich will nur sagen, dass wir hier schon über die Schritte acht, neun und zehn in dieser ganzen Affäre diskutieren, während wir noch nicht mal wissen, ob Schritt eins überhaupt möglich ist. Du willst alles verändern, Angelo, ich hingegen sage, es war alles gut, wie es war. Wir haben Geschäfte gemacht, gut gelebt. Friedlich gelebt, uns mit Paddys Mobstern geschlagen, aber wirklich gefährlich geworden sind die uns nie. Alle anderen Kartelle haben Tribute an uns gezahlt, wir haben sie alle in der Hand. Ich stehe dafür, dass alles bleibt, wie es ist. Dass wir nichts ändern, dass wir weitermachen wie bisher. Es gibt einen Grund, an Traditionen festzuhalten, warum Dinge so laufen, wie sie laufen. Weil es sich bewährt hat. Vielleicht bist du noch zu jung. Aber ein Mann gibt seine Ehefrau nicht auf und schlägt damit die Hand ab, die ihn füttert." Jetzt klingt er fast väterlich. Mir vergeht der Appetit, aber ich achte darauf, dass meine Miene absolut nichts verrät. Es scheint zu funktionieren, denn Carlo redet unbeirrt weiter.

„Wenn du die andere nicht aufgeben willst, keiner stört sich daran. Du kannst sie dir ins Bett legen, so lange und so oft du willst. Aber zum Heiraten? Sie ist nicht wie wir. Sie würde alles nur durcheinander bringen."

In diesem Augenblick begreife ich. Ich habe verloren. Ich kann von einer Scheidung träumen, bis ich alt und vergammelt bin. Doch dazu wird es nicht kommen, denn ich bin schon so gut wie tot. Carlo Polucci wird mich töten lassen, ehe er riskiert, dass die Dinge sich ändern. Wenn er wählen muss zwischen der Unabhängigkeit von Reggio und einem Bündnis mit den Iren, dann gewinnt die *Provincia*. Vielleicht jagt es ihm Angst ein, wie ich mit Paddy zusammen Ruggiero aus dem Spiel gekickt habe. Vielleicht merkt er, dass seine Zeit abläuft und glaubt, dass ihm der Rückhalt der 'Ndrangheta Schutz gegen Rebellen wie mich bietet. Rebellen, die Dinge ändern wollen, die nicht geändert werden dürfen.

Ich zerbröckele ein Stück Brot zwischen den Fingern und streue die Krümel über mein Abendessen. Keine Sekunde lang lasse ich ihn dabei aus den Augen. „Stimmen wir ab", sage ich. „Wir trommeln die Familien zusammen und stimmen ab." Es ist ein letzter, verzweifelter Versuch, aber wenn ich schon sterben muss, dann möchte ich nichts unversucht lassen.

Er schüttelt den Kopf. „Du wirst dich Tradition und Erfahrung beugen", sagte er, und jetzt ist seine Stimme hart und eiskalt.

„Warum sollte ich das tun? Ich hab die Phiole, du nicht."

„Weil ich jetzt weiß, wo sie ist."

Ich ziehe eine Braue hoch. „In der Tat? Eben hast du noch daran gezweifelt, dass ich sie überhaupt habe, und jetzt weißt du schon, wo sie vergraben ist? Vielleicht sollte ich mich dir tatsächlich beugen, Carlo, du bist ein Genie."

„Sie ist bei dem Iren. So, wie du davon schwärmst, dich mit Patrick O'Brien zusammentun zu wollen, kann sie nur dort sein. Habe ich Recht?"

Ich bin ziemlich sicher, dass man meiner Miene nichts ansehen kann, aber er grinst viel zu siegessicher. Mir wird heiß und kalt gleichzeitig. In diesem Augenblick ist mir die Phiole egal. Aber Cara ist in dem Haus. Cara, das einzige Licht in meinem Leben, für das es sich wirklich zu sterben lohnt. Ich habe keine Ahnung, was er tun wird. Er allein kann mit seinen Männern nicht an Paddys Leuten vorbei, das ist ausgeschlossen. Er könnte …

Krachend fliegt die Tür auf. Es ist Daniele, Lorenzos Cousin, und an seinen Manschetten prangen Blutflecken.

Ich springe auf. „Was?" Carlo bleibt sitzen, aber er erbleicht.

„*Scusa*, Capo", keucht Daniele. Verschwitzt kleben ihm die dunklen Locken an den Schläfen. „Salvi und Enrico …"

Ich stürze vom Tisch. Lorenzo brüllt mir etwas nach, das ich nicht mehr höre, weil ich schon halb aus dem Haus hinaus bin. Salvatore und Enrico sollten die Straße überwachen und besonders auf den Maserati achten, den ich zwei Einfahrten entfernt geparkt habe. Daniele folgt mir, ächzend und schnaufend, vorbei an Carlos Gorillas, die seinen Ferrari bewachen.

„Das Blut …" Ist es seines? Er hat keine Waffe in der Hand. Das ist auch besser so, auch ich lasse meine stecken, denn auf der Straßenseite gegenüber des Maserati sammeln sich Schaulustige. Menschen aus den umliegenden Häusern, die mit unserer Organisation nichts zu tun haben und in seliger Unwissenheit über das, was wir tun, vor sich hin leben. Zia sieht es als Privileg, in einer solchen Gegend zu leben, aber in Momenten wie diesen hat es seine Stolperfallen.

„Enricos", schnauft Daniele. „Er war noch … er hat gesagt …" Er hat so wenig Luft, dass er keinen Satz fertig bringt, aber ich kann bereits sehen, was immer fürchterlich zu sehen ist.

Auf dem Gehweg neben der weit offenen Beifahrertür des Mas liegen die beiden Männer. Enrico in einer Lache aus Blut, das aus einer tiefen Halsverletzung immer noch herausläuft. Seine Kehle dürfte durchtrennt sein. Es gibt kaum schlimmere Arten zu sterben. Jemand nimmt dir deinen letzten Atemzug, aber dein Herz schlägt und dein Gehirn arbeitet und du verstehst, was passiert. Salvatore, der immer gemeinsam mit seinem Kumpel Enrico Wache geschoben hat, liegt neben ihm, der Kopf so unnatürlich verdreht, dass ich auf einen Genickbruch tippe. Enricos Augen stehen weit offen. Ich drücke sie zu. Die Unbeteiligten auf der anderen Straßenseite reden offen und laut aufeinander ein, faseln von Polizei und Spurenverwischung und anderem Unsinn.

Ich blicke durch die offene Beifahrertür in den Wagen. Sämtliche Sitzpolster sind aufgeschlitzt, vorn und hinten. Der Beifahrersitz halb herausgerissen. Eine Fußmatte liegt unter Salvis leblosem Körper.

„Enrico sagte ..." In Danieles Augen stehen Tränen. Er ist ein knochenharter Kerl, oder zumindest hat er das Zeug, mal einer zu werden, letzte Nacht bei Ruggiero war er einer meiner besten Leute. Doch Salvatore und Enrico waren seine Freunde. Niemanden lässt das kalt. „Er sagte, die waren von der *Pro...* der *Provi...* der ..."

Ich lege meine Hand auf seinen Arm. „Ich weiß, Daniele. Bleib hier beim Wagen, okay?"

Das Krachen eines Schusses lässt mich herumfahren. Dann ein zweiter. Schreie von den Verrückten, die auf der Straße herumstehen. Die Schüsse kommen aus Zias Haus. *Cazzo!* Ich renne, aber einer von Carlos Leuten streckt mich mit einem Fausthieb nieder, der mir für Sekunden den Atem raubt und mich ins Dunkel schickt. Quietschende Reifen wecken mich, und dann sehe ich noch, wie der Ferrari davonstiebt. Ich komme auf die Knie, dann schwankend auf die Füße. Daniele ist vor mir bei der Tür, dreht sich um, winkt. „Alles in Ordnung! Niemand verletzt!"

Carlo war schon immer ein beschissener Schütze, und seine Leute scheinen nicht besser zu sein.

Zia ist mit dem Schrecken davongekommen, und eine Kugel hat Lorenzos letzten verbliebenen Gipsverband zerschmettert.

„Nimm meinen Wagen", keucht Zia. „Ehe die Polizei kommt. Mir fällt was ein, aber ich denke, du solltest jetzt zu Cara."

Sie ist nicht die einzige, die das denkt. Carlo wird sich mit der *Provincia* zusammentun, wenn er es nicht längst getan hat. Wenn sie bis jetzt nicht gewusst haben, wo die Phiole ist und an welcher Stelle sie mich am empfindlichsten treffen können, werden sie es in den nächsten Minuten erfahren.

KAPITEL 31

Cara

Die Nacht senkt sich wie eine schwarze Decke über die Stadt. Sie hüllt auch das Anwesen meines Vaters ein. Wege, Büsche und Bäume in dem weitläufigen Garten, auf den das Fenster meines ehemaligen Kinderzimmers blickt, werden zu Studien in Grau, Dunkelblau und Schwarz. Am Himmel zeichnen sich kaum Sterne ab. Dazu ist die Stadt, mit all ihren Lichtern, zu nah.

Ich frage mich, was Angelo gerade macht. Ob er wirklich versucht, den Weg für ein Leben mit mir zu bereiten, oder ob er bei Francesca ist und sie versuchen, ihre Ehe wieder zu kitten. Ob es ihnen nach all dem Chaos der letzten Tage gelingt, wieder dort anzuknüpfen, wo sie vor so langer Zeit aufgehört haben? Vielleicht haben sie ja eine Chance, jetzt, wo ich weg bin.

Seine Worte spuken in meinem Kopf. All die schönen Worte.

Sie ist nicht wichtig. Nur du bist wichtig. Ich liebe dich. Unsere Liebe ist heilig.

Ich möchte mich an seiner Beteuerung festhalten. Zu wissen, dass das, was wir geteilt haben, echt war, spendet mir Trost, wenn alles in mir sich doch nach nichts anderem sehnt als ihm.

Weil ich die Gedanken nicht aushalte, versuche ich mich abzulenken, räume ein wenig in meinem Zimmer herum. Kein Staubkorn liegt auf den Möbelstücken, auf meinem Nachttisch steht ein Bouquet frischer Wiesenblumen. Es ist, als sei ich nie weggewesen, als wären mein Vater und Sharon sich immer sicher gewesen, dass ich zurückkomme.

Auf meinem Schreibtisch finde ich die Grundrisse und Exposés der Wohnungen, die ich mir hatte anschauen wollen, bevor ich herausgefunden habe, dass die Original-Phiole immer noch im Besitz meines Vaters war. Jetzt ist sie wieder dort. Sicher verschlossen in seinem Safe. Für einen kurzen Moment gönne ich mir die Vorstellung, was passieren würde, wenn ich das Artefakt vernichte. Angelo könnte nicht mehr Capo werden. Die *Provincia* hätte keinen Grund mehr, ihm nachzusetzen. Vielleicht könnten wir gemeinsam durchbrennen, so wie er es gesagt hat, im Rausch der Liebe. Irgendwohin, wo er nur ein ganz normaler Mann ist und ich nur ein ganz normales Mädchen. Wo eine Scheidung zum Alltag gehört und nicht einem Todesurteil gleicht. Wir könnten niemals in einer Kirche heiraten. Ich würde niemals ein weißes Kleid tragen, aber es gibt nichts, was mir gleichgültiger wäre. Es ist, wie er zu Francesca gesagt hat. Angelo ist mein Mann. Um das zu bestätigen, brauche ich keine Rituale und auch nicht den Segen einer Kirche, die Vergebung an Bedingungen knüpft. Das, was in mir lebt und atmet und liebt, ist stark genug, um für sich selbst zu stehen. Alles, was ich brauche, ist Angelos Versprechen.

Seinen Willen, neu anzufangen. Ohne Francesca. Die Sicherheit, dass sein Schwur, dass nur ich wichtig sei, mehr als ein Lippenbekenntnis ist. Ich will ihn ganz und ich will, dass er es auch will. Nicht, weil er unter Druck steht und sich nicht entscheiden kann. Sondern weil er es will. Dass er mich an seiner Seite duldet, bei allem, was er tut. So lange er das nicht kann, werde ich ihm nie eine gute Partnerin sein. Ich werde ihm dabei helfen, seine Ziele zu erreichen, und ich werde damit glücklich sein. Etwas anderes bleibt mir auch nicht übrig.

Mit einem Ruck schiebe ich die Papiere auf dem Schreibtisch zusammen. Ich habe meinen Platz gefunden. Ich brauche keine neue Wohnung, um eine neue Frau zu sein. Mein Platz ist an der Spitze des Outfits. Die Ausdrucke wandern in den Mülleimer. Ich gehe ins Bad, nehme eine kurze Dusche, schlüpfe in mein Nachthemd. Eine Bewegung im Augenwinkel lässt mich zusammenzucken, doch da ich nichts höre, zwinge ich mich dazu, mich wieder zu beruhigen. Das Anwesen meines Vaters ist eine Festung. Niemand kommt hier herein. Es sind nur meine Nerven, die mir etwas vorgaukeln.

Trotzdem trete ich ans Fenster und starre erneut in die Nacht. Nichts als Schatten und das leise Rauschen des Windes. Aber dort? Hinter der Hecke, wo ich als Kind meine ersten Schießübungen gemacht habe, bewegt sich da nicht etwas? Ich kneife die Augen zusammen, um besser sehen zu können, aber da ist nichts. Ich reibe mir mit den Handballen über die Augen und seufze.

Ich muss schlafen. Das ist alles nur Müdigkeit und ein vollkommen überlastetes Nervenkostüm. Morgen sieht alles sicher schon ganz anders aus.

Angelo

Die Straßen des nächtlichen Philadelphia sind so voll, dass es scheint, als würde jeder, der heute Nachmittag nicht unterwegs war, jetzt plötzlich aus seinem Loch kriechen. Ich fluche und hantiere mit meinem Telefon. In Zia Paolinas Chevrolet fehlt mir meine Freisprechanlage, und das Letzte, was ich jetzt gebrauchen kann, ist, in einen Unfall verwickelt zu werden, weil ich fahre und gleichzeitig Shane Murphy anrufe. Ich habe Paddy immer dafür verachtet, dass er seine Aktivitäten als Mob-Boss dadurch absichern musste, sich mit dem Herrn Superintendanten zu verbünden. Heute bin ich im Begriff, genau dasselbe zu tun, und ich begreife: Paddys Grund, Shane auf seine Seite zu ziehen, war Cara. Paddy hatte seine Frau an die Unterweltkriege verloren. Er wollte seine Tochter schützen. Also hat er alles dafür getan, und die Verlobung zwischen Shane und Cara, die er angeleiert hat, hatte nichts mit seinen geschäftlichen Erfolgen zu tun. Er wollte, dass Shane Caras Sicherheit garantierte.

Zia wird die anderen Familien alarmieren und diejenigen ihrer Leute, die, die sie nicht als Augenwischerei für die Polizei bei ihrem Haus behalten muss, in die Spur schicken, doch all das kostet Zeit. Noch mehr Zeit als meine Fahrt durch die westlichen Bezirke der Stadt. Der Highway 75 war nie meine Lieblingsstrecke, mit all den verwirrenden Verknotungen und Autobahnkreuzen, aber erst heute lerne ich diesen Highway regelrecht zu hassen. Auf Höhe der Unterführungen unter den Gleisen des Güterbahnhofes staut sich der Verkehr auf gut und gerne zwei Meilen, es geht schleppend voran, und der verdammte Shane Murphy geht nicht ans Telefon. Erst als sich die Autobahn in weitem Bogen in den Fairmount Park schwingt, dünnt der Verkehr aus, und ich kann aufs Gas drücken. Vielleicht bin ich ohnehin schon zu spät. Verflucht.

„Murphy."

Beinahe hätte ich es überhört, als er sich endlich doch meldet. Ich atme auf, zumindest ein wenig. Shane Murphy ist am Leben. Und Francesca?

„Sie greifen O'Briens Anwesen an."

Ich halte es ihm zugute, dass er sofort weiß, wovon ich rede. „Die 'Ndrangheta?"

„Die Leute, die sie aus Kalabrien geschickt haben. Ich bin auf dem Weg dorthin, zusammen mit meinen Leuten. Cara ist dort."

„Scheiße, Rossi, ich dachte, sie wäre bei dir!"

„Ich war überzeugt, dass sie an meiner Seite in größerer Gefahr ist, als wenn ich sie zu Paddy schicke." Es ist der vielleicht größte Fehler meines Lebens gewesen. Größer als meine Ehe, die unter keinem guten Stern geschlossen wurde. Größer als jener Abend, an dem ich Cara zu meinem Eigentum gemacht habe. Diese Fehleinschätzung der Situation kann Cara das Leben kosten. Vielleicht ist es schon zu spät. Vielleicht ist sie bereits tot. Dann kann Murphy auch kommen und mich standrechtlich erschießen.

„Ich schicke eine Spezialeinheit."

„Nicht sofort, Murphy." Ich muss nachdenken, und das kann ich nicht, wenn ich unfallfrei durch die Straßen kommen will. „Warte, ehe sie eingreifen. Wenn ich kann, werde ich es ohne die Polizei lösen."

„Damit nicht rauskommt, dass ihr mich bezahlt?"

„Damit nicht rauskommt, dass du Geld von uns nimmst."

„Lass dir was sagen, Rossi. Ich würde für Cara O'Brien mein Leben geben, wenn es was nützt. Was ist dagegen meine Karriere?"

Ich will etwas antworten, aber mir fällt nichts ein, und dann bricht die Verbindung ab, ohne dass Shane Murphy und ich uns auf einen Schlachtplan geeinigt haben. Fuck, ich hab keine Ahnung, was er tun wird, aber am rechten Straßenrand taucht bereits das Schild für die Ausfahrt auf, die zu Paddys Anwesen führt. Um noch einmal durchzuklingeln, habe ich nicht die Zeit.

Bei dem Gedanken, dass Cara verletzt oder tot sein könnte, steigt Hitze in mir auf, Wut. Doch sie ist nur äußerlich. Tief in meinem Inneren ist ein Kern aus Eis. Aus tiefgefrorenem Stahl. Ummäntelt von einer rotglühenden Hülle aus purer Rage und der Sucht zu töten.

Denn das werde ich tun.

Ich werde sie alle töten. Wenn sie Cara etwas angetan haben, werden sie langsam sterben, ganz ganz langsam. Ich will sie flehen hören. Flehen, schneller sterben zu dürfen. Ich werde sie hören, und werde es noch langsamer machen.

Ich bin unverletzlich. Ich bin aus Feuer und Eis. Ich werde sie alle töten.

Ich bin der Capobastone von Philadelphia.

Cara

Schlaf in dieser Nacht kommt nicht in Form von weichem schwarzem Vergessen, sondern in einem kräftezehrenden Auf und Ab. Wie ein Boot inmitten eines Sturms schaukle ich auf Wogen aus Panik, Verlust und Erschöpfung hin und her. Immer wieder fahre ich hoch, taste neben mir nach Angelo und brauche etliche Atemzüge, um zu begreifen, dass er nicht da ist. Um mir einzureden, dass dennoch alles in Ordnung ist. Ich bin sicher. Ich bin im Haus meines Vaters, geborgen von der Sicherheit, die seine Stellung in der Unterwelt von Philadelphia mir gibt. Doch mein Unterbewusstsein besteht darauf, dass nichts in Ordnung ist. Es ist erstaunlich, wie schnell sich der Mensch an etwas gewöhnt. Ich habe mein Leben lang allein geschlafen und nie hat mir das etwas ausgemacht. Ich hatte keine Geschwister, zu denen ich kriechen konnte, wenn mich in der Nacht Monster heimsuchten oder Daddy nicht zuhause war. Doch in dieser Nacht kommt mir die Kälte auf den Laken neben mir vor wie ein Schlag gegen die Brust. Weil es Angelo ist, der fehlt.

Ich zwinge mich dazu, ruhig zu atmen, zähle meine Atemzüge. Ich lebe, mein Atem beweist es mir. Alles andere ist nebensächlich. So wie ich mich an den Trost gewöhnt habe, den Angelos Umarmungen mir geschenkt haben, werde ich mich wieder daran gewöhnen, allein zu sein. Ich habe geliebt, das ist so viel mehr, als viele andere je erleben dürfen, und ich bin wiedergeliebt worden. Was wir hatten, war echt, für die Zeit, die es andauern durfte. Zwar war es nur kurz, aber das macht keinen Unterschied. Ein Leben misst sich nicht an den vielen Momenten, die an einem vorüberziehen, ohne dass man sich an sie erinnern kann. In denen man atmet und existiert, ohne dass etwas diese Existenz verrückt. Das Leben misst sich an den Momenten, die einem den Atem rauben, weil sie so unvergleichlich sind. Niemand konnte mir den Atem besser rauben als Angelo. Dank ihm gibt es in meinem Leben genug dieser Momente. Ich bin ein reicher Mensch, und es wird weitergehen.

Als ich das nächste Mal erwache, kratzt meine Kehle, meine Augen tränen. Die Welt versinkt in schwarzem Nebel. Egal, wie oft ich mir einrede, dass alles in Ordnung ist, jemanden zu verlieren, den man liebt, tut weh. Ich huste, richte mich auf, versuche, mich an den Traum zu erinnern, der mir die Kehle mit Sandpapier ausgerieben hat, doch da ist nichts. Nichts als Schwärze. Wieder versuche ich es mit dem alten Trick, nehme einen tiefen Atemzug, doch statt besser zu werden, wird es nur noch schlimmer. Das Kratzen in meinem Hals wird zu einem Brennen. Ich bekomme keinen Atem. Je mehr Luft ich versuche, in meine Lungen zu pumpen, desto schlimmer wird das Kratzen und Brennen. Und auch Zwinkern hilft nicht, um den Rauch aus meinen Augen zu vertreiben.

Plötzlich begreife ich. Das Brennen, der Rauch, das alles ist wirklich da. Das Rauschen in meinen Ohren ist nicht mein überdrehter Puls, es ist das Knistern und Rauschen von Feuer. Panik explodiert in meinem Inneren. Ich setze mich auf, raffe mein Nachthemd, presse mir den Stoff vor Mund und Nase.

Wo ist Daddy? Wo sind alle? Im rötlichen Licht, das durch die Fenster strömt, schwanke ich zur Tür. Das ist nicht der Mond, der meine Schritte erhellt, das ist der Glanz von Feuerzungen. In meinem Kopf dreht sich die Welt um meine Gedanken. Ich kann sie nicht greifen, stolpere, reiße die Tür auf. Unter der Decke im Korridor ballt sich der Rauch in zähfließenden Schwaden. Ich ducke mich, um atmen zu können.

„Dad!" Ich schreie gegen das Knistern der Flammen an. Der Luftzug aus der geöffneten Tür wirbelt die Rauchschwaden auf und treibt sie mir ins Gesicht. Hustenkrämpfe beuteln mich, meine Stimme kommt als Staccato japsender Laute. „Daddy! Shannon!"

Ich kämpfe mich vorwärts. Ich weiß nicht, was ich will, was geschehen ist. Ich weiß nur, dass ich hier raus muss. Das Parkett brennt sich in meine Fußsohlen, so heiß sind die Dielenbretter.

Brennen und Rauch. Ich taste mich an der Balustrade entlang, blicke nach unten. In der Lobby gibt es gleich mehrere Brandherde. Das ist kein Unglück. Das ist ein Brandanschlag. Knistern und Brummen. Über meinem Kopf knackt es. Das Dach. Wer auch immer hierfür verantwortlich ist, hat das Dach in Brand gesetzt. Und die Lobby. Das Haus meines Vaters, das Haus, in dem meine Mutter meine ersten Schritte begleitete, das Haus, in dem ich aufwuchs, es wird in wenigen Stunden Geschichte sein, nichts wird bleiben. Meine Tränen kommen nicht nur vom Rauch.

Je näher ich der Treppe komme, desto dichter werden die schwarzen Schwaden. Erste Flammen lecken die Stufen herauf. Keine Spur von meinem Vater. Keine Spur von Shannon, oder all den Männern, die Daddy die Treue geschworen haben. Jeder Schritt wird zu einem Martyrium. Meine Lunge schreit nach Sauerstoff, meine Finger kribbeln und brennen. Immer enger dreht sich die Schwärze um mich. Luft, ich brauche Luft. Ich stütze mich an der Wand ab. Unter der Hitze des Steins platzt meine Haut. Ich kann nicht mehr denken, verliere die Orientierung in meinem Kopf, muss weiter, muss die Phiole retten und mich und meinen Dad. Aber dann verbrennen auch diese Gedanken in dem Inferno aus Flammen und Qualm und nur noch ein Wort kreist durch mein Bewusstsein.

Raus. Raus. Raus. Ich muss hier raus. Ich muss Daddy finden, aber die Phiole ... Angelo weiß, dass ich hier bin, und das Blut schenkt ihm Vergebung, in einem Augenblick, wenn das Leben nur Rauch ist, kann der Capobastone nicht atmen, weil ich ihn zurückgewiesen habe und das Leben besteht aus Momenten, die einem den Atem rauben, nie war atmen so schwer, was heißt, dass ich lebe, noch lebe, aber ich muss weiter, denn die Schwärze ist so schwer und heiß und ich kann nicht mehr laufen, der Stoff meines Nachthemds gleitet von meinen Fingern und ich sehe nichts mehr, weil da keine Luft ist und kein Atem nur Hitze, Hitze, Hitze, und der Boden, der sich mir entgegendreht und das Dach, das brennt und das Haus meines Vaters, das nicht mehr sicher ist, weil ich gegangen bin und alles verbrennt. Kein Atem, kein Denken, kein Nichts.

Am Fuß der Treppe liegt eine Gestalt mit langen, rotblonden Haaren, eingewickelt in einen Morgenrock. Ich drehe sie herum, und es ist Shannon, die brave, treue Shannon, die Porridge kocht wie niemand sonst auf der Welt. Gekocht hat. Denn sie hat ein Loch in der Stirn, und ihre Augen sind kalt.

„Daddy!", schreie ich, aber es kommt nur ein Kieksen, weil der Rauch meine Stimme erstickt.

KAPITEL 32

Angelo

„Fünfzehn Minuten." Zia Paolinas Stimme klingt blechern durchs Telefon. Die Reifen des Chevrolets kreischen, als ich den Wagen um die Kurve treibe. Kaum noch Verkehr, aber ich habe das Gefühl, als würde der Geruch nach Rauch in den Wagen dringen. Es gibt hier oben keine Industrie, und es ist Hochsommer, kein Mensch feuert im August den Kamin an. Der Geruch lässt mir die Haare im Nacken zu Berge stehen.

„*Cazzo*." Der Fluch ist Instinkt.

„Zehn, Angelo, schneller geht es nicht, der Verkehr im Zentrum ist mörderisch."

Wem sagst du das, denke ich. Noch zwei Biegungen, dann werde ich Paddys Haus sehen. Der Geruch von Rauch wird immer intensiver. Mehr noch, drückend. Scheiße, ich wünschte, ich hätte Lo an meiner Seite. Ich muss allein ranfahren, ganz egal, was mich erwartet, und Verstärkung ist frühestens in zehn Minuten hier. Wenn nicht Shane Murphy mir seine Spezialeinheit auf den Pelz schickt und aller Wahrscheinlichkeit nach zerstört, was ich noch gar nicht angefangen habe.

Patrick O'Briens Anwesen steht in Flammen.

Meterhoch schlagen sie aus dem Dach in den nachtschwarzen Himmel. Ein Baum, der dicht am Haus steht, hat Feuer gefangen. Aus dem Nachbaranwesen rennen Menschen ins Freie, gestikulieren wild. Es ist eine groteske Spiegelung der Ereignisse in der Straße, in der Zias Haus steht.

Das Haus brennt. Cara ist in dem Haus, das brennt. Mir wird kalt und heiß und alles dazwischen. Ich fühle mich wie gelähmt. Mein Fuß auf dem Gaspedal schwer wie Blei, ich kriege den Fuß nicht hoch, das Heck des Wagens schlägt aus, kracht in den linke Pfeiler der Einfahrt, Glas splittert, Metall knirscht, und mein Fuß ist immer noch ganz unten. Ganz unten. Die Schatten mehrerer Menschen zucken und tanzen vor dem Flammenmeer. Paddys Leute? Nein, erkenne ich im nächsten Augenblick, nicht Paddys Leute, denn das Auto, um das sie sich sammeln, ist ein italienischer Sportwagen. Im nächsten Sekundenbruchteil richtet sich die Mündung einer Handfeuerwaffe auf den Chevrolet, und ich werfe mich instinktiv über den Beifahrersitz. Mein Fuß rutscht vom Gas. Die Windschutzscheibe zerbirst krachend und kreischend in Millionen kleinster Stücke, ein Glasregen geht auf mich nieder, der Wagen rollt weiter, bis er gegen ein Hindernis prallt und stehenbleibt. Der Motor läuft, das Getriebe versucht zu greifen, weil der Ganghebel immer noch auf „Fahren" steht. Durch das Röhren der Flammen und das Brummen des Chevys dringen Stimmen, die sich etwas zurufen, das ich nicht verstehen kann. Männerstimmen. Nicht eine einzige Frauenstimme. Auch keine Schreie aus dem Inneren des Hauses.

Mir ist heiß und kalt und alles dazwischen, und gleichzeitig arbeitet mein Kopf mit einer Präzision, die er nur unter allerhöchster Spannung erreicht. Beide Pistolen hinten im Hosenbund sind voll geladen. Ich bleibe auf dem Beifahrersitz, und durch den Lärm und das Rufen kann ich Schritte hören, die sich im Laufschritt nähern. Ich hab keine Ahnung, wie viele von ihnen hier sind, und ich hab keine Ahnung, wie viele von ihnen jetzt zum Chevrolet kommen, um sich zu vergewissern, dass ich getroffen bin. Aber jeder von ihnen wird sterben.

Nicht so langsam, wie ich gehofft hatte, aber lebend kommt hier keiner weg.

Mit einem Fuß öffne ich so unauffällig wie möglich die Fahrertür. Die zuckenden, bebenden Schatten, die das Feuer wirft, dürften dabei helfen, dass niemand erkennt, dass sich am Wagen etwas bewegt. Dann trete ich die Tür mit beiden Füßen so heftig auf, dass beide Scharniere brechen und die Tür weit offen stehen bleibt. Ich liege immer noch über beiden Vordersitzen, richte mit jeder Hand eine Pistole auf die sich Nähernden und feuere dreimal. Aus jeder Waffe. Sechs Kugeln für zwei Angreifer. Kinderspiel. Wie in Zeitlupe werden sie gleichzeitig herumgerissen und stürzen ins kurz gehaltene Gras.

Beim Sportwagen wird Gebrüll laut. Schüsse fallen, schlagen in das Metall des Chevys. Der Wagen ist irreparabel ruiniert. Ich stoße die Beifahrertür auf und gleite ins Gras und halb unter den Wagen. Sollen sie kommen. Sollen noch mehr von ihnen herkommen. Ich schieße eine meiner Pistolen leer und ramme ein neues Magazin in den Griff.

Das Hindernis, das den Chevrolet aufgehalten hat, ist die Leiche eines Mannes mit roten Haaren. Einer von Paddys Schlägern.

Schaudernd erkenne ich, dass im Gras um das Haus herum mehrere dunkle Haufen liegen. Menschen. Leichen.

„Rossi!" Ich kenne den Mann nicht, der das ruft. Einer von denen beim Sportwagen. „*Non c'è scampo!*"

Kein Entrinnen? Da hat er recht, aber ich werde so viele von ihnen mit in den Tod reißen, wie ich kann. Der Rauch beißt mir in die Lungen, und ich will mir nicht vorstellen, wie es im Haus aussehen muss. Ich will mir nicht vorstellen, auf welch grausame Weise Cara da drin gestorben ist, denn wenn ich das tue, wenn ich diesen Gedanken zulasse, werde ich mit Schaum vor dem Mund sterben, wie ein tollwütiger Hund. Mit beiden Händen umgreife ich den Griff der voll geladenen Pistole, stoße mich vom Boden ab, vollführe eine halbe Drehung, sodass ich flach über der Motorhaube des Chevrolets liege, und feuere. Das gesamte Magazin feuere ich leer, alles auf einen Punkt, auf den Schatten vor dem Sportwagen.

Glas splittert, Querschläger prallen von Metall, die Schatten zweier Männer drehen sich brüllend ins Gras.

„*La ragazza!*", brülle ich, während ich ein neues Magazin in den Griff ramme. Ich will wissen, wo sie ist. Die Antwort zieht mir den Boden unter den Füßen weg. Sie kommt von einem, der in der weit offenen Tür des Hauses steht. Ungehindert dringen Wind und Sauerstoff durch diese Tür in das Haus, wirken wie ein Brandbeschleuniger. Der Mann, der dort steht, trägt Schutzkleidung wie ein Feuerwehrmann, und er setzt mich davon in Kenntnis, dass Cara lebt. Dass Cara ihr Leben retten kann. Oder dass ich das kann.

Die Waffe fällt mir aus der Hand.

Hoffnung ist eine Hure. Sie macht, dass wir uns verkaufen. Die Hoffnung, dass Cara am Leben ist, lähmt mich. Ändert alles.

Ich hebe beide Hände. Der Mann in Feuerwehruniform brüllt seinen Leuten einen Befehl zu. Sämtliche Waffen werden gesichert, hochgehalten, niemand zielt mehr auf mich Sie wollen nicht mich, und sie wollen nicht Cara, sie wollen ihre verdammte Phiole.

„Lass uns reden", sagt der verkappte Feuerwehrmann.

Cara

Daddy liegt bei der Tür zu seinem Arbeitszimmer. Er liegt in einer Lache aus Blut. Beide Hände presst er auf seinen Bauch, und Blut strömt zwischen seinen Fingern heraus. Seine Augen sind offen, aber nicht starr.

Er sieht mich an. In seinen Augen steht das Wissen um das Ende seines Lebens und die Angst um meines.

„Sie sind wegen ihr gekommen." Er nimmt seine letzte Kraft zusammen, um mir das zu sagen, löst eine Hand von seinem Bauch, seine Finger glitschig vom warmen Blut, als er mein Handgelenk umgreift. Sein Griff ist schwach.

„Wegen wem?" Tränen graben sich durch die Hitze auf meinen Wangen, weil ich begreife, dass er stirbt, und weil ich nicht will, dass er stirbt. Er ist ein Hurensohn, ein gewalttätiger Mann, ein Unterwelt-Boss, und er ist mein Dad, an dessen Hand ich ins Leben gegangen bin.

„Das hier …" Er nimmt die andere Hand von seinem Bauch, und ich sehe das ganze verheerende Ausmaß. „Sie wollen … diese verfluchte Phiole. Ich sagte … ich bin nicht der, der das entscheiden kann. Also … haben sie geschossen." Er verschluckt sich an seinem Atem, aber zum Husten hat er keine Kraft mehr. „Sie sagen … wenn du … die Phiole nicht gibst, verbrennst du mit diesem Haus." Mit einer Kraft, die er eigentlich nicht mehr hat, krallt er sich an mein Handgelenk und die nächsten Worte sind klarer als alles, was er zuvor herausgewürgt hat. „Rette dein Leben, Cara! Du bist alles, was von mir bleibt. Gib ihnen, was sie wollen, bleib am Leben."

Es ist der letzte Wunsch meines Vaters, und ich weiß, dass ich das nicht tun kann. Denn das Blut des Heiligen Lukas ist, wofür Angelo gekämpft, gelitten und geblutet hat. Es ist, was uns zusammengeführt hat.

Ich kann ihn nicht betrügen.

In einem dreckigen Folterkeller hat alles begonnen. In einem brennenden Haus wird es enden. Damals habe ich ihn gerettet, jetzt kann ich ihn nicht betrügen. Ich kann nicht, und Rauch und Hitze verbrennen mir die Haut und die Lungen, das Bild meines sterbenden Vaters verschwimmt vor meinen Augen, aber ich werde eher sterben, als Angelo zu verraten, denn unsere Liebe ist heilig.

Angelo

Unbewaffnet, die Hand als lächerlichen Schutz gegen Flammen und Rauch vor mein Gesicht haltend, betrete ich das Haus. Flammen umzüngeln mich. Wer kann hier drin atmen? Kann hier drin noch irgendwer leben? Am Fuß der Treppe stolpere ich über eine Leiche, es ist die Haushälterin, die mir einmal Tee serviert hat. Fuck.

Durch Schwaden von blauem und schwarzem Rauch sehe ich die beiden Gestalten bei der Tür zum Arbeitszimmer. Eine liegend. Eine hockend. Ich stürze zu ihr. Die Hand, die sich um ihr Handgelenk krallt, fällt herunter.

Patrick O'Brien, der mir und den anderen Familien der 'Ndrangheta über Jahre ein würdiger Gegenspieler gewesen ist, ist tot.

Seine Erbin starrt zu mir auf, öffnet den Mund, aber nichts kommt heraus. Sie bewegt die Lippen. Es ist mein Name. Ich reiße mir das Hemd vom Leib und wickle es um ihren Kopf, weil ich Angst habe, dass die Flammen ihr das Haar versengen werden. Ihr wunderbares Haar.

Ihre Finger sind nass von Blut. Mein Herz rast.

„Die Phiole!", schreie ich sie an. „Wo ist sie?"

Sie kann nicht mehr reden, schwankt, kippt, ich halte sie. Sie hebt einen Arm, zeigt auf den Safe in Paddys Arbeitszimmer. Sie hat die Phiole nicht einmal herausgenommen. Sie hatte nicht die Absicht, ihr Leben zu retten.

„Du dummes Mädchen!", brülle ich. Meine Stimme bricht, und ich begreife, dass das nicht vom Qualm kommt. Ich ziehe sie an mich, möchte schreien und weinen und lachen. Ihre Treue zu mir, ihr Glaube an mich sind so groß. Größer, als ich es verdiene. Aber Treue und Glaube retten nicht ihr Leben. Ich komme auf die Füße. Cara streift den Hemdsärmel ihres Vaters zurück. Knapp über dem Handgelenk eine Tätowierung. Ein Name. Erin. Der Name ihrer Mutter. Und eine Ziffernfolge. Sie zeigt auf die vier Ziffern.

Der Code.

Ich versuche, so wenig wie möglich zu atmen, während ich den Safe öffne, aus dem Augenwinkel immer Cara im Blick. Hustenkrämpfe beuteln ihren Körper, sie krümmt sich zusammen, ringt um Atem. Ich reiße das Rosenholzkästchen heraus, öffne es, entnehme den Flakon aus schwerem, altertümlichen Glas, der der Grund für all das hier ist, und stopfe ihn mir in die Hosentasche. Dann greife ich nach Cara. Ich kann fühlen, wie meine Kräfte schwinden. Wie die Hitze an meinen Reserven zerrt. Ich ziehe Cara auf die Füße, sie taumelt und schwankt.

Ich hebe sie hoch, ein Arm um ihre Schultern, einer unter ihren

Knien. Ihr Kopf sackt gegen meine Schulter. Ich renne zur Tür. Der Mann steht dort immer noch. Keine Ahnung, wieviel er gesehen hat, durch Rauch und Flammen hindurch. Aber er lässt mich passieren, denn ich habe ihm mein Wort gegeben, die Phiole zu holen.

Ich bin keine Gefahr. Ich trage keine Waffe, ich bin am Ende meiner Kräfte und habe eine Frau im Arm, die ich ums Verrecken nicht fallen lassen werde.

„Ich hab sie", sage ich zu ihm. Entferne mich von dem Inferno. Ich frage mich, wo Paolinas und meine Männer sind. Die Leute der *Provincia*, verstärkt von Carlos Männern, haben die Ruhe weg, sind vollkommen unaufgeregt, ich starre in mehrere Pistolenmündungen.

„Dann gib sie her", sagt er. Ich kenne ihn nicht. Habe ihn noch nie zuvor gesehen. Frage mich, wo Carlo ist. Dann frage ich mich nichts mehr, denn plötzlich verkrampft sich Caras Körper, zuckt in meinen Armen. Einmal, zweimal, dann hört das Zucken auf, und sie wird schwer, so schwer. Nicht einmal den Hauch eines Luftzugs nehme ich an meinem Hals wahr. Ihr Kopf rollt von meiner Schulter, rollt zurück. Leblos hängt sie in meinen Armen. Ihre Brust hat aufgehört, sich unter Atemzügen zu heben und zu senken.

Ich breche in die Knie.

Nichts an ihr ist Leben. Blut klebt in ihrem Nachthemd. Ihres, oder doch das von Paddy? Ich weiß es nicht. Ich will es nicht wissen. Sie hängt in meinen Armen, auf meinen Knien, schwer und kraftlos, sie atmet nicht mehr, ihre Augen sind geschlossen, für immer geschlossen, es war alles umsonst.

Ich brülle in den Nachthimmel.

Ich lasse sie ins Gras gleiten, stehe auf, ziehe den Flakon mit dem Blut des Heiligen Lukas aus meiner Hosentasche und zeige ihn dem *Provincia*-Anführer. In seinen Augen hängt Gier. Ich hebe den Flakon. Ich hole aus und dresche diese verfluchte Phiole mit aller Kraft gegen seinen bescheuerten Feuerwehrhelm, sodass er zurücktaumelt.

Das Blut des Heiligen Lukas spritzt über sein Gesicht, über meine Hand, der Flakon splittert in vier, fünf gleichgroße Scherben, und ich weiß, dass die nächsten Schüsse, die hier fallen, mir gelten werden.

Es ist mir ein Trost, denn so weiß ich, dass ich für die Ewigkeit mit Cara zusammensein werde.

Ich will es so, denn in dieser Welt gibt es nichts mehr für mich. Ich will es so, denn das einzige Wesen, für das ich all das hier wollte, liegt tot zu meinen Füßen in dem Gras, durch das sie als Kind gelaufen ist, lange bevor wir einander kannten und als wir schon längst füreinander bestimmt gewesen sind.

Ich will es so, denn mein Leben war in dem Moment zu Ende, in dem Cara ihren letzten Atemzug getan hat.

Rauschen in meinen Ohren. Krachen. Schüsse. Ich warte auf die Einschläge in meinen Körper. Ich warte auf den Schmerz, sehne ihn herbe.

Höre eine Stimme. „Shane!"

Es ist Francescas Stimme.

Keine Einschläge. Der Mann in der Feuerwehruniform bricht zusammen. Eine Kugel streift mich.

„Runter, Rossi, du verficktes Arschloch, runter!" Das ist Murphy. Ich bleibe stehen, schließe die Augen. Warte auf den Tod. Doch der Tod kommt nicht.

Auf meinen Fingern trocknet das Blut des Heiligen Lukas neben dem Blut von Patrick O'Brien.

Cara

Einatmen. Ausatmen. Es ist erstaunlich, wie Selbstverständlichkeiten zu einem Kampf werden können. Von ganz weit weg dringt eine Melodie an mein Ohr. Worte. Ein sanftes Auf und Ab.

Lucciola lucciola, gialla gialla
metti la briglia alla cavalla
che la vuole il figlio del re
lucciola lucciola vieni con me.

Ich halte mich an dem Reim fest, lass meinen Atem tragen von den unbekannten Worten. Sie sind unglaublich schön, begleiten mich in einen Schlaf, in dem schieres Luftholen kein Kampf ist. Schöne Zeiten. Ich will mich an schöne Zeiten erinnern. An Küsse und Streicheln. An Geborgenheit und Freiheit.

Lucciola lucciola vieni con me

Glühwürmchen, Glühwürmchen, komm mit mir. Ich weiß nicht, woher ich die Worte kenne, aber der Sinn fliegt zu mir, erfüllt mein ganzes Dasein. Ich würde ja gerne, will ich der Stimme sagen. Aber ich kann nicht. Mein Atem hält mich in der Dunkelheit, wo jeder Atemzug eine Qual ist.

Alles ist verschwommen. Ich kann die Augen nicht öffnen, Erinnerungen spielen sich vor meinem inneren Auge ab. Ich kann sie nicht fassen.

Vieni con me
Vieni con me
Vieni con me

Komm mit mir. Auf meiner Hand fühle ich Wärme, eine andere Hand, die meine hält. Die Stimme bricht, das Lied verklingt, lässt mich allein mit meinem Kampf um Atem. Stattdessen fühle ich Feuchtigkeit auf meinen Wangen, winzige, warme Regenperlen auf meinen Augenlidern. Meine Lider flattern, öffnen sich einen Spalt. Mut wird immer belohnt, höre ich die Stimme meines Vaters im Hinterkopf. Mutig sein, bedeutet nicht keine Angst zu haben. Mutig sein bedeutet, der Angst ins Auge zu sehen. Ich habe Angst. Angst, vor dem, was sich sehe, wenn sich der Schleier vor meinen Augen lichtet. Angst davor, Angelo für immer verloren zu haben. Angelo heißt Engel. Wie ein Racheengel ist er in mein Leben gekommen, hat für mich gekämpft und um mich. Engel gehören in den Himmel. Es waren so viele dort vor dem Haus meiner Kindheit. Zu viele, die seinen Tod wollten. Oder meinen. Ich weiß es nicht.

Langsam nehmen die Schatten und Umrisse vor meinem Gesicht Form an. Dunkle Augen. Das Gesicht eines Engels. Noch nie habe ich ihn so traurig gesehen.

„*Lucciola*", sagt er, leise, als er sieht, dass ich wach bin. Und jetzt erkenne ich die Melodie, seine Stimme. Er war es, der für mich gesungen hat, ein Schlaflied aus seiner Heimat.

„Hey", sage ich zurück, will seine Hand ergreifen, doch bin selbst für diese Regung zu schwach. Eigentlich ist es auch kein echtes Sprechen, eher ein Krächzen. Meine Kehle ist noch immer wund von dem Rauch, den ich eingeatmet habe. „Du bist hier."

„An deiner Seite."

Ein Lächeln zupft an meinem Mundwinkel und nimmt mich bei der Hand, um mich zurück in den Schlaf zu geleiten. Einen ruhigen, tiefen Schlaf, ohne Qual, weil ich weiß, dass er da ist.

Als ich das nächste Mal erwache, ist das Atmen schon ein wenig leichter. In meiner Nase stecken Schläuche, von hinter mir tönt das Rauschen und Blubbern eines Sauerstofftanks. Angelo ist noch immer an meiner Seite. Er trägt auch noch den selben Anzug wie in der vergangenen Nacht. Aber stimmt das denn? Wieviel Zeit ist vergangen, seit meine Vergangenheit in Rauch aufgegangen ist?

„Wie lange …" Noch immer fällt mir das Sprechen schwer, aber Angelo versteht auch so.

„Zwei Tage und Nächte", sagt er und beugt sich zu mir, um mir einen Kuss auf die Stirn zu geben.

„Warst du … bist du hier gewesen? Die ganze Zeit?"

„Sie hätten ein Amokkommando schicken müssen, um mich von deiner Seite zu entfernen."

„Francesca?", frage ich. Ich will auch nach Shane fragen und den Männern aus Reggio. Danach, ob mein Daddy schon beerdigt ist, aber diese Fragen müssen warten. Der Verlust ist noch zu roh, zu frisch, um ihm in die Augen zu sehen.

Ohne mich aus den zu lassen, greift Angelo halb hinter sich, holt einen Stapel Papiere von dem ausklappbaren Tablett, das zu meinem Nachttisch gehört. Ich denke, er weiß, dass ich noch zu schwach bin, um sie lesen zu können, also hebt er sie nur einmal in meine Richtung. „Francesca hat die Scheidung eingereicht. Wenn wir uns einig werden, kann das alles in wenigen Wochen ausgestanden sein."

„Oh", sage ich. Das Gespräch hat mich angestrengt. Mir fehlen die Worte, aber in meinem Brustkorb, wo immer noch Schmerz brennt, wird es warm. Ein Teil des Brennens verlöscht. Zurück bleibt nur wohlige Wärme.

Die Wärme begleitet mich, auch im Schlaf, und sie ist noch immer bei mir, als ich wieder aufwache. Mit jedem Erwachen werden die Phasen, in denen ich bei Bewusstsein bleiben kann, länger. Das Atmen wird leichter. Der Sauerstoffschlauch kann weichen. Ich beginne, wieder feste Nahrung zu mir zu nehmen, auch wenn das Schlucken noch schmerzt. Die Ärzte erklären mir, dass das Brennen in meinen Armen und Beinen von den Vergiftungserscheinungen kommt. Sie sagen, dass ich Glück gehabt habe.

Angelo ist bei mir. Er hält meine Hand, wenn ich gegen die Vergiftungsschmerzen kämpfe, und hält mich im Arm, wenn der Schmerz aus der Seele kommt. In den Augenblicken, wenn ich nicht begreifen kann und will, dass ich meinen Vater nie wiedersehen werde. Dass das letzte Bild, das ich von ihm vor Augen haben werde, sein wird, wie er mit einem riesigen Loch im Bauch vor mir auf dem Boden liegt. Patrick O'Brien hat sein Leben geopfert, um mir eine Zukunft zu schenken. Eine Zukunft, in der ich entscheiden kann, was ich möchte und wohin mein Weg mich führt. Dass ich jemals daran gezweifelt habe, wie aufrichtig mein Vater mich liebt, mischt zu der Trauer ein schlechtes Gewissen und droht mich immer wieder niederzustrecken. Es dauert einige Tage, bis ich die Kraft finde, die Fragen zu stellen, vor deren Antworten ich mich am meisten fürchte.

Er sitzt neben meinem Bett auf einem Stuhl, den Knöchel des einen Fußes auf das Knie des anderen Beines gelegt. Der Bund seiner Anzughose ist ein Stück die Wade hinaufgerutscht und enthüllt die schwarzen Seidensocken in den glänzenden Lederschuhen und einen winzigen Streifen bronzefarbener Haut an seiner Wade. Ich möchte die Finger ausstrecken und ihn dort berühren, mich von den feinen schwarzen Haaren auf seinen Beinen kitzeln lassen. In seinen Händen hält er eine aufgeschlagene Zeitung. Ganz vertieft ist er in die Lektüre.

„Was liest du?"

Als ich ihn anspreche, hebt er den Kopf. Ein leiser Anflug von Verwirrung huscht über seine Miene, als ob er nicht ganz verstanden hätte, dann klärt sich sein Ausdruck zu einem Lächeln.

„Einen sehr interessanten Artikel. Wusstest du, dass der Polizei von Philadelphia ein großer Schlag gegen die kalabrische Mafia gelungen ist?"

Ich verstehe kein Wort. Nun ist es an mir, verwirrt zu gucken.

„Es gab einen Anschlag auf einen irischen Geschäftsmann in Lawncrest. In seinem Safe befand sich offenbar ein kostbares Artefakt, auf das es die Mafia abgesehen hatte. Dank eines anonymen Hinweises war der Polizei-Superintendent jedoch gerade noch rechtzeitig mit seinen Männern zur Stelle und konnte die Verbrecher überwältigen. Offenbar waren eine ganze Reihe von ihnen extra für diesen Coup aus dem Alten Land angereist. Die Sache hat große Kreise gezogen. In diesem Artikel ist sogar von einer diplomatischen Krise die Rede."

„Angelo …" Sein Grinsen ist ansteckend, aber auch wenn es Shane und ihm also offensichtlich gelungen ist, das, was wirklich vor ein paar Tagen auf dem Grundstück meines Vaters geschehen ist, so herum zu drehen, dass ihm oder mir keine Gefahr von der Polizei droht, ist diese Sache noch lange nicht ausgestanden.

Das ist der Grund, warum ich ihm meine Hand entziehe, als er danach greifen will.

„Das ist doch noch nicht alles. Was ist wird aus Francesca, Angelo? Was wird aus uns? Wie wird alles weitergehen?"

„Was meinst du damit, wie es weitergehen wird? Sobald meine Scheidung durch ist, werde ich dich heiraten. Francesca war nie eine Gefahr für dich, *Lucciola*. Das hat auch sie begriffen, schon vor dem Brand."

„Aber ihre Sicherheit …"

„Solange sie in Amerika bleibt, hat sie nichts zu befürchten", unterbricht er mich. „Die *Provincia* wird sich scheuen, in der derzeitigen Lage noch einmal hierher zu kommen. Sie haben einige ihrer besten Männer verloren, andere sitzen im Gefängnis und warten auf ein Auslieferungsverfahren, das, wenn ich Shane richtig verstanden habe, noch sehr sehr lange dauern wird."

„Und du? Die Phiole? Wer wird jetzt Capo, wenn es keine Phiole mehr …"

Wieder lässt er mich nicht ausreden, doch diesmal unterbricht er mich nicht mit Worten, sondern einem Kuss. Seine Lippen tasten, beschwichtigen, werben. Als er meinen Mund endlich freigibt, habe ich fast vergessen, was ich fragen wollte.

„Es ist nicht wichtig, Carissima", sagt er ganz leise, seine Finger an meinen Wangen. „Ich habe das begriffen, in dem Moment, als ich gedacht habe, dich verloren zu haben. Sie bedeutet nichts. Sie war ein Gegenstand, ein Ding, an das alte Männer ihr Herz hängen. Du bist alles für mich. Sag, was du willst, und ich werde es dir geben. Willst du das Erbe deines Vaters antreten und brauchst ein Schwert, werde ich deine Klinge sein. Willst du, dass wir uns zurückziehen und es uns mit deinem Erbe und meinen Ersparnissen irgendwo auf dem Land gemütlich machen, werde ich Bauer und lerne etwas über Viehzucht. Es ist egal, was du willst. Du kannst tun und entscheiden, was du willst. Wir sind frei."

Seine Worte hallen in dem sterilen Krankenzimmer nach, und es dauert, bis ich ihre ganze Bedeutung erfasse. Wir sind frei. Mein Leben lang habe ich versucht, meinen Platz in der Welt zu finden, doch all meine Bemühungen waren von Anfang an zum Scheitern verurteilt. Zuerst war ich Paddys Tochter, dann Shanes Verlobte und Angelos Geliebte. Aber niemals war ich einfach nur ich selbst, denn meine Entscheidungen wurden bestimmt von dem Leben, in das ich hineingeboren worden bin. Doch Daddy ist tot, Ruggiero

Monza von Angelo aus dem Weg geräumt, die Provincia zurückgeschlagen, die verbleibenden Familien der 'Ndrangheta in Philadelphia führerlos, ankerlos, jeder auf sich gestellt. Die Welt, wie ich sie gekannt habe, ist untergegangen. Verbrannt in dem Haus meiner Kindheit, und ich bin wirklich endlich frei.
Ich pflücke Angelos Hände von meinen Wangen, küsse jeden einzelnen seiner Finger, die Innenseiten seiner Handgelenke. Das Leben erwartet uns. Es hat gerade erst begonnen.

GLOSSAR

'Ndrangheta
Kalabrische Mafia

'ndrina (Plural: 'ndrine)
Kleinste Einheit innerhalb der Organisation der Kalabrischen Mafia, meistens bestehend aus Blutsverwandten.

'nduja
Eine sehr würzige, pikante, weiche, kalabrische Salamiwurst

Calabria
siehe Kalabrien

Camorrista (Plural: Camorristi)
Hierarchiestufe innerhalb der kalabrischen Mafia. Auch gebräuchlich als Überbegriff aller Mitglieder einer Mafia-Organisation.

Capo
Abkürzung für *Capobastone*. Herrscher über eine 'ndrina. Eine hochrangige Führungsposition innerhalb der 'Ndrangheta

Consigliere
Berater, Ratgeber, Anwalt (innerhalb von Mafia-Organisationen)

Don
Führungsmitglied innerhalb der Mafia

Gemachter Mann
Ein voll initiiertes Mitglied der Mafia. Um ein gemachter Mann zu werden, muss der Aspirant in der Regel einen Auftragsmord im Namen der Organisation vollziehen. Nach der Initiierung als gemachter Mann, genießt das Mitglied den vollen Schutz der Gesell-

schaft, so lange er sich an die organisationsinternen Regeln und Gepflogenheiten hält.

HK
Abkürzung für *Heckler & Koch*. Ein deutsches Rüstungsunternehmen. Die Produktpalette besteht aus Pistolen, Maschinenpistolen, Sturmgewehren, Maschinengewehren, Präzisionsgewehren und 40-Millimeter-Systemen.

Kalabrien
Region im Süden Italiens - die "Stiefelspitze", wenn man so will

Omertá
Schweigegelübde innerhalb von Mafia-Organisationen

Outfit
Organisation des irischen organisierten Verbrechens

Peperocchino
Wissenschaftlicher Name: Capsicum annuum. Kleine scharfe Chili-Schoten.

Petrali
kleine gefüllte Kuchen, kalabrische Spezialität

Picciotto (Plural: Picciotti)
Unterste Hierarchiestufe innerhalb der kalabrischen Mafia. Meist ein junger, noch nicht vollständig initiierter Mann / Fußsoldat

Pignolata
Süßigkeit aus Kalabrien und Sizilien, kleine Teigkugeln, süß überzogen

Provincia
ital.: Regierungsbezirk - innerhalb der 'Ndrangheta die höchste Instanz der Organisation, von der die mächtigsten Männer ausgewählt und in einem Ritual bestätigt werden

Quintino
Hierarchiestufe innerhalb der kalabrischen Mafia, oberhalb eines Vangelista und unterhalb eines Capobastone.

Santista
Hierarchiestufe innerhalb der kalabrischen Mafia, oberhalb eines Picciotto und unterhalb eines Vangelista.

Vangelista (Plural: Vangelisti)
Hierarchiestufe innerhalb der kalabrischen Mafia

Vendetta
Blutrache

DIE HIERARCHIE DER 'NDRANGHETA

Capobastone

Das Oberhaupt eines lokalen Zweigs der 'Ndrangheta, dem gegenüber alle Anführer der Unterfamilien zu Gehorsam und Treue verpflichtet sind
In Philadelphia in „Seine Rache" ist diese Position im Moment nicht vergeben.

Quintino

Das Wort kommt vom italienischen Wort für „fünf".
Die Oberhäupter der fünf Familien oder Clans ('ndrine), die einen lokalen Zweig der 'Ndrangheta bilden.
In „Seine Rache" gehören Carlo Polucci und Ruggiero Monza zu den Quintini.

Vangelista

Das Wort kommt vom italienischen Wort „Vangelo", was „Evangelium" bedeutet.
Ein Vangelista ist die „rechte Hand" des Quintino. Hat ein Clan keinen aktuellen Quintino, übernimmt der Vangelista dessen Rolle in der Befehlskette. Angelo Rossi ist Vangelista.

Santista

Das Wort wurde vermutlich abgeleitet von „Mamma Santissima", der Heiligsten Jungfrau, die als die Beschützerin der 'Ndrangheta gilt.
In der Hierarchie der 'Ndrangheta steht der Santista eine Stufe unter dem Vangelista.

Camorrista

Er ist ein „Soldat", der sich bereits ausgezeichnet hat und auf den sein Santista und Vangelista große Stücke halten. Kann unter Umständen bereits ein „gemachter Mann" sein.

Das Wort findet sich wieder in der Bezeichnung für die neapolitanische Mafia, die „Camorra".

In „Seine Rache" ist Angelos Freund Lorenzo ein „Camorrista", dessen jüngerer Bruder ein „Picciotto".

Picciotto (oder Picciotto d'onore)

Im sizilianischen Dialekt bedeutet „Picciotto" soviel wie „Junge". Innerhalb der 'Ndrangheta werden so die „Soldaten" bezeichnet, praktisch die jungen Männer, die neu in einem Clan sind und sich noch beweisen, also im Klartext die Drecksarbeit verrichten müssen. „Picciotto d'onore" lässt sich am besten als „Ehrensoldat" übersetzen.

ITALIENISCH LERNEN MIT ANGELO ROSSI

Adesso – Jetzt
Azzurro – Blau, Himmelblau
Basta! – Es reicht, Das ist genug!
Buongiorno, Bellezza. – Guten Morgen, Schönheit.
Cazzo – Scheiße (eigentlich: Schwanz)
Che sfiga, Lucciola! – So ein Mist, Glühwürmchen!
Con piacere, piccola. – Mit Vergnügen, Kleine.
Cosa c'è, Lucciola? – Was ist es, Glühwürmchen?
Destino – Schicksal
Dimmi di no. – Sag mir, es ist nicht so.
Dio Mio – Mein Gott
Famiglia – Familie (auch in Bezug auf Mafia-Familie)
Guardati – Sieh dich an

Lucciola lucciola, gialla gialla
metti la briglia alla cavalla
che la vuole il figlio del re
lucciola lucciola vieni con me
Glühwürmchen, Glühwürmchen, so leuchtend gelb
Beleuchte das Zaumzeug des Pferdchens
Das dem Sohn des Königs gehört
Glühwürmchen, Glühwürmchen, flieg mit mir davon

Non ci credo! – Ich kann das nicht glauben!

Non sono per te. – Ich bin nicht für dich.

Perchè io ti voglio. – Weil ich dich will.

Perdonami. Cara mia, amore mio, perdonami. – Es tut mir leid. Meine Cara, meine Liebe, es tut mir leid.

Per una notte. – Für eine Nacht.

Principessa – Prinzessin oder Fürstin

Ragazzina – (kleines) Mädchen

Soltanto il mio nome. – Nur mein Name.

Stronzo – Scheißkerl

Ti piace? – Gefällt es dir?

Ti voglio tanto bene, dolcezza. – Ich mag dich sehr gern, Süße.

Vaffanculo – Leck mich am Arsch

DIE AUTORINNEN

Hinter dem Pseudonym Felicity La Forgia verbirgt sich das Autorenduo Nicole Wellemin und Corinna Vexborg. Anfang 2011 lernten sich die Autorinnen in einem Internet-Forum kennen und erkannten sofort ihre eine, wichtige Gemeinsamkeit: die Freude am Erzählen von Geschichten.
Felicity La Forgia war geboren. 2014 erschien ihr erotisches Debüt „Amber Rain", gleichzeitig veröffentlichten die Autorinnen auch Bücher als „Kim Henry", dem Pseudonym, unter dem Romanzen und historische Romane erscheinen. Eines jedoch haben all ihre Geschichten gemeinsam. Sie beschäftigen sich mit dem wichtigsten Thema der Welt, der Liebe.

Nicole ist verheiratet, Mutter zweier Töchter und lebt mit ihrer Familie im Osten von München. Neben der Autorentätigkeit arbeitet sie als Lektorin.
Corinna ist verheiratet und lebt in ländlicher Idylle auf der dänischen Insel Fünen.

Kim Henry und Felicity La Forgia veröffentlichen ihre Romane bei verschiedenen Verlagen. Mehrere ihrer Geschichten haben sich bereits das Prädikat „Bestseller" verdient.

http://www.kim-henry.com

Made in the USA
Charleston, SC
15 January 2017